FANTASY

»Packender als jeder andere Fantasy-Stoff – ein Breitwand-Epos
mit jeder Menge Action und brillanten Einfällen,
wie Sie sie in kaum einem anderen Fantasy-Roman
finden werden.«

The Washington Post Book World

Raymond Feist, geboren 1945 in Los Angeles, studierte
an der Universität von Kalifornien in San Diego
und arbeitete unter anderem als Fotograf,
Gebrauchtwagenverkäufer und Erfinder von Spielen,
ehe er sich dem Schreiben zuwandte.
Jeder seiner Romane war auf den amerikanischen
Bestsellerlisten zu finden. Seine in den achtziger Jahren
begonnene Midkemia-Saga gilt als Meisterwerk
der modernen Fantasy.

Raymond Feist im Goldmann Verlag

Die Midkemia-Saga 1: Der Lehrling des Magiers (24616)
Die Midkemia-Saga 2: Der verwaiste Thron (24617)
Die Midkemia-Saga 3: Die Gilde des Todes (24618)
Die Midkemia-Saga 4: Dunkel über Sethanon (24611)
Die Midkemia-Saga 5: Gefährten des Blutes (24650)
Die Midkemia-Saga 6: Des Königs Freibeuter (24651)

DIE MIDKEMIA SAGA

RAYMOND FEIST

DIE GILDE DES TODES

3

Aus dem Amerikanischen
von Dagmar Hartmann

GOLDMANN VERLAG

Die amerikanische Originalausgabe erschien unter dem Titel
»Silverthorn« bei Bantam Books, New York

Umwelthinweis:
Alle bedruckten Materialien dieses Taschenbuches
sind chlorfrei und umweltschonend.
Das Papier enthält Recycling-Anteile.

Der Goldmann Verlag
ist ein Unternehmen der Verlagsgruppe Bertelsmann

Das Buch ist bereits mit der Titelnummer 23880 und dem Titel
»Arutha und Jimmy«, sowie der Titelnummer 23881 und dem Titel
»Feuerkreuz und Silberdorn« als Goldmann Taschenbuch erschienen
Umschlaggestaltung: Design Team München
Umschlagillustration: Ferenc Regös, Oderding
Satz: IBV Satz- und Datentechnik GmbH, Berlin
Druck: Elsnerdruck, Berlin
Verlagsnummer: 24618
SN · Herstellung: Peter Papenbrok
Made in Germany
ISBN 3-442-24618-0

3 5 7 9 10 8 6 4

DIE MIDKEMIA SAGA

DIE ZÄHNE
GROSSE NORDBERGE
NORDLANDE
BERGENSTEIN
HIMMELSSEE
ELBENHEIM
Tyr-Sog
Yabon
Loriel
Crydee
DAS
GRÜNE
HERZ
GRAUE
TÜRME
LaMut
Zün
Falkenhöhle
FERNE
KÜSTE
HOGEWALD
Walinor
Ylith
Natal
Questors Sicht
Carse
Jonril
Hush
Natalhaven
ENDLOSE SEE
Tulan
Bordon
CALASTIUSGEBIRGE
DIE FREIEN STÄDTE
Lan
Margrave's
Hafen
Queg
KÖNIGREICH
QUEG
Sarth
FINSTERMOOR
Palanque
Krondor
STRASSE DER FINSTERNIS
EILAND DES ZAUBERERS
Durrony's Tal
BITTERES
MEER
LiMeth
Langer Punkt
Landreth
MEER DER
TRÄUME
Durbin
Shamata
Elarial
Ranom
TAL DER TRÄUME
GROSSER
STERNSEE
Caralyan
TROLLHEIMGEBIRGE
DIE STERNPFEILER
WÜSTE VON JAL-PUR
MIDKEMIA
0 100 200 300 400 500 600

R WELT
Eiserner Paß
Dunkelhain
Wächter des Nordens
DAS KÖNIGREICH
Dolth
Euper
Rodez
Ran
Romney
Tiburn
SEE DES KÖNIGREICHS
Bas-Tyra
Sadara
Silden
's Cross
Cheam
Rillanon
dor
Timons
KÖNIGREICH ROLDEM
E GRAUEN BERGE
Niederhohnheim
Malvenhafen
Pointer's Head
Die grünen Weiten
GIPFEL DER RUHE
DAS KAISERREICH GROSS-KESH

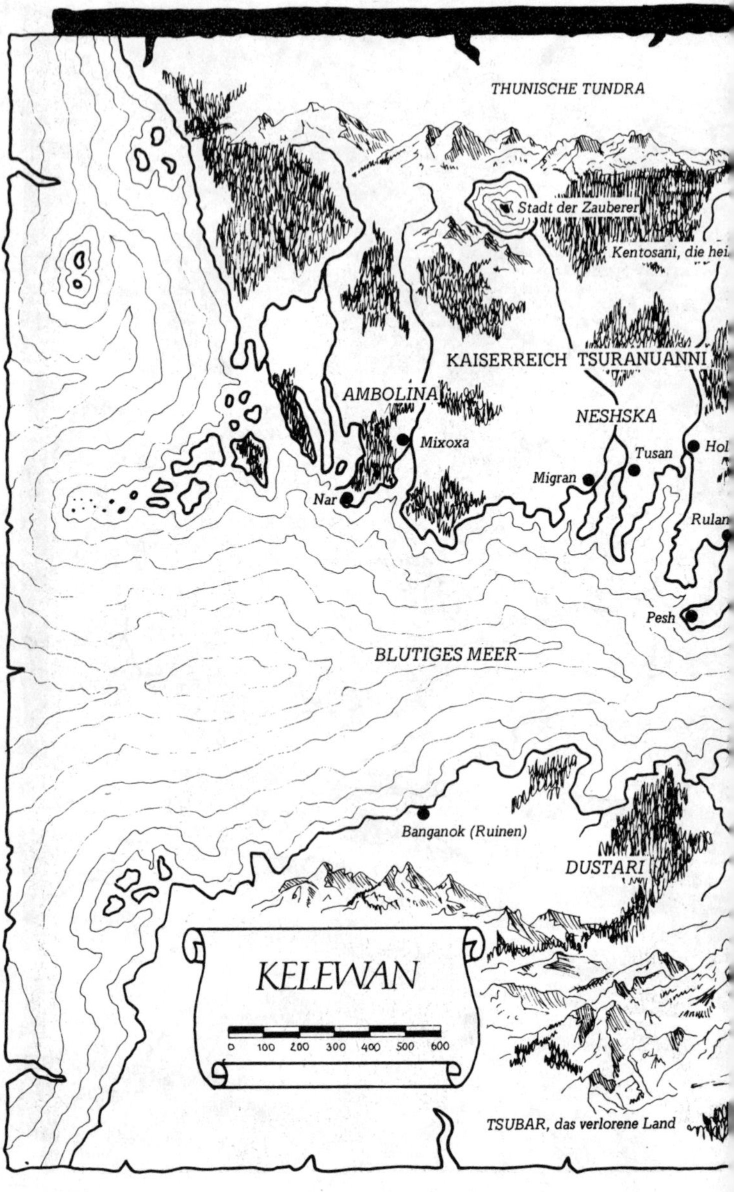
THUNISCHE TUNDRA
Stadt der Zauberer
Kentosani, die hei
KAISERREICH TSURANUANNI
AMBOLINA
NESHSKA
Mixoxa
Tusan
Hol
Migran
Nar
Rulan
Pesh
BLUTIGES MEER
Banganok (Ruinen)
DUSTARI
KELEWAN
0 100 200 300 400 500 600
TSUBAR, das verlorene Land

DER HOHE WALL
COLTARI
Silmani
Barak
Stadt
LASH
SZETAC
YANKORA - TIEFE
Yankora
an-Qu
HOKANI
GROSSER SUMPF
Jamar
Qu
Ontoset
Seran
STRASSE VON XULA
Stadt der Ebene
HOCHLAND
VON THURIL
SCHLACHTENBUCHT
HONSHONI
Kolth
Xula
KONFÖDERATION
VON THURIL
Lepala
Rujije
Ilama
SWETO
Wamar
Brigani

Prolog – Dämmerung

Die Sonne schwand hinter den Gipfeln.

Die letzten wärmenden Strahlen liebkosten den Boden und vom Tag blieb nur ein rötliches Glühen am Horizont. Aus dem Osten näherte sich mit Riesenschritten blauschwarze Nacht. Der Wind schnitt wie eine scharfe Klinge durch die Berge, als wäre der Frühling nicht mehr als ein schwach erinnerter Traum. Das Eis des Winters haftete noch in schattigen Mulden, Eis, das laut unter schweren Stiefeln krachte. Aus dem Abenddunkel traten drei Gestalten in den Feuerschein.

Die alte Hexe blickte auf. Eine Spur weiteten sich ihre Augen beim Anblick der drei. Sie kannte den Mann ganz links, den breitschultrigen, stummen Krieger mit der Skalplocke auf dem geschorenen Schädel. Schon einmal war er hier gewesen auf der Suche nach magischen Zeichen für ungewöhnliche Riten. Sie hatte ihn fortgeschickt, obgleich er ein mächtiger Häuptling war, denn er war von Natur aus böse. Zwar bedeutete es der Hexe wenig, ob etwas gut oder böse war, aber selbst für sie gab es Grenzen. Außerdem mochte sie die Moredhel nicht, und schon gar keinen, der sich als Zeichen seiner Ergebenheit gegenüber den finsteren Mächten selbst die Zunge abgeschnitten hatte.

Der Stumme betrachtete sie mit Augen, die für einen Angehörigen seiner Rasse ungewöhnlich blau waren. Seine Schultern wirkten breiter als die der meisten Männer, selbst jener von den Bergstämmen, die noch kräftigere Arme und Schultern als ihre in den Wäldern hausenden Vettern hatten. Er trug goldene Ringe in den großen, aufwärts geschwungenen Ohren, die anzubringen zweifellos schmerzhaft gewesen war, da die Moredhel keine Ohrläppchen hatten. Drei Narben verunstalteten jede Wange:

mystische Symbole, deren Bedeutung der Alten sehr wohl bekannt war.

Der Stumme gab seinen Begleitern ein Zeichen, und der ganz rechts schien zu nicken. Ob er es wirklich tat, war schwer zu erkennen, da ein alles verbergendes Gewand ihn vermummte und die tief ins Gesicht gezogene Kapuze keinen Blick auf seine Züge zuließ. Beide Hände steckten in den ineinander überlaufenden weiten Ärmeln. Als spreche er aus weiter Ferne, sagte der Vermummte: »Wir begehren ein Deuten der Zeichen.« Seine Stimme klang leicht zischelnd und hatte einen fremdartigen Klang. Eine Hand glitt aus dem Ärmel, und unwillkürlich wich die Hexe zurück, denn diese Hand war mißgestaltet und schuppig, wie mit Schlangenhaut überzogene Klauen. Da erkannte sie, welcher Art diese Kreatur war: ein Priester des panthatianischen Schlangenvolks. Verglichen mit ihresgleichen, standen die Moredhel geradezu in hohem Ansehen bei der Hexe.

Sie wandte ihre Aufmerksamkeit von den beiden links und rechts und widmete sie dem Mann in der Mitte. Er war einen ganzen Kopf größer als der Stumme und von noch kräftigerem Körperbau. Bedächtig nahm er seinen Bärenfellumhang ab – der Bärenschädel diente ihm als Helm – und warf ihn achtlos zur Seite. Die alte Hexe holte erschrocken Atem, denn er war der beeindruckendste Moredhel, den sie je gesehen hatte. Er trug die dicke Hose und kniehohen Stiefel der Bergstämme, und die offene Weste entblößte mehr seines Oberkörpers als sie bedeckte. Sein kraftstrotzender Körper glänzte im Feuerschein, und er beugte sich ein wenig vor, um die Hexe zu mustern. Sein Gesicht war fast erschreckend in seiner nahezu vollkommenen Schönheit. Doch was sie verstört hatte, mehr noch als sein furchtgebietendes Aussehen, war das Zeichen auf seiner Brust.

»Kennst du mich?« fragte er die Alte.

Sie nickte. »Ich glaube zu wissen, wer Ihr zu sein scheint.«

Noch weiter beugte er sich vor, bis sein Gesicht von unten

vom Glanz des Feuers beschienen wurde und etwas von seinem Wesen verriet.

»Ich bin der, der ich zu sein scheine«, wisperte er lächelnd. Furcht erfüllte sie, denn hinter seinen gutgeschnittenen Zügen und dem scheinbar gütigen Lächeln erkannte sie die Fratze des Bösen in unerträglicher Unverfälschtheit. »Wir begehren ein Deuten der Zeichen«, forderte er nun.

Sie kicherte. »Selbst einem so Mächtigen sind Grenzen gesetzt?«

Das Lächeln des schönen Moredhels schwand. »Seine eigene Zukunft zu lesen ist nicht erlaubt.«

Sie fand sich mit ihrem wohl unausweichlichen Los ab und sagte: »Ich brauche Silber.«

Der Moredhel nickte. Der Stumme kramte eine Münze aus seinem Gürtelbeutel und warf sie auf den Boden vor die Hexe. Ohne nach ihr zu greifen, mischte sie ein paar Zutaten in einer Steinschale und goß das Ganze auf das Silber. Ein Zischen stieg sowohl von der Münze als auch vom Schlangenmann auf. Eine Klaue mit grünen Schuppen begann Zeichen in die Luft zu schreiben. Die Hexe fauchte: »Laß den Unsinn, Schlange. Eure Heißlandmagie würde mein Lesen nur beeinträchtigen!«

Eine sanfte Berührung und ein Lächeln des Mittleren, welcher der Hexe zunickte, hielt den Schlangenmann zurück.

Fast krächzend wegen ihrer angstgetrockneten Kehle fragte die Hexe: »Was wollt Ihr wissen? Sagt es mir wahrhaftig.« Sie studierte die zischende Silbermünze, die nun ganz mit brodelndem grünen Schleim bedeckt war.

»Ist es Zeit? Soll ich nun tun, was vorbestimmt ist?«

Eine grellgrüne Flamme hüpfte von der Münze und tanzte. Die Hexe folgte angespannt ihrer Bewegung. Sie las etwas aus der Flamme, das nur sie erkennen konnte. Nach einer Weile sagte sie: »Die Blutsteine formen das Feuerkreuz. Das, was Ihr seid, seid Ihr. Das, was zu tun Ihr geboren seid – tut es!«

Bei den letzten Worten war ihre Stimme nicht mehr als ein Hauch.

Etwas im Gesichtsausdruck der Hexe war unerwartet, denn der Moredhel brummte: »Was sonst, Alte?«

»Ihr seid nicht ohne Gegner, denn es gibt einen, der Euch gefährlich werden kann. Ihr steht nicht allein, denn hinter Euch... Ich verstehe es nicht.« Ihre Stimme klang schwach, war kaum zu vernehmen.

»Was?« Diesmal lächelte der Moredhel nicht.

»Etwas – etwas Ungeheuerliches, etwas Fernes, etwas Böses.«

Der Moredhel dachte sichtlich nach, dann wandte er sich an den Schlangenmann und sagte weich, doch gebieterisch: »So geh denn, Cathos. Setz deine geheimen Kräfte ein und stell fest, wo dieser Sitz der Schwäche zu suchen ist. Gib unserem Feind einen Namen! Finde ihn!«

Der Schlangenmensch verneigte sich schwerfällig und schlurfte aus der Höhle. Nun wandte der Moredhel sich an seinen stummen Begleiter: »Hebt die Standarten in den Wind, mein General, und laßt die getreuen Stämme sich auf der Ebene von Isbandia sammeln, unter den Türmen von Sar-Sargoth. Erhebt über alle jene Standarte, die ich für mich erkor, und verbreitet, daß wir mit dem beginnen, was uns vorbestimmt ist. Ihr sollt mein Feldherr sein, Murad, und alle sollen wissen, daß Ihr der Höchste unter meinen Getreuen seid. Ruhm und Größe erwarten uns!

Sobald die besessene Schlange unser Opfer zu nennen weiß, führt die Schwarzen Meuchler an. Mögen jene, deren Seelen mein sind, uns dienen, indem sie den Feind stellen! Findet ihn! Vernichtet ihn! Geht!«

Der Stumme nickte knapp und verließ die Höhle. Der Moredhel mit dem Zeichen auf der Brust wandte sich der Hexe zu. »Nun, menschlicher Abschaum, weißt du, welche finsteren Mächte unterwegs sind?«

»Ja, Bote der Vernichtung, ich weiß es. Bei der finsteren Herrin, ich weiß es!«

Sein Lachen war kalt, freudlos. »Ich trage das Zeichen.« Er deutete auf das purpurne Muttermal auf seiner Brust, das sich im Feuerschein zu entzünden schien. Es bestand kein Zweifel, daß es keine übliche Entstellung war, sondern eine Art Talisman, denn es bildete die deutlichen Umrisse eines fliegenden Drachen. Er hob den Finger, deutete aufwärts. »Ich habe die Macht.« Mit dem erhobenen Finger zeichnete er einen Kreis. »Ich bin der Vorherbestimmte. Ich bin das Schicksal!«

Die Hexe nickte. Sie wußte, daß der Tod die Arme nach ihr ausstreckte. Hastig murmelte sie eine der schwierigen Beschwörungen, und ihre Hände schrieben Zeichen in die Luft. Kräfte sammelten sich in der Höhle, und ein eigenartiges Wehklagen erklang. Der Krieger vor ihr schüttelte lediglich den Kopf. Sie wirkte einen Zauber gegen ihn, der ihn eigentlich an Ort und Stelle hätte zerschmettern müssen. Doch nichts dergleichen geschah, er grinste nur boshaft und sagte hämisch: »Willst du mich vielleicht mit deinen lächerlichen Künsten verunsichern, Seherin?«

Als ihr klar wurde, daß sie nichts erreichte, schloß sie die Augen, setzte sich aufrecht und erwartete ihr Los. Der Moredhel richtete einen Finger auf sie. Ein Silberstrahl zuckte heraus und traf die Hexe. Sie schrie auf vor unerträglichen Qualen, ehe sie im weißglühenden Feuer zu bersten schien. Einen Augenblick war ihre Gestalt noch schwarz und sich windend in der schrecklichen Lohe zu sehen, dann schwanden die Flammen.

Der Moredhel warf einen flüchtigen Blick auf die Asche am Boden. Sie formte die Umrisse der Toten. Mit abgrundtiefem Gelächter hob er seinen Bärenfellumhang auf und verließ die Höhle.

Vor dem Eingang warteten seine Begleiter mit seinem Pferd. Weit unten konnte er das Lager seiner Truppe sehen, klein noch, aber bestimmt zu wachsen. Er saß auf. »Nach Sar-Sargoth!« rief er. Mit einem heftigen Zügelruck drehte er sein Pferd herum und führte den Stummen sowie den Schlangenpriester den Hang hinab.

Wiedervereinigung

Das Schiff war auf dem Weg nach Hause.

Der Wind wechselte die Richtung, und des Kapitäns Stimme erschallte. An den Masten beeilte die Mannschaft sich, den Forderungen einer steiferen Brise und eines Schiffsführers nachzukommen, der es eilig hatte, sicher in den Hafen einzulaufen. Ein erfahrener Segelmeister war er, fast dreißig Jahre in des Königs Marine, und seit siebzehn Jahren befehligte er sein eigenes Schiff. Der *Königsadler* war das beste Schiff der königlichen Flotte, trotzdem wünschte sich der Kapitän mehr Wind, eine höhere Geschwindigkeit, da er keine Ruhe haben würde, bis seine Passagiere sicher an Land waren.

Am Vorderdeck befanden sich die Gründe für des Kapitäns Besorgnis: drei hochgewachsene Männer. Zwei, ein blonder und ein dunkelhaariger, standen an der Reling und machten offenbar Witze, denn beide lachten. Jeder war gute vier Zoll über sechs Fuß groß, und jeder hatte die selbstsichere Haltung eines Recken oder Jägers. Lyam, der König des Reiches der Inseln, und Martin, sein älterer Bruder und Herzog von Crydee, unterhielten sich über so allerlei: über Jagden und Feste, über Reisen und Staatsgeschäfte, über Krieg und sonstige Auseinandersetzungen, und dann und wann sprachen sie über ihren Vater, Herzog Borric.

Der dritte, nicht ganz so groß und breitschultrig wie die zwei, lehnte etwas abseits an der Reling und hing seinen Gedanken nach. Arutha, Fürst von Krondor und der jüngste der drei Brüder, beschäftigte sich ebenfalls mit Vergangenem, doch nicht mit dem Vater, der im Kampf gegen die Tsuranis gefallen war – in dem Krieg, den man nunmehr »Spaltkrieg« nannte, da der Feind durch einen Spalt im Raum von seiner auf diese Welt gekommen war. Nein, er starrte ins Kielwasser des Schiffes, das durch smaragdgrünes Gewässer schnitt, und sah in ihm zwei strahlende grüne Augen.

Der Kapitän warf einen Blick hoch und befahl daraufhin, die Segel zu reffen. Wieder wandte er seine Aufmerksamkeit flüchtig den drei Männern auf dem Vorderdeck zu und murmelte ein Stoßgebet zu Kilian, der Göttin der Seefahrer. Wie sehr er sich wünschte, Rillanons hohe Türme wären bereits in Sicht! Denn diese drei Männer waren die mächtigsten und wichtigsten im Königreich. Der Schiffsführer wollte lieber gar nicht daran denken, welch Chaos sich ausbreiten würde, stieße seinem Schiff im letzten Augenblick noch irgend etwas zu.

Nur dumpf vernahm Arutha die Rufe des Kapitäns und die Antworten seiner Leute. Die Ereignisse des vergangenen Jahres hatten ihn viel Kraft gekostet, und in seiner Erschöpfung achtete er wenig auf das, was sich um ihn tat. Bloß ein Gedanke beschäftigte ihn: Er kehrte nach Rillanon zurück – und zu Anita.

Arutha lächelte vor sich hin. Die ersten achtzehn Jahre seines Lebens erschienen ihm nun schier ereignislos. Dann erfolgte die Invasion der Tsuranis, und die Welt hatte sich für immer verändert. Man zählte ihn zu einem der besten Feldherrn des Königreichs, er hatte unerwartet in Martin einen Bruder bekommen, und hatte tausend Grauen und Wunder gesehen und erlebt. Das Wundersamste aber für Arutha war Anita.

Nach Lyams Krönung waren sie durch die Umstände getrennt worden, denn Arutha hatte Lyam mit Martin auf eine einjährige Reise durch den Osten begleitet, wo der neue König sowohl die Fürsten der Provinzen als auch die Herrscher der angrenzenden Reiche besuchte. Endlich kehrten sie zurück.

Lyams Stimme riß Arutha aus seinen Gedanken. »Was siehst du in den Schaumkronen, kleiner Bruder?«

Martin lächelte, als Arutha aufblickte. Der ehemalige Jagdmeister von Crydee, einst Martin Langbogen genannt, nickte seinem jüngsten Bruder zu. »Ich wette die Steuern eines ganzen Jahres, er sieht ein grünes Augenpaar und ein herzliches Lächeln in den Wellen.«

»Ich nehme die Wette nicht an, Martin. Seit wir Rillanon verließen, erhielt ich drei Botschaften von Anita, die mit dem einen oder anderen Staatsgeschäft zu tun hatten. Alles trägt offenbar dazu bei, sie in Rillanon zu halten, während ihre Mutter bereits einen Monat nach meiner Krönung nach Hause zurückkehrte. Arutha dagegen hat, grobgeschätzt, während der ganzen Zeit im Durchschnitt zwei Botschaften pro Woche von ihr bekommen. Man könnte daraus Schlüsse ziehen.«

»Hätte ich jemanden, der wie sie auf mich wartet, könnte ich auch nicht schnell genug zurückkehren«, sagte Martin.

Arutha war ein in sich gekehrter Mensch, dem es schwerfiel, seine tiefen Gefühle zu zeigen, und er war doppelt empfindlich, wenn es um Anita ging. Es liebte das schlanke junge Mädchen von ganzer Seele und war berauscht von der Art, wie sie sich bewegte, von dem Klang ihrer Stimme, der Innigkeit, mit der sie ihn anblickte. Doch obwohl diese beiden Männer möglicherweise die einzigen auf ganz Midkemia waren, denen er sich so verbunden fühlte, daß er ihnen seine Gefühle zeigen könnte, hatte er es schon als Junge nie gut hingenommen, die Zielscheibe selbst gutmütigen Spottes zu sein.

Als sein Gesicht sich verfinsterte, sagte Lyam: »Nicht so grimmig, Sturmwolke! Vergiß nicht, ich bin nicht nur dein König, sondern immer noch dein älterer Bruder, der dir die Ohren langziehen kann, falls es sich als nötig erweisen sollte!«

Die Benutzung des Spitznamens, den seine Mutter ihm gegeben hatte, und die bildhafte Vorstellung, daß der König dem Fürsten von Krondor die Ohren langzöge, brachte Arutha unwillkürlich zum Lächeln. Er schwieg noch einen Herzschlag lang, dann gestand er: »Ich mache mir Sorgen, daß ich meine Hoffnungen vielleicht zu hoch stecke. Ihre Briefe, obgleich freundlich, waren förmlich und manchmal kühl. Und es gibt so viele junge Höflinge in deinem Palast.«

Martin lächelte. »Von dem Augenblick an, da wir aus Krondor entkamen, war dein Geschick besiegelt, Arutha. Sie hatte dich im Auge wie ein Jäger auf der Pirsche einen Rehbock. Selbst ehe wir Crydee auf unserer Flucht erreichten, waren die verstohlenen Blicke, mit denen sie dich bedachte, unverkennbar. Nein, sie wartet ganz sicher auf dich!«

»Außerdem«, fügte Lyam hinzu, »hast du ihr gestanden, wie es um dich bestellt ist.«

»Nun, nicht direkt, aber ich schrieb ihr, daß ich ihr geneigt bin.«

Lyam und Martin wechselten Blicke. »Arutha«, Lyam schüttelte den Kopf. »Deine Briefe waren wahrscheinlich von der Leidenschaftlichkeit eines Schreibers, der die jährliche Steuerabrechnung macht.«

Alle drei lachten. Die Monate der Reise hatten ihre Einstellung zueinander gewandelt. Martin war den beiden andern in ihrer Kindheit und frühen Jugend sowohl Lehrer als auch Freund gewesen, hatte sie im Jagen unterwiesen und sie mit dem Wald und seinen Geschöpfen vertraut gemacht. Aber er war ein Bürgerlicher gewesen, obwohl er natürlich als Jagdmeister eine hochgeachtete Stellung an Lord Borrics Hof innegehabt hatte. Nachdem die beiden erfahren hatten, daß er ihres Vaters natürlicher Sohn und somit ihr älterer Halbbruder war, hatten alle drei eine Zeit der Umstellung und Anpassung mitgemacht. Seither hatten sie auch die aufdringliche, falsche Kameradschaft jener kennengelernt, die sich davon Vorteile versprachen, und die leeren Versprechungen von Freundschaft und Loyalität Berechnender. Während dieser Zeit war ihnen etwas klargeworden: daß sie in den beiden anderen jemanden hatten, auf den man sich verlassen und dem man sich anvertrauen konnte; der verstand, was dieser plötzliche Aufstieg an die Spitze des Reiches bedeutete, und der mit ihnen den Druck der neuen Verantwortlichkeit teilte. In den beiden anderen hatte jeder wahre Freunde gefunden!

Arutha schüttelte den Kopf und lachte über sich selbst. »Ich glaube, ich habe es ebenfalls von Anfang an gewußt, obwohl mich Zweifel quälten. Sie ist so jung!«

»Etwa in Mutters Alter, als sie Vater heiratete, meinst du das?« Lyam lächelte.

»Hast du eine Antwort auf alles?« brummte Arutha.

Martin schlug Lyam auf die Schulter. »Natürlich.« Sanft fügte er hinzu: »Deshalb ist er ja der König!« Als Lyam Martin mit einem Blick vorgetäuschter Strenge bedachte, fuhr der älteste Bruder fort: »Sobald wir zurück sind, solltest du sie gleich bitten, dich zu heiraten. Dann können wir den alten Pater Tully aus seinem Schlaf vor dem Kamin reißen und uns gemeinsam nach Krondor zu einer fröhlichen Hochzeit begeben. Und ich kann all diesen lästigen Reisen ein Ende machen und nach Crydee zurückkehren.«

Aus dem Mastkorb rief eine Stimme: »Land ahoi!«

»Wo?« brüllte der Kapitän hinauf.

»Geradeaus in Fahrtrichtung!«

Martin mit den scharfen, erfahrenen Jägeraugen war der erste, der die ferne Küste erspähte. Ruhig legte er die Hände auf seiner Brüder Schultern. Nach einer Weile konnten alle drei die Umrisse ferner Türme sehen, die sich vom strahlend blauen Himmel abhoben.

»Rillanon!« hauchte Arutha.

Die leichten Schritte und das Rascheln des weiten, über den eiligen Füßen hochgehaltenen Rockes begleiteten den Anblick einer schlanken Gestalt, die zielstrebig einen Korridor entlangeilte. Die lieblichen Züge der jungen Dame, die zu Recht als die Schönste am Hof gepriesen wurde, verrieten unheilvolle Stimmung.

Die Wachen, die am Gang Posten standen, behielten Haltung, doch ihre Augen folgten der Eiligen. Mehr als einer der Gardisten ahnte, wem der Zorn der temperamentvollen jungen Dame galt, und lächelte insgeheim. Für den Minnesänger würde es im wahrsten Sinne des Wortes ein schlimmes Erwachen geben!

Auf äußerst undamenhafte Weise stürmte Prinzessin Carline, die Schwester des Königs, an einem überraschten Diener vorbei, der versuchte, gleichzeitig zur Seite zu springen und sich zu verbeugen, was dazu führte, daß er auf seiner Kehrseite landete, während Carline im Gästeflügel des Palasts verschwand.

Vor einer Tür hielt sie inne. Sie strich sich glättend über das dunkle Haar und hob die Hand, um anzuklopfen, doch dann unterließ sie es. Bei dem Gedanken, darauf warten zu müssen, bis die Tür aufgetan würde, kniff sie gereizt die Augen zusammen und riß die Tür auf, ohne sich anzumelden.

Es war dunkel in dem Gemach, denn die Nachtvorhänge waren noch zugezogen. In dem großen Bett lag jemand unter den Decken verborgen der laut aufstöhnte, als Carline die Tür zuschlug. Die Prinzessin bahnte sich einen Weg durch die auf dem Boden verstreut liegenden Kleidungsstücke, riß die Vorhänge zur Seite und ließ die strahlende Vormittagssonne ein. Ein neuerliches Stöhnen wurde laut, während ein Kopf mit rotumrandeten Augen unter der Bettdecke hervorkam. »Carline«, krächzte der Mann. »Willst du mich von der Sonne umbringen lassen?«

Das junge Mädchen stellte sich ans Bett und fauchte: »Wenn du nicht die Nacht durchgefeiert hättest und wie erwartet zum Frühstück erschienen wärst, wüßtest du inzwischen, daß meines Bruders Schiff gesichtet wurde. Es wird innerhalb von zwei Stunden einlaufen.«

Laurie von Tyr-Sog, fahrender Spielmann, Held des Spaltkriegs, und seit kurzem Hoftroubadour und ständiger Begleiter der Prinzessin, setzte sich auf und rieb die müden Augen. »Ich habe nicht gefeiert, in dem Sinn, den du meinst! Der Graf von Dolth bestand darauf, jedes meiner Lieder zu hören, und so sang ich bis fast zum Morgengrauen.« Er blinzelte und lächelte Carline an. Sich über den säuberlich gestutzten blonden Bart streichend, sagte er: »Der Mann hat eine unerschöpfliche Ausdauer, aber auch einen guten Geschmack, was die Musik betrifft.«

Carline setzte sich auf den Bettrand und küßte Laurie flüchtig. Geschickt befreite sie sich aus den Armen, die sich um sie legen wollten. Eine Hand gegen seine Brust gedrückt, hielt sie ihn in Schach. »Hör zu, du liebesdurstige Nachtigall, Lyam, Martin und Arutha werden bald hier sein. Sobald Lyam hofhält und alle Formalitäten hinter sich gebracht hat, werde ich wegen unserer Heirat mit ihm sprechen.«

Laurie schaute sich um, als suche er eine Ecke, in die er sich verkriechen könnte. Über das Jahr hinweg hatte ihr Verhältnis sich an Liebe und Leidenschaft immer mehr vertieft, trotzdem zuckte Laurie instinktiv zurück, wenn Carline das Gespräch auf eine mögliche Vermählung brachte. »Aber, Carline…«, begann er.

»›Aber, Carline‹, wirklich!« unterbrach sie ihn und stupste ihm den Finger in die Brust. »Du – du Possenreißer! Es gibt Fürsten aus dem Osten, Söhne von über der Hälfte aller Herzöge im Reich, und wer weiß, wie viele andere, die geradezu darum betteln, um mich freien zu dürfen. Und ich habe keinen einzigen beachtet. Wozu? Damit so ein dummer Minnesänger sein Spiel mit meinen Gefühlen treiben kann? Warte nur, ich rechne schon noch mit dir ab!«

Laurie lächelte schief und strich sein zerzaustes Blondhaar zurück. Er beugte sich vor, und ehe sie sich wehren konnte, küßte er sie stürmisch. Als er sie schließlich freigab, bat er: »Carline, Liebe meines Lebens, bitte! Fang nicht wieder damit an!«

Ihre Augen, die sie während des Kusses geschlossen hatte, starrten ihn sofort empört an. »Oh, ›fang nicht wieder damit an‹, sagst du!« fauchte sie. »Wir werden heiraten! Das ist endgültig!« Sie stand auf, um seinen neuerlichen Umarmungen zu entgehen. »Die Prinzessin und ihr Minnesänger! Das ist schon zum Hofskandal geworden. Und es ist nicht einmal originell. Ich werde zum Gespött! Verdammt, Laurie! Ich bin fast sechsundzwanzig. Die meisten Frauen meines Alters sind seit acht oder neun Jahren verheiratet. Möchtest du, daß ich als alte Jungfer sterbe?«

»Das bestimmt nicht, mein Herzblatt«, antwortete er belustigt. Sie war nicht nur bezaubernd schön, und es würde bestimmt niemand auf den Gedanken kommen, sie eine alte Jungfer zu nennen, sie war auch zehn Jahre jünger als er, und so betrachtete er sie als noch sehr jung, wozu ihre manchmal kindischen Temperamentsausbrüche nicht wenig beitrugen. Er setzte sich nun hoch auf und spreizte die Hände in einer Geste der Hilflosigkeit, während er sich verzweifelt bemühte, seiner Erheiterung Herr zu werden. »Ich bin, was ich bin, Liebling, nicht mehr, nicht weniger. Ich bin schon länger hier, als ich irgendwo sonst je als freier Mann blieb. Allerdings muß ich zugeben, daß es eine weit angenehmere Unfreiheit ist als beim letzten Mal.« Er meinte damit die Jahre, die er als Sklave auf Kelewan, der Heimatwelt der Tsuranis, verbracht hatte. »Aber man kann nie wissen, wann die Wanderlust mich wieder packt.« Er sah, wie sie bei seinen Worten innerlich zu kochen begann, und zwang sich, sich selbst einzugestehen, daß es häufig seine Schuld war, wenn sich ihr Temperament entlud. Schnell änderte er die Taktik. »Außerdem weiß ich nicht, ob ich einen guten – nun, wie immer der Gemahl der Königsschwester genannt wird – abgeben würde.«

»Du wirst dir Mühe geben müssen. Und jetzt steh auf und zieh dich an!«

Laurie fing die Hose, die sie ihm zuwarf, und schlüpfte hinein. Als er fertig angekleidet war, stellte er sich vor Carline und legte die Arme um ihre Taille. »Seit dem ersten Augenblick, da ich dich sah, Carline, bete ich dich an. Ich habe nie jemanden so geliebt wie dich und werde auch nie jemanden so lieben können, aber...«

»Ich weiß. Seit Monaten höre ich dieselben Ausreden.« Wieder stupste sie ihm den Zeigefinger in die Brust. »Du warst immer ein fahrender Spielmann«, spöttelte sie. »Du warst immer frei. Du weißt nicht, wie du es durchhalten könntest, immer an denselben Ort gebunden zu sein – obwohl mir aufgefallen ist, daß du dich im Königspalast recht gut eingewöhnt hast.«

Laurie richtete ergeben den Blick himmelwärts. »Das kann ich nicht leugnen.«

»Nun, mein Liebster, diese Ausreden helfen dir vielleicht, wenn du Abschied von einer armen Wirtstochter nimmst. Aber hier nutzen sie dir wenig! Wir werden sehen, was Lyam von alledem hält. Ich könnte mir vorstellen, daß es in den Archiven irgendein altes Gesetz gibt, das sich mit Bürgerlichen befaßt, die sich bei Edlen einschmeicheln und...«

Laurie grinste. »O ja, so ein Gesetz gibt es. Meinem Vater steht ein Goldstück zu, außerdem ein Maultiergespann und ein Bauernhof, weil du mich verführt hast!«

Carline konnte ein Kichern nicht mehr zurückhalten, dann lachte sie laut. »Du gemeiner Kerl!« Sie schlang die Arme um ihn, legte den Kopf an seine Brust und seufzte. »Ich kann dir einfach nicht lange böse sein.«

Er wiegte sie sanft in den Armen. »Ich gebe dir auch manchmal Grund, wütend auf mich zu sein«, murmelte er.

»Das tust du allerdings!«

»Na ja, so oft auch wieder nicht!«

»Hör zu, Freundchen. Meine Brüder nähern sich dem Hafen, und du stehst hier herum und streitest mit mir. Du magst ja mit mir nach Belieben umspringen, aber möglicherweise sieht der König die Dinge aus anderer Sicht.«

»Das habe ich befürchtet.« Echte Besorgnis sprach aus Lauries Stimme.

Plötzlich wurde Carline weicher gestimmt. Sie blickte ihn aufmunternd an. »Lyam wird tun, worum immer ich ihn bitte. Er war nie imstande, mir etwas abzuschlagen, das ich mir wirklich wünschte, seit ich ganz klein war. Hier ist nicht Crydee. Er weiß, daß die Dinge hier anders sind und ich kein Kind mehr bin.«

»Das ist mir aufgefallen.«

»Ach du! Hör zu, Laurie. Du bist schließlich kein einfacher Bauer oder Schuhmacher. Du beherrscht mehr Sprachen als jeder ›gebildete‹ Edle, dem ich je begegnet bin. Du liest und schreibst. Du bist weitgereist, ja, warst sogar auf der Tsurani-Welt. Du bist klug und begabt. Du bist viel eher befähigt zu herrschen, als so mancher, der dazu geboren ist. Außerdem, wenn ich einen älteren Bruder haben kann, der Jäger war, ehe er Herzog wurde, weshalb sollte ich dann keinen Gatten haben dürfen, der Spielmann war?«

»Deine Logik ist unwiderlegbar. Mir fällt keine gute Antwort darauf ein. Du weißt, ich liebe dich über alle Maßen, aber ansonsten...«

»Dein Problem ist, du hast die Begabung zu herrschen, aber du scheust vor der Verantwortung zurück. Du bist ganz einfach faul!«

Er lachte. »Das ist auch der Grund, weshalb Vater mich mit dreizehn Jahren aus dem Haus warf. Er sagte, ich würde nie einen tüchtigen Bauern abgeben.«

Sie schob ihn sanft von sich, und ihre Stimme klang wieder ernster. »Die Dinge ändern sich, Laurie. Ich habe viel darüber nachgedacht. Ich glaubte schon zweimal zuvor zu lieben, aber du bist der einzige Mann, der mich vergessen läßt, wer ich bin, und mich dazu bringt, mich ohne Scham so zu benehmen. Wenn ich bei dir bin, ergibt nichts einen Sinn, aber das macht nichts, denn es ist mir egal, ob es sinnvoll ist zu fühlen, wie ich es tue. Aber nun muß ich mir doch Gedanken machen. Und du sieh zu, daß du eine Entscheidung triffst, und zwar bald. Ich wette mein

Geschmeide, daß Arutha und Anita ihre Verlobung bekanntgeben werden, noch ehe meine Brüder einen vollen Tag im Palast sind. Was bedeutet, daß wir umgehend alle nach Krondor zur Vermählung aufbrechen werden.

Wenn sie verheiratet sind, werde ich mit Lyam hierher zurückkehren. Es liegt nun bei dir, dich zu entscheiden, ob du mit uns wieder hierherkommen wirst.« Sie blickte ihn fest an. »Es war wundervoll mit dir. Meine Gefühle sind von einer Art, wie ich sie mir nicht einmal hätte vorstellen können, als ich meine Jungmädchenträume von Pug und dann Roland träumte. Doch du mußt dich bereit machen, die Entscheidung zu treffen. Du bist mein erster Geliebter und wirst immer meine größte Liebe bleiben, aber wenn ich hierher zurückkomme, wirst du entweder mein Gemahl sein oder eine Erinnerung.«

Ehe er antworten konnte, ging sie zur Tür. »Ich liebe dich über alles. Aber die Zeit drängt.« Sie blickte ihn an. »Nun komm schon und begleite mich, den König begrüßen.«

Er eilte an ihre Seite und öffnete ihr die Tür.

Sie bestiegen eine der draußen wartenden Kutschen, die zum Empfang des Königs zum Hafen fuhren. Laurie von Tyr-Sog, fahrender Spielmann und Held des Spaltkriegs, war sich der Gegenwart der Frau an seiner Seite sehr bewußt. Er fragte sich, wie es wäre, wenn sie ihm für immer versagt würde. Bei dieser Aussicht fühlte er sich ausgesprochen unglücklich.

Rillanon, die Hauptstadt des Königreichs der Inseln, wartete darauf, ihren König willkommen heißen zu dürfen. Die Häuser waren mit Girlanden behangen und mit Treibhausblumen geschmückt. Fahnen flatterten von allen Dächern, und Wimpel in allen Farben waren zwischen den Häusern aller Straßen aufgereiht, durch die der König kommen würde. Kleinod des Königreichs genannt, erstreckte Rillanon sich über die Hänge vieler Hügel und bot mit seinen schlanken Türmen, hohen Spitzbogen und luftigen Brücken einen malerischen Anblick. Der dahingeschiedene König Rodric hatte mit einer Verschönerung der Stadt begonnen und den meisten Häusern um den Palast eine neue Fassade aus schönem Marmor oder Quarz geben lassen und die Stadt zu einem glitzernden Wunder gemacht, was die Nachmittagssonne nun noch hervorhob.

Der *Königsadler* legte an dem Kai an, wo die Empfangsgesellschaft bereits wartete. In der Ferne, auf den Dächern und den Hangstraßen, von denen aus man zum Hafen blicken konnte, begrüßte die Menge jubelnd die Rückkehr ihres jugendlichen Königs. Viele Jahre hatte die Stadt unter den unheilvollen Folgen von König Rodrics Wahnsinn gelitten, und obgleich Lyam den meisten der Bürger noch fremd war, verehrten sie ihn doch, denn er war jung und gutaussehend, sein Heldenmut während des Spaltkriegs war weitbekannt, und seine Großzügigkeit war bereits spürbar. Er hatte die Steuern gesenkt.

Mit meisterhafter Geschicklichkeit lenkte der Hafenlotse des Königs Schiff an seinen Anlegeplatz. Es wurde sofort festgemacht und die Laufbrücke heruntergelassen.

Arutha sah zu, wie Lyam als erster von Bord ging. Wie die Sitte es erforderte, fiel er auf die Knie und küßte den Boden seines Heimatlands. Suchend wanderte Aruthas Blick über die Menge. Wo war Anita? In dem Gedränge der Edlen, die es kaum erwarten konnten, Lyam zu begrüßen, fand er sie nicht. Eisiger Zweifel stach in sein Herz.

Martin stupste ihn unauffällig, denn dem Protokoll nach mußte er als zweiter aussteigen. Arutha eilte die Laufbrücke hinunter, Martin einen Schritt hinter ihm. Aruthas Blick fiel auf seine Schwester, die von der Seite des Sängers Laurie vorwärts rannte, um Lyam stürmisch zu umarmen. Zwar waren die anderen in der Empfangsgesellschaft nicht so frei mit dem Ritual wie Carline, aber ein unzeremonielles Jubeln der Höflinge und Gardisten begrüßte den König, auf dessen Anweisungen sie warteten. Und dann waren Carlines Arme um Arutha. Sie küßte ihn und sagte glücklich: »Wie sehr ich dein finsteres Gesicht vermißt habe.«

Wie immer, wenn er in Gedanken versunken war, wirkte Aruthas Miene düster. »Finsteres Gesicht?«

Carline blickte in Aruthas Augen und sagte mit unschuldsvollem Lächeln: »Du siehst aus, als hättest du was verschluckt, das sich noch rührt.«

Darüber lachte Martin laut, und Carline umarmte nun ihn. Er erstarrte zunächst, denn in Gegenwart seiner Schwester fühlte er sich noch etwas befangen, doch dann entspannte er sich und schloß sie nun ebenfalls in die Arme. Carline sagte: »Ich habe mich ohne euch drei um mich herum gelangweilt.«

Martin, der Laurie entdeckt hatte, schüttelte den Kopf. »Wohl doch nicht allzusehr, wie es scheint.«

Keineswegs gekränkt, entgegnete das Mädchen: »Es gibt kein Gesetz, nach dem bloß Männer sich vergnügen dürfen. Abgesehen davon ist er der beste Mann, den ich, von meinen Brüdern abgesehen, kenne.« Dafür hatte Martin nur ein Lächeln, und Arutha hielt weiter Ausschau nach Anita.

Lord Caldric, Herzog von Rillanon und oberster Ratgeber des Königs, außerdem Lyams Großonkel, lächelte breit, als des Königs kräftige Hand die seine bei einem herzlichen Händedruck fast ganz verbarg. Um das Jubeln der Menge zu übertönen, mußte Lyam fast brüllen: »Onkel, wie steht es mit Unserem Königreich?«

»Gut, mein König, nun da Ihr zurück seid.«

Als Aruthas Miene immer niedergeschlagener wurde, lächelte Carline ihm zu. »Genug des langen Gesichts, Arutha. Sie ist im Ostgarten und wartet auf dich.«

Arutha küßte Carline auf die Wange und ließ sie und einen wissend lächelnden Martin zurück. Während er an Lyam vorbeirannte, rief er: »Mit Eurer Majestät Erlaubnis.«

Lyams Verblüffung wandelte sich ebenfalls in ein Lächeln, während Caldric und die anderen Höflinge sich über das Benehmen des Fürsten von Krondor wunderten. Lyam beugte sich näher zu Caldric und flüsterte: »Anita.«

Ein sonniges Lächeln verjüngte Caldrics furchiges Gesicht, als er verständnisvoll nickte. »Dann werdet Ihr wohl bald wieder unterwegs sein, nach Krondor diesmal, zur Vermählung Eures Bruders?«

»Wir würden sie ja lieber hier abhalten, aber die Tradition gebietet, daß der Fürst in seiner eigenen Stadt heiratet, und der Sitte müssen wir uns beugen. Aber bis dahin werden noch ein paar Wochen vergehen. So etwas dauert seine Zeit. Und Wir müssen in der Zwischenzeit über das Reich regieren, obgleich mir deucht, daß Ihr das in Unserer Abwesenheit recht gut gemacht habt.«

»Möglich, Eure Majestät, doch nun, da es wieder einen König in Rillanon gibt, wird Euch so manches, was in diesem Jahr aufgeschoben wurde, zur Entscheidung vorgebracht werden. Die Gesuche und andere Schriftsachen, die wir Euch während Eurer Reisen nachschickten, waren höchstens ein Zehntel von jenen, die Euch erwarten.«

Lyam stöhnte übertrieben. »Wir glauben, Wir werden den Kapitän veranlassen, sofort wieder in See zu stechen.«

Caldric lächelte. »Kommt, Majestät. Eure Stadt möchte gern ihren König sehen.«

Von einer einzigen Person abgesehen, war der Ostgarten leer. Sie wandelte ruhig zwischen den wohlgepflegten Beeten dahin, wo die Pflanzen kurz davor standen, Knospen zu bilden. Ein paar unempfindliche Arten leuchteten schon im freundlichen Grün des Frühlings, und viele der abgrenzenden Hecken waren immergrüne Gewächse. Doch im großen ganzen erinnerte der Garten in seiner Kahlheit noch mehr an den Winter als an ein

Versprechen des Frühlings, der in wenigen Wochen einziehen würde.

Anita blickte hinunter auf Rillanon. Das Schloß krönte die Kuppel des Berges. Schon in früher Zeit hatte man hier eine trutzige Burg errichtet, um die herum später das Schloß erbaut worden war. Sieben Bogenbrücken führten hier über den schlängelnden Fluß, innerhalb dessen Schleife das Schloß sich erhob. Der Nachmittagswind war kühl, so zog Anita den feinen Seidenschal enger um die Schultern.

Sie lächelte, als ihre Gedanken zurückwanderten, doch dann verschleierten Tränen ihre Augen in der Erinnerung an ihren zu früh dahingeschiedenen Vater, Prinz Erland, und an all das, was im vergangenen Jahr und zuvor geschehen war: Wie Guy du Bas-Tyra in Krondor eingetroffen war und sie zu einer Heirat aus Staatsgründen hatte zwingen wollen; wie Arutha unerkannt in die Stadt gekommen war. Sie hatten gemeinsam mehr als einen Monat Zuflucht bei den Spöttern gefunden – der Diebesgilde von Krondor –, bis diese ihnen die Flucht nach Crydee ermöglichten. Nach Beendigung des Spaltkriegs war sie zu Lyams Krönung nach Rillanon gereist. Während all dieser Monate war ihre Liebe zu des Königs jüngerem Bruder gewachsen. Und nun kehrte Arutha nach Rillanon zurück.

Schwere Schritte auf dem Fliesenweg veranlaßten sie, sich umzudrehen. Sie nahm an, ein Diener oder Gardist der Palastwache würde ihr die Ankunft des Königs im Hafen melden. Statt dessen näherte sich ein müde wirkender Mann in prächtiger, aber etwas mitgenommener Reisekleidung. Der Wind zauste sein dunkelbraunes Haar, und dunkle Ringe hoben sich um die braunen Augen im fast hageren Gesicht ab. Seine Stirn war leicht gerunzelt, wie immer, wenn er sich mit etwas Ernsthaftem beschäftigte – und gerade das gefiel ihr an ihm. Während er herankam, staunte sie insgeheim über seine Haltung und seinen Gang. Seine Bewegungen waren geschmeidig wie die einer

Katze. Als er sie fast erreicht hatte, lächelte er etwas verlegen. Anita kämpfte vergebens um ihre am Hof anerzogene Haltung, und Tränen perlten über ihre Wangen. Plötzlich lag sie in seinen Armen und klammerte sich an ihn. »Arutha!« mehr brachte sie nicht heraus.

Eine Weile schwiegen beide und hielten einander nur fest umarmt, dann drückte er seine Lippen auf ihre. Wortlos sprach er von der Sehnsucht nach ihr, die ihn gequält hatte und von seiner Liebe, und wortlos antwortete sie auf gleiche Weise. Er blickte hinunter auf Augen so grün wie die See, und ein so bezaubernd mit niedlichen Sommersprossen bestäubtes Näschen – die einzige, doch erfreuliche Unvollkommenheit ihrer ansonsten makellosen hellen Haut. Mit müdem Lächeln sagte er endlich: »Ich bin wieder da!«

Dann mußte er selbst über diese überflüssige Bemerkung lachen, und sie lachte mit ihm. Er fühlte sich unendlich beschwingt mit dieser zierlichen jungen Frau in den Armen. Er roch den sanften Duft ihres dunkelrotbraunen Haares, das auf ausgefallene Weise hochgesteckt war, wie es die Hofmode zur Zeit vorschrieb. Er war glücklich, wieder bei ihr zu sein.

Sie löste sich aus seinen Armen, hielt jedoch seine Hand fest. »So lange warst du fort«, murmelte sie. »Ihr wolltet doch bloß einen Monat wegbleiben, dann kam ein zweiter hinzu, ein dritter und weitere. Über ein halbes Jahr warst du fort. Ich konnte einfach nicht zum Hafen kommen, denn ich wußte, ich könnte die Tränen nicht zurückhalten, sobald ich dich sähe.« Auch jetzt noch glänzten ihre Wangen feucht. Sie lächelte und rieb sie trokken.

Arutha drückte ihre Hand. »Lyam fand immer mehr Edle, die er glaubte besuchen zu müssen. Staatsgeschäfte«, sagte er mit trockenem Humor. Von dem Tag an, da er Anita kennengelernt hatte, war er unfähig, seine Gefühle für sie in Worte zu kleiden. Er hatte sich von Anfang an stark zu ihr hingezogen gefühlt, und nach ihrer Flucht aus Krondor ständig gegen seine Gefühle angekämpft, da er sie trotz allem noch für ein Kind hielt. Dennoch war ihr Einfluß auf ihn immer beruhigend gewesen. Sie hatte seine Stimmungen wie niemand sonst erkannt, hatte verstanden, seine Sorgenfalten zu glätten, seinen Ärger zu dämpfen, und ihn aus seinen überflüssigen Grübeleien zu reißen. Und er hatte ihre sanfte Art liebengelernt.

Sie hatten von ihren Gefühlen nie gesprochen, selbst nicht am Vorabend seines Aufbruchs mit Lyam. Auch damals waren sie durch diesen Garten geschritten und hatten bis tief in die Nacht hinein miteinander geredet. Obwohl sie über nichts von wirklicher Bedeutung gesprochen hatten, war Arutha, als er sie verließ, überzeugt gewesen, daß sie zu einer wortlosen Übereinstimmung gekommen waren. Doch dann hatte der leichte und manchmal förmliche Ton ihrer Briefe Zweifel in ihm geweckt. Er hatte befürchtet, ihre unausgesprochenen Gefühle mißdeutet zu haben. Doch nun, während er sie so ansah, wußte er, er hatte sich nicht getäuscht. Übergangslos gestand er nun: »Ich konnte an fast nichts anderes mehr denken als an dich, seit wir hier Abschied nahmen.«

Wieder glänzten Tränen in ihren Augen. »Und ich dachte nur an dich.«

»Ich liebe dich, Anita. Ich möchte dich immer um mich haben. Willst du mich heiraten?«

Sie drückte seine Hand, als sie »ja« flüsterte, dann umarmte sie ihn wieder. Arutha wurde vor lauter Glück schier schwindelig. Ganz fest hielt er sie und flüsterte: »Du bist mein ein und alles, mein Herzblatt.«

Reglos standen sie eine ganze Weile: der hochgewachsene, fast hagere Prinz und die zierliche Prinzessin, die ihm kaum bis zum Kinn reichte. Sie flüsterten zärtliche Worte, und nichts schien von Bedeutung zu sein als die Anwesenheit des anderen. Erst ein verlegenes Räuspern riß sie aus ihrer Versunkenheit. Sie drehten sich um und sahen einen Leibgardisten am Garteneingang stehen. Er meldete: »Seine Majestät naht, Eure Hoheit. Er wird in wenigen Minuten den Audienzsaal betreten.«

»Wir werden uns sogleich dorthin begeben«, versicherte ihm Arutha. Er nahm Anita an der Hand und ging mit ihr an dem Gardisten vorüber, der ihnen folgte. Hätten Anita und Arutha über die Schulter geblickt, hätten sie bemerken müssen, wie der erfahrene Palastwächter sich schwertat, ein breites Grinsen zu unterdrücken.

Arutha drückte schnell noch einmal Anitas Hand, dann stellte er sich neben der Flügeltür auf, als Lyam den großen Thronsaal betrat. Während der König zum Thron schritt, verneigten die Höflinge sich tief, und der Hofzeremonienmeister klopfte mit dem Metallende seines Zeremonienstabes auf den Marmorboden. Ein Herold rief: »Höret! Höret! Es sei euch kundgetan, daß Lyam, der erste dieses Namens und durch die Gnade der Götter rechtmäßiger Herrscher, zurückgekehrt ist und wieder seinen Thron eingenommen hat. Lang lebe der König!«

»Lang lebe der König!« kam die Antwort im Chor.

Als er sich niedergelassen hatte, die einfache Krone auf dem Haupt und den Purpurumhang um die Schultern gelegt, sagte Lyam: »Wir sind glücklich, zu Hause zu sein.«

Erneut klopfte der Zeremonienmeister auf den Boden, und der Herold rief Aruthas Namen. Arutha betrat den Saal, dichtauf gefolgt von Carline und Anita, und hinter ihnen Martin, genau nach den Vorschriften des Protokolls. Jeder wurde der Reihe nach angekündigt. Als alle ihren Platz neben Lyam eingenommen hatten, winkte der König Arutha zu sich.

Arutha trat neben ihn. »Hast du sie gefragt?« erkundigte sich Lyam.

Mit verschmitztem Lächeln entgegnete Arutha. »Was soll ich sie gefragt haben?«

Lyam grinste. »Ob sie dich heiraten will, also tu nicht so! Und natürlich hast du sie gefragt und sie hat ja gesagt, das erkenne ich an deiner Miene«, flüsterte er. »Kehr schon an deinen Platz zurück, dann werde ich die Verlobung verkünden.« Arutha kehrte an Anitas Seite zurück, und Lyam winkte Lord Caldric zu sich. »Wir sind müde, mein Lord Kanzler. Wir würden uns freuen, wenn Wir uns kurz fassen könnten.«

»Es gibt nur zwei Angelegenheiten, mit denen, wie ich glaube, Eure Majestät sich heute befassen sollten. Alles andere kann warten.«

Lyam bedeutete Caldric fortzufahren. »Das erste: wir haben Berichte von den Grenzbaronen und von Herzog Vandros von Yabon erhalten über ungewöhnliche Regsamkeit der Kobolde im westlichen Bereich.«

Bei diesen Worten horchte Arutha auf und wandte die Aufmerksamkeit von Anita. Der westliche Bereich unterstand ihm. Lyam bedeutete ihn und Martin zu sich.

»Was ist mit Crydee, mein Lord?« erkundigte sich Martin.

»Von der Fernen Küste haben wir nichts gehört, Euer Gnaden. Bisher erhielten wir lediglich Meldungen aus dem Gebiet zwischen Hohenburg im Osten und dem Himmelssee im Westen, daß Koboldtrupps nordwärts ziehen und auf ihrem Zug hin und wieder Dörfer überfallen.«

»Nordwärts?« Martin blickte Arutha fragend an.

Arutha bat ums Wort: »Ich bitte um Eurer Majestät Erlaubnis.« Und als Lyam zu seinen Worten nickte: »Martin, glaubst du, daß die Kobolde sich der Bruderschaft des Düsteren Pfades anschließen wollen?«

Martin überlegte. »Ich würde eine solche Möglichkeit nicht ausschließen. Die Kobolde dienen den Moredhel schon lange. Allerdings habe ich eigentlich eher erwartet, daß die Düsteren Brüder wieder südwärts, zu ihrem Zuhause in den Bergen der Grauen Türme, ziehen würden.« Die finsteren Vettern der Elben waren durch die Tsurani-Invasion im Spaltkrieg aus den Grauen Türmen nordwärts vertrieben worden. Martin wandte sich an Caldric: »Mein Lord, habt Ihr Meldungen über die Düstere Bruderschaft?«

Caldric schüttelte den Kopf. »Sie wurden lediglich entlang dem Vorgebirge der Zähne der Welt gesichtet, aber das ist eigentlich nicht weiter ungewöhnlich. Die Lords vom Wächter des Nordens, dem Eisernen Paß und von Hohenburg schickten die üblichen Berichte, was die Bruderschaft betrifft, nichts weiter.«

»Arutha, Wir überlassen es dir und Martin, diese Berichte zu studieren und zu entscheiden, was im Westen getan werden muß.« Lyam wandte sich dann wieder an Caldric. »Was sonst, mein Lord?«

»Eine Botschaft der Kaiserin von Groß-Kesh, Eure Majestät.«

»Und was hat Kesh den Inseln zu sagen?«

»Die Kaiserin hat ihren Botschafter, einen gewissen Abdur Rachman Memo Hazara-Khan, zu den Inseln entsandt, um darüber zu verhandeln, wie sich etwaige noch bestehende Unstimmigkeiten zwischen den beiden Reichen beheben lassen.«

»Das ist eine erfreuliche Neuigkeit, mein Lord«, entgegnete Lyam. »Zu lange Zeit schon haben die Schwierigkeiten mit dem Tal der Träume verhindert, daß Groß-Kesh und das Reich der Inseln sich in anderen Dingen einigten. Es wäre von großem Vorteil für unsere beiden Völker, wenn die Sache zu einem guten Ende für beide Teile gebracht werden könnte.« Lyam erhob sich. »Doch teilt Seiner Exzellenz mit, er möge Uns in Krondor aufsuchen, da wir dort eine Vermählung feiern werden.

Meine Lords und Ladies des Hofes, mit großer Freude darf ich heute die Verlobung Unseres Bruders Arutha mit Prinzessin Anita bekanntgeben.« Der König wandte sich den beiden zu, nahm sie bei der Hand und führte sie den Anwesenden vor, die erfreut Beifall zollend klatschten.

Carline, die neben ihren Brüdern stand, warf Laurie einen finsteren Blick zu und drückte Anita einen Kuß auf die Wange. In dem Jubel im Thronsaal hinein erklärte Lyam: »Damit ist die Tagesordnung beendet.«

Krondor

Die Stadt schlief.

Vom Bitteren Meer hatte sich eine undurchdringliche Nebeldecke über Krondor geschoben und verbarg alles unter dichtem Grauweiß. Die Hauptstadt des westlichen Landesteils ruhte nie völlig, doch dieser schier allesverhüllende Dunst dämpfte die üblichen nächtlichen Geräusche und raubte die Sicht, selbst jenen, die sich um diese Stunde noch im Freien aufhielten. Die ganze Stadt wirkte stiller, ruhiger als sonst, als stünde sie im Frieden mit sich selbst.

Für einen bestimmten Bewohner der Stadt war dieser Zustand geradezu ideal. Der Nebel hatte jede Straße in einen schmalen, dunklen Tunnel verwandelt und jeden Häuserblock in eine abgeschiedene Insel. Die schier endlose Düsternis war nur da und dort von Straßenlaternen durchbrochen: begrenzte Haltestellen mit Wärme und beruhigender Helligkeit für Vorübergehende, ehe sie wieder in die feuchtkalte und dunkle Nacht eintauchen mußten. Doch zwischen diesen tröstlichen Häfen fand jener, der die Dunkelheit für seine Arbeit brauchte, zusätzlichen Schutz, da die Geräusche, die er verursachen mochte, vom Nebel gedämpft wurden, und er selbst zufälligen Blicken entging. Jimmy die Hand ging seinen Geschäften nach.

Obgleich erst fünfzehn, zählte Jimmy doch bereits zu den begabtesten Angehörigen der Spötter, der Gilde der Diebe. Jimmy war fast sein ganzes, wahrlich noch nicht langes Leben ein Dieb: ein Straßenjunge, der damit angefangen hatte, flink Obst von den Karren von Straßenhändlern zu entwenden, hatte sich zum vollwertigen Mitglied der Spötter hochgearbeitet. Jimmy hatte seinen Vater nie gekannt, und seine Mutter war Freudenmädchen im Armenviertel gewesen, bis ein betrunkener Seemann ihrem Leben jäh ein Ende gemacht hatte. Seither war der Junge ein Spötter, und sein Aufstieg in der Gilde war überraschend schnell vonstatten gegangen. Doch das Erstaunlichste an Jimmys Vorwärtskommen war nicht sein Alter, denn bei den Spöttern war man der Ansicht, daß ein Junge, sobald er zu stehlen bereit war, auch auf die Menschheit losgelassen werden sollte. Ungeschicktheit brachte ihre eigenen Folgen. Ein schlechter Dieb war bald ein toter Dieb. Solange dabei kein anderer Spötter in Gefahr geriet, galt der Tod eines ungeschickten Diebes nicht als großer Verlust. Nein, die erstaunlichste Tatsache bei Jimmys schnellem Aufstieg war die, daß er wirklich nahezu so gut war, wie er sich einbildete.

Mit katzenhafter Unauffälligkeit bewegte Jimmy sich in der Kammer. Nur das Schnarchen des ahnungslosen Ehepaars brach die nächtliche Stille. Der schwache Schein einer Straßenlaterne, der durch das offene Fenster fiel, war sein einziges Licht. Jimmy schaute sich um. Alle seine Sinne unterstützten die Augen bei der Suche. Eine plötzliche Veränderung im kaum vernehmbaren Geräusch seiner Schritte auf den Bodenbrettern verriet dem jungen Einbrecher, daß er gefunden hatte, was er suchte. Mit lautlosen Handgriffen öffnete er das doppelte Bodenstück, und seine Finger steckten auch schon im Versteck, das Trig, der Tuchwalker, für so sicher gehalten hatte.

Trig schnaufte schwer und wälzte sich herum, was ein rasselndes Schnarchen seines Weibes zur Folge hatte. Jimmy erstarrte und wagte kaum zu atmen, bis die beiden wieder gleichmäßig schnauften. Dann erst holte er einen schweren Beutel aus dem Bodenkästchen. Er steckte ihn unter seinen Kittel, und zwar so, daß er durch den Gürtel festgehalten wurde. Dann setzte er geräuschlos das Stück Bodenbrett wieder ein, und kehrte zum Fenster zurück. Wenn er Glück hatte, würde der Verlust erst in Tagen entdeckt werden.

Er stieg durchs Fenster, drehte sich um und griff nach der Dachrinne, an der er sich hochzog. Er legte sich so aufs Dach, daß sein Oberkörper über den Rand hing. Ein sanfter Stoß genügte, die Fensterläden zu schließen. Dann rüttelte er vorsichtig an Haken und Schnur, bis der innere Riegel einrastete. Schnell zog er die Schnur zurück und lachte insgeheim über die Verblüffung des Walkers, wenn er sich den Kopf darüber zerbrach – was er bestimmt tun würde –, wie sein Gold hatte verschwinden können. Einen Augenblick blieb Jimmy noch reglos liegen und lauschte auf mögliche Geräusche, die auf ein Erwachen der beiden in der Kammer hindeuten mochten. Als nichts zu hören war, entspannte er sich.

Er stand auf und machte sich auf den Weg über die Straße der Einbrecher, wie man in gewissen Kreisen die Dächer nannte. Er sprang von Trigs Haus zum Dach des anschließenden, wo er sich auf den Dachziegeln niederließ, um seine Beute zu begutachten. Der Beutelinhalt war Beweis für des Walkers Sparsamkeit. Er mußte wohl immer eine schöne Summe seiner Einnahmen zur Seite gelegt haben. Jimmy würde sich dafür monatelang ein gutes Leben leisten können, wenn er nicht alles verspielte.

Ein kaum vernehmbares Geräusch veranlaßte Jimmy, sich lautlos flach auf dem Dach auszustrecken. Ein zweiter Laut war zu hören: ein leichtes Scharren auf den Ziegeln auf der anderen Seite einer Gaube, etwa in der Mitte des Daches, auf dem er lag. Der Junge verfluchte sein Pech und strich durch sein nebelfeuchtes braunes Lockenhaar. Denn daß ein anderer sich auf dem Dach befand, konnte ihn nur in Schwierigkeiten bringen. Jimmy arbeitete nämlich ohne Erlaubnis des Nachtmeisters der Spötter, eine Angewohnheit, die ihm die paar Male, da er dabei erwischt worden war, Rügen und Prügel eingebracht hatte. Doch wenn er jetzt etwa auch noch die Arbeit eines anderen Spötters in Gefahr brachte, mußte er mit mehr als bloß ein paar harten Worten und einem versohlten Hintern rechnen. Jimmy wurde von den anderen in der Gilde als Erwachsener behandelt, und er hatte sich diese Stellung durch Geschicklichkeit und Klugheit schwer verdient. Dafür erwartete man von ihm jedoch, daß er Verantwortung zeigte, ohne Rücksicht auf sein Alter. Indem er das Leben eines anderen Spötters in Gefahr brachte, mochte er sein eigenes leicht verwirken.

Die andere Möglichkeit konnte sich als nicht weniger folgenschwer erweisen. Wenn ein freier Einbrecher in der Stadt ohne die Erlaubnis der Spötter arbeitete, war es Jimmys Pflicht, herauszufinden, wer er war, und ihn zu melden. Dadurch würde Jimmys eigenes Vergehen gegen die Bestimmungen der Gilde für nicht ganz so schlimm erachtet werden, vor allem dann nicht, wenn er die üblichen zwei Drittel seiner Beute ablieferte.

Er kletterte über den First und schlich auf der anderen Dachseite entlang, bis er sich dem Ursprung des Geräusches gegenüber befand. Nun mußte er sich den freien Einbrecher nur genau ansehen und ihn melden. Falls der Mann nicht bekannt war, würde der Nachtmeister seine Beschreibung weitergeben, und früher oder später würden ein paar kräftige Gildenhüter ihn aufspüren und ihm beibringen, wie ein diebischer Besucher in der Stadt sich der Gilde gegenüber zu benehmen hatte. Jimmy lugte vorsichtig über den First. Er sah nichts. Erst als er sich vorsichtig umschaute, bemerkte er eine Bewegung aus den Augenwinkeln und wandte den Kopf in diese Richtung. Doch auch jetzt sah er nichts. Jimmy machte sich bereit zu warten. Hier war etwas, was seine Neugier reizte.

Diese immer wache Neugier war eine von Jimmys Schwächen, wenn es um seine Arbeit ging – Neugier und dann und wann der Ärger darüber, daß er seine Beute mit der Gilde teilen mußte, der sein Zögern in dieser Beziehung mißfiel. Seine Erziehung bei den Spöttern hatte in ihm seine eigene Art von Lebenseinstellung geweckt – sein Skeptizismus grenzte an Zynismus –, die für einen Burschen seines Alters ungewöhnlich war. Er war ungebildet, aber klug. Und dies wußte er ganz sicher: Ein Geräusch kommt nicht aus leerer Luft – außer natürlich, wenn Magie im Spiel ist.

Jimmy grübelte über das, was er nicht sehen konnte. Entweder kroch ein unsichtbares Gespenst über die Dachziegel, was zwar möglich, aber doch höchst unwahrscheinlich war; oder etwas durchaus Stoffliches war gut im Schatten auf der anderen Seite der Gaube verborgen.

Jimmy schlich auf der anderen Dachseite entlang, bis er die Höhe der Gaube erreicht hatte. Wieder lugte er vorsichtig über den First. Er spähte in die Dunkelheit, und als er ein neuerliches schwaches Scharren hörte, wurde er auch mit dem Schatten einer Bewegung belohnt. Jemand befand sich im tiefen Dunkel und trug einen nicht weniger dunklen Umhang. Jimmy konnte ihn nur ausmachen, wenn er sich bewegte. Jimmy schlich hinter dem First noch ein Stück weiter, um einen besseren Blickwinkel zu erlangen. Als er unmittelbar hinter dem kaum Sichtbaren war, spähte er erneut über den First. Der Fremde bewegte sich gerade: Er rückte den Umhang über den Schultern zurecht. Die Härchen auf Jimmys Nacken stellten sich auf. Der Mann vor ihm war völlig in Schwarz gekleidet und trug eine schwere Armbrust. Das war kein Einbrecher, sondern ein Nachtgreifer!

Jimmy rührte keinen Muskel mehr. Über ein Mitglied der Gilde des Todes zu stolpern, erhöhte nicht gerade die Aussicht, es selbst auf ein hohes Alter zu bringen. Doch da bestand der Befehl für alle Spötter, daß jegliche Neuigkeit über die Bruderschaft der Assassinen sofort gemeldet werden mußte. Und dieser Befehl kam vom Aufrechten selbst, dem Allerobersten der Gilde der Diebe. Jimmy beschloß abzuwarten und sich auf seine Geschicklichkeit zu verlassen, sollte er entdeckt werden. Ihm mochten zwar die nahezu legendären Eigenschaften der Nachtgreifer fehlen, doch verfügte er dafür über das unerschütterliche Selbstvertrauen eines Fünfzehnjährigen, der zum jüngsten Meisterdieb in der Geschichte der Spötter aufgestiegen war. Falls er entdeckt wurde, würde es nicht seine erste Flucht über die Straße der Einbrecher sein.

Die Zeit verging. Jimmy wartete mit einer Geduld, die ungewöhnlich für einen Jungen seines Alters war. Ein Einbrecher, der sich nicht stundenlang ruhig verhalten kann, wenn es nötig ist, bleibt nicht lange am Leben. Hin und wieder hörte und sah Jimmy den Mann, wenn er sich bewegte. Seine bisherige Ehrfurcht vor den legendären Nachtgreifern schwand zusehends, denn dieser Bursche bewies wenig Geschick im Stillhalten. Jimmy dagegen hatte längst gelernt, die Muskeln unmerklich zu spannen und zu entspannen, um zu verhindern, daß sie steif wurden oder sich gar verkrampften. Nun ja, dachte er, Geschichten wie die über die Nachtgreifer werden gern überbewertet, und für die Arbeit dieser Männer war es nur von Vorteil, wenn man Furcht vor ihnen hatte.

Plötzlich bewegte der Meuchler sich wieder. Er ließ den Umhang völlig von den Schultern rutschen, als er die Armbrust hob. Jimmy hörte sich nähernden Hufschlag. Reiter trabten unten vorüber, und der Nachtgreifer senkte die Waffe wieder. Offenbar hatte sein Opfer sich nicht unter diesen Reitern befunden.

Jimmy hob sich auf den Ellbogen über den First um den Mann vielleicht besser erkennen zu können, nachdem er nun den Umhang nicht mehr trug. Der Assassine drehte sich leicht, um den Umhang aufzuheben, und wandte dadurch Jimmy das Gesicht zu. Der junge Dieb zog die Beine an, um sofort losspringen zu können, falls es sich als nötig erwies, und studierte den Mann. Leider konnte er kaum mehr erkennen, als daß er dunkles Haar und ziemlich helle Haut hatte. Und dann schien der Meuchler den Jungen geradewegs anzublicken.

Jimmy pochte das Blut in den Ohren, und er fragte sich, wieso der Bursche das nicht hörte, denn er wandte sich wieder ab, um weiter auf sein Opfer zu warten. Jimmy zog sich lautlos hinter den First zurück. Er atmete langsam und tief und kämpfte gegen das plötzliche, verrückte Bedürfnis an, laut zu lachen. Als er sich beruhigt hatte, wagte er wieder einen Blick.

Immer noch wartete der Meuchler. Also faßte sich auch Jimmy in Geduld. Er wunderte sich über die Waffe des Nachtgreifers. Die schwere Armbrust war eine unhandliche Waffe für einen Schützen und bei weitem nicht so genau wie ein Bogen. Andererseits allerdings brauchte man weniger Übung in ihrem Umgang, denn ein mit ihr abgeschossener Bolzen traf, was auch immer, mit ungeheurer Wucht, und so war eine durch ihn verursachte Wunde meistens tödlich, während es bei einer Pfeilwunde häufig noch Hilfe geben mochte, wenn nicht gerade das Herz getroffen wurde. Jimmy hatte einmal einen stählernen Harnisch in einer Schenke ausgestellt gesehen. Die dicke Brustplatte wies ein Loch von der Größe einer Faust auf. Es war durch den Bolzen einer schweren Armbrust hervorgerufen worden. Der Harnisch war nicht wegen der Größe des Loches zur Schau gestellt worden – die bei dieser Waffe nicht ungewöhnlich war –, sondern weil sein Träger wie durch ein Wunder lebend davongekommen war. Trotzdem hatte die Waffe ihre Nachteile. Abgesehen davon, daß ihre Genauigkeit über eine Entfernung von mehr als etwa dreißig Fuß zweifelhaft war, ließ sich mit ihr auch nicht sehr weit schießen.

Jimmy verrenkte sich beinahe den Hals, um den Nachtgreifer im Blick zu behalten, und spürte ein Muskelzucken im rechten Arm. Er verlagerte sein Gewicht leicht nach links. Plötzlich gab ein Ziegel unter seiner Hand nach und zerbrach mit lautem Krachen. Die einzelnen Stücke rutschten klappernd über die Schräge und schlugen noch weiter berstend unten auf der Straße auf. Für Jimmy klang es wie Gewitterdonner, der Unheil für ihn ankündigte.

Mit schier unmenschlicher Flinkheit wirbelte der Meuchler herum und schoß. Jimmy glitt aus, das rettete ihm das Leben, denn er hätte sich nicht schnell genug ducken oder ausweichen können, um dem Bolzen zu entgehen. Die Schwerkraft verlieh ihm glücklicherweise die nötige Geschwindigkeit. Er schlug auf dem Dach auf und hörte den Bolzen knapp über seinem Kopf hinwegpfeifen. Einen Augenblick malte er sich aus, daß sein Kopf wie eine reife Melone platzte, und dankte hastig Banath, dem Schutzgott der Diebe.

Als nächstes retteten seine Reflexe ihn, denn statt sich aufzurichten, rollte er nach rechts. Wo er noch einen Herzschlag zuvor gelegen hatte, krachte ein Schwert auf die Dachziegel. Er wußte, daß er nicht genug Vorsprung bekommen konnte, um sich dem Assassinen durch Flucht zu entziehen, also sprang er geduckt hoch und zog gleichzeitig seinen Dolch aus dem rechten Stiefelschaft. Er kämpfte wahrhaftig nicht gern, aber er hatte schon früh in seinem Gewerbe gelernt, daß sein Leben sehr wohl von seinem Geschick im Umgang mit der Klinge abhängen mochte, und so hatte er fleißig damit geübt, wann immer sich ihm die Gelegenheit bot. Er wünschte sich jetzt nur, sein Ausflug über die Dächer hätte die Mitnahme seines Degens nicht unklug erscheinen lassen.

Der Nachtgreifer drehte sich zu dem Jungen herum. Jimmy sah, daß er sekundenlang Schwierigkeiten hatte, sein Gleichgewicht zu halten. Der Bursche mochte zwar flinke Reflexe haben, aber er war es nicht gewöhnt, sich auf einem Giebeldach zu bewegen. Jimmy grinste, sowohl um seine Furcht zu überdecken als auch seiner Belustigung über die Unsicherheit des anderen Ausdruck zu geben.

Zischelnd wisperte der Assassine: »Bete zu den Göttern, welche auch immer dich hier herführten, Knabe!«

Jimmy fand diese Bemerkung seltsam, denn sie lenkte doch eigentlich nur den Sprecher ab. Der Mann hieb die Klinge herab. Sie zerschnitt die Luft, wo der Junge sich gerade noch befunden hatte.

Doch inzwischen raste Jimmy bereits am Dach entlang und sprang zurück zu dem Haus, in dem Trig, der Tuchwalker, wohnte. Einen Augenblick hörte er auch den Aufprall des Nachtgreifers auf demselben Dach. Leichtfüßig rannte Jimmy weiter, bis er sich einem gähnenden Spalt gegenübersah. In seiner Hast hatte er vergessen, daß sich eine breite Gasse zwischen diesem und dem Nachbarhaus befand. So weit konnte er unmöglich springen. Er wirbelte herum.

Der Meuchler näherte sich langsam, die Klingenspitze auf Jimmy gerichtet, dem plötzlich ein Einfall kam. Er begann heftig auf dem Dach herumzustampfen. Augenblicke später schrillte eine wütende Stimme aus dem Haus: »Diebe! Man hat mich beraubt!« Jimmy konnte sich gut vorstellen, wie Trig sich weit aus dem Fenster beugte und nach der Stadtwache brüllte. Er hoffte, der Nachtgreifer sah es ebenso. Das Gebrüll würde sicher zu einer schnellen Umstellung des Hauses führen. Er betete zu seinen Göttern, der Assassine möge fliehen, statt ihn zu bestrafen, da er die Durchführung seines Auftrags unmöglich gemacht hatte.

Doch der Nachtgreifer achtete nicht auf das Geschrei des Tuchwalkers und kam weiter auf Jimmy zu. Erneut schwang er das Schwert herab. Jimmy duckte sich und brachte sich dadurch in die Reichweite des Meuchlers. Schnell stach er mit dem Dolch zu und spürte, wie die Klinge in den Schwertarm des Nachtgreifers drang. Die Waffe entglitt dem Burschen, rutschte klappernd über das Dach und landete krachend auf der Straße. Ein Schmerzgeheul echote durch die Nacht und ließ den Walker verstummen. Jimmy hörte die Fensterläden zuschlagen. Er fragte sich, was der arme Trig sich wohl bei dem Heulen direkt über ihm dachte.

Der Assassine wich einem zweiten Stoß Jimmys aus und zog einen Dolch aus der Gürtelscheide. Wieder kam er heran, stumm und mit der Waffe in der Linken. Von der Straße erklangen aufgeregte Rufe, und Jimmy mußte das Verlangen unterdrücken, um Hilfe zu schreien. Er hatte keine große Hoffnung, des Nachtgreifers Herr zu werden, obwohl der nun mit der zweifellos ungeübteren Hand kämpfen mußte. Aber der Gedanke, seine Anwesenheit auf des Walkers Dach erklären zu müssen, gefiel ihm auch nicht. Außerdem, selbst wenn er um Hilfe rief, würde die Sache bereits entschieden sein, ehe Unterstützung ins Haus gelangte und das Dach erreichte.

Jimmy wich zum Dachrand zurück, bis seine Fersen schon über der Kante standen. Der wieder näherkommende Assassine sagte: »Jetzt hast du dir selbst den Fluchtweg abgeschnitten, Knabe!«

Jimmy wartete und machte sich zu einem Verzweiflungsschritt bereit. Der Nachtgreifer spannte sich an – genau darauf hatte der Junge gewartet. Jimmy duckte sich, wich gleichzeitig rückwärts und ließ sich fallen. Der Assassine hatte bereits seinen Vorwärtsschwung begonnen. Als seine Klinge nun den erwarteten Widerstand nicht fand, verlor er das Gleichgewicht und stürzte nach vorn. Jimmy bekam den Dachrand zu fassen, renkte sich bei dem heftigen Ruck jedoch fast die Schultergelenke aus. Er spürte es mehr, als daß er es sah, wie der Nachtgreifer an ihm vorbeifiel und durch die Dunkelheit stürzte. Mit einem erschrekkenden Platschen schlug er auf dem Kopfsteinpflaster auf.

Einen Augenblick hing Jimmy vom Dachrand. Hände, Arme und Schultern brannten vor Schmerz. Es wäre so einfach, loszulassen und sich in die weiche Dunkelheit fallen zu lassen! Er schüttelte Erschöpfung und Schmerz ab und zwang die widerstrebenden Muskeln, ihn aufs Dach zurückzustemmen. Keuchend blieb er einen Moment auf dem Bauch liegen, dann rollte er sich herum und blickte hinunter auf die Straße.

Der Meuchler lag reglos auf dem Pflaster. Sein unnatürlich verdrehter Kopf verriet, daß er nicht mehr lebte. Jimmy atmete tief und spürte die Eiseskälte der Furcht, die er sich jetzt erst eingestand. Er kämpfte dagegen an, drückte sich flach aufs Dach, als er zwei Männer in die Gasse huschen sah. Sie drehten den Toten um, dann hoben sie ihn hoch und trugen ihn eilig fort. Jimmy überlegte. Daß Genossen des Assassinen sich in der Nähe aufgehalten hatten, war Beweis, daß es sich wirklich um ein Unternehmen der Gilde des Todes gehandelt hatte. Die Frage war: Wen hatten sie zu dieser Stunde hier auf der Straße erwartet? Er schaute sich um und wog das Risiko, noch eine Weile auszuharren, um seine Neugier zu befriedigen, gegen die sichere Ankunft der Stadtwache in zweifellos wenigen Minuten ab. Die Neugier gewann.

Hufschlag dröhnte durch den Nebel, und bald kamen zwei Reiter in den Schein der Laterne vor Trigs Haus. In diesem Augenblick beschloß der Walker, die Fensterläden wieder zu öffnen und sein Geschrei fortzusetzen. Jimmys Augen weiteten sich, als die Reiter zu Trigs Fenster hoch blickten. Einen davon hatte er mehr als ein Jahr nicht mehr gesehen, aber er kannte ihn gut. Er schüttelte den Kopf, als ihm die Bedeutung des Ganzen klarwurde, und hielt es für das Beste, sich jetzt schnell zurückzuziehen. Doch nun, da er den Mann unten gesehen hatte, war es unmöglich für ihn, dieses nächtliche Geschäft als abgeschlossen zu betrachten. Vermutlich würde es noch eine sehr lange Nacht werden! Er stand auf und machte sich auf den Weg über die Straße der Einbrecher zum Spötterschlupf.

Arutha zügelte sein Pferd und blickte zu dem Mann hoch, der im Nachthemd aus einem Fenster brüllte. »Laurie, verstehst du, worum es hier geht?«

»Nach allem, was ich seinem Geschrei und Gejammere entnehmen kann, schließe ich, daß der gute Mann vor kurzem das Opfer einer Missetat wurde.«

Arutha lachte. »Soviel folgerte ich ebenfalls.« Er kannte Laurie noch nicht sehr gut, aber ihm gefielen des Sängers Humor und

Schlagfertigkeit. Er wußte, daß es Unstimmigkeiten zwischen Laurie und Carline gab und daß der Spielmann ihn deshalb gebeten hatte, ihn nach Krondor begleiten zu dürfen. Carline würde eine Woche später mit Anita und Lyam nachkommen. Aber Arutha mischte sich nicht in Carlines Angelegenheiten, wenn sie sich ihm nicht von selbst anvertraute. Außerdem tat ihm Laurie leid, falls er wirklich bei Carline in Ungnade gefallen war. Nach Anita war seine Schwester die letzte, mit der er es sich verderben wollte.

Arutha schaute sich um, als ein paar verschlafene Nachbarn aus Fenstern und Türen starrten und sich erkundigten, was hier vorging. »Nun, die Stadtwache dürfte wohl bald auftauchen. Sehen wir zu, daß wir weiterkommen.«

Kaum hatte er ausgesprochen, als eine unerwartete Stimme aus dem Nebel ihn und Laurie unwillkürlich zusammenzucken ließ.

»He, ihr da!« Aus dem dichten Grauweiß tauchten drei Männer in den grauen Filzkappen und gelben Waffenröcken der Stadtwache auf. Der linke Wächter, ein stämmiger Bursche mit buschigen Brauen, hielt in einer Hand eine Laterne und in der anderen einen dicken Knüppel. Der Wächter in der Mitte war schon älter, und würde, so, wie er aussah, bestimmt bald in den Ruhestand gehen. Der dritte war noch ein Jüngling, schien jedoch bereits über Erfahrungen zu verfügen. Letztere hatten eine Hand um Dolche in ihren Gürteln.

»Was geht hier vor?« erkundigte sich der älteste Wächter mit einer Stimme, die gutmütigen Humor und Autorität verriet.

»Irgend etwas muß wohl in jenem Haus passiert sein.« Arutha deutete auf den Tuchwalker. »Wir kamen gerade vorbei.«

»O wirklich? Nun, ich glaube nicht, daß ihr es mir abschlagen würdet, noch eine Weile zu bleiben, bis wir festgestellt haben, was hier los ist.« Der ältere bedeutete dem jungen Wachmann, sich umzusehen.

Arutha nickte stumm. In diesem Moment stürmte eine rotgesichtige Kugel von Mann aus dem Haus. Mit den Händen fuchtelnd schrie er: »Diebe! Sie sind in meine Kammer, meine höchstpersönliche Schlafkammer eingebrochen und haben mir meine Ersparnisse geraubt! Es geht zu weit, wenn ein gesetzestreuer Bürger nicht mehr sicher in seinem Bett, seinem eigenen Bett, ist!« Da fiel sein Blick auf Arutha und Laurie. »Sind dies die Diebe, die gemeinen Diebe?« Er bemühte sich um so viel Würde, wie er im Nachtgewand aufbringen konnte. »Was habt ihr mit meinem Gold gemacht, meinem schwerverdienten Gold?«

Der stämmige Wachmann packte den Aufgebrachten am Arm und wirbelte den Walker fast völlig herum. »Genug des Geschreis, Flegel!«

»Flegel!« brüllte Trig. »Darf ich fragen, was Euch das Recht gibt, einen Bürger, einen gesetzestreuen Bürger, einen...« Er hielt offenen Mundes inne und starrte ungläubig auf einen Trupp Reiter, die aus dem Nebel anrückte. An ihrer Spitze ritt ein hochgewachsener Schwarzer im Waffenrock der Leibgarde des Fürsten. Als er die Versammlung auf der Straße bemerkte, bedeutete er seinen Männern anzuhalten.

Kopfschüttelnd sagte Arutha zu Laurie: »So also sieht unsere unauffällige Rückkehr nach Krondor aus!«

Der schwarze Offizier salutierte. »Wachmann, was geht hier vor?«

Der älteste der drei Wächter erwiderte den Gruß. »Ich war gerade dabei, das herauszufinden, Hauptmann. Wir nahmen diese beiden fest...« Er deutete auf Arutha und Laurie.

Der Hauptmann ritt näher und fing zu lachen an. Der Wächter blickte den hochgewachsenen Offizier schräg an und wußte nicht, was er von dessen Gelächter halten sollte. Gardan, ehemals von der Garnison in Crydee, grüßte Arutha zackig. »Willkommen in Eurer Stadt, Hoheit!« Bei diesen Worten setzten die anderen Gardisten sich stramm im Sattel auf und salutierten ihrem Fürsten.

Arutha erwiderte den förmlichen Gruß, ehe er Gardan die Hand schüttelte. Die Männer der Stadtwache und der Walker starrten ihn sprachlos an.

»Sänger«, sagte Gardan, »es freut mich, auch Euch wiederzusehen.« Laurie dankte mit einem Lächeln und einem Kopfnikken. Er hatte Gardan nur eine kurze Weile gekannt, ehe Arutha ihn nach Krondor abgeordnet hatte, um dort den Befehl über die Stadtwache und die fürstliche Leibgarde zu übernehmen, aber er mochte den grauhaarigen Recken.

Arutha wandte den Blick wieder den Wachleuten und dem Walker zu. Die Wächter hielten ehrerbietig die Kappen in der Hand, und der Dienstälteste murmelte: »Verzeiht, Eure Hoheit, der alte Bert kannte Euch nicht. Eine mögliche Kränkung war unbeabsichtigt, Sire.«

Arutha schüttelte den Kopf. Trotz der späten Stunde und der nächtlichen Kälte fand er das Ganze belustigend. »Keine Kränkung, Wachmann Bert. Ihr tatet nur Eure Pflicht und so, wie es sich gehört.« Er drehte sich zu Gardan um. »Wie, bei allen Göttern, ist es Euch gelungen, mich zu finden?«

»Herzog Caldric ließ uns wissen, daß Ihr von Rillanon zurückkehrtet und schickte uns einen genauen Reiseplan, nach dem Ihr morgen hier ankommen müßtet. Aber ich sagte zu Graf Volney, so, wie ich Euch kenne, würdet Ihr vermutlich schon in der Nacht versuchen, die Stadt unauffällig zu betreten. Und da Ihr aus Salador kommen mußtet, gab es eigentlich nur ein Tor, das für Euch in Frage kam...« Er deutete die Straße entlang zum Osttor, das im Nebel nicht auszumachen war. »...und hier sind wir. Ihr kamt sogar noch früher, als wir erwarteten. Wo ist der Rest Eurer Begleitung?«

»Die Hälfte meiner Wachmannschaft geleitet Prinzessin Anita zum Familiensitz ihrer Mutter. Die andere Hälfte lagert etwa einen Sechsstundenritt vor der Stadt. Ich hatte keine Lust, noch eine Nacht im Freien zu verbringen. Außerdem gibt es eine

Menge zu tun.« Gardan blickte den jungen Fürsten fragend an, doch Arutha sagte nur: »Mehr, wenn ich mit Volney gesprochen habe. Aber zunächst...« Er blickte den Tuchwalker an. »Wer ist dieser Mann, der mit seinem Geschrei die ganze Stadt aufweckt?«

»Er ist Trig, der Walker, Eure Hoheit«, antwortete der rangälteste Wachmann. »Er behauptet, jemand sei in seine Schlafkammer eingebrochen und habe ihm etwas gestohlen. Er sagt, auf dem Dach seines Hauses habe ein Kampf stattgefunden, durch den er geweckt wurde...«

Trig unterbrach ihn. »Sie kämpften geradewegs über meinem Kopf, meinem müden Kopf...« Er verstummte, als ihm bewußt wurde, zu wem er hier sprach. »Eure Hoheit«, fügte er plötzlich über die Maßen verlegen hinzu.

Der Wachmann mit den buschigen Brauen warf ihm einen strengen Blick zu. »Er sagt, er habe einen gräßlichen Schrei gehört und daraufhin wie eine Schildkröte seinen Kopf eingezogen – er hatte aus dem Fenster geschaut.«

Trig nickte heftig. »Als beginge jemand einen Mord, einen blutigen Mord. Eure Hoheit, es war grauenvoll!«

Der stämmige Wachmann stupste dem Dicken bei dieser Unterbrechung einen Ellbogen in die Rippen.

Der jüngste Wächter eilte aus der Seitenstraße herbei. »Das lag mitten im Abfall auf der Straße an der anderen Hausseite, Bert.« Er hielt das Assassinenschwert in der ausgestreckten Hand. »Am Griff klebte etwas Blut, aber keines an der Klinge. Auch ist eine Blutlache auf der Gasse, doch keine Leiche weit und breit.«

Arutha bedeutete Gardan, sich das Schwert geben zu lassen. Der junge Wächter, der nun auf die Gardisten aufmerksam wurde und Gardan als Offizier erkannte, reichte ihm das Schwert hoch und nahm achtungsvoll die Kappe ab.

Gardan reichte das Schwert an Arutha weiter, der es kurz betrachtete, und als er nichts von Bedeutung daran bemerkte, dem jungen Wachmann zurückgab. »Laßt Eure Männer umkehren, Gardan. Es ist spät und zum Schlafen nicht mehr viel Zeit.«

»Aber was ist mit dem Diebstahl?« rief der Walker, aus seinem Schweigen gerüttelt. »Es waren meine Ersparnisse, meine ganzen Ersparnisse! Was soll ich tun?«

Der Fürst wendete sein Pferd und hielt es vor den Wachleuten an. Zu Trig sagte er: »Ich bedauere Euren Verlust, guter Mann, aber seid versichert, daß die Stadtwache ihr möglichstes tun wird, Eure Ersparnisse wiederzubeschaffen.«

Nun wandte Bert sich an Trig. »Ich schlage vor, Ihr zieht Euch für die Nacht zurück. Am Morgen könnt Ihr dann beim Wachhabenden Anzeige erheben. Er wird eine genaue Beschreibung des Gestohlenen brauchen.«

»Des Gestohlenen? Gold, Mann! Das haben sie gestohlen. Meine ganzen Ersparnisse, meine versteckten Ersparnisse!«

»Ah, Gold! Dann...«, sagte Bert mit der Stimme der Erfahrung, »kann ich Euch nur raten, ruht Euch jetzt aus und fangt morgen an, auf einen neuen Schatz zu sparen, denn so sicher, wie Nebel über Krondor liegt, seht Ihr Euer Gold nicht wieder. Aber nehmt es nicht zu schwer, guter Herr. Ihr seid ein tüchtiger Mann, und bei Handwerkern von Ansehen, Geschicklichkeit und Fleiß sammelt sich schnell wieder Gold an.«

Arutha unterdrückte ein Lachen, denn trotz der persönlichen Tragödie des Walkers stellte der Mann doch eine komische Figur dar in seinem Nachtgewand und der Nachtmütze, die ihm so weit in die Stirn gerutscht war, daß sie fast die Nase berührte. »Guter Mann, ich werde Euch Euren Verlust ersetzen.« Er nahm den Dolch aus seinem Gürtel und reichte ihn Bert, dem Wachmann. »Diese Waffe trägt mein Familienwappen. Die einzigen anderen gleichartigen sind im Besitz meiner Brüder, des Königs und des Herzogs von Crydee. Bringt den Dolch morgen ins Schloß, dann bekommt Ihr dafür einen Beutel Gold. Ich habe nicht gern unglückliche Tuchwalker in Krondor am Tag meiner

Heimkehr. Nun wünsche ich euch allen eine gute Nacht.« Arutha drückte seinem Pferd die Knie in die Flanken und ritt mit seinen Begleitern zum Schloß.

Als Arutha und seine Gardisten im Nebel verschwunden waren, wandte Bert sich an Trig. »Das ist ein glückliches Ende für Euch, guter Mann.« Er reichte dem Walker des Prinzen Dolch. »Und vielleicht bereitet es Euch Stolz zu wissen, daß Ihr einer der wenigen Bürgerlichen seid, die behaupten können, mit dem Fürsten von Krondor gesprochen zu haben, obgleich unter etwas seltsamen Umständen.« Dann zu seinen Männern gewandt: »Wir wollen unsere Streife fortsetzen. In einer Nacht wie dieser ist in Krondor bestimmt noch mehr los.« Er führte seine Untergebenen in die Nacht hinaus.

Trig blieb allein zurück. Nach einer Weile erhellte sich seine Miene, und er rief hinauf zu seiner Frau und den vielen anderen, die noch aus ihren Fenstern schauten: »Ich habe mit dem Fürsten gesprochen! Ich, Trig, der Tuchwalker!« Mit fast etwas wie freudiger Erregung kehrte Trig in sein Haus zurück. Aruthas Dolch hielt er ganz fest umklammert.

Jimmy nahm den Weg durch die engsten unterirdischen Gänge. Der, durch den er gerade hastete, gehörte zu dem wahren Labyrinth der Kanalisation und anderen Anlagen unter diesem Teil der Stadt. Jeder Fuß dieser unterirdischen Gänge stand quasi unter der Aufsicht der Spötter. Jimmy kam an einem Brauscher vorüber – einer, der sich seinen Lebensunterhalt mit dem verdiente, was er Verwertbares aus den Abwässern fischte. Er benutzte einen Stock, um eine größere Masse anzuhalten, die dahintrieb. Dieses Treibgut nannte man hier Brausch: eine lässige Zusammenfügung von »brauchbares Schwemmgut«. Der Brauscher stocherte in dem Zeug, in der Hoffnung, auf eine Münze oder sonst etwas von Wert zu stoßen. Tatsächlich war der Mann ein Posten der Spötter. Jimmy gab ihm das für diesen Fall erforderliche Zeichen und duckte sich unter einem tiefhängenden Balken hindurch, vermutlich ein ehemaliger Stützbalken eines aufgegebenen Kellers. Gleich darauf kam er zu einer großen Halle, die zwischen den Gängen aus dem Stein gehauen war. Hier war das Herz der Diebesgilde: der Spötterschlupf.

Jimmy holte seinen Degen aus dem Waffenschrank und suchte sich eine ruhige Ecke. Er befand sich in einem Dilemma. Von Rechts wegen müßte er jetzt sein unerlaubtes Eindringen im Haus des Walkers gestehen, die zwei Drittel der Beute abliefern und sich mit der Strafe abfinden, die der Nachtmeister ihm auferlegen würde. Bis morgen nachmittag würde die Gilde spätestens erfahren, daß Trig bestohlen worden war. Sobald danach feststand, daß kein freier Dieb seinem Handwerk nachging, würde der Verdacht auf Jimmy und die paar anderen fallen, die hin und wieder ein nächtliches Unternehmen ohne Genehmigung durchführten. Jegliche Strafe, die ihn dann träfe, wäre doppelt so schlimm, weil er jetzt nicht gestanden hatte. Trotzdem konnte Jimmy nicht nur an sich denken, da er nun wußte, daß der Fürst von Krondor höchstpersönlich das Opfer der Nachtgreifer hätte werden sollen! Und Jimmy hatte genug Zeit mit Arutha verbracht, als die Spötter ihm und Prinzessin Anita Zuflucht vor du Bas-Tyras Männern gewährt hatten, daß sich fast etwas wie Freundschaft zu ihm entwickelt hatte. Den Degen an seiner Seite hatte Arutha ihm geschenkt. Nein, Jimmy konnte den Anschlag nicht einfach unbeachtet lassen, aber ihm war auch nicht klar, was das Beste wäre, das er tun konnte.

Nach längerer Überlegung faßte Jimmy einen Entschluß. Er würde als erstes versuchen, den Fürsten zu warnen, und dann Alvarny dem Flinken, dem Tagesmeister, über den Assassinen Bericht erstatten. Alvarny war ein Freund und erlaubte Jimmy ein wenig mehr Freiheiten als Gaspar daVey, der Nachtmeister. Alvarny würde dem Aufrechten die Verzögerung in der Berichterstattung nicht melden, falls Jimmy sich nicht zu viel Zeit ließ.

Was bedeutete, daß Jimmy Arutha schnell erreichen und umgehend zurückkehren mußte, um mit dem Tagesmeister zu sprechen, allerspätestens vor dem morgigen Sonnenuntergang. Danach könnte nicht einmal Alvarny mehr ein Auge zudrücken. Alvarny war zwar wahrhaftig großzügig in seinem fortgeschrittenen Alter, aber er blieb ein Spötter. Und Ungehorsam gegenüber der Gilde ließ er nicht zu.

»Jimmy!«

Jimmy blickte auf und sah Golddase herankommen. Obwohl noch ziemlich jung, hatte der fast schön zu nennende Dieb reiche Erfahrung, wohlhabende ältere Damen auszunehmen. Er verließ sich mehr auf sein gutes Aussehen und seinen Charme als darauf, unbemerkt zu bleiben. Golddase führte Jimmy stolz seine prächtige neue Kleidung vor. »Na, was meinst du?« fragte er.

Jimmy nickte beifällig. »Du raubst wohl jetzt Schneider aus?«

Golddase schlug halbherzig nach Jimmy, der sich schnell duckte, und setzte sich neben ihn. »Nein, du Ausgeburt einer streunenden Katze, das tue ich nicht. Meine gegenwärtige ›Gönnerin‹ ist die Wittib des berühmten Meisterbrauers Fallon.« Jimmy war dieser Name nicht unbekannt. Das Bier dieses Namens war mit so vielen Preisen ausgezeichnet, daß es sogar auf Prinz Erlands Tafel Würdigung gefunden hatte. »Und aufgrund des weitbekannten Geschäfts ihres verstorbenen Gatten hat sie sogar eine Einladung zum Empfang bekommen.«

»Empfang?« Jimmy ahnte, daß Golddase auf seine Weise einige Neuigkeiten anbringen wollte.

»Ah, ja, habe ich denn vergessen, die Vermählung zu erwähnen?«

Jimmy rollte die Augen zur Decke, machte jedoch Dases Spiel mit. »Was für eine Vermählung, Goldener?«

»Die königliche, natürlich! Wir werden zwar nicht an des Königs Tafel sitzen, aber doch auch nicht an dem hintersten Tisch.«

Jimmy richtete sich hoch auf. »Der König? In Krondor?«

»Aber ja!«

Jimmy faßte Golddase am Arm. »Fang mal von vorn an!«

Grinsend erzählte der schöne, aber nicht besonders kluge junge Spitzel: »Die Wittib Fallon erfuhr von keinem Geringeren als dem Einkäufer des Schlosses – ein Mann, den sie seit siebzehn Jahren kennt –, daß innerhalb eines Monats zusätzlich Vorräte angeschafft werden müßten, und zwar wörtlich: ›für die königliche Vermählung.‹ Da sollte man doch wohl annehmen, daß der König bei seiner eigenen Hochzeit anwesend ist.«

Jimmy schüttelte den Kopf. »Nein, Dummkopf! Nicht der König heiratet, es wird Anitas und Aruthas Hochzeit sein!«

Dase schien sich über den ›Dummkopf‹ zu ärgern, aber seine plötzliche Neugier überwog. »Wie kommst du denn darauf?«

»Nun, weil der König in Rillanon heiraten würde, der Fürst dagegen in Krondor.« Golddase nickte, das sah er ein. »Ich war dabei, als Anita und Arutha sich bei uns verstecken mußten. Ich dachte mir schon, daß es dazu kommen würde. Deshalb ist er auch zurück.« Als er die Reaktion des anderen darauf bemerkte, fügte er schnell hinzu: »Oder wird bald zurückkommen.«

Jimmys Gedanken überschlugen sich. Nicht nur Lyam würde zur Vermählung in Krondor sein, sondern jeder bedeutende Edle aus dem Westen und sicher nicht wenige aus dem Osten. Und wenn Dase von der Hochzeit wußte, dann wußte halb Krondor es ebenfalls, und die andere Hälfte würde es bis zum nächsten Sonnenuntergang erfahren.

Lachjack, Nachthüter und rechte Hand des Nachtmeisters, riß Jimmy aus seinen Gedanken. Der Mann mit den schmalen Lippen stemmte die Hände vor Jimmy und Dase auf die Hüften und sagte: »Du siehst aus, als hättest du Probleme, Junge.«

Jimmy mochte Jack nicht sonderlich. Er war ein mürrischer Mann mit verkniffenem Mund, leicht aufbrausend und neigte zu unnötiger Grausamkeit. Der einzige Grund seiner hohen Stellung in der Gilde war die Tatsache, daß er die Schläger und Hitzköpfe unter den Spöttern schnell zur Räson bringen konnte. Er erwiderte Jimmys Abneigung, denn es war der Junge gewesen, der den Spitznamen Lachjack aufgebracht hatte. In all den Jahren, die Jack bei der Gilde war, hatte noch niemand ihn lachen gehört. »Nicht wirklich«, antwortete Jimmy nun.

Jack kniff die Augen leicht zusammen und musterte den Jungen, dann Dase. »Ich habe gehört, daß sich in der Nähe des Osttors was getan hat heute nacht. Du warst doch nicht zufällig dort?«

Jimmy bemühte sich um eine gleich gültige Miene und blickte Dase an, als hätte Jack ihn gemeint. Golddase schüttelte den Kopf. Jimmy fragte sich, ob Jack bereits etwas vom Tod des Nachtgreifers gehört hatte. Wenn ja und falls irgend jemand Jimmy in der Nähe gesehen hatte, konnte der Junge keine Gnade von Jacks Schlägern erwarten. Aber wenn Jack etwas gewußt hätte, würde er ihn sich gleich vorgeknüpft und nicht erst auf den Busch geklopft haben, denn Jack handelte gewöhnlich, ehe er überlegte. Jimmy täuschte Gleichgültigkeit vor. »Haben sich wieder einmal ein paar Besoffene in die Haare gekriegt? Also, ich habe nichts davon gehört. Ich bin früh ins Bett und erst vor kurzem aufgewacht.«

»Gut, dann dürftest du ja jetzt ausgeruht sein.« Mit einem Kopfzucken bedeutete er Dase zu verschwinden. Golddase zog sich wortlos zurück, und Jack setzte einen Fuß auf die Bank neben Jimmy. »Wir haben Arbeit heute nacht.«

»Heute nacht?« echote Jimmy. Er hatte die Nacht schon so gut wie für beendet gehalten, schließlich waren bis zum Sonnenaufgang kaum noch fünf Stunden.

»Sonderauftrag, von ihm persönlich«, brummte Jack und meinte den Aufrechten. »Im Schloß tut sich was. Der keshanische Gesandte wird erwartet. Spät am Abend kam ein vollbeladener Wagen an: Hochzeitsgeschenke. Spätestens morgen mittag werden sie in das Schloß geschafft. Also ist heute nacht unsere einzige Gelegenheit, gefahrlos an sie heranzukommen.« Sein Ton ließ keinen Zweifel in Jimmy aufkommen, daß er gar keine andere Wahl hatte, als mitzumachen. Dabei hatte er gehofft, noch ein paar Stunden schlafen zu können, ehe er sich ins Schloß stahl. Daraus wurde jetzt nichts mehr. Leicht bedrückt erkundigte er sich: »Wann und wo?«

»In einer Stunde am großen Lagerhaus. Die Parallelstraße, dem Hafen zu, vom Gasthaus zur Winklerkrabbe.«

Jimmy wußte, welches Lagerhaus er meinte. Er nickte und verließ Jack ohne ein weiteres Wort. Düster dachte er, während er die Stufen zur Straße hochstieg, daß die Sache mit den Assassinen, und was damit zusammenhing, noch ein paar Stunden warten mußte.

Immer noch hüllte Nebel Krondor ein. Das Hafenviertel war um diese frühe Morgenstunde ruhig wie üblich, aber irgendwie haftete heute der Gegend um die Lagerhäuser fast etwas Überirdisches an, empfand Jimmy, der sich durch hohe Stapel von Waren hindurchwand, deren geringer Wert eine Lagerung im Innern überflüssig machte – sie waren für Diebe von keinem Interesse. Schwere Baumwollballen, Säcke mit Viehfutter zum Verschiffen und Bretterstapel bildeten ein vielschichtiges Durcheinander, durch das der Junge lautlos schlich. Er hatte ein paar Hafenwächter gesehen, doch die feuchtkalte Nacht und großzügige Bestechungsgelder hielten sie bei ihrem Wachhaus, wo in einem Kohlebecken ein prasselndes Feuer brannte, das das neblige Dunkel erträglicher machte. Nichts, wenn nicht ein Aufruhr, würde sie von der wohligen Wärme weglocken können. Ehe diese gleichgültigen Wächter sich dazu aufrafften, es zu verlassen, würden die Spötter sich mit ihrer Beute längst aus diesem Viertel zurückgezogen haben.

Am Treffpunkt angekommen, schaute Jimmy sich um. Offenbar war er der erste hier, also machte er sich zum Warten bereit. Er kam immer gern ein bißchen früher, wenn er mit anderen zusammenarbeiten mußte, damit er sich in Ruhe sammeln konnte, bevor es losging. In diesem Fall war außerdem etwas an Lachjacks Befehl, das sein Mißtrauen geweckt hatte. Ein so wichtiges Unternehmen wurde gewöhnlich nicht so überstürzt durchgeführt. Und ungewöhnlich war auch, daß der Aufrechte sich auf etwas einließ, was den Zorn des Fürsten erregen mochte – und der Diebstahl von Hochzeitsgeschenken würde das zweifellos. Aber Jimmy hatte noch keine so hohe Stellung in der Gilde, um wissen zu können, ob ein Befehl wirklich von ganz oben kam oder nicht. Also blieb ihm nichts anderes übrig, als wachsam zu sein.

Jimmys Anspannung wuchs, als er jemanden näher kommen hörte. Dieser Jemand war äußerst vorsichtig, doch außer den verstohlenen Schritten hatte Jimmy noch ein eigenartiges Geräusch vernommen. Es war das leichte Klicken von Metall auf Holz. Sobald er erkannte, was es verursacht hatte, sprang Jimmy hastig zur Seite. Mit einem stumpfen Krachen und dem Splittern von Holz drang ein Armbrustbolzen durch die Seite einer großen Kiste, wo Jimmy gerade noch gestanden hatte.

Einen Herzschlag später rannten zwei Gestalten – dunkle Umrisse in der grauen Nacht – auf ihn zu.

Stumm stürzte sich Lachjack mit einem Schwert in der Hand auf den Jungen, während sein Begleiter hastig seine Armbrust zu einem weiteren Schuß bereitmachte. Jimmy zog seine Waffen. Er wehrte das herabsausende Schwert mit dem schweren Dolch ab und schwang gleichzeitig mit der anderen Hand den Degen. Jack sprang zur Seite.

»Jetzt werden wir ja sehen, wie gut du mit diesem Krötenspieß umgehen kannst, du eingebildeter kleiner Hundesohn!« knurrte Jack. »Vielleicht bringt es mich zum Lachen, wenn ich dich verbluten sehe!«

Jimmy schwieg, er ließ sich nicht auf ein ablenkendes Palaver ein. Seine Erwiderung war ein flinker Angriff, der Jack zurücktrieb. Er machte sich keine falschen Hoffnungen, ein besserer Fechter als der Ältere zu sein, sondern wollte nur so lange am Leben bleiben, bis sich eine Möglichkeit ergab, Reißaus zu nehmen. Hin und her tänzelten sie, wechselten Hieb und Stich und suchten eine Lücke in der Verteidigung des anderen, um den Zweikampf zu beenden. Jimmy versuchte einen Gegenstoß und schätzte seine Stellung falsch ein. Plötzlich schien seine Seite in Flammen zu stehen. Es war Jack gelungen, ihm eine schmerzhafte und schwächende Schnittwunde zuzufügen, nicht tödlich, jedenfalls noch nicht. Jimmy suchte nach mehr Bewegungsfreiheit und fühlte sich übel von den Schmerzen, während Jack seinen Vorteil nutzte. Jimmy mußte vor einem heftigen Hieb zurückweichen, als Jack mit seiner weit schwereren Klinge seine Verteidigung durchbrach.

Ein leiser Ruf, der Jack warnte, aus dem Weg zu gehen, verriet Jimmy, daß der andere seine Armbrust wieder geladen hatte. Jimmy hüpfte von Jack weg und bemühte sich, ihn zwischen sich und dem anderen zu halten. Jack schwang nach Jimmy und drängte ihn dadurch rasch zurück, dann hieb er das Schwert herab. Die Gewalt des Schlages warf Jimmy auf die Knie.

Plötzlich sprang Jack rückwärts, als hätte die Faust eines Riesen ihn am Genick gepackt und zurückgerissen. Er prallte heftig gegen eine große Kiste. Einen Herzschlag verrieten seine Augen entsetzten Unglauben, dann verdrehten sie sich, und das Schwert entglitt den schlaffen Fingern. Jacks Brust war eine blutige Masse, wo ein Armbrustbolzen hindurchgedrungen war. Ohne Jacks wütenden Angriff hätte Jimmy den Bolzen in den Rücken gekriegt. Ohne einen Laut sackte Jack zusammen, und der Junge erkannte, daß er durch den Bolzen an die Kiste genagelt war. Jimmy sprang aus seiner Kauerstellung auf und wirbelte herum zu dem Unbekannten, der fluchend seine Armbrust von sich geworfen hatte. Er zog jetzt sein Schwert und stürmte auf den Jungen los. Er schwang die Klinge nach Jimmys Kopf. Der Junge duckte sich so heftig, daß er auf den Fersen wippend aufs Gesäß fiel, während der Fremde durch seinen Schwung leicht das Gleichgewicht verlor. Schnell schleuderte Jimmy seinen Dolch. Die Spitze der langen Klinge drang dem Armbrustschützen in die Seite. Der Mann blickte auf die Wunde hinab, die eher ärgerlich als gefährlich war. Aber die kurze Ablenkung war alles, was Jimmy brauchte. Verblüffung überzog das Gesicht des Fremden, als Jimmy sich auf ein Knie hob und ihm den Degen in die Brust stach.

Als der Mann stürzte, riß Jimmy die Klinge zurück. Dann zog er auch seinen Dolch aus der Seite des Toten. Er säuberte beide Klingen und steckte sie in ihre Scheiden zurück. Nun erst kam er dazu, seine eigene Verletzung zu untersuchen. Sie blutete, würde ihn jedoch nicht das Leben kosten.

Gegen seine Übelkeit ankämpfend, trat er vor Jack, der an der Kiste hing. Er blickte den Nachthüter an und versuchte seine Gedanken zu sammeln. Er und Jack hatten sich nie gemocht, aber weshalb diese ausgetüftelte Falle? Er fragte sich, ob es vielleicht irgendwie mit dem Anschlag auf den Fürsten zusammenhing. Doch darüber konnte er in Ruhe nachdenken, sobald er mit Arutha gesprochen hatte. Wenn es wirklich einen Zusammenhang gab, sah es nicht gut für die Spötter aus. Die Möglichkeit des Verrats durch einen so Hochgestellten wie Lachjack würde die Gilde bis in die Grundfesten erschüttern.

Trotz allem verlor Jimmy seinen Sinn für das Praktische nicht. Er erleichterte Jack und seinen Kumpan von ihren Beuteln und fand sie zufriedenstellend gefüllt. Als er mit dem Fremden fertig war, fiel ihm etwas um seinen Hals auf.

Jimmy bückte sich danach und löste ein Goldkettchen, an dem ein schwarzer Greifvogel hing. Er betrachtete den Anhänger eingehend, dann steckte er ihn in seinen Kittel. Nach kurzem Umsehen entdeckte er ein Versteck für die Leichen, wo sie zumindest nicht beim ersten Blick gesehen würden. Er riß Jack vom Bolzen und somit der Kiste, und zerrte ihn mit dem anderen in eine von Kisten gebildete Nische, dann hob er schwere Säcke davor und darüber, und schließlich drehte er die beschädigten Kisten so, daß die geborstenen Seiten nicht zu sehen waren. Auf diese Weise mochten Tage vergehen, ehe die Toten entdeckt wurden.

Erschöpfung und die schmerzende Seite mißachtend, vergewisserte Jimmy sich, daß er unbemerkt geblieben war, bevor er in die neblige Dunkelheit tauchte.

Verschwörungen

Arutha griff heftig an.

Mit lauten Zurufen spornte Laurie Gardan an, als der Fürst seinen Partner im Übungskampf zurückdrängte. Gern hatte der Sänger die Ehre des ersten Kampfes heute Gardan überlassen, denn während der Reise von Salador nach Krondor hatte er jeden Morgen die Klinge mit Arutha gemessen. Obwohl die Übungskämpfe seine Geschicklichkeit wieder verbessert hatten, war er es doch überdrüssig geworden, ständig gegen den behenden Fürsten zu verlieren. Heute morgen würde er wenigstens jemanden haben, der seine Gefühle mit ihm teilte. Aber der alte Recke war noch nicht besiegt, und plötzlich bedrängte Gardan Arutha und trieb ihn zurück. Laurie schrie begeistert, als ihm klarwurde, daß der Hauptmann den Fürsten bisher mit Absicht in Sicherheit gewiegt hatte. Doch nach einer heftigen Folge von Hieben und Stichen ging der Fürst wieder zum Angriff über, und Gardan rief: »Haltet an!«

Grinsend wich Gardan zurück. »In meinem ganzen Leben gab es nur drei Männer, die mich im Fechten besiegen konnten, Hoheit: Schwertmeister Fannon, Euer Vater, und nun Ihr.«

»Ein würdiges Trio«, sagte Laurie. Arutha wollte ihm gerade einen Übungskampf vorschlagen, als er aus den Augenwinkeln eine Bewegung bemerkte.

In einer Ecke des Übungsplatzes wuchs ein mächtiger Baum. Seine Äste hingen über die Mauer, die den Schloßhof von einer Gasse und der Straße dahinter abtrennte. Etwas rührte sich zwischen den Zweigen. Arutha machte ein Zeichen. Ein Palastwächter, der durch des Fürsten Blick darauf aufmerksam geworden war, ging bereits auf den Baum zu.

Plötzlich sprang jemand von den Ästen und landete leichtfüßig auf dem Boden. Arutha, Gardan und Laurie standen abwartend mit der Klinge in der Hand. Der Wächter nahm den Jungen, denn als solcher war der Eindringling nun deutlich zu erkennen, am Arm und führte ihn zum Fürsten.

Als sie näher kamen, blinzelte Arutha. »Jimmy?«

Jimmy verbeugte sich, wobei ihn der Schmerz in seiner Seite jedoch zusammenzucken ließ. Er hatte die Wunde am Morgen selbst und nicht sonderlich geschickt verbunden. Gardan fragte: »Ihr kennt diesen Jungen, Hoheit?«

Arutha nickte. »Ja. Er ist zwar ganz offensichtlich ein Stück gewachsen und auch etwas älter, aber doch unverkennbar. Er ist Jimmy, genannt die Hand, und bereits Legende unter den Dieben und Einbrechern dieser Stadt. Er war es, der Anita und mir bei der Flucht aus der Stadt geholfen hat.«

Laurie musterte den Jungen, dann lachte er. »Ich habe ihn nie deutlich gesehen, denn es war dunkel im Lagerhaus, als Kasumi und ich von den Spöttern aus Krondor gebracht wurden. Aber bei meinen Zähnen, es ist derselbe Junge. ›Mutter gibt eine Gesellschaft.‹«

Jimmy grinste. »›Und alle werden eine schöne Zeit verbringen.‹«

»So kennt ihr euch also ebenfalls?«

»Als Kasumi und ich die Friedensbotschaft des tsuranischen Kaisers an König Rodric überbringen sollten – ich erzählte davon –, führte ein Junge uns aus einem Lagerhaus zum Stadttor und lenkte die Stadtwache ab, während wir aus Krondor flohen. Das war dieser Junge hier, nur konnte ich mich nicht an seinen Namen erinnern.«

Arutha steckte die Klinge ein, genau wie die anderen. »Nun, Jimmy, ich freue mich zwar, dich wiederzusehen, aber daß du einfach über die Mauer in mein Schloß kletterst, ist eine andere Sache.«

Jimmy zuckte die Schulter. »Ich hielt es für möglich, daß Ihr bereit wäret, einen alten Bekannten zu empfangen, Hoheit, doch bezweifelte ich, daß ich den Hauptmann der Wache dazu veranlassen könnte, mein Gesuch an Euch weiterzuleiten.«

Gardan lächelte über diese kecke Antwort und bedeutete dem Gardisten den Arm des Jungen loszulassen. »So, wie du aussiehst, Junge, dürftest du recht haben.«

Jetzt erst wurde Jimmy bewußt, welch einen Eindruck er auf diese gutgekleideten und gepflegten Schloßbewohner machen mußte. Von seinem ungeschickt gestutzen Haar bis zu den schmutzigen Barfüßen sah er wahrhaftig wie ein Betteljunge aus. Doch da bemerkte er Gardans freundlich verschmitzten Blick.

»Laßt Euch von seinem Aussehen nicht täuschen, Gardan. Er ist weit geschickter, als man nach seiner Jugend schließen würde.« Zu Jimmy gewandt, sagte Arutha: »Dein Eindringen auf diese Weise wirft ein schlechtes Licht auf Gardans Männer. Ich nehme an, du hast einen Grund, mich aufzusuchen?«

»Jawohl, Hoheit, einen sehr ernsten und dringenden.«

Arutha nickte. »Und was ist dieser ernste und dringende Grund?«

»Jemand hat einen Preis auf Euren Kopf ausgesetzt.«

Gardan erschrak sichtlich, und Laurie stammelte: »Wa-as – wie?«

»Wie kommst du darauf?« fragte Arutha.

»Weil jemand ihn sich bereits verdienen wollte.«

Außer Arutha, Laurie und Gardan hörten noch zwei weitere des Jungen Geschichte in der fürstlichen Ratskammer an. Graf Volney von Landreth war früher der Stellvertreter von Lord Dulanic gewesen, dem Kanzler des Fürstentums, ehe dieser während der Regentschaft von Guy du Bas-Tyras verschwunden war. Neben Volney saß Vater Nathan, ein Priester Sung der Weißen, der Göttin des Einen Pfades. Er war einer von Prinz Erlands Hauptratgebern gewesen und auf Gardans Bitte hier. Arutha kannte diese beiden Männer nicht, doch während seiner Abwesenheit hatte Gardan ihr Urteilsvermögen schätzen gelernt, und Arutha hielt viel von Gardans Meinung. Während Arutha weggewesen war, hatte Gardan quasi die Stellung des Feldmarschalls übernommen, genau wie Volney die des Kanzlers.

Beide Arutha noch fremden Männer waren untersetzt, doch während Volney aussah, als hätte er nie körperlich gearbeitet, sondern wäre immer wohlbeleibt gewesen, wirkte Nathan eher wie ein Ringkämpfer, der Fett ansetzt. Doch die Kraft unter der Fettschicht war immer noch spürbar. Keiner von ihnen sprach ein Wort, ehe Jimmy nicht mit seinem Bericht über seine beiden Kämpfe in der vergangenen Nacht geendet hatte.

Volney musterte den Jungen einen Augenblick eingehend und zog die buschigen, sorgsam gekämmten Brauen zusammen. »Einfach unvorstellbar! Ich möchte nicht glauben, daß es ein solches Komplott geben kann!«

Arutha hatte die Hände vor dem Gesicht so zusammengelegt, daß sie ein Zelt bildeten, das in ständiger leichter Bewegung war. »Ich wäre nicht der erste Fürst, auf den man Meuchler ansetzt, Graf Volney.« Zu Gardan gewandt: »Laßt die Wache sofort verdoppeln, doch so unauffällig wie möglich und ohne Erklärung. Ich möchte nicht, daß sich Gerüchte im Schloß verbreiten. Innerhalb von zwei Wochen werden wir jeden höheren Edlen des Königreichs hier haben, ganz zu schweigen von meinen Brüdern.«

»Vielleicht sollten wir Seine Majestät warnen?« meinte Volney.

»Nein, Lyam wird von einer ganzen Kompanie seiner Leibgarde begleitet. Wir schicken ihm einen Trupp krondorianischer Lanzer bis Malacs Cross entgegen, doch kein Wort darüber, daß es mehr als ein Ehrengeleit ist. Wenn hundert Soldaten ihn während des Rittes nicht beschützen können, kann nichts es.

Nein, unser Problem liegt hier in Krondor. Und wir haben keine freie Entscheidung.«

»Ich bin mir nicht sicher, ob ich Eure Hoheit verstehe«, gestand Vater Nathan.

Laurie verdrehte die Augen zur Decke, während Jimmy grinste. Arutha lächelte grimmig. »Ich glaube, unsere beiden mit dem einfachen Leben vertrauten Freunde verstehen genau, was getan werden muß.« Er wandte sich Jimmy und Laurie zu: »Wir müssen einen Nachtgreifer fangen.«

Arutha blieb ruhig sitzen, während Volney im Speisesaal hin und her stapfte. Laurie, der Jahre des Hungers erlebt hatte, hatte gelernt zu essen, wenn es zu essen gab. So hielt er sich auch nicht zurück, während der beleibte Graf von Landreth ruhelos durch den Saal stiefelte. Müden Tons fragte Arutha: »Mein Lord Graf, müßt Ihr ständig hin und her laufen?«

Aus seinen Gedanken gerissen, blieb der Graf abrupt stehen. Er verneigte sich vor Arutha, war jedoch sichtlich gereizt. »Tut mir leid, Hoheit, wenn ich Euch gestört habe...« Sein Ton verriet jedoch, daß es ihm keineswegs leid tat, und Laurie grinste hinter einem großen Stück Braten. »...doch diesem Dieb zu trauen, ist reiner Wahnsinn.«

Aruthas Augen weiteten sich. Er schaute Laurie an, der seinen erstaunten Blick erwiderte. Der Sänger warf ein: »Mein teurer Graf, Ihr braucht nicht so bedacht in Eurer Wortwahl gegenüber dem Fürsten zu sein. Sprecht offen aus, was Ihr meint.«

Bei diesem sanften Spott wurde dem Grafen erst bewußt, was er gesagt hatte. »Ich bitte um Verzeihung...« Er errötete tief, und seine Verlegenheit war unübersehbar.

Arutha verzog die Lippen zu seinem schiefen Halblächeln. »Schon verziehen, Volney, doch nur Eure Unhöflichkeit.« Er betrachtete Volney nachdenklich, dann fügte er hinzu. »Ich finde Eure Offenheit erfrischend. Sprecht weiter.«

»Hoheit«, sagte Volney jetzt fest. »Wie leicht könnte dieser Junge nur benutzt werden, um Euch in eine Falle zu locken oder zu vernichten, wie er behauptet, daß andere es vorhaben.«

»Und was schlagt Ihr vor, daß ich tue?«

Volney schüttelte den Kopf. »Ich weiß es nicht, Hoheit. Aber den Jungen allein auf Erkundung zu schicken, ist... Ich weiß es nicht.«

Arutha wandte sich an den Sänger: »Laurie, versichere meinem Freund und Ratgeber, dem Grafen, daß alles gut und richtig ist.«

Laurie schluckte seinen Mundvoll Wein und sagte: »Alles ist richtig, Graf.« Als dieser dem Spielmann einen finsteren Blick zuwarf, fügte Laurie hinzu: »Wirklich, Graf, was getan werden kann, wird getan. Ich kenne mich in der Stadt aus, so gut es eben einer kann, der nicht zu des Aufrechten Männern gehört. Jimmy ist ein Spötter. Er findet vielleicht einen Weg zu den Nachtgreifern, wo ein Dutzend Sicherheitsleute daneben tappen würde.«

»Vergeßt nicht«, warf nun Arutha selbst ein, »ich lernte Guys obersten Sicherheitsmann, Jocko Radburn, kennen. Er war ein bedenkenloser, mit allen Wassern gewaschener Bursche, der vor nichts zurückschreckte, nur um Anita ins Schloß zurückzubringen. Die Spötter erwiesen sich jedoch als ihm überlegen.«

Volney schien ein wenig kleiner zu werden, dann bat er den Fürsten, sich setzen zu dürfen. Arutha deutete auf einen Stuhl. Als er Platz genommen hatte, sagte der Graf: »Vielleicht habt Ihr recht, Sänger. Es ist nur, daß ich ganz einfach nicht weiß, wie ich dieser Bedrohung am besten begegnen könnte. Der Gedanke, daß Meuchler frei herumlaufen, macht mich krank.«

Arutha beugte sich über den Tisch. »Euch macht er krank? Habt Ihr vergessen, daß es ganz so aussieht, als wären sie hinter mir her?«

Laurie nickte. »Ich glaube auch nicht, daß der Anschlag mir galt.«

»Wer weiß, vielleicht steckt ein Musikliebhaber dahinter?« sagte Arutha trocken.

Volney seufzte. »Es tut mir leid, daß ich mich in dieser Sache so ungeschickt benehme. Wie oft habe ich mir schon gewünscht, frei von der Verwaltung des Fürstentums zu sein.«

»Unsinn«, beruhigte ihn Arutha. »Ihr habt hier großartige Arbeit geleistet. Als Lyam darauf bestand, daß ich mit ihm die Reise durch die östlichen Landesteile unternehme, wehrte ich mich dagegen, weil ich der Meinung war, der Westteil würde ohne meine lenkende Hand nicht zurechtkommen – und das deshalb, weil viel wiedergutzumachen war, das Bas-Tyras angerichtet hatte, und das hatte nichts mit Euren Fähigkeiten zu tun. Doch nun freue ich mich, daß ich mich getäuscht hatte. Ich bin überzeugt, kein anderer hätte das Fürstentum so gut verwalten können wir Ihr, Graf.«

»Ich danke Eurer Hoheit.« Das Lob hatte Volney offenbar ein wenig besänftigt.

»Tatsächlich wollte ich Euch bitten weiterzumachen. Nachdem Dulanic auf geheimnisvolle Weise verschwunden ist, haben wir keinen Kanzler. Lyam kann dieses Amt nicht neu besetzen, jedenfalls nicht innerhalb der nächsten zwei Jahre, ohne sicher zu sein, daß Dulanic wirklich tot ist, obwohl wir alle annehmen, daß er durch Guys oder Radburns Hand den Tod fand. Also solltet Ihr weiter stellvertretender Kanzler bleiben.«

Volney schien darüber nicht sehr erfreut zu sein, aber er nahm es ergeben hin und antwortete: »Ich danke Euch für Euer Vertrauen, Hoheit.«

Ein weiteres Gespräch wurde durch die Ankunft von Gardan, Vater Nathan und Jimmy unterbrochen. Die Muskeln von Nathans Stiernacken spannten sich, als er Jimmy mehr trug als stützte. Das Gesicht des Jungen war totenbleich und schweißüberströmt. Alle Förmlichkeit mißachtend, deutete Arutha auf einen Sessel, und der Priester setzte Jimmy dort ab.

»Was ist passiert?« erkundigte sich Arutha.

Gardan lächelte, schüttelte jedoch rügend den Kopf. »Dieser junge Held hier, läuft seit gestern nacht mit einer häßlichen Wunde in der Seite herum. Er hat sie selbst verbunden und dabei mehr verkehrt als gut gemacht.«

»Sie begann zu schwären«, fügte Nathan hinzu, »also sah ich mich gezwungen, sie auszuwaschen und zu versorgen. Ich bestand darauf, sie zu behandeln, ehe wir zu Euch kamen, da der Junge bereits Fieber hatte. Es gehört keine Magie dazu, eine Wunde vor dem Brandigwerden zu bewahren, aber jeder Straßenjunge bildet sich ein, sich selbst behandeln zu können. Also fängt die Verletzung zu eitern an.« Er blickte auf Jimmy hinunter. »Er ist ein bißchen mitgenommen, da ich schneiden mußte, aber in ein paar Stunden wird er sich besser fühlen – solange er die Wunde nicht aufreißt«, fügte er für Jimmy gedacht hinzu.

Jimmy schaute verlegen drein. »Tut mir leid, daß Ihr soviel Mühe mit mir hattet, Vater, aber unter anderen Umständen hätte ich die Wunde natürlich sogleich versorgen lassen.«

Arutha blickte den Jungen fragend an. »Was hast du herausgefunden?«

»Einen Assassinen zu fangen, mag schwieriger sein, als wir dachten, Hoheit. Es gibt eine Möglichkeit, Verbindung aufzunehmen, aber über Umwege.« Arutha bedeutete ihm mit einem Nicken fortzufahren. »Ich mußte den Bettlern arg um den Bart streichen, bis ich wenigstens so viel erfuhr, wie ich jetzt weiß. Wenn jemand die Dienste der Gilde des Todes beanspruchen will, muß er sich zum Tempel von Lims-Kragma begeben.« Volney vollführte hastig ein Schutzzeichen bei der Erwähnung der Todesgöttin. »Er muß ein Gebet sprechen und etwas in die Opferschale werfen, die für diesen Zweck gekennzeichnet ist. Doch muß das Gold in ein Pergament mit dem Namen des Bittstellers genäht sein. Dann tritt die Gilde nach Belieben innerhalb eines Tages mit ihm in Verbindung. Er nennt den Namen des

Opfers, sie geben den Preis an. Dann bezahlt er oder auch nicht. Wenn er zu zahlen bereit ist, erfährt er, wohin er das Gold bringen soll. Wenn nicht, verschwinden sie, und es gibt keine Möglichkeit mehr für ihn, sie zu erreichen.«

»Einfach.« Laurie nickte. »Sie bestimmen das Wann und Wo. Also ist es nicht leicht, ihnen eine Falle zu stellen.«

»Unmöglich, würde ich sagen«, meinte Gardan.

»Nichts ist unmöglich«, widersprach Arutha. Seinem Gesichtsausdruck nach zu schließen, war er tief in Gedanken versunken.

Nach einer Weile rief Laurie: »Ich habe es!«

Arutha und die anderen blickten den Sänger an. »Jimmy, du hast gesagt, sie setzen sich innerhalb eines Tages mit dem in Verbindung, der das Gold mit seinem Namen hinterläßt.« Jimmy nickte. »Dann brauchen wir bloß dafür zu sorgen, daß derjenige, der das Gold abgibt, an einem bestimmten Ort bleibt – einen, den wir überwachen können.«

»Keine schlechte Idee, wenn man erst darauf gekommen ist«, lobte Arutha. »Aber welcher Ort?«

Jimmy sagte: »Es gäbe einige, die wir eine Weile übernehmen könnten, Hoheit, nur sind ihre Besitzer unzuverlässig.«

»Ich wüßte einen!« Laurie blickte Jimmy an. »Wenn unser junger Freund bereit wäre, das Gebet aufzusagen, damit die Nachtgreifer keinen Verdacht schöpfen.«

»Ich weiß nicht recht«, entgegnete Jimmy. »Es ist nicht alles so einfach in Krondor. Verdächtigt man mich, würden wir vielleicht keine zweite Gelegenheit bekommen.« Er erinnerte sie an den Überfall durch Lachjack und dessen unbekannten Begleiter mit der Armbrust. »Möglicherweise war es eine reine Rachehandlung. Ich kenne Leute, die aus einem viel geringeren Grund durchdrehten, als eines Spitznamens wegen, aber wenn es nicht deshalb war… Wenn Jack irgendwie eine Verbindung zu diesem Assassinen hatte…«

»Dann«, warf Laurie ein, »hatten die Nachtgreifer einen Spötterführer für ihre Sache gewonnen.«

Jimmy blickte zutiefst besorgt drein, als er plötzlich seine Maske des unerschrockenen Helden ablegte. »Dieser Gedanke hat mir kaum weniger zu schaffen gemacht, als der, daß jemand Seine Hoheit mit der Armbrust töten wollte. Ich habe mich einer Nachlässigkeit gegenüber meinem Eid als Spötter schuldig gemacht. Ich hätte schon vergangene Nacht alles melden müssen, aber jetzt ist wirklich allerhöchste Zeit dafür.« Er wollte aufstehen.

Volney drückte eine Hand auf Jimmys Schulter. »Anmaßender Knabe! Willst du damit vielleicht sagen, daß eine Bande von Halunken auch nur einen Gedanken der Berücksichtigung wert ist, und das angesichts der drohenden Gefahr für deinen Fürsten und möglicherweise auch deinen König?«

Jimmy öffnete schon den Mund zu einer Erwiderung, als Arutha einwarf: »Das ist genau, was der Junge meinte, Volney. Er hat einen Treueeid geleistet.«

Laurie trat schnell zu dem Jungen. Er schob Volney zur Seite und beugte sich hinab, daß sein Gesicht in gleicher Höhe mit dem Jimmys war. »Ich weiß, daß du dir deshalb Gedanken machst, Junge, aber im Augenblick scheinen die Dinge sich geradezu zu überschlagen. Wenn die Spötter unterwandert wurden, wäre es vermutlich gar nicht so gut, wenn du jetzt darüber sprechen würdest, weil das den Spitzeln die Möglichkeit gäbe, ihre Spuren zu verwischen. Wenn wir einen dieser Nachtgreifer zu fassen bekommen...« Er ließ den Gedanken in der Luft hängen.

Jimmy nickte. »Wenn der Aufrechte sich Eurem Gedankengang anschlösse, würde ich vielleicht am Leben bleiben, Sänger. Doch viel Zeit bleibt mir nicht mehr, meine Handlungsweise mit einem entschuldbaren Grund zu erklären. Bald werde ich mich zur Abrechnung stellen müssen. Aber gut, ich bringe ein Pergament zum Tempel der Netzspinnerin. Und ich werde nicht bloß schauspielern, wenn ich zu ihr bete, mir einen Platz freizuhalten, sollte meine Zeit gekommen sein.«

»Und ich muß mich auf den Weg zu einem alten Freund machen, um ihn zu fragen, ob er uns seine Schenke zur Verfügung stellt.«

»Gut.« Arutha nickte. »Dann werden wir die Falle morgen zuschnappen lassen.«

Volney, Nathan und Gardan sahen Jimmy und Laurie nach, die beim Gehen ihre Pläne besprachen. Arutha folgte ihnen alsbald. Seine dunklen Augen verbargen die in ihm tobende Wut. Nach so vielen Jahren fast ständiger Kämpfe während des Spaltkriegs hatte er auf ein langes, friedliches Leben in Krondor mit Anita gehofft. Und das stellte jemand jetzt in Frage. Doch dafür würde dieser Jemand teuer bezahlen!

Im Bunten Papagei ging es ruhig zu. Die Läden waren geschlossen, weil vom Bitteren Meer ein stürmischer Wind hereinfegte, so lag der Schankraum unter einer Decke blauen Rauchs vom offenen Kamin und den Pfeifen der etwa ein Dutzend Gäste. Für einen ahnungslosen Neuankömmling hätte es hier auch nicht anders ausgesehen als sonst in einer regnerischen Nacht. Der Wirt, Lucas, und seine beiden Söhne standen hinter dem langen Schanktisch. Einer verschwand dann und wann durch die Tür in die Küche, um Speisen zu holen und sie den Gästen vorzusetzen. In der Ecke beim Kamin, gegenüber der Treppe zum ersten Stock, saß ein blonder Spielmann und sang von einem Seemann fern seiner Heimat.

Einem aufmerksameren Beobachter wäre aufgefallen, daß die Männer an den Tischen ihr Bier kaum anrührten. Obgleich sie durchwegs harte, rauhe Gesellen waren, sahen sie doch nicht wirklich wie Hafenarbeiter oder Seeleute auf Landurlaub aus. Ihre unverkennbaren Narben hatten sie sich durch Verwundungen im Krieg zugezogen, nicht bei Raufereien in Wirtshäusern.

Alle gehörten zur fürstlichen Leibgarde unter Gardans Befehl. Einige zählten zu den erfahrensten Spaltkrieg-Veteranen der Westarmeen. In der Küche arbeiteten heute fünf neue Köche und Küchenjungen. Im ersten Stock, in der der Treppe nächsten Kammer, warteten Arutha, Gardan und fünf Gardisten geduldig. Insgesamt hatte der Fürst vierundzwanzig Mann im Bunten Papagei versammelt, und sie waren die einzigen im Haus, denn die letzten echten Gäste hatten sich kurz vor Anbruch des Sturms auf den Heimweg gemacht.

In der am weitesten von der Tür entfernten Ecke saß Jimmy die Hand. Etwas beunruhigte ihn heute schon den ganzen Abend, nur konnte er sich nicht klarwerden, was genau es war. Eines wußte er sicher: Würde er jetzt die Gaststube betreten, hätte seine durch Erfahrung erwachsene Vorsicht ihn sofort umkehren lassen. Er konnte nur hoffen, daß der Vertreter der Nachtgreifer nicht ein ähnliches Gespür wie er hatte. Etwas hier stimmte nicht.

Er lehnte sich zurück, kaute unlustig an einem Stück Käse und zerbrach sich den Kopf darüber, was falsch war. Es war eine Stunde nach Sonnenuntergang und noch immer hatte sich niemand hier sehen lassen, der zu den Nachtgreifern gehören könnte. Jimmy war geradewegs vom Tempel hierhergekommen und hatte dafür gesorgt, daß ihn mehrere Bettler sahen, die ihn gut kannten. Wenn jemand in Krondor ihn finden wollte, konnte er mühelos und billig erfahren, wo er zu suchen war.

Die Tür zur Straße öffnete sich. Zwei Männer kamen aus dem Regen und schüttelten das Wasser von ihren Umhängen. Beide schienen Söldner zu sein. Vielleicht hatten sie sich als Karawanenwächter einen prallen Beutel Silber verdient. Sie waren gleich gekleidet: Lederharnisch, wadenhohe Stiefel. Jeder trug ein Breitschwert an der Seite und hatte sich unter dem Umhang einen Schild um den Rücken geschlungen.

Der größere der beiden, ein Mann mit grauer Strähne im dunklen Haar, bestellte Bier. Der andere, ein hagerer Blonder, schaute sich in der Schankstube um: Jimmy erschrak, als er sah, wie seine Augen sich verengten. Also war auch ihm aufgefallen, daß hier etwas nicht stimmte. Der Blonde sprach leise zu seinem Kameraden. Der Mann mit der grauen Strähne nickte und griff nach dem Bier, das der Wirt ihnen zuschob. Die beiden bezahlten mit Kupferstücken und gingen auf den einzigen freien Tisch zu, der neben Jimmys stand.

Der Grausträhnige wandte sich an den Jungen und fragte: »Ist es in dieser Schenke immer wie in einer Grabkammer?«

Jetzt erst wurde Jimmy klar, was hier falsch war. Die Gardisten waren im Warten in ihre alte Gewohnheit gefallen, leise zu sprechen. Es fehlte hier an dem in einer Schenke üblichen Stimmengewirr.

Jimmy drückte einen Finger an die Lippen und flüsterte: »Es ist wegen des Sängers.«

Der Grausträhnige wandte den Kopf in die Richtung und hörte Laurie einen Augenblick zu. Laurie war ein begnadeter Unterhalter und war trotz des anstrengenden Tages bei guter Stimme. Als er ein Lied beendete, klopfte Jimmy mit dem Bierkrug auf die Tischplatte und rief: »He, Spielmann, mehr! Mehr!« Er warf ein paar Münzen auf das Podest, auf dem Laurie saß. Einige andere stimmten in seinen Ruf ein, als ihnen nun ebenfalls klarwurde, daß sie sich viel zu ruhig verhalten hatten. Auch weitere Münzen landeten bei Laurie. Als der Sänger daraufhin ein lebhafteres, etwas gewagtes Lied zum besten gab, kam es bald zu dem Stimmengewirr und scheinbar angeregten Gesprächen, wie es in einer Gaststube üblich ist.

Die beiden Fremden lehnten sich zurück, lauschten und wechselten hin und wieder ein Wort. Sie entspannten sich sichtlich, als es in der Schenke offenbar so zuging, wie man es erwarten konnte.

Heimlich beobachtete Jimmy diese Männer am Nebentisch.

Etwas an ihnen paßte nicht und quälte ihn, weil er nicht hätte sagen können, was es war, genau wie es ihm zuvor mit der falschen Stimmung in der Gaststube ergangen war.

Wieder schwang die Tür auf, und ein weiterer Gast trat ein. Er schaute sich um und schüttelte ebenfalls das Wasser vom Kapuzenumhang, nahm das weite Kleidungsstück jedoch nicht ab, ja warf nicht einmal die Kapuze zurück. Er entdeckte Jimmy in der Ecke und schritt auf ihn zu. Ohne gebeten zu werden, rückte er sich einen Stuhl heran und setzte sich zu dem Jungen. Gedämpfter Stimme sagte er: »Hast du einen Namen?«

Jimmy beugte sich vor, als wollte er antworten. Während er es tat, wurde ihm plötzlich viererlei klar. Trotz ihrer unauffälligen Haltung hatten die beiden Männer ihre Schwerter und Schilde dicht bei der Hand und konnten in Sekundenschnelle danach greifen. Sie tranken auch nicht wie Söldner, die nach einer langen Karawanenreise endlich in eine Stadt kommen – tatsächlich hatten sie ihre Krüge kaum berührt. Der neue Gast Jimmy gegenüber hielt eine Hand unter dem Umhang verborgen, und das, seit er die Schenke betreten hatte. Doch am bedeutungsvollsten von allem war die Tatsache, daß alle drei Männer an ihrer Linken große schwarze Ringe trugen, in die ein Greifvogel graviert war, von derselben Art wie der Anhänger von Lachjacks Begleiter. Jimmys Gedanken überschlugen sich. Er hatte ähnliche Ringe schon gesehen und kannte ihre Verwendung.

Scheinbar umständlich zog Jimmy ein Pergament aus dem Stiefelschaft und schob es über den Tisch, weit rechts von dem Mann, daß dieser etwas unbeholfen die Linke danach ausstrekken mußte, während er seine Rechte weiterhin versteckt hielt. Als seine Finger das Pergament berührten, zog Jimmy seinen Dolch, stach zu und nagelte des Mannes Hand auf die Tischplatte. Der Vermummte erstarrte bei diesem plötzlichen Angriff, dann riß er die Rechte heraus, in der er einen Dolch hielt. Er stach damit nach Jimmy, der sich zurückwarf. Jetzt erst spürte der

Mann den Schmerz, und er heulte vor Pein auf. Jimmy, der mit seinem Stuhl nach hinten kippte, brüllte beim Aufschlagen: »Nachtgreifer!«

Plötzlich tat sich was in der Gaststube. Lucas' Söhne, beide Veteranen der Westarmeen, sprangen über den Schanktisch und landeten auf den vermeintlichen Söldnern, gerade als diese aufspringen wollten. Jimmy lag rückwärts auf dem umgekippten Stuhl und bemühte sich, sich hochzuziehen. Aus seiner Lage sah er, wie die Wirtssöhne mit dem Grausträhnigen rangen, während der zweite falsche Söldner die Linke zu den Lippen gehoben hatte und den Ring an den Mund drückte. »Giftringe!« schrie Jimmy. »Sie haben Giftringe!«

Gardisten hielten den Vermummten fest, der verzweifelt versuchte, den Ring von der festgenagelten Hand zu ziehen. Doch nach einem Augenblick sorgten die drei Gardisten dafür, daß er sich nicht mehr rühren konnte.

Der Grausträhnige trat nach den Wirtssöhnen, rollte zur Seite, sprang hoch, raste auf die Tür zu und warf zwei Männer um, die nicht mit seinem Ansturm gerechnet hatten. Einen Augenblick war der Weg zur Tür frei, während Verwünschungen von Soldaten die Luft erfüllten, die um das Durcheinander von Tischen und Stühlen herumhasteten. Der Nachtgreifer näherte sich der Tür und damit der Freiheit, als ein schlanker Mann sich ihm in den Weg stellte. Der Assassine sprang zur Tür. Doch mit schier unmenschlicher Flinkheit eilte Arutha vorwärts und schlug dem Grausträhnigen den Degengriff auf den Kopf. Der derart Betäubte schwankte, dann sackte er bewußtlos zu Boden.

Hochaufgerichtet sah Arutha sich in der Gaststube um. Der Assassine lag auf dem Boden, die starren Augen zur Decke gerichtet. Er war ganz offensichtlich tot. Des Vermummten Umhang wurde zurückgezogen. Er war bleich vor Schmerzen, als man ihm den Dolch, der seine Hand auf den Tisch nagelte, herauszog. Drei Gardisten hielten ihn fest, obgleich es schien, als wäre er selbst zu schwach, ohne Hilfe zu stehen. Als ein Soldat ihm grob den schwarzen Ring von der verwundeten Hand zog, schrie der Nachtgreifer auf und verlor die Besinnung.

Jimmy trat vorsichtig um den Toten zu Arutha. Er sah zu, wie Gardan dem Mann am Boden ebenfalls den schwarzen Ring abnahm. Dann grinste der Junge den Fürsten an, hob die Hand und zählte zwei Finger ab.

Arutha, mit vom Kampf noch gerötetem Gesicht, nickte lächelnd. Keiner seiner Männer schien verletzt zu sein, während sie zwei Gefangene hatten machen können. Er wandte sich an Gardan: »Paßt gut auf sie auf und achtet darauf, daß kein Außenstehender sie sieht, wenn Ihr sie in das Schloß bringt. Ich möchte nicht, daß Gerüchte die Runde machen. Lucas und seine Söhne könnten schon genug in Schwierigkeiten sein, falls andere von der Gilde des Todes in der Nähe waren und diese drei sich nicht zurückmelden. Ein Teil unserer Männer soll bis zur Sperrstunde bleiben, damit hier der übliche Betrieb zu herrschen scheint. Und bezahlt Lucas für den Schaden doppelt, mit meinem Dank.«

Gardans Leute waren inzwischen bereits dabei, wieder Ordnung herzustellen. Sie brachten den beschädigten Tisch fort und stellten die anderen um, damit sein Fehlen nicht auffiel.

»Bringt die beiden zu den vorbereiteten Kammern, und beeilt Euch. Wir werden noch heute nacht mit der Vernehmung beginnen.«

Wachen versperrten den Zugang zu einer Tür im entlegenen Flügel des Schlosses. Die Gemächer hier wurden nur selten benutzt und lediglich von unwichtigeren Besuchern. Der Flügel war ein Neuanbau. Man gelangte aus dem Hauptgebäude nur durch einen kurzen Verbindungsgang dorthin, und er hatte bloß eine einzige Tür ins Freie. Diese Tür war von innen verschlossen, und außen standen zwei Posten davor, die den Befehl hatten, niemanden, gleichgültig wen, ein- oder herauszulassen.

Im Flügel waren alle an der Außenwand gelegenen Räumlichkeiten gesichert. In der Mitte des größten Gemachs betrachtete Arutha eingehend seine zwei Gefangenen. Beide waren mit festen Stricken an schwere Holzbetten gebunden. Arutha wollte kein Risiko eingehen, das ihnen den Freitod ermöglichte. Vater Nathan schaute nach seinen Akolythen, die die Wunden der beiden Assassinen versorgten.

Plötzlich wandte einer der Jungpriester sich vom Bett des Grausträhnigen ab. Verwirrt bat er: »Vater, kommt, seht!«

Jimmy und Laurie folgten dem Priester und Arutha. Nathan trat hinter den Akolythen, und alle hörten, wie er laut die Luft einsog. »Sung, weise uns den Weg!« hauchte er erschrocken.

Man hatte dem Grausträhnigen den Lederharnisch aufgeschnitten, und darunter war ein schwarzes Wams zum Vorschein gekommen, das mit einem silbrigen Fischernetz bestickt war.

Nathan zog dem anderen Gefangenen das Gewand zur Seite. Darunter befand sich ein zweites, ebenfalls nachtschwarz und mit Silbernetz über dem Herzen. Des Mannes Hand war verbunden, und er hatte die Besinnung wiedererlangt. Mit unverhohlenem Haß blickte er zu dem Sung-Priester auf.

Nathan winkte den Fürsten zur Seite. »Diese Männer tragen das Zeichen von Lims-Kragma in ihrer Gestalt als Netzspinnerin, die letztendlich alles an sich zieht.«

Arutha nickte. »Das paßt. Wir wissen, daß die Nachtgreifer durch den Tempel zu erreichen sind. Selbst wenn die Tempelhierarchie nichts von dieser Sache weiß, muß es einen Verbündeten der Nachtgreifer im Tempel geben. Kommt, Nathan, wir müssen diesen anderen befragen.« Sie kehrten zum Bett des Mannes zurück, der die Besinnung wiedererlangt hatte. Arutha blickte auf ihn hinab. »Wer bezahlt den Preis für meinen Tod?«

Nathan wurde zu dem Bewußtlosen gerufen. »Wer bist du?« fragte der Fürst den anderen. »Antworte, oder deine bisherigen Schmerzen werden nur eine harmlose Kostprobe jener sein, die dich erwarten.« Arutha gefiel der Gedanke, jemanden foltern zu müssen, gar nicht, aber er würde vor nichts zurückschrecken, um herauszufinden, wer für den Anschlag auf ihn verantwortlich war. Doch sowohl Frage wie Drohung hatten Schweigen zur Antwort.

Nach einer kurzen Weile kehrte Nathan an Aruthas Seite zurück. »Der andere ist tot«, sagte er leise. »Wir müssen diesen vorsichtig behandeln. Es könnte sein, daß sie über eine Möglichkeit verfügen, dem Körper zu befehlen, sich nicht gegen den Tod zu wehren, sondern ihn herbeizurufen. Man glaubt, daß selbst ein kräftiger, gesunder Mann seinen eigenen Tod beschwören kann, wenn man ihm nur genügend Zeit dafür gibt.«

Arutha nickte. Schweiß perlte auf der Stirn des Verwundeten, als Nathan ihn untersuchte. Besorgt erklärte der Priester: »Er hat steigendes Fieber. Ich werde erst etwas für ihn tun müssen, ehe er vernehmungsfähig ist.« Der Priester holte seinen Heiltrunk und flößte dem Kranken, dem ein Soldat die Kiefer offenhielt, etwas davon ein. Dann beschwor Nathan seine priesterliche Magie.

Der Mann auf dem Bett begann sich verzweifelt zu winden, und sein Gesicht wurde zu einer verzerrten Maske der Anspannung. Seine Armmuskeln verkrampften sich, und am Hals hoben die Sehnen sich wie straffe Seile ab, als er sich gegen seine Bande wehrte. Plötzlich stieß er ein hohlklingendes Lachen hervor und fiel mit geschlossenen Augen auf das Kissen zurück. Nathan untersuchte ihn. »Er ist bewußtlos, Hoheit.« Dann fügte der Priester hinzu: »Ich habe den Anstieg des Fiebers verlangsamt, aber ich glaube nicht, daß ich ihn anhalten kann. Hier ist Zauber am Werk. Er verfällt vor unseren Augen. Es bedarf Zeit, jenem Zauber entgegenzuwirken – und ich weiß nicht, ob ich diese Zeit habe.« Zweifel sprach aus Nathans Stimme. »Ich weiß auch nicht, ob meine Kräfte ausreichen.«

Arutha wandte sich an Gardan. »Hauptmann, nehmt zehn Eurer zuverlässigsten Männer und begebt Euch umgehend zum

Lims-Kragma-Tempel. Teilt der Hohepriesterin mit, daß ihre Anwesenheit hier sofort erforderlich ist. Bringt sie im Notfall mit Gewalt her, aber bringt sie!«

Gardan salutierte, doch seine Augen verrieten ihn. Laurie und Jimmy erkannten, wie sehr es ihm widerstrebte, die Priesterin in ihren eigenen Hallen zu belästigen. Trotzdem drehte der wakkere Hauptmann sich wortlos um und machte sich daran, den Befehl seines Fürsten auszuführen.

Arutha kehrte zu dem Kranken zurück, der nun sichtlich unter Fieberqualen litt. Nathan meldete: »Eure Hoheit, seine Temperatur steigt langsam, aber stetig an.«

»Wie lange wird er am Leben bleiben?«

»Wenn wir nichts für ihn tun können, dann vielleicht noch den Rest der Nacht, länger nicht.«

Arutha knirschte mit den Zähnen. Es blieben ihm weniger als sechs Stunden, den Grund für den Anschlag auf ihn herauszufinden. Und falls dieser Mann wirklich starb, würden sie wieder am Anfang angelangt, oder vielmehr noch weiter zurückgeworfen sein, denn der unbekannte Gegner würde bestimmt in keine zweite Falle gehen.

»Gibt es denn gar nichts mehr, was Ihr tun könnt?« fragte Laurie leise.

Nathan überlegte. »Vielleicht...« Er verließ den Kranken und bedeutete seinen Akolythen, sich ebenfalls vom Bett zu entfernen. Dann befahl er einem, ihm einen größeren priesterlichen Zauberband zu bringen.

Als nächstes erteilte er den mit dem vorgesehenen Ritual vertrauten Akolythen die letzten Anweisungen. Mit Kreide wurde ein Pentagramm auf den Boden gezeichnet, und zwar mit dem Bett als Mittelpunkt, und in den fünfzackigen Stern magische Runen. Als das fertig war, befanden alle im Raum sich innerhalb der Kreidestriche auf dem Fußboden. In jede Sternspitze stellten die Akolythen eine brennende Kerze, und eine sechste reichten sie Nathan, der im Buch etwas nachlas. Der Sung-Priester schwenkte nunmehr die Kerze in einem bestimmten Muster und las dabei laut aus dem Buch in einer Sprache, die nur die Geistlichen hier im Gemach verstanden. Die Akolythen standen links und rechts von ihm und sprachen bei bestimmten Stellen der Beschwörung die Worte laut nach. Die anderen spürten eine seltsame Schwere in der Luft, und als die letzte Silbe des Priesters Lippen verließ, stöhnte der Sterbende mitleiderregend.

Nathan klappte das Buch zu. »Kein weniger Mächtiger als ein Gesandter der Götter vermag ohne meine Erlaubnis die Schranken des Drudenfußes zu durchbrechen. Weder Geist, Dämon noch sonst eine von den finsteren Mächten geschickte Wesenheit kann uns stören«, erklärte er.

Danach wies der Priester alle an, sich außerhalb des Pentagramms zu stellen. Wieder schlug er das Buch auf und las eine weitere Beschwörung. Sprudelnd quollen die Worte über seine Lippen. Er beendete den Spruch und deutete auf den Mann im Bett. Arutha blickte auf den Kranken, sah jedoch keine Veränderung, erst als er sich Laurie zuwandte, fiel ihm etwas auf. Aus den Augenwinkeln gesehen, bemerkte er um den Nachtgreifer einen fahlen Schein, der das gesamte Pentagramm ausfüllte, jedoch bei einem direkten Blick nicht zu erkennen war. Er war von der unbestimmten Farbe eines milchigen Quarzes.

»Was ist das?« fragte er.

Nathan drehte sich zu Arutha um. »Ich habe die Zeit für ihn verlangsamt, Hoheit. Für ihn ist eine Stunde jetzt ein Augenblick. Der Zauber wird nur bis zum Morgengrauen anhalten, doch für ihn wird nicht ganz eine Viertelstunde vergangen sein. So gewinnen wir Zeit. Mit ein bißchen Glück können wir ihn bis zum Mittag am Leben erhalten.«

»Ist es möglich, mit ihm zu sprechen?«

»Nein, denn für ihn würden wir wie summende Bienen klingen. Aber wenn nötig, kann ich den Zauber aufheben.«

Arutha betrachtete den sich unendlich langsam windenden Fiebrigen. Seine Hand hing einen knappen Zoll über dem Bett in leerer Luft. »Wir können ruhig auf die Hohepriesterin von Lims-Kragma warten.« Doch Ungeduld klang aus seiner Stimme.

Sie brauchten nicht lange zu warten. Vom Gang waren Geräusche zu hören. Sofort eilte Arutha zur Tür. Davor stand Gardan mit einer Frau ganz in Schwarz. Ihr Gesicht war unter einem dikken schwarzen Schleier verborgen, aber sie hatte es dem Fürsten zugewandt.

Ein Finger schoß auf Arutha zu, und eine tiefe, wohlklingende Frauenstimme fragte: »Wieso wurde ich hierherbefohlen, Fürst des Königreichs?«

Arutha achtete nicht auf die Frage, sondern nahm das Bild auf, das sich ihm hier bot. Hinter Gardan standen vier Gardisten. Sie hielten ihre Speere quer vor die Brust und versperrten einem Trupp entschlossen wirkender Tempelwachen in den schwarzsilbernen Waffenröcken Lims-Kragmas den Weg. »Was geht hier vor, Hauptmann?« erkundigte Arutha sich.

»Die Lady wünscht ihre Wächter mit ins Gemach zu nehmen, und ich gestatte es nicht.«

Mit einem Ton eisiger Wut sagte die Priesterin: »Ich bin gekommen, wie Ihr es verlangt habt, obgleich die Geistlichkeit die weltliche Obrigkeit nie anerkannt hat. Doch als Gefangene dürft nicht einmal Ihr mich ansehen, Fürst von Krondor!«

»Zwei Wachen mögen eintreten«, gestattete Arutha. »Doch dürfen sie sich dem Gefangenen nicht nähern. Lady, Ihr werdet mit uns zusammenarbeiten und jetzt eintreten!« Sein Tonfall ließ keinen Zweifel an seiner Entschlossenheit. Die Hohepriesterin mochte zwar die Oberste einer mächtigen Sekte sein, doch vor ihr stand – nach dem König – der absolute Herrscher des Königreichs, ein Mann, der keinen Widerspruch in einer Sache von solcher Wichtigkeit duldete.

Die Priesterin nickte den beiden vordersten Tempelwachen

zu, und sie betraten das große Gemach. Hinter ihnen wurde die Tür geschlossen, und Gardan nahm die beiden Wachen zur Seite. Im Korridor hielten die Gardisten ein wachsames Augen auf die restlichen Tempelwachen und die scharfen Krummsäbel an ihren Gürteln.

Vater Nathan begrüßte die Hohepriesterin mit einer steifen, förmlichen Verbeugung. Die beiden Orden hatten nicht viel füreinander übrig. Die Hohepriesterin entschied sich, die Anwesenheit des Priesters nicht zur Kenntnis zu nehmen.

Kaum hatte sie das Pentagramm auf dem Boden bemerkt, fragte sie: »Befürchtet Ihr außerweltliche Einmischung?« Ihre Stimme klang nun ruhig.

Nathan antwortete ihr: »Lady, wir sind uns mancherlei nicht sicher, und wollen so gut wie möglich unnötige Schwierigkeiten, ob physischer oder geistiger Art, verhindern.«

Ohne auf seine Worte einzugehen, trat sie näher zu den beiden Gefangenen, dem Toten und dem Verwundeten. Beim Anblick der schwarzen Unterkleidung verharrte sie und wandte sich Arutha zu. Trotz des dichten Schleiers war ihm, als sehe er ihren zornigen Blick. »Diese Männer sind von meinem Orden! Wie kommt es, daß sie hier liegen?«

Aruthas Gesicht war eine Maske unterdrückten Grimms. »Lady, um diese Frage zu beantworten, wurdet Ihr gerufen. Kennt Ihr diese beiden?«

Sie betrachtete die Gesichter. »Den kenne ich nicht.« Sie deutete auf den Toten mit der grauen Strähne im Schwarzhaar. »Der andere aber ist ein Priester meines Tempels namens Morgan und erst vor kurzem aus dem Tempel in Yabon zu uns gekommen.« Sie hielt einen Moment überlegend inne. »Er trägt das Zeichen eines Bruders vom Orden des Silbernetzes.« Sie wandte sich wieder Arutha zu. »Dieser Orden ist der kriegerische Zweig unseres Glaubens. Er untersteht dem Großmeister in Rillanon, und dieser wiederum ist niemandem Rechenschaft schuldig, was seinen

Orden betrifft, außer unserer Großen Mutter.« Und nach einer Pause. »Und auch das nur manchmal.« Noch bevor jemand etwas sagen konnte, fuhr sie fort: »Was ich nicht verstehe, ist, wie einer meiner Tempelpriester zu ihrem Zeichen gelangt ist. Ist er ein Angehöriger des Silbernetzordens, der die Rolle eines Priesters angenommen hat? Oder ist er ein Priester, der den Krieger spielt? Oder ist er gar kein Ordensbruder, sondern ein Schwindler? Jede dieser drei Möglichkeiten ist beim Zorn Lims-Kragmas verboten. Aus welchem Grunde ist er hier?«

»Lady«, begann Arutha, »wenn es stimmt, was Ihr sagt...« Bei der Andeutung, daß sie die Unwahrheit gesagt haben könnte, erstarrte sie sichtlich. »...dann betreffen die Ereignisse Euren Tempel nicht weniger als mich. Jimmy, berichte, was du von den Nachtgreifern in Erfahrung gebracht hast.«

Jimmy, der sich unter dem prüfenden Blick der Hohepriesterin der Todesgöttin sichtlich unbehaglich fühlte, berichtete schnell und ohne seine üblichen Ausschmückungen. Als er geendet hatte, sagte die Priesterin: »Hoheit, was ich hier erfahren habe, stinkt zu unserer Göttin.« Wieder sprach aus ihrer Stimme eisige Wut. »Früher bemühten gewisse Gläubige sich um bestimmte Opferungen. Doch dergleichen wurde längst abgeschafft. Unsere Göttin des Todes ist geduldig, denn niemand entgeht ihr. Sie ist nicht auf abscheuliche Morde angewiesen! Ich möchte mit diesem Mann sprechen.« Sie deutete auf den Gefangenen.

Arutha zögerte. Nathan schüttelte den Kopf und wehrte bedächtig ab: »Er ist dem Tode nahe. Selbst ohne zusätzliche Anstrengung bleiben ihm bloß noch Stunden. Sollte die Befragung sich als zu viel für ihn erweisen, stirbt er uns, bevor wir in die Tiefe seiner Seele vordringen können.«

»Warum die Besorgnis, Priester? Selbst tot bleibt er mein Untertan. Ich bin Lims-Kragmas irdische Hand. In ihren Hallen finde ich die Wahrheit wie kein Sterblicher sonst.«

Vater Nathan verbeugte sich. »Im Reich des Todes seid Ihr uns überlegen.« Er wandte sich an Arutha: »Dürfen meine Brüder und ich uns zurückziehen, Hoheit? Mein Orden empfindet dieses Verfahren als abstoßend.«

Der Fürst nickte. »Ehe Ihr geht«, bat die Priesterin, »nehmt den Zauber der Verlangsamung von ihm. Da Ihr ihn errichtet habt, geht es schneller, wenn Ihr es tut, als wenn ich mich damit befasse.«

Nathan hob den Zauber auf, und der Mann auf dem Bett stöhnte in Fieberqualen. Die Anhänger der Göttin Sung verließen eilends das Gemach. Nachdem die Tür sich hinter ihnen geschlossen hatte, deutete die Hohepriesterin auf den Drudenfuß: »Dieses Pentagramm wird die Einmischung äußerer Kräfte verhindern. Darf ich euch alle bitten, euch einstweilen davon fernzuhalten, da in seinem Innern ein jeder eine Störung des Zaubers verursachen würde. Das Ritual, das ich beabsichtige, ist heilig, denn wie immer es auch ausgeht, unsere Göttin wird diesen Mann höchstwahrscheinlich in ihr Reich abberufen.«

Arutha und die anderen zogen sich von dem Pentagramm zurück. »Sprecht nur, wenn ich euch die Erlaubnis dazu gebe, und sorgt dafür, daß die Kerzen nicht erlöschen, denn sonst würden Kräfte frei, denen zu widerstehen – schwierig wäre.« Die Hohepriesterin schlug ihren schwarzen Schleier zurück. Arutha konnte ein Staunen nicht unterdrücken. Sie war kaum älter als ein Mädchen und ein liebreizendes noch dazu mit ihren blauen Augen und einer Haut wie von der aufgehenden Sonne liebkost. Den feinen Brauen nach zu schließen, mußte ihr Haar von bleichstem Goldblond sein. Sie hob die Hände über den Kopf und begann zu beten. Ihre Stimme war weich und wohlklingend, doch die Worte waren fremdartig und furchterregend.

Der Mann auf dem Bett wand sich, während sie ihr Gebet fortsetzte. Plötzlich riß er die Augen auf und starrte zur Decke. Er zuckte und wehrte sich gegen seine Bande. Doch dann entspannte er sich und wandte das Gesicht der Hohenpriesterin zu. Sein Blick war geistesabwesend, während seine Augen sich abwechselnd auf sie richteten und wieder abwandten. Nach einer Weile verzogen seine Lippen sich zu einem seltsamen finsteren Lächeln – eine Fratze von höhnischer Grausamkeit. Seine Stimme war tief und hohl: »Was wollt Ihr, Herrin?«

Die Hohepriesterin runzelte die Stirn, offenbar mißfiel ihr sein Benehmen, aber sie bewahrte ihre Haltung und meinte kühl von oben herab: »Ihr tragt das Zeichen des Ordens vom Silbernetz, und doch dient Ihr im Tempel. Erklärt mir diesen Widerspruch!«

Der Mann antwortete mit einem schrillen, sich überschlagenden Lachen, das nur langsam erstarb. »Ich bin der, der dient.«

Sie blickte ihn scharf an. »So antwortet: Wem dient Ihr?«

Wieder lachte der Mann. Seine Muskeln spannten sich und wehrten sich gegen die beengenden Bande. Schweiß stand auf seiner Stirn. Doch dann entspannte er sich, und wiederum lachte er schrill: »Ich bin der, den man fing!«

»Wem dient Ihr?«

»Ich bin der, der zum Fisch wurde. Ich bin in einem Netz gefangen.« Wieder gellte dieses irre Lachen, verbunden mit einem fast krampfartigen Zerren an den Stricken. Schweiß rann dem Mann nun in Strömen über das Gesicht. Schreiend kämpfte er gegen seine Fesseln an. Als es schon fast so schien, als würde er sich in seiner wahnsinnigen Anstrengung die Knochen brechen, brüllte er: »Murmandamus! Hilf deinem Diener!«

Ein plötzlicher Windstoß blies eine Kerze aus. Ein krampfartiges Zucken überwältigte den Mann daraufhin, so daß sein Körper sich krümmte und nur Füße und Kopf noch das Bett berührten. So sehr zerrte er dabei an den Stricken, daß die Haut aufriß und er zu bluten begann. Unvermittelt brach er auf dem Bett zusammen. Die Hohepriesterin wich einen Schritt zurück, doch dann näherte sie sich ihm wieder und betrachtete ihn. Leise sagte sie: »Er ist tot. Zündet die Kerze wieder an.«

Auf Aruthas Wink zündete ein Gardist mit einem Fidibus, den er an eine brennende Kerze gehalten hatte, die erloschene an. Die Hohepriesterin begann mit einem neuen Gebet. Während das erste leichtes Unbehagen vermittelt hatte, erweckte dieses unbeschreibbare Furcht und rief eine Kälte herbei, wie aus dem finstersten Winkel eines eisigen Landes der Trostlosigkeit. Es brachte den Widerhall der Schreie jener, für die es weder Freude noch Hoffnung mehr gab. Und doch schwang in ihm auch etwas anderes mit, etwas Mächtiges, Anziehendes: eine Verlockung, die davon sprach, wie wundervoll es sei, alle Last und Sorgen abzulegen und sich auszuruhen. Während die Priesterin in ihrem Gebet fortfuhr, erwuchs ein Gefühl drohenden Unheils. Die Umstehenden mußten dagegen ankämpfen, nicht einfach davonzulaufen, weit fort vom aufwühlenden Klang dieser Beschwörung.

Plötzlich endete sie, und es war still wie in einer Grabkammer. Nunmehr sprach die Hohepriesterin in der Königssprache: »Im Fleisch bist du bei uns, doch untertan unserer Herrin Lims-Kragma. Höre! Wie unsere Lady des Todes zu guter Letzt alles bestimmt, so befehle ich dir nun in ihrem Namen: Kehre zurück!«

Die Gestalt auf dem Bett regte sich, doch lag sie dann wieder still. Lauter rief die Hohepriesterin: »Kehre zurück!« Erneut rührte die Gestalt sich. Ruckartig hob der ›Tote‹ den Kopf und öffnete die Augen. Er schien sich in dem Gemach umzuschauen, obwohl die Augäpfel so verdreht waren, daß nur das Weiße zu sehen war. Ja, der ›Leichnam‹ mußte imstande sein, etwas wahrzunehmen, denn er hielt in der Bewegung inne, als das Gesicht auf die Hohepriesterin gerichtet war. Er öffnete die Lippen und lachte hohl.

Die Priesterin trat näher an ihn heran. »Still!«

Er verstummte, doch dann begann er zu grinsen, immer breiter, voller Boshaftigkeit. Es war ein erschreckender Anblick.

Nun zuckten seine Züge wie in einem grauenvollen Schüttelkrampf. Das Fleisch zitterte und gab nach, erwärmtem Wachs gleich. Die Hautfarbe veränderte sich, wurde heller, zu fast weißer Blässe. Die Stirn wuchs in die Höhe, das Kinn wurde schmäler, die Nase krümmte sich, die Ohren liefen spitz zu. Das Haar war auf einmal kohlrabenschwarz. In wenigen Augenblicken war der Mann, den sie befragt hatten, verschwunden und an seiner Statt lag ein nicht länger menschliches Wesen.

Laurie hauchte: »Ihr Götter! Ein Bruder des Düsteren Pfades!«

Voll Unbehagen verlagerte Jimmy sein Gewicht von einem Fuß auf den andern. »Euer Bruder Morgan kommt von viel weiter nördlich als Yabon, Lady«, wisperte er. Aus seiner Stimme klang nur Angst.

Erneut kam der eisige Wind aus dem Nichts auf, und die Hohepriesterin wandte sich zu Arutha um. Ihre Augen waren furchtgeweitet. Sie schien zu sprechen, doch ihre Worte waren nicht zu vernehmen.

Die Kreatur auf dem Bett – einer der verhaßten finsteren Vettern der Elben – kreischte in wahnsinniger Schadenfreude. Mit erschreckender, plötzlicher Kraft befreite das Wesen den Arm aus seinen Fesseln, dann den anderen. Noch bevor die Gardisten einzuschreiten vermochten, zerriß er die Stricke um seine Beine. Und schon war der vorher Tote auf den Füßen und sprang auf die Priesterin zu.

Diese stand unerschrocken da und strahlte eine spürbare Macht aus. Mit einer Hand deutete sie auf das Wesen. »Halt!« Der Moredhel gehorchte. »Im Namen meiner Herrin befehle ich dir, der du gerufen wurdest, Gehorsam. Ihrem Reich gehörst du nun an und unterstehst ihren Gesetzen und ihren Vertretern. In ihrem Namen und mit ihrer Macht befehle ich dir zurückzukehren!«

Der Moredhel zögerte kaum merklich, dann griff er mit unerwarteter Behendigkeit mit einer Hand nach dem Hals der Hohenpriesterin. Mit hohler Stimme, die aus weiter Ferne zu kommen schien, schrie er: »Belästigt meinen Diener nicht, Lady. Wenn Ihr Eure Herrin so sehr liebt, dann geht zu ihr!«

Die Hohepriesterin umklammerte das Handgelenk der Kreatur, und blaues Feuer züngelte sprühend den Arm hoch. Mit einem gräßlichen Schmerzensschrei packte das Wesen die Priesterin, als wiege sie nicht mehr denn eine Feder, und schmetterte sie an die Wand neben Arutha. Hilflos sank sie zu Boden.

Niemand rührte sich. Die Verwandlung dieser Kreatur und ihr unerwarteter Angriff auf die Hohepriesterin hatte alle gelähmt. Die Tempelwachen waren wie angewurzelt beim Anblick ihrer Herrin, die von einer finsteren, außerweltlichen Macht so gedemütigt worden war. Gardan und seinen Männern erging es nicht anders.

Mit höllischem Gelächter wandte die Kreatur sich jetzt an Arutha. »Nun, mein Lord des Westens, stehen wir einander gegenüber, und Eure Stunde ist gekommen!«

Einen Herzschlag lang schien der Moredhel zu taumeln, dann schritt er jedoch entschlossen auf den Fürsten zu. Die Tempelwachen faßten sich einen Augenblick vor Gardans Männern. Die zwei in Schwarz und Silber sprangen vorwärts. Der eine stellte sich zwischen den herankommenden Moredhel und die bewußtlose Priesterin, der andere griff ihn an. Aruthas Gardisten folgten dichtauf und versuchten zu verhindern, daß der Moredhel Arutha erreichte. Laurie raste zur Tür und rief nach den Gardisten auf dem Korridor.

Der Tempelwächter stach mit dem Krummsäbel zu und durchbohrte den Moredhel. Blicklose Augen weiteten sich, als die Kreatur voll gräßlicher Freude grinste. Und schon schnellten ihre Hände vor und legten sich um die Kehle des Wächters. Mühelos drehten sie ihm den Hals um und warfen die Leiche zur Seite. Der erste von Aruthas Gardisten, der das Ungeheuer erreichte, hieb von der Seite zu und schlug eine blutige Wunde längs dem Rücken. Mit schmetternder Rückhand warf die Kreatur den Mann zu Boden. Dann zog sie sich den Krummsäbel aus der Brust und ließ ihn achtlos fallen. Während sie sich abwandte, schlang Gardan die Arme tief von hinten um sie und hob sie in die Luft. Die Kreatur krallte die Nägel in Gardans Arme, trotzdem hielt der Hauptmann sie weiter hoch und verhinderte so, daß sie näher an Arutha herankam. Da trat sie heftig nach hinten und traf Gardans Beine mit solcher Wucht, daß er mit ihr zu Boden stürzte. Sie befreite sich, und als Gardan sie wieder zu fassen versuchte, stolperte er über die Leiche des Tempelwächters.

Krachend schwang die Tür auf, als Laurie den Riegel zur Seite zog. Palast- und Tempelwächter stürzten an dem Sänger vorüber. Die Kreatur befand sich in Schwertreichweite von Arutha, als der vorderste Gardist sich von hinten auf sie warf und sogleich zwei weitere seinem Beispiel folgten. Die Tempelwachen schlossen sich ihrem noch lebenden Kameraden an, um einen Schutzschild um die besinnungslose Hohepriesterin zu bilden. Aruthas Gardisten dagegen stürzten sich alle auf den Moredhel. Gardan kam auf die Beine und eilte an Aruthas Seite. »Zieht Euch zurück, Eure Hoheit. Durch unsere Übermacht können wir die Kreatur hier festhalten.«

Mit dem Schwert in der Hand erwiderte der Fürst. »Wie lange, Gardan? Wie lange könnt Ihr ein Wesen aufhalten, das nicht mehr zu töten ist?«

Jimmy die Hand wich von Aruthas Seite rückwärts zur Tür. Er konnte den Blick nicht von dem Gewirr wildbewegter Leiber wenden. Gardisten hämmerten mit Schwertgriffen und Fäusten auf die Kreatur ein, um sie kampfunfähig zu machen. Ihre Hände und Gesichter waren blutüberströmt, denn immer wieder hieb der Untote mit den Krallen nach ihnen.

Laurie kreiste um die Kämpfenden und suchte nach einer Lücke. Das Schwert hielt er stoßbereit wie einen Dolch. Als er sah, wie Jimmy nun zur Tür rannte, schrie er: »Arutha, Jimmy beweist erstaunliche Vernunft! Folge ihm!« Dann stach er mit dem Schwert zu, und ein erschreckendes Stöhnen erklang aus dem Körpergewirr.

Unentschlossenheit bannte Arutha. Die Leibermasse schien sich unaufhaltsam auf ihn zuzubewegen. Offenbar vermochte selbst die Übermacht der Gardisten die Kreatur nur aufzuhalten, jedoch nicht abzuwehren. Aus ihren Lippen dröhnte die hohle Stimme: »Flieht, wenn Ihr möchtet, Lord des Westens, doch nie werdet Ihr Ruhe vor meinen Dienern finden!«

Als wäre ihm neue Kraft zugeflossen, bäumte der Moredhel sich auf und schüttelte die Gardisten ab. Sie wurden gegen die Tempelwächter vor der Hohepriesterin geschleudert, und einen Augenblick konnte die Kreatur ungehindert aufrecht stehen. Sie war nun über und über blutbesudelt und ihr Gesicht eine Maske blutender Wunden. Zerfetztes Fleisch hing von einer Wange und verzerrte das Gesicht zu einem steten boshaften Grinsen. Ein Gardist kam auf die Beine, und es gelang ihm, des Moredhels rechten Arm mit einem Schwerthieb zu zerschmettern. Der Untote wirbelte herum und riß dem Mann mit einem Hieb der Krallen die Kehle auf. Sein rechter Arm baumelte schlaff an der Seite, während er nun mit blubbernd klingender Stimme dröhnte: »Ich schwelge im Tod! Kommt, ich will in eurem schwelgen!«

Zwei Gardisten sprangen den Moredhel von hinten an und warfen ihn erneut zu Boden vor Aruthas Füßen. Ohne auf sie zu achten, kroch die Kreatur auf den Fürsten zu, den unverletzten Arm ausgestreckt und die Hand zur Klaue gekrümmt. Weitere Gardisten sprangen auf sie zu. Arutha hieb seinen Degen durch die Schulter tief in den Rücken des Ungeheuers. Es erschauderte, dann kroch es weiter.

Wie ein riesiger, verunstalteter Krake näherte die Masse der Leiber sich dem Fürsten. Die Gardisten kämpften übermenschlich, als könnten sie Arutha schützen, indem sie den Untoten im wahrsten Sinne des Wortes in Stücke zerrissen. Arutha wich einen Schritt zurück. Die Unaufhaltbarkeit des Moredhels brachte seinen Entschluß, nicht zu fliehen, allmählich ins Wanken. Ein Gardist flog mit einem Aufschrei durch die Luft. Sein Schädel krachte, als er auf dem Boden aufschlug. Ein anderer brüllte: »Hoheit, die Kreatur wird stärker!« Ein dritter wimmerte, als der Untote ihm ein Auge auskratzte. Mit einem gewaltigen Schwung schleuderte die Kreatur die restlichen Gardisten von sich und stand auf. Und nun befand sich niemand mehr zwischen ihr und Arutha.

Laurie zog an des Fürsten linken Ärmel und zerrte ihn zur Tür. Sie gingen seitwärts, ohne den Blick von dem schauderhaften Wesen abzuwenden, das taumelnd auf den Füßen stand. Seine blicklosen Augen folgten den beiden Männern. Sie stierten aus einem Gesicht, das nur noch eine blutige Masse war. Ein Tempelwächter stürzte sich von hinten auf den Moredhel. Ohne sich umzudrehen schlug die Kreatur mit der Rechten zu und zerschmetterte dem Mann den Schädel mit einem einzigen Hieb.

Laurie schrie: »Er kann seinen Arm wieder benutzen! Er heilt von selbst!« Mit einem Sprung war der Untote bei ihnen. Arutha spürte, wie jemand ihn zur Seite stieß, und er stürzte auf den Boden. Wie durch Schleier hindurch sah er, daß Laurie sich unter dem Hieb duckte, der Arutha den Kopf von den Schultern getrennt hätte. Der Fürst warf sich herum und kam neben Jimmy auf die Füße. Hinter Jimmy sah er Vater Nathan.

Der stiernackige Priester ging auf das Ungeheuer zu. Er hielt die Linke, mit der Handfläche nach vorn, erhoben. Irgendwie spürte der Untote des Priesters Näherkommen, denn er wandte seine Aufmerksamkeit von Arutha ab und wirbelte zu Nathan herum.

In der Mitte von Nathans Handfläche begann ein Glühen. Es wurde zu einem grellen weißen Licht, das seinen Schein auf den

Moredhel warf. Der Untote stand wie erstarrt, und ein kaum hörbares Stöhnen entrang sich den blutigen Lippen. Da begann Nathan zu beten.

Ein grauenvoller Schrei gellte aus dem Mund des Untoten, der sich zusammenkauerte und die Hände vor die Augen schlug, um sie vor Nathans blendendem Licht zu schützen. »Es brennt – es brennt!« wimmerte die Kreatur. Der stämmige Priester trat einen Schritt vor und drängte den Untoten zurück. In unerträglichem Schmerz krümmte die Kreatur sich und wimmerte: »Ich brenne!«

Wieder strich ein eisiger Wind durch das Gemach. So laut schrillte der Untote nun, daß selbst die Veteranen vieler Schlachten zusammenzuckten. Verängstigt blickten die Gardisten sich um, suchten nach dem Ursprung eines unbestimmbaren Grauens, das jeder spürte.

Plötzlich richtete die Kreatur sich hoch auf, als wäre neue Kraft in sie geströmt. Ihre Rechte schoß vor, griff nach dem Ursprung des brennenden Lichtes: Nathans Hand, Menschenhand und Klaue umschlangen einander, und mit einem Sengen begannen die Krallenfinger des Untoten zu rauchen. Er schwang die Linke zum Schlag zurück, doch als sie vorwärtsschnellte, rief Nathan ein Wort, das allen anderen im Gemach unbekannt war. Die Kreatur schwankte und wimmerte. Nathan erhob die Stimme. Sie füllte den Raum mit geheimnisvollem Gebet und heiliger Magie. Der Untote erstarrte wie angewurzelt und begann am ganzen Leib zu zittern. Eindringlicher wurde das Gebet. Die Kreatur schwankte wie von einem gewaltigen Hieb getroffen, und aus ihrem Körper kräuselte Rauch. Nathan rief die Macht Sungs der Weißen herab, der Göttin der Reinheit. Seine Stimme klang heiser und angestrengt. Ein lautes Stöhnen, das aus weiter Ferne zu kommen schien, entrang sich des Moredhels Mund, und erneut erschauderte er.

Alle Kraft auf diesen unheimlichen Kampf wendend, straffte

Nathan die Schultern, als plage er sich mit einer schweren Last. Und der Moredhel stürzte auf die Knie. Seine Rechte bog sich zurück, während Nathans Stimme weiterhallte. Schweiß perlte über des Priesters Stirn, und die Adern seines Halses drohten die Haut zu sprengen. Auf dem zerfleischten Körper des Untoten bildeten sich Brandblasen, und er heulte seinen unerträglichen Schmerz hinaus. Ein schaudererregendes Knistern war zu hören und der Geruch von schmorendem Fleisch erfüllte den Raum. Dicker, öliger Rauch stieg von dem Untoten auf. Ein Gardist drehte sich um, und mußte sich übergeben. Nathan quollen die Augen schier aus dem Kopf, als er dieser Kreatur mit aller Kraft seinen Willen aufzwang. Beide schwankten. Das Fleisch des Untoten verkohlte in Nathans Magie. Der Moredhel krümmte sich unter der Willenskraft des Priesters, und plötzlich zuckten bläuliche Entladungen über seinen verbrannten Leib. Nathan gab ihn frei. Der Untote stürzte seitwärts. Flammen loderten aus seinen Augen, den Ohren und dem Mund. Alsbald zerfiel er zu Asche, und nur noch der übelkeiterregende, ölige Gestank blieb zurück.

Nathan wandte sich schwerfällig zu Arutha um. Der Fürst sah einen Mann, der in so kurzer Zeit um Jahre gealtert war. Des Geistlichen Augen waren immer noch geweitet, und Schweiß rann ihm über das Gesicht. Mit würgendem Krächzen sagte er: »Hoheit, es ist vollbracht.« Müde lächelnd machte er einen schleppenden Schritt auf den Fürsten zu, dann einen zweiten, ehe er kraftlos zusammenbrach. Arutha fing ihn auf, bevor er auf dem Boden aufschlagen konnte.

Enthüllungen

Tirilierend hießen Vögel den neuen Tag willkommen.

Arutha, Laurie, Jimmy, Volney und Gardan saßen im kleinen Privataudienzsaal des Fürsten und warteten darauf, das Neueste über das Befinden von Vater Nathan und der Hohenpriesterin zu hören. Die Tempelwächter hatten die Priesterin in ein Gästegemach getragen und hielten davor Wache, während aus dem Tempel herbeigeeilte Heiler sie behandelten. Sie waren schon die ganze Nacht bei ihr. Nathan befand sich in seinen eigenen Gemächern und wurde von Angehörigen seines Ordens umsorgt.

Alle hier Versammelten hatten die Schrecken der Nacht so mitgenommen, daß sie noch davor zurückscheuten, davon zu sprechen. Laurie überwand seine Benommenheit als erster. Er schob seinen Stuhl zurück und trat an ein Fenster.

Aruthas Blick folgte ihm, aber in Gedanken rang er mit Dutzenden von unbeantwortbaren Fragen. Wer oder was wollte seinen Tod? Und warum? Doch wichtiger als seine eigene Sicherheit war für ihn die Frage, inwieweit Lyam, Carline und die anderen, die bald ankommen würden, durch diese Sache gefährdet sein würden – und vor allem Anita. Dutzendmal hatte Arutha sich während der vergangenen Stunden gefragt, ob er die Hochzeit nicht lieber verschieben sollte.

Laurie setzte sich auf einen Diwan neben den halbschlafenden Jimmy. Leise fragte er: »Jimmy, woher hast du gewußt, daß Vater Nathan helfen könnte, wo doch die Hohepriesterin hilflos war?«

Jimmy streckte sich und gähnte. »Ich erinnerte mich an etwas aus meiner Jugend.« Gardan mußte bei diesen Worten unwillkürlich lachen. Dadurch lockerte sich die allgemeine Anspannung. Selbst Arutha lächelte leicht. Jimmy fuhr fort. »Ich wurde eine Zeitlang in den Unterricht von Vater Timothy geschickt, einem Geistlichen von Astalon. Hin und wieder wird der eine oder andere Junge dafür ausgewählt. Es ist ein Zeichen, daß die Spötter große Hoffnung in ihn setzen«, erklärte er stolz. »Ich sollte dort nur lesen und schreiben und ein bißchen rechnen lernen, aber so nebenbei lernte ich noch ein wenig mehr.

Ich erinnere mich an einen Vortrag über das Wesen der Götter, den Vater Timothy einmal hielt – obgleich ich dabei fast eingeschlafen wäre. So, wie dieser Priester es darlegte, gibt es widerstreitende Kräfte, nämlich positive und negative, die manchmal auch gut und böse genannt werden. Gutes kann gegen Gutes nichts ausrichten, genausowenig wie Böses gegen Böses. Um gegen einen Vertreter des Bösen anzukommen, braucht man einen Vertreter des Guten. Die Hohepriesterin wird von den meisten als Dienerin der finsteren Mächte angesehen. Sie konnte diese Kreatur nicht bezwingen, ja nicht einmal in Schach halten. Ich hoffte, der Vater könnte es, da Sung und ihre Diener zu den ›Guten‹ gerechnet werden. Ich wußte natürlich nicht wirklich, ob es möglich war, aber ich konnte doch nicht bloß dastehen und zusehen, wie dieses Ungeheuer einen Palastwächter nach dem anderen zerfleischte!«

»Es hat sich als richtige Überlegung erwiesen.« Aus Aruthas Tonfall sprach nicht geringe Hochachtung.

Ein Gardist betrat den Saal und meldete: »Hoheit, der Priester hat sich erholt und läßt Euch bitten, zu ihm zu kommen.« Arutha sprang fast von seinem Stuhl auf und eilte durch die Tür. Die anderen folgten ihm dichtauf.

Seit mehr als einem Jahrhundert gehörte zum Schloß von Krondor ein Tempel mit einem eigenen Altar für jede Gottheit, damit ein Gast die Möglichkeit hatte, gleichgültig welche der Hauptgottheiten er verehrte, hier geistigen Trost zu finden. Der Orden, dem die Sorge für den Tempel oblag, wechselte dann und wann mit den verschiedenen Ratgebern des Fürsten. Unter Aruthas Verwaltung waren Nathan und seine Akolythen für den Tempel verantwortlich, wie bereits unter Prinz Erland. Die Unterkünfte der Geistlichen lagen im hinteren Teil des Tempels, den Arutha durch die große Halle mit dem Sterngewölbe betrat. Am Ende des Mittelschiffs war hinter der Abtrennung mit den Altären für die vier größeren Götter eine Tür zu sehen. Auf sie eilte Arutha zu. Seine Stiefelsohlen klackten auf dem Fliesenboden, als er an den Altären der niedrigeren Götter zu beiden Seiten des Hauptschiffs vorüberschritt. Schon aus einiger Entfernung bemerkte er, daß die Tür zu Nathans Gemächern offenstand und sich mehrere Personen darin befanden.

Die Akolythen machten ihm sofort Platz. Arutha staunte über die Nüchternheit von Nathans Kammer, die mehr einer Zelle ohne persönlichem Eigentum und Zierrat glich. Außer den nötigen Gebrauchsgegenständen bemerkte Arutha nur eine Statuette Sungs, die als liebreizende junge Frau in langem weißen Gewand abgebildet war. Sie stand auf einem Tischchen neben Nathans Bett.

Der Priester sah mitgenommen und schwach aus, war aber bei wachem Verstand. Kissen stützten seinen Rücken, so daß er halb saß. Sein Unterpriester stand in der Nähe, um sofort helfend einspringen zu können, wenn es erforderlich war. Der Leibarzt des Fürsten wartete neben dem Bett. Er verbeugte sich und berichtete: »Er ist körperlich völlig gesund, nur sehr geschwächt und erschöpft. Bitte faßt Euch kurz, Hoheit.« Arutha nickte, als der Arzt sich mit allen Akolythen zurückzog. Als sie die Kammer verlassen hatten, bedeutete er Gardan und den anderen, vor der offenen Tür zu warten.

Er trat an Nathans Seite. »Wie geht es Euch?«

»Ich werde am Leben bleiben, Hoheit«, antwortete der Priester schwach.

Arutha warf einen Blick zur Tür und bemerkte Gardans

erschrockenes Gesicht. Das bestätigte seinen Eindruck, daß der grauenvolle Kampf den Priester verändert hatte. Sanft sagte er: »Ihr werdet mehr als nur am Leben bleiben, Nathan. Ihr werdet bald wieder Euer altes Selbst sein.«

»Ich habe ein Grauen erlebt, wie kein Mensch sich ihm stellen dürfte, Hoheit. Ihr werdet verstehen, daß ich Euch etwas anvertrauen muß.« Mit einem Kopfnicken deutete er zur Tür.

Der Unterpriester schloß sie und kehrte zu Nathans Bett zurück. »Ich werde Euch etwas erzählen, was außerhalb des Tempels nicht bekannt ist, Hoheit. Ich nehme große Verantwortung auf mich, indem ich davon zu Euch spreche, aber ich halte es für unbedingt erforderlich.«

Arutha beugte sich vor, um des erschöpften Priesters schwache Stimme überhaupt zu vernehmen. »Es gibt eine höhere Ordnung, ein Gleichgewicht der Kräfte, von Ishap auferlegt, dem Einen-über-allen. Die größeren Gottheiten herrschen durch die geringeren, denen die Priester dienen. Jeder Orden hat seine Aufgabe. Es mag vielleicht so aussehen, als stünde einer im Widerstreit zum andern. Die für den Außenstehenden nicht so leicht erkennbare Wahrheit ist jedoch, daß ein jeder Orden seinen bestimmten Platz in der großen Gesetzmäßigkeit hat. Selbst jene von niedrigerem Rang in den Tempeln wissen davon nichts. Das ist der Grund für gelegentliche Streitigkeiten zwischen den Orden. Daß ich gestern meinen Abscheu vor den Riten der Hohenpriesterin offen zeigte, das geschah nicht nur, weil sie mir wirklich mißfallen, sondern meiner Akolythen wegen. Wieviel ein einzelner zu verstehen imstande ist, bestimmt, wieviel der Wahrheit ihm durch die Orden offenbart wird. Viele brauchen ganz einfach die simple Vorstellung von Gut und Böse, von Licht und Finsternis, um ihr tägliches Leben zu meistern. Ihr gehört nicht zu ihnen.

Ich wurde in der Lehre des Einen Pfades unterwiesen, dem Orden, der meinem Wesen am nächsten ist. Aber wie alle anderen, die eine höhere Stellung erreichten, kenne ich Wesen und Erscheinungsarten aller anderen Götter und Göttinnen. Doch was sich vergangene Nacht offenbarte, war mir völlig fremd.«

Arutha sah ihn an. »Was meint Ihr damit?«

»Während ich gegen die Kraft kämpfte, die den Moredhel erfaßt hatte, vermochte ich etwas ihres Wesens zu spüren. Es ist fremdartig, finster, furchtbar: etwas absolut Erbarmungsloses. Es wütet und versucht, alles zu beherrschen oder zu vernichten. Selbst jene Gottheiten wie Lims-Kragma und Guis-wa, die man zu den finsteren zählt, sind nicht wahrhaft böse, wenn man die Wahrheit kennt. Doch dieses Fremdartige löscht selbst das Licht der Hoffnung aus. Es ist die verkörperte Verzweiflung.«

Der Unterpriester bedeutete Arutha, daß es Zeit zum Gehen sei. Als der Fürst zur Tür schritt, rief Nathan ihm nach: »Wartet, Ihr müßt noch etwas wissen! Es verschwand nicht, weil ich es bezwungen hatte, sondern weil ich ihm den Diener nahm, dessen Leib es benutzte. Dadurch hatte es keine Möglichkeit mehr, seinen Angriff fortzuführen. Ich besiegte nur sein Hilfsmittel. Es – es enthüllte in jenem Augenblick etwas von sich selbst. Es ist noch nicht bereit, sich meiner Lady des Einen Pfades zu stellen, aber es empfindet Geringschätzung für sie und die anderen Gottheiten.« Er war sichtlich verstört. »Hoheit, es empfindet Geringschätzung, ja Verachtung für die Götter!« Nathan setzte sich höher auf und streckte fast hilfesuchend die Hand aus. Arutha eilte zum Bett zurück und nahm sie in seine. »Hoheit, es ist eine Macht, die sich allen und allem überlegen fühlt! Sie kennt nur Haß und Hohn, und beabsichtigt alle zu vernichten, die sich ihr widersetzen. Wenn...«

»Beruhigt Euch, Priester«, mahnte Arutha sanft.

Nathan nickte und legte sich zurück auf die Kissen. »Hoheit, sucht nach größerem Wissen als meinem. Denn etwas spürte ich: Dieser Feind, diese Finsternis, die alles zu verschlingen droht, nimmt an Kraft zu.«

»Schlaft, Nathan«, rief Arutha. »Seht all dies als bösen Alptraum an, der vergeht.« Er nickte dem Unterpriester zu und verließ die Kammer. Als er an dem Leibarzt vorüberschritt, sagte er: »Helft ihm!« Es war mehr Bitte, denn Befehl.

Stunden vergingen, während Arutha darauf wartete, etwas über das Befinden der Hohenpriesterin zu erfahren. Er saß allein, während Jimmy auf einem niedrigen Diwan schlief. Gardan war unterwegs, um nach seinen Wachen zu sehen, und Volney war mit Verwaltungsarbeiten beschäftigt. Arutha bewegten wieder die Ereignisse der vergangenen Nacht. Er hatte sich dagegen entschieden, Lyam davon zu unterrichten, solange er noch nicht in Krondor angelangt war. Wie er bereits den anderen gegenüber bemerkt hatte, gehörte angesichts Lyams Begleitschutz von über hundert Mann schon eine kleine Armee dazu, den König zu gefährden.

Arutha hielt in seinen Überlegungen inne, um Jimmy zu betrachten. Wie er so friedlich schlummerte, sah er wie ein Kind aus. Er hatte über die Gefährlichkeit seiner Verletzung nur gelacht, doch kaum war einigermaßen Ruhe eingekehrt, hatte der Schlaf ihn gleich überwältigt. Behutsam hatte Gardan ihn auf den Diwan gelegt. Arutha schüttelte den Kopf. Der Junge war ein gemeiner Verbrecher, ein Schmarotzer an der Gesellschaft, der noch nicht einen Tag seines jungen Lebens mit ehrlicher Arbeit verbracht hatte. Obwohl kaum älter als vierzehn oder fünfzehn, war er ein Großmaul, ein Lügner, ein Dieb und mehr. Trotz allem aber war er auch ein echter Freund. Arutha seufzte und fragte sich, was er mit dem Jungen machen sollte.

Ein Page kam mit einer Botschaft von der Hohenpriesterin, mit der Bitte um seinen sofortigen Besuch. Arutha verließ das Gemach leisen Schrittes, um den Jungen nicht zu wecken, und folgte dem Pagen zu dem Raum, wo die Heiler die junge Frau behandelten. Aruthas Gardisten standen außerhalb der Gemächer Posten und Tempelwachen im Inneren. Das hatte der Fürst genehmigt, nachdem ein Priester aus dem Tempel, der zur Hohenpriesterin geeilt war, ihn darum ersucht hatte. Dieser Priester begrüßte Arutha nun kühl, als sei der Fürst verantwortlich für den Zustand seiner Herrin. Er führte ihn in das Schlafgemach, wo eine Priesterin sich um die Frau im Bett bemühte.

Arutha erschrak zutiefst über den Anblick der Hohenpriesterin. Auch ihr hatte man Kissen in den Rücken geschoben, damit sie im Bett sitzen konnte. Ihr blaßblondes Haar rahmte ein Gesicht ein, aus dem jegliche Farbe gewichen war. Man konnte meinen, sie sei in dem einen Tag um zwanzig Jahre gealtert. Doch als sie den Blick auf Arutha richtete, ging immer noch eine Aura der Macht von ihr aus.

»Habt Ihr Euch wieder erholt, Lady?« Besorgnis sprach aus Aruthas Stimme, als er sie anblickte.

»Meine Herrin hat noch Arbeit für mich, Hoheit. Sie wird mich in nächster Zeit noch nicht zu sich rufen.«

»Das freut mich zu hören. Ich bin gekommen, wie Ihr es wünschtet.«

Die Frau setzte sich höher, gegen die Kissen gestützt, auf. In Gedanken versunken, strich sie das fast weiße Haar zurück, und wieder stellte Arutha fest, daß sie trotz ihrer grimmigen Miene von ungewöhnlicher Schönheit war, doch von einer Schönheit, an der nichts weich und sanft war. Mit angespannter Stimme sagte die Hohepriesterin: »Arutha conDoin, unserem Königreich droht Gefahr und mehr. Im Reich unserer Herrin des Todes steht nur eine über mir. Sie ist unsere Große Mutter in Rillanon. Außer ihr dürfte niemand meine Macht im Reich des Todes herausfordern. Doch nun ist da etwas, das die Göttin selbst herausfordert. Etwas, das, obwohl es noch schwach ist und seine Kräfte erst noch sammeln und lernen muß, mit ihnen umzugehen, imstande ist, mir meine Macht über einen in meiner Herrin Reich zu nehmen.

Versteht Ihr das Ausmaß der Bedeutung meiner Worte? Es ist, als wäre ein Säugling geradewegs von der Brust seiner Mutter in Euer Schloß gekommen, nein, in das Schloß Eures Bruders, des Königs, und habe sein gesamtes Gefolge, seine Leibgarde, ja selbst das Volk gegen ihn aufgebracht, so daß er völlig hilflos auf seinem Thron sitzt. Etwas von dieser Art hat sich gegen uns gestellt. Und es wächst! Während wir uns hier unterhalten, nimmt es an Kraft und Wut zu. Und es ist uralt...« Ihre Augen weiteten sich, und Arutha las einen Hauch von Wahnsinn in ihnen. »Es ist sowohl neu wie alt... Ich – ich verstehe es nicht!«

Arutha winkte den Heiler herbei und wandte sich zu dem Priester um, der zur Tür deutete. Als Arutha sie erreichte, hörte er, wie, die Priesterin heftig zu schluchzen anfing.

Im Vorgemach sagte der Priester: »Hoheit, ich bin Julian, Oberpriester des Inneren Kreises. Ich habe unseren Muttertempel in Rillanon von den Geschehnissen hier unterrichtet. Ich...« Offenbar sprach er nur ungern weiter. »Höchstwahrscheinlich werde ich in wenigen Monaten zum Hohenpriester von Lims-Kragma ernannt. Wir werden ihr...« Er blickte zur geschlossenen Tür zurück. »...jede nur mögliche Pflege angedeihen lassen, aber sie wird nie mehr befähigt sein, uns im Dienst unserer Herrin zu leiten.« Er blickte wieder Arutha an. »Ich habe von den Tempelwachen erfahren, was sich vergangene Nacht zutrug, und soeben hörte ich der Hohenpriesterin Worte. Wenn der Tempel helfen kann, tut er es gern!«

Arutha dachte über das Angebot des Priesters nach. Es war üblich, daß zu den Ratgebern des höheren Adels ein Priester eines der Orden gehörte. Es gab zu vieles von Bedeutung, was dem Übernatürlichen zugerechnet werden konnte, als daß der Adel auf geistlichen Beistand verzichten konnte. Deshalb war Aruthas Vater auch der erste gewesen, der sich seinen üblichen Ratgebern einen Magier hinzugefügt hatte. Doch gedeihliche Zusammenarbeit zwischen Orden und weltlicher Obrigkeit, ja selbst zwischen Regenten untereinander, war selten. Schließlich antwortete Arutha: »Habt Dank, Julian. Wenn wir ein bißchen mehr über das wissen, womit wir es hier zu tun haben, werden wir um Euren Rat ersuchen. Mir ist eben erst klargeworden, wie begrenzt mein Weltbild ist. Ich nehme an, Ihr werdet uns von wertvoller Hilfe sein können.«

Der Priester verbeugte sich. Als Arutha sich anschickte zu gehen, flüsterte er: »Hoheit?«

Arutha blickte über die Schulter und sah die besorgte Miene des Priesters. »Ja?«

»Findet, was immer dieses Etwas auch ist, Hoheit. Findet und vernichtet es mit Stumpf und Stiel.«

Arutha vermochte nur zu nicken. Er kehrte in sein Gemach zurück. Leise setzte er sich in einen Sessel, um Jimmy nicht zu wecken, der noch immer tief und fest auf dem Diwan schlief. Arutha sah, daß man inzwischen eine Schale mit Früchten, Käse und gekühlten Wein für ihn auf ein Tischchen gestellt hatte. Jetzt erst wurde ihm bewußt, daß er den ganzen Tag noch keinen Bissen gegessen hatte. Er schenkte sich ein Glas Wein ein, schnitt ein Stück Käse ab und setzte sich wieder. Er legte die Beine auf den Tisch, lehnte sich zurück und ließ seine Gedanken schweifen. Die Erschöpfung zweier Nächte mit wenig Schlaf überwältigte ihn schier, doch zu sehr beschäftigten ihn die Geschehnisse der letzten beiden Tage, als daß er sich Schlummer gegönnt hätte. Eine übernatürliche Wesenheit trieb sich in seinem Landesteil herum, eine mit magischen Kräften, die selbst in den Vertretern der beiden mächtigsten Tempel des Königreichs Furcht hervorrief. Lyam würde in nicht ganz einer Woche ankommen, und fast jeder Edle des Königreichs würde zur Vermählung in Krondor anwesend sein. In *seiner* Stadt! Und ihm fiel nichts ein, wie er ihre Sicherheit gewährleisten könnte.

Eine Stunde saß Arutha da und sann nach. Er aß und trank, während seine Gedanken Meilen entfernt waren. Er grübelte überhaupt viel, wenn er allein war, und sah er sich einem Problem gegenüber, ging er es von allen Seiten an und schüttelte es wie ein Terrier eine Ratte. Dutzende verschiedener Möglichkeiten, die zu einer Lösung führen mochten, ließ er sich durch den Kopf gehen, und immer wieder prüfte er eingehend selbst den geringsten möglichen Hinweis. Schließlich, nachdem er eine Reihe von Plänen verworfen hatte, wußte er, was er tun mußte. Er nahm die Füße vom Tisch und griff nach einem reifen Apfel aus der Schale vor sich.

»Jimmy!« rief er laut. Der Junge war sofort wach. Mit den Jahren seines gefährlichen Lebens hatte er sich einen leichten Schlaf zu eigen gemacht. Arutha warf dem Jungen den Apfel zu. Mit erstaunlicher Flinkheit setzte Jimmy sich auf und fing ihn wenige Zoll vor dem Gesicht. Arutha konnte nun verstehen, was ihm den Beinamen »die Hand« eingetragen hatte.

»Ja?« Jimmy biß in den Apfel.

»Ich brauche dich, um deinem Meister eine Botschaft zukommen zu lassen.« Jimmy hielt mitten im Abbeißen inne. »Ich möchte, daß du ein Treffen zwischen mir und dem Aufrechten vereinbarst.« Jimmys Augen weiteten sich voller Unglauben.

Wieder hatte sich vom Bitteren Meer her dichter Nebel nach Krondor gewälzt, der die Stadt nun in eine dicke graue Decke hüllte. Zwei Gestalten hasteten an den wenigen Schenken vorüber, die noch geöffnet waren. Arutha folgte Jimmy, der ihn durch die Stadt führte, hinaus aus dem Kaufmannsviertel in weniger vornehme Gegenden, bis sie sich tief im Armenviertel befanden. Schließlich bogen sie in eine Sackgasse ein und blieben an ihrem Ende stehen. Wie durch Zauberei tauchten drei Männer aus der Dunkelheit auf. In Sekundenschnelle hatte Arutha seinen Degen gezogen, doch Jimmy sagte nur: »Wir sind Pilger, die Führung erbitten.«

»Pilger, ich bin der Führer«, antwortete der vorderste Mann.

»Nun sag deinem Freund, er soll seinen Krötenspieß einstecken, oder wir liefern ihn in einem Sack ab.«

Falls die Männer wußten, wer Arutha war, zeigten sie es jedenfalls nicht. Langsam schob der Fürst die Klinge in die Scheide zurück. Die beiden anderen Männer kamen herbei, sie hielten gefaltete Tücher hoch, um sie ihnen vor die Augen zu binden.

»Was soll das?« fragte Arutha scharf.

»Nur so nehmen wir euch mit«, erklärte der Führer. »Wenn Ihr Euch dagegen auflehnt, kommt Ihr keinen Schritt weiter.«

Arutha unterdrückte seinen Ärger und nickte. Er sah noch, wie Jimmy die Augen verbunden wurden, dann legte man ihm bereits das Tuch um. Er mußte dagegen ankämpfen, es nicht herunterzureißen, und hörte, wie der Mann sagte: »Ihr werdet nun zu einem Ort gebracht, wo andere euch weiterführen werden. Viele Hände mögen Euch noch leiten, bis Ihr Euer Ziel erreicht. Also erschreckt nicht, wenn Ihr unbekannte Stimmen im Dunkeln hört. Ich weiß nicht, was Euer endgültiges Ziel ist, denn es ist nicht nötig, daß ich davon weiß. Genausowenig ist mir bekannt, wer Ihr seid, Mann. Doch Befehl kam von einem ganz oben, daß Ihr schnell geführt und unbeschädigt ankommen müßt. Aber seid gewarnt: Wenn Ihr die Augenbinde abnehmt, kann ich für nichts garantieren. Von nun an dürft Ihr nicht mehr wissen, wo Ihr Euch befindet.«

Arutha spürte, wie man ein Seil um seine Mitte schlang, und der Führer mahnte: »Haltet Euch an dem Strick gut fest und achtet auf Eure Schritte. Wir werden ziemlich schnell marschieren.«

Ohne ein weiteres Wort wurde Arutha in die Nacht geführt.

Länger als eine Stunde, so zumindest erschien es dem Fürsten, war er durch die Straßen Krondors geführt worden. Zweimal war er gestolpert, und als Erinnerung an die sorglose Behandlung seiner Führer würden ihm Blutergüsse bleiben. Mindestens dreimal hatten die Führer gewechselt, infolgedessen hatte er keine

Ahnung, wen er sehen würde, sobald man ihm das Tuch von den Augen nahm. Zu guter Letzt stiegen sie eine Treppe hoch. Er hörte das Öffnen und Schließen mehrerer Türen, ehe kräftige Hände ihn auf einen Stuhl drückten. Endlich wurde Arutha die Binde abgenommen, und er blinzelte in das helle Licht.

Auf einem Tisch waren dicht aneinander Laternen aufgereiht, mit Spiegeln dahinter, die nicht nur blendeten, sondern es unmöglich machten, irgend jemanden hinter dem Tisch zu sehen.

Arutha blickte nach rechts und sah Jimmy auf einem Hocker sitzen. Nach einer endlos erscheinenden Zeit erklang eine tiefe Stimme hinter den Spiegeln. »Seid gegrüßt, Fürst von Krondor.«

Wieder blinzelte Arutha in das grelle Licht, doch dahinter war nichts zu erkennen. »Spreche ich mit dem Aufrechten?«

Eine lange Pause ging der Antwort voraus. »Es genügt, wenn Ihr wißt, daß ich die Vollmacht habe, zu einer Einigung mit Euch zu kommen. Ich spreche mit des Aufrechten Stimme.«

Arutha überlegte kurz. »Ich bin an einem Bündnis interessiert.«

Ein schmunzelndes Lachen war zu hören. »Wozu könnte der Fürst von Krondor die Hilfe des Aufrechten brauchen?«

»Ich möchte die Geheimnisse der Gilde des Todes erfahren.«

Ein langes Schweigen folgte diesen Worten. Arutha wußte nicht, ob der Mann mit der tiefen Stimme sich mit einem anderen besprach oder lediglich überlegte. Schließlich sagte der Unsichtbare: »Schafft den Jungen hinaus und haltet ihn fest.«

Zwei Männer erschienen aus dem Dunkel. Sie packten Jimmy grob und zogen ihn aus dem Raum. Als die Tür sich hinter ihnen geschlossen hatte, sagte die Stimme: »Die Nachtgreifer sind auch eine Quelle der Besorgnis für den Aufrechten, Fürst von Krondor. Sie bedienen sich unerlaubt der Straße der Einbrecher, und ihr Meucheln erregt die Bevölkerung. Das wirft ein unwillkommenes Licht auf die vielen Tätigkeiten der Spötter. Kurz gesagt, sie schaden unseren Geschäften. Ihr Ende würde uns nützen, doch welchen Grund habt Ihr über den hinaus, der einen Herrscher üblicherweise bewegt, wenn seine Untertanen heimtükkisch im Schlaf ermordet werden?«

»Sie stellen eine Bedrohung für meinen Bruder und mich dar.«

Wieder hielt ein längeres Schweigen an. »Dann stecken sie ihre Ziele hoch. Aber Könige verdienen manchmal nicht weniger den Tod als Bürgerliche, und ein Mensch muß sich schließlich seinen Lebensunterhalt verdienen, so gut er es kann, auch wenn er ein Assassine ist.«

»Es dürfte Euch jedoch klar sein, daß Fürstenmord nicht besonders förderlich fürs Geschäft ist. Die Spötter würden sich gewiß etwas eingeengt fühlen, müßten sie in einer Stadt unter Kriegsrecht arbeiten.«

»Das stimmt. Nennt Eure Bedingungen.«

»Keine Bedingungen, ich verlange Eure Mitarbeit. Ich brauche Auskunft. Ich muß wissen, wo sich das Herz der Nachtgreifer befindet.«

»Uneigennützigkeit ist keine Hilfe für jene, die kalt in der Gosse enden. Der Arm der Gilde des Todes ist lang.«

»Nicht länger als meiner«, gab Arutha zu bedenken. »Ich kann die Einbußen der Spötter deutlich sehen. Ihr wißt genau wie ich, was geschähe, wenn der Fürst von Krondor Eurer Gilde den Krieg erklärte.«

»In einer Unstimmigkeit zwischen der Gilde und Eurer Hoheit gäbe es wohl keinen Gewinn.«

Arutha beugte sich vor. Seine Augen glänzten in dem grellen Licht. »Gewinn interessiert mich nicht.«

Einem Augenblick des Schweigens folgte ein tiefer Seufzer. »So ist es wohl«, sagte die Stimme nachdenklich. Dann lachte der Mann wieder schmunzelnd. »Das ist einer der Vorteile einer erblichen Stellung. Es würde recht ungut sein, eine Gilde hungernder Diebe leiten zu müssen. Nun gut, Arutha von Krondor.

Doch für dieses Risiko braucht die Gilde eine Sicherstellung. Ihr habt die Knute gezeigt, was ist mit dem Zucker?«

»Nennt Euren Preis.« Arutha lehnte sich wieder zurück.

»Ihr sollt wissen, daß der Aufrechte völlig auf Eurer Seite steht, was das Problem der Bedrohung Eurer Hoheit durch die Gilde des Todes betrifft. Die Umtriebe der Nachtgreifer dürfen nicht geduldet werden! Die Assassinen müssen ausgerottet werden. Aber das birgt große Gefahren in sich und hohe Ausgaben. Es wird ein sehr kostspieliges Unternehmen werden.«

»Euer Preis?« drängte Arutha.

»Angesichts des Risikos für uns alle, sollten wir kein Glück haben: zehntausend Goldkronen.«

»Das würde ein großes Loch in den fürstlichen Säckel reißen.«

»Das bezweifle ich nicht, aber bedenkt die Alternative.«

»Abgemacht!«

»Was die Zahlungsweise anbelangt, werde ich Euch die Wünsche des Aufrechten später übermitteln.« Überraschende Weichheit klang aus der Stimme. »Zunächst jedoch möchte ich über etwas anderes mit Euch sprechen.«

»Und das wäre?« fragte Arutha erstaunt.

»Jimmy die Hand hat seinen Eid gegenüber den Spöttern gebrochen und so sein Leben verwirkt. Er wird noch in dieser Stunde sterben!«

Augenblicklich sprang Arutha auf. Kräftige Hände drückten ihn auf den Stuhl zurück, als ein stämmiger Spötter aus der Dunkelheit trat. Er schüttelte lediglich rügend den Kopf.

»Wir haben keineswegs vor, Euch auch nur eine Schramme zuzufügen«, versicherte die Stimme hinter den Laternen. »Doch wenn Ihr in diesem Raum eine Waffe zieht, werdet Ihr in einem Sarg zum Palast zurückgebracht, und um die Folgen kümmern wir uns später.«

»Aber Jimmy…«

»Hat seinen Eid gebrochen«, wiederholte die Stimme, ihn

unterbrechend. »Er war bei seiner Ehre verpflichtet, uns sofort von dem Unternehmen des Nachtgreifers zu unterrichten, und ebenso von Lachjacks Verrat. O ja, Eure Hoheit, wir wissen darüber Bescheid. Jimmy verriet die Gilde, indem er Euch vor uns verständigte. So manches kann ihm seiner Jugend wegen verziehen werden, doch dieses nicht!«

»Ich werde nicht zulassen, daß Jimmy gemordet wird!«

»Dann hört zu, Fürst von Krondor, denn ich habe Euch eine Geschichte zu erzählen. Einst lag der Aufrechte bei einer Dirne, wie bei Hunderten zuvor. Doch diese Hure gebar ihm ein Kind. Es besteht kein Zweifel, daß Jimmy die Hand des Aufrechten Sohn ist, obgleich er nichts davon ahnt. Dies bringt den Aufrechten in eine sehr unangenehme Zwickmühle. Will er nach den Gesetzen handeln, die er selbst erlassen hat, muß er die Hinrichtung seines eigenen Sohnes befehlen. Tut er es nicht, wird er bei jenen, die ihm dienen, an Achtung verlieren. Eine fatale Entscheidung. Schon so herrscht Unruhe in der Gilde der Diebe, da sich Lachjack als Spitzel der Nachtgreifer entpuppt hat. Das Vertrauen, das ohnehin üblicherweise dünn wie Eis ist, scheint momentan ganz zu schwinden. Hättet Ihr einen anderen Ausweg?«

Arutha lächelte, denn er wußte einen. »Vor noch gar nicht so langer Zeit war es nicht unüblich, sich Pardon zu erkaufen. Nennt Euren Preis.«

»Für Verrat? Nicht weniger als weitere zehntausend Goldkronen.«

Arutha schüttelte den Kopf. Da würde so gut wie nichts mehr in der fürstlichen Schatzkammer übrigbleiben. Aber Jimmy mußte gewußt haben, welches Risiko er einging, als er ihn gewarnt hatte, noch ehe er den Spöttern Meldung erstattete. Das war ihm hoch anzurechnen und selbst diese Summe wert. So meinte er schließlich säuerlich: »Einverstanden.«

»Dann müßt Ihr den Jungen bei Euch behalten, Fürst von

Krondor, denn er darf kein Spötter mehr sein. Dafür werden wir ihn in Ruhe lassen und nicht versuchen, ihm etwas anzutun – außer er verstößt wieder gegen unsere Gesetze. Dann allerdings werden wir mit ihm wie mit jedem freien Dieb verfahren, ohne Erbarmen!«

Arutha erhob sich. »Ist das nun alles?«

»Nur noch eines.«

»Ja?«

»Vor nicht so langer Zeit war es auch nicht unüblich, für Gold einen Adelstitel zu erstehen. Welchen Preis würdet Ihr von einem Vater fordern, der seinen Sohn gern als Junker am Hof sehen möchte?«

Arutha lachte. Jetzt verstand er plötzlich diesen ganzen Handel. »Zwanzigtausend Goldkronen.«

»Einverstanden! Der Aufrechte mag Jimmy. Zwar hat er noch andere nichtanerkannte Kinder in die Welt gesetzt, aber Jimmy ist für ihn etwas Besonderes. Der Aufrechte wünscht, daß der Junge nichts von seiner Vaterschaft erfährt, aber es ist ihm eine Freude, daß sein Sohn nach den Verhandlungen dieser Nacht eine angenehmere Zukunft haben wird.«

»Er wird in meinen persönlichen Dienst übernommen werden, ohne zu wissen, wer sein Vater ist. Werden wir uns wieder treffen?«

»Ich glaube nicht, Fürst von Krondor. Der Aufrechte hütet bedachtsam seine Identität. Selbst einem nahe zu kommen, der mit seiner Stimme spricht, birgt Gefahr für ihn. Aber wir werden Euch Bescheid geben, sobald wir das Versteck der Nachtgreifer kennen. Und wir würden uns freuen, von ihrer Vernichtung zu hören.«

Zapplig lief Jimmy hin und her. Seit über drei Stunden hatte Arutha eine Besprechung mit Gardan, Volney, Laurie und einigen Beratern. Jimmy war ersucht worden, das Gemach nicht zu verlassen, das man ihm zugeteilt hatte. Die Anwesenheit von zwei Wachen vor der Tür und zwei weiteren unterhalb des Balkons, der zu seinem Gemach gehörte, bestätigte Jimmys Vermutung, daß man ihn, aus welchem Grund auch immer, als Gefangenen betrachtete. Jimmy war überzeugt, daß er des Nachts unbemerkt fliehen könnte, befände er sich in besserer Verfassung. Nach den Ereignissen der vergangenen Tage fühlte er sich falsch behandelt. Er verstand nicht, weshalb er mit dem Fürsten ins Schloß hatte zurückkehren müssen. Das alles machte ihm schwer zu schaffen. In seinem Leben hatte sich etwas verändert, nur wußte er nicht so recht, was oder weshalb.

Die Tür schwang auf, und ein Gardist steckte den Kopf herein. Er winkte dem Jungen. »Du sollst zu Seiner Hoheit kommen.« Eilig folgte Jimmy dem Mann durch die Korridore zur Ratskammer.

Arutha blickte von einem Schriftstück auf. Um den Tisch saßen Gardan, Laurie und einige andere Männer, die Jimmy nicht kannte. Graf Volney stand bei der Tür. »Jimmy, ich habe etwas für dich.« Der Junge schaute sich in dem kleinen Saal um. Er wußte nicht, was er sagen sollte. »Das ist eine Urkunde: deine Ernennung zum Junker am Fürstenhof.«

Mit großen Augen starrte Jimmy Arutha sprachlos an. Laurie lachte leise, Gardan grinste. Schließlich fand Jimmy die Stimme wieder. »Ihr macht Euch einen Spaß mit mir, nicht wahr?« Als Arutha ernst den Kopf schüttelte, murmelte der Junge: »Aber... ich, ein Junker?«

»Du hast mir das Leben gerettet, und das ist deine Belohnung.«

»Eure Hoheit, ich – ich danke Euch, aber – aber mein Treueeid gegenüber den Spöttern...«

Arutha beugte sich vor. »Das ist erledigt, Junker. Du bist kein Mitglied der Diebesgilde mehr. Der Aufrechte ist damit einverstanden. Es ist alles beschlossen.«

Jimmy kam sich vor wie in einer Falle. Es hatte ihm nie übermäßig Spaß gemacht, ein Dieb zu sein, wohl aber hatte es ihn mit großem Stolz erfüllt, ein sehr guter Dieb zu sein. Was ihn besonders angespornt hatte, war, allen zu beweisen, daß Jimmy die Hand der beste Dieb der Gilde war – oder es zumindest eines Tages sein würde. Doch nun gehörte er dem Fürstenhof an, und mit dieser neuen Stellung waren Pflichten verbunden. Und wenn der Aufrechte sich damit einverstanden erklärt hatte, war Jimmy der Zugang zur Gesellschaft der Straße für immer verwehrt.

Als Laurie sah, wie wenig erfreut der Junge war, fragte er: »Darf ich, Hoheit?«

Arutha nickte. Der Sänger setzte sich neben den Jungen und legte eine Hand auf dessen Schulter. »Jimmy, Seine Hoheit sorgt nur dafür, daß dein Kopf über Wasser bleibt – im wahrsten Sinne des Wortes. Er mußte um dein Leben handeln. Ohne ihn würdest du schon jetzt tot im Hafen treiben. Der Aufrechte wußte, daß du deinen Treueeid der Gilde gegenüber gebrochen hast.«

Jimmy sank sichtlich in sich zusammen, und Laurie drückte tröstend seine Schulter. Irgendwie hatte der Junge sich immer eingebildet, über den Gesetzen zu stehen und frei von der Verantwortung zu sein, die andere band. Er hatte nie gewußt, weshalb er so oft glimpflich davongekommen war, während andere für die gleiche Übertretung schwer hatten bezahlen müssen. Doch diesmal war er zu weit gegangen. Nicht im geringsten zweifelte er daran, daß der Sänger die Wahrheit sprach. Widerstreitende Gefühle plagten ihn, während er darüber nachdachte, wie knapp er der Hinrichtung entkommen war.

»Das Leben am Hof ist gar nicht so übel«, sagte Laurie nun. »Im Schloß brauchst du nie zu frieren, für stets saubere Kleidung wird gesorgt, und an gutem Essen mangelt es nie. Außerdem wirst du dich bestimmt nicht langweilen.« Laurie blickte Arutha an und fügte trocken hinzu. »Schon gar nicht, wie die Dinge jetzt stehen.«

Jimmy nickte. Laurie führte ihn um den Tisch herum und hieß ihn niederzuknien. Der Graf las ihm die Ernennungsurkunde vor:

»An alle meine Untertanen!

Hiermit sei kund und zu wissen getan, daß Jimmy, ein Waise der Stadt Krondor, dem Reich einen wertvollen Dienst erwies, indem er den Fürsten von Krondor vor körperlichem Schaden bewahrte, wodurch der Unterzeichnete für immer in seiner Schuld steht. Es ist der Wunsch des Unterzeichneten, daß Jimmy als geschätzter und getreuer Diener im ganzen Reich anerkannt und als Junker am Hof von Krondor mit allen Rechten und Pflichten als solcher aufgenommen wird. Außerdem sei kund und zu wissen getan, daß der Herrensitz Haverford am Welandel mit den dazu gehörenden Ländereien, einschließlich Gesinde, in seinen erblichen Besitz übergeht. Bis zu seiner Volljährigkeit übernimmt die Krone die Verwaltung. Unterzeichnet und besiegelt an diesem Tag: Arutha conDoin, Fürst von Krondor, Marschall des westlichen Reichs und der königlichen Streitkräfte des Westens, und Thronerbe des Königreichs der Inseln.«

Volney blickte Jimmy an. »Bist du willens anzunehmen?«

»Ja«, antwortete Jimmy. Volney rollte die Urkunde zusammen und händigte sie dem Jungen aus. Offenbar war nichts weiter vonnöten, um aus einem Dieb einen Junker zu machen.

Jimmy hatte keine Ahnung, wo Haverford am Welandel lag, aber Landbesitz bedeutete Einkommen, und sofort fühlte er sich ein bißchen wohler. Während er sich umdrehte, musterte er heimlich Arutha, der ganz offensichtlich wieder einmal mit seinen Gedanken weit entfernt war. Zweimal hatte der Zufall sie zusammengeworfen, und zweimal hatte Arutha sich als bisher einziger erwiesen, der ihn nicht ausgenutzt hatte. Selbst seine paar Freunde unter den Spöttern hatten sich irgendwelche Vorteile durch ihn erhofft, zumindest bis er ihnen gezeigt hatte, daß er sich nicht mißbrauchen ließ. So fand Jimmy sein Verhältnis zu Arutha einmalig. Während der junge Fürst stumm einige Papiere studierte, sagte sich Jimmy, wenn das Schicksal sich schon wieder einmal einmischte, fühlte er sich an Aruthas Seite und der seiner Getreuen wohler als irgendwo anders. Außerdem würde er ein sicheres Einkommen und angenehmes Dasein haben, solange Arutha lebte. Doch dann dachte er düster, daß es gar nicht so leicht sein würde, dafür zu sorgen, daß er auch am Leben blieb.

Während Jimmy nun seine Urkunde betrachtete, musterte Arutha seinerseits ihn. Er war ein Straßenjunge, zäh, anpassungsfähig, einfallsreich und hin und wieder skrupellos. Unwillkürlich lächelte der Fürst. Er würde sich am Hof gut zurechtfinden.

Jimmy rollte seine Urkunde zusammen, da sagte Arutha: »Dein früherer Meister arbeitet schnell.« An alle gewandt, fuhr er fort: »Hier teilt er mir mit, daß er dem Versteck der Nachtgreifer auf die Spur gekommen ist. Sobald er Genaueres weiß, was er sich in Kürze erhofft, gibt er uns Bescheid. Aber er bedauert, daß er keine direkte Hilfe bei der Ausrottung der Assassinen zusagen kann. Jimmy, was hältst du davon?«

Jimmy grinste. »Der Aufrechte ist gerissen. Sollte es Euch gelingen, die Nachtgreifer unschädlich zu machen, können seine Geschäfte wieder ihren ungestörten Gang nehmen. Schlägt Euer Vorgehen fehl, fällt kein Verdacht auf ihn, daß er die Hand im Spiel gehabt haben könnte. Er ist also in keinem Fall schlechter dran.« Ernsteren Tons fügte er hinzu: »Er macht sich Sorgen über eine weitere Einschleusung von Spitzeln. Durch sie würde eine Beteiligung der Spötter das Unternehmen in Gefahr bringen.«

Arutha verstand. »Glaubst du, daß es schon so schlimm sein könnte?«

»Höchstwahrscheinlich, Hoheit. Es gibt nicht mehr als drei oder vier Verbindungsmänner, die den Aufrechten persönlich kennen. Sie sind die einzigen, denen er voll und ganz vertrauen kann. Ich bin sicher, er hat seine eigenen Spitzel außerhalb der Gilde, die nur seinen zuverlässigsten Unterführern bekannt sind, und vielleicht nicht einmal ihnen. Zweifellos benutzt er sie, um die Nachtgreifer aufzuspüren. Es gibt über zweihundert Spötter und doppelt so viele Bettler und Straßenjungen, von denen ein jeder der Gilde des Todes als Augen und Ohren dienen kann.«

Arutha verzog die Lippen zu seinem schiefen Lächeln. Volney lobte: »Ihr versteht Euren Verstand zu gebrauchen, Junker James. Ihr dürftet wahrhaftig eine Bereicherung für den Fürstenhof sein.«

Jimmy schaute drein, als habe er auf eine saure Traube gebissen. »Junker James?«

Arutha gab vor, als sei ihm Jimmys säuerlicher Ton nicht aufgefallen. »Wir könnten alle ein bißchen Schlaf gebrauchen. Das beste, was wir tun können, bis wir vom Aufrechten hören, ist, uns auszuruhen und von den Anstrengungen der vergangenen Tage zu erholen.« Er erhob sich. »Ich wünsche euch allen eine gute Nacht.«

Arutha verließ die Ratskammer. Volney sammelte eilig alle Papiere auf dem Tisch ein und folgte alsbald dem Fürsten. Laurie wandte sich an Jimmy: »Wir sollten dich wohl unter unsere Fittiche nehmen und dafür sorgen, daß dir jemand beibringt, wie man sich als feiner Herr benimmt.«

Gardan trat zu ihnen. »Dann ist der Junge so gut wie dazu verdammt, den Fürsten in ständige Verlegenheit zu bringen.«

Laurie seufzte. »Das ist wieder einmal ein Beweis«, wandte er sich an Jimmy, »daß man einem Orden und Rangabzeichen anheften kann, aber einmal Kasernenfeger, immer Kasernenfeger.«

»Kasernenfeger!« schnaubte Gardan und täuschte Empörung

vor. »Nur damit Ihr es wißt, Sänger, ich entstamme einem alten Geschlecht von Helden...«

Jimmy seufzte ergeben, als er den beiden einander hänselnden Männern auf den Korridor folgte. Im großen und ganzen war sein Leben noch vor einer Woche einfacher gewesen. Er bemühte sich um eine zufriedenere Miene, trotzdem erinnerte er im besten Fall an eine Katze, die in ein Faß Sahne gefallen ist und nicht so recht weiß, ob sie es ausschlecken oder um ihr Leben schwimmen soll.

Vernichtung

Arutha musterte den alten Dieb.

Der Bote des Aufrechten hatte gewartet, während der Fürst die Botschaft las. Nun ruhte Aruthas Blick auf ihm. »Kennst du den Inhalt?«

»Was die Einzelheiten betrifft, nein. Er, der sie mir gab, war jedoch genau in seinen Anweisungen.« Der ehemalige Dieb, dem das Alter die Behendigkeit geraubt hatte, rieb sich abwesend den kahlen Kopf. »Er sagte, ich solle Euch mitteilen, daß der Junge Euch mühelos zu dem in der Nachricht genannten Ort bringen könne, Eure Hoheit. Außerdem sagte er, die Spötter wüßten nun über die Sache mit ihm Bescheid und damit sei sie abgetan.« Der Mann blinzelte Jimmy verschmitzt zu. Der Junge, der etwas abseits stand, atmete bei diesen Worten erleichtert auf, und das Blinzeln verriet ihm, daß ihm die Straßen offen stehen würden, obgleich er kein Spötter mehr sein durfte, und daß Alvarny der Flinke immer noch sein Freund war.

Arutha entgegnete: »Versichert Eurem Meister, daß ich erfreut über seine schnelle Arbeit bin, und ich beabsichtige, die Sache noch heute nacht zu Ende zu führen. Er wird verstehen, was ich meine.«

Arutha winkte einer Wache zu, Alvarny aus dem Saal zu geleiten, und wandte sich an Gardan. »Wählt einen Trupp Eurer verläßlichsten Männer aus und jeden Kundschafter, der sich noch in der Garnison befindet. Doch nehmt keinen, der erst seit kurzem in unserem Dienst steht. Weist jeden an, doch nur mündlich, sich bei Sonnenuntergang am hinteren Tor einzufinden. Sie sollen sich dann allein oder zu zweit auf den verschiedenen Wegen in die Stadt begeben und unauffällig darauf achten, ob man sie beschattet. Sie sollen in der Stadt von Schenke zu Schenke ziehen und etwas essen, doch trinken dürfen sie nur vortäuschen. Um Mitternacht müssen sie sich alle im Bunten Papagei einfinden.«

Gardan salutierte und machte sich daran, den Auftrag auszuführen.

Als Arutha und der Junge allein waren, sagte der Fürst: »Du glaubst sicher, daß ich dir einen schlechten Gefallen erwiesen habe.«

Jimmys Miene verriet seine Überraschung. »Nein, Hoheit, ich fand es bloß etwas erstaunlich. Außerdem habt Ihr mich vor dem Tod bewahrt.«

»Ich machte mir Sorgen, daß du es übelnehmen würdest, aus der einzigen Familie gerissen zu werden, die du je kanntest.« Jimmy zuckte nur die Schulter. »Und was das andere betrifft, nun, du hast auch mich vor dem Tod bewahrt.« Arutha lehnte sich zurück und lächelte. »Nun sind wir quitt, Junker James, denn wenn du in jener Nacht nicht so schnell gehandelt hättest, würde ich jetzt wohl nicht mehr hier stehen.«

Nun lächelte auch Jimmy. »Wenn wir quitt sind, warum dann die Ernennung?«

Arutha erinnerte sich des Versprechens, das er dem Aufrechten gegeben hatte. »Sieh es so, daß ich dadurch ein Auge auf dich haben kann. Du bist frei, zu kommen und zu gehen, wie du magst, solange du deine Pflichten als Junker nicht vernachlässigst. Aber sollte ich feststellen, daß Goldpokale aus dem Speisesaal fehlen, dann werfe ich dich höchstpersönlich ins Verlies!«

Jimmy lachte, doch nun nahm Aruthas Stimme einen ernsteren Tonfall an. »Da hat auch jemand, anfangs dieser Woche, den Anschlag eines Assassinen auf dem Dach eines gewissen Tuchwalkers vereitelt! Und du hast mir nie gesagt, weshalb du mit der Geschichte über diesen Nachtgreifer gleich zu mir gekommen bist, statt die Sache den Spöttern zu melden, wie du verpflichtet gewesen wärst.«

Der Blick, mit dem Jimmy Arutha bedachte, machte das junge Gesicht weit älter als seine Jahre. Schließlich sagte er: »In jener Nacht, als Ihr mit der Prinzessin aus Krondor entkamt, hatte ich eine ganze Kompanie von Guys Reitern im Hafen zwischen mir und der Freiheit. Ihr habt mir Euren Degen zugeworfen, noch ehe Ihr wußtet, ob Ihr selbst in Sicherheit wart. Und als wir im Versteck festsaßen, habt Ihr mir das Fechten beigebracht. Ihr wart immer gut zu mir, wie zu allen anderen auch.« Er machte verlegen eine Pause. »Ihr habt mich wie einen Freund behandelt. Ich – ich habe nur wenige Freunde, Hoheit.«

Arutha zeigte ihm, daß er verstand. »Auch ich habe nicht viele wahre Freunde: meine Familie, die Magier Pug und Kulgan, Vater Tully und Gardan.« Wieder lächelte er. »Laurie hat sich als mehr als ein einfacher Höfling herausgestellt, ich glaube, auch er mag sich als echter Freund erweisen. Ja, ich würde sogar so weit gehen, Amos Trask als wahren Freund anzunehmen. Wenn Amos der Freund des Fürsten von Krondor sein kann, warum dann nicht auch Jimmy die Hand?«

Jimmy grinste, aber seine Augen glänzten feucht. »Ja, warum nicht?« Er schluckte und verbarg hastig seine Gefühle wieder. »Was ist eigentlich aus Amos geworden?«

Arutha lehnte sich zurück. »Als ich ihn das letzte Mal sah, stahl er des Königs Schiff.« Jimmy riß unwillkürlich den Mund auf. »Seither haben wir nichts mehr von ihm gehört. Ich gäbe viel darum, diesen Halunken heute nacht zur Seite zu haben.«

Jimmys Lächeln erstarb. »Ich rede nicht gern davon, aber was ist, wenn wir es wieder mit so einer verfluchten Kreatur zu tun kriegen, die sich nicht umbringen läßt?«

»Nathan hält es für unwahrscheinlich. Er glaubt, es kam nur deshalb dazu, weil die Priesterin das Wesen aus dem Reich der Toten zurückrief. Außerdem kann ich nicht darauf warten, daß die Tempel eingreifen. Lediglich dieser Todespriester Julian hat seine Hilfe angeboten.«

»Und wir haben selbst gesehen, was die Hilfe der Lims-Kragma-Diener ausrichtet«, fügte Jimmy trocken hinzu. »Hoffen wir, daß Vater Nathan weiß, wovon er spricht.«

Arutha stand auf. »Komm, wir wollen uns noch ein bißchen ausruhen, denn die Nacht dürfte anstrengend werden.«

Die Nacht hindurch hatten sich die Gardisten, als einfache Söldner gekleidet, in den Straßen von Krondor herumgetrieben, und wenn sie einander begegneten, so getan, als würden sie sich nicht kennen. Erst drei Stunden nach Mitternacht fanden sich über hundert Soldaten im Bunten Papagei ein. Einige verteilten Waffenröcke aus riesigen Säcken, damit die Gardisten während des Angriffs wieder die Farben des Fürsten tragen würden.

Jimmy betrat die Schenke in Gesellschaft von zwei Männern in einfacher grüner Kleidung. Sie gehörten Aruthas Elitekompanie von Kundschaftern an: den königlichen Pfadsuchern. Der rangältere Pfadsucher salutierte. »Dieser Junge hat die Augen einer Katze, Hoheit. Er bemerkte dreimal, daß man einigen unserer Männer zur Schenke folgte.«

Als Arutha sie fragend anblickte, erklärte Jimmy: »Zwei der Beschattenden waren mir bekannte Bettler, die sich mühelos in die Irre führen ließen, aber der dritte... Vielleicht folgte er nur, um zu sehen, ob sich irgend etwas tut. Jedenfalls, als wir ihm in einer Straße den Weg versperrten – sehr unauffällig, das versichere ich Euch –, schlug er einfach eine andere Richtung ein. Vielleicht hat es nichts zu bedeuten.«

»Oder vielleicht doch«, meinte Arutha. »Aber wir können nichts tun. Selbst wenn die Nachtgreifer ahnen, daß wir etwas vorhaben, wissen sie nicht, was. Schau her.« Er bedeutete Jimmy, sich eine Karte anzusehen, die er auf dem Tisch vor sich ausgebreitet hatte. »Der Hofbaumeister gab sie mir. Sie ist alt, aber an der Kanalisation dürfte sich nichts geändert haben.«

Jimmy betrachtete sie eingehend. »Bis vor zwanzig Jahren

mag sie noch gestimmt haben. Aber seht her!« Er deutete auf einige Punkte auf der Karte. »Hier ist eine Wand eingebrochen. Die Abwässer finden zwar noch Durchlaß, aber ein Mensch kann sich nicht hindurchzwängen. Und hier ist ein neuer Schacht. Ein Gerber hat ihn gegraben, um seine stinkende Brühe schneller abzuleiten.« Jimmy studierte die Karte weiter. »Habt Ihr vielleicht ein Stück Holzkohle zur Hand?«

Man brachte ihm Holzkohle, und er zeichnete ein paar Kreuze ein. »Freund Lucas hat durch seinen Keller einen direkten Zugang zu diesem Kanalteil.«

Der alte Wirt hinter dem Schanktisch riß den Mund auf, als er das hörte. »Was? Woher weißt du das?«

Jimmy grinste. »Die Dächer sind nicht die einzige Straße der Diebe. Von hier...«, er deutete auf eines der Kreuze, »... können ganze Kompanien zu diesen beiden Punkten marschieren. Die Ausgänge vom Keller des Nachtgreiferstützpunkts sind sehr geschickt angelegt. Ein jeder führt zu einem Tunnel, der nicht direkt mit den anderen verbunden ist. Die Türen sind manchmal nur zehn Fuß oder weniger voneinander entfernt, doch dazwischen liegen genauso viele Fuß dicke Mauern aus Ziegel und Fels. Es kann Stunden dauern, den Weg von einem Ausgang zum nächsten zu finden. Dieser dritte hier bietet das größte Problem. Er endet an einer Gabelung mit Dutzenden von Gängen, durch die man fliehen kann – zu viele, sie alle zu blockieren.«

Gardan, der über des Jungen Schulter schaute, warf ein: »Das setzt einen genau koordinierten Angriff voraus. Jimmy, kann man es hören, wenn jemand durch eine der Türen einbricht und man sich selbst an einer anderen befindet?«

Jimmy nickte. »Ich nehme es an. Ganz sicher, wenn jemand am Kopfende der Treppe die Ohren offenhält, und schon gar zu dieser nachtschlafenden Zeit. Ihr würdet Euch wundern, wie viele Geräusche von der Straße man des Tags dort unten hören kann, und dann erst des Nachts...«

Arutha wandte sich an die beiden Pfadsucher: »Wenn ihr euch nach der Karte richtet, könnt ihr dann diese Punkte finden?« Beide nickten. »Gut. Jeder von euch wird ein Drittel der Männer zu einem dieser beiden Eingänge führen. Das restliche Drittel kommt mit Gardan und mir. Jimmy wird uns führen. Ihr werdet eure Männer postieren, aber den Keller jenes Gebäudes nicht betreten, außer man entdeckt euch oder ihr hört unseren Trupp jene im Innern angreifen. Dann kommt, so schnell ihr könnt, Gardan, die Männer auf den Straßen sollten bereits ihre Stellung eingenommen haben. Sie haben ihre Befehle?«

»Jeder hat seine genauen Anweisungen«, versicherte ihm der Hauptmann. »Beim ersten Zeichen, daß sich etwas tut, darf niemand jenes Gebäude verlassen, außer er trägt Eure Farben und ist zumindest vom Ansehen bekannt. Ich habe dreißig Bogenschützen auf den Dächern ringsum postiert, die verhindern werden, daß jemand sich schnell in Sicherheit zu bringen versucht. Ein Herold mit Horn wird den Alarm auslösen, woraufhin zwei Kompanien Reiterei vom Schloß aufbrechen werden. Sie erreichen uns innerhalb von fünf Minuten. Jeder auf der Straße, der nicht zu uns gehört, wird niedergeritten, das ist ein Befehl.«

Arutha schlüpfte nun selbst in einen Waffenrock und warf Jimmy und Laurie auch je einen zu. Als alle des Fürsten Purpur-und-Schwarz trugen, sagte Arutha: »Es ist soweit.«

Die Pfadsucher führten die ersten beiden Trupps in den Keller unter der Schenke. Dann war Jimmy an der Reihe, der Gruppe des Fürsten den Weg zu weisen. Er brachte sie durch den Ausschlupf in der Wand hinter einem falschen Weinfaß und eine schmale Stiege zur Kanalisation hinunter. Bei dem Gestank keuchten oder fluchten einige Soldaten, aber eine knappe Warnung Gardans stellte schnell wieder Ruhe her. Einige verhängbare Laternen wurden nun angezündet. Jimmy bedeutete den Männern, hintereinander zu gehen, und führte des Fürsten Sturmtrupp zum Kaufmannsviertel.

Nach etwa einer halben Stunde, während der sie an träge fließenden Abwässern entlangschlichen, die in den Hafen mündeten, gelangten sie zu der Vielfachgabelung. Arutha befahl, die Laternen zu verhängen. Jimmy ging weiter. Arutha versuchte ihm zu folgen und mußte erstaunt feststellen, daß die Dunkelheit den Jungen zu verschlucken schien. Und so sehr Arutha auch lauschte, er konnte Jimmy nicht hören. Für die wartenden Gardisten war das Ungewöhnlichste an der Kanalisation die Stille, die nur von dem schwachen Schlagen des Abwassers gegen die Kanalwände gebrochen wurde. Jeder Soldat hatte dafür gesorgt, daß weder ein Rasseln noch sonstiger Laut seiner Waffen und Rüstung ihn verraten und eine mögliche Wache der Nachtgreifer alarmieren konnte.

Jimmy kehrte alsbald zurück mit der Nachricht, daß nur ein einzelner Wächter am Fuß der Treppe zu dem Gebäude stand. Mit dem Mund dicht an Aruthas Ohr wisperte er: »Ihr werdet nicht einen Eurer Leute nahe genug heran bringen, ohne daß der Wächter Alarm schlägt. Ich bin der einzige, dem es gelingen könnte. Sobald Ihr hört, daß ich den Wächter überwältigt habe, kommt herbeigelaufen.«

Der Junge zog seinen Dolch aus dem Stiefelschaft und huschte davon. Plötzlich war ein Aufschrei zu hören. Arutha rannte mit seinen Männern los, jetzt ohne darauf zu achten, ob sie leise waren oder nicht. Der Junge hatte den Wächter von hinten angesprungen, ihm den Arm um den Hals geschlungen und nur verwundet mit dem Dolch, der nun auf dem Boden lag. Der Mann hatte sich gewehrt und versucht, Jimmy gegen die Wand zu schmettern. Arutha beendete den Kampf mit einem Stich seiner Klinge. Lautlos glitt der Mann auf die Steine. Jimmy ließ ihn los und lächelte schwach. Er war ziemlich mitgenommen. »Bleib hier«, wies Arutha ihn an, dann winkte er seinen Männern zu, ihm zu folgen.

Arutha hatte Volney zwar versprochen zurückzubleiben,

während Gardan den Sturm anführte, doch daran dachte er jetzt nicht mehr. Er hastete leise die Treppe hoch, blieb vor einer Holztür mit nur einem einfachen Riegel stehen, drückte ein Ohr daran und lauschte. Gedämpfte Stimmen dahinter veranlaßten ihn, warnend die Hand zu heben. Gardan und die anderen kamen auf Zehenspitzen näher.

Leise zog Arutha den Riegel zurück und schob die Tür einen Spalt auf. Er spähte in einen großen, hellerleuchteten Keller. Um drei Tische saßen etwa ein Dutzend Bewaffnete. Einige säuberten ihre Waffen oder Rüstungen. Es sah hier eher wie im Aufenthaltsraum einer Kaserne denn wie in einem Keller aus. Und was Arutha am unglaublichsten fand, war die Tatsache, daß dieser Keller sich unter dem teuersten und am meisten frequentierten Freudenhaus der Stadt befand: dem Weidenhaus, das die meisten reichen Kaufleute besuchten und nicht wenige des niedrigeren Adels von Krondor. Nun verstand Arutha, wie die Nachtgreifer so viel über das Schloß und sein eigenes Kommen und Gehen erfahren konnten. So mancher Höfling prahlte gewiß mit dem einen oder anderen »Geheimnis«, um sein Stundenliebchen zu beeindrucken. Bestimmt hatte die zufällige Bemerkung irgend jemand genügt, daß Gardan plane, dem Fürsten zum Osttor entgegenzureiten, um den Nachtgreifern Aruthas Ankunft Anfang dieser Woche zu verraten.

Plötzlich kam eine Gestalt in Aruthas Blickfeld, die ihn den Atem anhalten ließ. Ein Moredhelkrieger näherte sich einem Mann, der ein Breitschwert einölte. Er sprach leise zu ihm. Der Mann nickte, der düstere Bruder redete weiter. Unvermutet wirbelte er herum. Er deutete auf die Tür und öffnete den Mund. Da zögerte Arutha nicht länger.

»Jetzt!« brüllte er und stürmte in den Kellerraum.

Augenblicklich war die Hölle los. Jene, die zuvor noch müßig dagesessen hatten, griffen nach ihren Waffen und warfen sich auf die Eindringlinge. Andere rasten durch Türen, die zum Freudenhaus hochführten oder hinunter zu anderen Teilen des Abwassernetzes. Oben schrien Kunden auf, erschreckt von den fliehenden Assassinen. Jene, die ihr Heil in der Flucht durch die Ausgänge zur Kanalisation suchten, wurden von anderen Trupps des Fürsten wieder zum Keller zurückgedrängt.

Arutha duckte sich unter einem Hieb des Moredhels hinweg und sprang nach links, als Gardisten sich einen Weg zur Mitte des Kellerraums erkämpften und so den Fürsten von dem düsteren Bruder trennten. Die paar Nachtgreifer, die sich zum Widerstand entschieden hatten, stürzten sich, ohne ihres Lebens zu achten, auf Aruthas Männer und zwangen die Soldaten, sie zu töten. Die einzige Ausnahme war der Moredhel, der wie besessen versuchte, an den Fürsten heranzukommen. »Faßt ihn lebend!« brüllte Arutha.

Der Moredhel war bald der einzige noch lebende Gegner im Kellerraum. Er wurde an die Wand zurückgedrängt und dort in Schach gehalten. Arutha ging auf ihn zu. Der finstere Elb durchbohrte den Fürsten mit den Blicken, und sein Gesicht war haßverzerrt. Als Arutha sein Schwert hob, ließ er sich entwaffnen. Noch nie zuvor war Arutha einem lebenden Moredhel so nahe gewesen. Daß die düsteren Brüder zur Elbensippe gehörten, war unübersehbar, obwohl die Elben zum größten Teil helleres Haar und hellere Augen hatten. Wie Martin einmal bemerkte, waren die Moredhel eine gutaussehende Rasse, doch schwarzen Herzens.

Als ein Gardist sich bückte, um des Moredhels Stiefelschäfte nach verborgenen Waffen abzusuchen, stieß der Düstere ihm ein Knie ins Gesicht, warf einen zweiten Soldaten zu Boden und sprang nach Arutha. Dem Fürsten blieb kaum eine Sekunde, sich unter den nach seinem Gesicht ausgestreckten Händen zu dukken. Er wich nach links aus und sah, wie der Moredhel erstarrte, als Lauries Klinge in seine Brust drang. Der düstere Bruder sackte auf den Boden, doch noch mit einem letzten Aufbäumen versuchte er Aruthas Bein zu umkrallen. Der Sänger trat nach des Unholds Händen und lenkte sie von dem Fürsten ab. »Paßt auf die Nägel auf«, warnte er. »Ich sah einen merkwürdigen Schimmer, als er sich entwaffnen ließ.«

Arutha griff nach einem Handgelenk und betrachtete des Moredhels Finger eingehend. »Vorsicht!« mahnte Laurie. Arutha sah winzige Nadeln in den Nägeln eingebettet, und die Spitze einer jeden war dunkel gefärbt.

»Es ist ein alter Dirnentrick«, erklärte Laurie. »Allerdings brauchen sie dazu viel Geld und einen ihnen wohlgesonnenen Arzt. Wenn ein Kunde sich zu zahlen weigert oder Gewalt anwendet, genügt ein leichter Kratzer, und der Mann wird niemandem mehr Schwierigkeiten machen.«

Arutha blickte den Sänger lange an. »Ich stehe in deiner Schuld.«

»Banath steh uns bei!«

Arutha und Gardan drehten sich um. Sie sahen, daß Jimmy zu einem Toten getreten war: ein gutgekleideter, blonder junger Mann. »Golddase!« flüsterte er ungläubig.

»Du kanntest ihn?« fragte Arutha.

»Er war ein Spötter«, antwortete Jimmy. »Ihn hätte ich als letzten verdächtigt!«

»Lebt denn keiner mehr?« rief der Fürst heftig. Er war wütend, denn er hatte befohlen, so viele wie nur möglich gefangenzunehmen.

Gardan, der sich inzwischen hatte Bericht erstatten lassen, meldete: »Hoheit, es waren insgesamt fünfunddreißig Assassinen in diesem Keller und den oberen Räumen. Alle kämpften entweder so, daß unsere Männer keine Wahl hatten, als sie zu töten, oder sie töteten einander oder legten die Waffen gegen sich selbst an.« Der Hauptmann streckte dem Fürsten etwas entgegen. »Sie alle trugen die gleichen Anhänger, Hoheit.« An einem Goldkettchen baumelte ein schwarzer Greifvogel.

Plötzliches Schweigen machte sich breit, aber nicht, weil die Männer versuchten, einen Blick auf den Anhänger zu werfen, sondern als hätten sie alle etwas vernommen, das sie genauer hören wollten – doch da war nicht der geringste Laut! Auf gespenstische Weise drückte plötzlich etwas auf alle, erfüllte sie mit unbeschreiblichem Grauen. Und dann verbreitete sich eine Eiseskälte. Arutha stellten sich die Härchen am Nacken auf, während die Urangst nach ihm griff. Etwas unendlich Fremdartiges hatte den Raum erfüllt: eine unsichtbare, aber spürbare, von Grund auf böse Wesenheit.

Als Arutha sich zu Gardan und den anderen wandte, um etwas zu sagen, schrie ein Soldat: »Hoheit, ich glaube, der da lebt! Er hat sich gerührt!« Seiner Stimme war zu entnehmen, daß er überzeugt war, der Fürst würde sich über diese Worte freuen. Da rief ein zweiter Gardist: »Der hier ebenfalls!« Arutha sah, wie die beiden Männer sich über gefallene Assassinen beugten.

Doch da zuckten alle im Keller vor Entsetzen zurück, als die Hand einer Leiche hochschnellte und den knienden Soldaten an der Kehle packte. Nun setzte der Untote sich auf und zwang den Mann hoch. Das grauenvolle Knacken, als der Hals des Soldaten brach, erfüllte alle mit Entsetzen. Die andere erwachte Leiche sprang empor. Das Wesen stieß dem zweiten Soldaten die Zähne in den Hals und riß ihm die Kehle auf, während Arutha und seine Männer wie erstarrt sich nicht von der Stelle rühren konnten.

Der erste Untote schleuderte sein Opfer von sich und drehte sich um. Er blickte den Fürsten mit Augen an, von denen lediglich das Weiße zu sehen war. Ein Grinsen verzog die Lippen, und eine Stimme erklang wie aus weiter Ferne: »Wieder stehen wir einander gegenüber, Lord des Westens! Diesmal entgehst du meinem Diener nicht, denn heute hast du keinen lästigen Priester mitgebracht. Erhebt euch! Erhebt euch, o meine Kinder! Erhebt euch und tötet!«

Alle Leichen im Kellerraum fingen an zu zucken und sich zu

erheben. Die Gardisten hielten den Atem an oder hauchten ein Stoßgebet zu Tith, dem Gott der Krieger. Einer hatte die Geistesgegenwart, dem zweiten Untoten den Kopf abzuhacken, noch ehe er ganz auf die Beine kam. Der Schädellose erschauderte und fiel, doch dann machte er sich erneut daran aufzustehen, während der rollende Kopf die Lippen zu stummen Verwünschungen verzog. Wie Marionetten eines wahnsinnigen Puppenspielers kamen die Untoten ruckend und zuckend auf die Beine. Mit zitternder Stimme flüsterte Jimmy: »Wir hätten wohl doch auf die Hilfe der Tempel warten sollen!«

»Beschützt den Fürsten!« brüllte Gardan, und seine Leute warfen sich auf die neubelebten Leichen, doch so sehr sie auf sie einstachen und einhieben, sie waren nicht aufzuhalten.

Die Soldaten glitten in dem Blut auf dem Boden aus. Kalte, feuchte Hände faßten nach ihren Armen und Beinen. Würgende Schreie entrangen sich einigen Männern Gardans, als sich tote Finger um ihren Hals schlossen oder scharfe Zähne in ihr Fleisch schlugen.

Gliedmaßen, in ihrer Verzweiflung von den Gardisten abgehackt, flogen durch die Luft, doch auf dem Boden angelangt, zuckten sie wie Fische auf dem Trockenen. Arutha spürte etwas an seinem Fußgelenk. Er blickte hinunter und sah eine abgetrennte Hand an seinem Knöchel zerren. Er riß das Bein wie zum Tritt hoch. Die Hand flog durch den Raum und prallte von der Wand ab.

»Seht zu, daß ihr hinauskommt, und haltet die Türen von außen geschlossen!« brüllte der Fürst. Männer fluchten, während sie sich einen Weg durch verstümmelte Leiber bahnten. Obwohl abgehärtete Veteranen, waren manche Gardisten der Panik nahe. Nichts in ihrer langjährigen Dienstzeit hatte sie auf ein Grauen vorbereitet wie das hier in diesem Keller. Jede Leiche, die niedergeschlagen wurde, erhob sich aufs neue. Doch jeder Kamerad, der fiel, blieb leblos liegen.

Arutha führte seine Leute zu der Tür nach oben, dem nächsten Ausgang. Jimmy und Laurie folgten. Der Fürst hielt kurz inne, um einen sich erhebenden Untoten wieder zu Boden zu schikken, und Jimmy hastete an ihm vorbei. Er erreichte die Tür als erster und fluchte, als er hochblickte. Die Treppe herab stürzte der Leichnam einer schönen Frau in hauchdünnem Gewand, halb vom Leib gerissen, und einer blutenden Wunde an der Taille. Ihre leeren Augen waren auf den Fürsten am Fuß der Treppe gerichtet, und sie schrie erfreut auf. Jimmy duckte sich unter einem unbeholfenen Hieb, stieß die Schulter in den blutenden Bauch der Untoten und brüllte: »Nicht zur Treppe!« Mit ihr stürzte er die paar unteren Stufen hinab, doch er kam zuerst auf die Füße und an ihr vorbei.

Arutha blickte in den Keller zurück und sah, wie seine Männer niedergemetzelt wurden. Gardan und einige Gardisten hatten die hinteren Türen erreicht und waren dabei, sie zu schließen, während einige Nachzügler, die verzweifelt versuchten sie zu erreichen, in die Hände der Untoten fielen. Ein paar wahrhaft Heldenmütige schlossen die Türen von innen, obwohl sie wußten, daß dies ihr sicherer Tod war. Der Boden war glitschig von Blut und Leichenteilen. Viele Soldaten rutschten aus und fielen, und die Untoten gaben ihnen keine Chance, sich wieder zu erheben. Einzelne Körperteile der Untoten fanden wieder zueinander, und so wurden die Leichen erneut voll einsatzfähig. Arutha, der sich erinnerte, wie der erste Untote im Schloß mit der Zeit immer mehr an Kraft gewonnen hatte, brüllte: »Verbarrikadiert die Türen!«

Laurie sprang zur Treppe und schlug nach der grinsenden Dirne. Ihr blondbeschopfter Kopf rollte an Arutha vorüber, als dieser hinter Jimmy und dem Sänger die Stufen hocheilte.

Im Erdgeschoß angekommen, mußten sie feststellen, daß auch hier Soldaten mit wiederbelebten Leichen kämpften. Die Reiterkompanien waren eingetroffen, hatten die Straßen geräumt und das Gebäude gestürmt. Doch wie ihre Kameraden im Keller waren sie nicht darauf vorbereitet, gegen Untote zu kämpfen. Außerhalb der großen Eingangstür versuchten einige mit Pfeilen gespickte Leichen sich zu erheben, doch wann immer eine auf die Füße kam, warf ein neuer Pfeilhagel aus der Dunkelheit sie auf den Boden zurück.

Jimmy schaute sich in der Vorhalle um und machte einen Riesensatz auf einen Tisch. Mit erstaunlicher Geschicklichkeit sprang er über einen Gardisten, den ein toter Nachtgreifer erdrosselte, und klammerte sich an einen Wandbehang. Einen Augenblick hielt dieser sein Gewicht, dann riß er aus seiner Dekkenbefestigung. Ganze Stoffmassen fielen auf und um Jimmy, der sich eilig davon befreite. Er packte soviel davon, wie er nur konnte und zerrte den Wandbehang zu dem großen offenen Kamin des Freudenhauses. Als er Feuer fing, warf er alles Brennbare, an das er Hand anlegen konnte, darauf. In kürzester Zeit breiteten die Flammen sich in der Halle aus.

Arutha stieß eine Leiche zur Seite und riß ebenfalls einen Wandbehang von der Decke. Er warf ihn Laurie zu. Der Sänger duckte sich, als ein toter Assassine sich auf ihn stürzte. Die Leiche verfing sich in dem Behang. Schnell wirbelte Laurie sie herum, daß der Stoff sich ganz um sie schlang, und versetzte ihr einen Tritt. Sie stolperte auf Jimmy zu, der zur Seite wich, und schon landete sie in den sich schnell ausbreitenden Flammen. Der Untote brüllte auf vor Wut.

Die Hitze in der Halle wurde allmählich unerträglich. Laurie rannte zur Tür und blieb knapp vor der Schwelle stehen. »Der Fürst«, brüllte er zu den Schützen auf den umliegenden Dächern hoch. »Der Fürst kommt heraus!«

»Beeilt euch!« kam die Antwort, während ein Pfeil einen sich knapp vor dem Sänger erhebenden Leichnam niederstreckte.

Arutha und Jimmy eilten aus der vom Feuer erhellten Tür, gefolgt von einigen hustenden Gardisten. »Zu mir!« rief Arutha.

Sogleich rannten ein Dutzend Soldaten über die Straße, vorbei an den Stallburschen, die sie mitgebracht hatten, um die Pferde zu halten. Der Gestank von Blut, verbrennendem Fleisch, und die Hitze der Flammen ließen die Streitrosse scheuen. Sie wieherten, bäumten sich auf und zerrten an ihren Zügeln, während die Stallburschen sie wegführten.

Als die Gardisten Arutha erreichten, hoben sie einige pfeilgespickte Leichen hoch und warfen sie durch die Fenster in das Feuer. Die Schreie verbrennender Untoter erfüllten die Nacht. Ein toter Nachtgreifer stolperte aus der Tür. Seine linke Seite stand in Flammen. Er hatte die Arme ausgestreckt, als wolle er Arutha umarmen. Zwei Soldaten packten ihn und stießen ihn zurück durch die Tür ins Feuer, ohne der Verbrennungen zu achten, die sie selbst dabei erlitten.

Arutha wandte dem prasselnden Feuer den Rücken, während die Soldaten den Untoten die Flucht aus dem Inferno verwehrten. Er überquerte die Straße, und hinter ihm brannte das prunkvollste Freudenhaus der Stadt nieder. »Sorg dafür«, wandte er sich an einen Soldaten, »daß die Trupps in der Kanalisation ja keinen Untoten aus dem Keller entkommen lassen!« Der Soldat salutierte und rannte los.

In Kürze war das Gebäude eine einzige Feuersäule, die die Umgebung taghell erleuchtete. Die Bewohner der benachbarten Häuser rannten auf die Straße, da die Hitze den ganzen Block zu entzünden drohte.

Arutha befahl den Soldaten, die Häuser mit Wasser zu beschütten und die Männer bildeten Ketten, die volle Eimer weiterleiteten.

Kaum eine halbe Stunde nach Ausbruch des Brandes erfolgte ein ohrenbetäubendes Krachen, und dicker Rauch stieg auf, als der Boden des Freudenhauserdgeschosses nachgab und das Gebäude in sich zusammenfiel. »Damit dürfte vom Keller auch nichts übriggeblieben sein«, murmelte Laurie.

Grimmiger Miene knurrte Arutha: »Und es traf noch einige gute Männer da unten.«

Jimmy war bei dem Anblick wie erstarrt. Sein Gesicht war mit Blut und Ruß verschmiert. Arutha legte die Hand auf seine Schulter. »Wieder hast du deine Sache gut gemacht.«

Jimmy konnte nur stumm nicken. Laurie blickte auf. »Ich brauche etwas Starkes zu trinken. Ihr Götter, diesen Gestank werde ich wohl nie wieder los!«

»Kehren wir ins Schloß zurück«, befahl der Fürst. »Unsere Arbeit ist getan.«

Empfang

Jimmy zupfte nervös an seinem Kragen.

Brian deLacy, der Zeremonienmeister, klopfte mit dem Stock auf den Boden des Thronsaals, und der Junge richtete die Augen auf ihn. Die zwischen vierzehn und achtzehn Jahre alten Jungen von Aruthas Hof wurden in ihre Pflichten während der bevorstehenden Vermählung von Anita und Arutha eingewiesen. Der bejahrte Meister, der immer tadellos gekleidet und dafür bekannt war, sehr langsam und bedächtig zu sprechen, ergriff das Wort: »Junker James, wenn Ihr Euch nicht ruhig halten könnt, werde ich mir etwas für Euch einfallen lassen müssen, wie beispielsweise Botschaften zwischen dem Schloß und den Außengebäuden hin- und herzutragen.«

Ein Junge stöhnte fast unmerklich. Er wußte, daß die bereits in Krondor eingetroffenen Edlen ständig irgendwelche unwichtigen Nachrichten zu übermitteln hatten, und manche waren bis zu einer dreiviertel Meile vom Schloß entfernt untergebracht. Als Bote für sie eingeteilt zu werden, bedeutete ein fast pausenloses Hin- und Herlaufen, und zwar zehn Stunden am Tag.

Meister deLacy wandte sich dem Jungen zu, der gestöhnt hatte. »Junker Paul, vielleicht möchtet Ihr Euch Junker James anschließen?«

Als er keine Antwort erhielt, fuhr er fort: »Nun gut. Jene unter euch, deren Verwandte an den Festlichkeiten teilnehmen werden, sollten wissen, daß sie auch diese Pflicht zu übernehmen haben.« Bei diesen Worten stöhnten und fluchten alle Junker leise und verlagerten, mit den Füßen scharrend, ihr Gewicht. Wieder klopfte der Stock laut auf den Boden. »Ihr seid noch keine Herzöge, Grafen oder Barone! Es kann euch nicht schaden, wenn ihr ein paar Tage arbeiten müßt! Die Besucher sind zu zahlreich, als daß Diener, Träger und Pagen es ohne Hilfe schafften.«

Einer der Jungen, Junker Locklear, der jüngste Sohn des Barons von Landend, fragte: »Wer von uns darf an der Vermählung teilnehmen?«

»Alles zu seiner Zeit, Junge, alles zu seiner Zeit. Ein jeder von Euch wird Gäste zu ihren Plätzen im großen Saal und im Bankettsaal geleiten. Während der Vermählungsfeierlichkeiten habt ihr alle achtungsvoll am hinteren Ende des großen Saals zu stehen, und so werdet ihr alles sehen können.«

Ein Page kam hereingeeilt. Er händigte dem Zeremonienmeister eine Botschaft aus und hastete wieder davon, ohne auf eine Antwort zu warten. Meister deLacy las die Nachricht, dann sagte er: »Ich muß alles für den Empfang des Königs vorbereiten. Ihr wißt, was ihr heute zu tun habt. Findet euch am Nachmittag wieder hier ein, sobald der König und Seine Hoheit sich zu ihrer Besprechung zurückgezogen haben. Und jeder, der zu spät kommt, wird einen zusätzlichen Tag zum Botendienst zwischen dem Schloß und den Außengebäuden eingeteilt! So, das ist alles für jetzt.« Während er davoneilte, hörte man ihn murmeln: »So viel zu tun und so wenig Zeit!«

Die Jungen liefen auseinander. Auch Jimmy machte sich daran, den Saal zu verlassen, als jemand rief: »He, Neuer!«

Mit Jimmy drehten sich zwei andere um, doch der Rufende hatte den Blick nur auf ihn gerichtet. Jimmy wartete. Er wußte genau, was kommen würde. Jetzt sollte sein Platz in der Rangordnung der Junker festgelegt werden!

Als er sich nicht rührte, deutete Locklear, der ebenfalls stehengeblieben war, auf sich und machte einen zögernden Schritt auf den Sprecher zu. Dieser, ein großer grobschlächtiger Bursche von etwa sechzehn oder siebzehn Jahren, schnaubte: »Nicht du, Kleiner! Ich meine den andern!« Er deutete auf Jimmy.

Der Sprecher trug die gleiche braungrüne Uniform wie die anderen Junker, nur saß sie besser. Offenbar hatte er sie sich maßgeschneidert leisten können. Von seinem Gürtel hing ein edelsteinbesetzter Dolch, und seine Stiefel glänzten wie fleckenloses Metall. Sein strohfarbiges Haar war ordentlich geschnitten.

Nun hatte Jimmy keinen Zweifel mehr, daß das Bürschchen glaubte, alle müßten vor ihm kuschen. Offenbar hatte er die anderen Junker bereits eingeschüchtert. Ergeben richtete Jimmy den Blick himmelwärts und seufzte. Seine Uniform saß schlecht, die Stiefel waren zu eng, und die heilende Wunde in seiner Seite juckte ständig. Da war es wohl am besten, er brachte es schnell hinter sich.

Langsam ging er auf den anderen Jungen zu, der, wie er wußte, Jerome hieß und dessen Vater der Edle von Ludland war, einer Stadt, die Küste aufwärts von Krondor lag. Sein Titel war zwar gering, brachte seinem Träger jedoch beträchtlichen Reichtum ein. Als Jimmy vor dem Bürschchen stand, sagte er: »Ja?«

Jerome rümpfte die Nase und erklärte von oben herab: »Es gibt so gut wie nichts an dir, was mir gefällt, Jüngelchen.«

Jimmy lächelte und stieß Jerome unerwartet die Faust in die Magengrube. Der größere Junge sackte auf den Boden. Einen Moment schlug er um sich, ehe er stöhnend auf die Beine kam. »Was…«, begann er, hielt jedoch erschrocken inne, als er sah, daß Jimmy mit einem Dolch in der Hand vor ihm stand. Jerome tastete nach seinem eigenen, fand ihn aber nicht. Er starrte an sich hinunter und blickte danach verzweifelt um sich.

»Ich glaube, das ist es, was du suchst«, meinte Jimmy fast freundlich und hielt den Dolch nun so, daß der juwelenbesetzte Griff zu sehen war. Jeromes Augen weiteten sich. Mit einer knappen Drehung seines Handgelenks warf Jimmy den Dolch, und die Klinge steckte zitternd im Boden zwischen Jeromes Stiefeln. »Und mein Name ist nicht ›Jüngelchen‹, sondern Junker James. Fürst Aruthas Junker.«

Schnell verließ Jimmy den Saal. Locklear lief ihm nach und fiel in Schritt mit ihm. »Das war großartig, Junker James. Jerome hat es allen anderen schwergemacht, vor allem den Neuen.«

Jimmy hielt an. Er war jetzt nicht in der Stimmung, darauf einzugehen. »Das rührte nur daher, weil ihr es zugelassen habt.« Locklear wich zurück und begann eine Entschuldigung zu stammeln. Jimmy hob die Hand. »Warte, ich hatte nicht vor, dich zu kränken. Es liegt daran, daß ich meine eigenen Sorgen habe. Hör zu, Locklear, so heißt du doch, oder?«

»Meine Freunde nennen mich Locky.«

Jimmy musterte den Jungen. Er war klein und sah noch eher wie ein Baby aus, das er gewesen war, als der Mann, der er sein würde. Er hatte große blaue Augen, und sein braunes Haar war von blonden Fäden durchzogen. Jimmy bezweifelte nicht, daß er noch vor wenigen Wochen mit den bürgerlichen Jungen am Strand nahe der ländlichen Burg seines Vaters gespielt hatte. »Locky«, sagte er, »wenn dieser Dummkopf sich mit dir anlegen will, dann tritt ihn dorthin, wo es am wehesten tut. Dadurch verschaffst du dir schnell Respekt bei ihm. Tut mir leid, daß ich mich jetzt nicht länger mit dir unterhalten kann, aber ich muß mich zum Empfang des Königs beeilen.«

Jimmy eilte weiter und ließ einen sehr erstaunten Jungen zurück.

Jimmy fühlte sich unbehaglich. Er steckte den Finger in den viel zu engen Kragen seines neuen Wappenrocks. Etwas hatte er von Jerome gelernt: Er brauchte sich nicht mit einer schlecht sitzenden Uniform abzufinden. Sobald wie möglich würde er sich für ein paar Stunden aus dem Schloß stehlen und seine drei Verstecke aufsuchen, die er gut in der Stadt verteilt hatte. Dort hatte er mehr Gold als ihn ein Dutzend neue, maßgeschneiderte Uniformen kosten würden. Ein Edelmann zu sein, hatte Nachteile, die er zuvor nicht bedacht hätte.

»Was hast du denn, Junge?«

Jimmy blickte auf und sah, daß ein hochgewachsener, älterer Mann mit dunklem Grauhaar ihn erfahrenen Blickes musterte. Jimmy erkannte ihn als Schwertmeister Fannon, ein Gefährte Aruthas aus Crydee. Er war mit der gestrigen Abendflut per Schiff angekommen. »Es ist der verflixte Kragen, Schwertmeister. Und diese neuen Stiefel schmerzen ebenfalls.«

Fannon nickte. »Auch wenn man sich nicht wohl fühlt, muß man den Schein wahren. Ah, hier kommt der Fürst!«

Arutha trat aus dem Haupteingang des Schlosses und stellte sich in die Mitte der Höflinge, die sich hier zum Empfang des Königs versammelt hatten. Eine breite Freitreppe führte zum Paradeplatz. Dahinter, außerhalb des eisernen Tors, war der große Platz von Marktbuden geräumt worden. Krondorianische Soldaten bildeten ein Ehrenspalier von der Stadt zum Schloß, und zu beiden Seiten davon drängten sich die Bürger, um einen Blick auf ihren König zu erhaschen. Erst vor einer Stunde war die Meldung eingetroffen, daß Lyams Zug sich der Stadt näherte, doch die Menge hatte schon vor dem Morgengrauen angefangen sich zu sammeln.

Jubelgeschrei kündete des Königs Herannahen an, und Lyam kam auch als erster in Sicht. Er ritt auf einem rotbraunen, kräftigen Streitroß und Gardan, als Stadtkommandant an seiner Seite. Ihnen folgten dicht auf Martin und die Edlen des östlichen Landesteils, dann eine Kompanie von Lyams Leibgarde, zwei prunkvolle Kutschen und hinter ihnen Aruthas Lanzer. Der Troß bildete die Nachhut.

Als Lyam sein Pferd vor der Freitreppe zügelte, schmetterten Fanfaren. Stallburschen griffen nach den Zügeln des Rosses, und Arutha eilte die Stufen hinunter, um seinen Bruder zu begrüßen. Nach der Tradition war der Fürst von Krondor Zweithöchster, gleich nach dem König folgend, im Reich, doch ob nun Protokoll beim Empfang oder nicht, die Brüder umarmten sich herzlich.

Der nächste, der absaß, war Martin, und nun waren die drei Brüder wieder vereint.

Jimmy beobachtete aufmerksam, wie Lyam seine Begleiter vorstellte und die beiden Kutschen zu der Freitreppe rollten. Die Tür der ersten wurde aufgeschwungen, und Jimmy verrenkte sich fast den Hals. Eine atemberaubend schöne junge Frau stieg aus, und Jimmy bewunderte sie stumm. Wie sie Arutha begrüßte, konnte sie eigentlich nur die Prinzessin Carline sein. Jimmy warf einen schnellen Blick auf Laurie, der sich unbeobachtet fühlte und seine glühende Anbetung nicht verbergen konnte. Jimmy nickte, ja, dann war es ganz sicher Carline. Ihr folgte ein älterer Edelmann, vermutlich Lord Caldric, der Herzog von Rillanon.

Die Tür der zweiten Kutsche wurde geöffnet. Eine Frau mittleren Alters stieg aus und gleich hinter ihr eine vertraute Gestalt. Jimmy lächelte. Unwillkürlich verfärbten sich seine Wangen beim Anblick von Prinzessin Anita, denn er war einmal entsetzlich verliebt in sie gewesen. Die Ältere mußte demnach Prinzessin Alicia, ihre Mutter, sein. Während die beiden Damen Arutha begrüßten, wanderten Jimmys Gedanken zurück zu der Zeit, da Anita, Arutha und er sich gemeinsam versteckt gehalten hatten. Unwillkürlich lächelte er ein wenig schüchtern.

»Was hast du denn jetzt, Junker?«

Wieder war es Schwertmeister Fannon, der ihn beobachtet hatte. Seine Verlegenheit unterdrückend, antwortete Jimmy. »Die Stiefel, mein Herr.«

»Ich verstehe, Junge, aber du solltest wirklich lernen, ein solches Ungemach unbewegter Miene zu ertragen. Ich will deinen Lehrern damit nicht zu nahe treten, aber für einen Junker scheinst du keine gute Ausbildung genossen zu haben.«

Jimmy nickte, den Blick wieder auf Anita gerichtet. »Ich bin noch nicht lange Junker, mein Herr. Im vergangenen Monat war ich noch Dieb.«

Ohne sich dessen bewußt zu sein, holte Schwertmeister Fannon laut Luft, und sein Mund blieb offen. Nach einem Augenblick gönnte Jimmy sich das Vergnügen, ihn leicht in die Rippen zu stupsen und zu sagen: »Der König kommt!«

Fannon richtete den Blick geradeaus. Die langen Jahre seiner militärischen Laufbahn hatten ihn gelehrt, sich nur mit dem Wichtigsten zu befassen und sich von nichts ablenken zu lassen. Lyam kam mit Arutha an seiner Seite die Treppe hoch. Ihnen folgten Martin und Carline, danach die anderen, wie das Protokoll es vorschrieb. Brian deLacy stellte dem König die Edlen von Aruthas Hof vor, und Lyam mißachtete mehrmals das Protokoll und schüttelte einigen herzlich die Hände, ja umarmte sogar mehrere. Viele der westlichen Lords waren Männer, mit denen er während des Spaltkriegs unter dem Oberbefehl seines Vaters gekämpft und die er seit seiner Krönung nicht mehr gesehen hatte. Es machte Graf Volney ganz offensichtlich verlegen, als Lyam ihm die Hand auf die Schulter legte und lobte: »Gut gemacht, Volney. Ihr habt während des vergangenen Jahres hervorragend für den Westen gesorgt.« Diese Vertrautheiten störten einige der Edlen, aber das Volk war begeistert davon. Es jubelte jedesmal, wenn Lyam einen alten Bekannten nicht als König, sondern als Freund begrüßte.

Als Fannon an der Reihe war und er sich verneigen wollte, verhinderte der König es, indem er die Hände auf die Schultern des alten Recken legte. »Nein«, sagte Lyam so leise, daß nur Fannon, Jimmy und Arutha es hören konnten. »Nicht Ihr, mein teurer Lehrer.« Dann umarmte er den Schwertmeister von Crydee und fragte laut: »Nun, Meister Fannon, wie sieht es zu Hause aus? Wie geht es Crydee?«

»Gut, Majestät, gut.« Jimmy bemerkte, daß die Augen des älteren Mannes feucht glänzten.

Dann erklärte Arutha: »Dieser junge Spitzbube ist der neueste Angehörige meines Hofes, Majestät. Darf ich Junker James von

Krondor vorstellen?« Meister deLacy blickte himmelwärts, als Arutha sich in sein Amt mischte.

Jimmy verbeugte sich, wie man es ihn gelehrt hatte. Lyam schenkte dem Jungen ein herzliches Lächeln. »Ich habe von dir gehört, Jimmy, den man die Hand nannte.« Er ging weiter, doch nach einem Schritt blieb er unerwartet stehen. »Ich vergewissere mich wohl lieber, ob ich auch noch alles habe.« Auffällig tastete er nach dem Beutel, der von seinem Gürtel hing. Jimmys Gesicht lief tiefrot an. Als er sich am liebsten in ein Mauseloch verkrochen hätte, wandte Lyam den Kopf zu ihm um und blinzelte ihm vergnügt zu. Da lachte Jimmy mit den anderen.

Kaum drehte der Junge sich um, schaute er in die blauesten Augen, die er je gesehen hatte, und eine weiche Frauenstimme tröstete: »Laß dich von Lyam nicht in Verlegenheit bringen, Jimmy. Er hat schon immer gern seine harmlosen Späßchen getrieben.« Völlig überrascht, nachdem der König ihm auf diese Weise seine Aufmerksamkeit geschenkt hatte, brachte der Junge kein Wort hervor, er verbeugte sich nur, so gut er es vermochte.

Martin nahm Jimmys Hand fest in seine. »Ich freue mich, dich wiederzusehen. Wir haben oft von dir gesprochen und uns gefragt, wie es dir geht.«

Er machte den Jungen nun formell mit seiner Schwester bekannt. Prinzessin Carline nickte Jimmy zu und sagte: »Von meinen Brüdern und Prinzessin Anita habe ich viel Gutes über dich gehört. Es ist mir eine Freude, dich persönlich kennenzulernen.« Dann gingen die beiden weiter.

Jimmy starrte ihnen nach, überwältigt von ihren Worten. »Diese Wirkung hat sie seit über einem Jahr auf mich«, erklang eine Stimme hinter ihm. Laurie eilte hinter der königlichen Gesellschaft her, die sich dem Eingang näherte. Er zwinkerte im Vorüberlaufen Jimmy zu. Er hatte dessen Erstaunen über Martins und Carlines Worte mißgedeutet und gedacht, es gelte der Schönheit der Prinzessin.

Jimmy wandte seinen Blick wieder den vorbeikommenden Edelleuten zu, und sein Gesicht erhellt sich. Anita blieb neben ihm stehen. »Hallo, Jimmy«, rief sie fröhlich.

Der Junge verbeugte sich tief. »Hallo, Prinzessin.«

Anita erwiderte Jimmys Lächeln und wandte sich an ihre Begleitung. »Mutter, mein Lord Caldric, darf ich euch meinen alten Freund, Jimmy, vorstellen?« Sie bemerkte seinen Wappenrock. »Ein Junker jetzt, wie ich sehe.«

Jimmy verbeugte sich nunmehr auch vor Prinzessin Alicia und dem Herzog von Rillanon. Anita gab ihm die Hand, und Jimmy nahm sie verlegen. »Ich wollte dir schon lange persönlich danken, Jimmy, denn ich weiß, wie sehr du meiner Tochter geholfen hast«, wandte sich Alicia an ihn.

Jimmy, der viele Augen auf sich gerichtet fühlte, mangelte es nun völlig an der Überheblichkeit, mit der er sich in seinem bisherigen, kurzen Leben schützend umgeben hatte. Er stand nur schüchtern da, während Alicia sagte: »Wir sehen uns später noch.« Anita, ihre Mutter und Caldric gingen weiter. Noch verblüffter als schon zuvor blieb Jimmy zurück.

Die weiteren Edelleute wurden nicht mehr vorgestellt, sondern folgten nur der königlichen Gesellschaft zum Thronsaal. Nach einer kurzen Zeremonie sollte Lyam sich in seine Gemächer zurückziehen.

Plötzlich wurden Trommelwirbel laut und Rufe aus der Menschenmenge, die zu einer der großen Seitenstraßen vom Schloß deuteten. Die königliche Gesellschaft kehrte zum Eingang zurück. Lyam und Arutha schritten zum Kopfende der Freitreppe. Die anderen Edlen schauten sich erstaunt um, und die vom Protokoll vorgeschriebene Ordnung wurde zunichte.

König und Fürst näherten sich der Stelle, wo Jimmy und Fannon standen, da kamen ein Dutzend Reiter in Sicht, jeder mit Leopardenfell über Kopf und Schultern. Schweiß glitzerte auf ihrer dunklen Haut, während diese wild aussehenden Männer auf Trommeln schlugen, die zu beiden Seiten ihrer Sättel befestigt waren, und ihre Pferde mit den Knien lenkten. Ihnen folgte ein weiteres Dutzend Reiter in Leopardenfellen. Sie bliesen in große Messinghörner, deren Windungen über ihre Schultern reichten. Trommler und Hornbläser formten nun eine Gasse, durch die Fußsoldaten marschierten. Jeder von diesen trug einen Spitzhelm mit Kettenhalsschutz und einen metallenen Harnisch. Weite Pluderhosen steckten in kniehohen schwarzen Stiefeln. Jeder hielt einen Rundschild mit Metallspitze, und in der Gürtelschärpe steckte ein langer Krummsäbel. Jemand hinter Jimmy murmelte: »Hundesoldaten.«

»Weshalb nennt man sie so?« fragte Jimmy den Schwertmeister Fannon.

»Weil sie in früherer Zeit in Kesh wie Hunde behandelt wurden, getrennt von allen anderen, bis es Zeit war, sie auf jemanden zu hetzen. Jetzt behauptet man, daß sie sich wie eine Meute Hunde benehmen, wenn man ihnen die Gelegenheit gibt. Sie sind zähe Kämpfer, aber wir besiegten sie mehr als einmal.«

Die Hundesoldaten marschierten auf den Platz und bildeten ihrerseits eine Gasse, um jemanden hindurchzulassen. Sie zogen ihre Krummsäbel und salutierten, als der vorderste Mann in Sicht kam. Wie sie war er zu Fuß, ein Riese von Mann, größer als der König und mit noch breiteren Schultern. Die Sonne spiegelte sich auf seiner schwarzen Haut, denn außer den gleichen Pluderhosen und Stiefeln wie die Soldaten trug er nur eine ärmellose, metallbeschlagene Weste. Sein Kopf war unbedeckt, und bewaffnet war er mit einem eineinhalb mal so großen Krummschwert wie die Säbel seiner Leute. Doch statt des Schildes hielt er einen reichverzierten Amtsstab. Vier Reiter, auf den kleinen, aber schnellen Pferden der Wüstensöhne von Jal-Pur, folgten ihm. Sie trugen auch die Gewandung der Wüstensöhne, wie man sie in Krondor selten sah: knielange, wallende Umhänge aus blauer Seide, vorne offen, so daß man die weißen Kittel und Beinkleider sehen konnte. Dazu trugen sie die Schaftstiefel der Reiter, und um den Kopf hatten sie blaue Stoffstreifen so gewunden, daß nur ihre Augen herausschauten. In der Gürtelschärpe steckte ein Zierdolch von beachtlicher Länge, dessen Griff und Scheide kunstvoll aus Elfenbein geschnitzt waren.

Als dieser große dunkle Mann die Treppe hinaufstieg, konnte Jimmy seine tiefe Stimme vernehmen: »...vor ihm, und die Berge erzittern. Die Sterne halten in ihrer Bahn inne, und die Sonne bittet um die Erlaubnis, aufgehen zu dürfen. Er ist das Reich, und aus seinen Nüstern wehen die vier Winde. Er ist der Drache des Tales der Sonne, der Adler der Gipfel der Ruhe, der Löwe von Jal-Pur...« Der Sprecher näherte sich der Stufe, auf der der König stand, Jimmy dahinter, und er wich ein wenig zur Seite, als die vier Reiter absaßen und ihm die Treppe hoch folgten. Einer davon schritt vor den anderen und war offenbar der, von dem der Riese sprach, der sich nunmehr tief vor dem König verneigte und sagte: »Eure Majestät, ich habe die große Ehre, Euch Seine Exzellenz Abdur Rachman Memo Hazara-Khan, Bei der Benni-Sherin, Lord von Jal-Pur, Prinz des Reiches und Botschafter von Groß-Kesh zum Königreich der Inseln vorstellen zu dürfen.«

Die vier Würdenträger verbeugten sich auf keshianische Weise, die drei hinter dem Botschafter knieten sich nieder und drückten flüchtig die Stirn auf den Steinboden. Der Botschafter legte die Rechte auf das Herz und verbeugte sich aus der Taille, während er die Linke nach hinten ausstreckte. Nachdem alle sich wieder aufgerichtet hatten, drückten sie kurz den Zeigefinger an Herz, Lippen und Stirn. Diese Geste versinnbildlichte: ein großzügiges Herz, eine ehrliche Zunge und einen Geist ohne betrügerische Absichten.

Lyam dankte: »Wir heißen den Lord von Jal-Pur an unserem Hof willkommen.«

Der Botschafter legte seine Gesichtsbedeckung ab und offenbarte ein hageres, bärtiges und nicht mehr junges Gesicht, das zu einem schwachen Lächeln verzogen war. »Eure königliche Majestät, Ihre kaiserliche Majestät, Ihr Name sei gesegnet, schickt Ihrem Bruder von den Inseln Ihre Grüße.« Seine Stimme zu einem Flüstern senkend, fügte er hinzu: »Ich hätte einen weniger formellen Einzug vorgezogen, Majestät, aber...« Er zuckte mit den Schultern und wies mit einer leichten Neigung des Kopfes auf den keshianischen Zeremonienmeister, um anzudeuten, daß er keinen Einfluß auf das Protokoll habe. »Der Mann ist ein Tyrann.«

Lyam mußte lachen. »Wir erwidern die herzlichen Grüße an Groß-Kesh, möge es immer blühen und gedeihen.«

Der Botschafter neigte dankend den Kopf. »Wenn Eure Majestät gestatten, dürfte ich meine Begleiter vorstellen?« Lyam nickte, und der Keshianer zeigte auf den Mann ganz links. »Dieser Edle ist mein Stellvertreter und Ratgeber, Lord Kamal Mishwa Daoud-Khan, Scherif der Benni-Tular. Und diese anderen sind meine Söhne, Shandon und Jehansuz, Scherifen der Benni-Sherin, und außerdem meine Leibwächter.«

»Wir sind erfreut über euer Hiersein, meine Lords«, hieß Lyam sie willkommen.

Gerade als Meister deLacy sich bemühte, ein bißchen Ordnung in das Durcheinander zu bringen, war von einer anderen, zum Marktplatz führenden Straße Getöse zu vernehmen. König und Fürst wandten sich vom Zeremonienmeister ab, und deLacy hob die Hand. »Was ist denn jetzt schon wieder?« fragte er laut, faßte sich jedoch schnell.

Ein noch stürmischeres Trommeln als das der Keshianer zuvor erfüllte die Luft, als farbenprächtige Gestalten ins Blickfeld kamen. Paradierende Reiter führten grüngekleidete Fußsoldaten an. Jeder hielt einen Schild von leuchtender Farbe mit buntem Wappen. Laute Flöten trillerten eine melodiöse Weise, fremdartig, doch von anregendem Rhythmus, und so nahmen die umstehenden Bürger auch schnell den Takt auf, sie klatschten in die Hände und tanzten am Rand des Platzes sogar dazu.

Der erste Reiter erreichte den Schloßhof, und sein Banner flatterte im Wind. Arutha lachte und schlug Lyam auf die Schulter. »Es sind Vandros von Yabon und Kasumis Tsurani-Garnison von LaMut.« Dann kamen die Fußsoldaten ins Blickfeld, und ihr Gesang dröhnte laut.

Als die Tsuranis aus LaMut die Keshianer erreichten, hielten sie an. »Seht sie euch an, sie mustern einander wie Kater«, murmelte Martin. »Ich wette, jede Seite wünscht sich sehnlichst einen Grund, die Kräfte mit der anderen messen zu dürfen.«

»Nicht in meiner Stadt«, entgegnete Arutha, dem diese Vorstellung offenbar aufs höchste mißfiel.

Lyam lachte. »Es wäre zumindest ein unüberbietbares Schauspiel. Hallo, Vandros!«

Der Herzog von Yabon ritt herbei und saß ab. Er eilte die Freitreppe hoch. »Verzeiht unsere Verspätung, Majestät. Wir wurden unterwegs aufgehalten. Wir stießen auf eine Bande Kobolde, die südlich von Zūn eine Ortschaft überfallen hatte.«

»Wie viele waren es denn?« erkundigte sich Lyam.

»Etwa zweihundert.«

»Und das nennt Ihr noch Bande«, meinte Arutha gespielt entrüstet. »Vandros, Ihr habt ganz offenbar schon etwas von den Tsuranis angenommen.«

Lyam lachte. »Wo ist Graf Kasumi?«

»Hier kommt er soeben, Majestät.« Kutschen fuhren gerade auf den Platz.

Arutha nahm den Herzog von Yabon zur Seite und bat ihn: »Laßt Eure Männer in der Stadtgarnison einquartieren, Vandros. Ich hätte sie gern in der Nähe. Wenn Ihr sie untergebracht habt, dann kommt mit Brucal und Kasumi zu meinen Gemächern.«

Vandros entging der ernste Ton nicht. »Sobald ich die Männer eingewiesen habe, Hoheit.«

Die Kutschen aus Yabon hielten vor der Freitreppe an. Lord Brucal, Herzogin Felinah, Gräfin Megan und ihre Hofdamen stiegen aus. Graf Kasumi, ehemals ein Befehlshaber der tsuranischen Armee im Spaltkrieg, saß von seinem Pferd ab und eilte die Treppe hinauf. Er verbeugte sich vor Lyam und Arutha. Vandros stellte seine Begleitung vor, und Lyam meinte: »Wenn nicht noch der König von Queg, dieser Pirat, in einer Kriegsgaleere von tausend Seepferdchen gezogen, ankommt, können wir uns jetzt zurückziehen.« Lachend schritt er an dem schon halbverzweifelten Zeremonienmeister deLacy vorüber, der vergebens versuchte, die protokollarische Ordnung wiederherzustellen.

Jimmy ließ sich Zeit. Zwar hatte er schon hin und wieder einen keshianischen Kaufmann gesehen, doch noch nie einen Hundesoldaten oder einen Tsurani. Trotz aller weltlichen Gewandtheit und seiner Erfahrung in allem, was das Leben in Krondor betraf, war er eben in anderen Dingen nicht anders als eben ein Fünfzehnjähriger.

Kasumis Unterführer erteilten die Anweisungen für die Unterbringung ihrer Männer, ebenso wie der keshianische Hauptmann. Jimmy saß ruhig auf der Treppe und bemühte sich mit Zehenübungen darum, seine Stiefel etwas auszuweiten. Eine Zeitlang beobachtete er die farbenprächtigen Keshianer, dann schaute er den Tsuranis zu, die sich in Reih und Glied aufstellten, um anschließend abzumarschieren. Beide Trupps wirkten ganz ohne Zweifel exotisch und gleichermaßen wild, wie er fand.

Er wollte gerade ebenfalls aufbrechen, als ihm etwas hinter den Keshianern auffiel, nur wurde ihm nicht gleich klar, was es war. Er konnte nicht anders, als die Treppe hinunterzusteigen, bis er die Keshianer erreicht hatte, die einstweilen noch strammstanden. Da sah er, was das seltsame Gefühl in ihm geweckt hatte. In die Menge hinter den Keshianern zog sich ein Mann zurück, den er für tot gehalten hatte. Jimmy erschrak zutiefst: Der Mann war Lachjack!

Arutha stapfte unruhig hin und her. Um seinen Ratstisch saßen Laurie, Brucal, Vandros und Kasumi. Arutha hatte gerade von ihrem Überfall auf die Nachtgreifer erzählt. Jetzt hielt er eine Botschaft hoch. »Das ist von Baron von Hohenburg – seine Antwort auf meine Anfrage. Er bestätigt, daß es in seinem Gebiet zu ungewöhnlichen Nordwärtswanderungen gekommen ist.« Arutha legte das Schreiben auf den Tisch. »Er gibt die Einzelheiten an: die Anzahl der Gruppen, die Route und dergleichen.«

»Hoheit«, meldete sich Vandros zu Wort. »Auch in unserer Gegend kam es zu Kräfteverschiebungen, doch nichts von größerem Ausmaß. In Yabon ist es den klugen düsteren Brüdern und Kobolden leicht möglich, die Garnisonen zu umgehen, indem sie westwärts abbiegen, sobald sie die nördliche Grenze des Elbenwalds erreichen. Indem sie sich westlich vom Himmelssee halten, entgehen sie unseren Patrouillen. Wir schicken nur wenige Kompanien in dieses Gebiet, denn die Elben und die Zwerge von Bergenstein sorgen dort für Ordnung.«

»Wenn hier nicht der Wunsch der Vater des Gedanken ist«, schnaubte Brucal. Der alte, ehemalige Herzog von Yabon hatte seines Amtes zugunsten von Vandros entsagt, als dieser seine Tochter geheiratet hatte. Aber er war, was Strategie und Taktik anbelangte, immer noch sehr bewandert, denn er hatte fast sein ganzes Leben lang gegen die Moredhel gekämpft. »Nein, wenn sie sich in kleineren Gruppen bewegen, kann die Bruderschaft unbemerkt die unwichtigeren Pässe benutzen. Uns reicht ja die Zahl der Männer kaum, den Handelsweg zu sichern, und er ist nicht das einzige, wo wir für Ordnung sorgen müssen. Wenn sie des Nachts marschieren und sich den Dörfern des Hadati-Clans fernhalten wie den Hauptstraßen, sieht kein Mensch sie. Machen wir uns also nichts vor.«

Arutha lächelte. »Genau deshalb wollte ich Euch hier haben!«

Kasumi gab zu bedenken: »Eure Hoheit, vielleicht ist es so, wie Lord Brucal meint. Wir selbst sahen in letzter Zeit wenig von den düsteren Brüdern. Könnte sein, daß sie unseren Stahl scheuen und sich jetzt nur in kleineren Trupps und verstohlen bewegen.«

Laurie zuckte mit den Schultern. Da er in Yabon geboren und aufgewachsen war, wußte der Sänger aus Tyr-Sog nicht weniger über die Moredhel als sonst jemand in der Ratskammer. »Wir sollten uns Gedanken darüber machen, daß wir alle von diesen merkwürdigen Bewegungen gen Norden gehört haben, und zwar zu einer Zeit, da es offenkundig ist, daß die Moredhel bei dem Anschlag auf Arutha ihre Hand im Spiel haben.«

»Ich würde mir weniger Sorgen machen«, ergriff nun Arutha wieder das Wort, »wenn ich wüßte, daß es genügte, sie in Krondor zu zermalmen. Bevor wir nicht mit Sicherheit wissen, wer hinter alldem steckt, sind wir auch mit den Nachtgreifern nicht fertig. Es mag Monate dauern, bis sie sich erholt haben und wieder zur Bedrohung werden, aber ich glaube, wir werden wieder mit ihnen rechnen müssen. Und ich bin sicher, daß es eine Verbindung zwischen den Nachtgreifern und den Geschehnissen im Norden gibt.«

Nach einem Klopfen an der Tür trat Gardan ein. »Ich habe überall nachgesehen, Hoheit, aber Junker James ist nicht auffindbar.«

»Als ich ihn zuletzt sah, stand er neben Schwertmeister Fannon auf der Freitreppe, als die Tsurani eintrafen«, vermeldete Laurie.

»Er saß auf der Treppe, als ich die Truppen entließ«, erklärte der Hauptmann nun.

»Und jetzt sitzt er über euch«, erklang eine Stimme von einem hohen Fenster.

Aller Augen wandten sich dem Jungen zu, der von einem Bogenfenster im oberen Wandteil in Aruthas Ratskammer herabblickte. Ehe noch jemand den Mund zu öffnen vermochte, sprang er behende herab.

Aruthas Miene verriet Unglauben mit Belustigung gemischt. »Als ich dich bat, auf den Dächern nachzusehen, nahm ich an, du würdest Leitern brauchen – und Hilfe…«

Sehr ernst entgegnete Jimmy: »Ich hielt es nicht für richtig, noch länger zu warten, Hoheit. Außerdem, welcher Einbrecher braucht Leitern oder Hilfe, um eine Wand emporzuklettern?« Er kam näher heran. »Dieses Schloß ist ein wahrer Irrgarten mit versteckten Winkeln, Ecken und Nischen. Hier ist es leicht, sich zu verbergen.«

»Doch dazu muß man erst innerhalb der Schloßmauern sein«, gab Gardan zu bedenken. Jimmy bedachte den Hauptmann lediglich mit einem Blick, der keinen Zweifel daran ließ, wie leicht das zu bewerkstelligen sei. Gardan schwieg.

Laurie nahm den Gesprächsfaden wieder auf. »Zwar wissen wir nicht, wer hinter den Nachtgreifern steckt, aber zumindest sind sie hier in Krondor am Ende.«

»Das dachte ich bisher auch«, warf Jimmy ein und schaute sich in der Ratskammer um. »Doch heute nachmittag, als die Menge sich auflöste, sah ich einen alten Freund auf dem Marktplatz: den Lachjack!«

Arutha blickte Jimmy scharf an. »Ich dachte, als du ihn verließt, sei er tot gewesen!«

»So tot, wie einer mit einem Sechszoll-Loch in der Brust von einem Stahlbolzen sein kann. Es dürfte schwierig sein, herumzukrauchen, wenn einem die halbe Lunge fehlt, aber nach allem, was wir in dem Hurenhaus erlebten, würde es mich nicht mehr wundern, wenn meine liebe Mama, die schon lange tot ist, mich heute abend ins Bett steckte.« Jimmys Stimme klang ein wenig abwesend, während er wie suchend durch die Ratskammer schlich. »Aha!« rief er plötzlich theatralisch und drückte auf etwas hinter einem Prunkschild an der Wand. Knarrend schwang ein zwei Fuß breiter und drei Fuß hoher Teil der Wand auf. Arutha eilte darauf zu und spähte hindurch.

»Was ist das?« fragte er Jimmy.

»Einer der vielen Geheimgänge im Schloß. Als wir uns gemeinsam verstecken mußten, Hoheit, erzählte Prinzessin Anita, wie sie mit Hilfe einer Leibmagd aus dem Schloß floh. Sie erwähnte, sie seien durch einen ›Gang‹ entkommen. Ich dachte mir damals nichts dabei – erst heute.«

Brucal schaute sich um. »Vielleicht gehörte dieser Raum zur früheren Burg oder war einer der ersten Anbauten. In unserer Burg zu Hause hatten wir einen Ausschlupf in den Wald. Es gibt wohl keine Burg oder Festung ohne dergleichen.« Nachdenklich fügte er hinzu. »Möglicherweise ist dieser Gang nicht der einzige.«

»Ganz bestimmt nicht.« Jimmy lächelte. »Es gibt Dutzende und mehr. Wenn man sich so auf dem Dach umsieht, fallen einem sehr dicke Wände und seltsame Biegungen der Gänge auf.«

Arutha wandte sich an den Hauptmann: »Gardan, ich möchte, daß jeder Fuß dieser Gänge untersucht und auf einer Karte eingezeichnet wird. Nehmt Euch eine Handvoll Männer und stellt fest, wohin dieser führt und wo es noch Zugänge zu ihm gibt. Und erkundigt Euch bei dem Hofbaumeister, ob er eine Ahnung hat, daß es Hinweise zu diesen Gängen auf alten Plänen gibt.«

Gardan salutierte und verließ die Ratskammer. Vandros wirkte ungemein besorgt. »Arutha, ich hatte noch wenig Zeit, mich mit den Gedanken an die Assassinen und ihre heimliche Verbindung zu den düsteren Brüdern zu befassen.«

»Deshalb wollte ich noch vor den Festlichkeiten darüber mit euch allen sprechen.« Arutha setzte sich. »Im Schloß wimmelt es von Fremden. Jeder Edle, der zur Vermählung hier eintraf, hat ein Gefolge von wenigstens einem Dutzend Leute. Kasumi, ich sähe Eure Tsurani gern an jeder Schlüsselstellung. Jemanden bei ihnen einzuschleusen ist unmöglich, außerdem sind sie unbestechlich und über jeden Verdacht erhaben. Stimmt alles mit Gardan ab, und wenn nötig, nehmen wir im Innern des Schlosses nur Tsuranis, dazu Männer aus Crydee, die ich persönlich kenne, und meine Leibgardisten.«

Nun wandte er sich an Jimmy: »Von Rechts wegen müßte ich dir für deinen selbständigen Ausflug den Hintern versohlen lassen.« Jimmy erstarrte, bis er Aruthas Lächeln bemerkte. »Aber ich fürchte, jeder, der es versuchte, würde einen Dolch in die Rippen bekommen. Ich hörte übrigens von deiner Auseinandersetzung mit Junker Jerome.«

»Dieser Rotzlöffel bildet sich ein, alle müßten nach seiner Pfeife tanzen.«

»Nun, sein Vater war jedenfalls sehr erregt. Zwar ist er kein sehr bedeutender Lehnsmann, aber lauter. Hör zu, Jimmy, laß du Jerome die anderen herumkommandieren, wenn sie es sich gefallen lassen. Bleib du möglichst in meiner Nähe. Ich werde Meister deLacy wissen lassen, daß du bis auf weiteres von den üblichen Pflichten eines Junkers entbunden bist. Aber halt deine Ausflüge in Grenzen und gib Gardan oder mir Bescheid, bevor du wieder auf dem Dach herumturnst. Ein übereifriger Bogenschütze könnte dich leicht mit Pfeilen spicken, ehe er dich erkannt hat. Die Stimmung hier ist etwas an gespannt, falls du es nicht selbst schon bemerkt hast.«

Jimmy achtete nicht auf den Sarkasmus in seinen Worten. »Der Bursche müßte mich erst mal sehen, Hoheit.«

Brucal hieb mit der Faust auf den Tisch. »Das Bürschchen hat nicht nur eine Zunge im Kopf«, sagte er lachend und nickte beifällig.

Arutha lächelte. Es fiel ihm schwer, streng zu Jimmy zu sein. »Genug! Wir haben während der ganzen nächsten Woche Empfänge und Bankette. Vielleicht machen wir uns unnötig Sorgen, und es gibt die Nachtgreifer schon nicht mehr.«

»Hoffen wir es«, murmelte Laurie.

Ohne viele weitere Worte zogen Arutha und seine Gäste sich in ihre Gemächer zurück.

»Jimmy!«

Der Junge drehte sich um und sah Prinzessin Anita in seine Richtung den Korridor entlangkommen, begleitet von Gardans Wachen und zwei Hofdamen. Als sie ihn erreichte, verbeugte er sich.

»Du bist ja ein richtiger junger Höfling geworden«, bemerkte sie, während sie neben ihm weiterging.

»Es sieht ganz so aus, als hätte das Schicksal ein Auge auf mich geworfen, Prinzessin. Ich besaß nie größeren Ehrgeiz, als es bei den Spöttern weit zu bringen, ja vielleicht gar der nächste Aufrechte zu werden. Doch nun stelle ich fest, daß mein Leben einen viel weiteren Horizont hat.«

Sie lächelte, während ihre Hofdamen hinter vorgehaltenen Händen flüsterten. Jimmy hatte die Prinzessin seit ihrer gestrigen Ankunft nicht mehr gesehen, und jetzt verspürte er wieder das seltsame aufwühlende Gefühl wie im vergangenen Jahr. Er hatte zwar seine jungenhafte Verliebtheit in sie überwunden, aber er mochte sie noch immer sehr.

»Und hast du neuen Ehrgeiz entwickelt, Jimmy die Hand?«

In vorgetäuscht rügendem Ton verbesserte er sie: »Junker James von Krondor, Eure Hoheit.« Dann lachten sie beide. »Nun, Ihr müßt wissen, Prinzessin, daß im Königreich eine Zeit der Veränderungen angebrochen ist. Der lange Krieg mit den Tsuranis beraubte uns so mancher Männer von hoher Stellung. Graf Volney ist stellvertretender Kanzler, weder in Salador noch in Bas-Tyra gibt es einen Herzog. Drei Herzogtümer ohne Führer! Mir scheint, ein kluger und geschickter Mann kann es in einer solchen Zeit weit bringen.«

»Hast du einen Plan?« Ihre strahlenden grünen Augen und ihr Lächeln verrieten ihre Freude, daß er sein Ziel so hoch steckte.

»Noch nicht. Jedenfalls noch keinen festen. Aber ich sehe Möglichkeiten, die über den Titel eines Junkers hinausreichen. Vielleicht werde ich sogar – Graf von Krondor.«

»Erster Ratgeber des Fürsten von Krondor?« fragte Anita mit gespieltem Erstaunen.

Jimmy blinzelte verschmitzt. »Ich habe ausgezeichnete Beziehungen. Ich bin ein guter Bekannter seiner Verlobten.« Wieder lachten beide.

Anita legte flüchtig eine Hand auf seinen Arm. »Es ist schön, dich bei uns zu haben. Ich freue mich, daß Arutha dich so schnell gefunden hat. Er fürchtete, daß es nicht leicht sein würde, dich aufzuspüren.«

Jimmy stockte mitten im Schritt. Er war gar nicht auf den Gedanken gekommen, daß Arutha Anita nichts von dem Assassinen erzählen würde. Nun war ihm natürlich klar, daß er es nicht getan hatte. Und er verstand auch den Grund. Er würde doch nicht unnötig einen Schatten über die bevorstehende Vermählung werfen. Schnell fing er sich. »Es war mehr ein Zufall als sonst etwas. Seine Hoheit erwähnte gar nicht, daß er mich suchte.«

»Du kannst dir ja gar nicht vorstellen, wie Arutha und ich uns Sorgen um dich machten, nachdem wir Krondor verlassen hatten. Als wir dich das letzte Mal sahen, flohst du vor Guys Männern durch den Hafen. Wir hörten nichts von dir. Und auf unserem Weg zu Lyams Krönung kamen wir nur so kurz durch Krondor, daß wir keine Möglichkeit hatten zu erfahren, was aus dir geworden war. Lyam schickte Begnadigungsurkunden für Trevor Hull und seine Leute und Ernennungen, weil sie uns geholfen hatten, aber niemand wußte, wo unser Jimmy war. Arutha mußte mir versprechen, sofort die Suche nach dir einzuleiten. Ich dachte zwar nicht, daß er dich gleich zum Junker machen würde, wohl aber, daß er Pläne mit dir verfolgte.«

Jimmy fühlte sich tief bewegt. Diese Eröffnung verlieh Aruthas Bemerkung, daß er Jimmy als Freund betrachtete, doppelte Bedeutung.

Anita blieb vor einer Tür stehen. »Ich muß zu einer Anprobe.

Mein Hochzeitsgewand traf heute morgen von Rillanon ein.« Sie hauchte einen Kuß auf seine Wange. »Bis später, Jimmy.«

Er kämpfte gegen eine erschreckend starke Gefühlsregung an. »Hoheit – ich freue mich, hiersein zu dürfen! Es wird sehr schön werden!«

Sie lachte und ging mit ihren Hofdamen durch die Tür. Die Gardisten bezogen davor Posten. Jimmy wartete, bis die Tür sich geschlossen hatte, dann ging er vergnügt vor sich hinpfeifend weiter. Er dachte über die letzten Wochen nach und schätzte sich glücklich trotz Assassinen und zu engen Stiefeln.

Als er um eine Ecke in einen weniger häufig benutzten Gang bog, blieb er unvermittelt stehen und hielt auch schon den Dolch in der Hand. Im Halbdunkel funkelte ihn ein fremdartiges Augenpaar an, und gleich darauf watschelte der Besitzer dieser fast glühenden roten Augen herbei. Das seltsame Wesen von der Größe eines kleinen Hundes war ganz mit grünen Schuppen gepanzert. Sein Schädel glich dem eines Krokodils, doch mit runderer Schnauze, und große Schwingen lagen gefaltet an den Seiten. Ein langer geschmeidiger Hals gestattete dem Tier rückwärts zu blicken, vorbei an einem ebenso langen Schwanz, als eine kindliche Stimme »Fantus!« rief.

Ein kleiner Junge, nicht älter als sechs, kam herbeigerannt und warf die Arme um den Hals des Tieres. Mit ernsten dunklen Augen blickte er zu Jimmy auf. »Er tut Euch nichts, mein Herr«, versicherte er ihm.

Jimmy kam sich plötzlich komisch vor mit dem Dolch in der Hand. Er steckte ihn schnell weg. Das kleine Ungeheuer war offenbar ein Haustier. »Wie hast du es genannt?«

»Ihn? Fantus. Er ist mein Freund und sehr klug. Er weiß sehr viel.«

»Das glaube ich.« Jimmy fühlte sich unter dem Blick des merkwürdigen Wesens noch immer unbehaglich. »Was ist er eigentlich?«

Der kleine Junge schaute Jimmy an, als sei er die leibhafte Unwissenheit, antwortete jedoch höflich: »Ein Feuerdrache. Wir sind gerade erst angekommen, und er folgte uns von zu Hause. Er kann fliegen, wißt Ihr.« Jimmy nickte bloß. »Wir müssen schnell zurück. Mama wird ärgerlich, wenn wir nicht in unserem Zimmer sind.« Er drehte das Tier herum und führte es ohne ein weiteres Wort fort.

Jimmy rührte sich eine ganze Weile nicht, dann erst schaute er sich um, wie nach jemandem, der ihm bestätigen könnte, daß er nicht geträumt hatte. Nach einer Weile hörte er Lautengeklimpere.

Jimmy folgte den Tönen und gelangte in einen großen Garten, wo Laurie seine Laute stimmte. Der Junge setzte sich auf den Rand eines großen Pflanzenkübels und sagte: »Für einen Minnesänger bietest du einen traurigen Anblick.«

»Ich bin auch ein trauriger Sänger.« Tatsächlich wirkte Laurie niedergeschlagen. Wieder zupfte er an den Saiten und begann eine schwermütige Weise.

Nach ein paar Minuten brummte Jimmy: »Genug dieses Klagelieds. Es müßte doch jetzt eine Zeit der Hochstimmung sein! Weshalb machst du ein so langes Gesicht?«

Laurie seufzte und wiegte den Kopf bedächtig. »Du bist noch ein bißchen zu jung, es zu verstehen...«

»Ha!« unterbrach ihn Jimmy. »Das bildest du dir ein.« Laurie legte seine Laute zur Seite. »Es geht um Prinzessin Carline.«

»Sie will dich also immer noch heiraten?«

Lauries Kinn klappte hinab. »Woher...?«

Jimmy lachte. »Du bist schon zu lange unter dem Edelvolk, Sänger. Ich dagegen nicht. Ich verstehe es noch immer, mich mit dem Gesinde zu unterhalten. Und was wichtiger ist, ich kann zuhören. Der Prinzessin Leibmägde aus Rillanon konnten es kaum erwarten, den Mägden hier alles über dich und Prinzessin Carline zu erzählen. Du bist mir so einer!«

Laurie war offensichtlich nicht erbaut über Jimmys Erheiterung. »Ich nehme an, du hast die ganze Geschichte gehört?«

Gleichmütig antwortete der Junge: »Die Prinzessin ist ein Kleinod. Aber ich bin in einem Hurenhaus aufgewachsen und sehe Frauen deshalb weniger – eh, verklärt.« Als er an Anita dachte, änderte sein Ton sich. »Aber ich muß zugeben, daß Prinzessinnen doch anders sind.«

»Wie schön, daß dir das aufgefallen ist«, bemerkte Laurie trocken.

»Nun, ich kann sagen: Deine Prinzessin ist die schönste Frau, die ich je gesehen habe, und, glaub mir, ich habe viele gesehen, die hochbezahlten Kurtisanen eingeschlossen, von denen einige schon etwas ganz Besonderes sind. Die meisten Männer, die ich kenne, würden selbst ihre geliebten Mütter verkaufen, wenn sie so ihre Gunst gewinnen könnten. Also frage ich dich: Wo liegt dein Problem?«

Laurie blickte den Jungen eine Weile stumm an. »Mein Problem ist, daß ich Edler werden müßte.«

Jimmy lachte aufrichtig belustigt. »Problem nennst du das? Als Edler brauchst du bloß herumzukommandieren und Fehler anderen in die Schuhe zu schieben.«

Nun mußte auch Laurie lachen. »Ich bezweifle, daß Arutha und Lyam dir da beipflichten würden.«

»Na ja, Könige und Fürsten sind wieder etwas anderes, aber die meisten Edlen hier sind nicht so, daß ich mir an ihnen ein Beispiel nehmen möchte. Der alte Volney hat ja so allerhand, das für ihn spricht, aber er ist nicht gerade gern hier. Und der Rest will sich bloß wichtig machen. Ehrlich, Spielmann, du solltest sie heiraten, dann bringst du vielleicht frischen Wind herein.«

Laurie schlug lachend nach Jimmy, und der Junge wich nicht weniger lachend aus. Das Lachen eines dritten veranlaßte Laurie sich umzudrehen.

Ein mittelgroßer, schlanker dunkelhaariger Herr in feiner

Gewandung von einfachem Schnitt blickte auf die zwei. »Pug!« rief Laurie. Er sprang auf, um den Neuankömmling stürmisch zu umarmen. »Wann bist du denn eingetroffen?«

»Vor etwa zwei Stunden. Ich hatte ein kurzes Gespräch mit Arutha und dem König. Die beiden besprechen jetzt mit Graf Volney die Vorbereitungen für das Willkommensbankett heute abend. Aber Arutha deutete seltsame Vorkommnisse an und meinte, ich sollte dich aufsuchen.«

Laurie bat Pug sich zu setzen und ließ sich selbst neben Jimmy auf dem Pflanzkübelrand nieder. Jetzt erst machte er Pug und Jimmy miteinander bekannt, dann sagte er: »Ja, ich habe dir viel zu erzählen, doch zunächst: Wie geht es Katala und dem Kleinen?«

»Gut. Katala tauscht gerade den neusten Klatsch mit Carline aus.« Bei der Erwähnung der Prinzessin blickte Laurie wieder bedrückt drein. »William ist irgendwo hinter Fantus her.«

»Das Tier gehört Euch?« entfuhr es Jimmy.

»Fantus?« Pug lachte. »Ah, dann hast du ihn also gesehen. Nein, Fantus gehört niemandem. Er kommt und geht oder vielmehr fliegt, wie es ihm gefällt. Deshalb ist er jetzt auch ohne Erlaubnis hier.«

Laurie grinste. »Ich könnte mir auch nicht vorstellen, daß deLacy ihn auf seiner Gästeliste hat. Gib acht, ich weihe dich schnell in das Wichtigste ein.« Pug warf einen Blick auf Jimmy, und Laurie erklärte: »Jimmy war von Anfang an mit dabei. Er wird also nichts hören, was er nicht bereits weiß.«

Laurie berichtete, und der Junge flocht da und dort etwas ein, wenn der Sänger es versehentlich ausgelassen hatte. Als sie geendet hatten, sagte Pug: »Diese Totenbelebung ist schlimm. Selbst, wenn sonst nichts anderes für finstere Kräfte spräche, das tut es ganz sicher. Das Ganze fällt zwar mehr in den Bereich der Priesterschaft als der Magier, aber Kulgan und ich werden euch unterstützen.«

»Ah, dann ist auch Kulgan von Stardock gekommen?«

»Nichts hätte ihn halten können. Schließlich war Arutha sein Lieblingsschüler. Außerdem, glaube ich, fehlen ihm die Streitgespräche mit Pater Tully, selbst wenn er es nicht einmal sich selbst zugibt. Und es bestand kein Zweifel, daß Tully Arutha und Anita trauen würde. Kulgan dürfte gerade bei Tully sein.«

»Ich habe Tully noch nicht gesehen«, sagte Laurie. »Aber er müßte heute morgen mit der Gruppe von Rillanon angekommen sein, die sich etwas mehr Zeit als die um den König ließ. In seinem Alter zieht er Gemächlichkeit vor.«

»Er dürfte bereits über achtzig sein, nicht wahr?«

»Schon eher beinahe neunzig, aber an seiner Lebhaftigkeit hat sich nichts geändert. Du solltest ihn im Schloß in Rillanon hören! Wenn ein Junker oder Page in seinem Unterricht nicht aufpaßt oder sich dumm anstellt, hat der Arme nichts zu lachen!«

Pug schmunzelte. Dann fiel ihm plötzlich ein zu fragen: »Laurie, wie steht es mit dir und Carline?«

Der Sänger seufzte, und Jimmy unterdrückte ein freches Grinsen. »Davon sprachen wir, als du dazukamst. Gut, schlecht, ich weiß es nicht.«

Mitgefühl sprach aus Pugs dunklen Augen. »Ich kenne das, Freund. Als wir noch Kinder waren im guten Crydee... Aber vergiß nicht, du bestandest darauf, daß ich dir verspreche, dich mit Carline bekannt zu machen, falls wir je von Kelewan nach Midkemia zurückkehrten.« Er schüttelte den Kopf und fügte lachend hinzu: »Wie gut, daß es einiges gibt, das sich nie ändert.«

Jimmy sprang auf. »Ich muß mich beeilen. Hat mich gefreut, Eure Bekanntschaft zu machen, Magier. Und Kopf hoch, Sänger. Du wirst die Prinzessin entweder heiraten oder nicht.« Er rannte davon und ließ Laurie über die Logik dieser Bemerkung nachdenkend zurück, während Pug lauthals lachte.

Vermählung

Jimmy streifte durch den Thronsaal, der festlich geschmückt war. Die anderen Junker beaufsichtigten die Pagen und Dienstleute, die die letzten Vorbereitungen trafen.

Aller Gedanken weilten bei der Trauung, die in nicht ganz einer Stunde stattfinden würde. Da Jimmy von seinen Junkerpflichten entbunden war, hatte er nun nichts zu tun. Und Arutha wollte ihn jetzt ganz sicher nicht um sich haben, also blieb ihm nichts übrig, als sich selbst eine Beschäftigung zu suchen.

Er konnte sich des Gefühls nicht erwehren, daß in dem gegenwärtigen Trubel kaum noch jemand an die Gefahren dachte, die den Fürsten bedroht hatten. Die Grauen im Weidenhaus waren unter der Fülle von Blumen und dem festlichen Schmuck vergessen.

Jimmy spürte einen finsteren Seitenblick von Junker Jerome und machte gereizt einen drohenden Schritt in die Richtung des Bürschchens. Sofort fiel Jerome offenbar ein, daß er woanders gebraucht wurde, und er eilte davon.

Ein Lachen erklang hinter Jimmy. Er drehte sich um und sah einen grinsenden Junker Locklear, der einen riesigen Blumenkranz trug. Der Tsuraniwächter untersuchte ihn sorgfältig, ehe er den Jungen weitergehen ließ. Von allen anderen Junkern schien nur Locky Jimmy zu mögen. Den anderen war er entweder gleichgültig, oder sie zeigten sogar ihre offene Feindseligkeit. Jimmy mochte Locky ebenfalls, obwohl der Junge seine Zeit damit vergeudete, über die unwichtigsten Dinge zu plaudern. Er ist sicher der Jüngste in seiner Familie, dachte Jimmy, und der verwöhnte Liebling seiner Mutter. Auf der Straße würde er keine fünf Minuten überleben. Trotzdem hob er sich erfreulich von den anderen ab, die Jimmy langweilig fand. Jimmy belustigte es, wie welterfahren sie sich gaben. Nein, Arutha und seine Freunde waren weit interessanter als die Junker mit ihren schlüpfrigen Witzen, ihren lüsternen Blicken, die dieser oder jener Dienstmagd galten, und ihren kleinen Ränken. Jimmy winkte Locky freundschaftlich zu und ging auf eine Tür zu.

Ein mit Blumen beladener Mann kam gerade hindurch, und ein kleiner Strauß fiel herab. Jimmy bückte sich danach, und als er ihn dem Dienstmann gab, wurde ihm plötzlich etwas bewußt: die weißen Chrysanthemen schimmerten schwach bernsteinfarben!

Jimmy blickte in die Höhe. Im Kuppeldach, so hoch wie drei Stockwerke, befanden sich viele Buntglasfenster, deren Farben kaum erkennbar waren, wenn die Sonne nicht direkt darauf schien. Eingehend studierte er diese Fenster, denn wieder einmal meldete sich sein Gefühl, daß nicht alles so war, wie es sein sollte. Da wurde es ihm klar. Jedes Fenster war in eine nicht weniger als fünf oder sechs Fuß tiefe Wölbung eingelassen, die ein gutes Versteck für einen Assassinen bieten konnte. Aber wie könnte jemand dort hinaufgelangen? Um die Fenster zu putzen, mußte extra ein Gerüst aufgestellt werden. Und in dem Saal hatte in den vergangenen Tagen so gut wie immer ein buntes Treiben geherrscht.

Schnell verließ er den Thronsaal, ging einen Verbindungsgang entlang und in den Garten, der unmittelbar an den Thronsaal anschloß.

Ein Wächterpaar, das seine Runde zwischen der Außenmauer und dem Hauptgebäude zog, kam ihm entgegen, und Jimmy hielt die beiden auf. »Seid so gut und gebt den anderen Bescheid: Ich habe vor, mich auf der Kuppel des Thronsaals umzusehen.«

Die beiden wechselten Blicke, aber Hauptmann Gardan hatte den Befehl erlassen, daß der seltsame Junker nicht aufgehalten werden dürfe, wenn man ihn auf den Dächern herumklettern sah. Also salutierte einer. »Ist gut, Junker, wir werden es den Bogenschützen auf der Mauer mitteilen, damit sie Euch nicht als Zielscheibe benutzen.«

Jimmy hielt sich an der Wand des Thronsaals. Betrat man das Schloß durch den Haupteingang, so befand sich dieser Garten links vom Saal. Wäre ich ein Assassine, wo würde ich hochklettern? fragte sich Jimmy. Er schaute sich um und entdeckte ein Blumengitter an der Wand des Verbindungsgangs. Von dort zum Dach des Verbindungsgangs zu gelangen, war nicht schwierig, dann...

Statt weitere Überlegungen anzustellen, beschloß Jimmy, sofort zu handeln. Er studierte die Beschaffenheit der Außenwand, während er aus den verhaßten Stiefeln schlüpfte. Dann kletterte er das Blumengerüst hoch und lief das Dach des Verbindungsgangs entlang. Von dort sprang er auf ein Gesims, das die ganze Länge des Thronsaals entlangführte. Mit bewundernswerter Flinkheit kroch er, das Gesicht dicht auf dem Stein, zum hinteren Saalende. Auf etwa halbem Weg zur Ecke blickte er auf. Ein Stockwerk höher befand sich die Unterkante der Fenster verlockend nah. Aber er wußte, daß er eine bessere Klettermöglichkeit brauchte, so kroch er weiter bis zum letzten Drittel der Wand. Hier, außerhalb des Saalteils, wo sich das Thronpodest befand, wölbte das Gebäude sich nach außen und gab Jimmy so zwei zusätzliche Fuß Wand im rechten Winkel zu der, an die er sich hielt. Hier in dieser Ecke mußte es möglich sein, emporzuklimmen. Jimmy tastete sich hoch, bis seine Finger eine Ritze zwischen den Steinen fanden. Nun kam ihm seine Erfahrung sehr zustatten. Er verlagerte sein Gewicht und suchte mit den Zehen nach dem nächsten Halt. Nur langsam kam er höher und schien in der Ecke zwischen den beiden Wänden dem Gesetz der Schwerkraft zu spotten. Es war ein schwieriges Unterfangen und bedurfte gespannter Aufmerksamkeit. Und endlich, nach einer Ewigkeit, wie ihm schien, berührten seine Finger das Sims unter den Fenstern. Es war nur einen Fuß breit und das alles eine möglicherweise tödliche Unternehmung, denn die geringste Unachtsamkeit, und Jimmy konnte drei Stockwerke tief abstürzen. Er klammerte sich fest an den Rand und ließ die andere Hand los. Kurz hing er an einer, bis er sich mit der anderen ins Sims krallte und mit einer geschmeidigen Bewegung ein Bein hochgeschwungen hatte.

Auf dem schmalen Sims bog Jimmy um die Ecke über dem hinteren Teil des Thronpodests und schaute durch das Fenster. Er wischte das Fenster sauber, so gut es ging, und wurde flüchtig von der Sonne geblendet, die sich in diesem Fenster spiegelte und in einem an der Wand, die er gerade verlassen hatte. Er wartete, bis seine Augen sich der Düsternis im Saal angepaßt hatten, während er sie vor der Sonne abschirmte. Da spürte Jimmy plötzlich, wie das Glas unter seinen Fingern sich bewegte, und unvermutet legten sich kräftige Hände auf seinen Mund und um den Hals.

Erschrocken über den unerwarteten Angriff, erstarrte Jimmy sekundenlang, und als er sich zu wehren begann, hielten die Hände ihn bereits zu fest. Da traf ihn auch noch ein Schlag auf die Schläfe, und alles schien sich um ihn zu drehen.

Als sich die Schleier der Benommenheit von seinen Augen lösten, sah er das höhnische Gesicht Lachjacks vor sich. Der verräterische Spötter lebte nicht nur, er befand sich auch im Schloß, und aus seiner Miene und der Armbrust neben sich zu schließen, war er bereit zu töten. »Ah, du kleiner Hundesohn«, zischte er, als er einen Knebel fester in Jimmys Mund drückte. »Du bist einmal zu oft da aufgetaucht, wo du nichts verloren hast! Ich würde dich ja am liebsten gleich abstechen, aber ich darf kein unnötiges Risiko eingehen.« Er rückte in der Enge zwischen dem Glas und dem freien Raum über dem Thronsaal zur Seite, den die Wölbung bot. »Aber habe ich erst getan, was getan werden muß, dann werfe ich dich da hinunter, Bürschchen.« Er deutete in den Thronsaal. Nun wickelte er Stricke um Jimmys Hand- und Fußgelenke und verschnürte sie schmerzhaft fest. Jimmy versuchte hinter dem Knebel Laute hervorzustoßen, doch sie gingen im Gemurmel der Gäste unten verloren. Wieder schlug Jack ihm auf den Schädel. Jimmy sah noch, wie der Assassine in den Saal hinunterspähte, dann verließen ihn die Sinne.

Als Jimmy wieder zu sich kam, vernahm er die Gebete der Priester, die soeben den Thronsaal betraten. Er wußte, daß der König und Arutha erscheinen würden, sobald die Priester ihre Plätze eingenommen hatten.

Panik erfaßte den Jungen. Da er seinen Junkerpflichten entbunden worden war, würde seine Abwesenheit, bei all der Aufregung unten, niemandem auffallen. Jimmy versuchte, sich von den Fesseln zu befreien. Aber Jack, der Spötter, wußte, wie man sie knüpfte. Mit genügend Zeit würde Jimmy sich schließlich doch befreien können. Zeit jedoch war etwas, was er absolut nicht hatte. Jedenfalls aber gelang es ihm mit seinem Hin- und Herzerren, sich so zu drehen, daß er einen Blick durch das Fenster werfen konnte. Er bemerkte, daß ein größeres Scheibenstück so bearbeitet war, daß es sich zur Seite ziehen ließ. Jemand mußte sich schon vor Tagen mit diesem Fenster beschäftigt haben.

Der neu angestimmte Gesang unten verriet Jimmy, daß Arutha und die anderen ihre Plätze eingenommen hatten und Anita nun den langen Mittelgang entlangzuschreiten begann. Verzweifelt schaute er sich nach einer Möglichkeit um, entweder seine Fesseln zu lösen oder genug Lärm zu schlagen, daß man unten im Thronsaal darauf aufmerksam wurde. Doch der Gesang war so laut, daß er selbst eine Schenkenschlägerei übertönt hätte. Außerdem würde auch der unbeholfenste Tritt nach dem Glas ihm einen weiteren Schlag auf den Kopf von Jack einbringen. Während einer kurzen Pause im Gesang vernahm er ein Geräusch in der Nähe. Es verriet ihm, daß Jack einen Bolzen in die Armbrust einlegte.

Nun verstummte das Singen ganz, und Jimmy konnte hören, wie Tully zu Braut und Bräutigam sprach. Jack richtete die Armbrust auf das Podest. Jimmy war in der Enge zusammengekrümmt und wurde durch den knienden Jack gegen das Glas gedrückt. Der Assassine warf dem Jungen, der sich zu drehen versuchte, einen flüchtigen Blick zu. Leider war Jimmy nicht einmal in der Lage, nach Jack zu treten, der sich offenbar überlegte, ob er zuerst schießen oder lieber zunächst Jimmy ganz zum Verstummen bringen sollte. Trotz all des Pomps war die Trauung selbst kurz, also hielt Jack es offenbar für besser, sich einstweilen noch nicht um den Jungen zu kümmern.

Jimmy war jung, wieder in bester körperlicher Verfassung und durch seine Kletterkunststücke auf den Dächern Krondors ein wahrer Akrobat. Er handelte, ohne lange zu überlegen, und spannte lediglich seinen ganzen Körper, so daß er sich nach oben bog und Kopf und Füße sich gegen die Seiten der Wölbung stemmten. Halb rollte, halb schnellte er sich, und mit einem Mal saß er mit dem Rücken zum Fenster. Jack wirbelte zu dem Jungen herum und fluchte stumm. Er konnte es sich nicht leisten, seinen Schuß zu vergeuden. Ein schneller Blick nach unten versicherte ihm, daß niemand durch die Bewegung des Jungen alarmiert worden war. So hob Jack erneut seine Armbrust und zielte.

Jimmys Blickfeld schien sich zusammenzuziehen, und er sah nur noch Jacks Finger am Abzug der Armbrust. Als dieser Finger sich zu krümmen begann, stieß er mit den gefesselten Füßen heftig zu. Die nackten Sohlen glitten von dem Assassinen ab, und der Schuß ging los. Erschrocken drehte Jack sich um, und wieder trat Jimmy mit beiden Füßen nach ihm. Einen Augenblick noch schien Jack ruhig am Rand der Fensterkuppel zu sitzen, dann begann er nach außen zu fallen, und seine Hände griffen wild nach dem Sims.

Jacks gegen die Seiten der Wölbung gepreßte Hände hielten den Fall auf. Er hing in der Luft, bewegte sich einen Augenblick nicht, doch dann fingen seine Handflächen an dem Stein zu rutschen an. Jimmy fiel auf, daß irgend etwas seltsam war, bis ihm klarwurde, daß der Gesang, der mit der Zeremonie wieder eingesetzt hatte, nun verstummt war. Während Jacks Hände weiterglitten, klangen Geschrei und Rufe aus dem Thronsaal herauf.

Dann spürte Jimmy einen Ruck, und sein Kopf schlug auf den Stein. Seine Beine fühlten sich an, als würden sie ihm ausgerissen. Jack hatte nach dem einzigen gegriffen, was er noch erreichen konnte: Jimmys Fußgelenke. Der Junge wurde nach außen gezerrt, als Jacks Gewicht sie beide in den Tod zu ziehen drohte. Jimmy stemmte sich mit aller Kraft gegen die Wölbung und krümmte sich, um weniger schnell zu rutschen, aber es nutzte ihm so wenig, als hätte er Eisen an den Füßen hängen gehabt. Knochen und Muskeln schmerzten, aber er konnte sich nicht von Jack befreien. Langsam wurde er nach außen gezogen. Seine Beine, Hüften und der Rücken schleiften über den Stein, doch der Stoff seiner Hose und des Wappenrocks schützte seine Haut. Dann riß Jack ihn aus dem Gleichgewicht, er war plötzlich aufrecht und hing am Rand der Wölbung.

Und nun fielen sie. Jack ließ den Jungen los, doch Jimmy bemerkte es nicht. Der Steinboden raste ihnen entgegen, um sie in seiner harten Umarmung zu zermalmen. Da glaubte Jimmy, daß zu guter Letzt sein Verstand versagte, denn mit einemmal wurde der Steinboden viel langsamer, als dehne eine höhere Gewalt die letzten Sekunden des Jungen unendlich aus. Und schließlich wurde ihm klar, daß tatsächlich eine Kraft ihn erfaßt hatte, die seinen Sturz milderte. Er landete zwar nicht gerade sanft auf dem Boden, aber er lebte, und seine Knochen schienen heil geblieben zu sein, nur ein wenig benommen war er.

Wächter und Priester umgaben ihn, und Hände hoben ihn hoch, während er noch über das Wunder staunte. Er sah, wie der Magier Pug die Hände in der Luft bewegte, und spürte wie die seltsame Verlangsamung endete. Gardisten schnitten seine Fesseln auf. Er krümmte sich vor Schmerzen, als das Blut brennend in Hände und Füße zurückfloß. Fast hätte er wieder die Besinnung verloren. Zwei Wachen griffen nach seinen Armen und verhinderten, daß er zusammensackte. Mit wieder klarerem Blick sah er, daß etwa sechs Gardisten Jack am Boden festhielten, während weitere nach dem schwarzen Giftring oder sonstigen Selbstmordmitteln suchten.

Nun schaute Jimmy sich um. Alle im Saal schienen wie erstarrt. Pater Tully stand an Aruthas Seite, und Tsurani-Wachen umgaben den König. Sie spähten wachsam in alle Ecken. Alle anderen blickten auf Anita, die der kniende Arutha wie ein Kind auf den Armen hielt. Ihre Schleier und das Gewand waren um sie ausgebreitet. Im Spätnachmittagslicht bot sie ein Bild in jungfräulichem Weiß – von dem roten Flecken abgesehen, der auf ihrem Rücken immer größer wurde.

Arutha hatte einen tiefen Schock erlitten. Er saß mit den Ellbogen auf den Knien nach vorn gebeugt und starrte ins Leere. Die anderen, die sich mit ihm im Vorgemach befanden, bemerkte er nicht. Er sah nur immer wieder die letzten Minuten der Trauung vor seinem inneren Auge.

Anita hatte gerade ihr Gelöbnis abgelegt, und Arutha lauschte Tullys abschließendem Segen. Plötzlich hatte Anitas Miene sich seltsam verzogen, und sie stolperte, als wäre sie von hinten gestoßen worden. Er hatte sie aufgefangen und merkwürdig gefunden, daß sie fiel, denn sie war von Natur aus so anmutig und behende. Er machte einen freundlichen Scherz, um die Spannung zu brechen, weil er wußte, daß sie ihr Stolpern peinlich fand. Und sie sah so ernst aus mit den schreckgeweiteten Augen und dem halb geöffneten Mund, als wolle sie etwas Wichtiges fragen. Da hörte er den ersten Schrei. Er blickte auf und sah den Mann aus der kleinen Fensterkuppel über dem Podest hängen. Alles schien gleichzeitig zu geschehen. Die Hochzeitsgäste schrien und deuteten nach oben, Pug rannte herbei und sprach dabei einen Zauber. Und Anita brachte es nicht fertig, auf den Füßen zu stehen, so sehr er ihr dabei auch half. Da erst bemerkte er das Blut.

Arutha vergrub das Gesicht in den Händen und weinte. Bisher war er sein Leben lang imstande gewesen, seine Gefühle zu beherrschen. Carline legte die Arme um ihn. Sie drückte ihn an sich, und ihre Tränen vereinten sich mit den seinen. Sie war nicht von seiner Seite gewichen, seit Lyam und drei Wächter ihn von Anita gewaltsam hatten wegzerren müssen, damit die Priester und Ärzte sich um sie bemühen konnten. Prinzessin Alicia hatte sich gramgebeugt in ihre Gemächer zurückgezogen. Gardan war mit Martin, Kasumi und Vandros unterwegs, um persönlich nach den Wachen zu sehen, die Schloß und Gelände nach weiteren möglichen Eindringlingen absuchten. Auf Lyams Befehl war das Schloß innerhalb von Minuten nach dem Anschlag abgeriegelt worden. Nun ging der König ruhelos und stumm in dem Gemach hin und her, während Volney, Laurie, Brucal und Fannon sich leise in einer Ecke besprachen. Sie alle warteten auf den ärztlichen Befund.

Die Tür zur äußeren Halle wurde geöffnet. Ein Tsurani ließ Jimmy ein. Schwerfälligen Schrittes kam der Junge herbei, denn seine Beine wiesen schmerzhafte Schürfwunden auf, und seine Knöchel waren obendrein verstaucht. Lyam und die anderen blickten ihn an, als Jimmy vor Arutha stehen blieb.

Der Junge versuchte zu sprechen, doch er brachte keinen Laut hervor. Wie Arutha hatte er jeden Augenblick des Anschlags wieder und immer wieder im Geist nacherlebt, während ein Akolyth von Nathans Orden seine Beine verbunden hatte. Seine Erinnerung hatte ihm arg zu schaffen gemacht, wenn er abwechselnd Aruthas Gesicht sah, wie es ihn angeblickt hatte, als der Fürst vor Tagen über ihre Freundschaft gesprochen hatte; und dann wie er kniend Anita in den Armen hielt und der Schock seine Züge gezeichnet hatte. Und zwischendurch schob Anitas

Bild sich vor sein inneres Auge: Anita auf dem Weg zur Anprobe ihres Hochzeitsgewandes. Dieses Bild schwand, und er sah Arutha sie behutsam auf den Boden legen und die Priester an ihre Seite eilen.

Arutha blickte zu ihm auf, und wieder versuchte Jimmy zu sprechen. Die Augen des Fürsten richteten sich auf ihn, und er murmelte stockend: »Oh – Jimmy… Ich – habe dich dort gar nicht gesehen.«

Jimmy las den Schmerz und das Leid aus den dunkelbraunen Augen und spürte etwas in sich zerbrechen. Wider Willen glänzten Tränen in seinen Augen, und er flüsterte: »Ich – ich versuchte…« Er schluckte schwer. Etwas schien ihm die Kehle zuzuschnüren. Seine Lippen bewegten sich stumm. Schließlich würgte er: »Es – es tut mir leid.« Plötzlich kniete er vor Arutha. »Es tut mir so leid!«

Verständnislos blickte Arutha ihn an, ehe er den Kopf schüttelte. Er legte die Hand auf Jimmys Schulter und sagte: »Es war doch nicht deine Schuld.«

Mit dem Kopf in den Händen auf Aruthas Knien vergraben, schluchzte er laut, während Arutha ihn unbeholfen zu trösten suchte. Nun kniete sich Laurie neben ihn und sagte: »Du hättest nicht mehr tun können.«

Jimmy hob den Kopf und blickte Arutha an. »Aber ich hätte es tun müssen.«

Carline beugte sich zu ihm. Sanft trocknete sie ihm die Tränen. »Du hast dich umgesehen, wo niemand sonst daran gedacht hatte. Wer weiß, was noch alles passiert wäre, hättest du es nicht getan!« Sie ließ den Gedanken offen, daß Arutha jetzt tot sein konnte, hätte Jimmy Lachjack nicht getreten, als er abdrückte.

Jimmy war nicht zu trösten. »Ich hätte mehr tun müssen!«

Auch Lyam schloß sich nun Laurie, Carline und Arutha um Jimmy an und kniete sich ebenfalls neben den Jungen, als Laurie ihm Platz machte. »Sohn, ich habe Männer, die nicht vor einem

Kampf mit Kobolden zurückschreckten, erbleichen sehen, allein bei dem Gedanken so klettern zu müssen, wie du es getan hast. Jeder von uns hat seine eigenen Ängste«, fuhr er leise fort. »Doch immer, wenn etwas Schreckliches geschehen ist, denkt ein jeder, er hätte mehr tun müssen.« Er legte die Hand auf Aruthas, die immer noch auf Jimmys Schulter ruhte. »Ich mußte soeben den Tsurani-Wachen, die für die Sicherheit des Thronsaals verantwortlich waren, verbieten, sich selbst das Leben zu nehmen. Zumindest hast du nicht dieses verdrehte Ehrgefühl.«

Jimmy meinte es ernst, als er murmelte: »Ich würde mit der Prinzessin tauschen, wenn ich es könnte.«

»Ich weiß, daß du das tätest, Sohn«, sagte Lyam nicht weniger ernst. »Das weiß ich.«

Aruthas Stimme klang wie von weither: »Jimmy – damit du nicht glaubst, ich sei dir nicht dankbar. Du hast es gut gemacht.« Er bemühte sich um ein Lächeln.

Mit Tränen auf den Wangen drückte Jimmy Aruthas Knie ganz fest, dann lehnte er sich zurück, fuhr über sein Gesicht und erwiderte Aruthas Lächeln. »Ich habe nicht geweint, seit jenem Tag, an dem ich sah, wie meine Mutter ermordet wurde.«

Unwillkürlich legte Carline die Hand auf den Mund, und ihr Gesicht wurde bleich.

Die Tür des Vorgemachs öffnete sich, und Nathan trat ein. Er hatte seine Amtsrobe abgelegt, als er sich der Prinzessin annahm, und trug nun nur den weißen, knielangen Unterkittel. Seine Wangen wirkten eingefallen, und er wischte sich die Hände an einem Tuch ab. Arutha stand zitternd auf. Lyam stützte ihn. Grimmiger Miene sagte Nathan: »Sie lebt, allerdings ist ihre Verletzung ernst, doch glücklicherweise streifte der Bolzen sie in einem Winkel, der die Wirbelsäule nicht beschädigte. Hätte er sie voll getroffen, würde sie sofort tot gewesen sein. Sie ist jung und gesund, aber...«

»Aber was?« fragte Lyam.

»Der Bolzen war in Gift getaucht, Eure Majestät: ein Gift mit finsteren Künsten gemischt, unter Benutzung von schwarzen Zaubersprüchen verstärkt. Wir waren nicht imstande, ihm entgegenzuwirken. Weder Alchimie noch Magie vermögen etwas dagegen auszurichten.«

Arutha blinzelte. Er schien in seinem Zustand nicht zu verstehen.

Mit tiefem Kummer blickte Nathan Arutha an. »Es tut mir leid, Hoheit. Sie liegt im Sterben.«

Das Verlies befand sich unter der Meereshöhe. Der Geruch von Algen und Moder war schier unerträglich. Ein Wächter machte Platz, und ein anderer öffnete eine knarrende Tür für Lyam und Arutha. Martin wartete in einer Ecke der Folterkammer und redete gedämpfter Stimme mit Vandros und Kasumi. Die Folterkammer war seit langem, schon vor Prinz Erlands Zeit, nicht mehr benutzt worden, abgesehen von der kurzen Spanne, da Jocko Radburns Geheimdienst hier während Bas-Tyras Herrschaft Gefangene recht unsanft befragt hatte.

Die üblichen Folterinstrumente waren fortgeschafft, aber ein Kohlebecken wieder hergebracht worden. In ihm begannen Eisen zu glühen, während einer von Gardans Männern das Feuer schürte. Lachjack war mit den Händen hoch über dem Kopf an eine Steinsäule gekettet. Rund um ihn standen sechs Tsuranis so dicht, daß der ächzende Gefangene sie berührte, wenn er sich bewegte. Alle sechs hatten das Gesicht nach außen gewandt und hielten so aufmerksam Wache, daß selbst die getreuesten von Aruthas Leibgarde sich nicht mit ihnen messen konnten.

In einem anderen Teil der Kammer wandte Pater Tully sich von einigen weiteren Priestern ab, die alle an der Trauung teilgenommen hatten. Er sagte zu Lyam: »Wir haben die allerstärksten Schutzzauber errichtet.« Er deutete auf Jack. »Aber etwas versucht an ihn heranzukommen. Wie geht es Anita?«

Lyam schüttelte düster den Kopf. »Der Bolzen war in ein Gift von Schwarzer Magie getaucht. Nathan meint, ihr bleibe nicht mehr viel Zeit.«

»Dann müssen wir uns mit der Befragung des Gefangenen beeilen«, sagte der alte Priester. »Wir kennen unseren eigentlichen Feind nicht.«

Jack stöhnte laut. Aruthas Grimm würgte ihn schier. Lyam schob sich an seinem Bruder vorbei und bedeutete einem Wächter, zur Seite zu treten, ehe er dem Assassinen in die Augen blickte. Lachjack erwiderte seinen Blick mit furchtgeweiteten Pupillen. Sein Körper glänzte, und Schweiß tropfte von der Hakennase. Bei jeder Bewegung ächzte er. Die Tsuranis waren offenbar nicht sehr sanft mit ihm umgesprungen, als sie ihn durchsucht hatten. Jack bemühte sich zu sprechen. Er benetzte die Lippen, dann stöhnte er: »Bitte…« Seine Stimme war ein Krächzen. »Laßt nicht zu, daß er von mir Besitz ergreift.«

Lyam trat dicht vor ihn hin und legte die Hand wie einen Schraubstock um Jacks Gesicht. »Welches Gift hast du verwendet?«

Jack antwortete den Tränen nahe: »Ich weiß es nicht, das schwöre ich!«

»Wir werden die Wahrheit von dir erfahren! Antworte lieber freiwillig, denn es würde dir nicht gefallen, was wir sonst mit dir tun müßten.« Lyam deutete auf die glühenden Eisen.

Jack versuchte zu lachen, aber es wurde nur ein blubbernder Laut. »Glaubt Ihr, ich fürchte mich vor Eisen? Hört zu, König dieses verdammten Königreichs: Mit Vergnügen lasse ich mir von Euch die Leber ausbrennen, wenn Ihr mir nur versprecht, daß Ihr ihn mich nicht übernehmen laßt!« Seine Stimme überschlug sich fast.

Lyam schaute sich in der Kammer um. »Von wem sprichst du?«

Tully warf ein: »Seit über einer Stunde fleht er uns an, ihn vor

›ihm‹ zu schützen.« Die Miene des Priesters verriet seinen plötzlichen Gedanken. »Er hat einen Pakt mit den finsteren Mächten geschlossen, und nun fürchtet er sich davor, zu bezahlen.«

Mit weit aufgerissenen Augen nickte Jack heftig. Der Laut, den er nun von sich gab, war halb Lachen, halb Schluchzen. »Ja, Priester, und Euch würde es nicht besser ergehen, wärt Ihr einmal von dieser Finsternis berührt worden.«

Lyam faßte Jack am strähnigen Haar und riß seinen Kopf zurück. »Wovon redest du da?«

Jacks Augen weiteten sich noch mehr. »Murmandamus«, flüsterte er.

Plötzlich griff Eiseskälte in den Raum. Die Kohlen im Becken und die Fackeln an den Wänden verloren an Leuchtkraft und drohten zu erlöschen. »Er ist hier!« schrillte Jack. Ein Priester fing zu beten an, und nach einem Moment wurde das Licht wieder heller.

Tully blickte Lyam an. »Das war – erschreckend!« Sein Gesicht wirkte angespannt, und seine Augen waren geweitet. »Es hat ungeheuerliche Kräfte! Beeilt Euch, Majestät, aber sprecht den Namen nicht aus, denn das würde ihn erst recht zu seinem Diener hier ziehen.«

»Was war das für ein Gift?« fragte Lyam scharf.

Jack schluchzte. »Ich weiß es nicht. Dieser Koboldkumpan, der düstere Bruder, gab es mir. Ich schwöre es!«

Die Tür schwang auf. Pug trat ein, gefolgt von einem weiteren Magier mit buschigem grauen Bart. Pugs dunkle Augen spiegelten den ernsten Ton, als er sagte: »Kulgan und ich errichteten Schutzzauber um diesen Teil des Schlosses, aber etwas wirft sich mit aller Kraft dagegen, selbst in diesem Augenblick.«

Kulgan, der aussah, als hätte er Schwerstarbeit hinter sich, fügte hinzu: »Was immer einzudringen versucht, ist fest entschlossen. Mit mehr Zeit, glaube ich, könnten wir etwas seines Wesens ergründen, aber…«

Tully führte Kulgans Gedankengang zu Ende:.... es wird unseren Schutz durchbrechen, ehe wir dazu imstande sind. Es mangelt uns an Zeit.« Wieder bat er Lyam: »Beeilt Euch!«

»Dieses Etwas oder diese Person, der du dienst, was immer es auch ist, sag uns, was du darüber weißt. Weshalb will es den Tod meines Bruders?«

»Eine Abmachung!« schrie Jack. »Ich sage Euch, was ich weiß, alles, nur laßt nicht zu, daß er mich übernimmt!«

Lyam nickte knapp. »Wir werden ihn dir fernhalten.«

»Ihr wißt ja nicht, wie es ist!« schrillte Jack, dann senkte seine Stimme sich zu einem Halbschluchzen. »Ich war tot. Versteht Ihr? Dieser Hundesohn erschoß mich statt Jimmy, und ich starb!« Sein Blick schweifte über die Anwesenden. »Keiner von euch kann sich vorstellen, wie das ist! Ich spürte, wie mir das Leben entglitt – und dann kam er! Als ich fast tot war, brachte er mich an jenen kalten finsteren Ort, und er – er tat mir weh. Er zeigte mir – so manches. Er sagte, wenn ich ihm diente, würde er mir das Leben zurückgeben. Wenn nicht, würde er mich sterben und dort zurücklassen. Er konnte mir damals nicht helfen, denn ich gehörte nicht ihm. Aber jetzt bin ich sein. Er ist – böse.«

Julian, der Lims-Kragma-Priester, kam hinter dem König herbei. »Er hat dich angelogen, Mann! Dieser kalte finstere Ort entsprang seiner Phantasie. Die Liebe unserer Herrin bringt Trost allen jenen, die sie zu sich holt. Dir wurde ein Trugbild gezeigt!«

»Er ist der Vater der Lüge und Täuschung! Doch nun bin ich seine Kreatur.« Jack schluchzte. »Er befahl mir, mich ins Schloß zu stehlen und den Fürsten zu töten. Er sagte, ich sei der einzige, den er noch hier habe, und die anderen würden zu spät ankommen, erst in einigen Tagen. Also müßte ich es tun. Ich versprach es ihm, doch – ich habe versagt, und jetzt will er meine Seele!« Die letzten Worte waren wie ein mitleiderregender Schrei, ein Flehen um Erbarmen, das zu geben über des Königs Macht ging.

Lyam wandte sich an Julian. »Können wir etwas tun?«

»Es gibt ein Ritual, aber…« Julian blickte Jack an. »Du wirst sterben, das weißt du. Du bist bereits gestorben und nur aufgrund eines unheiligen Paktes hier. Was sein muß, muß sein. Du wirst noch in dieser Stunde sterben. Verstehst du?«

Unter Tränen schluchzte Jack: »Ja.«

»Dann wirst du unsere Fragen wahrheitsgetreu beantworten, uns sagen, was du weißt, und willig sterben, um deine Seele zu retten?«

Jack preßte die Lider zusammen und weinte wie ein Kind, aber er nickte.

»So sag uns, was du über die Nachtgreifer und dieses Komplott gegen meinen Bruder weißt«, verlangte Lyam.

Jack holte keuchend Atem. »Vor sechs oder sieben Monaten erzählte mir Dase, daß er auf etwas gestoßen sei, das uns reich machen könnte.« Während Jack sprach, schwand allmählich der hysterische Klang aus seiner Stimme. »Ich hab ihn gefragt, ob er es mit dem Nachtmeister abgesprochen hat, aber er sagt, es habe nichts mit den Spöttern zu tun. Ich war mir selbst nicht klar, ob es so eine gute Idee sei, was hinter dem Rücken der Gilde zu tun, aber so 'ne extra Goldkrone war auch nicht zu verachten. Also hab ich gesagt: ›Warum nicht?‹ Und bin mit ihm gegangen. Wir haben uns mit diesem Burschen Havram getroffen, der schon mal mit uns gearbeitet hat. Er hat eine Menge Fragen gestellt, ohne selbst welche zu beantworten. Also wollt ich schon das Ganze aufgeben, doch da stellt er den Beutel Gold auf den Tisch und sagt, daß es noch weiteres gibt, wo der herkommt.«

Jack schloß die Augen wieder, und ein würgendes Schluchzen entrang sich seiner Kehle. »Ich folgte Golddase und Havram durch die Kanalisation zum Weidenhaus. Fast hätt ich mir in die Hosen gemacht, wie ich da die zwei Koboldkumpane im Keller gesehen hab. Aber sie hatten Gold, und für Gold nehm ich 'ne Menge hin. Also sagen sie mir, ich muß dies und das tun und die Ohren offenhalten, was vom Aufrechten kommt und vom

Nachtmeister und vom Tagmeister, und es ihnen melden. Ich sagte ihnen, das kann mich das Leben kosten, da ziehen sie ihre Schwerter und sagen, daß es mich ganz sicher das Leben kostet, wenn ich es nicht tu. Ich dachte mir, ich sage jetzt ja und hetze dann später meine Schläger auf sie. Aber da haben sie mich in eine Kammer im Weidenhaus gebracht, und da war dieser Kerl. Er war ganz vermummt, daß ich nicht einmal sein Gesicht sehen konnte. Aber seine Stimme klang seltsam, und er hat gestunken. Ich kannte diesen Gestank, denn ich hatte ihn schon mal gerochen, wie ich noch ein Kind war, und ich konnte ihn nie vergessen.«

»Was war es?« fragte Lyam.

»In einer Höhle hab ich ihn gerochen – er stammte von Schlangen!«

Lyam wandte sich an Tully, der erschrocken Luft holte. »Ein panthatianischer Schlangenpriester!« Die anderen Priester blickten entsetzt auf und begannen leise aufeinander einzureden. »Fahr fort!« drängte Tully. »Die Zeit wird knapp.«

»Dann haben sie Dinge getan, wie ich sie noch nie zuvor gesehen hatte. Ich bin wahrhaftig keine verträumte Unschuld, die die Welt für rein und schön hält. Aber was diese Burschen taten, war schlimmer als alles in meinen Alpträumen. Sie brachten ein Kind herein, ein kleines Mädchen, bestimmt nicht älter als neun. Ich dachte, mich könnte nichts mehr erschüttern. Doch da zieht der Vermummte einen Dolch und...« Jack schluckte und kämpfte offenbar dagegen an sich zu übergeben. »Sie malten Zeichen mit ihrem Blut und leisteten so was wie 'nen Schwur. Ich bin wirklich nicht gottesfürchtig, aber an hohen Feiertagen habe ich doch immer Ruthia und Banath ein paar Münzen geopfert. Und jetzt bete ich zu Banath, als würde ich die städtische Schatzkammer am hellichten Tage ausrauben. Ich weiß nicht, ob das was damit zu tun hatte, aber mich haben sie den Eid nicht schwören lassen...« Seine Stimme wurde wieder zu einem Schluchzen.

»Mann, sie haben ihr Blut getrunken!« Er holte tief Luft. »Ich sagte, ich würde mit ihnen arbeiten. Alles ging auch gut, bis sie mir befahlen, Jimmy einen Hinterhalt zu stellen.«

»Wer sind diese Männer, und was wollen sie?« fragte Lyam.

»Dieser Koboldfreund hat mir einmal gesagt, daß es eine Prophezeiung über den Lord des Westens gibt. Der Lord des Westens muß sterben, dann erst kann was geschehen.«

Lyam blickte Arutha an. »Du sagtest, sie nannten dich Lord des Westens?«

Arutha hatte seine Fassung wiedergewonnen. »Ja, zweimal.«

Lyam kehrte zur Befragung zurück. »Was sonst?«

»Ich weiß nicht«, antwortete Jack. »Sie redeten untereinander, aber ich war nicht wirklich einer von ihnen.«

Die Kammer schien zu erzittern, und wieder drohte das Feuer der Kohlen und der Fackeln zu erlöschen.

»Er ist hier!« schrillte Jack.

Arutha kam an Lyams Seite. »Was ist mit dem Gift?« fragte er scharf.

»Ich weiß es nicht«, schluchzte Jack. »Der Koboldkumpan hat es mir gegeben.« Er schien zu überlegen. »Einer der anderen nannte es ›Silberdorn‹.«

Arutha ließ den Blick durch die Kammer wandern, doch keiner schien den Namen je zuvor gehört zu haben. Plötzlich sagte ein Priester: »Es ist da!«

Einige der Priester beteten, dann hielten sie inne, und einer stellte fest: »Es hat unseren Schutz durchbrochen.«

Lyam fragte Tully: »Sind wir in Gefahr?«

»Die finsteren Mächte können nur jene lenken, die sich ihnen verschrieben haben«, versicherte ihm Tully. »Vor direktem Angriff sind wir sicher.«

Es wurde wieder eisig in der Kammer, die Fackeln flackerten wie in einem heftigen Sturm. »Laßt ihn mich nicht holen«, kreischte Jack. »Ihr habt es versprochen!«

Tully blickte Lyam an, der nickte und Vater Julian zu übernehmen bat. Dann befahl er den Tsurani-Wachen, dem Lims-Kragma-Priester Platz zu machen.

Julian stellte sich vor Jack und fragte: »Wünschst du dir aus tiefstem Herzen die Gnade unserer Herrin?«

Vor Furcht brachte Jack keinen Ton hervor. Aber er blinzelte mit tränenvollen Augen und nickte. Julian begann leise zu beten, und die anderen Priester machten schnell Zeichen in die Luft. Tully trat neben Arutha und flüsterte: »Verhaltet Euch ruhig. Der Tod ist unter uns.«

Es war schnell vorbei. In einem Augenblick schluchzte Jack noch hilflos, im nächsten sackte er zusammen, und nur die Ketten verhinderten, daß er auf den Boden stürzte.

Julian wandte sich an alle Anwesenden. »Er ist jetzt sicher bei der Herrin des Todes. Kein Leid kann ihm nun mehr widerfahren.«

Unvermittelt schien etwas an den Mauern zu rütteln. Eine finstere Wesenheit war zu spüren, und ein unmenschlich hohes Schrillen zerriß die Luft, als die Wesenheit ihre Wut hinausschrie, weil sie sich um ihren Diener betrogen fühlte. Alle Priester sowie Pug und Kulgan errichteten einen magischen Schutz gegen den tobenden Geist – und plötzlich war alles totenstill.

Erschüttert sagte Tully: »Es ist geflohen!«

Das Gesicht eine steinerne Maske, so kniete Arutha neben dem Bett. Anita lag auf dem weißen Kissen, und das dunkelrote Haar bauschte sich wie eine Krone. »Sie sieht so schmal aus«, flüsterte er. Er blickte auf die anderen im Gemach. Carline hatte die Hand um Lauries Arm geklammert, und Martin stand mit Pug und Kulgan neben dem Fenster. Aruthas Augen schienen sie anzuflehen. Alle blickten auf die Prinzessin, außer Kulgan, der offenbar in seine Gedanken vertieft war. Sie hielten die Totenwache, denn Nathan hatte gesagt, die junge Prinzessin würde keine Stunde mehr leben. Lyam befand sich in einem anderen Gemach und bemühte sich, Anitas Mutter Trost zuzusprechen.

Plötzlich schritt Kulgan um das Bett herum und sagte mit einer Stimme, die durch den gedämpften Ton der anderen hindurch laut klang: »Wenn ihr eine Frage hättet, die ihr nur einmal stellen könntet, wohin würdet ihr gehen?«

Tully blinzelte. »Ein Rätsel?« Kulgans buschige graue Brauen zogen sich über der Nase zusammen, und seine Miene verriet, daß er keineswegs zu irgendwelchen geschmacklosen Scherzen griff. »Es tut mir leid«, entschuldigte sich Tully. »Laß mich überlegen...« Die Furchen vertieften sich in des Priesters Greisengesicht in seiner Anstrengung. Dann blickte er wie in plötzlicher Erleuchtung auf. »Sarth!«

Kulgan stupste ihm einen Finger in die Brust. »Richtig, Sarth!«

Arutha hatte ihnen zugehört. »Weshalb Sarth?« erkundigte er sich. »Es ist eine der unbedeutendsten Hafenstädte des Fürstentums.«

»Weil sich dort in der Nähe ein ishapisches Kloster befindet, das mehr Wissen und Weisheit beherbergt als jeglicher andere Ort des Königreichs.«

»Und«, fügte Kulgan hinzu, »wenn es überhaupt einen Ort im Königreich gibt, wo wir erfahren können, was Silberdorn genau ist und wie ihm beizukommen ist, dann ist es das Kloster.«

Arutha blickte hilflos auf Anita. »Aber Sarth... Kein Reiter könnte in weniger als einer Woche dorthin gelangen und zurückkehren, und...«

Pug trat näher ans Bett. »Ich kann vielleicht helfen.« Plötzlich sagte er gebieterisch: »Verlaßt alle das Gemach, ihr alle, mit Ausnahme der Priester Nathan, Tully und Julian.« Dann wandte er sich an Laurie. »Lauf in meine Gemächer, und laß dir von Katala mein großes, in rotes Leder gebundenes Buch geben. Bring es mir sofort.«

Ohne ein Wort rannte Laurie los, während die anderen das

Gemach verließen. Leise sagte Pug zu den Priestern: »Könnt ihr die Zeit für sie verzögern, ohne daß es ihr schadet?«

»Ich kann es«, versicherte Nathan. »Das habe ich auch bei dem düsteren Bruder getan, ehe er starb. Aber wir können auf diese Weise nur ein paar Stunden gewinnen.« Er blickte hinab auf Anita, deren Gesicht bereits einen kalten, bläulichen Ton angenommen hatte. Er berührte behutsam ihre Stirn. »Sie fühlt sich bereits kalt an. Ihr Leben schwindet schnell. Wir müssen uns beeilen.«

Hastig zeichneten die drei Priester das Pentagramm und entzündeten die Kerzen. In wenigen Minuten hatten sie alles vorbereitet und bald darauf das Ritual getätigt. Die Prinzessin schlief nun offenbar in einem Bett, das von einem – nur von der Seite sichtbaren – rosigen Glühen umgeben war. Pug führte die Priester aus dem Raum und bat, ihm Siegelwachs zu bringen. Martin erteilte den Befehl, und ein Page eilte davon, um es zu holen. Dann nahm Pug das Buch, das Laurie inzwischen gebracht hatte. Er kehrte damit in das Gemach zurück und las laut daraus, während er hin und her ging. Als er geendet hatte, öffnete er die Tür, trat auf den Korridor und sagte eine Reihe von Zaubersprüchen auf.

Schließlich gab er Siegelwachs auf die Wand neben der Tür. Nun klappte er das Buch zu. »Es ist vollbracht!«

Tully wollte auf die Tür zugehen, doch Pug hielt ihn zurück. »Tretet nicht über die Schwelle!« Der greise Priester blickte ihn fragend an.

Kulgan schüttelte den Kopf. »Siehst du denn nicht, was der Junge getan hat, Tully?« Unwillkürlich mußte Pug lächeln. Selbst wenn er einmal einen langen weißen Bart haben würde, bliebe er für Kulgan doch ein Junge. »Schau auf die Kerzen!«

Nun blickten alle durch die Tür, und sie verstanden, was der wohlbeleibte Magier meinte. Die Kerzen in den Zacken des Pentagramms brannten, obgleich das im Tageslicht schwer zu erkennen war. Aber wenn man genau hinschaute, bemerkte man, daß die Flammen wie erstarrt wirkten.

Pug erklärte: »Die Zeit vergeht in diesem Gemach so langsam, daß es unmerklich ist. Die Mauern des Schlosses würden zu Staub zerfallen, ehe die Kerzen auch nur um ein Zehntel ihrer Länge niedergebrannt wären. Versuchte jemand über die Schwelle zu treten, wäre er gefangen wie eine Fliege in Bernstein. Es wäre der sichere Tod für ihn. Doch Vater Nathans Zauber verhindert die Folgen der Zeit innerhalb des Pentagramms und schützt die Prinzessin.«

»Wie lange wird dieser Zauber wirken?« fragte Kulgan voll Ehrfurcht vor seinem ehemaligen Schüler.

»Bis das Siegel gebrochen wird.«

Der erste Hoffnungsschimmer flog über Aruthas Gesicht. »Sie wird am Leben bleiben?«

»Sie lebt jetzt«, antwortete Pug. »Arutha, sie lebt zwischen den Augenblicken und wird so bleiben – für immer jung, bis der Zauber aufgehoben wird. Doch dann wird die Zeit für sie wieder vergehen, und sie wird die Heilung brauchen, wenn es eine gibt.«

Kulgan seufzte tief. »Dann haben wir zumindest das gewonnen, was wir am dringendsten brauchen: Zeit.«

»Ja, aber wieviel?« fragte Tully.

Mit fester Stimme sagte Arutha: »Genügend. Ich werde die Möglichkeit, sie zu heilen, finden.«

»Was hast du vor?« fragte Martin.

Arutha blickte seinen Bruder an und war zum ersten Mal an diesem Tag frei von der lähmenden Angst, dem Wahnsinn der Verzweiflung.

Kalt und ruhig antwortete er: »Ich werde nach Sarth reiten.«

Schwur

Lyam saß unbewegt.

Er studierte Arutha einen langen Augenblick, dann schüttelte er den Kopf. »Nein, ich verbiete es.«

Scheinbar ohne Gefühlsregung fragte Arutha: »Warum?«

Sein Bruder seufzte. »Weil es zu gefährlich ist und du hier andere Pflichten und Verantwortung hast.« Lyam stand hinter dem Tisch in Aruthas Privatgemach auf und trat um ihn herum. Sanft legte er die Hand auf Aruthas Arm. »Ich kenne dich. Du haßt es, untätig sein zu müssen, während die Dinge ohne dich zu einer Entscheidung gebracht werden. Ich weiß, du erträgst den Gedanken nicht, daß Anitas Geschick in den Händen anderer liegt, nicht in deinen. Aber ich kann dir nicht guten Gewissens erlauben, selbst nach Sarth zu reiten.«

Aruthas Gesicht blieb düster, daran hatte sich seit dem gestrigen Anschlag nichts geändert. Doch mit dem Tod Lachjacks war seine Wut geschwunden und hatte einer kalten Geistesabwesenheit, wie es schien, Platz gemacht. Kulgans und Tullys Hinweis, daß in Sarth möglicherweise etwas über das Gift zu erfahren sei, hatte seinen Geist von dem ursprünglichen Wahnsinn der Verzweiflung befreit. Jetzt hatte er etwas zu tun, etwas, das klares Urteilsvermögen erforderte. Er bedachte seinen Bruder mit einem durchdringenden Blick und sagte: »Ich war Monate fort von hier, unterwegs mit dir. Da kann das westliche Reich auch noch ein paar weitere Wochen ohne mich auskommen. Und was meine Sicherheit anbelangt«, fügte er hinzu, und seine Stimme hob sich, »wir haben alle gerade gesehen, wie sicher ich *in meinem eigenen Palast* bin!« Er schwieg einen Augenblick, dann sagte er entschieden: »Ich reite nach Sarth!«

Martin, der bisher ruhig in einer Ecke gesessen und seinen beiden Halbbrüdern aufmerksam zugehört hatte, beugte sich in seinem Sessel vor. »Arutha, ich kenne dich, seit du auf die Welt kamst, und deine Stimmungen kenne ich so gut wie meine eigenen. Du hältst es für unmöglich, Lebenswichtiges von anderen erledigen zu lassen. Dir ist eine gewisse Überheblichkeit zu eigen, kleiner Bruder. Es ist ein Wesenszug, ein Charakterfehler, wenn man es so nennen will, den wir alle drei teilen.«

Lyam blinzelte, als überrasche es ihn, in dieses Urteil einbezogen zu sein. »Alle...«

Aruthas Mundwinkel verzogen sich zu einem schwachen Lächeln, dann seufzte er tief. »Alle drei, Lyam«, wiederholte Martin. »Alle drei sind wir Borrics Söhne, und trotz all seiner guten Seiten konnte Vater doch sehr überheblich sein. Arutha, im Wesen sind du und ich uns gleich, nur kann ich meine Gefühle besser verbergen. Es gibt wohl kaum etwas, was mich kribbliger macht, als herumzusitzen, während andere wichtige Aufgaben ausführen, für die ich mich weit besser geeignet halte. In diesem Fall jedoch sehe ich keinen Grund, weshalb du selbst mitkommen müßtest, denn hier haben andere wahrhaftig das günstigere Rüstzeug. Tully, Kulgan und Pug können die Fragen, deren Antwort wir uns vom Abt des Klosters erhoffen, genau zu Pergament bringen. Und andere wiederum können solche Botschaften schnell und unbemerkt durch die Wälder zwischen hier und Sarth tragen.«

Lyam runzelte die Stirn. »Jemand, wie ein gewisser Herzog aus dem Westen, nehme ich an.«

Martin verzog die Lippen zu einem schiefen Lächeln. »Nicht einmal Aruthas Pfadsucher finden sich in den Wäldern so gut zurecht wie einer, der bei den Elben in die Lehre gegangen ist. Wenn dieser Murmandamus seine Leute entlang den Waldpfaden hat, gibt es südlich von Elbenheim gewiß keinen, der sicherer an ihnen vorbeikommt als ich.«

Lyam richtete den Blick verärgert himmelwärts. »Du bist nicht besser als er!« Er ging zur Tür und riß sie auf. Arutha und Martin folgten ihm. Gardan wartete davor, und sein Wachtrupp salutierte, als der Monarch das Gemach verließ. Zu Gardan sagte Lyam: »Hauptmann, sollte einer meiner unüberlegten Brüder versuchen, das Schloß zu verlassen, dann nehmt ihn fest und sperrt ihn ein. Das ist Unser königlicher Wille. Verstanden?«

Gardan salutierte: »Ja, Eure Majestät.«

Ohne ein weiteres Wort schritt Lyam zu seinen eigenen Gemächern. Sein Gesicht verriet seine Besorgnis und Geistesabwesenheit. Hinter seinem Rücken wechselten Gardans Wachen erstaunte Blicke und schauten Arutha und Martin nach, die den Korridor in entgegengesetzte Richtung gingen. Aruthas Gesicht war gerötet, und er konnte seinen Grimm nicht völlig verbergen, während Martins Miene ausdruckslos war. Als die Brüder außer Sichtweite waren, schauten die Soldaten einander fragend an und wollten offenbar darüber sprechen, denn sie hatten jedes Wort des Gesprächs der drei Brüder hören können, doch Gardan drohte warnend: »Keinen Laut! Ihr habt hier Posten zu stehen, sonst nichts!«

»Arutha!«

Arutha und Martin, die sich im Gehen leise unterhielten, blieben stehen, als der keshianische Botschafter sich beeilte, sie einzuholen. Seine Begleiter folgten wiederum ihm. Er erreichte die Brüder, verneigte sich knapp und sagte: »Eure Hoheit, Euer Gnaden.«

»Guten Tag, Eure Exzellenz«, grüße Arutha knapp. Die Gegenwart von Lord Hazara-Khan erinnerte ihn, daß es einige Amtspflichten gab, denen er sich noch nicht gewidmet hatte. Früher oder später, das war ihm klar, würde er seine Aufmerksamkeit wieder den Regierungsgeschäften zuwenden müssen. Dieser Gedanke ärgerte ihn.

Der Botschafter sagte: »Eure Hoheit, man unterrichtete mich, daß ich und meine Begleitung Eure Erlaubnis brauchen, wenn wir das Schloß verlassen wollen. Stimmt das?«

Aruthas Ärger wuchs, doch nun war er gegen sich selbst gerichtet. Er hatte als Sicherheitsmaßnahme das Schloß sperren lassen, ohne dabei die Frage diplomatischer Immunität zu beachten – dieses unbedingt erforderliche Öl in der gewöhnlich quietschenden Maschinerie internationaler Beziehungen. Entschuldigenden Tonfalls antwortete er: »Mein Lord Hazara-Khan, verzeiht. In all der Aufregung...«

»Ich verstehe vollkommen, Hoheit.« Der Botschafter schaute sich schnell um, ehe er fortfuhr: »Dürfte ich Euch ebenfalls um ein paar Minuten Eurer Zeit bitten? Wir könnten uns im Gehen unterhalten.« Arutha nickte zustimmend, und Martin blieb ein paar Schritte zurück, um sich Hazara-Khans Söhnen und Leibwächtern anzuschließen.

Der Botschafter fuhr fort: »Es ist gegenwärtig eine ungünstige Zeit, den König mit Bündnisvorschlägen zu belästigen, deshalb halte ich es für besser, nicht länger zu verweilen, sondern meine Familie in der Jal-Pur zu besuchen. Ich werde in Eure Stadt zurückkehren oder nach Rillanon kommen, wie gewünscht, um über mögliche Bündnisse zu sprechen, sobald – die Dinge sich beruhigt haben.«

Arutha musterte den Botschafter. Volneys Nachforschungen über ihn hatten ergeben, daß die Kaiserin einen ihrer klügsten Köpfe zur Verhandlung mit dem Königreich gesandt hatte. »Mein Lord Hazara-Khan, ich danke Euch für Eure Rücksicht meiner Familie und mir gegenüber.«

Der Botschafter winkte ab. »Es brächte keine Ehre, den Vorteil über jene zu nutzen, die Trauer und Leid bewegt. Wenn diese schlimme Sache vorüber ist, würde ich mich freuen, Euch und Euren Bruder mit klaren, nicht von Sorge abgelenkten Köpfen am Verhandlungstisch zu begrüßen, damit wir zu einer Einigung über das Tal der Träume kommen können. Ich möchte vom Besten, das ihr zu bieten habt, Zugeständnisse erringen, Hoheit. Gegenwärtig wäre es zu einfach, uns Vorteile zu sichern. Ihr braucht Keshs Billigung in Sachen der bevorstehenden Vermählung des Königs mit Prinzessin Magda von Roldem. Da sie die einzige Tochter König Caroles ist, und falls ihrem Bruder, Kronprinz Dravos, etwas zustoßen sollte, würde ihr Kind sowohl den Thron des Königreichs der Inseln als auch den von Roldem erben. Und da Roldem seit langem im traditionellen Einflußbereich von Groß-Kesh liegt... Nun, Ihr versteht, inwiefern wir betroffen sind.«

»Meine Hochachtung vor dem kaiserlichen Sicherheitsdienst, Exzellenz«, entgegnete Arutha in widerwilliger Anerkennung. Nur er und Martin hatten von der Sache gewußt.

»Offiziell gibt es dergleichen nicht, allerdings haben wir natürlich gewisse Quellen – solche, die den Status quo beibehalten möchten.«

»Ich weiß Eure Offenheit zu schätzen, Exzellenz. Wir müssen uns auch über die neue keshianische Kriegsflotte unterhalten, die unter Verletzung des Abkommens von Shamara in Durbin schon seit längerem gebaut wird.«

Lord Hazara-Khan schüttelte den Kopf und meinte bewegt: »Oh, Arutha, ich freue mich schon darauf, mit Euch zu verhandeln.«

»Und ich mich, mit Euch. Ich werde die Wachen unterrichten, daß Ihr mit Eurer Begleitung das Schloß verlassen dürft, wann immer Ihr wollt. Nur ersuche ich Euch, dafür zu sorgen, daß keiner Eurer Leute sich verkleidet hinausstiehlt.«

»Ich werde selbst am Tor stehen und jeden Soldaten und Diener beim Namen nennen, sowie sie hindurchkommen, Hoheit.«

Arutha zweifelte nicht, daß er dazu wahrhaftig imstande war. »Gleichgültig, was die Zukunft uns bringt, Abdur Rachman Memo Hazara-Khan, selbst wenn wir uns auf einem Schlachtfeld gegenüberstehen müßten, ich werde Euch immer als großzügigen, ehrenvollen Freund schätzen.« Er reichte ihm die Hand.

Abdur ergriff sie fest. »Ihr tut mir Ehre an, Hoheit. Solange ich mit Keshs Stimme spreche, wird das Reich in gutem Glauben verhandeln und ehrenhafte Ziele erstreben.«

Der Botschafter bedeutete seinen Begleitern, sich ihm anzuschließen, dann bat er Arutha ihn zu entschuldigen, und die Keshianer gingen. Martin kam wieder an Aruthas Seite. »Zumindest haben wir jetzt im Augenblick ein Problem weniger.«

Arutha nickte bestätigend. »Ja, im Augenblick. Dieser schlaue alte Fuchs bringt es wahrscheinlich noch so weit, daß er dieses Schloß zu seiner Botschaft macht, und ich Hof in einem baufälligen Lagerhaus am Hafen halten muß.«

»Dann muß Jimmy uns eben ein besseres empfehlen«, antwortete Martin grinsend. Plötzlich fiel ihm etwas ein. »Wo ist er denn eigentlich? Ich habe ihn nicht mehr gesehen, seit wir Lachjack in der Folterkammer vernahmen.«

»Da und dort. Er hat so einiges für mich zu tun«, wich Arutha aus. Martin nickte verständnisvoll, und die beiden Brüder setzten ihren Weg fort.

Laurie wirbelte herum, als er hörte, daß jemand sein Gemach betrat. Carline schloß die Tür hinter sich, dann blieb sie wie angewurzelt stehen, als sie des Sängers Reisebündel neben seiner Laute auf dem Bett sah. Mit schmalen Augen nickte sie wissend. »Aufbruchsbereit?« Ihr Ton war eisig. »Du willst wohl nur schnell mal einen Ausflug nach Sarth machen und ein paar Fragen stellen?«

Laurie hob die Hände. »Ich bleibe nicht lange weg, Liebste.«

Sie setzte sich auf das Bett. »Oh! Du bist genauso schlimm wie Arutha oder Martin. Man könnte glauben, niemand im Schloß hätte auch bloß soviel Verstand, sich die Nase zu putzen, ohne daß ihr ihm erklärt, wie er es machen muß! So, du begibst dich also in Gefahr, dir von irgendeinem Halunken den Kopf abschlagen zu lassen, oder... O Laurie, manchmal machst du mich so wütend!«

Er setzte sich neben sie und legte den Arm um ihre Schultern. Und sie schmiegte den Kopf an seine Seite. »Seit unserer Ankunft hatten wir nur so wenig Zeit füreinander, und alles ist so – schrecklich.« Ihr Stimme brach, sie fing zu weinen an. »Arme Anita«, flüsterte sie nach einer Weile. Heftig wischte sie die Tränen fort. »Ich hasse es, wenn ich weine!

Und auf dich bin ich noch böse«, fuhr sie fort. »Du wolltest einfach fort, ohne mir Lebewohl zu sagen! Ich wußte es! Nun, wenn du gehst, komm nicht zurück! Schick nur eine Nachricht, was du herausgefunden hast – wenn du so lange am Leben bleibst –, aber komm mir nicht mehr ins Schloß! Ich will dich nie wieder sehen!« Sie erhob sich, um zur Tür zu gehen.

Laurie sprang ihr mit einem Satz nach. Er nahm sie am Arm und drehte sie zu sich herum. »Liebste, bitte – nicht...«

Erneut mit Tränen in den Augen klagte sie: »Wenn du mich wirklich liebtest, würdest du Lyam um meine Hand bitten. Ich habe genug von deinem Süßholzraspeln! Ich habe genug von dieser ewigen Unsicherheit! Ich habe genug von dir!«

Laurie spürte, wie Panik ihn überwältigte. Er hatte Carlines frühere Drohung mißachtet, daß sie mit ihm Schluß machen würde, wenn er sie nicht heiratete, ehe sie nach Rillanon zurückkehrte, aber nicht nur, weil er lieber nicht daran hatte denken wollen, sondern vor allem unter dem Druck all der sich überstürzenden Ereignisse.

»Ich wollte nichts sagen, ehe diese Geschichte mit Anita nicht geklärt ist, aber – ich habe meine Entscheidung getroffen«, gestand er nun. »Ich kann nicht mehr ohne dich sein. Ich möchte dich wirklich heiraten.«

Plötzlich weiteten sich ihre Augen. »Was?«

»Ich sagte, ich möchte dich heiraten...«

Sie drückte ihm die Hand auf den Mund. Dann küßte sie ihn. Schließlich schob sie ihn mit einem gefährlichen Lächeln auf den Lippen von sich. Den Kopf schüttelnd sagte sie bedrohlich leise. »Nein! Sag nichts mehr! Ich lasse mir von dir nicht wieder mit süßen Worten den Verstand rauben.« Langsam ging sie zur Tür und öffnete sie. »Wachen!« rief sie, und sofort eilten zwei herbei. Sie deutete auf den verblüfften Laurie und befahl: »Paßt auf, daß er sich nicht von der Stelle rührt! Sollte er versuchen, das Gemach zu verlassen, dann setzt euch auf ihn!«

Carline eilte den Korridor entlang und verschwand außer Sicht. Die Wächter blickten belustigt auf Laurie. Er seufzte und setzte sich ruhig wieder auf das Bett.

Ein paar Minuten später war die Prinzessin zurück und zog den sichtlich verärgerten Pater Tully hinter sich her. Der greise Priester hatte nur schnell seinen Morgenmantel umwerfen können und trug darunter nur sein Nachtgewand, da er gerade dabei gewesen war, ins Bett zu steigen. Lyam, der ebenfalls nicht ausgesprochen erfreut dreinsah, folgte seiner Schwester.

Laurie ließ sich mit lautem Stöhnen rückwärts aufs Bett fallen, als Carline auf ihn deutete und rief: »Er hat gesagt, er will mich heiraten!«

Laurie setzte sich auf. Lyam betrachtete seine Schwester erstaunt. »Soll ich ihn beglückwünschen oder hängen lassen? Aus deinem Ton ist es schwer zu entnehmen.«

Laurie schoß wie von einer Nadel gestochen hoch und ging auf den König zu. »Eure Majestät...«

»Verbiet ihm zu sprechen«, unterbrach Carline ihn. Anklagend deutete sie mit einem Finger auf Laurie. Bedrohlich wisperte sie ihrem Bruder zu: »Er ist der König aller Lügner und ein Verführer der Unschuldigen. Er wird sich nur herausreden.«

Lyam schüttelte den Kopf, während er murmelte: »Unschuldige?« Plötzlich bewölkte sich seine Miene. »Verführer?« Scharf richtete er den Blick auf Laurie.

»Eure Majestät, bitte...«, begann Laurie.

Carline verschränkte die Arme und stampfte ungeduldig mit einem Fuß auf. »Er tut es!« murmelte sie. »Er redet sich heraus, damit er mich nur nicht zu heiraten braucht!«

Tully stellte sich zwischen Carline und Laurie. »Majestät, gestattet Ihr?«

Verwirrt blickte Laurie ihn an. »Ja, ja – natürlich.«

Tully blickte zuerst Laurie, dann Carline an. »Habe ich recht verstanden, Hoheit, daß Ihr diesen Mann zu ehelichen wünscht?«

»Ja!«

»Und Ihr, mein Herr?«

Carline öffnete die Lippen, doch Lyam winkte ab. »Laß ihn sprechen!«

Laurie blinzelte, als plötzlich völlige Stille einsetzte. Dann zuckte er mit den Schultern, als wolle er sagen, daß er die ganze Aufregung nicht verstand. »Natürlich will ich sie heiraten, Pater.«

Lyam schien am Ende seiner Geduld zu sein. »Wo liegen dann die Schwierigkeiten?« Er wandte sich an Tully. »Laßt das Aufgebot anschlagen, nun, sagen wir, irgendwann nächste Woche. Nach allem, was geschehen ist, sollten wir ein bißchen warten. Die Trauung soll stattfinden, sobald wieder Ruhe eingekehrt ist. Du hast doch keine Einwände, Carline?«

Mit feuchten Augen schüttelte sie den Kopf. Lyam fuhr fort: »Eines Tages, wenn du eine gesetzte Ehefrau mit einem Dutzend Enkeln bist, wirst du mir das alles erklären müssen.« Zu Laurie sagte er: »Du bist mutiger als die meisten Männer«, und mit einem Blick auf seine Schwester fügte er hinzu: »Und hast mehr Glück als die meisten.« Er küßte Carline auf die Wange. »Wenn es sonst nichts mehr gibt, kann ich mich wohl zurückziehen.«

Carline warf die Arme um seinen Hals und drückte ihn stürmisch an sich. »Danke!«

Kopfschüttelnd verließ Lyam das Gemach. Tully beklagte sich: »Es muß doch einen Grund geben, für diesen dringenden Wunsch zu nachtschlafender Zeit, vermählt zu werden.« Er hielt die Hände hoch und fügte hastig hinzu. »Aber ich möchte ihn lieber ein andermal hören. Wenn Ihr mich jetzt entschuldigen würdet...« Er gab Carline keine Gelegenheit, noch etwas zu sagen, ehe er fast überstürzt das Gemach verließ. Die Wächter folgten ihm und schlossen die Tür hinter sich.

Carline lächelte Laurie an, als sie allein waren. »Jetzt ist es geschehen. Endlich!«

Laurie lächelte sie an und legte die Arme um ihre Taille. »Ja, und es war nicht einmal so schlimm.«

»Nicht einmal so schlimm!« fauchte sie und boxte ihn gar nicht so sanft in den Bauch. Laurie kippte, momentan seines Atems beraubt, nach hinten und landete auf dem Bett. Carline trat zum Bettrand und kniete sich neben Laurie. Als er sich aufzusetzen versuchte, stieß sie ihn heftig auf das Bett zurück. »Bin ich vielleicht ein häßliches Dummerchen, das du des politischen Ehrgeizes wegen opfermütig zu ehelichen bereit bist?« Verspielt zupfte sie an der Lederverschnürung seines Wamses. »Ich sollte dich ins Verlies werfen lassen. Nicht einmal so schlimm! Du gemeiner Kerl!«

Er bekam eine Handvoll ihres Gewandes zu fassen und riß sie zu sich, daß ihr Gesicht nahe genug zum Küssen war. Grinsend murmelte er: »Hallo, mein Schatz.« Und schon lagen sie einander in den Armen.

Später erwachte Carline aus einem Halbschlaf und fragte: »Glücklich?«

Laurie lachte, daß ihr Kopf, der auf seiner Brust lag, auf und ab hüpfte. Er streichelte ihr Haar. »Natürlich«, antwortete er. »Was sollte das eigentlich, mit deinem Bruder und Tully?«

Nun lachte sie. »Nachdem ich mich fast ein Jahr geplagt habe, dich dazu zu bringen, mich zu heiraten, wollte ich dir nicht mehr die Gelegenheit geben, etwa gar zu vergessen, daß du mir einen Antrag gemacht hast. Es hätte schließlich leicht sein können, daß du es nur sagtest, um mich loszuwerden, damit du dich nach Sarth schleichen konntest.«

»O süße gute Nacht!« Erschrocken sprang Laurie aus dem Bett. »Arutha!«

Carline drehte sich um und bettete den Kopf in die Mulde des gerade verlassenen Kissens. »Ah, du und mein Bruder! So wollt ihr euch also beide davonstehlen!«

»Ja – nein, ich meine – oh, verdammt!« Laurie schlüpfte in die Beinkleider und schaute sich um. »Wo ist mein anderer Stiefel? Ich bin mindestens eine Stunde zu spät!« Als er angekleidet war, setzte er sich noch einmal kurz auf die Bettkante. »Ich muß gehen. Arutha läßt sich durch nichts zurückhalten. Das mußt du gewußt haben!«

Sie legte die Hand fest um seinen Arm. »Ich wußte, daß ihr beide nach Sarth reisen würdet. Wie wollt ihr aus dem Schloß gelangen?«

»Jimmy.«

Sie nickte. »Da gibt es wohl einen Geheimgang, den er dem Hofbaumeister gegenüber zu erwähnen vergaß?«

»So ähnlich. Ich muß gehen.«

Noch einen Augenblick hielt sie seinen Arm fest. »Du nimmst deine Versprechen aber nicht leicht, nicht wahr?«

»Ganz gewiß nicht.« Er beugte sich über sie, um sie zu küssen. »Ohne dich bin ich nichts.«

Lautlos weinte sie. Sie fühlte sich gleichermaßen erfüllt und leer. Sie wußte mit Sicherheit, daß sie ihren Lebensgefährten gefunden hatte, aber sie befürchtete, ihn zu verlieren. Als läse er ihre Gedanken, versicherte er ihr: »Ich komme zurück, Carline. Nichts kann mich dir fernhalten.«

»Und wenn du nicht kommst, hole ich dich!«

Er gab ihr noch einen flüchtigen Kuß, dann ging er und schloß die Tür leise hinter sich. Carline kuschelte sich tief ins Bett, um die von ihm zurückgebliebene Wärme noch so lange wie möglich zu genießen.

Laurie huschte in Aruthas Gemächer, während die Wachen im Korridor sich auf ihrer Runde am hinteren Gangende befanden. Im Dunkeln hörte er geflüstert seinen Namen. »Ja«, antwortete er ebenso leise.

Arutha nahm das dunkle Tuch von einer Laterne, und das Licht ließ die Vorkammer von Aruthas Gemächern wie eine tiefe Höhle erscheinen. »Du hast dich ganz ordentlich verspätet«, tadelte Arutha. Laurie fand, daß Arutha und Jimmy, so von unten durch den gelben Laternenschein beleuchtet, ungemein fremdartig wirkten. Arutha trug einfache Söldnerkleidung: kniehohe Reitstiefel, grobgewebte Wollhose, eine schwere Lederweste über einem blauen Kittel und den Degen in seiner Gürtelscheide an der Seite. Den dicken grauen Umhang darüber hatte er mitsamt der weiten Kapuze über die Schultern zurückgeworfen. Doch was Laurie veranlaßte, ihn einen Moment regelrecht anzustarren, war das Licht, das aus Aruthas Augen zu kommen schien. So kurz vor dem Aufbruch nach Sarth, brannte er vor Ungeduld.

»Also, führe uns«, wandte er sich an Jimmy.

Jimmy öffnete eine Geheimtür in der Wand, und sie stiegen hindurch. Der Junge brachte sie schnell durch uralte Gänge und Treppen zu einem noch tieferen Geschoß als das, in dem die feuchtkalten Verliese lagen. Arutha und Laurie verhielten sich still, obgleich der Sänger sich nur mühsam beherrschte, nicht hin und wieder eine Verwünschung auszustoßen, wenn etwas, auf das er trat, quiekend davonhuschte oder unter seinen Stiefeln unangenehm nachgebend liegenblieb. In solchen Augenblicken war er froh, daß sie kein helles Licht hatten. Dann stiegen sie grob gehauene Steinstufen hoch. Auf der letzten angekommen, drückte Jimmy gegen die scheinbar fugenlose Steindecke. Mühsam ließ sich ein Stück zur Seite schieben. »Es ist sehr eng«, warnte der Junge und wand sich hindurch. Er nahm die Sachen der beiden anderen entgegen, die sie durch den Spalt streckten. Ein Grundstein der Außenmauer war auf ausgeklügelte Weise beweglich angebracht, doch die Zeit und geringe Benutzung hatten ihn schwerfällig gemacht. Arutha und Laurie hatten Mühe, sich durch die schmale Öffnung hindurchzuzwängen. »Wo sind wir?« erkundigte sich Arutha.

»Hinter einer Hecke im Stadtpark. Das hintere Schloßtor ist etwa fünfhundert Fuß in dieser Richtung.« Er deutete. »Folgt mir.« Er führte sie durch dichtes Buschwerk zu einer Baumgruppe, wo drei Pferde angebunden waren.

»Ich habe dich nicht gebeten, drei Pferde zu kaufen«, sagte Arutha.

Mit verschmitztem Grinsen, das in der mondhellen Nacht deutlich zu erkennen war, antwortete Jimmy: »Aber Ihr habt auch nicht gesagt, daß ich es nicht tun soll, Hoheit.«

Laurie beschloß, sich da lieber nicht einzumischen, und machte sich daran, sein Bündel an das nächste Pferd zu schnallen. »Wir reiten schnell, und ich kann keine Zeit vergeuden. Du darfst nicht mitkommen, Jimmy!«

Jimmy sprang in den Sattel eines der beiden übrigen Tiere. »Ich nehme keine Befehle von namenlosen Abenteurern und Söldnern ohne Dienstherrn an. Ich bin der Junker des Fürsten von Krondor.« Sein Bündel war bereits hinter dem Sattel festgemacht. Er zog den Degen heraus – den, den Arutha ihm geschenkt hatte. »Ich bin bereit. Ich habe genügend Pferde gestohlen, daß ich zum guten Reiter geworden bin. Außerdem passieren, wo Ihr seid, immer die unerwartetsten Dinge. Ohne Euch hier könnte es sehr langweilig werden.«

Arutha blickte Laurie an. Der sagte: »Nimm ihn lieber mit, wo wir ihn im Auge behalten können. Wenn du es nicht tust, würde er uns ja doch heimlich folgen.« Arutha wollte schon widersprechen, als Laurie zu bedenken gab. »Wir können schließlich nicht die Wache rufen, um ihn festzuhalten.«

Finster dreinblickend schwang Arutha sich in den Sattel. Ohne weitere Worte gaben sie ihren Pferden die Sporen und verließen den Park. Im Schritt, um nicht unliebsame Aufmerksamkeit zu erregen, ritten sie durch dunkle Gassen und schmale Straßen. »In dieser Richtung liegt das Osttor. Ich nahm an, wir würden die Stadt durch das Nordtor verlassen«, sagte Jimmy erstaunt.

»Wir werden bald nach Norden abbiegen«, versicherte ihm Arutha. »Sollte mich jemand beim Verlassen der Stadt erkennen, ist es mir lieber, er erzählt, ich sei nach Osten geritten.«

»Wer wird uns denn schon sehen?« meinte Jimmy leichthin, obgleich er sehr wohl wußte, daß jeder, der zu dieser Stunde durchs Tor ritt, bemerkt werden würde.

Am Osttor schauten zwei Wächter aus dem Wachthaus, um zu sehen, wer vorüberritt, doch da es weder eine Sperrstunde gab noch Alarm geschlagen worden war, interessierten die drei Reiter sie nicht weiter.

Jenseits der Mauer gelangten sie in die Außenstadt, die aus dem Boden gewachsen war, als die Altstadt der zunehmenden Bevölkerung nicht mehr genügend Platz bot. Hier verließen sie die Oststraße und bogen zwischen Häusern, in denen kein Licht mehr brannte, nach Norden ab.

Da zügelte Arutha sein Pferd und wies Jimmy und Laurie an, dasselbe zu tun. Um eine Ecke kamen vier Reiter, alle in schweren schwarzen Umhängen vermummt. Sofort zog Jimmy den Degen, denn es war äußerst unwahrscheinlich, daß zwei Gruppen von Reisenden sich zu dieser Stunde in einer kleinen Seitenstraße wie dieser durch Zufall begegneten. Auch Laurie griff nach seinem Schwert. »Laßt eure Waffen stecken!« befahl Arutha.

Als die fremden Reiter heran waren, wechselten Jimmy und Laurie fragende Blicke. »Gut berechnet«, sagte Gardan, während er sein Pferd neben Aruthas lenkte. »Es ist alles bereit.«

»Schön.« Arutha betrachtete Gardans Begleiter. »Drei?« Es klang erstaunt.

Man hörte Gardans Stimme die Verschmitztheit an, als er erklärte: »Da ich ihn schon eine ganze Weile nicht mehr gesehen hatte, schloß ich, daß Junker Jimmy es sich in den Kopf gesetzt hatte, mit oder ohne Eure Erlaubnis mitzukommen. Also traf ich diese Vorsichtsmaßnahme. War das nicht richtig?«

»Gut gefolgert, Hauptmann.« Doch Arutha versuchte gar nicht, seinen Mißmut zu verhehlen.

»Jedenfalls ist David hier unser kleinster Gardist, und falls es zur Verfolgung kommen sollte, kann man ihn aus einiger Entfernung schon für den Jungen halten.« Er winkte den drei Berittenen zu, und sie kehrten den Weg zur Oststraße zurück. Jimmy grinste, als sie forttrabten, denn einer der Männer war ein dunkelhaariger Bursche, und der dritte, neben dem Kleinsten, ein blonder, bärtiger mit einer Laute auf dem Rücken.

»Die Wächter am Tor schienen kaum auf uns zu achten«, meinte Arutha.

»Täuscht Euch nicht, Hoheit. Die beiden, die ich dort eingeteilt habe, sind die schlimmsten Klatschbasen der Stadtwache. Sobald es durchsickert, daß Ihr den Palast verlassen habt, wird die ganze Stadt durch sie erfahren, daß Ihr ostwärts geritten seid. Meine drei Männer werden der Oststraße bis Finstermoor folgen, falls man sie nicht zuvor einholt. Darf ich vorschlagen, daß wir sofort aufbrechen.«

»Wir?« fragte Arutha.

»Befehl, Hoheit, Prinzessin Carline machte es mir nur zu deutlich, daß ich gar nicht mehr nach Krondor zurückzukommen brauchte, falls einem von euch«, er deutete auf Laurie und Arutha, »etwas zustoßen sollte.«

»Und von mir hat sie nichts gesagt?« Jimmy bemühte sich um einen gekränkten Ton.

Die anderen achteten nicht darauf. Arutha blickte Laurie an, der tief seufzte. »Sie hatte uns offenbar schon Stunden, ehe wir aufbrachen, durchschaut.« Gardan bestätigte, daß dem so war. »Sie kann sehr umsichtig sein, wenn es nötig ist – manchmal.«

Gardan fügte hinzu: »Die Prinzessin würde ihren Bruder oder Verlobten nicht verraten.«

»Verlobten?« echote Arutha. »Eine ereignisreiche Nacht. Nun, es war klar, daß du sie entweder heiraten oder aus dem Schloß getrieben würdest. Aber ihren Geschmack, was Männer anbelangt, werde ich nie verstehen. Wie auch immer, es sieht ganz so aus, als müßte ich mich mit euch allen abfinden. Dann wollen wir losreiten.«

Die drei Männer und der Junge gaben ihren Pferden die Sporen. In wenigen Minuten lag die Stadt hinter ihnen, und sie waren auf dem Weg nordwärts nach Sarth.

Gegen Mittag kamen die Reiter um eine Biegung der Küstenstraße und sahen einen einsamen Reisenden am Feldrand sitzen. Er trug die grüngefärbte Lederkleidung des Jägers. Sein Schecke graste ein Stück entfernt, während er selbst mit dem Jagdmesser an einem Stück Holz schnitzte. Als er den kleinen Trupp herbeikommen sah, steckte er das Messer ein, warf das Holzstück von sich und griff nach seiner Habe. Er hatte bereits seinen Umhang übergeworfen und seinen Langbogen über die Schulter geschlungen, als Arutha neben ihm anhielt.

»Martin«, sagte Arutha nur als Gruß.

Der Herzog von Crydee schwang sich in den Sattel. »Ihr habt viel länger gebraucht, als ich dachte.«

»Gibt es noch irgend jemanden in Krondor, der nicht weiß, daß der Fürst die Stadt verlassen hat?« fragte Jimmy kopfschüttelnd.

»Schwer zu sagen«, antwortete Martin lächelnd. Sie ritten weiter, und Martin wandte sich an Arutha. »Lyam läßt dir ausrichten, daß er so viele falsche Fährten wie nur möglich legen läßt.«

»Der König weiß es ebenfalls?« rief Laurie verblüfft.

»Natürlich«, versicherte ihm Arutha. Er deutete auf Martin. »Wir drei planten es von Anfang an. Gardan postierte besonders viele Wachen vor der Tür zu meinem Arbeitsgemach, und Lyam hob extra die Stimme, als er mir verbot, selbst nach Sarth zu reisen.«

Martin fügte hinzu: »Lyam hatte einige seiner zuverlässigsten Leibgardisten eingeteilt, sich so zurechtzumachen, daß man sie für uns halten kann. Da ist ein dunkelhaariger Mann mit langem Gesicht und ein blonder bärtiger für Arutha und Laurie. Außerdem«, fuhr er mit einem Grinsen fort, »ist da dieser besonders gutaussehende Bursche in meinen Gemächern. Lyam gelang es sogar, sich den großen stimmgewaltigen Zeremonienmeister des keshianischen Botschafters auszuleihen. Er wird sich zurück ins Schloß stehlen, nachdem die Keshianer es heute verlassen. Mit einem falschen Bart sieht er unserem guten Hauptmann hier recht ähnlich – und auf jeden Fall hat er die richtige Hautfarbe. Er wird sich da und dort im Schloß flüchtig sehen lassen.« Gardan lachte.

»Dann hast du also gar nicht wirklich versucht, unbemerkt zu bleiben!« stellte Laurie bewundernd fest.

»Keineswegs«, bestätigte Arutha. »Ich wollte möglichst viel Verwirrung stiften. Wir wissen, daß, wer immer hinter allem steckt, weitere Assassinen nach Krondor schickt, das jedenfalls glaubte Lachjack. Wenn er seine Spitzel in Krondor hat, kommen sie vielleicht tagelang nicht dahinter, was wirklich vorgeht. Wenn sie feststellen, daß wir nicht mehr im Schloß sind, wissen sie noch lange nicht, welche Richtung wir genommen haben. Nur die paar, die bei uns waren, als Pug den Zauber über Anitas Gemach wirkte, wissen, daß wir nach Sarth reisen müssen.«

Jimmy lachte. »Ein Meisterstreich der Irreführung. Sollte jemand hören, daß Ihr in eine Richtung geritten seid, und dann von einem anderen, daß ihr eine entgegengesetzte Richtung genommen habt, wird er nicht wissen, wem er glauben kann.«

»Lyam war sehr gründlich«, lobte Martin. »Weitere drei, die euch ähnlich sehen, hat er zur Begleitung Kulgans und Pugs Familie eingeteilt, die heute südwärts Richtung Stardock reisen. Sie werden sich so auffällig verbergen, daß sie bemerkt werden müssen.« An Arutha gewandt, fuhr er fort: »Pug läßt dir sagen, daß er in Macros' Bibliothek nach einer Heilungsweise für Anita suchen wird.«

Arutha zügelte sein Pferd, und die anderen hielten ebenfalls an. »Wir sind jetzt einen halben Tagesritt von Krondor entfernt. Wenn man uns vor Sonnenuntergang nicht eingeholt hat, können wir damit rechnen, daß wir nicht verfolgt werden. Dann brauchen wir uns bloß noch um das zu kümmern, was vor uns liegt.« Er machte eine Pause, als fiele es ihm schwer, weiterzusprechen. »Auch wenn ihr es alle mit Witzen zu bemänteln versucht, wißt ihr genau, in welche Gefahr ihr euch durch euren Entschluß, mich zu begleiten, begeben habt.« Sein Blick wanderte von einem zum andern. »Ich schätze mich glücklich, solche Freunde zu haben.«

Jimmy schienen des Fürsten Worte am verlegensten zu machen. Er unterdrückte das Bedürfnis, es mit einer witzigen Bemerkung zu vertuschen, und sagte statt dessen. »Wir haben – hatten einen Schwur bei den Spöttern. Er kommt von einem alten Sprichwort: ›Ehe einer Katze nicht das Fell abgezogen ist, kann man nicht sicher sein, daß sie tot ist.‹ Wann immer eine gefährliche Aufgabe vor uns lag und man den anderen wissen lassen wollte, daß man bereit war, es bis zum Ende durchzustehen, sagte man: ›Bis der Katze das Fell abgezogen ist!‹« Auch er blickte alle der Reihe nach an. »Bis der Katze das Fell abgezogen ist!«

Laurie echote: »Bis der Katze das Fell abgezogen ist!« Martin und Gardan stimmten ebenfalls ein.

Schließlich sagte Arutha: »Ich danke euch allen.« Er lenkte sein Pferd voraus, und die anderen folgten.

Martin ritt dicht an Laurie heran. »Warum hast du dich so verspätet?«

»Ich wurde aufgehalten«, antwortete der Sänger verlegen. »Es ist etwas verwickelt. Wir werden heiraten.«

»Das weiß ich bereits. Gardan und ich warteten auf Lyam, als er von deinem Gemach zurückkehrte. Ich glaube, sie hätte einen Besseren finden können.« Lauries Gesicht verriet seine Beklommenheit. Doch da grinste Martin und fuhr fort: »Aber vielleicht auch nicht.« Er beugte sich vor und streckte dem zukünftigen Schwager die Hand entgegen. »Mögt ihr zwei immer glücklich sein.« Nach einem kräftigen Händedruck meinte er. »Doch das erklärt deine Verspätung nicht.«

»Ich möchte lieber nicht darüber reden«, murmelte Laurie und hoffte Carlines Halbbruder würde die Sache auf sich beruhen lassen.

Martin blickte Laurie nachdenklich an, dann nickte er verständnisvoll. »Richtig Abschied zu nehmen, braucht wohl seine Zeit.«

Der düstere Wald

Am Horizont tauchte ein Trupp Reiter auf.

Schwarze Gestalten zeichneten sich gegen den rötlichen Himmel des späten Nachmittags ab. Martin erspähte sie als erster, und Arutha befahl anzuhalten. Martin kniff die Augen zusammen. »Aus dieser Entfernung kann ich nicht allzuviel erkennen, aber ich glaube, sie sind bewaffnet. Söldner, vielleicht?«

»Oder Gesetzlose«, meinte Gardan.

»Oder etwas anderes«, sagte Arutha. »Laurie, du bist von uns am weitesten im Land herumgekommen, gibt es noch einen anderen Weg?«

Der Sänger schaute sich prüfend um. Er deutete auf den Wald hinter einem schmalen Streifen Felder. »Ostwärts von hier, ein Ritt von einer Stunde etwa, gibt es einen alten Weg, der ins Calastiusgebirge hochführt. Er diente einst den Bergleuten, wird heutzutage jedoch nur noch selten benutzt. Er wird uns zur Straße ins Landesinnere bringen.«

»Dann sollten wir uns schleunigst auf den Weg dorthin machen. Es sieht ganz so aus, als wäre dieser Reitertrupp es leid, auf uns zu warten«, warf Jimmy ein.

Nun bemerkte auch Arutha, daß die Reiter am Horizont in ihre Richtung aufgebrochen waren.

»Gut. Laurie, übernimm die Führung.«

Sie verließen die Landstraße und ritten auf die Steinmauer zu, die den Bauernhof schützte. »Da!« schrie Jimmy.

Aruthas Begleiter sahen, daß der andere Trupp die Pferde zum Galopp angespornt hatte. Im orangefarbenen Glühen des beginnenden Sonnenuntergangs hoben die Reiter sich schwarz gegen einen graugrünen Hang ab.

Arutha und die anderen sprangen mühelos über die erste Mauer, während Jimmy fast vom Pferd fiel. Es gelang ihm noch, sich am Zaumzeug festzuklammern und nicht allzuweit hinter den anderen zurückzubleiben. Er schwieg, wünschte sich jedoch inbrünstig, daß sich nicht noch weitere Mauern zwischen ihnen und dem Wald befänden. Irgendwie glückte es ihm, sich im Sattel zu halten und Aruthas Trupp nicht zu lange am Waldrand warten zu lassen.

Laurie vermutete: »Da sie uns nicht einholen können, versuchen sie es jetzt parallel zu uns, in der Hoffnung, uns mehr nördlich abzufangen!« Dann lachte er. »Unser Weg führt aber nordostwärts, also werden unsere unbekannten Freunde ein gutes Stück durch dichtes Unterholz reiten müssen, um unseren Pfad zu erreichen.«

»Trotzdem müssen wir uns beeilen«, gab Arutha zu bedenken. »Es wird bald dunkel sein, und selbst am hellichten Tag ist es im Wald nicht gerade sicher. Wie weit ist es bis zu der Straße?«

»Wir dürften sie etwa zwei Stunden nach Sonnenuntergang erreichen, möglicherweise ein bißchen eher«, antwortete Laurie.

Arutha bedeutete ihm vorauszureiten. Laurie trieb sein Pferd an, und alle drangen tiefer in den Wald ein.

Aufragende Baumstämme drängten sich zu beiden Seiten. In der Düsternis – dem Schein der beiden Monde, des mittleren und großen, gelang es kaum, das dichte Laubwerk der hohen Wipfel zu durchdringen – erschien der Wald ringsum wie eine undurchdringliche Mauer. Die ganze Nacht hindurch hatten ihre Pferde vorsichtig Schritt über Schritt auf etwas gesetzt, was Laurie als Pfad bezeichnete. Für den Jungen sah der Boden hier überall gleich aus, außer vielleicht, daß sich auf der von Laurie gewählten Schlangenlinie etwas weniger Gestrüpp als anderswo befand. Immer wieder blickte Jimmy über die Schulter nach Anzeichen möglicher Verfolger.

Arutha ließ anhalten. »Nichts deutet darauf hin, daß wir noch verfolgt werden. Möglicherweise haben wir die Burschen abgeschüttelt.«

Martin saß ab. »Unwahrscheinlich. Wenn sie einen erfahrenen Fährtenleser bei sich haben, müssen sie unsere Spur gefunden haben. Sie werden jetzt ebenfalls nur langsam vorwärtskommen, aber uns auf den Fersen bleiben.«

Nun schwang auch Arutha sich aus dem Sattel. »Wir rasten hier eine Weile. Jimmy, gib den Pferden Hafer von dem aus Lauries Sattelbeutel.« Heimlich brummelnd gehorchte der Junge. Schon in der ersten Nacht unterwegs hatte man ihm klargemacht, daß er als Junker für seines Lehnsherrn Pferd zu sorgen hatte – und für die der anderen ebenfalls.

Martin schwang sich den Bogen um die Schulter. »Ich werde ein Stück zurückschleichen, um zu sehen, ob die Burschen schon in der Nähe sind. In einer Stunde bin ich wieder da. Wenn nicht, ist etwas dazwischengekommen, so wartet nicht auf mich, wir treffen uns dann morgen abend im Ishap-Kloster.« Er verschwand in der Dunkelheit.

Arutha setzte sich auf seinen Sattel, den er ins Moos geworfen hatte, während Jimmy die Pferde versorgte. Gardan hielt Wache und spähte in die Düsternis zwischen den Bäumen.

Die Zeit verging, und Arutha hing seinen Gedanken nach. Jimmy beobachtete ihn aus den Augenwinkeln. Laurie bemerkte es. Er trat neben den Jungen und striegelte mit ihm Gardans Pferd. »Du machst dir Sorgen um ihn, nicht wahr?« flüsterte er.

Jimmy nickte nur, was im Dunkel fast nicht zu sehen war. Dann wisperte er: »Ich habe keine Familie, Sänger, auch nicht viele Freunde. Er... Er ist – wichtig. Ja, ich mache mir Sorgen.«

Als er seine Arbeit beendet hatte, ging er zu Arutha, der blicklos in die Dunkelheit starrte. »Die Pferde sind gefüttert und gestriegelt.«

Aus seinem Grübeln gerissen, sagte der Fürst: »Gut, dann ruh dich ein bißchen aus. Wir brechen früh im Morgengrauen auf. Wo ist Martin?«

Der Junge blickte den Pfad zurück. »Irgendwo dort.«

Aruthas Blick folgte dem seinen.

Jimmy ruhte mit dem Kopf auf seinem Sattel und hatte eine Decke um die Schultern gezogen. Er starrte noch lange in die Nacht, ehe er einschlief.

Etwas weckte Jimmy. Zwei Gestalten kamen näher. Er machte sich schon daran aufzuspringen, als er Martin und Gardan erkannte. Da erinnerte er sich, daß Gardan ja Wache gestanden hatte. Die beiden erreichten leise das kleine Lager.

Jimmy weckte die anderen, Arutha vergeudete keine Zeit und fragte, als er sah, daß sein Bruder zurückgekehrt war: »Hast du irgendwelche Zeichen von Verfolgung entdeckt?«

Martin nickte. »Einigen Meilen von hier. Eine Schar – Männer? Moredhel? Ich konnte es nicht erkennen. Ihr Feuer war fast niedergebrannt. Zumindest einer ist ganz sicher ein Moredhel. Von ihm abgesehen, steckten alle ausnahmslos in schwarzer Rüstung mit schwarzen Umhängen. Jeder trug einen eigenartigen Helm, der den ganzen Kopf bedeckt. Das genügte mir anzunehmen, daß sie uns nicht als Freunde entgegentreten wollen. Ich legte eine falsche Spur, quer zu unserer. Die dürfte sie eine Weile ablenken. Aber wir sollten sofort aufbrechen.«

»Was ist mit diesem einen Moredhel? Du sagst, er sei nicht wie die anderen gekleidet?«

»Richtig. Und er war der größte, verdammte Moredhel, der mir je untergekommen ist. Sein Oberkörper war nackt, von einer ärmellosen, knappen Weste abgesehen; sein Schädel rings um eine lange Skalplocke, die wie ein Pferdeschwanz herunterhing, kahlgeschoren. Der Feuerschein fiel auf ihn, darum konnte ich ihn so deutlich sehen. Und wenn mir auch noch nie einer wie er begegnet ist, habe ich doch von seinesgleichen gehört.«

»Vom Yabonbergclan!« warf Laurie ein.

Arutha blickte ihn fragend an. Der Sänger erklärte: »Als ich in der Nähe von Tyr-Sog aufwuchs, hörte ich von Überfällen der nördlichen Bergclans. Sie sind anders als die Waldbewohner. Seiner Skalplocke nach zu urteilen, ist der Bursche ein Häuptling und ein bedeutender noch dazu.«

»Er ist von weither gekommen«, meinte Gardan.

»Ja, und das läßt darauf schließen, daß sich seit dem Spaltkrieg einiges geändert hat. Wir wissen, daß viele der von den Tsuranis nordwärts vertriebenen Moredhels versuchten, sich ihren Brüdern in den Nordlanden anzuschließen, doch nun hat es ganz den Anschein, als hätten sie auch einige ihrer Vettern mit sich zurückgebracht.«

»Es könnte auch sein, daß sie sich seinem Befehl unterstellt haben«, gab Arutha zu bedenken.

»Wenn es dazu gekommen ist...«, begann Martin.

»Müssen die einzelnen Moredhelstämme sich miteinander verbündet haben«, beendete Arutha den Satz für ihn. »Etwas, was wir immer befürchteten! Kommt, es wird schon hell. Wir können uns darüber unterwegs weiter den Kopf zerbrechen.«

Sie sattelten ihre Pferde und erreichten bald die Waldstraße, die Hauptinlandverbindung zwischen Krondor und dem Norden. Doch benutzten nur wenige Karawanen sie, denn obwohl sie Zeit einsparte, war der Weg durch Krondor und an der Küste entlang sicherer. Laurie meinte, daß sie sich nun etwa in der Höhe der Bucht der Schiffe befanden und noch einen Tagesritt vom Ishap-Kloster bei Sarth entfernt. Die Stadt Sarth selbst erhob sich auf einer Halbinsel am Nordende der Bucht, während das Kloster nordöstlich der Stadt im Gebirge lag. Sie würden also den Weg über die Straße zwischen dem Kloster und der Stadt abschneiden. Wenn sie keine Zeit verloren, konnten sie das Kloster kurz nach Sonnenuntergang erreichen.

Aus dem Wald schien keine Gefahr zu drohen, trotzdem war

Martin sicher, daß die schwarze Schar bereits näher kam. Unter den natürlichen Lauten des erwachenden Tags hörte er im Wald hinter ihnen hier unübliche Geräusche heraus.

Er ritt an Aruthas Seite hinter Laurie. »Ich werde ein Stück zurückreiten, um zu sehen, ob unsere Freunde uns noch folgen.«

Jimmy warf einen Blick über die Schulter und sah durch die Bäume schwarzgekleidete Gestalten. »Zu spät! Sie haben uns fast eingeholt!« schrie er.

Arutha und seine Begleiter gaben ihren Pferden die Sporen. Der Donner der Hufe hallte durch den Wald. Alle beugten sich tief über den Hals ihrer Tiere, und Jimmy blickte immer wieder zurück. Der Abstand zu den Schwarzgerüsteten wurde größer, wie er erleichtert feststellte.

Nach wenigen Minuten gelangten sie zu einer tiefen Schlucht, über die die Pferde unmöglich springen konnten, doch eine feste Holzbrücke führte darüber. Sie nahmen sie im Galopp, dann zügelte Arutha sein Roß.

»Haltet an!« befahl er. Sie drehten ihre Pferde herum, denn schon war der Hufschlag ihrer Verfolger zu hören.

Arutha wollte gerade Anweisungen zum Angriff auf die Verfolger erteilen, als Jimmy vom Pferd sprang, nach dem Bündel hinter seinem Sattel griff, zum diesseitigen Ende der Brücke rannte und sich niederkniete. »Was machst du da?« brüllte Arutha.

»Bleibt, wo ihr seid!« war des Jungen Antwort.

Der Hufschlag kam näher. Martin schwang sich vom Pferd und riß seinen Langbogen von der Schulter. Er hatte ihn bereits gespannt und einen Pfeil angelegt, als der erste schwarze Reiter in Sicht kam. Ohne Zögern schoß er den Pfeil ab, und zielsicher schlug er mit Wucht in die Brust des Gegners. Der Reiter stürzte rücklings aus dem Sattel. Der zweite Schwarzgewandete konnte ihm ausweichen, doch der dritte wurde abgeworfen, als sein Pferd über die Leiche stolperte.

Arutha wollte zur Brücke zurückreiten, um den zweiten Reiter aufzuhalten, der sie gerade erreichte. »Nein!« brüllte Jimmy. »Bleibt zurück!« Als der schwarze Reiter sie überquerte, raste der Junge davon und ließ die Brücke hinter sich. Der Reiter hatte die Stelle fast erreicht, wo Jimmy gekniet hatte, als ein lautes Zischen erklang, begleitet von einer gewaltigen Rauchwolke. Das Pferd des Schwarzen scheute, tänzelte auf der schmalen Brücke, bäumte sich auf und warf seinen Reiter ab, während das Pferd mit den Vorderhufen durch die Luft schlug, dann schlug der Reiter klatschend auf den Steinen der Schluchtsohle auf.

Aruthas und die Pferde seiner Begleiter waren glücklicherweise weit genug entfernt, um nicht ebenfalls durchzugehen. Allerdings mußte Laurie die Zügel von Jimmys Pferd fassen, während Gardan Martins hielt, der einen Pfeil nach dem andern auf die Näherkommenden abschoß, deren Tiere scheuten und sich aufbäumten und nicht beruhigen lassen wollten.

Mit einer kleinen Flasche in der Hand hastete Jimmy jetzt zur Brücke zurück. Er zog den Stöpsel und warf das Fläschchen in den Rauch. Plötzlich flammte der ganze vordere Teil der Brücke auf. Hastig zügelten die schwarzen Reiter ihre Pferde, die beim Anblick des Feuers ängstlich scheuten. Die Tiere tänzelten im Kreis, als ihre Reiter sie über die Brücke drängen wollten.

Gardan fluchte plötzlich: »Die Gefallenen erheben sich!«

Durch den Rauch und die Flammen konnten sie den ersten Getroffenen noch mit dem Pfeil in der Brust auf die Brücke zutorkeln sehen, während sich ein zweiter, den Martin erschossen hatte, gerade auf die Füße kämpfte.

Jimmy erreichte sein Pferd und saß auf. Arutha fragte ihn: »Was war das alles?«

»Das erste eine Rauchbombe, die ich aus alter Gewohnheit immer bei mir trage. Viele Spötter benutzen sie, um Verwirrung zu stiften und so entfliehen zu können. Sie verursachen ein kleines Feuer und sehr viel Rauch...«

»Und was war in der Flasche?« erkundigte sich Laurie, bevor Jimmy selbst eine Erklärung abgeben konnte.

»Ein Naphthadestillat. Ich kenne einen Alchimisten in Krondor, der es an die Bauern verkauft. Sie benutzen es, um Feuer zu legen, wenn sie ein Waldstück roden wollen.«

»Das ist ein verdammt gefährliches Zeug, um es bei sich zu tragen!« sagte Gardan. »Hast du es immer bei dir?«

»Nein«, antwortete Jimmy. »Aber gewöhnlich reise ich auch nicht irgendwohin, wo ich es mit irgendwas zu tun kriege, das sich nur durch Rösten aufhalten läßt. Doch nach unserem Erlebnis im Hurenhaus dachte ich, so etwas könnte doch recht nützlich sein. Ich habe noch mehr in meinem Sattelbeutel.«

»Dann wirf es doch!« schrie Laurie. »Die Brücke brennt noch nicht richtig.«

Jimmy riß die andere Flasche heraus, trieb sein Pferd näher zur Brücke, und warf sie zielsicher in die Flammen.

Das Feuer loderte gute zehn bis zwölf Fuß hoch, als es die gesamte Holzbrücke erfaßte. Zu beiden Seiten der Schlucht wieherten die Pferde, als die Flammen immer höher stiegen.

Arutha blickte hinüber zu den Feinden, die geduldig darauf warteten, daß das Feuer sich selbst verzehre. Hinter ihnen kam ein weiterer angeritten, der große Moredhel mit der Skalplocke. Er hielt an und beobachtete Arutha und die anderen mit ausdrucksloser Miene. Arutha spürte geradezu, wie der Blick aus den blauen Augen sich in seine Seele bohrte. Und er fühlte Haß. Hier also sah er zum ersten Mal seinen Feind, sah einen von jenen, die Anita beinahe getötet hatten! Martin begann wieder auf die Schwarzgerüsteten zu schießen, da führte der große Moredhel diese in den Schutz der Bäume zurück.

Martin saß auf und ritt an die Seite seines Bruders, der dem Moredhel nachblickte, bis er zwischen den Stämmen verschwunden war. Arutha sagte: »Er kennt mich! Wir hielten uns für so klug, dabei wußte er die ganze Zeit, wo ich war!«

»Aber wie?« fragte Jimmy. »Wir legten doch so viele falsche Fährten!«

»Schwarze Magie«, meinte Martin. »Eine finstere Macht hat ihre Hand im Spiel!«

»Kommt!« forderte Arutha seine Begleiter auf. »Sie werden zurückkehren. Das hier hält sie nicht auf. Wir haben allenfalls ein wenig Zeit gewonnen!«

Laurie führte sie den Weg zurück zur Straße nach Norden. Keiner wandte sich zu dem nun laut prasselnden Feuer um.

Sie gönnten sich kaum eine Rast, während sie den Rest des Tages weiterritten. Ihre Verfolger sahen sie nicht mehr, aber Arutha fühlte, daß sie ganz in der Nähe sein mußten. Gegen Sonnenuntergang kam leichter Nebel auf, als sie sich wieder der Küste näherten, wo die Straße an der Bucht der Schiffe nach Osten bog. Nach Lauries Schätzung mußten sie das Kloster nach Sonnenuntergang erreichen.

Martin trieb sein Pferd an, um neben Gardan und Arutha zu reiten. Letzterer starrte in die Schatten und lenkte geistesabwesend sein Pferd. »Denkst du an die Vergangenheit?«

Arutha blickte seinen Bruder nachdenklich an. »An einfachere Zeiten, Martin. Nur an einfachere Zeiten. Alles in mir drängt danach, dieses Rätsel Silberdorn schnellstens zu lösen, damit ich Anita wieder zurückbekomme. Nach nichts sehne ich mich mehr!« sagte er heftig. Dann seufzte er, und seine Stimme wurde sanfter. »Ich frage mich, was Vater an meiner Stelle getan hätte.«

Martin warf einen flüchtigen Blick auf Gardan. Der Hauptmann bemerkte: »Das gleiche, was Ihr jetzt tut, Arutha. Als Junge und Mann kannte ich Lord Borric, und so weiß ich, daß kein anderer ihm im Wesen ähnlicher ist als Ihr. Ihr alle seid wie er: Martin in seiner Art, wie er alles genau beobachtet. Und Lyam ist so, wie er in seiner unbeschwerten Zeit war, als seine Lady Catherine noch bei ihm weilte.«

»Und ich?« fragte Arutha.

Es war Martin, der antwortete: »Du denkst wie er, kleiner Bruder. Mehr als Lyam oder ich. Ich bin dein ältester Bruder, und ich höre auf dich – nicht, weil du als Fürst von Krondor höhergestellt bist denn ich als Landesvater von Crydee, sondern weil du besser als jeder, seit Vater, die richtigen Entscheidungen triffst.«

Aruthas Blick weilte in weiter Ferne, als er sagte: »Ich danke dir. Das ist ein großes Lob.«

Vom Weg hinter ihnen kam ein Geräusch – gerade laut genug, um es zu hören, doch ohne sich ein Bild machen zu können, woher es rührte. Laurie bemühte sich, die anderen so schnell wie möglich weiterzuführen, doch Dunkelheit und Nebel machten selbst seinem Richtungssinn zu schaffen. Die Sonne war schon fast untergegangen, so drang kaum Licht in die Tiefe des Waldes. Laurie vermochte nur ein kurzes Stück des Weges vor sich zu sehen. Zweimal mußte er sogar anhalten, um sich zu vergewissern, daß er nicht versehentlich auf einen abzweigenden Pfad geraten war. Arutha ritt an seine Seite und mahnte: »Laß dir Zeit, lieber kriechen wir dahin, als daß wir uns verirren.«

Gardan wartete, bis Jimmy ihn erreicht hatte. Der Junge spähte unentwegt um sich, um vielleicht etwas hinter den Bäumen zu entdecken, doch es waren nur graue Nebelschwaden zu sehen.

Da brach donnernd ein Pferd aus dem Unterholz. Vor einem Augenblick war es noch nicht da gewesen, im nächsten warf es Jimmy fast aus dem Sattel. Das Pferd des Jungen wurde herumgerissen, als der Schwarzgerüstete sich vorbeidrängte. Gardan schlug zu spät nach ihm und verfehlte ihn.

»Hierher!« brüllte Arutha und versuchte sich an einem zweiten Gegner vorbeizudrängen, der den Weg überquerte, und sah sich dem großen Moredhel Angesicht zu Angesicht gegenüber. Er erblickte zum ersten Mal die drei tiefgeschnittenen Narben in jeder Wange des düsteren Bruders. Die Zeit schien stehenzubleiben, während die beiden sich ansahen. Arutha wußte, vor ihm stand sein fleischgewordener Feind. Nicht länger hatte er es mit im Dunkeln unsichtbaren Assassinen zu tun oder mit geheimnisvollen finsteren, unstofflichen Mächten. Hier war jemand, den er mit gutem Grund mit all seinem aufgestauten Grimm bedenken konnte. Stumm schwang der riesenhafte Moredhel einen kraftvollen Streich nach Aruthas Kopf. Der Fürst entging seiner Enthauptung nur, indem er sich schnell über den Hals seines Pferdes duckte. Fast gleichzeitig stieß er mit dem Degen zu und spürte, daß die Spitze einen fleischigen Körper durchbohrte. Er kam hoch und sah, daß sie dem Moredhel tief durch die narbenverunstaltete Wange geschnitten hatte. Doch nur ein gequälter Laut, halb Gurgeln, halb Würgen, entrang sich ihm. Da wurde Arutha klar, daß der Mann keine Zunge hatte. Der düstere Bruder blickte ihn noch einen kurzen Moment an.

»Versucht durchzukommen!« brüllte Arutha und gab seinem Pferd die Sporen. Schon hatte er den Trupp durchbrochen und die anderen dicht hinter ihm.

Einen Augenblick hatte es den Anschein, als wäre der moredhelgeführte Trupp zu verblüfft, um zu handeln, doch dann nahm er die Verfolgung auf. Von allen Wahnsinnsritten in Aruthas Leben erschien ihm dieser der irrste. Durch die Finsternis der Nacht und den Nebel jagten sie zwischen den Bäumen hindurch, auf einer Straße, die kaum breiter als ein Pfad war. Laurie überholte Arutha und übernahm wieder die Führung.

Lange Minuten flogen sie so durch den Wald dahin und kamen wie durch ein Wunder nicht vom richtigen Weg ab. Da schrie Laurie: »Die Straße zum Kloster!«

Fast hätten Arutha und die anderen hinter Laurie die breitere Straße verfehlt, doch es gelang ihnen noch, auf sie abzubiegen. Und nun schickte auch der aufgehende große Mond seinen ersten Schein herab.

Der Wald lag hinter ihnen, sie galoppierten eine zwischen Äckern hindurchführende Straße entlang. Schaum trat ihren keuchenden Pferden aus, trotzdem mußten sie sie noch weiter antreiben, denn obgleich die schwarzen Reiter den Abstand nicht verringern konnten, fielen sie auch nicht zurück.

Weiter galoppierten sie durch die Dunkelheit, als die Straße sich aus den sanften Hügeln um eine Hochebene wand, die auf das fruchtbare, landwirtschaftlich genutzte Tal nahe der Küste hinabblickte. Als die Straße schmäler wurde, mußten sie hintereinander reiten. Martin drückte sich an die Seite, bis die anderen an ihm vorbei waren.

Der Weg wurde trügerisch, und sie sahen sich gezwungen, langsamer zu reiten, doch jenen hinter ihnen würde es nicht besser ergehen. Arutha gab seinem Pferd zwar wieder die Sporen, doch das Tier hatte bereits alles, was noch an Kraft in ihm gesteckt hatte, bei dem letzten steilen Stück verbraucht.

Die Abendluft war nebelschwer und für die Jahreszeit zu kühl. Die Hügel hier lagen weit auseinander und hoben sich zu sanften Kuppen. Der höchste, schon fast ein Berg, konnte zweifellos in einer knappen Stunde erklommen werden. Alle waren mit Gras und Gebüsch überwuchert, doch frei von Bäumen, denn auch hier war früher das Land bestellt worden.

Das Kloster duckte sich auf einem zerklüfteten Felsen – kein Hügel, sondern ein Berg mit steilen Granitwänden und oben flach wie eine Tafel.

Gardan blickte nach unten, als sie diesen Berg hocheilten. »Auf diesem Weg möchte ich nicht angreifen müssen, Hoheit. Er ließe sich von sechs mit Besen bewaffneten Großmüttern verteidigen – für immer.«

Jimmy schaute über die Schulter. In der Dunkelheit waren ihre Verfolger jedoch nicht zu sehen. »Dann sagt diesen Großmüttern, sie sollen anfangen damit und die schwarzen Reiter aufhalten!«

Auch Arutha sah sich um. Er befürchtete, jeden Moment von den Verfolgern eingeholt zu werden. Sie bogen nun um eine Kurve, von der aus der Weg geradewegs zum Kloster hinaufführte. Und schon standen sie vor dem Bogentor.

Hinter der Mauer war im Mondschein eine Art Turm zu sehen. Arutha hämmerte an das Tor und rief: »Hallo! Wir ersuchen um Hilfe!« Dann hörten sie, was sie befürchtet hatten: Hufschlag auf dem harten, glatten Weg. Arutha und seine Begleiter zogen die Waffen und stellten sich ihren Verfolgern entgegen.

Die schwarzen Reiter bogen um die Kurve vor dem Klostertor, und erneut kam es zum Kampf. Die Angreifer schienen von ungewöhnlicher Wildheit zu sein, als dränge sie etwas, Aruthas Trupp umgehend zu bezwingen. Der Narbengesichtige ritt fast Jimmys Pferd über den Haufen, um an Arutha heranzukommen. Lediglich seiner Nichtachtung verdankte Jimmy sein Leben. Der düstere Bruder hatte es nur auf Arutha abgesehen. Gardan, Laurie und Martin taten ihr Bestes, die schwarzen Reiter in Schach zu halten, doch viel fehlte nicht mehr, daß diese sie überwältigten.

Plötzlich fiel helles Licht auf den Weg. Ein blendendes Leuchten wie zehnfach verstärktes Tageslicht hüllte die Kämpfenden ein. Arutha und die anderen sahen sich gezwungen, die Augen zu bedecken, die zu tränen begonnen hatten. Sie hörten gedämpftes Stöhnen von den Schwarzgerüsteten um sie, dann das Aufklatschen von Leibern auf den Boden. Arutha blinzelte durch die zusammengekniffenen Lider hinter der vorgehaltenen Hand und sah, wie die feindlichen Reiter steif aus ihren Sätteln stürzten – alle, außer dem großen Moredhel, der die Augen gegen das grelle Licht beschirmte, und drei Schwarzgewandeten. Der Zungenlose bedeutete seinen drei noch berittenen Begleitern ihm zu folgen. Sie wendeten ihre Pferde und flüchteten den Weg zurück. Kaum waren die schwarzen Reiter außer Sicht, ließ das grelle Licht allmählich an Leuchtkraft nach.

Arutha wischte sich die Tränen aus den Augen und machte sich an die Verfolgung, doch Martin rief: »Halt! Komm zurück! Wenn du sie wirklich einholst, wäre es dein Tod! Hier haben wir Verbündete!« Arutha zügelte sein Pferd. Es behagte ihm nicht, seinen Feind entkommen zu lassen, doch er kehrte zu den anderen zurück, die sich die Augen rieben. Martin saß ab und beugte sich über einen gefallenen schwarzen Reiter. Er zog ihm den Helm vom Kopf, dann wich er zurück. »Es ist ein Moredhel, und er stinkt, als wäre er schon einige Zeit tot!« Er deutete auf die Brust der Leiche. »Das ist einer von denen, die ich an der Brücke tötete. Mein abgebrochener Pfeil steckt noch in seinem Herzen.«

Arutha blickte auf das Kloster. »Das Licht ist erloschen. Wer immer auch unser unsichtbarer Wohltäter ist, glaubt zweifellos, daß wir es nicht mehr brauchen.« Das Tor in der Mauer vor ihnen öffnete sich langsam. Martin hob den Helm und reichte ihn Arutha, damit er ihn sich ansehe. Er war von ungewöhnlicher Machart, auf dem Oberkopf war ein Drache in Basrelief gearbeitet, dessen hängende Schwingen die Seiten bedeckten. Der Gesichtsteil wies zwei Augenschlitze und vier kleine Löcher zum Atmen auf. Arutha warf Martin den Helm wieder zu. »Eine nichts Gutes verratende Schmiedearbeit. Nimm ihn mit. Und jetzt wollen wir das Kloster aufsuchen.«

»Kloster!« sagte Gardan, als er näher heranritt. »Es sieht eher wie eine Festung aus!« Das hohe Tor war aus dickem, eisenbeschlagenem Holz. Rechts erstreckte sich eine etwa zwölf Fuß hohe Steinmauer offenbar bis zum anderen Bergrand. Links wich die Mauer zurück am Rand einer Steilwand entlang, die gut hundert Fuß zu einer scharfen Biegung der Straße abfiel. Hinter der Mauer erhob sich ein Turm mehrere Stockwerke hoch. »Wenn das kein Festungsturm ist, habe ich nie einen gesehen!« bemerkte der Hauptmann. »Dieses Kloster möchte ich wahrhaftig nicht stürmen müssen, Hoheit. Eine Festung, die sich besser verteidigen läßt, dürfte es nicht so leicht geben. Seht selbst, nirgends ist mehr als fünf Fuß Abstand zwischen der Mauer und der Steilwand.« Er richtete sich im Sattel auf, augenscheinlich bewundernd in die verteidigungsmäßig unübertreffliche Bauweise der Klosterfestung vertieft.

Arutha lenkte sein Pferd vorwärts. Das Tor war nun weit offen, und da er nichts sah, was dagegen sprach, führte er seine Begleiter hindurch.

Sarth

Das Kloster wirkte verlassen.

Auf dem Hof fanden sie die Bestätigung ihrer Vermutung, daß dies hier einst eine Festung gewesen war – und auch als Kloster noch war. Um den alten Turm herum waren ein größeres einstöckiges Gebäude sowie zwei Nebengebäude der ursprünglichen Festung hinzugefügt worden. Eines der Nebengebäude, das ein Stück seitwärts hinter dem Turm hervorragte, schien eine Stallung zu sein. Doch nichts rührte sich irgendwo.

Da überraschte sie eine Stimme von hinter einem der Eingänge. »Willkommen im Ishap-Kloster von Sarth.«

Arutha zog seinen Degen aus der Scheide, doch ehe er halb frei war, fügte die Stimme hinzu: »Ihr habt nichts von uns zu befürchten.«

Der Sprecher trat aus dem Eingang, Arutha schob seine Waffe zurück. Während die anderen absaßen, musterte der Fürst den Mann. Er war untersetzt, kräftig, von mittlerem Alter, doch mit jugendlichem Lächeln. Sein braunes Haar war kurz und ungleichmäßig geschnitten, und sein Gesicht bartlos. Er trug eine braune Kutte, um die Mitte mit einem Lederband gerafft, und davon hingen ein Beutel und ein heiliges Zeichen herab. Er war unbewaffnet, Arutha fand jedoch, daß er sich wie einer bewegte, der mit Waffen sehr wohl umzugehen vermochte. Schließlich machte er sich bekannt: »Ich bin Arutha, Fürst von Krondor.«

Des Mönches Miene wirkte leicht belustigt, obwohl er nicht lächelte. »So seid denn willkommen im Ishap-Kloster von Sarth, Hoheit.«

»Glaubt Ihr meinen Worten nicht?«

»O doch, Hoheit. Es ist nur so, daß wir vom Ishap-Orden wenig Verbindung mit der Außenwelt haben und kaum Besuch bekommen, schon gar nicht von hoch gestellten Edlen. Verzeiht, wenn Eure Ehre es erlaubt, eine mögliche Kränkung. Seid versichert, sie war unbeabsichtigt.«

Arutha saß ab. Seine Stimme verriet seine Müdigkeit. »Ich bin es, der um Vergebung bitten muß…?«

»Bruder Dominic. Doch bitte keine Entschuldigungen. Aus den Umständen Eurer Ankunft ist deutlich ersichtbar, daß Ihr hart bedrängt wart.«

Martin erkundigte sich: »Haben wir Euch für dieses geheimnisvolle Licht zu danken?«

Der Mönch nickte. Arutha sagte: »Ich glaube, wir haben eine Menge zu besprechen, Bruder Dominic.«

»Ich fürchte, Ihr werdet auf die Beantwortung der meisten Eurer Fragen auf den Vater Abt warten müssen, Hoheit. Bitte folgt mir zur Stallung.«

Aruthas Ungeduld ließ nicht zu, auch nur eine Minute zu vergeuden. »Ich komme in einer äußerst dringenden Angelegenheit. Ich muß mit Eurem Abt sprechen. Sofort.«

Der Mönch spreizte die Hände, um anzudeuten, daß es nicht an ihm war, dies zu entscheiden. »Vater Abt ist für zwei weitere Stunden nicht abkömmlich. Er weilt mit den anderen Brüdern in der Kapelle zur Andacht, deshalb bin auch nur ich allein hier, Euch zu begrüßen. Bitte, kommt mit.«

Arutha schien widersprechen zu wollen, doch Martins Hand auf seiner Schulter brachte ihn zur Besinnung. »Ich muß mich noch einmal entschuldigen, Bruder Dominic. Wir werden uns selbstverständlich wie Gäste benehmen.«

Dominics Miene verriet, daß Aruthas Ungeduld von keiner Bedeutung für ihn war. Er führte den kleinen Trupp zu dem zweiten der kleineren Nebengebäude hinter dem Turm. Wie vermutet, war es tatsächlich eine Stallung. Es waren dort nur ein

Pferd und ein kräftiger kleiner Esel untergebracht, die den Neuankömmlingen gleichgültig entgegenblickten. Während sie ihre Pferde versorgten, erzählte Arutha von ihren unerfreulichen Erlebnissen in den vergangenen Wochen. Nachdem er geendet hatte, fragte er: »Wie gelang es Euch, die schwarzen Reiter zu schlagen?«

»Ich bin der Torhüter, Hoheit. Ich darf jeden ins Kloster einlassen, doch niemand mit bösen Absichten kann die Schwelle ohne meine Erlaubnis überschreiten. Sobald jene, die euch nach dem Leben trachteten, sich auf dem Klosteranwesen befanden, unterstanden sie meiner Macht. Sie gingen ein großes Risiko ein, Euch auf Klosterbesitz anzugreifen – ein Risiko, das sich als tödlich für sie erwies. Doch für weitere Gespräche darüber und über anderes muß ich Euch ersuchen, auf Vater Abt zu warten.«

»Wenn alle anderen bei der Andacht sind, werdet Ihr Hilfe brauchen, Euch der Leichen zu entledigen. Sie haben die unangenehme Eigenschaft, wieder zum Leben zu erwachen.«

»Ich danke Euch für Euer Angebot, aber ich schaffe es schon. Und sie werden diesmal tot bleiben. Die Magie, die sie besiegte, befreite sie von dem sie lenkenden Bösen. Doch nun müßt Ihr Euch alle ausruhen.«

Sie verließen die Stallung, und der Mönch führte sie in einen kasernenähnlichen Bau. »Es sieht sehr militärisch hier aus, Bruder«, stellte Gardan fest.

Sie hatten gerade einen länglichen Schlafsaal betreten, und der Mönch sagte: »Diese Festung gehörte in alter Zeit einem Raubritter. Sowohl das Königreich als auch Kesh lagen weit genug entfernt, daß er keinen Gesetzen als seinen eigenen zu unterstehen glaubte. So raubte, brandschatzte und schändete er ohne Furcht vor Vergeltung. Nach einiger Zeit jedoch stellten die Bürger der von ihm heimgesuchten Städte und Dörfer sich mit dem Mut der Verzweiflung gegen ihn und vertrieben ihn. Das Land unterhalb und rund um diesen Felsen wurde von den umliegenden Bauern bestellt, doch so eingewurzelt waren Angst und Haß, daß niemand etwas mit dieser Festung zu tun haben wollte. Als ein Bettelmönch unseres Ordens der Wanderer sie entdeckte, schickte er eine Botschaft zum Tempel in Kesh. Die Nachkommen jener, die den Raubritter dereinst vertrieben, hatte nichts dagegen, daß wir die Festung zum Kloster machten. Heutzutage erinnern sich nur noch jene, die hier dienen, an die Geschichte dieses Ortes. In den Städten und Dörfern an der Bucht der Schiffe ist man der Meinung, dies sei immer schon das Ishap-Kloster gewesen.«

»Ich nehme an, das hier war das Kasernengebäude«, sagte Arutha.

»Stimmt, Hoheit«, bestätigte Dominic. »Wir benutzen es als Spital und für Gäste. Macht es Euch bequem. Ich muß Euch leider allein lassen, um meiner Arbeit nachzugehen. Vater Abt wird Euch bald begrüßen.« Müde seufzend ließ Jimmy sich, nachdem der Mönch gegangen war, auf eine Pritsche nieder.

Martin begutachtete den kleinen Ofen in einer Ecke. Ein Kessel mit sprudelndem Wasser stand darauf, und gleich daneben alles, was für würzigen Tee benötigt wurde. Unter einem Tuch fand er Brot, Käse und Obst. Alle bedienten sich.

Laurie überzeugte sich, ob seine Laute den gefährlichen Ritt gut überstanden hatte und begann sie zu stimmen. Gardan ließ sich dem Fürsten gegenüber nieder.

Arutha seufzte lange und tief. »In mir kribbelt alles vor Ungeduld. Ich fürchte, diese Mönche wissen ebenfalls nichts über Silberdorn.« Einen Moment verrieten seine Augen seine Seelenqual, doch dann wirkte sein Gesicht wieder unbewegt.

Martin legte den Kopf schief, während er offenbar laut dachte: »Tully scheint anzunehmen, daß sie eine ganze Menge wissen!«

Laurie legte die Laute zur Seite. »Wann immer ich mich Magie nahefand, ob nun priesterlicher oder anderer, ließen Unannehmlichkeiten nie lange auf sich warten!«

Jimmy blickte Laurie an. »Dieser Pug schien mir für einen Magier sehr nett zu sein. Ich hätte mich gerne näher mit ihm unterhalten, aber...« Er ließ lieber ungesagt, was ihn daran gehindert hatte. »Zumindest äußerlich scheint nichts sonderlich Bemerkenswertes an ihm zu sein, doch ganz offenbar empfinden die Tsuranis Ehrfurcht, wenn nicht Furcht vor ihm, und am Hof munkelt man über ihn.«

»Es gibt eine Geschichte über ihn, die vertont gehört«, antwortete der Sänger. Er erzählte Jimmy von Pugs Gefangenschaft und Erhöhung bei den Tsuranis. »Jene auf Kelewan, die magische Kräfte beherrschen, haben ihre eigenen Gesetze, und was auch immer einer von ihnen befiehlt, wird ohne Zaudern und Widerspruch ausgeführt. Deshalb diese Ehrfurcht der Tsuranis von LaMut vor ihm. Alte Gewohnheiten sind hartnäckig!«

»Dann mußte er wohl viel aufgeben, um nach Midkemia zurückzukehren!« meinte Jimmy.

»Er hatte nicht gerade eine Wahl«, entgegnete Laurie lachend.

»Wie ist Kelewan?« erkundigte sich der Junge.

Farbig malte Laurie seine Abenteuer auf jener Welt aus, mit einem Gespür für Einzelheiten, wie es zu seinem Handwerk kaum weniger gehörte als seine gute Stimme und das geschickte Lautenspiel. Die anderen machten es sich gemütlich, entspannten sich und tranken Tee, während sie ihm lauschten. Sie alle kannten Lauries und Pugs Geschichte und ihre Rolle im Spaltkrieg. Doch wenn Laurie sie erzählte, war sie immer wieder ein mitreißendes Erlebnis, das keiner der großen Sagen nachstand.

Als Laurie geendet hatte, sagte Jimmy: »Ein Besuch auf Kelewan wäre ein echtes Abenteuer!«

»Auf Kelewan zu gelangen, ist nicht mehr möglich«, bemerkte Gardan. »Glücklicherweise!«

»Aber wenn es einmal möglich sein konnte, warum dann nicht wieder?« meinte Jimmy.

Martin wandte sich an Arutha. »Du warst doch bei Pug, als

Kulgan Macros' Erklärung las, weshalb er den Spalt geschlossen hatte.«

Arutha nickte. »Raumspalte sind etwas kaum Erklärliches, sie überbrücken ein undenkbares Nichts zwischen Welten, vielleicht die Zeit ebenfalls. Doch irgendwie ist es unmöglich, vorherzusehen, wohin sie führen. Und wenn einer besteht, scheinen ihm andere ganz einfach zu folgen, und zwar in etwa demselben Gebiet. Doch dieser erste ist der, der sich nicht lenken läßt. Soviel habe ich jedenfalls verstanden. Du mußt schon Kulgan oder Pug nach näheren Einzelheiten fragen.«

Gardan lachte. »Dann frag schon lieber Pug. Von Kulgan bekommst du gleich einen ganzen Vortrag.«

»Also haben Pug und Macros den ersten geschlossen, um den Krieg zu beenden?« fragte Jimmy.

»Nicht nur deshalb«, antwortete Arutha.

Jimmy blickte fragend von einem zum andern. Laurie erklärte es ihm. »Nach Pug gab es in uralter Zeit eine ungeheuerliche finstere Macht, die die Tsuranis jedoch nur als den ›Feind‹ kannten. Macros schrieb, daß diese Macht den Weg zu den beiden Welten finden würde, bliebe der Spalt offen, denn er zöge sie an wie ein Magnet Eisen. Dieser Feind war eine Wesenheit von furchterregender Macht, die mühelos ganze Armeen vernichtet und große Magier in die Knie gezwungen hatte. So zumindest erklärte Pug es.« Jimmy legte den Kopf schief. »Dann ist dieser Pug also ein bedeutender Magier?«

Wieder lachte Laurie. »Wenn man Kulgan so reden hört, ist Pug der mächtigste Magier überhaupt, seit Macros' Tod. Und der ist ein Vetter des Herzogs, des Fürsten und des Königs.«

Jimmys Augen weiteten sich.

»Das stimmt«, bestätigte Martin. »Unser Vater nahm Pug in unsere Familie auf.«

Arutha warf ein: »Jimmy, so wie du fragst, scheinst du noch nie etwas mit Magiern zu tun gehabt zu haben.«

»Ich kann nur sagen, was ich weiß. Es gibt durchaus einige Zauberer in Krondor, doch wohl recht fragwürdige. Unter den Spöttern gab es einmal einen Dieb, den man wegen seiner beispiellosen Geschmeidigkeit und Lautlosigkeit Tigerkatze nannte. Er war sehr kühn in seinem Gewerbe und stahl eines Tages irgendein Kleinod von einem Zauberer, was diesem gar nicht gefiel.«

»Und?« fragte Laurie. »Was geschah?«

»Jetzt ist er eine Tigerkatze.«

Die vier Zuhörer saßen einen Augenblick stumm, dann verstanden sie. Gardan, Laurie und Martin lachten laut. Sogar Arutha schüttelte lächelnd den Kopf.

Alle fühlten sich entspannter und zum ersten Mal, seit sie Krondor verlassen hatten, auch sicher.

Die Glocken des Hauptgebäudes schlugen. Gleich darauf trat ein Mönch in den Schlafsaal. Er bedeutete den Männern stumm, ihm zu folgen. »Wir sollen mitkommen?« erkundigte sich Arutha. Der Mönch nickte. »Zum Abt?« Wieder nickte der Ordensbruder.

Alle Müdigkeit vergessend, sprang Arutha von der Pritsche auf. Er war nach dem Mönch der erste an der Tür.

Die Kammer des Abtes paßte zu einem, der sein Leben der Vergeistigung gewidmet hatte. Sie war nüchtern in jeder Beziehung, erstaunlich waren allerdings die Bücherregale an den Wänden, Dutzende von Werken an jeder Seite. Der Abt, Vater John, war ein offensichtlich freundlicher Mann reiferen Alters, schlank, ja fast hager. Sein Haar und der Bart waren silbergrau und bildeten einen starken Gegensatz zu der dunklen Haut, die mit ihren Runzeln und Falten sorgfältig geschnitztem Mahagoni ähnelte. Hinter ihm standen zwei Mönche: Bruder Dominic und ein Bruder Anthony, ein Männchen mit hängenden Schultern und von unbestimmbarem Alter, der ständig zu Fürst Arutha schielte.

Der Abt lächelte, und die Runzeln um seine Augen- und Mundwinkel vertieften sich. Unwillkürlich dachte Arutha bei seinem Anblick an Bilder mit dem alten Vater Winter, einem legendären Wohltäter, der den Kindern zum Festtag der Wintersonnenwende Süßigkeiten brachte. Mit tiefer, jugendlicher Stimme sagte der Abt: »Hoheit, seid mit Euren Begleitern im Ishap-Kloster willkommen. Wie können wir Euch behilflich sein?«

Rasch gab Arutha einen kurzen Überblick über die Ereignisse der letzten Wochen.

Bei Aruthas Bericht schwand des Abtes Lächeln. Als er geendet hatte, entgegnete der Abt: »Wir sind zutiefst betroffen über diese Totenerweckung. Und was dieses schreckliche Unglück betrifft, das Eurer jungen Gemahlin widerfuhr – sagt uns, wie wir Euch helfen können.«

Plötzlich fiel es Arutha schwer weiterzusprechen, als überwältige ihn nun die Furcht, daß es keine Hilfe für Anita geben könne. So berichtete Martin: »Der im Auftrag handelnde Assassine behauptet, das verwendete Gift von einem Moredhel bekommen zu haben, und es sei durch Zauberkunst hergestellt. Er nannte es Silberdorn.«

Der Abt lehnte sich zurück, tiefes Mitgefühl sprach aus seiner Miene. »Bruder Anthony?«

»Siberdorn?« murmelte das Männchen. »Ich werde sofort im Archiv nachsehen, Vater.« Schlurfend verließ er die Kammer.

Die anderen schauten ihm nach. Arutha fragte: »Wie lange kann das dauern?«

»Das kommt darauf an«, erwiderte der Abt. »Bruder Anthony hat die erstaunliche Fähigkeit, Wissen geradezu aus der Luft zu ziehen, denn sein Gedächtnis ist schier einmalig. Er erinnert sich selbst an Dinge, die er nebenbei vor vielen Jahren las. Deshalb ist er auch zu unserem Hauptarchivar geworden, unserem Hüter des Wissens. Trotzdem kann die Suche Tage dauern.«

Ganz offensichtlich verstand der Fürst nicht, wovon der Abt sprach, so sagte der alte Geistliche: »Bruder Dominic, habt die Güte und zeigt dem Fürsten und seiner Begleitung ein wenig von dem, was wir hier in Sarth tun.« Er erhob sich, verbeugte sich knapp vor dem Fürsten, als Dominic zur Tür ging. »Dann bringt ihn zum Turm.« Zu Arutha gewandt, fügte er hinzu: »Ich werde Euch in Kürze dort treffen, Hoheit.«

Sie folgten dem Mönch auf den Hauptgang des Klosters. Dominic führte sie durch eine Tür, dann eine Treppe hinunter zu einem Absatz mit Zugang zu vier Korridoren und vorbei an einer Reihe von Türen. Im Gehen sagte er: »Dieser Berg ist nicht wie die anderen ringsum, wie ihr sicher auf dem Herweg bemerkt habt. Er besteht hauptsächlich aus festem Felsgestein. Als die ersten Mönche nach Sarth kamen, entdeckten sie diese Gänge und Räume unter der Festung.«

»Wozu dienen sie?« erkundigte sich Jimmy.

Dominic blieb vor einer Tür stehen, brachte einen Ring mit vielen Schlüsseln zum Vorschein und machte sich daran, das alte Schloß aufzusperren. Knarrend schwang die schwere Tür auf, und als sie hindurchgetreten waren, schloß er sie hinter sich. »Der Raubritter benutzte diese aus dem Felsen gehauenen Räume als Lager für seine reichlichen Vorräte, die er für den Fall einer Belagerung zu benötigen glaubte, aber auch für sein Plündergut, seine gehorteten Schätze. Er muß in seiner Wachsamkeit sehr nachlässig geworden sein, daß die Unterdrückten ihn erfolgreich belagern konnten. Hier ist jedenfalls Platz genug, Vorräte für Jahre aufzubewahren. Unser Orden ließ dann noch weitere Räumlichkeiten in den Felsen hauen, bis der gesamte Berg mit Gängen und Räumen durchzogen war.«

»Wozu?« fragte Arutha.

Dominic bedeutete ihnen, ihm durch eine weitere Tür zu folgen, die nicht verschlossen war. Sie kamen in ein riesiges Gewölbe mit Regalen an den Wänden sowie mit freistehenden in der Mitte, und in allen reihten sich Bücher dicht an dicht. Dominic trat an ein Regal, nahm ein Buch heraus und reichte es Arutha.

Der Fürst betrachtete das alte Werk. Die eingebrannte Schrift des Einbands war mit jetzt verblaßtem Gold nachgezogen. Er öffnete es vorsichtig und spürte einen leichten Widerstand, als wäre es seit Jahren nicht mehr aufgeschlagen worden. Auf der ersten Seite sah er fremdartige Buchstaben einer unbekannten Sprache, in feiner, steiler Schrift. Er hob das Buch vors Gesicht und roch daran. Ein schwacher und doch beißender Geruch stieg ihm in die Nase.

Als Arutha es zurückgab, erklärte der Mönch: »Ein Schutzmittel. Jedes Buch hier wurde behandelt, um den Zerfall zu verhindern.« Er gab das Buch nun Laurie.

Der weitgereiste Sänger sagte: »Ich beherrsche diese Sprache nicht, aber ich glaube, es ist Keshianisch, obwohl die Schrift anders als jede des Reiches ist, die ich kenne.«

Dominic lächelte. »Das Buch stammt aus einer südlichen Gegend von Groß-Kesh, nahe der Grenze des keshianischen Staatenbundes. Es ist das Tagebuch eines leicht verrückten, unwichtigen Edlen aus einer unbedeutenden Dynastie, und in Niederdelkianisch verfaßt. Hochdelkianisch war, soweit wir wissen, eine Geheimsprache der Priester irgendeines kaum bekannten Ordens.«

»Was ist das hier?« erkundigte sich Jimmy.

»Wir, die wir Ishap hier in Sarth dienen, sammeln Werke, Bücher, Handschriften, Schriftrollen, Pergamente, ja selbst Fragmente. In unserem Orden sagt man: ›Jene in Sarth dienen dem Gott Wissen‹, und das ist gar nicht so unrichtig. Wo immer einer des Ordens auch nur einen beschrifteten Fetzen findet, wird dieser oder eine Abschrift desselben hierhergeschickt. Wie in diesem Raum sind in allen anderen Räumen unter dem Kloster Regale wie diese aufgestellt, und alle sind sie voll, von Seite zu

Seite, vom Boden zur Decke. Und ständig werden neue Räume aus dem Felsen gehauen. Von der Bergoberfläche bis zum tiefsten Geschoß gibt es über tausend ähnliche Räume mit jeweils mehreren hundert Büchern. Einige der größeren Gewölbe fassen sogar einige tausend. Bei der letzten Zählung waren es fast eine halbe Million Werke.«

Arutha war baß erstaunt. Seine eigene Bibliothek, die er mit dem Thron geerbt hatte, umfaßte nicht einmal tausend. »Wie lange tragt ihr diese Bücher denn schon zusammen?«

»Seit etwas länger als drei Jahrhunderten. Viele von unserem Orden tun nichts anderes, als umherzureisen und jegliche Schrift, die sie finden, zu erwerben oder Abschriften davon anfertigen zu lassen. Einige sind uralt, andere in unbekannten Sprachen und drei sogar von einer anderen Welt – wir erhielten sie von den Tsuranis in LaMut. Es sind Zauberschriften darunter, Wahrsagungen und andere Werke geheimer Künste, in die nur die allerhöchsten Brüder unseres Ordens Einblick nehmen dürfen.« Er schaute sich im Gewölbe um. »Und immer noch gibt es so viel, was wir nicht verstehen!«

»Wie wißt ihr, was ihr alles habt, und wo es zu finden ist?« fragte Gardan interessiert.

»Wir haben Brüder, deren einzige Aufgabe es ist, alle Werke zu katalogisieren. Sie arbeiten unter Bruder Anthonys Leitung. Die Kataloge werden ständig auf dem laufenden gehalten. In dem Gebäude über uns und in einem Gewölbe des tiefsten Untergeschosses sind nichts als Karteien und Regale mit Aufstellungen. Braucht ihr ein Werk eines bestimmten Sachgebiets, findet ihr es in der Auflistung, die euch sagt, in welchem Bibliotheksraum es aufbewahrt wird – wir befinden uns hier in Gewölbe 17 –, dazu die Nummer des Regals und des Faches. Wir versuchen jetzt auch noch, jedes Werk zusätzlich nach dem Verfasser – wo bekannt – und dem Titel aufzulisten. Das ist eine sehr langwierige Arbeit und wird bestimmt noch ein Jahrhundert dauern.«

Wieder war Arutha überwältigt, von der Größe eines solchen Vorhabens diesmal. »Zu welchem Zweck sammelt ihr all diese Schriftwerke?«

Dominic antwortete: »Nun, zunächst einmal, um des Wissens als solches wegen. Doch gibt es noch einen anderen Grund. Aber den zu erklären, überlasse ich dem Abt. Kommt, gehen wir jetzt wieder zu ihm.«

Jimmy verließ das Gewölbe als letzter und schaute an der Tür noch einmal auf die Bücher zurück. Er hatte das Gefühl, irgendwie einen Blick in Welten und Vorstellungen zu werfen, von denen er zuvor nicht einmal etwas geahnt hatte. Er bedauerte, daß er nie auch nur einen Teil von allem, was unter dem Kloster lag, ganz verstehen würde. Diese Erkenntnis kränkte sein Selbstbewußtsein. Zum ersten Mal empfand Jimmy seine Welt als klein, hinter der sich eine viel größere verbarg, die er erst noch entdecken mußte.

Arutha und seine Begleiter warteten in einem großen Gemach auf den Abt. Mehrere Fackeln warfen tanzende Schatten an die Wände. Eine andere Tür als die, durch die sie gekommen waren, öffnete sich. Der Abt trat mit Bruder Dominic und einem zweiten Mann ein, der Arutha unbekannt war. Ein alter Mann, groß und straffe Haltung, der trotz seiner Kutte eher an einen Soldaten als einen Mönch denken ließ – ein Eindruck, den der Streithammer an seinem Gürtel noch erhöhte. Sein graumeliertes schwarzes Haar war schulterlang, aber ordentlich geschnitten und gepflegt wie sein Bart. »Es ist Zeit, offen zu sprechen«, sagte der Abt.

»Das würden wir zu schätzen wissen«, entgegnete Arutha mit bitterem Unterton.

Der nicht vorgestellte Mönch grinste breit. »Ihr habt Eures Vaters Gabe, zu sagen, was Ihr meint, Arutha.«

Überrascht über dessen Worte, betrachtete Arutha den Mann

erneut. Da erst erkannte er ihn. Seit er ihn das letzte Mal gesehen hatte, waren zehn Jahre oder mehr vergangen. »Dulanic!«

»Nicht mehr, Arutha. Nun bin ich ganz einfach Bruder Micah, Beschützer des Glaubens – was bedeutet, daß ich jetzt für Ishap Schädel einschlage, wie ich es früher für Euren Onkel Erland getan habe.« Er tätschelte den Hammer an seiner Seite.

»Wir hielten Euch für tot!« Herzog Dulanic, ehemaliger Feldmarschall von Krondor, war verschwunden, als Guy du Bas-Tyra während des letzten Jahres des Spaltkriegs die Herrschaft über Krondor an sich gerissen hatte.

Der jetzt Micah genannte Mann schien überrascht zu sein. »Ich dachte, jeder wüßte es. Mit Guy auf dem Thron von Krondor und Erland dem Tod durch die Hustenkrankheit nah, befürchtete ich einen Bürgerkrieg. Ich trat von meinem Amt zurück, um nicht gegen Euren Vater auf dem Feld kämpfen oder meinen König verraten zu müssen, sowohl das eine wie das andere wäre undenkbar für mich gewesen. Aber ich machte kein Geheimnis aus meinem Rücktritt.«

»Da Lord Barry tot war, wurde angenommen, ihr wäret beide durch Guys Hand gefallen. Niemand wußte, was aus Euch geworden war.«

»Sehr seltsam! Barry starb an einem Herzanfall, und ich selbst sagte Bas-Tyra, daß ich vorhatte, den heiligen Eid abzulegen, Radburn stand an seiner Seite, als ich mein Amt niederlegte.«

»Das erklärt es!« warf Martin ein. »Jocko Radburn ertrank an der keshianischen Küste, und Guy ist des Landes verwiesen. Wer wäre da sonst noch im Land, der die Wahrheit kennt?«

»Als sorgengeprüfter Mann kam Bruder Micah durch einen Ruf Ishaps zu uns«, sagte der Abt nun. »Wir nahmen ihn zur Probe auf, und er erwies sich als würdig. So gehört nun sein früheres Leben als Edler des Königreichs der Vergangenheit an. Ich bat ihn, an dieser Unterredung teilzunehmen, da er sowohl ein geschätzter Ratgeber ist als auch ein Mann mit großem militärischem Geschick, der uns vielleicht helfen kann zu verstehen, welche Kräfte jetzt am Werk sind.«

»Sehr gut. Nun, worum geht es noch, abgesehen davon, daß wir ein Heilmittel für Anita finden müssen?«

»Darum, das zu erkennen und zu verstehen, was für ihre Verwundung verantwortlich ist und was Euch nach dem Leben trachtet, nur um erst einmal anzufangen«, antwortete Micah.

Arutha blickte ihn beschämt an. »Natürlich. Verzeiht, daß ich immer zuerst daran denke. Selbstverständlich würde ich alles begrüßen, was ein bißchen Sinn in den Wahnsinn bringt, zu dem mein Leben in diesem letzten Monat geworden ist.«

»Bruder Dominic hat Euch einen Einblick in unsere Arbeit hier gegeben«, erklärte der Abt. »Vielleicht hat er erwähnt, daß wir viele Bücher mit Wahrsagungen und andere Werke von Propheten in unserer Sammlung haben. Manche sind so verläßlich wie die Stimmungen eines Kindes, also so gut wie gar nicht. Einige wenige aber sind wahre Werke jener, denen Ishap die Gabe des Blickes in die Zukunft gegeben hat. In mehreren unserer glaubwürdigsten finden sich Hinweise auf ein Himmelszeichen. Daraus entnehmen und befürchten wir, daß eine gewaltige Macht sich auf unserer Welt erhoben hat. Was sie ist und wie sie sich bekämpfen läßt, wissen wir noch nicht. Doch eines ist sicher, es ist eine grausame, finstere Macht, und wenn nicht wir sie schließlich vernichten können, wird sie uns vernichten. Etwas anderes gibt es nicht!« Der Abt deutete in die Höhe.

»Den Turm über uns benutzen wir als Sternwarte, um die Planeten, Monde und Sterne zu beobachten, und zwar mit Hilfe von Instrumenten, die einige der begabtesten Handwerker im Königreich und in Groß-Kesh für uns herstellten. Diese Geräte ermöglichen es uns, die Bewegung der Himmelskörper zu berechnen und einzutragen. Wir sprachen von einem Zeichen. Kommt, wir zeigen es euch.«

Er führte sie alle eine steile Treppe zum Dachgeschoß des

Turms hoch, wo sich ungewöhnliche, verwirrende Gerätschaften befanden. Arutha schaute sich staunend um und meinte: »Es ist nur gut, daß Ihr Euch mit alldem auskennt, Vater, denn ich verstehe gar nichts davon.«

»Wie die Menschen«, erklärte der Abt, »haben auch die Sterne und Planeten sowohl stoffliche wie geistige Eigenschaften. Wir wissen, daß andere Welten ihre Bahn um andere Sterne ziehen. Daß dies der Wahrheit entspricht, dafür haben wir einen lebenden Zeugen.« Er deutete auf Laurie. »Einer, der eine längere Weile auf einer fremden Welt verweilte, ist gegenwärtig unter uns.« Der Abt fuhr lächelnd fort: »So sehr sind wir auch nicht von der Welt abgeschieden, daß wir nicht von Euren Erlebnissen auf Kelewan gehört hätten, Laurie von Tyr-Sog.« Zu seiner eigentlichen Erklärung zurückkehrend, sagte er dann: »Doch dies ist die stoffliche Seite der Himmelskörper. Sie verraten jedoch jenen, die ihre Stellung, ihre Anordnung und Bewegung beobachten, auch Geheimnisse. Was immer der Grund dafür ist, eines wissen wir sicher: Manchmal kommt eine klare Botschaft vom nächtlichen Firmament, und wir, die wir unser Wissen immer mehr erweitern wollen, verschließen uns einer solchen Botschaft nicht. Keine Wissensquelle ist uns zu gering, auch nicht solche, über die manche den Kopf schütteln mögen.

Sich mit diesen Gerätschaften zurechtzufinden und auch die Sterne zu lesen, bedarf lediglich Zeit und eingehenden Studiums. Jeder mit hellem Verstand kann es lernen. Diese Geräte«, er machte eine weitausholende Gebärde, »sind in ihrer Benutzung eindeutig, sobald sie erst vorgeführt wurden. Habt die Güte und blickt hier hindurch.« Arutha schaute durch eine seltsame Kugel aus einem ungewöhnlichen metallenen Gitterwerk. »Dies dient zur Aufzeichnung der Bewegungen von Sternen und sichtbaren Planeten.«

»Heißt das, daß es auch unsichtbare gibt?« platzte Jimmy heraus.

»Richtig«, bestätigte der Abt, ohne die Unterbrechung auch nur mit einem Blick zu rügen. »Oder zumindest jene, die wir nicht sehen können, die jedoch aus geringerer Entfernung sichtbar wären. Nun, zur Kunst der Sterndeutung gehört die Erkennung – und das ist eine Wissenschaft für sich – des Zeitpunkts, da eine Prophezeiung eintrifft. Sie ist und bleibt jedoch im besten Fall ein Ratespiel. Es gibt beispielsweise eine Wahrsagung des wahnsinnigen Mönches Ferdinand la Rodez. So, wie es aussieht, hat sie sich bereits zu drei verschiedenen Zeitpunkten erfüllt. Doch kam man zu keiner Übereinstimmung darüber, welcher der war, den er vorhersagte.«

Arutha betrachtete den Himmel durch das kugelförmige Gerät und hörte dem Abt nur mit halbem Ohr zu. Durch das Guckloch sah er ein sternfunkelndes Firmament und darüber ein hauchfeines Netz aus Strichen und Anmerkungen, die, wie er annahm, irgendwie im Innern der Kugel angebracht waren. In der Mitte befand sich eine Anordnung von fünf rötlichen Sternen, einer in der Mitte der anderen, und die Linien, die sie miteinander verbanden, bildeten ein leuchtendrotes X. »Was ist es, was ich da sehe?« fragte er. Er machte für Martin Platz, der nun durch das Gerät blickte.

Der Abt erklärte: »Man nennt diese fünf Sterne die Blutsteine.«

»Ich kenne sie«, murmelte der ehemalige Jagdmeister. »Doch nie habe ich sie in dieser Stellung gesehen.«

»Das werdet Ihr auch in den nächsten elftausend Jahren nicht mehr – das ist allerdings nur eine Schätzung, um sicher sein zu können, müssen wir warten, bis sie wieder eintritt.« Diese lange Zeitspanne beeindruckte ihn offenbar nicht, im Gegenteil, er schien durchaus bereit zu sein, so lange zu warten. »Diese Stellung wird Feuerkreuz oder Kreuz des Feuers genannt. Eine uralte Prophezeiung befaßt sich damit.«

»Was ist sie? Und was hat sie mit mir zu tun?« erkundigte sich

Arutha. »Ich sagte schon, daß sie uralt ist, vielleicht aus der Zeit der Chaoskriege. Sie lautet folgendermaßen: ›Wenn das Kreuz des Feuers die Nacht erhellt und der Lord des Westens tot ist, wird die Macht wiederkehren!‹ In der Übersetzung verliert es viel, im Original jedoch klingt es sehr poetisch. Wir sind nunmehr der Meinung, daß etwas, jemand, was immer, Euch töten muß, damit diese Prophezeiung in Erfüllung gehen kann, oder zumindest, um andere überzeugen zu können, daß diese Prophezeiung ihrer Verwirklichung nahe ist. Eine sehr bedeutsame Tatsache ist, daß sie zu den raren Überlieferungen gehört, die wir von dem pantathianischen Schlangenvolk haben. Wir wissen wenig von diesen Wesen, hauptsächlich nur, daß es Unheil nachzieht, wenn sie sich sehen lassen, was selten genug der Fall ist, und daß sie ohne Zweifel Kreaturen des Bösen sind und auf etwas hinarbeiten, das nur sie allein verstehen. Außerdem spricht die Prophezeiung davon, daß der Lord des Westens auch der ›Schrecken der Finsternis‹ genannt wird.«

»Also will jemand Aruthas Tod, weil er vom Schicksal bestimmt ist, ihn oder sie zu vernichten, wenn er am Leben bleibt?« fragte Martin.

»Das glauben sie zumindest«, erwiderte der Abt.

»Aber wer oder was steckt dahinter?« fragte Arutha. »Daß jemand mich tot sehen will, ist mir nicht neu. Was könnt Ihr mir sonst noch sagen?«

»Nicht viel, fürchte ich.«

Jedenfalls bringt es ein wenig Licht in den Angriff der Nachtgreifer«, meinte Laurie.

»Religiöser Fanatiker«, brummte Jimmy kopfschüttelnd, dann blickte er erschrocken den Abt an. »Verzeiht, Vater.«

Der Abt tat, als habe er die Bemerkung gar nicht gehört. »Wichtig ist zu wissen, daß sie es immer und immer wieder versuchen werden. Ihr werdet keine Ruhe vor ihnen finden, bis der Auftraggeber nicht mehr ist.«

»Wir wissen auch, daß die Bruderschaft des Düsteren Pfades in die Sache verwickelt ist«, warf Martin ein.

»Im Norden«, sagte Micah. Arutha und die anderen blickten ihn fragend an.

»Eure Antwort liegt im Norden, Arutha. Seht Euch dort um.« Aus seiner Stimme klang immer noch der alte Befehlston. »Im Norden sind die Gebirgszüge – alles Barrieren gegen die Bewohner der Nordlande. Im Westen über Elbenheim erheben sich die Großen Nordberge, im Osten der Wächter des Nordens, die Hohe Weite und das Traumgebirge, und über die Mitte erstreckt sich die mächtigste Bergkette überhaupt, die Zähne der Welt – dreizehnhundert Meilen fast unbezwingbarer Felsschroffen. Wer weiß schon, was dahinter liegt? Wer, von Gesetzlosen oder Waffenschmugglern abgesehen, hat sich je dorthin gewagt und ist zurückgekehrt, um von den Nordlanden zu erzählen?

Unsere Vorfahren gründeten vor langer Zeit die jetzt so benannten Baronien, um die Bergpässe Hohenburg, Wächter des Nordens und Eiserner Paß zu sichern. Die Soldaten des Herzogs von Yabon schützen den einzigen weiteren großen Paß zum Westen von der Höllendonnersteppe. Und kein Kobold oder düsterer Bruder wagt es, einen Fuß in die Steppe zu setzen, wenn er nicht lebensmüde ist, denn dort sind die Nomaden unsere Wächter. Kurzum, wir wissen nichts über die Nordlande. Dort jedoch hausen die Moredhels, und dort werdet Ihr Eure Antworten finden.«

»Oder gar nichts«, entgegnete Arutha. »Ihr mögt Euch Gedanken über Prophezeiungen und Zeichen machen, doch ich will nur die Lösung des Rätsels Silberdorn. Ehe nicht Anita gesund ist, werden meine Bemühungen lediglich ihrer Heilung gelten.«

Das schien den Abt zu erschrecken. Arutha fuhr fort: »Ich bezweifle nicht, daß es eine Prophezeiung gibt, auch nicht, daß ein Wahnsinniger mit geheimen Kräften meinen Tod ersehnt.

Doch daß dies eine große Gefahr für das Königreich bedeuten soll, finde ich weit hergeholt. Zu weit für mich! Da brauchte ich schon andere Beweise!«

Der Abt öffnete den Mund zu einer Antwort, als Jimmy rief: »Was ist denn das?«

Aller Augen folgten seinem deutenden Finger. Tief am Horizont glühte ein blaues Licht, das heller wurde, als wüchse ein Stern vor ihren Augen. »Es sieht wie eine Sternschnuppe aus!« sagte Martin erstaunt.

Doch dann wurde ihnen allen klar, daß es kein Stern sein konnte. Ein schwaches Summen begleitete das näherkommende Etwas. Noch leuchtender wurde es und das Summen lauter. Was über den Himmel auf sie zubrauste, war ein blaues Feuer. Und plötzlich war es über dem Turm mit einem Zischen, als tauche man glühendes Eisen in Wasser.

Da brüllte Bruder Dominic: »Schnell! Hinunter vom Turm!«

Zusammenstoß

Sie zögerten einen Augenblick.

Dominics Warnung folgte ein Schrei Micahs, und alle hasteten die Treppe hinunter. Auf halbem Weg zum Erdgeschoß schwankte Bruder Dominic plötzlich auf den Füßen. »Etwas naht!«

Unten angelangt, rannten Arutha und die anderen zur Tür und spähten hinaus. Über ihnen rasten mit unglaublicher Geschwindigkeit weitere der hellglühenden Objekte über den Himmel. Von einer Richtung kamen sie, dann aus einer anderen, und ihr seltsames, unheildrohendes Dröhnen und Zischen erfüllte die Nacht. Schneller, immer schneller schossen sie durch die Luft, glühende Streifen in Blau und Grün und Gelb und Rot zerrissen die Dunkelheit.

»Was ist das?« schrie Jimmy, um das Zischen zu übertönen.

»Eine Art magischer Wächter«, antwortete der Abt. »Ich spüre, daß sie das Gebiet absuchen, über das sie hinwegsausen.«

Langsam änderte sich die Bewegung. Statt unmittelbar über ihnen vorbeizuziehen, begannen sie abzubiegen und tangential zu ihrem ursprünglichen Kurs zu fliegen. Von unten sah man nun, daß sie langsamer wurden und die Kurven immer enger, bis die glühenden Objekte hoch oben in großen Bogen durch die Nacht zischten. Dann verminderte ihre Geschwindigkeit sich noch weiter, und man konnte sie deutlicher erkennen. Es waren große Kugeln, die von innen heraus pulsierend leuchteten und in denen seltsame dunkle Schatten zu bemerken waren – beunruhigend in ihrem Aussehen. Weiter bremsten sie ab, bis sie sich schwebend drehten und einen Kreis über dem Klosterhof bildeten. Sobald der Kreis geschlossen war, sah man zwölf glühende

Kugeln lautlos und reglos über dem Hof hängen. Und plötzlich, mit einem tiefen reißenden Laut und einem Summen, das die Ohren schmerzte, schossen Strahlen heraus und überbrückten den Zwischenraum je eines Paares, und sechs Linien verbanden den Ring. Dann formte sich eine Linie um den äußeren Rand, so daß die Kugeln jetzt ein Zwölfeck bildeten.

»Was sind dies für Objekte?« fragte sich Gardan laut.

»Die Zwölf Augen«, antwortete der Abt erschüttert. »Es ist ein uralter, legendärer Zauber. Kein Lebender dürfte die Macht haben, ihn zu rufen. Die Zwölf Augen dienen sowohl der Beobachtung als auch als Waffe.«

Da begannen die Kugeln sich langsam zu bewegen. Immer schneller werdend woben sie ein verwirrendes Muster, dem das Auge nicht mehr zu folgen vermochte. Immer rascher wirbelten sie, bis sie zu einem verschwommenen, leuchtenden Ganzen zu werden schienen. Ein Strahl schoß aus der Mitte herab und prallte von einer unsichtbaren Barriere oberhalb der Dächer der Klostergebäude ab.

Dominic schrie vor Schmerzen auf. Er taumelte und mußte von Martin gestützt werden. Der Mönch preßte die Hände an die Schläfen und stöhnte: »So gewaltig... Ich kann es kaum glauben.« Er öffnete die tränenden Augen und murmelte: »Der Schutzschirm hält stand!«

Vater John erklärte: »Bruder Dominics Geisteskräfte sind der Ursprung des unsichtbaren Schildes über dem Kloster. Sie werden über alle Maßen angegriffen.«

Erneut schoß ein Strahl herab und wurde wie ein bunter Regen über den ganzen Schutzschirm verstreut. Wie Scherben und Splitter eines Regenbogens glitt der verstreute Strahl die Seiten des Schirmes herab, so daß seine Kuppelform nun wahrzunehmen war.

Noch immer hielt der Schild stand. Doch immer weitere Strahlen schossen herab, und schon bald war zu erkennen, daß der Schirm bei jedem neuen Angriff tiefer gedrückt wurde. Und jedesmal schrie Dominic vor Schmerzen auf. Und dann drang mit ungeheurer Wucht ein Strahl blendend weißen Lichts durch den Schild und versengte zischend und beißenden Gestank verursachend den Boden.

Bei diesem Treffer erstarrte Bruder Dominic in Martins Arm und ächzte. »Es dringt ein!« hauchte er, ehe er die Besinnung verlor.

Martin legte den Mönch behutsam auf den Boden nieder. Vater John rief: »Ich muß ins Allerheiligste. Bruder Micah, haltet es auf!«

»Was immer da draußen ist«, wandte Micah sich an die kleine Gruppe, »hat einen mystischen Schutzschirm durchdrungen, der an Stärke dem unseres Vatertempels gleichkommt. Nun muß ich mich ihm stellen.« Und dem Ritual entsprechend fügte er hinzu: »Ishap bewaffnet und schützt mich.« Er löste den Streithammer an seinem Gürtel.

Ein Brüllen von unvorstellbarem Ausmaß – noch am ehesten dem von tausend Löwen gleich – erschütterte das Kloster. Es begann mit einem die Zähne schmerzenden Kreischen und rannte die Tonleiter abwärts, bis es am Stein des Gebäudes zu mahlen schien. Strahlen blitzten scheinbar blindlings in alle Richtungen, und wo sie einschlugen, ließen sie Vernichtung zurück. Steine zerbröckelten, was brennbar war, ging in Flammen auf, Wasser verdampfte in dichten Schwaden.

Sie blickten Micah nach. Er verließ das Gebäude und schritt auf den Hof hinaus, bis er unter dem wirbelnden Gebilde stand. Er hob den Hammer, als hätte er den herabsausenden Strahl erwartet, der jene an der Tür blendete. Nachdem das Glühen nachgelassen und sie wieder sehen konnten, stand Micah immer noch da, den Hammer erhoben, hoch aufgerichtet, und nun von einem wahren Feuerwerk knisternder und prasselnder Funken in allen Regenbogenfarben umgeben. Der Boden rings um seine

Füße rauchte und versengte, doch er selbst war unverletzt. Da hielt der Strahlenstrom an, und in Blitzesschnelle hatte Micah den Hammer zurückgeschwungen und warf ihn. Fast zu rasch für das Auge, ihm zu folgen, sauste der Hammer aus seiner Hand und wurde selbst zum verschwommenen blauweißen Strahl, so hell und blendend wie sein Ziel. Höher als ein Mensch ihn werfen könnte, schoß dieser Strahl und traf das leuchtende Gebilde genau in der Mitte. Er schien davon abzuprallen und kehrte in Micahs Hand zurück.

Ein neuer funkensprühender Angriff auf Micah begann, und wieder schützten ihn die geheimnisvollen Kräfte des Hammers. Erneut schleuderte er ihn, als der Funkenregen erstarb, und wieder traf er genau die Mitte. Als der Hammer zurückkehrte, konnten jene im Innern des Klosters sehen, daß das Gebilde nun im Drehen schwankte. Ein drittes Mal schmetterte Micah den Hammer und traf. Ein Reißen, ein Bersten war zu hören, so laut, daß Arutha und die anderen die Hände auf die Ohren pressen mußten.

Die kreisenden Kugeln zersprangen, und aus der Mitte einer jeden stürzten kleine fremdartige Kreaturen. Platschend schlugen sie auf dem Boden auf, wanden sich merkwürdig, und Rauch stieg von ihnen auf. Gellende Schreie durchschnitten die Nacht, ehe die Wesen in blendendem Feuer vergingen. Niemand vermochte die wahre Gestalt dieser Kreaturen aus den Kugeln zu erkennen, aber Arutha fühlte, daß dies auch besser so war, denn in dem Augenblick, da sie entflammten, sahen sie auf erschreckende Weise verunstalteten Kleinkindern ähnlich.

Dann wurde die Nacht still, und ein Regen von in allen Farben glitzernden Splittern, wie Stäubchen gläserner Sterne, fiel auf das Kloster herab. Ein Funken nach dem anderen verglühte, bis der alte Mönch stumm auf dem Hof stand, den Streithammer vor sich in der Hand haltend.

Jene im Schutz des Klosters blickten einander staunend an.

Eine lange Weile schwiegen sie, dann begannen sie sich allmählich zu entspannen. »Das war – unglaublich«, murmelte Laurie. »Ich weiß nicht, ob ich die Worte finden könnte, es zu beschreiben.«

Auch Arutha wollte etwas sagen, da fiel ihm auf, wie Jimmy und Martin lauschend den Kopf schräg legten. »Ich höre etwas«, flüsterte Jimmy. Alle hielten den Atem an, und nun vernahmen sie ein fernes Geräusch, wie der Flügelschlag eines großen Vogels oder einer Fledermaus.

Noch bevor jemand ihn aufhalten konnte, rannte Jimmy aus dem Haus und wirbelte schier herum, um in alle Richtungen zu schauen. Als er über das Klosterdach nordwärts blickte, weiteten sich seine Augen. »Banath!« rief er und raste zu dem alten Bruder Micah, der immer noch stumm und reglos dastand, als wären seine Gedanken anderswo. Jimmy faßte ihn am Arm und schüttelte ihn. »Seht doch!« schrie er, als der Mönch endlich die Augen öffnete.

Micahs Blick folgte dem deutenden Finger. Etwas, hinter dem der ganze große Mond verschwand, flog mit gewaltigen kräftigen Schwingen auf das Kloster zu. Sofort schob Micah den Jungen zur Seite. »Lauf!«

Der Stoß schickte Jimmy in die dem Kloster entgegengesetzte Richtung. So raste er über den Hof zu einem mit Viehfutter beladenen Wagen und tauchte unter ihn. Er rollte sich herum, lag ganz still und beobachtete.

Etwas Grauenvolles, Schreckenerregendes kam vom Himmel herab. Schwingen mit einer Spannweite von gut fünfzig Fuß flatterten gemächlich, als es sich zu dem alten Mönch hinabließ. Es war eine zwanzig Fuß große Mischung aus allem, was den Ekel eines normalen Sterblichen erregen mußte. Schwarze Krallen ragten aus merkwürdigen Vogelzehen an Beinen wie die einer Ziege. Wo die Schenkel sein sollten, schwabbelten gewaltige Fettwülste, die bis zu einer menschenähnlichen Brust reichten.

Über den Rumpf sickerte etwas Schleimiges in einzelnen Rinnsalen. Aus der Mitte der Brust starrte ein blaues, aber ansonsten völlig menschlich wirkendes Gesicht mit grauengeweiteten Augen, das unentwegt zuckte und wie zur Begleitung des eigenen Gebrülls des Ungeheuers schrie und wimmerte. Die Arme des Schreckenswesens waren muskulös, lang und ähnlich denen von Affen. Ein schwacher Schein ging von ihm aus, der in rascher Reihenfolge die Farbe wechselte: rot zunächst, dann orange, gelb, das ganze Spektrum durch, bis es wieder rot war. Und ein Gestank ging von ihm aus, als wären alle üblen Gerüche von Verwesendem, Verrottendem und Schwärendem zusammengemischt und der Kreatur verdichtet eingegeben worden.

Das Schrecklichste von allem aber war der Kopf, denn in unüberbietbarer Grausamkeit hatte der Schöpfer dieses gräßlichen Ungeheuers es mit einem Frauenkopf ausgestattet, zu groß, um zu dem Körper zu passen, doch ansonsten normal. Und damit hatte sein Schöpfer sich den schlimmsten Spaß erlaubt, er hatte ihm die Züge von Prinzessin Anita verliehen! Wilde Strähnen schienen in alle Richtungen zu flattern und rahmten das Gesicht in einer Wolke roten Haares ein. Und der Ausdruck des Gesichts war der einer billigen Hure, lüstern und lasterhaft, während das Ungeheuer geil die Lippen leckte und Arutha mit rollenden Augen anblickte. Die blutroten Lippen öffneten sich zu einem breiten Grinsen, das statt menschlicher Eckzähne lange Fänge offenbarte.

Ein solcher Ekel stieg in Arutha hoch, daß er jeden klaren Gedanken verdrängte und nur den einen Wunsch hatte, dieses abscheuliche Ungeheuer zu töten. »Nein!« schrie er und griff nach seinem Degen.

Sofort stürzte Gardan sich auf ihn, warf ihn zu Boden und setzte seine ganze Kraft ein, ihn festzuhalten. »Gerade das ist es, was sie wollen!« schrie er.

Nun kam auch Martin Gardan zu Hilfe. Gemeinsam zerrten

sie den Fürsten von der Tür weg. Das Ungeheuer blickte durch die Tür und spreizte abwesend die Krallen. Schmollend wie ein kleines Mädchen schaute es Arutha an, dann streckte es die Zunge heraus und rollte sie auffordernd. Schließlich richtete es sich mit schallendem Gelächter zu seiner vollen Größe auf, brüllte zu den Sternen empor und streckte die Arme über den Kopf. Mit nur einem Schritt hatte es fast die Tür erreicht, wo der Fürst wartete. Doch plötzlich schwankte es, schrie gellend vor Schmerzen und drehte sich um.

Arutha und seine Begleiter sahen einen blauweißen Blitz zu Bruder Micahs Hand zurückkehren. Er hatte zugeschlagen, als das Ungeheuer abgelenkt war. Erneut schmetterte er seinen Hammer. Er traf den gewaltigen schwabbeligen Bauch. Wieder stieß das Ungeheuer einen Schmerzens- und Wutschrei aus, als dampfendes, schwarzes Blut zu Boden zu rinnen begann.

»So etwas!« erklang eine Stimme erstaunt hinter Arutha.

Laurie sah, daß Bruder Anthony von den Gewölben heraufgekommen war und nun interessiert die Kreatur betrachtete. »Was ist das für ein Ungeheuer?« fragte Laurie ihn.

Offenbar ohne jegliche andere Gefühlsregung als Neugier antwortete der Archivar: »Ich glaube, es ist ein durch Zauber entstandenes Geschöpf oder künstlich hergestellt aus allem möglichen und dann mit Magie belebt. Wir haben Dutzende verschiedener Werke, die beschreiben, wie es bewerkstelligt wird. Allerdings könnte es auch eine natürliche Monstrosität sein, aber das erscheint mir denn doch zu unwahrscheinlich.«

Martin stand auf und überließ es wieder Gardan allein, Arutha festzuhalten. Er spannte seinen Bogen und legte einen Pfeil an die Sehne. Das Ungeheuer näherte sich Bruder Micah, als Martin schoß. Martins Augen weiteten sich, als er bemerkte, wie der Pfeil wirkungslos durch den Hals der Kreatur drang.

Bruder Anthony nickte. »Ja, es ist eine Zauberkreatur. Weltliche Waffen können ihr nichts anhaben!«

Das Ungeheuer schmetterte eine mächtige Faust auf Bruder Micah hinab. Der alte Mönch hob lediglich den Hammer. Einen ganzen Fuß über dem Hammer prallte die Faust zurück, als wäre sie auf Widerstand gestoßen. Die Kreatur brüllte ihren Ärger hinaus.

Martin wandte sich an Bruder Anthony. »Wie kann man dieses Wesen töten?«

»Das weiß ich nicht. Jeder von Micahs Hieben entzieht dem für seine Schöpfung benutzten Zauber ein wenig Kraft. Doch es ist ein gewaltiger Zauber, den aufzuheben einen Tag und länger dauern kann. Sollten Micahs Kräfte nachlassen…«

Aber der alte Mönch stand fest auf den Füßen. Er parierte jeden Hieb des Ungeheuers und schien es zu verletzen. Doch obgleich jede Hammerwunde ihm offensichtlich Schmerzen verursachte, sah es nicht geschwächt aus.

»Wie schafft man ein solches Wesen?« fragte Martin Bruder Anthony. Arutha wehrte sich nicht mehr, aber Gardan kniete noch neben ihm und hielt die Hand auf seiner Schulter.

Anthony, den Martins Frage einen Augenblick offenbar überraschte, sagte: »Wie man eines erschafft? Nun, das ist ziemlich umständlich…«

Das Ungeheuer wurde immer wütender über Micahs Hiebe. Wild, aber nutzlos hämmerte es auf den Mönch ein. Dann wurde es dieser Taktik müde. Es ließ sich auf die Knie fallen, schlug von oben herab auf Micah, als wolle es einen Nagel mit einem Hammer einhauen, doch im letzten Moment zog es die Faust zur Seite und schmetterte sie mit aller Gewalt auf den Boden neben dem Mönch.

Dadurch stolperte Micah unwillkürlich, und das war alles, was die Kreatur brauchte. Sie schwang einen Arm seitwärts, und Micah flog über den Hof. Er schlug schwer auf, rollte halb herum und blieb betäubt liegen, während der Hammer seiner Hand entglitt und davonholperte.

Dann bewegte das Ungeheuer sich wieder auf Arutha zu. Gardan sprang auf und zog das Schwert, während er vorwärtsstürmte, um seinen Fürsten zu beschützen. Dann stand der Hauptmann vor der Kreatur, die abstoßend grinsend zu ihm hinabblickte. Daß sie Anitas Züge hatte, machte alles noch schlimmer. Wie eine Katze, die mit der Maus spielt, stupste das Ungeheuer Gardan an.

Da kehrte Vater John durch eine Innentür zurück. Er hielt einen langen Metallstab, dessen Spitze ein merkwürdiges, siebenseitiges Etwas krönte. Damit stellte er sich vor Arutha, der Gardan zu Hilfe eilen wollte, und gebot dem Fürsten Einhalt: »Nein! Ihr könnt nichts tun!«

Widerstrebend wich er einen Schritt zurück. Der Abt wandte sich der beschworenen Kreatur zu.

Jimmy kroch unter dem Wagen hervor und sprang auf. Ihm war klar, daß es sinnlos wäre, seinen Dolch zu ziehen, aber als er Bruder Micah reglos auf dem Boden liegen sah, rannte er zu ihm. Der alte Mönch war noch bewußtlos, so zerrte Jimmy ihn zum Wagen, wo sie verhältnismäßig sicher waren. Gardan schlug weiter vergebens auf das Ungeheuer ein, das nach wie vor nur mit ihm spielte.

Da sah Jimmy Bruder Micahs Hammer auf der anderen Hofseite liegen. Er sprang danach, bekam den Schaft im Flug zu fassen, ehe er auf dem Bauch landete, ohne den Blick von der Kreatur zu nehmen. Glücklicherweise hatte sie nicht bemerkt, daß der Junge sich der Waffe bemächtigt hatte. Jimmy war erstaunt über das Gewicht des Hammers. Er war gut doppelt so schwer, als er gerechnet hatte. So bewaffnet rannte er auf das Ungeheuer zu und blieb hinter seinem gräßlichen, fellbewachsenen Hinterteil in Deckung. Es beugte gerade den Kopf, um nach Gardan zu greifen.

Die gigantische Pranke hob den Hauptmann hoch und führte ihn zum Maul, das sich weit öffnete. Da zielte Vater John mit seinem Stab. Breite grüne und purpurne Strahlen schossen auf die Kreatur zu und hüllten sie ein. Sie heulte vor Schmerzen und drohte Gardan in ihrer Pranke zu zermalmen, der daraufhin ebenfalls aufschrie.

»Hört auf!« schrie Martin. »Es zerquetscht Gardan!«

Der Abt hielt mit seinem Zauber inne. Das Ungeheuer schnaubte und schleuderte Gardan von sich, um seine Peiniger zu treffen. Der Hauptmann schmetterte gegen Martin, Bruder Anthony und den Abt, daß sie alle zu Boden stürzten. Arutha und Laurie konnten seitwärts ausweichen. Der Fürst sah, wie das gräßliche Zerrbild von Anitas Gesicht sich zur Tür herabbeugte. Die breiten Schwingen verhinderten ihr Eindringen, aber die Kreatur streckte die langen Arme durch die Tür nach Arutha aus.

Martin kam auf die Füße und half dem erschütterten Abt und Bruder Anthony, sich zu erheben. Der Archivar murmelte: »Ja! Natürlich! Das Gesicht in seiner Brust! Tötet es dort!«

Sofort hatte Martin einen Pfeil an der Sehne, aber durch seine gebückte Haltung verbarg das Ungeheuer die Brust. Die Arme waren Arutha schon nahe, als es sich heulend auf die Kehrseite setzte. Dadurch wurde das Gesicht in der Brust sichtbar. »Kilian lenke meinen Pfeil!« betete Martin und schoß. Gleich darauf ragte der Schaft aus der Stirn des blauen Gesichts. Die Augen rollten und schlossen sich, als rotes Menschenblut aus der Wunde quoll. Das Ungeheuer erstarrte.

Während alle die Kreatur mit schreckgeweiteten Augen beobachteten, erbebte sie. Sofort wurden ihre Farben leuchtender und wechselten noch schneller. Sie wurde durchsichtig, unstofflich, etwas, das nur aus farbig glühendem Rauch und Gasen bestand, die sich heftig wirbelnd im Nachtwind auflösten. Das Leuchten schwand, und der Klosterhof war wieder leer und still.

Arutha und Laurie beugten sich über Gardan, der bei Bewußtsein war. »Was ist passiert?« fragte der Hauptmann mit schwacher Stimme.

Aller Augen wandten sich Martin zu, der jedoch auf Bruder Anthony deutete. »Der Herzog fragte, wie so ein Zauberwesen geschaffen wird. Nun, dazu gehört in jedem Fall ein Tier oder Mensch als Ausgangspunkt«, erklärte der Archivar. »Das blaue Gesicht war alles, was von dem Bedauernswerten übrigblieb, der in diesem Fall hatte herhalten müssen. Es war der einzige sterbliche und damit verwundbare Teil. Als er getötet wurde, löste die Magie sich auf.«

»Ich konnte diesen Treffer nur anbringen, weil die Kreatur plötzlich nach hinten kippte.«

»Ein wahres Glück«, murmelte der Abt.

»Glück hatte wenig damit zu tun!« warf der nun herbeikommende Jimmy grinsend ein. Er hielt Bruder Micahs Hammer in der Hand. »Ich habe ihn dem Ungeheuer auf den Hintern gehauen!« Er deutete auf Micah. »Er kommt schon wieder zu sich.« Er gab Vater John den Hammer.

Arutha war noch immer zutiefst erschüttert, daß die Kreatur Anitas Züge gehabt hatte, während Laurie mit schwachem Lächeln bat: »Vater dürften wir einen Schluck Wein haben? Das war der gräßlichste Gestank, den ich je erdulden mußte!«

»Pah!« rief Jimmy. »Ihr hättet erst hinter dem Scheusal stehen müssen!«

Arutha beobachtete den Sonnenaufgang über dem Calastiusgebirge. In den Stunden nach dem Angriff war wieder so etwas wie Ordnung und Ruhe im Kloster eingekehrt, doch Aruthas Innerstes war noch aufgewühlt. Wer oder was auch immer hinter diesen Anschlägen auf ihn steckte, es war weit mächtiger, als er sich vorgestellt hatte, trotz der deutlichen Warnung Vater Nathans und der Hohepriesterin von Lims-Kragma. In seiner Hast, ein Heilmittel für Anita zu finden, war er unvorsichtig geworden, was seinem Wesen eigentlich fremd war. Wenn nötig, konnte er kühn sein, und diese Kühnheit hatte ihm mehrere Siege eingebracht. Doch in letzter Zeit war er nicht kühnen Mutes, sondern lediglich starrsinnig und unüberlegt gewesen. Er spürte etwas ihm Fremdes, wie seit seiner Kindheit nicht mehr, er verspürte Zweifel! So voll Selbstvertrauen war er bei seinen Plänen gewesen, aber Murmandamus hatte entweder jeden seiner Züge vorhergesehen, oder er konnte jedem seiner Schritte mit unglaublicher Flinkheit begegnen. Arutha blickte auf, als er Jimmy neben sich sah. Der Junge schüttelte den Kopf. »Es ist, wie ich es immer sagte.«

Trotz seiner Sorgen mußte Arutha über Jimmys Ton lächeln. »Und das wäre?«

»Egal für wie klug man sich hält, es kann immer was daherkommen, und schon sitzt man auf seinem Hintern. Dann erst denkt man: Das war was, das ich vergessen habe! ›Adleräugige Spätsicht‹ nannte Alvarny der Flinke es.«

Arutha fragte sich, ob der Junge seine Gedanken gelesen hatte. Jimmy fuhr fort: »Die Ishapier sitzen hier herum, murmeln Gebete und sind überzeugt, daß sie eine echte magische Festung haben – ›nichts kann unsere magische Verteidigung durchbrechen‹«, spöttelte er. »Und dann kommen diese Glühkugeln und das fliegende Ungeheuer – und hops! ›An das und dies haben wir nicht gedacht!‹ Seit einer Stunde diskutieren sie darüber, was sie hätten tun sollen. Nun, ich nehme an, sie werden hier bald etwas Wirkungsvolleres haben.« Jimmy lehnte sich an die Steinmauer vor dem Rand der steilen Felswand. Hinter der Mauer hob das Kloster sich aus den Schatten, als die Sonne höherstieg.

»Der alte Anthony hat mir gesagt, daß für die nächtlichen Ereignisse viel anstrengender und zeitraubender Zauber benötigt wurde, also meint er, daß wir eine Weile von weiterem verschont bleiben. Sie fühlen sich wieder stark in ihrer Festung – bis was anderes daherkommt, für das ihr Schutz nicht vorhanden ist.«

»Du bist ja ein richtiger Philosoph!« Arutha lächelte, als Jimmy mit den Schultern zuckte.

»Ich habe soviel Angst, daß ich mir fast in die Hose mache«, gestand er. »Und es würde nicht schaden, wenn Ihr auch Angst hättet. Diese Untoten in Krondor waren schon schlimm, aber die vergangene Nacht! Ich weiß nicht, wie Ihr darüber denkt, aber wenn ich an Eurer Stelle wäre, würde ich es mir sehr überlegen, ob ich nicht nach Kesh auswandern und meinen Namen ändern würde.«

Arutha lächelte düster, denn Jimmy hatte ihm vor Augen geführt, was er sich selbst nicht eingestanden hatte. »Um ehrlich zu sein, Jimmy, ich habe bestimmt nicht weniger Angst als du.«

Der Junge blickte ihn überrascht an. »Wirklich?«

»Wirklich. Schau, nur ein Geistesgestörter würde sich vor solchen Gegnern, wie wir sie gegen uns haben, nicht fürchten. Doch wichtig ist nicht, ob man Angst hat oder nicht, sondern was man tut. Mein Vater sagte einmal, daß ein Held ganz einfach jemand ist, dessen Angst zu groß war, daß er noch hätte klar denken und davonlaufen können, und der dann irgendwie überlebt hat.« Jimmy lachte, und die jungenhafte Fröhlichkeit ließ ihn so jung erscheinen, wie er tatsächlich war, und nicht um so vieles älter, wie er gewöhnlich wirkte. »Das stimmt auch. Ich persönlich tu am liebsten schnell, was getan werden muß, damit ich mich dann wieder vergnügen kann. Dieses Aufopfern für ein hehres Ziel ist was für Sagen und Legenden.«

»Na siehst du, es steckt also doch etwas von einem Philosophen in dir«, meinte Arutha lächelnd. »Übrigens, du hast vergangene Nacht schnell und mutig gehandelt. Wenn du das Ungeheuer nicht abgelenkt hättest, daß Martin es töten konnte...«

»Wären wir jetzt auf dem Rückweg nach Krondor mit Euren Gebeinen, falls das Ungeheuer sie nicht verschlungen hätte«, beendete Jimmy den Satz mit trockenem Humor.

»Schau nicht so zufrieden drein bei dieser Vorstellung.«

Jimmy lächelte. »Ich wäre es bestimmt nicht, gewiß! Ihr gehört zu den wenigen, die ich gern um mich habe. Im Grunde genommen sind wir eine fröhliche Schar, nur daß eben die Zeiten grimmig sind. Trotzdem macht es mir Spaß, wenn ich ehrlich sein soll.«

»Du hast ja eine seltsame Vorstellung von Spaß!«

Jimmy schüttelte den Kopf. »Nicht wirklich. Wenn einem schon Angst eingejagt wird, sollte man sie wenigstens voll ausschöpfen. Wißt Ihr, das ganze Leben eines Diebes ist so. Man bricht in stockfinsterer Nacht in ein Haus ein und weiß nicht, ob seine Bewohner nicht vielleicht wach sind und einen mit einem Knüppel oder Schwert erwarten, um einem den Schädel einzuschlagen, sobald man den Kopf durchs Fenster steckt. Oder man wird von der Stadtwache durch die Straßen gejagt. Das ist kein Spaß, aber irgendwie doch, versteht Ihr? Jedenfalls ist es aufregend. Und außerdem, wie viele können sich damit brüsten, dem Fürsten von Krondor das Leben gerettet zu haben, indem sie einem Dämon einen Hammer in den Hintern schlugen?«

Nun mußte Arutha laut lachen. »Ich glaube es nicht! Das ist das erste Mal, daß ich wieder richtig lachen konnte, seit – seit der Trauung.« Er legte die Hand auf Jimmys Schultern. »Du hast dir wahrhaftig eine Belohnung verdient, Junker James. Was wünschst du dir?«

Der Junge verzog das Gesicht, als überlege er schwer. »Ich hätte nichts dagegen, wenn Ihr mich zum Herzog von Krondor machen würdet.«

Nichts hätte Arutha mehr verblüffen können. Er öffnete den Mund, doch er brachte keinen Laut heraus. Martin, der aus dem Krankensaal kam, bemerkte seinen wahrlich ungewöhnlichen Gesichtsausdruck. »Was hast du denn?« fragte er ihn.

Arutha deutete auf Jimmy. »Er möchte Herzog von Krondor werden!«

Martin lachte schallend. Als er sich beruhigt hatte, sagte Jimmy: »Warum nicht; Dulanic ist hier, also wißt Ihr, daß er auf seinen Titel verzichtet hat. Und Volney will ihn nicht. Wem wollt Ihr ihn also sonst geben? Ich bin nun wirklich nicht gerade dumm, und ein paar Gefallen habe ich Euch auch getan.«

Martin lachte wieder, während Arutha entgegnete: »Dafür wurdest du bezahlt!« Der Fürst war zwischen Entrüstung und Belustigung hin und her gerissen. »Hör zu, du Bandit! Vielleicht lasse ich dir von Lyam einen kleinen Landstrich überschreiben – einen sehr kleinen! –, um den du dich dann selbst kümmern kannst, wenn du volljährig bist, aber bis dahin sind es noch gut drei Jahre. Inzwischen mußt du dich schon mit dem Titel Oberjunker des Hofes abfinden.«

Martin schüttelte mißbilligend den Kopf. »Er wird aus den Junkern eine Straßenbande machen!«

»Nun, zumindest werde ich das Vergnügen haben, Jeromes verdutztes Gesicht zu sehen, wenn deLacy es bekanntgibt.«

Martin unterdrückte sein Lachen. »Ich dachte, es würde euch interessieren, daß Gardan sich wieder erholt, so wie Bruder Micah auch. Dominic ist bereits wieder auf den Beinen.«

»Was ist mit dem Abt? Und mit Bruder Anthony?«

»Der Abt ist irgendwo und tut, was immer Äbte wohl tun müssen, wenn ihre Klöster entweiht wurden. Und Bruder Anthony sucht weiter nach Hinweisen auf Silberdorn. Er läßt dir ausrichten, daß er im Gewölbe siebenundsechzig ist – falls du mit ihm sprechen möchtest, Arutha.«

»Das möchte ich allerdings«, erwiderte der Fürst begierig. »Vielleicht ist er schon auf etwas gestoßen.«

Bevor er die beiden allein ließ, sagt er noch: »Jimmy, erkläre doch meinem Bruder, weshalb ich dich zum zweitwichtigsten Herzog des Königreichs ernennen soll.«

Arutha machte sich auf den Weg, um den Archivar aufzusuchen. Martin wandte sich zu Jimmy um, der ihn lächelnd anblickte.

Arutha betrat das riesige Gewölbe, in dem es leicht muffig von den uralten Büchern roch, aber auch nach dem Mittel, mit dem sie gegen den Zerfall geschützt waren. Im flackernden Lampenlicht las Bruder Anthony in einem alten Werk. Ohne aufzublikken sagte er: »Genau wie ich vermutete. Ja, ich wußte, daß es hier sein würde!« Dann richtete er sich auf. »Diese Kreatur war ähnlich jener, die im Tempel von Tith-Onanka getötet wurde, in den sie vor dreihundert Jahren eindrang. Diesen Quellen zufolge besteht kein Zweifel, daß pantathianische Schlangenpriester sie erschaffen hatten.«

»Was oder wer sind diese Pantathianer, Bruder?« fragte Arutha. »Ich kenne nur die Geschichte, die man erzählt, um Kindern angst zu machen.«

Der alte Mönch zuckte mit den Schultern. »Ehrlich gesagt, wir wissen selbst nicht viel über sie. Die meisten intelligenten Rassen auf Midkemia können wir zumindest auf gewisse Weise verstehen. Selbst die Moredhel haben manches mit den Menschen gemein. Ihr wißt, daß sie einem sehr strengen Ehrenkodex frönen, allerdings ist er nach unseren Ehrbegriffen recht merkwürdig. Aber diese Kreaturen ...« Er schlug das Buch zu. »Niemand weiß, wo Pantathien liegt. Wir haben Abschriften der Karten, die Macros hinterließ – Kulgan von Stardock schickte sie uns zuvorkommenderweise –, doch selbst darauf ist es nicht eingezeichnet. Sie sind die Erzfeinde der Menschheit, obgleich sie schon des öfteren mit dem einen oder anderen Menschen zusammenarbeiteten. An etwas besteht jedenfalls kein Zweifel, sie sind Geschöpfe des absoluten Bösen. Daß sie diesem Murmandamus dienen, weist, wie nichts anderes es könnte, darauf hin, daß er ein Gegner von allem Guten ist, und außerdem, daß er eine mehr als ernstzunehmende Macht ist.«

»Dann wissen wir jedoch nicht viel mehr als das, was wir bereits durch Lachjack erfuhren«, sagte Arutha.

»Richtig«, bestätigte der Mönch. »Doch unterschätzt nicht

den Wert, nun mit Sicherheit zu wissen, daß er die Wahrheit sprach. Zu wissen, was Dinge nicht sind, ist oft genauso wichtig, wie zu wissen, was sie sind.«

»Konntet Ihr trotz all der Aufregung etwas über Silberdorn herausfinden?«

»Ja. Ich wollte euch Bescheid geben, sobald ich diesen Abschnitt gelesen hätte. Ich fürchte, ich kann Euch jedoch nicht viel helfen.« Bei diesen Worten legte sich eine eiskalte Hand um Aruthas Herz, aber er bedeutete dem alten Mönch fortzufahren. »Der Grund, weshalb mir Silberdorn nicht gleich etwas sagte, ist der, daß der gegebene Name eine Übersetzung des eigentlichen ist, mit dem ich sehr wohl vertraut bin.«

Er öffnete ein anderes Werk, das neben dem ersten lag. »Dies ist das Tagebuch von Geoffrey, Caradaocs Sohn, eines Mönches des Silban- Klosters, westlich von Yabon – das Kloster, in dem Euer Bruder Martin aufwuchs, allerdings einige hundert Jahre später. Geoffrey war Pflanzenkundiger und verbrachte seine freie Zeit damit, alles, was er über die heimische Pflanzenwelt wußte, niederzuschreiben. Hier fand ich einen Hinweis, der Euch interessieren dürfte. Ich lese es Euch vor: *Die Pflanze, die von den Elben Ellebeere genannt wird, ist den Bergmenschen als Funkeldorn bekannt. Wenn richtig angewandt, soll sie Zauberkräfte haben. Allerdings ist die richtige Weise der Destillierung des Pflanzenauszugs nicht allgemein bekannt, da dazu ein magisches Ritual vonnöten ist, das durchzuführen für normale Sterbliche unmöglich ist. Die Pflanze ist ungemein selten, und nur wenige haben sie heutzutage gesehen. Ich selbst bekam sie nie zu Gesicht, doch jene, die mir von dieser Pflanze berichten, sind zuverlässig, und sie sind sicher, daß es sie gibt.*« Er klappte den Buchdeckel zu.

»Ist das alles?« fragte Arutha. »Ich hatte auf ein Gegenmittel gehofft, oder doch zumindest auf einen Hinweis, wie man ein solches finden könnte.«

»Aber es gibt doch einen Hinweis«, meinte der alte Mönch verschmitzt zwinkernd. »Geoffrey, der mehr noch ein Schwätzer als ein Pflanzenkundiger war, gab der Pflanze den Namen ›Ellebeere‹ – ganz offenbar eine ›Übersetzung‹ von *aelebera*, ein Elbenwort, das soviel wie ›Silberdorn‹ bedeutet. Wenn also irgend jemand sich mit dessen magischen Eigenschaften auskennt und wie dagegen anzukommen ist, dann die Zauberwirker von Elbenheim.«

Arutha schwieg einen Augenblick, dann sagte er: »Ich danke Euch, Bruder Anthony. Ich hatte gehofft, meine Suche erfolgreich hier beenden zu können, doch zumindest habt Ihr mich nicht aller Hoffnung beraubt.«

»Die Hoffnung gibt es immer, Arutha conDoin. Ich nehme an, daß der Abt in all der Aufregung nicht mehr dazu kam, Euch den Hauptgrund für all das hier nennen zu können.« Die Arme weit ausbreitend deutete er auf die Bücher in den Regalen. »Der Grund, weshalb wir all diese Werke sammeln, ist die Hoffnung. Es gibt viele Prophezeiungen und Zeichen, doch eine spricht von dem Ende von allem, was wir kennen. Sie sagt weiterhin, wenn die Mächte der Finsternis alles vernichtet haben, wird nur noch das übrig sein, ›was Sarth war‹. Sollte diese Prophezeiung sich je bewahrheiten, hoffen wir, daß die Saat des Wissens, die wir zusammentrugen, dem Menschen einst von Nutzen sein wird. Dieses Tages wegen sammeln wir alles – und hoffen, daß er nie kommen wird!«

»Ihr ward zu gütig, Bruder Anthony.«

»Man hilft, wo man kann.«

»Noch einmal, danke.« Arutha verließ das Gewölbe und stieg die Treppe hoch. Er ließ sich alles durch den Kopf gehen, was ihn beschäftigte, und überlegte, was zu tun sei, während er dem Hof zustrebte. Laurie hatte sich Jimmy und Martin angeschlossen, ebenso Bruder Dominic, der sich wieder erholt zu haben schien, obgleich er noch sehr bleich war.

Laurie rief dem Fürsten entgegen: »Gardan dürfte morgen wieder auf den Beinen sein.«

»Gut, denn wir werden Sarth im Morgengrauen verlassen.«

»Wie geht es weiter?« erkundigte sich Martin.

»Ich werde Gardan auf das erste Schiff, das von Sarth nach Krondor ausläuft, bringen, und wir reiten weiter.«

»Weiter – wohin?« fragte Laurie.

»Nach Elbenheim.«

Martin lächelte. »Ich freue mich, es wieder einmal besuchen zu können.«

Jimmy dagegen seufzte. Arutha blickte ihn an. »Was hast du denn?«

»Ich dachte gerade an Eure Hofköche und an knochige Pferderücken.«

»Nun, du brauchst dir keine weiteren Gedanken darüber zu machen. Du wirst morgen mit Gardan nach Krondor zurückkehren.«

»Was? Damit mir der ganze Spaß entgeht?«

Kopfschüttelnd wandte Laurie sich an Martin. »Dieses Bürschchen hat einen seltsamen Sinn für Spaß!«

Jimmy wollte aufbegehren, als Dominic fragte: »Hoheit, dürfte ich mit Eurem Hauptmann reisen? Ich möchte nach Krondor.«

»Selbstverständlich, aber was ist mit Euren Pflichten hier?«

»Ein anderer wird mein Amt übernehmen, denn ich werde eine längere Zeit nicht fähig sein, diese Pflichten zu erfüllen, und wir können nicht warten. Es ist keine Schande oder Unehre; es ist einfach erforderlich.«

»Dann bin ich sicher, daß sich Jimmy und Gardan über Eure Begleitung freuen werden.«

»Wartet...«, begann Jimmy. Ohne auf den Jungen zu achten, fragte Arutha den Mönch: »Was führt Euch nach Krondor?«

»Nur die Tatsache, daß es auf meinem Weg nach Stardock

liegt. Vater John hält es für wichtig, daß wir Pug und die anderen Magier von dem unterrichten, was wir über die Vorgänge hier wissen. Ihrer sind mächtige Künste, die uns verschlossen sind.«

»Das ist eine sehr nützliche Überlegung. Ich hätte selbst daran denken sollen. Ich gebe Euch noch zusätzliche Kunde für sie mit, wenn Ihr nichts dagegen habt, sie zu übermitteln. Und ich werde Gardan beauftragen, Euch nach Stardock zu begleiten.«

»Das wäre sehr gütig von Euch.«

Jimmy hatte versucht, sich Gehör mit seinem Widerspruch zu verschaffen, denn er wollte nicht nach Krondor zurückkehren. Doch Arutha achtete nicht darauf, sondern wandte sich an Laurie: »Nimm unseren nach der Herzogswürde trachtenden jungen Mann mit in die Stadt hinunter und sucht ein Schiff. Wir werden morgen nachkommen. Besorgt uns auch frische Pferde, und seht euch vor, daß ihr nicht in Schwierigkeiten geratet.«

Arutha ging mit Dominic und Martin zum Spitalgebäude. Jimmy, der mit Laurie zurückblieb, versuchte noch immer, sich Gehör zu verschaffen. »A-aber...«, begann er wieder.

Laurie schlug Jimmy auf die Schulter. »Kommt, Ihro Gnaden. Wenn wir unsere Aufträge rechtzeitig erledigt haben, werden wir sehen, ob wir nicht noch ein Spielchen in einem Gasthof machen können.«

Ein seltsamer Ausdruck huschte über Jimmys Gesicht. »Spielchen?« fragte er.

»Na, du weißt schon, Pashawa oder Über-unter-dazwischen. Würfel- oder Brettspiel. Glücksspiel eben.«

»Oh!« entgegnete der Junge. »Das werdet Ihr mich aber erst lehren müssen!«

Als er sich zu den Stallungen umwandte, versetzte Laurie ihm einen Tritt, daß er unwillkürlich ein paar Schritte vorwärts stolperte. »Es dich lehren, ha! Ich bin ja kein Bauerntölpel frisch vom Land. Damit ist man mir einmal gekommen, aber nie wieder!«

Jimmy lief davon und lachte. »Einen Versuch war es jedenfalls wert!«

Arutha betrat die im Dunkel liegende Kammer. Er blickte auf den Liegenden hinunter. »Ihr habt nach mir geschickt?«

Micah setzte sich auf und lehnte sich mit dem Rücken stützend an die Wand. »Ja, ich habe gehört, daß Ihr aufbrechen wollt. Habt Dank für Euer Kommen.« Er bedeutete Arutha, sich auf das Bett zu setzen. »Wenn ich mich noch ein bißchen ausruhen kann, werde ich in einer Woche wieder ganz bei Kräften sein.« Er blickte den Fürsten an. »Arutha, Euer Vater und ich waren als junge Burschen Freunde. Caldric fing damals damit an – was sich seither eingebürgert hat –, Junker an den Hof zu holen. Wir waren vielleicht eine Bande! Brucal von Yabon war unser Oberjunker, und er hat uns ganz schön rangenommen. Schneidige, verwegene Burschen waren wir, Euer Vater, ich und Guy du Bas-Tyra.« Bei der Erwähnung dieses Namens erstarrte Arutha, schwieg jedoch. »Ich denke gern, daß wir damals das Rückgrat des Reichs waren. Nun seid Ihr es. Borric hatte Glück mit Euch und Lyam, und mit Martin ebenfalls. Jetzt diene ich Ishap, aber immer noch liebe ich das Königreich, mein Sohn. Ich wollte Euch nur sagen, daß meine Gebete Euch begleiten.«

»Ich danke Euch, mein Lord Dulanic.«

Micah legte sich auf das Kissen zurück. »Nicht mehr. Nun bin ich lediglich ein einfacher Mönch. Übrigens, wer führt die Regierungsgeschäfte während Eurer Abwesenheit in Krondor?«

»Lyam ist dort und wird bis zu meiner Rückkehr bleiben. Volney ist stellvertretender Kanzler.«

Als Micah bei dieser Antwort lachte, ließ der Schmerz ihn leicht zusammenzucken. »Volney! Bei Ishaps Zähnen. Er muß es hassen!«

»Das tut er auch«, versicherte ihm Arutha mit einem Lächeln.

»Werdet Ihr ihn von Lyam zum Herzog ernennen lassen?«

»Ich weiß es noch nicht. Sosehr er auch widerspricht, ist er doch der fähigste verfügbare Verwalter. Wir haben viele gute junge Leute durch den Spaltkrieg verloren.« Plötzlich trat sein bekanntes schiefes Lächeln auf seine Züge. »Jimmy meinte, ich solle *ihn* zum Herzog von Krondor machen.«

»Unterschätzt den Jungen nicht, Arutha. Laßt ihn gut ausbilden. Bürdet ihm Verantwortung auf, bis er schier zusammenbricht, und dann ladet ihm noch mehr auf. Erzieht ihn, und seht danach weiter. Junge Männer wie er sind selten.«

»Warum all das, Micah? Weshalb Eure Sorge um Dinge, die Ihr hinter Euch gelassen habt?«

»Weil ich immer noch ein eingebildeter alter Mann und Sünder bin, trotz aller Buße. Es interessiert mich nach wie vor, wie es meiner Stadt ergeht, auf die ich stolz bin. Und weil Ihr Eures Vaters Sohn seid.«

Arutha schwieg eine Weile, dann sagte er. »Ihr und Vater standet Euch einst sehr nah, nicht wahr?«

»Ja, sehr. Nur Guy stand Borric noch näher.«

»Guy!« Arutha konnte nicht glauben, daß Vaters schlimmster Feind einst sein Freund gewesen war. »Wie ist das möglich?«

Micah blickte Arutha nachdenklich an. »Ich dachte, Euer Vater hätte es Euch offenbart, bevor er starb.« Er schwieg einen Herzschlag lang. »Andererseits war es etwas, das Borric nicht getan hätte.« Er seufzte. »Wir, die wir Freunde von sowohl Eurem Vater als auch Guy waren, leisteten alle einen Eid. Wir schworen, nie von der Schmach zu sprechen, die diese so enge Freundschaft beendete und Guy veranlaßte, jeden Tag, den Rest seines Lebens, Schwarz zu tragen, was ihm schließlich den Namen ›Schwarzer Guy‹ eintrug.«

Arutha sagte leise: »Vater sprach einmal von dieser eigenartigen Tat persönlichen Mutes, ansonsten verlor er jedoch kein gutes Wort über Guy.«

»Verständlich. Ich werde es ebenfalls nicht, solange Guy mich nicht des Schwures entbindet oder bewiesen ist, daß er nicht mehr lebt. Aber soviel darf ich sagen: Vor dieser Trennung waren Borric und er wie Brüder. Ob bei Mädchen, Prügeleien oder im Krieg, sie waren immer in Hörweite voneinander, um sich gegenseitig zu Hilfe eilen zu können.

Doch genug, Arutha. Ihr müßt sehr früh aufstehen und ausgeruht sein. Da ist die Zeit zu kostbar, sie mit längst Vergangenem zu vergeuden. Ihr müßt alles daransetzen, ein Heilmittel für Anita zu finden...« Die Augen des alten Mannes wurden feucht. Jetzt erst erinnerte sich Arutha, daß er in seiner eigenen düsteren Sorge um Anita vergessen hatte, daß Micah zu Erlands Haushalt gehört und Anita seit ihrer Geburt gekannt hatte. Sie mußte ihm ja wie eine Enkelin sein!

Micah schluckte. »Diese verdammten Rippen. Schon bei kräftigerem Atmen kommen die Tränen, als beiße man in rohe Zwiebeln.« Er seufzte tief. »Ich hielt sie in den Armen, als die Priester von Sung der Weißen sie kaum eine Stunde nach ihrer Geburt segneten.« Seine Augen schienen in weite Ferne zu blicken. »Rettet sie, Arutha!«

»Ich werde eine Heilung für sie finden!«

Seine Gefühlsaufwallung mühsam unterdrückend, flüsterte Micah: »Dann geht, Arutha. Ishap beschütze Euch!«

Arutha drückte dem alten Mönch fest die Hand, erhob sich und verließ die Kammer. Als er durch den Hauptgang des Klosters schritt, bedeutete ein Mönch ihm stumm, ihm zu folgen und brachte ihn zum Gemach des Abtes, wo Vater John und Bruder Anthony ihn erwarteten.

»Es ist gut, daß Ihr Euch Zeit nahmt, Bruder Micah zu besuchen, Hoheit«, begann der Abt.

Plötzlich erschrak Arutha. »Er wird sich doch wieder erholen, nicht wahr?«

»Wenn es Ishaps Wille ist. Er ist ein alter Mann, und was er erduldet hat, wäre selbst für einen Jungen viel.«

Bruder Anthony ergrimmte diese Vorstellung sichtlich, und fast schnaubte er. Der Abt tat, als bemerke er es nicht. »Wir haben über das Problem nachgedacht, dem es sich zu stellen gilt.« Er schob Arutha eine kleine Schatulle über den Tisch zu. Der Fürst nahm sie in die Hand.

Sie war alt und aus kunstvoll geschnitztem Holz. Als er sie öffnete, sah er in das Samtfutter einen Talisman eingebettet, einen Bronzehammer – ein winziges Gegenstück des Streithammers, den Micah getragen hatte. Durch ein winziges Loch oben am Schaft war eine feine Schnur geschlungen.

»Was ist das?« fragte Arutha.

»Ihr habt Euch sicherlich gefragt, wie Euer Feind wissen konnte, wo Ihr seid. Es wäre möglich, daß ein Helfer, vielleicht der Schlangenpriester, Euch durch einen magischen Spiegel oder dergleichen aufzuspüren vermag. Dieser Talisman ist ein Vermächtnis aus uralter Zeit. Er wurde im – soviel bekannt ist – ältesten Kloster unseres Ordens hergestellt, dem in Leng. Er ist das mächtigste, von Menschenhand geschaffene Schutzmittel in unserem Besitz. Er wird es unmöglich machen, daß man Euch durch Zauber aufspürt. Ihr werdet in einem magischen Spiegel oder einer Kristallkugel nicht mehr zu sehen sein. Gegen irdische Augen haben wir zwar keinen Sichtschutz, doch wenn Ihr vorsichtig seid und Euch für einen anderen ausgebt, müßtet Ihr Elbenheim unerkannt erreichen können. Hängt Euch den Talisman um den Hals und nehmt ihn nie ab, damit Ihr nicht wieder für Zauberei sichtbar werdet. Er wird Euch übrigens auch gegen Angriffe der Art schützen, denen wir vergangene Nacht ausgesetzt waren. Eine durch Magie erschaffene Kreatur kann Euch nichts mehr anhaben. Doch immer noch wird Euer Feind imstande sein, Euch durch jene um Euch zu treffen, denn sie kann der Talisman nicht ebenfalls schützen.«

Arutha schlang das dünne Band mit dem winzigen Bronzehammer um den Hals und bedankte sich.

Der Abt erhob sich. »Ishap beschütze Euch, Hoheit! Und wisset, daß Ihr bei uns in Sarth immer Zuflucht finden könnt.«

Noch mal bedankte Arutha sich und verließ den Abt und Bruder Anthony. Während er zu seiner Schlafkammer zurückkehrte und sein Reisebündel zusammenrollte, dachte er über alles nach, was er erfahren hatte. Was auch immer geschah, er würde nicht ablassen, alles zu tun, um Anita zu retten.

Der Weg führt nordwärts

Ein einsamer Reiter galoppierte herbei.

Arutha blickte über die Schulter, als Martin ihn auf den näher kommenden Reiter aufmerksam machte. Laurie wendete sein Pferd und zog sein Schwert, während Martin laut zu lachen begann.

»Wenn es der ist, wie ich glaube, dann nehme ich ihm seine Ohren!«

»Dann wetz schon mal dein Messer, Bruder«, sagte Martin grinsend. »Denn sieh nur mal, wie diese Ellbogen beim Reiten geradezu flattern.«

Wenige Augenblicke später erwies Martins Vermutung sich als richtig, ein grinsender Jimmy zügelte sein Pferd. Arutha gab sich keine Mühe, seinen Ärger zu verbergen. Er wandte sich an Laurie: »Hast du mir nicht versichert, daß er sich mit Gardan und Dominic auf dem Schiff nach Krondor befinde?«

Sichtlich verblüfft antwortete der Sänger: »Er war auch auf dem Schiff, das schwöre ich!«

Jimmy blickte die drei an. »Nun, will mich denn niemand begrüßen?«

Martin bemühte sich um eine ernste Miene, doch selbst er, der bei den Elben gelernt hatte, seine Gefühle zu verbergen, hatte nun seine Not damit. Jimmy sah sie mit dem treuherzigen Blick eines Hündchens an – eine Pose, die so gespielt war wie seine meisten anderen. Und Arutha kämpfte sichtlich um Strenge. Laurie verbarg sein Lachen hinter einer schnell erhobenen Hand und einem Hüsteln.

Arutha schüttelte den Kopf. Schließlich sagte er: »Also gut, was hast du für eine Entschuldigung?«

»Nun, zunächst einmal, ich schwor einen Eid. Vielleicht bedeutet er Euch nicht viel, aber er ist trotzdem ein Eid, und er bindet uns, ›bis die Katze gehäutet ist‹. Und da war noch eine Kleinigkeit.«

»Was?« fragte Arutha scharf.

»Ihr wurdet beschattet, als Ihr von Sarth aufgebrochen seid.«

Arutha setzte sich im Sattel zurück. Er war über den gleichmütigen Ton des Jungen genauso überrascht wie über die Neuigkeit. »Wie kannst du dessen sicher sein?«

»Erstens einmal kannte ich den Burschen. Er ist ein Kaufmann aus Questors Sicht namens Havram, der für die Spötter als Schmuggler arbeitete. Er wurde nicht mehr gesehen, seit man dem Aufrechten über die Einschleusung der Nachtgreifer berichtete. Und er war in der Schenke, in der Gardan, Dominic und ich auf das Schiff warteten. Ich ging mit dem guten Hauptmann und dem Mönch an Bord, stahl mich jedoch über die Reling, ehe der Anker gelichtet wurde.

Dann, zweitens, war der Mann ohne seine üblichen Gehilfen, die er stets um sich hatte, wenn er seiner Arbeit nachging. Er ist allseits als gesprächig und leutselig bekannt und einer, der gern auf sich aufmerksam macht, wenn er den Kaufmann spielt. In Sarth jedoch hatte er die Kapuze seines Umhangs tief ins Gesicht gezogen und hielt sich möglichst in dunklen Winkeln. Er würde in einer Schenke seine übliche Rolle nicht aufgeben, zwängen ihn nicht außerordentliche Umstände dazu. Und er folgte Euch aus der Schenke, bis er sicher sein konnte, welchen Weg Ihr genommen habt. Und was ebenfalls von Bedeutung ist, er steckte früher viel mit Lachjack und Golddase zusammen.«

Martin warf ein: »Havram! Das war der Mann, von dem Lachjack behauptete, er habe ihn und Dase für die Nachtgreifer angeworben!«

»Nun, da sie dich nicht mehr mit Magie finden können, setzen sie Menschen zur Beschattung ein«, fügte Laurie hinzu. »Da ist es klar, daß sie jemanden beauftragt hatten, in Sarth auf dich zu warten, bis du vom Kloster herunterkamst.«

»Hat er dich aufbrechen sehen?« fragte der Fürst.

Jimmy lachte. »Nein, aber ich ihn!« Alle blickten ihn fragend an, und der Junge fuhr fort: »Ich habe mich schon um ihn gekümmert!«

»Was hast du getan?«

Jimmy sah sehr zufrieden mit sich aus. »Selbst eine so kleine Stadt wie Sarth hat seine Unterwelt, die man schnell findet, wenn man sie zu suchen versteht. Ich benutzte meinen Ruf als Spötter von Krondor, gab mich zu erkennen und bewies, daß ich war, wer ich zu sein behauptete. Einigen Leuten, die nicht wollten, daß bekannt würde, wer sie wirklich waren, gab ich zu verstehen, daß ich durchaus bereit sei, mich ihretwegen nicht an die Gesetzeshüter zu wenden, wenn sie mir einen kleinen Dienst erwiesen. Da sie glaubten, ich stünde bei den Spöttern noch in gutem Ansehen, entschieden sie sich, mich nicht in der Bucht zu versenken, vor allem wohl auch, weil ich ihnen das Geschäft mit einem kleinen Beutel Gold, den ich bei mir trug, schmackhafter machte. Dann erwähnte ich, daß im ganzen westlichen Reich nicht ein einziger einen gewissen Kaufmann vermissen würde, der gegenwärtig in einer bestimmten Schänke säße. Der falsche Kaufmann ist vermutlich bereits auf seinem Weg nach Kesh über die durbische Sklavenroute und lernt schwerere Arbeit als bisher kennen.«

Laurie schüttelte bedächtig den Kopf. »Der Junge weiß, was getan werden muß!«

Arutha seufzte tief. »Es sieht ganz so aus, als stünde ich wieder einmal in deiner Schuld, Jimmy.«

Der Junge ging nicht darauf ein, sondern fuhr fort: »Etwa eine Stunde hinter uns kommt von der Küste eine kleine Karawane. Wenn wir langsam reiten, holt sie uns noch vor Einbruch der Nacht ein. Wir könnten uns vermutlich als zusätzliche Wächter anwerben lassen und reisen so mit den Wagen und anderen Wächtern, während Murmandamus nach den drei Reitern Ausschau halten läßt, die Sarth verließen.«

Arutha lachte. »Was soll ich nur mit dir tun?« Ehe Jimmy den Mund aufbrachte, fügte er noch hastig hinzu: »Aber sag ja nicht wieder, daß du Herzog von Krondor werden möchtest!« Als er sein Pferd gewendet hatte, blickte er noch einmal, über die Schulter diesmal, auf Jimmy: »Und verrat mir lieber nicht, woher du das Pferd hast.«

Das Schicksal oder die Wirksamkeit des ishapischen Talismans half Arutha und seinen drei Begleitern, jedenfalls hatten sie keinerlei Schwierigkeiten auf ihrem Weg nach Ylith. Jimmys Hinweis, daß eine Karawane sie einholen würde, erwies sich als richtig. Sie stellte sich als eine recht armselige heraus, mit nur fünf Wagen und zwei Banditen als Wächtern. Sobald der Kaufmann, dem sie gehörte, überzeugt war, daß sie kein lichtscheues Gesindel waren, hieß er sie als Reisebegleiter willkommen – schließlich gewann er vier zusätzliche Beschützer, die ihn nur die Mahlzeiten kosteten.

Zwei Wochen reisten sie dahin und kaum, daß die Eintönigkeit je unterbrochen wurde. Fahrende Händler, Trödler und Karawanen aller Größen mit bis zu zwanzig Söldnern als Wachmannschaft begegneten ihnen in beiden Richtungen entlang der Küste zwischen Questors Sicht und Sarth. Wirklich nur zufällig hätte ein Spitzel des Gegners sie unter all den Wächtern auf der vielbefahrenen Straße erkennen können.

Gegen Sonnenuntergang tauchten die Lichter von Ylith in der Ferne auf. Arutha ritt an der Spitze mit den beiden Wächtern des Kaufmanns Yanov. Er zügelte sein Pferd, bis der vorderste Wagen ihn erreichte. »Wir sind bald in Ylith, Yanov.«

Der Wagen rollte an ihm vorüber, und der dicke Kaufmann, ein Tuch- und Seidenhändler von Krondor, winkte glücklich.

Arutha war sehr erleichtert gewesen, als ihm klargeworden war, daß Yanov, ein recht überschwenglicher Mann, kaum auf irgend etwas achtete, das andere sagten, so hatte er sich auch nicht um die von Arutha schnell erfundene Geschichte geschert. Soweit der Fürst es festzustellen vermochte, hatte Yanov ihn nie zuvor gesehen.

Martin war der erste, der Arutha einholte, als der letzte Wagen der Karawane an ihm vorüberholperte. »Ylith!« sagte Arutha und trieb sein Pferd wieder an.

Jimmy und Laurie, die auf der anderen Seite der Wagen geritten waren, lenkten ihre Pferde herbei, als Martin meinte: »Bald können wir uns von der Karawane trennen und uns frische Pferde besorgen. Diese hier müssen sich dringend ausruhen.«

»Ich bin froh, wenn ich Yanov nicht mehr sehe«, brummte Laurie. »Er quasselt unaufhörlich wie ein Fischweib.«

Jimmy schüttelte in spöttischem Mitgefühl den Kopf. »Und er läßt kaum jemanden am Lagerfeuer eine Geschichte erzählen.«

Laurie funkelte ihn an. »Genug!« mahnte Arutha. »Wir werden uns weiterhin als einfache Reisende ausgeben. Würde Baron Talanque erfahren, daß ich hier bin, machte er gleich eine Staatssache daraus. Er würde, uns zu Ehren Bankette und Empfänge geben, Turniere und Jagden veranstalten, und jedermann zwischen den Großen Nordbergen und Kesh würde erfahren, daß ich in Ylith bin. Talanque ist ein feiner Kerl, aber er liebt Festlichkeiten.«

Jimmy lachte. »Da ist er nicht der einzige.« Mit einem Freudengebrüll trieb er sein Pferd an. Arutha, Laurie und Martin blickten ihn erstaunt an, dann stellte sich auch bei ihnen die Erleichterung ein, daß sie Ylith bald erreichen würden, und sie jagten hinter dem Jungen her.

Als Arutha an dem vordersten Wagen vorübergaloppierte, rief er: »Gute Geschäfte, Meister Yanov!«

Der Kaufmann blickte ihnen nach, als hätten sie den Verstand verloren. Er hätte ihnen in allem Anstand eine Kleinigkeit geben müssen, da sie schon für ihren Wachdienst nichts verlangt hatten.

Vor dem Stadttor zügelten sie die Pferde, denn eine Karawane von beachtlicher Größe fuhr gerade hindurch, und es wartete schon eine Reihe weiterer Reisender, ebenfalls in die Stadt zu kommen. Jimmy hielt hinter einem Heuwagen an und wendete sein Pferd, um seinen Freunden entgegenzublicken, die lachend herbeiritten. Wortlos schlossen sie sich ihm an und sahen zu, wie die Wächter den Wagen hindurchwinkten. In einer so friedlichen Zeit durchsuchten die Soldaten kaum ein Fuhrwerk oder jemanden, der in die Stadt wollte.

Jimmy schaute sich neugierig um, denn Ylith war die erste große Stadt, in die sie kamen, seit sie Krondor verlassen hatten, und die Geschäftigkeit hier ließ ihn sich fast wie zu Hause fühlen. Da bemerkte er eine einsame Gestalt nahe dem Tor, die heimlich, aber aufmerksam alle beobachtete, die das Tor durchschritten. Aus seinem großkarierten Schultertuch und dem Lederbeinkleid zu schließen, war er ein Hadati aus den Bergen. Sein Haar fiel über die Schultern, aber ein Büschel war am Oberkopf zu einem Kriegerknoten gebunden, und er trug ein schmal zusammengelegtes Tuch um die Stirn. Aus seiner Gürtelschärpe ragten zwei hölzerne Scheiden, die die scharfen Schneiden eines schmalen Langschwerts und eines kurzen Halbschwerts, wie es bei seinem Volk üblich war, schützten. Das Auffälligste an dem Mann war sein Gesicht, das um die Augen herum von der Stirn bis zu den Wangenknochen ebenso wie sein Kinn unterhalb des Mundes kreideweiß bemalt war. Er musterte den Fürsten eingehend, als er vorbeiritt, dann wartete er, bis Jimmy, Martin und Laurie hinter Arutha das Tor passierten, ehe er selbst darauf zuging.

Jimmy lachte plötzlich laut, als hätte Martin einen Witz erzählt, und warf einen schnellen Blick über die Schulter.

Martin fragte: »Der Hadati?« Als der Junge nickte, sagte er: »Du hast ein gutes Auge. Folgt er uns?«

»Ja. Wollen wir ihn abhängen?«

Martin schüttelte den Kopf. »Das können wir immer noch. Wenn es sein muß.«

Überall, wo sie durch die schmalen Straßen ritten, war die Wohlhabenheit unverkennbar, denn in den Läden brannte helles Licht, während die Händler den Kauflustigen, die durch den kühlen Abend bummelten, ihre Waren anpriesen.

Obwohl die Dunkelheit noch nicht eingebrochen war, herrschte gehobene Stimmung unter den Vergnügungssuchenden. Zahlreiche Karawanenwächter und Seeleute ließen ihren Lohn und ihre Heuer in den Taschen klimpern, bis sie gefunden hatten, wonach sie Ausschau hielten. Eine Schar lärmender Bewaffneter, offenbar Söldner, drängte sich über die Straße, vermutlich auf dem Weg von einer Schenke zur anderen. Einer rempelte dabei Lauries Pferd an und schrie in sichtlich gespieltem Grimm: »He, paß doch auf, wohin du das Tierchen lenkst! Oder muß ich dir Manieren beibringen?« Er tat, als wolle er sein Schwert ziehen, zur lauthalsen Freude seiner Kameraden. Laurie lachte mit ihnen, während Martin, Arutha und Jimmy die Augen offenhielten.

»Tut mir leid, Freund«, entschuldigte sich Laurie. Der Betrunkene verzog das Gesicht halb zur Grimasse, halb zum Lachen und tat erneut, als zöge er das Schwert.

Ein anderer aus der Söldnerschar schob ihn rauh zur Seite. »Geh und trink was!« herrschte er ihn an. Dann lächelte er zu Laurie hoch: »Kannst immer noch genausowenig reiten wie singen, eh Laurie?« Sofort sprang Laurie vom Pferd und umarmte den Mann überschwenglich. »Roald! Du alter Hurensohn!«

Sie schlugen sich gegenseitig auf die Schulter, drückten einander an sich, bis Laurie den Söldner seinen Begleitern vorstellte. »Dieser finstere Kerl ist Roald, ein Freund seit meiner Kindheit, der mich auf so mancher Wanderung begleitete. Sein Vater hatte einen Hof gleich neben dem meines Vaters.«

Der Mann lachte. »Und unsere Väter warfen uns fast am gleichen Tag aus dem Haus.«

Laurie nannte Martins und Jimmys Namen, doch Arutha stellte er wie vereinbart als Arthur vor. »Freut mich, deine Freunde kennenzulernen, Laurie«, sagte Roald.

Arutha schaute sich um. »Wir versperren die Straße. Suchen wir uns erst mal Unterkunft.«

Roald winkte ihnen zu, ihm zu folgen. »Ich habe eine Kammer in einem Gasthof in der übernächsten Straße. Es ist dort gar nicht so übel!«

Jimmy trieb sein Pferd vorwärts und musterte diesen Jugendfreund des Sängers mit erfahrenem Auge. Alles an dem Mann wies darauf hin, daß er ein erprobter Söldner war, der lange genug durch das Schwert gelebt hatte, daß er meisterhaft damit umzugehen wußte, denn sonst läge er sicher längst irgendwo begraben. Jimmy bemerkte, daß Martin verstohlen über die Schulter schaute, und fragte sich, ob der Hadati ihnen noch folgte.

Das Gasthaus hieß Zum Nordland und war für eine Wirtschaft so nahe am Hafen recht bürgerlich. Ein Stallbursche stand von seinem Mahl auf, um sich der Pferde anzunehmen. Roald bat ihn: »Versorg sie gut, Junge.« Offenbar kannte der Bursche ihn. Martin warf ihm ein Silberstück zu.

Jimmy sah, wie der Junge die Münze in der Luft auffing. Als er ihm die Zügel seines Pferdes gab, steckte er den Daumen seiner Rechten zwischen Zeige- und Mittelfinger, so, daß der Junge es sehen konnte. Die beiden wechselten einen Blick, und der Junge nickte Jimmy flüchtig zu.

In der Gaststube bestellte Roald Bier für sie bei einer vorübereilenden Schankmaid und deutete zu einem Tisch nahe der Tür zum Hinterhof mit der Stallung und etwas abseits vom üblichen Gedränge der anderen Gäste. Roald rückte sich einen Stuhl zurecht und zog die schweren Lederhandschuhe aus. Er sprach nun leiser, daß nur die an seinem Tisch ihn verstehen konnten: »Laurie, wie lange ist es her, daß ich dich das letztemal sah? Sechs Jahre? Du bist mit einer Streife von LaMut geritten, um nach Tsuranis zu suchen, über die du Lieder machen wolltest. Und jetzt bist du hier mit…« Er deutete auf Jimmy. »…diesem jungen Dieb.«

Jimmy verzog das Gesicht. »Das Hochzeichen?«

»Das Hochzeichen«, bestätigte Roald. Als die anderen verwirrt dreinsahen, erklärte er: »Dieser Jimmy hier machte ein Zeichen für den Stallburschen, damit die hiesigen Diebe die Pfoten von seinen Sachen lassen. Es bedeutete hauptsächlich, daß ein Dieb aus einer anderen Stadt angekommen und bereit ist, die Regeln zu beachten und seinerseits das gleiche für sich erwartet. Richtig?«

Jimmy nickte. »Stimmt. Es versichert ihnen, daß ich nicht ohne ihre Erlaubnis – arbeiten werde. Dadurch gibt es keine Unannehmlichkeiten. Der Bursche wird dafür sorgen, daß die Betreffenden es erfahren.«

Ruhig fragte Arutha: »Woher kennt Ihr das Zeichen?«

»Ich bin kein Gesetzloser, aber ein Heiliger genausowenig. Im Lauf der Jahre hatte ich Kameraden aller möglichen Art, obgleich ich im Grund genommen ein einfacher Soldat bin. Bis vor einem Jahr gehörte ich der yabonesischen Freischar an. Wir kämpften für König und Land – für ein Silberstück pro Tag und die Verpflegung.« Sein Blick schien in weite Fernen zu schweifen. »Wir waren sieben Jahre fast ständig im Fronteinsatz. Von den Jungs, die im ersten Jahr mit unserem Kapitän ausliefen, überlebte von fünfen nur einer. Jeden Winter bezogen wir unser Quartier in LaMut, und der Käpten heuerte neue Leute an. Und jedes Frühjahr kehrten wir mit weniger Mann ins Feld zurück.« Er senkte den Blick zu dem Krug vor sich. »Ich habe gegen Banditen und Gesetzlose gekämpft, gegen Abtrünnige aller Art. Ich diente auf einem Kriegsschiff, das Piraten jagte. Ich war am

Schnitterspaß dabei, wo dreißig von uns zweihundert Kobolde aufhielten, bis Brian Lord Hohenburg mit Verstärkung anrückte. Ich glaubte nicht, daß ich den Tag noch erleben würde, da die verfluchten Tsuranis endlich genug hatten! Ich bin wirklich froh, daß ich jetzt den Wächter bei so armseligen Karawanen mache, die nicht einmal die hungrigsten Banditen interessieren. Mein größtes Problem heutzutage ist wach zu bleiben!« Der Söldner lächelte. »Von allen meinen alten Freunden warst du der beste, Laurie. Dir würde ich mein Leben anvertrauen, vielleicht sogar meine Weiber und mein Geld. Trinken wir eine Runde auf alte Zeiten, dann können wir anfangen, Lügen aufzutischen.«

Arutha gefiel die Offenheit des Söldners. Die Schankmaid brachte eine zweite Runde, die Roald trotz Lauries Widerspruch bezahlte. »Ich bin heute erst mit einer langsamen Karawane von den Freien Städten angekommen. Mein Mund ist noch voll vom Straßenstaub eines ganzen Monats, und mein Gold würde ich sowieso früher oder später ausgeben. Warum also nicht jetzt?«

Martin lachte. »Nur diese Runde, Freund Roald. Die nächste übernehmen wir.«

Jimmy fragte: »Habt Ihr einen Hadati herumlungern sehen?«

Roald winkte abfällig ab. »Hadati sind überall. Irgendein ganz bestimmter?«

»Einer mit grün-schwarz kariertem Schultertuch und weißer Gesichtsbemalung.«

Roald überlegte. »Grün und Schwarz – ein Clan aus dem hohen Nordwesten, aber ich wüßte jetzt nicht welcher. Doch die weiße Bemalung …« Er und Laurie wechselten einen Blick.

»Heraus mit der Sprache!« forderte Martin.

»Er ist auf Blutrache aus!« antwortete Laurie nun.

Roald bestätigte es. »Eine persönliche Sache. Hat etwas mit Clanehre oder dergleichen zu tun. Und laßt euch sagen, sie sind in dieser Hinsicht so uneinsichtig wie diese verdammten Tsuranis in LaMut. Vielleicht sucht er Vergeltung für irgendeine

Untat, oder er zahlt eine Schuld für seinen Stamm zurück. Doch was immer es auch ist, nur ein Narr würde sich einem Hadati auf Blutrache in den Weg stellen. Sie sind ziemlich schnell mit dem Schwert bei der Hand!«

Roald leerte seinen Krug, und Arutha fragte: »Dürfen wir Euch zum Abendessen einladen?«

Der Söldner lächelte. »Ich kann nicht verleugnen, daß ich hungrig bin.«

Die Bestellung wurde aufgegeben und das Mahl bald aufgetischt. Zur Unterhaltung gaben Laurie und Roald Erlebnisse zum besten. Roald hatte mitgerissen zugehört, während Laurie von seinen Abenteuern im Spaltkrieg erzählt hatte. Seine Verbindung zur Königsfamilie und seine Verlobung mit des Königs Schwester erwähnte er jedoch nicht.

»Ich habe noch nie einen Spielmann gekannt, der nicht aufgeschnitten hat, und du bist in dieser Beziehung der ärgste, Laurie, aber deine Geschichte ist so erstaunlich, daß ich sie dir sogar glaube. Es ist unvorstellbar!«

Laurie sah ihn gekränkt an. »Ich aufschneiden?«

Der Wirt kam an den Tisch und wandte sich an ihn. »Ich sehe, daß Ihr ein Spielmann seid.« Laurie hatte in alter Gewohnheit seine Laute bei sich. »Würdet Ihr dieses Haus mit einem Eurer Lieder ehren?«

Arutha wollte schon für ihn ablehnen, aber Laurie sagte: »Gern.« Und zu Arutha: »Wir können ja ein wenig später aufbrechen, Arthur. In Yabon erwartet man von einem Sänger, selbst wenn er sein Mahl bezahlt, daß er etwas zum besten gibt, wenn man ihn bittet. Dadurch habe ich was gut. Wenn ich je wieder hierherkomme, kann ich singen und essen, auch wenn ich kein Geld habe.«

Er ging zu einer kleinen Bühne nahe des Eingangs und setzte sich auf einen Hocker. Er stimmte seine Laute, bis der Klang jeder einzelnen Saite richtig war, dann begann er ein Lied mit einfacher Weise, das im ganzen Königreich gesungen wurde und allen bekannt war, die in Schenken und Gaststuben sangen. Es schien auch hier sehr beliebt zu sein. Es war eine angenehme Melodie, doch die Worte waren arg rührselig.

Arutha schüttelte den Kopf. »Das ist ja entsetzlich!«

Die anderen lachten. »Stimmt«, bestätigte Roald, »aber genau das, was man hier gern hört.« Er deutete auf die anderen Gäste.

»Laurie spielt, was beliebt ist, und das muß nicht immer gut sein. So kommt er zu was«, erklärte Jimmy.

Stürmischer Beifall dankte Laurie, und er stimmte eine andere Weise an, ein etwas zotiges Seemannslied vom Bitteren Meer, das von der Begegnung eines Seemanns mit einer Nixe erzählte. Eine Gruppe Seeleute auf Landurlaub klatschte im Takt dazu, und einer holte eine Holzflöte aus der Tasche und begleitete ihn gekonnt. Da die fröhliche und lockere Stimmung sich noch erhöhte, sang Laurie ein weiteres schlüpfriges Seemannslied, das erzählte, was eine Kapitänsfrau treibt, während ihr Mann auf See ist. Die Seeleute klatschten begeistert, und der Flötenspieler sprang spielend vor dem Schanktisch hin und her.

Während es immer noch vergnügter und lauter wurde, betraten drei Männer die Gaststube durch den Vordereingang. Jimmy beobachtete sie, als sie durch die Stube gingen, und murmelte: »Gleich gibt es Ärger!«

Martin folgte Jimmys Blick. »Kennst du sie?«

»Nein, aber ihresgleichen. Der Große wird anfangen.«

Der Betreffende war ganz offensichtlich der Anführer der drei, ein großer rotbärtiger Kämpfer, ein Söldner mit einem Oberkörper wie ein Faß, dessen Muskeln unter Schichten von Fett lagen. Bewaffnet war er lediglich mit zwei Dolchen. Sein Lederwams spannte über dem Bauch. Die beiden hinter ihm waren zweifellos ebenfalls Söldner. Einer trug einen ganzen Satz Messer, angefangen mit einem dünnen Stilett bis zu einem langen Dolch. Der andere hatte ein großes Jagdmesser im Gürtel.

Der Rotbärtige führte seine Begleiter auf Aruthas Tisch zu und schob jeden, der ihm im Weg stand, fluchend grob zur Seite. Er war jedoch nicht nur unfreundlich, sondern wechselte laute rauhe Witze mit mehreren Männern, die ihn offenbar kannten. Alsbald standen die drei vor Aruthas Tisch. Sie blickten die vier dort an, und Rotbart verzog das Gesicht zu einem breiten Grinsen. Seine Sprechweise verriet, daß er von einer der südlichen Freien Städte stammte. »Das ist mein Tisch!« erklärte er.

Er beugte sich über die Platte, stemmte die Fäuste zwischen die noch halbvollen Teller und fuhr fort: »Aber ich verzeihe euch, weil ihr hier fremd seid.« Jimmy wich unwillkürlich zurück, denn der Atem, der ihm von dem Mann entgegenschlug, stank schier umwerfend nach Bier und schlechten Zähnen. »Wenn ihr Ylither wärt, dann wüßtet ihr, daß Longly jeden Abend an diesem Tisch sitzt, wenn er in der Stadt ist. Steht jetzt auf, dann bringe ich euch nicht um.« Er warf den Kopf zurück und lachte schallend.

Jimmy war als erster auf den Füßen. »Das wußten wir nicht, mein Herr.« Er lächelte schwach, während die anderen Blicke wechselten. Arutha ließ durchblicken, daß er den Tisch verlassen wollte, um eine Prügelei zu vermeiden. Jimmy tat, als hätte der fette Söldner ihm einen Mordsschrecken eingejagt. »Wir suchen uns einen anderen Tisch.«

Der Mann namens Longly faßte Jimmys Arm über dem Ellbogen. »So ein hübscher Junge, nicht wahr?« Er lachte und schaute seine Begleiter an. »Oder vielleicht ist er ein Mädchen, das als Junge verkleidet ist, hübsch wie er ist.« Wieder lachte er schallend und blickte Roald an. »Ist der Junge dein Freund? Oder dein Liebling?«

Jimmy rollte die Augen himmelwärts. »Ich wollte, das hättet Ihr nicht gesagt.«

Arutha langte über den Tisch und legte die Hand auf des Rothaarigen Arm. »Laßt den Jungen in Ruhe.«

Longly versetzte dem Fürsten mit der freien Hand einen Schlag, daß Arutha nach hinten taumelte.

Roald und Martin tauschten schicksalsergebene Blicke, als Jimmy das rechte Bein hob, um den Dolch im Stiefelschaft zu erreichen. Ehe noch einer sich rühren konnte, drückte der Junge bereits die Dolchspitze gegen Longlys Rippen. »Ich glaube, es ist besser, du suchst dir einen anderen Tisch, Freundchen.«

Der fette Kämpfer blickte hinunter auf den Dieb, der ihm kaum bis zum Kinn reichte, und auf den Dolch. Mit donnerndem Lachen grölte er: »Bürschchen, du bist sehr komisch!« Seine freie Hand schoß vor und packte Jimmys Handgelenk mit unerwarteter Flinkheit. Mit nicht allzu großer Mühe nahm er ihm den Dolch ab.

Schweiß perlte über Jimmys Gesicht, als er sich dem zwingengleichen Griff des Rotbärtigen zu entziehen suchte. Auf der Bühne sang Laurie unbeschwert weiter. Er ahnte nicht, was am Tisch seiner Freunde vorging. Die in der Nähe, die wußten, womit man in Hafenkneipen rechnen mußte, machten eilig Platz.

Benommen von dem unerwarteten Schlag saß Arutha auf dem Boden und lockerte schließlich den Degen in seiner Scheide.

Roald nickte Martin zu. Beide standen bedächtig auf und hielten die Hände sichtbar, um darauf aufmerksam zu machen, daß sie nicht nach Waffen griffen. Roald sagte: »Hört zu, wir wollen keinen Streit. Hätten wir gewußt, daß dies Euer Stammtisch ist, hätten wir uns nicht hierhergesetzt. Wir suchen uns einen anderen. Laßt den Jungen los.«

Rotbart warf erneut den Kopf zurück und lachte. »Ha! Ich glaube, ich behalte ihn. Ich weiß, Fettquegan, der Händler, gibt mir für so einen hübschen Jungen hundert Goldstücke.« Mit plötzlich finsterer Miene schaute er sich um den Tisch um, dann stierte er Roald an. »Du kannst gehen. Wenn der Junge sagt, daß es ihm leid tut, weil er Longly in die Rippen gestochert hat, laß ich ihn vielleicht auch gehen. Oder ich bring ihn zu Fettquegan.«

Arutha erhob sich langsam. Es war schwer zu sagen, ob Longly es auf einen echten Streit abgesehen hatte, aber der Fürst hatte jetzt genug von dem Burschen. Die Einheimischen kannten Longly offenbar. Wenn er wirklich bloß eine harmlose Schenkenschlägerei wollte und Arutha als erster die Klinge zog, mochte er sich ihren Grimm zuziehen. Die beiden Begleiter des Burschen schauten wachsam zu.

Wieder wechselte Roald einen Blick mit Martin und hob seinen Krug, als wolle er ihn leertrinken. Mit einem plötzlichen Ruck schüttete er Longly das Bier ins Gesicht, dann schmetterte er dem Messerträger den Zinnkrug an die Schläfe. Der Mann sackte auf den Boden. Den dritten lenkte Roalds unerwarteter Angriff ab, so sah er nicht, daß Martins Faust auf ihn herabsauste. Sie warf ihn rückwärts auf den Nachbartisch. Die ängstlicheren Gäste machten sich daran, die Wirtsstube zu verlassen. Laurie hörte zu spielen auf und erhob sich auf der Bühne, um zu sehen, was da vor sich ging.

Ein Schankbursche, dem es egal war, wer für die Schlägerei verantwortlich war, sprang über den Schanktisch und landete auf dem nächstbesten, der zufällig Martin war. Longly ließ Jimmys Handgelenk nicht los und wischte sich das Bier vom Gesicht. Laurie legte seine Laute behutsam auf die Bühne. Mit einem weiten Satz sprang er von dort auf einen Tisch und auf Longlys Rükken. Die Arme um dessen dicken Hals schlingend, begann er ihn zu würgen.

Longly kippte unter der Wucht leicht nach vor, gewann jedoch, immer noch mit Laurie auf dem Rücken, schnell sein Gleichgewicht wieder. Ohne sich um den Sänger zu kümmern, sagte er zu Roald, der bereit war zu kämpfen: »Du hättest Longly nicht das Bier ins Gesicht gießen dürfen. Jetzt bin ich wütend.«

Der schraubstockgleiche Griff schmerzte Jimmy so sehr, daß sein Gesicht weiß wurde. Laurie rief: »So helft mir doch. Dieser Riese hat einen Holzklotz als Hals.«

Arutha sprang nach rechts, gerade als Roald Longly ins Gesicht schlug, der blinzelte, dann warf er Jimmy auf Roald, daß dieser heftig gegen Arutha prallte. Alle drei stürzten übereinander auf den Boden. Mit der anderen Hand griff er über die Schulter und packte Laurie am Kragen. Er schwang ihn über den Kopf und ließ ihn auf einen Tisch fallen. Das Tischbein unmittelbar neben Jimmy knickte, und Laurie rollte von der Platte auf Roald und Arutha, als die sich gerade auf die Füße plagten.

Martin hatte mit dem Schankburschen gerungen und beendete den Kampf, indem er ihn zurück über den Schanktisch warf. Dann streckte er die Hand aus, faßte Longly bei der Schulter und drehte ihn herum. Des Rotbärtigen Augen leuchteten auf, offenbar freute er sich über einen ebenbürtigen Gegner. Mit seinen sechs Fuß und vier Zoll war Martin größer als er, wog jedoch nicht soviel. Erfreut aufschreiend griff Longly nach Martin, und schon hatte ein jeder eine Hand um den Nacken des Gegners und die andere um dessen Handgelenk. Eine lange Weile standen sie so ein wenig schwankend, dann bewegten sie sich leicht, um den anderen besser werfen zu können.

Laurie setzte sich auf und schüttelte den Kopf. »Das ist nicht menschlich«, murmelte er. Da erst wurde ihm bewußt, daß er auf Roald und Arutha saß, und versuchte aufzustehen.

Jimmy gelang es, aber seine Knie waren etwas zittrig. Laurie blickte sitzend zu dem Jungen hoch, während Arutha aufstand. »Was glaubtest du zu erreichen, als du den Dolch zogst?« fragte der Sänger. »Wolltest du, daß wir alle umgebracht werden?«

Wütend blickte Jimmy zu den beiden großen Männern, von denen noch keiner den geringsten Vorteil über den anderen erzielt hatte. »Keiner darf so über mich reden! Ich bin niemandes Schoßjüngelchen!«

»Du darfst nicht alles so ernst nehmen«, besänftigte Laurie und versuchte erneut aufzustehen. »Er will bloß spielen.« Lauries Knie gaben unter ihm nach, und er mußte sich an Jimmy festhalten. »Glaube ich.«

Longly stieß eine Reihe von Grunzlauten aus, während er sich mit Martin maß. Martin dagegen verhielt sich völlig ruhig. Er beugte sich nach vorn und begegnete Longlys größerer Masse mit mehr Geschick. Was als möglicher blutiger Streit begonnen hatte, entwickelte sich zum fast freundschaftlichen Ringkampf, einem ziemlich rauhen allerdings. Longly zog plötzlich rückwärtsgehend, doch Martin folgte. Er ließ den Nacken des anderen los, ohne dessen Handgelenk freizugeben. Und dann war er bereits hinter dem stämmigen Mann und hielt Longlys Arm in schmerzhafter Haltung hinter dessen Kopf. Der Rotbärtige verzog das Gesicht, als Martin Druck auf den Arm ausübte und den Mann allmählich auf die Knie zwang.

Laurie half Roald auf die Füße, und sein alter Freund bemühte sich, die Benommenheit abzuschütteln. Als er wieder ohne Schleier vor den Augen sehen konnte, meinte er: »Das kann nicht sehr bequem sein.«

»Deshalb dürfte wohl sein Gesicht so blau anlaufen«, sagte Jimmy.

Roald wollte darauf antworten, doch etwas veranlaßte ihn, das Gesicht plötzlich Arutha zuzuwenden. Jimmys und Lauries Augen folgten seinem Blick und weiteten sich.

Arutha, der sah, daß die drei erschrocken in seine Richtung blickten, wirbelte herum. Eine Gestalt in schwarzem Umhang hatte sich während der Schlägerei unbemerkt dem Tisch genähert. Sie stand steif hinter Arutha und hielt einen Dolch zum Stoß erhoben in der Rechten. Die Augen des Mannes stierten geradeaus, und seine Lippen bewegten sich wortlos.

Aruthas Hand schoß vor und schlug dem Meuchler die Waffe aus den Fingern, doch sein Blick hing an dem Mann hinter dem

Schwarzgewandeten. Der Hadatikrieger, den Jimmy und Martin am Tor bemerkt hatten, hielt sein Schwert zu einem zweiten Hieb bereit. Er hatte den Meuchler lautlos von hinten getroffen und dadurch den sonst zweifellos erfolgreichen Anschlag auf den Fürsten vereitelt. Als der Sterbende zusammenbrach, steckte der Hadati rasch sein schmales Schwert ein und sagte: »Kommt, da sind noch andere!«

Jimmy untersuchte eilig den Toten und hielt einen schwarzen Greifvogelanhänger an einem Kettchen hoch. Arutha wandte sich zu seinem Bruder um. »Martin! Nachtgreifer! Mach Schluß!«

Martin nickte. Dann, mit einer Drehung, die Longly fast die Schulter ausrenkte, zwang er ihn endgültig auf die Knie. Longly blickte zu Martin auf und schloß ergeben die Augen, als der Herzog die rechte Hand hob. Doch im Schlag hielt Martin inne. »Was soll's?« brummte er und gab dem Stiernackigen einen Stoß nach vorn.

Longly fiel aufs Gesicht, doch er setzte sich schnell auf und rieb sich die schmerzende Schulter. »Ha!« Nun lachte er laut. »Komm wieder einmal hierher, großer Jäger. Du hast's Longly ganz schön gegeben, bei den Göttern!«

Sie hasteten aus der Gaststube zur Stallung. Der Stallbursche fiel beim Anblick so vieler auf ihn zustürmender Bewaffneter fast in Ohnmacht. »Wo sind unsere Pferde?« rief Arutha ihm zu. Der Bursche deutete auf den hinteren Teil des Stalles.

»Sie werden einen längeren Ritt heute nacht nicht durchhalten können«, gab Martin zu bedenken.

Arutha bemerkte ausgeruht aussehende und offenbar gerade gefütterte Pferde nahe dem Eingang. »Wem gehören sie?« erkundigte er sich.

»Meinem Herrn«, antwortete der Junge. »Aber sie sollen nächste Woche bei der Versteigerung verkauft werden.«

Arutha bedeutete den anderen, diese frischen Tiere zu satteln.

Mit weit aufgerissenen Augen, in denen Tränen zu glänzen begannen, flehte der Stallbursche: »Bitte, Herr, tötet mich nicht.«

»Weshalb sollten wir dich töten wollen, Junge?« beruhigte ihn Arutha. Der Stallbursche drückte sich in eine Ecke, während die anderen die Tiere sattelten. Der Hadati nahm sich einen Sattel, der offenbar zur Stallausrüstung gehörte, und gab ihn auf ein sechstes Pferd. Arutha saß auf und warf dem Jungen einen prallen Beutel zu. »Nimm das und sag deinem Herrn, er soll unsere Pferde verkaufen. Eine zusätzliche Entschädigung findet er in diesem Beutel. Behalt auch du etwas davon für dich.«

Dann ritten sie durch das Hoftor und eine schmale Straße entlang. Wenn Alarm geschlagen wurde, würde man die Stadttore schließen. Ein Tod bei einer Kneipenschlägerei mochte eine Verfolgung nach sich ziehen oder nicht, je nachdem, welcher Offizier der Stadtwache Dienst hatte, und von anderen Umständen konnte es ebenfalls abhängen. Arutha beschloß, kein Risiko einzugehen, und so eilten sie zum Westtor.

Die Stadtwächter achteten kaum auf die sechs Reiter, die durchs Tor trabten und dann die zu den Freien Städten führende Landstraße entlanggaloppierten. Also war bisher kein Alarm gegeben worden.

Als die Lichter von Ylith ein fernes Glühen in der Nacht hinter ihnen waren, zügelte Arutha sein Pferd und gab den anderen ein Zeichen anzuhalten.

Er wandte sich an den Hadati. »Wir müssen miteinander reden.«

Sie saßen ab, und Martin führte sie zu einer kleinen Lichtung unweit der Straße. Während Jimmy die Pferde anpflockte, fragte Arutha: »Wer seid Ihr?«

»Ich bin Baru, der Schlangentöter genannt«, antwortete der Hadati.

Ehrfurchtsvoll sagte Laurie: »Das ist ein mächtiger Name.« Er erklärte Arutha: »Baru tötete einen Lindwurm, so verdiente er sich diesen Namen.«

Arutha blickte Martin an. »Um Drachen und ihre Brut zu erlegen, braucht man Mut, einen starken Arm und Glück.« Lindwürmer waren mit den Drachen nahe verwandt. Der Unterschied lag nur in der Größe. Sich einem zu stellen, bedeutete, sich Geifer, Krallen, Fängen, Flinkheit zu stellen.

Der Hadati lächelte zum ersten Mal. »Ihr seid ein Jäger, so wie Euer Bogen es verrät, Herzog Martin.« Bei diesem Titel weiteten sich Roalds Augen. »Am meisten braucht man Glück!«

Roald starrte Martin an. »Herzog Martin...« Sein Blick wanderte zu Arutha. »Dann müßt Ihr...«

»Er ist Fürst Arutha«, warf der Hadati ein. »Lord Borrics Sohn und unseres Königs Bruder. Wußtet Ihr das nicht?«

Roald schüttelte heftig verneinend den Kopf. Nun erst schaute er Laurie strafend an. »Das ist das erste Mal, daß du *je* nur einen Teil einer Geschichte erzählt hast!«

»Es ist auch eine sehr lange Geschichte«, erwiderte Laurie. Zu Baru sagte er: »Ich sehe, daß Ihr aus dem hohen Norden seid, aber Euer Clan ist mir nicht bekannt.«

Der Hadati legte eine Hand auf sein Schultertuch. »Das zeigt an, daß ich zu Ordwins Familie vom Eisenbergclan gehöre. Meine Sippe wohnt in der Nähe des Ortes, den Ihr Stadtleute Himmelssee nennt.«

»Ihr seid auf Blutrache?«

Der Hadati deutete auf sein Stirntuch. »Ich suche. Ich bin Wegfinder.«

Roald warf ein: »Er ist so etwas wie ein heiliger Mann... Hoheit.«

»Ein seiner Aufgabe geweihter Krieger«, erklärte Laurie. »Das Tuch führt die Namen aller seinen Ahnen auf. Sie können keine Ruhe finden, bis seine Aufgabe erfüllt ist. Er hat den Schwur geleistet, Blutrache zu üben oder zu sterben.«

»Woher kennt Ihr mich?« fragte Arutha den Mann.

»Ich sah Euch auf dem Weg zum Friedenstreffen mit den Tsuranis am Ende des Krieges. Diese Tage wird keiner meines Clans vergessen.« Er blickte in die Nacht. »Als unser König uns rief, kamen wir, um gegen die Tsuranis zu kämpfen, und über neun Jahre taten wir es. Sie waren starke Gegner, bereit für ihre Ehre zu sterben – Männer, die ihren Platz am Ewigen Rad kannten. Es war ein würdiger Kampf.

Dann, im Frühjahr des letzten Kriegsjahres, kamen die Tsuranis in großer Zahl. Drei Tage und drei Nächte kämpften wir unentwegt. Wir fügten dem Feind schwere Verluste zu für jeden Fuß Boden, den wir aufgeben mußten. Am dritten Tag wurden wir umzingelt. Jeder, aber auch jeder streitbare Mann unseres Clans bot dem Gegner die Stirn und wäre gestorben, hätte nicht Lord Borric uns gerettet, als er sah, in welcher Lage wir uns befanden. Ohne Eures Vaters Durchbruch zu uns wären unsere Namen ein Flüstern im Wind von gestern.«

Arutha erinnerte sich, daß Lyams Brief über den Tod ihres Vaters Hadati erwähnt hatte. »Was hat meines Vaters Tod mit mir zu tun?«

Baru zuckte die Schultern. »Das weiß ich nicht. Ich stellte einige Fragen am Tor. Viele kommen dort aus allen Windrichtungen hindurch, und ich dachte, ich fände nützliche Hinweise. Dann sah ich Euch. Es reizte mich zu erfahren, weshalb der Fürst von Krondor eine seiner eigenen Städte als einfacher Krieger betrat. Es herauszufinden würde mir die Zeit vertreiben, bis ich auf meine eigenen Fragen Antwort bekam. Da tauchte der Assassine auf, und ich konnte doch nicht untätig zusehen, wie er Euch meuchelte! Euer Vater rettete die Männer meines Clans und ich Euch Euer Leben. Vielleicht ist damit wenigstens ein kleiner Teil der Schuld beglichen. Wer kann schon wissen, wie das Ewige Rad sich dreht?«

»Im Gasthof sagtet Ihr, daß da noch andere wären...«

»Der Mann, der Euch zu töten versuchte, folgte Euch in die Wirtsstube, beobachtete Euch kurz, dann kehrte er ins Freie zurück und sprach mit einem Straßenjungen. Er gab ihm Geld, und das Bürschchen rannte los. Da kamen die drei herbei, mit denen ihr alle die Schlägerei hattet. Er hielt sie auf, sprach mit ihnen – was, konnte ich nicht verstehen – und deutete auf den Gasthof. Gleich darauf traten die drei ein.«

»Dann war die Schlägerei also von vornherein geplant!« sagte Arutha.

Jimmy warf ein: »Ich glaube eher, er kannte Longlys Gemütsart und erzählte ihm, daß jemand an seinem Stammtisch saß, um sicher zu sein, daß er auch wirklich das Nordland besuchte und nicht irgendeine andere Schenke.«

»Vielleicht wollte er, daß wir anderweitig beschäftigt und abgelenkt würden, bis seine Verstärkung kam, doch dann glaubte er eine gute Gelegenheit gekommen, die er sich nicht entgehen lassen wollte«, meinte Laurie.

»Wärt Ihr nicht dort gewesen, hätte er wohl auch kaum eine bessere Gelegenheit finden können«, sagte Arutha.

Der Hadati verstand dies als Dank, wie es gemeint war, und entgegnete: »Es ist keine Verpflichtung damit verbunden. Wie ich sagte, bin wahrscheinlich ich es, der eine Schuld abträgt.«

»Nun, da jetzt alles geklärt ist, kann ich ja nach Ylith zurückreiten«, meinte Roald.

Arutha wechselte einen Blick mit Laurie. Der Spielmann wandte sich an seinen alten Freund: »Roald, ich glaube, du solltest deine Pläne ändern.«

»Was soll das?«

»Es könnte sein, daß man dich in des Fürsten Begleitung gesehen hat, und das ist sehr wahrscheinlich, denn immerhin befanden sich wenigstens vierzig Gäste in der Wirtsstube, als es zur Schlägerei kam. Da wäre es durchaus möglich, daß jene, die ihn suchen, beschließen, dich zu fragen, wohin wir reiten.«

Mit gespielter Gleichmütigkeit brummte Roald: »Das sollen sie nur versuchen!«

»Lieber nicht«, rief nun Martin. »Sie können sehr hartnäckig sein. Ich habe meine Erfahrungen mit Moredhels und weiß, daß sie alles andere denn sanft mit anderen umspringen.«

Roalds Augen weiteten sich. »Die Bruderschaft des Düsteren Pfades?«

Martin nickte, und Laurie sagte: »Außerdem bist du gegenwärtig frei.«

»Und das beabsichtige ich auch zu bleiben!«

Arutha versuchte es in schärferem Ton: »Ihr sagt nein zu Eurem Fürsten?«

»Es liegt keine Mißachtung darin, Hoheit, aber ich bin ein freier Mann. Ich stehe nicht in Euren Diensten, und ich habe keine Gesetze gebrochen. Ich unterstehe Euch nicht.«

»Hör zu«, versuchte es Laurie. »Die Wahrscheinlichkeit ist groß, daß diese Assassinen sich viel Mühe geben werden, jemanden zu finden, der mit uns gesehen wurde. Obwohl ich weiß, daß du zäh wie eine Stiefelsohle bist, habe ich Angst um dich, denn ich weiß, wozu diese Kerle imstande sind. Ich jedenfalls möchte mich nicht allein von ihnen erwischen lassen.« Doch auch das brachte, Roalds Entschluß nicht ins Wanken.

»Selbstverständlich würden wir für Eure Dienste bezahlen«, versicherte ihm Martin da.

»Wieviel?« erkundigte sich Roald nun gar nicht mehr ablehnend.

»Bleibt bis zum Ende unseres gegenwärtigen Unternehmens, dann bekommt Ihr von mir hundert Goldkronen«, versprach Arutha.

Ohne Zögern sagte Roald: »Einverstanden!« Das war ein guter Viermonatslohn, selbst für einen erfahrenen Karawanenwächter.

Nun blickte Arutha Baru an. »Ihr spracht davon, daß Ihr nach

Hinweisen sucht. Können wir Euch irgendwie dabei behilflich sein?«

»Vielleicht. Ich muß einen von jenen finden, die Ihr als die Bruderschaft des Düsteren Pfades kennt.«

Eine Braue hebend, warf Martin Arutha einen flüchtigen Blick zu, ehe er Baru fragte: »Was habt Ihr mit den Moredhel zu tun?«

»Ich suche einen Moredhel aus den Yabonbergen mit einer Skalplocke...« Er zeichnete sie mit den Händen in die Luft. »...und drei Narben auf jeder Wange. Ich hörte, daß er in einer finsteren Mission in den Süden zog. Ich hatte gehofft, von Reisenden etwas über ihn zu erfahren, denn einer wie er hebt sich von den Moredhel des Südens ab.«

»Wenn er keine Zunge hat, dann ist es der, der uns auf dem Weg nach Sarth überfiel.«

»Das ist er!« rief Baru. »Der Zungenlose heißt Murad. Er ist ein Häuptling der Rabenclan-Moredhels, die Erzfeinde meines Clans sind, solange wir uns zurückzuerinnern vermögen. Selbst seine eigenen Brüder fürchten ihn. Die Narben auf seinen Wangen deuten auf einen Pakt mit den finsteren Mächten hin, mehr allerdings ist darüber nicht bekannt. Er wurde jahrelang nicht gesehen, das letzte Mal vor dem Spaltkrieg, als Mooskrieger der Moredhel plündernd die Berggrenze von Yabon überschritten. Er ist der Grund der Blutrache. Vor zwei Monaten tauchte er wieder auf. Mit einem Trupp schwarzgerüsteter Krieger zog er an einem unserer Dörfer vorüber, und dann plötzlich, ohne daß jemand dort ihm Grund dazu gegeben hätte, steckte er sämtliche Häuser in Brand und tötete alle Bewohner. Nur der Hirtenjunge entkam, und der beschrieb ihn mir. Es war mein Dorf gewesen.« Seufzend meinte er: »Wenn er bei Sarth war, muß ich als nächstes dorthin. Dieser Moredhel hat schon zu lange gelebt.«

Arutha nickte Laurie zu, der sagte: »Wenn Ihr bei uns bleibt, Baru, werdet Ihr ihn am ehesten finden.« Baru blickte den Fürsten fragend an, und Arutha erzählte ihm von Murmandamus und seinen Dienern und von ihrer Suche nach einem Heilmittel für Anita.

Als er geendet hatte, lächelte der Hadati freudlos. »Dann würde ich gern in Euren Dienst treten, Hoheit, wenn Euch das recht ist, denn das Schicksal hat uns zusammengeführt. Ihr werdet von meinem Feind gejagt, und ich werde mir seinen Kopf holen, ehe er an Euch herankommt!«

»Gut«, freute sich Arutha. »Ihr seid uns willkommen, denn wir folgen einem gefährlichen Pfad.«

Martin erstarrte, und im gleichen Moment fast sprang Baru auf und eilte zu den Bäumen im Rücken des Herzogs. Martin legte Schweigen gemahnend einen Finger an die Lippen und verschwand einen Schritt hinter dem Hadati zwischen den Bäumen. Als auch die anderen ihm folgen wollten, hielt Arutha sie wortlos zurück. Während sie reglos im Dunkeln harrten, hörten sie, was Martin und Baru aufgescheucht hatte, auf der Straße von Ylith hallte Hufschlag durch die Nacht.

Lange Minuten vergingen, dann verlor das Huftrappeln sich in Südwestrichtung. Kurz danach kehrten Martin und Baru zurück. Martin flüsterte: »Mehr als ein Dutzend Reiter, die wie von Dämonen gehetzt dahinjagten.«

»In schwarzer Rüstung?« erkundigte sich Arutha.

»Nein, es waren Menschen«, antwortete Martin, »und im Dunkeln schwer zu erkennen, aber es scheint eine recht rauhe Meute gewesen zu sein.«

Laurie meinte: »Die Nachtgreifer haben vielleicht Schläger angeworben, derer es in Ylith zahlreiche gibt.«

Jimmy pflichtete ihm bei. »Vielleicht sind es nur ein oder zwei Nachtgreifer, schließlich können bezahlte Klingen genausogut und schnell töten.«

»Sie reiten in die Richtung der Freien Städte«, sagte Baru.

»Sie werden bald umkehren«, prophezeite Roald. Arutha drehte sich zu dem Söldner um, dessen Gesicht nur undeutlich auszumachen war. »Euer Baron Talanque hat ein neues Mauthaus keine fünf Meilen von hier errichtet. Offenbar kam es in letzter Zeit zu allerlei Schmuggel von Natal. Von den Wächtern dort werden sie erfahren, daß wir noch nicht vorübergekommen sind, und sogleich werden sie umdrehen.«

»Dann müssen wir weg sein!« drängte Arutha. »Die Frage ist, auf welchem Weg wir nach Elbenheim gelangen. Ich wollte die Nordstraße bis nach Yabon nehmen und dann westwärts abbiegen.«

Da warf Roald ein: »Von Ylith nordwärts dürfte es sich gar nicht vermeiden lassen, daß Ihr auf einige stoßt, die Euch vom Krieg her kennen, Hoheit. Wäre ich nicht so blind gewesen, hätte selbst ich nach einer Weile darauf kommen müssen.«

»Na gut, aber welchen Weg dann?« fragte der Fürst.

Martin überlegte: »Wir könnten von hier westwärts reiten, dann durch den Südpaß und an der Westseite der Grauen Türme entlang durch das Grüne Herz. Es ist gefährlich, aber…«

»Aber Kobolde und Trolle sind Feinde, die wir kennen. Ja, diesen Weg nehmen wir«, bestimmte Arutha. »Brechen wir auf!«

Sie saßen auf und ritten los mit Martin an der Spitze. Vorsichtig trabten sie durch den stillen dunklen Wald westwärts. Arutha verbarg seinen Ärger und unterdrückte ihn. Der ereignislose Ritt von Sarth nach Ylith hatte ihn eingelullt und vergessen lassen, welche Gefahren drohten. Doch der versuchte Anschlag im Gasthof und nun die Verfolger erinnerten ihn wieder allzusehr daran. Murmandamus und seine Leute waren zwar nicht mehr imstande, ihn durch magische Kräfte aufzuspüren, aber sie hatten ihr weites Netz gespannt, in dem er sich fast verfangen hätte.

Jimmy bildete die Nachhut und spähte immer wieder über die Schulter zurück, hoffte jedoch, nichts von den Verfolgern zu sehen. Bald blieb die Straße in der Dunkelheit zurück, und des Jungen Blick heftete sich auf Roalds und Lauries Rücken – das einzige, was er vor sich sehen konnte.

Stardock

Der Wind peitschte das Wasser zu weißem Gischt.

Gardan blickte zur fernen Küste von Stardock hinüber und wünschte sich, er könne zur Akademie reiten und brauche sich nicht darauf zu verlassen, daß das Schicksal den Kahn auch wirklich heil dorthin brachte. Aber Stardock war eben eine Insel. Gewiß, er war schon früher zu Seereisen gezwungen gewesen, doch obwohl er fast alle seine Jahre am Meer gelebt hatte, mochte er Schiffsfahrten gar nicht, auch wenn er das nicht offen zugab.

Sie waren von Krondor mit dem Schiff die Küste entlang bis zur Enge zwischen dem Bitteren Meer und dem Meer der Träume gefahren – letzteres war eher ein großer Salzwassersee denn ein echtes Meer. In Shamata hatten sie sich Pferde besorgt und waren dem Dawlin bis zum Großen Sternsee gefolgt. Nun warteten sie darauf, daß der Kahn anlegte. Er wurde von zwei Männern gestakt, die einfache Kittel und Hosen trugen, dem Aussehen nach einheimische Bauern. Bald würden Gardan, Bruder Dominic, Kasumi und sechs Tsuraniwächter einsteigen und zu dem eine Meile entfernten Stardock gestakt werden.

Gardan fröstelte in der für die Jahreszeit zu kalten Luft. Es war Frühling, doch der Spätnachmittag hatte nichts von der Wärme an sich, die zu dieser Zeit eigentlich zu erwarten wäre.

»Ich bin der, der aus einer heißen Gegend kommt, Hauptmann«, sagte Kasumi lächelnd.

Besorgnis sprach aus Gardans Stimme, als er antwortete: »Es ist nicht nur die Kälte hier, sondern noch etwas anderes. Mich plagen schlimme Ahnungen, seit wir den Fürsten verlassen haben.« Bruder Dominic schwieg, aber seine Miene verriet, daß ihn dasselbe Gefühl wie Gardan quälte.

Kasumi nickte. Er war in Krondor zum Schutz des Königs geblieben. Als Aruthas Nachricht eintraf, nahm er Lyams Auftrag an, Gardan und den ishapischen Mönch nach Stardock zu begleiten. Ganz abgesehen davon, daß er sich darauf freute, Pug wiederzusehen, war da etwas in des Königs Ton gewesen, das ihm sagte, er hielte des Mönchs sicheres Eintreffen auf Stardock für lebenswichtig.

Der Kahn legte am Steg an, und einer der beiden Ruderer stieg aus und sagte: »Wir werden zweimal übersetzen müssen, Herr, um die Pferde mitnehmen zu können.«

Kasumi, der der Rangälteste war, nickte. »Ist schon recht.« Er deutete auf fünf seiner Männer. »Sie werden als erste mitkommen, wir anderen folgen.«

Gardan schwieg, er hatte nichts gegen die kurze Gnadenfrist. Die fünf Tsuranis brachten ihre Pferde auf den Kahn und stellten sich stumm neben sie. Was immer sie von der Überfahrt mit dem schaukelnden Boot halten mochten, sie behielten es für sich und verzogen keine Miene.

Gardan blickte dem ablegenden Kahn nach. Von geringer Betriebsamkeit auf der fernen Insel abgesehen, wirkte die Südküste des Großen Sternsees verlassen. Warum, fragte Gardan sich, entschloß jemand sich, in solcher Abgeschiedenheit zu leben? Der Sage nach war ein Stern vom Himmel gefallen, und so war der See entstanden. Doch was auch immer sein Ursprung war, niemand hatte sich an seinen Ufern angesiedelt.

Der Tsuraniwächter sagte etwas in seiner eigenen Sprache zu Kasumi und deutete gen Nordosten. Kasumis Blick folgte seinem Finger, Gardan und Dominic desgleichen. In der Ferne, nahe dem Horizont und der einbrechenden Nacht zuvorkommend, glitten einige Geflügelte sichtbar eilig in ihre Richtung. »Was ist das?« fragte Kasumi erstaunt. »So große Vögel habe ich auf eurer Welt noch nie zuvor gesehen. Sie sind ja fast von Mannesgröße.«

Gardan kniff die Augen zusammen. Plötzlich schrie Dominic: »Ishap schütze uns! Schnell, alle zurück ans Ufer.«

Die zwei Fährleute blickten ihn an. Der Kahn war noch nicht sehr weit vom Ufer entfernt. Als sie sahen, daß die an Land ihre Waffen zogen, stakten sie so schnell sie konnten zurück. Die Geflügelten waren nun schon deutlich zu erkennen, als sie auf die Gruppe am Ufer zuschossen. Ein Fährmann schrie vor Furcht auf und betete zu Dala um Schutz. Die Geflügelten waren von menschenähnlicher Gestalt, männlich, nackt, mit blauer Haut und ungemein kräftig gebaut. Brust- und Schultermuskeln hoben sich unter der Haut ab, während sie ihre riesigen, fledermausähnlichen Flügel bewegten. Ihr Köpfe erinnerten an haarlose Affen, und jeder schwenkte einen langen Greifschwanz. Gardan zählte sie, es war genau ein Dutzend. Mit unvorstellbar schrillem Kreischen stießen sie geradewegs auf den Trupp am Ufer herab.

Während sein Pferd durchging, warf Gardan sich hastig zur Seite und entging so knapp den Klauen eines der Ungeheuer. Hinter ihm gellte ein Schreckensschrei, und Gardan sah aus den Augenwinkeln, daß ein Fährmann in die Luft gezerrt wurde. Einen Augenblick schwebte die Kreatur mit mächtigem Flügelschlag auf der Stelle, den Mann am Hals gefaßt haltend. Dann riß sie mit einem verächtlichen Schrei den Kopf vom Rumpf und ließ ihn fallen. Blutüberströmt stürzte die Leiche ins Wasser.

Gardan hieb nach dem Ungeheuer, das versuchte, ihn auf gleiche Weise zu packen. Die Klinge traf es quer über das Gesicht, doch es zog sich nur um einen Flügelschlag zurück. Keine Wunde war zu erkennen, wo die Schneide getroffen hatte. Es verzog lediglich das Gesicht, dann griff es erneut an. Gardan wich zurück. Menschenähnliche Finger mit langen Krallen scharrten über den Stahl seiner Klinge. Er wünschte sich, sein Pferd hätte lange genug standgehalten, daß er nach seinem Schild hätte greifen können.

»Was sind das für Wesen?« brüllte Kasumi, als der Kahn dem Ufer nahe genug war, daß die fünf Tsuranis ans Ufer springen konnten.

Dominics Stimme war hinter ihm zu hören. »Elementarkreaturen, durch schwarze Magie erschaffen. Unsere Waffen können ihnen nichts anhaben.«

Das schien die Tsuranis jedoch nicht weiter zu beunruhigen. Sie griffen die Ungeheuer an, wie jeden anderen Gegner auch, ohne Zögern. Zwar schienen die Hiebe den Geflügelten keine Wunden zuzufügen, offenbar aber Schmerzen, denn sie wichen zurück und schwebten auf der Stelle.

Gardan schaute sich um und sah Kasumi und Dominic ganz in der Nähe. Beide hielten Schilde und standen abwehrbereit. Schon griffen die Ungeheuer erneut an. Ein Soldat schrie auf, und Gardan bemerkte, daß ein Tsurani fiel.

Kasumi wich dem Ansturm von zwei dieser Kreaturen aus und nutzte Schwert, Schild und Behendigkeit gleichermaßen zu seiner Verteidigung. Gardan wußte jedoch, daß es keine Hoffnung auf Rettung gab. Es war lediglich eine Frage der Zeit, daß sie ermüdeten und zur Beute der Ungeheuer wurden, während diese offenbar Erschöpfung nicht kannten. Jedenfalls griffen sie nach wie vor mit derselben Heftigkeit an.

Dominic schlug mit seiner Streitaxt zu, und ein Geflügelter stieß einen gellenden Schmerzensschrei hervor. Wenn Waffen schon nicht die durch Zauber erschaffene Haut zu verletzen vermochten, konnten sie zumindest Knochen brechen. Die Kreatur flatterte im Kreis und versuchte verzweifelt sich in der Luft zu halten, doch dann sank sie immer tiefer. Daraus, wie ein Flügel lahm herunterhing, war zu schließen, daß Dominic ihr die Schulter zerschmettert hatte.

Gardan wich einem weiteren Ansturm aus und sprang zur Seite. Hinter den beiden Ungeheuern, die ihn angriffen, fiel das verwundete Wesen gerade zu Boden. Kaum berührten seine

Beine die Erde, stieß es einen ohrenbetäubenden Schmerzensschrei aus, und Funken stoben auf. Mit einem in der Dämmerung blendenden Blitz verschwand es, und nur ein rauchender Flekken auf dem Boden blieb von ihm zurück. Dominic rief: »Es sind Luftwesen, und sie überstehen die Berührung mit der Erde nicht!«

Gardan hieb kräftig nach der Kreatur rechts von ihm. Die Wucht des Streiches schlug sie nach unten. Nur flüchtig berührte sie den Boden, doch das genügte. Wie die andere löste sie sich in sprühende Funken auf. In ihrem Schrecken hatte sie eine Hand ausgestreckt und nach dem herabhängenden Schwanz des Geflügelten neben sich gegriffen, als könne sie sich dadurch vor der Berührung mit dem Boden schützen.

Nun zog ein Funkenregen auch seinen Schwanz hoch, und beide Ungeheuer wurden davon verzehrt.

Kasumi wirbelte herum. Drei seiner sechs Männer waren inzwischen tot, doch noch immer griffen neuen Geflügelte an, allerdings nun etwas vorsichtiger, wie es schien. Einer stieß zu Dominic hinab, der sich gegen seinen Angriff wappnete. Doch statt nach dem Mönch zu greifen, schlug das Ungeheuer mit dem Flügel nach ihm, um ihn umzuwerfen. Gardan raste hinter der Kreatur herbei und duckte sich, um den Krallen zu entgehen. Dann warf er sich nach vorn und schlang die Arme um die baumelnden Beine des Dominic angreifenden Geflügelten. Ganz fest umklammerte er sie. Sein unerwartetes Gewicht zog den Geflügelten hinunter. Er kreischte und flatterte heftig mit den Schwingen, doch Gardan hatte ihn aus dem Gleichgewicht geworfen und brachte ihn nun zu Boden. Wie die vor ihm ging er in Funken auf.

Gardan rollte sich zur Seite. Die Schmerzen an Armen und Brust, wo er mit der Kreatur in Berührung gekommen war, waren grauenvoll. Aber er unterdrückte sie in seiner wachsenden Hoffnung. Sie waren nun zu siebt, er, Kasumi, Dominic, drei

Tsuranisoldaten und ein Fährmann, der die Bootsstange schwang. Und die Ungeheuer bloß noch acht.

Eine Weile kreisten die Luftwesen außerhalb der Reichweite ihrer Klingen über ihnen. Als sie sich zu einem Sturzangriff bereitmachten, erhob sich ein Schimmern am Ufer unweit der Verteidiger. Gardan betete zu Tith, dem Gott der Kämpen, daß es nicht die Ankunft weiterer Angreifer bedeutete. Schon einer mehr mochte ihr Untergang sein.

Lichtumspielt erschien ein Mann in einfachem schwarzem Kittel und ebensolchem Beinkleid. Gardan und Kasumi erkannten Pug sofort und riefen ihm eine Warnung zu. Der Magier machte sich ruhig ein Bild der Lage. Ein Geflügelter, der den unbewaffneten neuen Gegner entdeckte, schrie vor Freude auf und tauchte zu ihm hinab.

Pug blieb scheinbar wehrlos stehen. Doch nicht ganz zehn Fuß von ihm entfernt krachte das Ungeheuer gegen einen unsichtbaren Schild. Als wäre es gegen eine Steinmauer geprallt, stürzte es zu Boden und verging in einem blendenden Blitz.

Schreckensschreie erklangen aus der Luft, als die restlichen Kreaturen erkannten, daß hier ein Gegner war, gegen den sie nicht ankamen. Im Handumdrehen ergriffen die Geflügelten die Flucht gen Norden.

Pug schwenkte die Arme. Plötzlich züngelte ein bläuliches Feuer auf seinen erhobenen Handflächen. Er schleuderte es den Fliehenden nach. Die blaue Feuerkugel holte sie weit über dem Wasser ein. Wie eine Wolke pulsierenden Lichtes begann sie, sie einzuhüllen. Würgende Schmerzensschreie waren zu vernehmen, als die Wesen in der Luft zu zucken begannen und in die Tiefe stürzten. Als jedes einzelne die Wasseroberfläche berührte, ging es in grünen Flammen auf, die es verschlangen, während sie versanken.

Gardan blickte Pug entgegen, als er sich den erschöpften Verteidigern näherte. Des Magiers Gesicht wirkte ungewöhnlich düster und verriet eine Macht, wie Gardan es an ihm noch nie zuvor bemerkt hatte. Doch als Pug sich entspannte, veränderte sich seine Miene gleich. Trotz seiner fast sechsundzwanzig Jahre sah er nun jungenhaft aus. Mit einem unvermittelten Lächeln sagte er: »Ihr seid auf Stardock herzlich willkommen, meine Herren.«

Ein sanft glühendes Feuer strahlte wohlige Wärme aus. Gardan und Dominic ruhten sich in bequemen Sesseln vor dem offenen Kamin aus, und Kasumi saß auf Tsuraniart auf dem Kissen.

Kulgan versorgte die Brandwunden des Hauptmanns und umhegte ihn wie eine Glucke ihr Küken. Die beiden kannten sich seit Jahren von Crydee her und so gut, daß Kulgan sich einen rauhen Ton erlauben konnte. »Wie konntet Ihr bloß so dumm sein, eines dieser Ungeheuer zu berühren! Jeder weiß, daß die Berührung einer elementgebundenen Kreatur zur Entladung ungeheurer Energie führt, wenn sie zu ihrem Ursprungszustand zurückkehrt!«

Gardan wurde es überdrüssig, ausgeschimpft zu werden. »Nun, ich wußte es jedenfalls nicht! Kasumi, habt Ihr es gewußt? Ihr, Dominic?«

Kasumi lachte, als Dominic antwortete: »Ich wußte es!«

»Ihr seid auch nicht gerade eine Hilfe, Bruder«, brummte der Hauptmann. »Kulgan, seid Ihr bald fertig, daß wir endlich essen können? Seit fast einer Stunde strömt der Duft köstlicher Speisen herein und macht mich schier wahnsinnig!«

Pug, der an der Wand neben dem Kamin lehnte, lachte. »Doch wohl erst seit höchstens zehn Minuten, Hauptmann.«

Sie befanden sich in einem gemütlichen Gemach im Erdgeschoß eines großen Gebäudes, an dem noch gebaut wurde. Kasumi sagte: »Ich freue mich, daß der König mir gestattete, Eure Akademie zu besuchen, Pug.«

»Ich mich ebenfalls«, warf Bruder Dominic ein. »Wir wissen

die Abschriften, die Ihr so freundlich ward, uns zu schicken, sehr zu schätzen, doch was Eure Pläne betrifft, tappen wir noch im dunkeln. Wir möchten gern mehr erfahren.«

Pug versicherte ihm: »Ich freue mich über jeden Besuch, den das Bedürfnis nach weiterem Wissen hierherführt, Bruder Dominic. Vielleicht könnt Ihr uns unsere unbedeutende Gastfreundschaft einmal vergelten, indem Ihr uns erlaubt, Eurer vielgerühmten Bibliothek einen Besuch abzustatten.«

»Oh, dieser Bitte kann ich mich nur anschließen«, warf Kulgan schnell ein.

»Ihr seid uns beide jederzeit herzlich willkommen«, versicherte ihnen der Mönch.

»Auf ihn müßt Ihr dort aber sehr gut aufpassen!« warnte Gardan mit einem Kopfnicken in Kulgans Richtung. »Wenn Ihr ihn frei in Euren unterirdischen Gewölben herumlaufen laßt, werdet Ihr ihn nie mehr wiederfinden. Er ist so versessen auf Bücher wie ein Bär auf Honig.«

Eine in höchstem Maß anziehende Frau mit dunklem Haar und großen dunklen Augen betrat das Gemach, gefolgt von zwei Dienern. Alle trugen Tabletts mit dampfenden Speisen. Als sie ihres auf dem langen Tisch am anderen Ende des Gemachs abstellte, rief sie: »Bitte – es ist Zeit zum Abendessen.«

Pug wandte sich an den Mönch. »Bruder Dominic, das ist Katala, meine Frau.«

Dominic verbeugte sich höflich. »Meine Lady.«

Sie lächelte ihn an. »Bitte, Katala. Wir sind hier nicht gern so förmlich.« Wieder verbeugte der Mönch sich, als er sich auf den angebotenen Stuhl setzte. Er hörte das Öffnen einer Tür und drehte sich um. Zum ersten Mal, seit der Hauptmann ihn nun kannte, war der Mönch nahe daran, die Fassung zu verlieren. William kam in das Gemach gerannt mit dem grünschuppigen Fantus dichtauf.

»Ishaps Erbarmen! Ist das ein Feuerdrache?«

William eilte zu seinem Vater und schlang die Arme um ihn, während er die Besucher heimlich beäugte. Kulgan erklärte: »Das ist Fantus, Herr dieses Anwesens. Er duldet, daß wir hier wohnen, und zieht Williams Gesellschaft der aller anderen vor.« Der Drache wandte Kulgan den Kopf zu, als wolle er dessen Worte bestätigen. Dann blickten seine großen roten Augen wie sinnend auf den Tisch und die darauf abgestellten Speisen.

»Begrüße Kasumi, William«, forderte sein Vater ihn auf.

Lächelnd verneigte sich der Junge und sagte etwas auf tsuranisch, das Kasumi lachend beantwortete.

Dominic horchte interessiert auf. Pug erklärte: »Mein Sohn beherrscht sowohl die Königszunge wie auch die Sprache der Tsuranis. Meine Frau und ich halten ihn zum Studium von beiden an, denn viele meiner Werke sind in Tsuranisch. Das ist eines der Probleme, die ich bei der Übertragung der Kunst des Erhabenen Pfades nach Midkemia habe. Vieles, was ich tue, ist das Ergebnis meiner Art zu denken – und Magie denke ich auf tsuranisch. William wird mir eines Tages bestimmt eine große Hilfe dabei sein, Möglichkeiten zu entdecken, wie man Magie in der Königszunge wirken kann, damit ich sie jene lehren kann, die hier leben.«

Katala erinnerte: »Meine Herren, das Essen wird kalt.«

»Und meine Frau gestattet nicht, daß wir uns an diesem Tisch über Magie unterhalten«, warnte Pug.

Kulgan schnaubte, und Katala erklärte: »Erlaubte ich es, würden die beiden nicht dazu kommen, auch nur einen Bissen zu essen!«

Trotz seiner Brandwunden kam Gardan schnell herbei. »Ich brauche nicht öfter als einmal aufgefordert zu werden.« Er setzte sich sofort nieder, und ein Diener tischte ihm auf.

Das Mahl verlief angenehm bei unbeschwerter Plauderei. Als hätte die Nacht alle Schrecken des vergangenen Tages vertrieben, wurde beim Essen kein Wort über die Ereignisse verloren, die

Gardan, Dominic und Kasumi nach Stardock geführt hatten. Man sprach nicht von Aruthas Suche nach dem Heilmittel, von Murmandamus' Drohung und auch nicht von der Wahrsagung, über die man im Kloster geredet hatte. Eine kurze Weile gab es nichts Unangenehmes – eine Stunde lang war die Welt ein heiler Ort mit alten Freunden und neuen Gästen, und ein jeder genoß die Gesellschaft der anderen.

Dann sagte William zu allen gute Nacht. Dominic staunte über die Ähnlichkeit des Jungen mit seiner Mutter, obgleich er in Haltung und Sprechweise seinen Vater zumindest nachahmte. Fantus hatte von Williams Teller zu fressen bekommen, und er tapste jetzt hinter dem Jungen aus dem Gemach.

»Ich glaube, meinen Sinnen immer noch nicht trauen zu können, was diesen Drachen betrifft«, gestand Dominic, nachdem die Tür sich hinter den beiden geschlossen hatte.

»Solange ich mich erinnern kann, war er so etwas wie Kulgans Haustier«, sagte Gardan.

Kulgan zündete sich gerade eine Pfeife an. »Ha, jetzt nicht mehr. Seit dem Tag, da der Junge und Fantus sich zum erstenmal sahen, sind sie unzertrennlich.«

»Zwischen den beiden ist etwas, das über das natürliche Maß hinausgeht«, meinte Katala. »Manchmal glaube ich, daß sie einander genau verstehen.«

»Lady Katala«, sagte Dominic, »an diesem Ort ist wenig, was nicht das natürliche Maß übersteigt. Diese Ansammlung von Magiern, dieser Bau...«

Pug stand auf und bat die anderen zu den Sesseln am Kamin. »Aber Ihr müßt wissen, auf Kelewan, wo ich in der Vereinigung studierte, ist alles, was hier erst im Werden begriffen ist, alteingeführt. Die Bruderschaft der Magier ist dort etwas Selbstverständliches, so wie die allgemeine Verbreitung des Wissens unter den Magiern.«

Kulgan sog zufrieden an seiner Pfeife. »So soll es auch sein!«

»Wir können uns morgen über die zukünftige Akademie auf Stardock unterhalten«, versprach Pug, »wenn ich euch unsere Gemeinschaft hier zeige.

Doch nun zu etwas anderem. Die Botschaften von Arutha und dem Abt werde ich heute abend lesen. Ich weiß alles, was zu Aruthas Aufbruch von Krondor führte. Gardan, was ist zwischen dort und Sarth geschehen?«

Der Hauptmann, der kaum noch die Augen hatte offenhalten können, zwang sich schnell, voll wach zu werden, und erzählte, was sich zwischen Krondor und Sarth ereignet hatte. Bruder Dominic verharrte stumm, da der Hauptmann nichts von Bedeutung ausließ. Dann war er an der Reihe und berichtete von dem Angriff auf das Kloster. Als er geendet hatte, stellten Pug und Kulgan ein paar Fragen, unterließen jedoch jeglichen Kommentar.

Schließlich sagte Pug: »Eure Neuigkeiten geben zu größter Besorgnis Anlaß. Trotzdem, heute ist es schon spät, und ich meine, es sind noch andere auf der Insel, die wir bei der Beratung mit hinzuziehen sollten. Ich schlage vor, wir zeigen diesen müden Herren ihre Gemächer und unterhalten uns morgen eingehend.«

Gardan unterdrückte ein Gähnen und nickte. Er, Kasumi und Bruder Dominic wurden von Kulgan, der den anderen eine gute Nacht wünschte, zu ihren Gemächern geleitet.

Pug erhob sich aus dem Sessel am Kamin. Er stellte sich an ein Fenster und beobachtete den kleinen Mond, dessen Licht sich im Wasser spiegelte, als er zwischen den Wolken hervorlugte. Katala trat hinter ihren Mann und schlang die Arme um seine Hüfte.

»Diese Neuigkeiten beunruhigen dich.« Es war eine Feststellung, keine Frage.

»Wie immer, weißt du, was in mir vorgeht.« Er wandte sich in ihrer Umarmung und zog sie an sich. Der angenehme Duft ihres

Haares betörte ihn, als er sie auf die Wange küßte. »Ich hatte nur gehofft, wir könnten unser Leben friedlich zubringen, nur mit der Sorge um die Errichtung der Akademie und damit, unsere Kinder großzuziehen.«

Sie lächelte zu ihm auf. Ihre dunklen Augen spiegelten die unendliche Liebe, die sie für ihren Mann empfand, wider. »Bei den Thuril haben wir ein Sprichwort: ›Das Leben bedeutet Probleme; zu leben, um sie zu lösen‹.« Er lächelte darüber. »Trotzdem stimmt es«, sagte sie. »Was hältst du von den Neuigkeiten, die Kasumi und die anderen brachten?«

»Ich weiß es nicht.« Er strich über ihr dunkles Haar. »In letzter Zeit verspürte ich wachsende Sorge. Ich dachte, sie hinge nur mit der Akademie zusammen oder vielmehr mit den Fortschritten ihrer Errichtung. Aber es ist mehr als das. Des Nachts quälen mich Träume.«

»Ich weiß, Pug. Dein Schlaf ist sehr unruhig. Du hast darüber noch nicht mit mir gesprochen.«

Er blickte sie an. »Ich wollte dich nicht beunruhigen, Liebling. Ich hielt meine Träume für unbewußte Erinnerungen an schlimme Zeiten. Doch jetzt – bin ich nicht mehr sicher. Einer kehrt ständig wieder und nun in kürzeren Abständen als zuvor. Aus einem finsteren Ort ruft eine Stimme mir zu. Sie braucht mich, bittet um meine Hilfe.«

Sie schwieg, denn sie wußte, daß ihr Mann warten würde, bis er bereit war, sich ganz mitzuteilen. Schließlich gestand er: »Ich kenne die Stimme, Katala. Seit der Zeit größter Not, seit dem schrecklichen Augenblick, als der Ausgang des Spaltkriegs in der Schwebe hing und das Schicksal zweier Welten auf meinen Schultern lastete. Es ist Macros! Seine Stimme ist es, die ich höre!«

Katala erschauderte und drückte ihren Mann fest an sich. Sie kannte den Namen gut, denn die Bibliothek Macros des Schwarzen hatte die Gründung der Akademie für Magier erst ermöglicht. Macros war der geheimnisvolle Zauberer, der weder dem Pfad der Geringeren Magie, wie Kulgan, noch dem Erhabenen Pfad, zu dem Pug gehörte, zuzurechnen war. Macros hatte schon so lange gelebt, daß man ihn für unsterblich halten konnte, und er hatte die Gabe, in die Zukunft zu sehen. Er hatte auf seine Weise den Verlauf des Spaltkriegs beeinflußt und ein kosmisches Spiel mit Menschenleben für ein Ziel getrieben, das nur er kannte. Er hatte auf Midkemia den Raumspalt geschlossen und so die Brücke zwischen dieser Welt und der der Tsuranis geschlossen. Katala schmiegte sich noch enger an Pug. Sie wußte, weshalb dieser Traum ihn so beunruhigte: Macros war tot!

Gardan, Kasumi und Dominic standen im Erdgeschoß und bewunderten die Arbeit, die hier geleistet wurde. Maurer aus Shamata setzten Reihe um Reihe Steine für die hohe Hauswand der Akademie. Pug und Kulgan begutachteten die neuesten Pläne des verantwortlichen Baumeisters.

Kulgan winkte die Neuankömmlinge zu sich. »Darf ich euch um Nachsicht bitten – diese Arbeit ist ungemein wichtig für uns. Wir sind erst seit einigen Monaten dabei und möchten nicht, daß sie irgendwie aufgehalten wird.«

»Dieses Gebäude wird ja gewaltig!« staunte Gardan.

»Fünfundzwanzig Stockwerke hoch, mit einigen noch höheren Türmen zur Himmelsbeobachtung.«

»Das ist ja unvorstellbar!« rief Dominic. »Es könnte Tausenden Platz bieten!«

Kulgan lächelte. »Nach dem, was Pug mir erzählt hat, ist es klein verglichen mit der Stadt der Magier auf jener anderen Welt. Dort ist eine ganze Stadt zu einem einzigen riesigen Gebäude zusammengewachsen. Wenn wir mit unserem Bau hier fertig sind, in vielen Jahren erst, wird er höchstens ein Zwanzigstel so groß sein. Aber hier ist Platz genug zum Anbau. Vielleicht wird die Akademie eines Tages ganz Stardock bedecken!«

Der Baumeister zog sich zurück. Pug entschuldigte sich. »Verzeiht die Unterbrechung, aber es mußten einige Entscheidungen getroffen werden. Kommt, sehen wir uns weiter um.«

Sie folgten der Wand, und als sie um die Ecke bogen, lag so etwas wie eine kleine Siedlung vor ihnen. Hier gingen Männer und Frauen in der im Königreich üblichen Kleidung ihrer Beschäftigung nach. Kinder spielten auf dem breiten Platz in der Mitte, zu ihnen gehörte William. Dominic schaute sich um und sah Fantus in der Nähe neben einer Tür in der Sonne liegen. Die Kinder versuchten eifrig, einen Ball aus lederumwickelten Stofffetzen mit dem Fuß in ein Faß zu schießen. Offenbar spielten die Kinder ohne irgendwelche Regeln.

Dominic lachte bei dem Anblick. »Als Junge spielte ich an Sechstagen ebenfalls Faßball.«

Pug lächelte. »Ich ebenfalls. Vieles, was wir planen, muß erst noch ausgearbeitet werden. So gibt es für die Kinder einstweilen nur vereinzelte Pflichten. Das scheint ihnen aber nichts auszumachen.«

»Was ist das hier?« erkundigte sich Dominic.

»Gegenwärtig das Zuhause unserer kleinen Gemeinschaft. Der Flügel, in dem Kulgan und meine Familie untergebracht sind und in dem sich einige Lehrsäle befinden, ist der einzige bezugsfertig gemachte Teil der Akademie, obgleich der Bau der Stockwerke darüber noch lange nicht beendet ist.« Er deutete auf die Siedlung. »Jene, die hier arbeiten oder nach Stardock zum Lernen gekommen sind, wohnen hier, bis weitere Unterkünfte im Hauptgebäude geschaffen werden.« Pug bedeutete den Gästen, ihm in ein größeres Gebäude zu folgen, das sich von den übrigen der Siedlung abhob. William verließ das Spiel und trippelte neben seinem Vater her. Pug legte die Hand auf die Schulter seines Sohnes. »Na, wie sieht es mit deinem Unterricht aus?«

Der Junge verzog das Gesicht. »Nicht so gut. Ich habe für heute Schluß gemacht. Nichts geht so, wie es soll.«

Pugs Miene wurde ernst, doch Kulgan gab William einen sanften Stoß. »Geh wieder spielen, Junge. Und mach dir keine unnötigen Gedanken. Dein Vater war genauso dickköpfig, als er mein Student war. Es kommt alles zu seiner Zeit.«

Pug lächelte leicht. »Dickköpfig?«

»Nun, ›schwer von Begriff‹ hätte vielleicht etwas arg hart geklungen.« Kulgan grinste.

Pug öffnete die Tür. »Ich bin überzeugt, Kulgan wird mich selbst in meiner Todesstunde noch aufziehen.«

Das Gebäude erwies sich als so etwas wie eine hohle Schale. Sein einziger Zweck schien zu sein, einen großen Tisch zu beherbergen, der sich über die gesamte Länge hinzog, mit Stühlen an den Stirnseiten und zu beiden Seiten. Ansonsten befand sich nur noch ein offener Kamin in dem großen Raum. Schwere Balken, von denen freundliches Licht ausstrahlende Lampen hingen, trugen die hohe Decke.

Pug rückte einen Stuhl am Kopfende des Tisches zurecht und bedeutete den anderen, Platz zu nehmen.

Dominic freute sich über das prasselnde Feuer im Kamin. Obwohl der Frühling schon bald dem Sommer weichen würde, war der Tag kalt. »Was ist mit den Frauen und Kindern hier?« fragte er.

Kulgan zog seine Pfeife aus dem Gürtel und begann sie zu stopfen. »Die Kinder sind die Söhne und Töchter jener, die hierhergekommen sind. Wir beabsichtigen eine Schule für sie zu errichten. Pug hegt die wohl etwas ungewöhnliche Hoffnung einer Schulbildung für alle im Königreich – eines Tages. Ich dagegen kann mir nicht vorstellen, daß so etwas allgemein durchgeführt wird. Und was die Frauen betrifft, nun, sie sind entweder Ehefrauen von Magiern oder selbst Magier, also zum Teil solche, die man als Hexen betrachtet.«

»Hexen?« echote Dominic hörbar besorgt.

Eine Flamme züngelte aus Kulgans Fingerspitze, damit zündete er seine Pfeife an. Er nahm einen tiefen Zug und blies den Rauch in einem Wölkchen aus. »Was ist schon eine Bezeichnung? Sie wirken Magie. Aus mir unverständlichen Gründen wurden Zauberer an manchen Orten zumindest geduldet, während man Frauen aus so gut wie jedem Ort verjagte, wenn man herausfand, daß sie über magische Kräfte verfügten.«

»Ja, aber man nimmt an, daß Frauen diese Kräfte dadurch gewinnen, daß sie den Mächten der Finsternis dienen.«

Kulgan winkte ab. »Unsinn! Das ist reinster Aberglaube! Verzeiht, wenn ich das so unverblümt sage. Die Quelle ihrer Gabe ist nicht finsterer als Eure eigene, und ihr Verhalten ist gewöhnlich weit gütiger als das so mancher begeisterter, aber fehlgeleiteter Diener einiger Tempel.«

»Das mag stimmen«, gab Dominic zu, »aber Ihr sprecht, wenn Ihr Euch auf mich bezieht, von einem anerkannten Angehörigen eines anerkannten Tempels.«

Kulgan blickte Dominic eindringlich an. »Vergebt meine Bemerkung, aber trotz des Rufes, daß die Ishapier eine weit weltlichere Einstellung als andere Orden haben, erscheint mir Eure doch sehr engstirnig. Was gilt es schon, wenn diese armen Frauen nicht einem Tempel angehören? Dient eine Frau in einem Tempel, ist sie heilig. Kommt sie zu ihrer Gabe jedoch in einer armseligen Waldhütte, dann ist sie gleich eine Hexe. So seht Ihr es doch? Selbst mein alter Freund, Pater Tully, würde so etwas nicht dulden! Bei Euch geht es nicht um die Frage, ob gut oder böse, sondern lediglich darum, wer die bessere Gilde hat.«

Dominic lächelte. »Ihr versucht also, eine bessere Gilde aufzubauen?«

Kulgan stieß ein weiteres Rauchwölkchen hervor. »Gewissermaßen, ja, obgleich das weniger der Grund unseres Tuns ist als der, so viel magische Überlieferung zu sammeln, wie nur möglich.«

»Verzeiht meine barschen Fragen«, bat Dominic. »Zu meinem

Auftrag gehörte, Eure Beweggründe herauszufinden. Der König ist Euer mächtiger Verbündeter, und unser Tempel machte sich Gedanken, daß hinter Eurer Betriebsamkeit ein verborgener Grund stecken mochte. Mein Orden sagte sich, da ich ohnedies hierherkam...«

»Könntet Ihr gleich feststellen, was wir tun und wie es sich mit unseren Behauptungen vereinbart«, beendete Pug den Satz für ihn.

Kasumi warf ein: »Solange ich Pug kenne, bestimmte ihn immer die Ehre.«

»Hätte ich die geringsten Bedenken gehegt«, versicherte ihnen Dominic, »hätte ich jetzt nichts mehr gesagt. Daß ihr den hehrsten Zielen entgegenstrebt, bezweifle ich nicht. Nur...«

Gleichzeitig fragten Pug und Kulgan: »Was?«

»Es ist mir klar, daß ihr mehr als alles andere eine Gemeinschaft von Weisen anstrebt. Das, an und für sich, ist lobenswert. Aber ihr werdet nicht immer hier sein. Eines Tages könnte die Akademie sich als mächtiges Werkzeug in den falschen Händen erweisen.«

»Wir treffen jede erdenkliche Vorsichtsmaßnahme, das zu verhindern«, entgegnete Pug. »Das müßt Ihr mir glauben.«

»Das tue ich«, versicherte ihm Dominic.

Pugs Ausdruck veränderte sich. Es schien, als lausche er. »Sie kommen!« sagte er.

Kulgan beobachtete ihn hingerissen.

»Gamina?« wisperte er.

Pug nickte, und Kulgan stieß ein zufriedenes »Ah!« hervor. »Die Verbindung war besser denn je. Ihre Kräfte wachsen von Woche zu Woche.«

Dann erklärte er den anderen: »Ich habe die Botschaften gelesen, die ihr mitgebracht habt, und jemanden gerufen, der vielleicht helfen kann. Er wird in Begleitung kommen.«

»Diese Begleitung...«, Kulgan machte eine ehrfürchtige

Pause, »...ist eine, die Gedanken mit erstaunlicher Deutlichkeit senden und empfangen kann. Sie ist bisher die einzige, die das vermag, zumindest von all jenen, die wir bisher fanden. Pug hat mir von einer ähnlichen Fähigkeit auf Kelewan erzählt, die während seiner Ausbildung eingesetzt wurde, aber sie bedurfte der entsprechenden Vorbereitung des Betreffenden.«

»Es ist ähnlich der Geistberührung zwischen bestimmten Priestern«, erklärte Pug, »doch ist eine körperliche Berührung oder auch nur die Nähe nicht erforderlich. Genausowenig besteht die Gefahr, daß ein Geist der sich Berührenden den anderen einfängt. Gaminas Gabe ist offenbar selten.« Dominic war beeindruckt. Pug fuhr fort: »Sie sendet dem Geist, und man versteht es, als spräche sie. Wir hoffen diese ungewöhnliche Begabung eines Tages zu verstehen und eine Möglichkeit zu finden, sie in anderen zu wecken und sie auszubilden.«

»Ich höre sie kommen!« Kulgan erhob sich. »Bitte, meine Herren. Gamina hat Schlimmes hinter sich und ist sehr scheu. Bedenkt dies und behandelt sie entsprechend sanft.«

Kulgan öffnete die Tür, und zwei Personen traten ein. Die erste war ein Greis mit ein paar hauchfeinen Haarsträhnen wie weißer Rauch, die über seine Schultern fielen. Seine Hand ruhte auf der Schulter der anderen, und er ging vornübergebeugt. Unter seinem roten Gewand hob sich ein leichter Höcker ab. Die milchigen Augen, die blicklos geradeaus starrten, verrieten, daß der Greis blind war.

Doch es war das Mädchen, das sofort die Aufmerksamkeit auf sich zog. Es trug einen grobgewebten einfachen Kittel und schien etwa sieben Jahre alt zu sein – ein niedliches Ding, das die Finger an die Hand auf ihrer Schulter klammerte. Die blauen Augen waren schier riesig und beherrschten das bleiche Gesicht mit den feinen Zügen. Das Haar der Kleinen war fast so weiß wie das des Greises, doch wie von einem Hauch Gold durchzogen. Das Gefühl überwältigte Dominic, Gardan und Kasumi, daß dieses

Kind vielleicht das schönste war, das sie je gesehen hatten. Und schon jetzt versprach das Kindergesicht die unvergleichliche Schönheit, zu der es sich entwickeln würde.

Kulgan führte den Alten zu dem Stuhl neben dem seinen. Das Mädchen wollte sich nicht setzen, sondern blieb hinter dem Greis stehen, beide Hände auf seine Schultern gelegt. Die Finger verkrampften sich, als befürchtete die Kleine, die Verbindung zu ihm zu verlieren. Sie blickte die drei Fremden wie ein in die Enge getriebenes Wild an und bemühte sich nicht, ihr Mißtrauen zu verhehlen.

»Das ist Rogen«, stellte Pug vor.

Der Blinde verbeugte sich knapp. »Mit wem habe ich die Ehre?« Trotz der unübersehbaren Altersrunen wirkte das Gesicht lebhaft und aufgeschlossen. Er hielt es lächelnd schräg geneigt, als könne er so besser hören. Es war ganz offensichtlich, daß er sich, im Gegensatz zu dem Mädchen, freute, neue Menschen kennenzulernen.

Pug stellte ihm die drei Männer vor, die Kulgan und Rogen gegenübersaßen. Der Blinde lächelte freundlich. »Ich freue mich, euch kennenzulernen, edle Herren.«

»Und dies ist Gamina«, sagte Pug.

Dominic und die anderen zuckten unwillkürlich leicht zusammen, als ein *Hallo* in ihren Köpfen erklang.

Die Lippen des Mädchens hatten sich nicht bewegt. Es stand reglos und hatte die großen blauen Augen auf sie gerichtet.

»Hat sie gesprochen?« fragte Gardan.

»Mit dem Geist«, antwortete Kulgan. »Eine andere Möglichkeit zu sprechen, hat sie nicht.«

Rogen faßte nach den Händen des Mädchens, um sie zu streicheln. »Gamina wurde mit dieser Gabe geboren. Allerdings hat sie ihre Mutter mit ihrem lautlosen Schreien als Baby fast in den Wahnsinn getrieben.« Das Gesicht des Greises wurde sehr ernst. »Gaminas Eltern wurden von den Bewohnern ihres Heimatorts gesteinigt, weil sie angeblich einen Dämon in die Welt gesetzt hatten. Arme, abergläubische Menschen waren es. Sie wagten jedoch nicht, das Kind zu töten, da sie befürchteten, es könnte seine ›wahre‹ Gestalt annehmen und sie alle umbringen. Also setzten sie es im Wald aus, damit es dort erfriere und verhungere. Gamina war damals noch keine drei Jahre alt.«

Das Mädchen schaute den Greis eindringlichen Blickes an. Er drehte sich zu ihm um, als könne er es sehen, und sagte: »Ja, da fand ich dich.«

Er wandte sich an die anderen. »Ich lebte im Wald, in einer verlassenen, ehemaligen Jagdhütte, auf die ich gestoßen war. Auch mich hatte man aus meinem Heimatdorf vertrieben, doch bereits Jahre früher. Ich hatte den Tod des Müllers vorhergesagt, und dann gab man mir die Schuld daran. Man beschimpfte mich als Hexer.«

Pug erklärte: »Rogen hat die Gabe des Zweiten Gesichts, vielleicht als Ausgleich für seine Blindheit. Er wurde schon ohne Augenlicht geboren.«

Rogen lächelte. »Wir sind uns auf viele Weise gleich, sie und ich. Ich hatte mir bereits Gedanken gemacht, was aus Gamina werden würde, wenn ich nicht mehr bin.« Er unterbrach sich, um sich dem Mädchen zuzuwenden, das bei seinen Worten zu zittern begonnen hatte. »Ruhig!« mahnte er sanft. »Natürlich werde ich sterben. Das muß ein jeder. Doch hoffe ich, daß es noch nicht so bald sein wird«, fügte er schmunzelnd hinzu, ehe er weitererzählte. »Wir kamen von einem Dorf nahe Salador. Als wir von diesem wundersamen Ort erfuhren, machten wir uns auf den Weg. Wir brauchten sechs Monate, bis wir hier anlangten, hauptsächlich meines hohen Alters wegen. Und nun haben wir Menschen gefunden, die wie wir sind, die in uns eine Quelle der Hilfe und des Wissens sehen und die uns nicht fürchten. Wir sind zu Hause!«

Dominic schüttelte verwundert den Kopf, überrascht, daß ein

Greis und ein Kind Hunderte von Meilen gewandert waren. Er war ganz offensichtlich gerührt. »Ich beginne einen weiteren Grund für Euer Wirken hier zu erkennen. Gibt es noch viele wie diese beiden hier?«

»Nicht so viele, wie wir gern hätten«, bedauerte Pug. »Einige der namhafteren Magier wollen sich uns nicht anschließen. Andere fürchten uns. Sie möchten uns ihre Fähigkeiten nicht offenbaren. Wieder andere wissen noch gar nicht, daß es uns gibt. Doch einige wie Rogen kommen von selbst zu uns. Wir haben fast fünfzig Magiewirker hier.«

»Das ist eine beachtliche Menge«, staunte Gardan.

»In der Vereinigung gab es zweitausend Erhabene«, sagte Kasumi.

Pug nickte. »Dann hatten wir auch noch genau so viele, die dem Geringeren Pfad folgten. Und jene, die sich das schwarze Gewand errangen, das Kennzeichen der Erhabenen, waren nur jeweils einer von fünfen, die mit der Ausbildung begannen, und zwar unter weit härteren Umständen, als wir sie hier schaffen könnten oder überhaupt wollten.«

Dominic blickte Pug an. »Und jene, die versagten?«

»Wurden getötet«, antwortete Pug dumpf.

Dominic spürte, daß dies etwas war, worüber Pug Stillschweigen bewahren wollte. Furcht sprach aus des Mädchens Gesicht. Rogen beruhigte es rasch: »Keine Angst, Kleines, niemand wird dir hier ein Leid tun. Er sprach von einem fernen Ort. Und du wirst einmal eine große Lehrerin werden!«

Das Mädchen entspannte sich, und flüchtig trat Stolz in ihren Gesichtsausdruck. Es war unverkennbar, daß sie mit jeder Faser ihres Herzens an dem Greis hing.

Nun wandte Pug sich an den Alten. »Rogen, es geht etwas vor, das zu verstehen Eure Gabe uns vielleicht helfen kann. Wäret Ihr bereit?«

»Ist es so wichtig?«

»Ich würde Euch sonst nicht bitten. Fürstin Anita liegt in einem Dämmerzustand, und Fürst Arutha befindet sich unter ständiger Bedrohung durch einen unbekannten Feind.«

Das Mädchen wurde wieder von Furcht ergriffen, oder so zumindest deuteten Gardan und Dominic ihren Gesichtsausdruck. Rogen neigte den Kopf wie lauschend, dann sagte er: »Ich weiß, daß es gefährlich ist, aber wir haben Pug viel zu verdanken. Er und Kulgan sind die einzige Hoffnung für unseresgleichen.« Diese Worte schienen beide Männer verlegen zu machen, doch sie schwiegen. »Außerdem ist Arutha des Königs Bruder, und ihrem Vater verdanken wir es, daß wir nun alle auf dieser wundervollen Insel leben können. Was würden die Leute denken, wenn sie erfahren würden, daß wir hätten helfen können, es aber nicht taten?«

Pug flüsterte Dominic zu. »Rogens zweites Gesicht – ist anders als alle, von denen ich bisher hörte. Wenn ich mich nicht irre, sind Eurem Orden Prophezeiungen bekannt.« Dominic nickte. »Er sieht – nun, am besten läßt es sich wohl mit ›Wahrscheinlichkeiten‹ beschreiben. Er sieht, was geschehen *könnte.* Das kostet ihn jedoch ungeheure Kraft, und obgleich er zäher ist, als er aussieht, dürfen wir nicht vergessen, daß er doch schon sehr alt ist. Es ist besser, wenn nur einer mit ihm spricht, und da Ihr Euch mit der Art der bisher angewandten Magie am besten auskennt, halte ich es für angebracht, daß Ihr ihm alles erzählt, was Ihr wißt.« Dominic erklärte sich damit einverstanden.

Pug bat: »Dürfte ich alle um Ruhe ersuchen?«

Rogen nahm die Hände des Mönches in die seinen. Dominic staunte über die Kraft, die in den Greisenfingern steckte. Obgleich er selbst nicht in die Zukunft zu blicken vermochte, war er doch mit der Weise vertraut, wie seine Ordensbrüder es taten. Er räusperte sich und begann die Geschichte zu erzählen, angefangen von Jimmys Begegnung mit dem Nachtgreifer auf dem Dach bis zu dem Zeitpunkt, da Arutha Sarth verließ. Rogen unterbrach ihn nicht ein einziges Mal. Gamina rührte sich nicht. Als Dominic von der Prophezeiung sprach, die Arutha den »Schrecken der Finsternis« nannte, erschauderte der Greis, und seine Lippen bewegten sich stumm.

Während der Mönch berichtete, verdüsterte sich die Stimmung im Saal. Selbst das Feuer schien seine Wärme zu verlieren. Gardan ertappte sich dabei, daß er fröstelnd die Arme über der Brust verschränkte.

Selbst als Dominic geendet hatte, gab Rogen seine Hände nicht frei und gestattete ihm auch nicht, sich zurückzulehnen. Er hatte den Kopf erhoben und leicht zurückgeneigt, als lausche er etwas unendlich Fernem. Eine Weile bewegten seine Lippen sich noch lautlos, dann begannen sich Worte zu formen, aber zunächst so schwach, daß sie nicht verständlich waren. Doch plötzlich wurde seine Stimme laut und deutlich.

»Da ist – etwas, eine – Wesenheit. Ich sehe eine Stadt, ein mächtiges Bollwerk mit Türmen und Mauern. Auf der Brustwehr stehen stolze Männer, bereit, die Stadt mit ihrem Leben zu verteidigen. Nun – wird sie belagert – jetzt eingenommen. Ihre Türme brennen lichterloh. Eine Stadt, die gemeuchelt wird. Eine wilde Horde stürmt durch die Straßen, als sie fällt. Die Verteidiger werden arg bedrängt und ziehen sich auf eine Burg zurück. Jene, die schänden und brandschatzen – sind keine Menschen. Ich sehe Brüder des Düsteren Pfades und ihre Koboldiener. Sie streifen durch die Straßen mit bluttriefende Waffen. Ich sehe, wie ungewöhnliche Sturmleitern an die Burgmauern gelehnt werden, und ich sehe Brücken der Schwärze. Nun brennt alles – überall Flammen… Es ist vorbei.«

Eine kurze Weile schwieg Rogen, dann fuhr er fort: »Ich sehe Heerscharen auf einer Ebene, über ihnen flattern fremdartige Banner. Schwarzgerüstete Gestalten sitzen schweigend auf Pferden. Ihre Schilde und Röcke weisen seltsame Wappen auf. Über ihnen erhebt sich ein Moredhel…« Tränen brannten in den toten

Augen des Greises. »Er ist – schön... Er ist – böse. Er trägt das Zeichen des Drachen. Er steht auf einer Hügelkuppe, und unter ihm marschieren die Armeen vorbei und schmettern Kampflieder. Bedauernswerte menschliche Sklaven ziehen schwere Kampfmaschinen.«

Wieder machte Rogen eine kurze Pause. »Ich sehe eine andere Stadt, doch verschwommen und schwankend, da ihre Zukunft weniger sicher ist. In ihre Mauern sind Breschen geschlagen, und ihre Straßen sind rot von Blut. Die Sonne versteckt ihr Antlitz hinter grauen Wolken – und die Stadt schreit ihre Qual hinaus. Endlose Reihen von aneinandergeketteten Männern und Frauen werden von Kreaturen, die sie verspotten und mit Peitschen schlagen, zu einem großen Platz getrieben, wo der Eroberer wartet. Ein Thron ist auf einer Erhebung errichtet – auf einem Berg von Leichen. Auf dem Thron sitzt – der Schöne, der Böse. Neben ihm steht ein Schwarzvermummter. Hinter beiden ist etwas – anderes... Ich kann es nicht sehen, aber es ist da, es existiert, es ist – finster... Es ist nicht stofflich, nicht wirklich dort, aber – es ist doch dort. Es berührt den auf dem Thron.« Rogens Finger verkrampften sich um Dominics Hände. »Wartet...« Er zögerte. Seine Hände fingen zu zittern an. Verstört, fast schluchzend rief er: »O ihr Götter, habt Erbarmen. Es kann mich sehen! *Es kann mich sehen!*« Die Lippen des Greises bebten, während Gamina an seinen Schultern zerrte, sich mit furchterfüllten Augen und angstverzerrtem Gesicht an ihn schmiegte. Plötzlich öffneten Rogens Lippen sich zu einem schrecklichen Ächzen, einem Laut tiefster Qual und Verzweiflung, und er erstarrte.

Ohne Vorwarnung überfiel brennender, unerträglicher Schmerz alle, die im Saal saßen. Gamina schrie lautlos.

Gardan preßte die Hände an die Schläfen und verlor fast die Besinnung durch den weißglühenden Blitz sengender Qual. Dominics Gesicht war aschgrau, und er taumelte unter dem entsetzlichen Schrei zurück, als hätte ihn ein Keulenschlag getroffen. Kasumi schloß die Lider über den sich verdrehenden Augen, als er sich mühte aufzustehen. Kulgans Pfeife entglitt den schlaffen Lippen, während er die Hände an den Kopf drückte. Pug taumelte auf die Füße. Er benutzte alle magische Kraft, über die er verfügte, um eine Art geistigen Schirm gegen die Schmerzen in seinem Kopf zu errichten, und verdrängte die Schwärze, die ihn zu übermannen drohte. Er versuchte das Mädchen zu erreichen. »Gamina!« krächzte er.

Doch das Mädchen beendete nicht das lautlose Schreien. Verzweifelt zerrte es am roten Gewand des Greises – ein sinnloses Unterfangen –, als könnte es ihn von dem ihn bedrohenden Grauen zurückholen. Ihre großen Augen wirkten noch riesiger, und ihre lautlose Hysterie trieb sie alle fast in den Wahnsinn. Pug faßte sie an der Schulter. Gamina achtete nicht darauf, sondern schrie weiter in ihrer Angst um Rogen. Mit all seiner Kraft gelang es Pug, das Entsetzen und den Schmerz in des Mädchens gesendeten Gedanken zu verdrängen.

Gardans Kopf sackte auf den Tisch, ebenso wie Kasumis, Kulgan kämpfte sich hoch, doch dann fiel er kraftlos auf seinen Stuhl zurück. Außer Pug und Gamina war nun nur noch Dominic bei Bewußtsein. Etwas in ihm hatte mit aller Kraft versucht, das Mädchen zu erreichen, sosehr er sich auch wünschte, sich von dem Schmerz zurückziehen zu können, den es verursachte.

Die grauenvolle Angst des Mädchens zwang Pug schier auf die Knie, aber er kämpfte dagegen an. Schließlich gelang ihm ein Zauber. Gamina kippte nach vorn. Sofort endete der Schmerz. Pug fing sie auf, doch die Anstrengung ließ ihn rückwärts taumeln, und er fiel auf seinen Stuhl. Benommen von dem heftigen Angriff blieb er mit dem bewußtlosen Mädchen in den Armen sitzen.

Dominic glaubte, sein Schädel müsse bersten, aber er versuchte mit allen Kräften, bei Sinnen zu bleiben. Der Greis wirkte immer noch wie erstarrt. Er krümmte sich vor Schmerzen, und seine Lippen bewegten sich schwach. Hastig sprach Dominic einen Heilzauber, einen, der die Schmerzen nahm. Schließlich erschlaffte Rogen und sackte auf seinem Stuhl zusammen. Doch sein Gesicht blieb eine Maske des Schreckens und Schmerzes, und ehe gnädiges Dunkel ihm Vergessen schenkte, wisperte er heiser Worte, die der Mönch nicht verstehen konnte.

Pug und der Mönch wechselten verwirrte Blicke. Dominic spürte, daß nun auch er die Besinnung verlor, doch ehe es ganz soweit war, wunderte er sich, weshalb der Magier plötzlich so verstört dreinblickte.

Gardan stiefelte in dem Gemach hin und her, in dem sie am vergangenen Abend gespeist hatten. Kulgan, der es sich am Kamin bequem gemacht hatte, rügte: »Ihr trampelt noch eine Furche in den Steinboden, wenn Ihr Euch nicht setzt!«

Stumm blickte Kasumi von seinem Kissen am Boden neben dem alten Magier hoch, und Gardan ließ sich neben ihm nieder. »Diese schreckliche Warterei!« brummte er. Dominic und Pug pflegten mit einigen Heilern der Gemeinschaft den Greis. Rogen war dem Tod nahe, seit sie ihn aus dem Ratssaal getragen hatten. Gaminas Gedankenschreie hatten alle innerhalb einer Meile berührt, nur hatten sie glücklicherweise mit der Entfernung an Kraft verloren. Trotzdem waren selbst außerhalb des Hauses einige Leute ohnmächtig geworden. Als ihr Schreien endlich aufhörte, waren die Geistesgegenwärtigen sogleich in den Ratssaal geeilt, um festzustellen, was geschehen war. Sie hatten alle dort bewußtlos vorgefunden.

Katala war sogleich zur Stelle gewesen und hatte dafür gesorgt, daß sie in das große Schlafgemach gebracht wurden, wo sie sich ihrer annehmen konnte. Von Rogen abgesehen, waren alle nach wenigen Stunden zu sich gekommen. Die Sitzung hatte am Vormittag stattgefunden, und nun war es Abend, doch der Greis war noch bewußtlos.

Gardan hieb die Faust in die Hand. »Verdammt! Für so etwas bin ich ungeeignet. Ich bin Soldat! Diese Zauberungeheuer! Diese namenlosen Mächte... Wie sehr ich mir einen Feind aus Fleisch und Blut wünschte!«

»Ja, und ich weiß sehr wohl, was Ihr mit einem Gegner aus Fleisch und Blut machen könnt!« sagte Kasumi nun. Kulgan blickte interessiert auf, und der Tsurani erklärte: »In den ersten Kriegsjahren standen der Hauptmann und ich uns bei der Belagerung von Crydee gegenüber. Doch erst als wir unsere Erlebnisse austauschten, erfuhr ich, daß er während der Belagerung Aruthas rechte Hand gewesen war. Und er hatte zuvor nicht gewußt, daß ich den Befehl über die Belagerer gehabt hatte.«

Ein kräftiger Mann trat ein und nahm den wallenden Umhang ab. Sein bärtiges Gesicht war von Wind und Wetter gebräunt, und er sah aus wie ein Förster oder Holzfäller. Lächelnd meinte er: »Kaum bin ich einmal ein paar Tage weg – und wer kommt da an?«

Gardan sprang erfreut auf und streckte dem anderen die Hand entgegen. »Meecham!«

Überschwenglich schüttelten sie sich die Hände, und Meecham sagte: »Schön, Euch wiederzusehen, Hauptmann!« Kasumi tat es Gardan gleich, denn Meecham war ein alter Bekannter. Er war ein freier Mann mit eigenem kleinen Grundbesitz, stand jedoch in Kulgans Dienst, allerdings war er dem Magier mehr Freund denn Diener.

»Hattest du Glück?« fragte Kulgan ihn.

Der Bärtige strich über die große Narbe an seiner linken Wange. »Nein, alles Scharlatane.«

Kulgan erklärte den anderen: »Wir hörten von einem Zug Wahrsager und Zigeuner, die ein paar Tagesritte von Landreth entfernt lagerten. Ich schickte Meecham zu ihnen, um festzustellen, ob welche mit der echten Gabe unter ihnen seien.«

»Einer hat sie vielleicht gehabt, aber als ich ihm sagte, woher ich kam, war nichts mehr aus ihm herauszukriegen. Vielleicht taucht er von selber auf.« Meecham schaute sich um. »Na, will denn keiner mir verraten, was hier vorgeht?«

Nachdem Kulgan Meecham in alles, was geschehen war, eingeweiht hatte, wurde die weitere Unterhaltung durch William unterbrochen, der mit Gamina an der Hand hereinkam. Der Schützling des Greises war noch bleicher als am Vormittag, als Gardan sie zum erstenmal gesehen hatte. Sie blickte Kulgan, Kasumi und Gardan an, und sie hörten ihre Entschuldigung im Kopf: *Es tut mir leid, daß ihr durch mich solche Schmerzen erleiden mußtet. Ich hatte große Angst.*

Kulgan streckte ihr die Arme entgegen, und sie gestattete ihm scheu, daß er sie auf seinen breiten Schoß hob. Sanft drückte er sie an sich und sagte: »Schon in Ordnung, Kleines. Wir verstehen es.«

Die anderen lächelten dem Mädchen beruhigend zu, und Gamina entspannte sich sichtlich. Fantus kam durch die Tür getapst. William warf ihm einen schnellen Blick zu und stellte fest: »Fantus hat Hunger.«

»Dieses Untier wurde hungrig geboren«, brummte Meecham.

Nein, kam der klare Gedanke. *Er hat ihm gesagt, daß er Hunger hat. Man hat vergessen, ihn heute zu füttern. Ich habe es gehört.*

Kulgan hielt das kleine Mädchen ein wenig von sich, damit er ihr Gesicht sehen konnte. »Was meinst du damit?«

Er sagte William, daß er Hunger hat. Gerade eben. Ich habe es gehört.

Kulgan starrte den Jungen an. »William, kannst du Fantus hören?«

Erstaunt schaute der Junge den Magier an. »Natürlich. Ihr nicht?«

Sie unterhalten sich die ganze Zeit miteinander.

Aufgeregt rief Kulgan: »Das ist ja großartig! Ich hatte keine

Ahnung! Jetzt wundert es mich nicht mehr, daß die beiden so unzertrennlich sind. William, wie lange sprichst du denn schon auf diese Weise mit Fantus?«

Der Junge zuckte mit der Schulter. »Solange ich mich erinnern kann. Fantus hat immer mit mir geredet.«

»Und du konntest hören, wenn sie sich unterhielten?« Gamina nickte. »Kannst du zu Fantus sprechen?«

Nein. Aber ich höre ihn, wenn er zu William spricht. Er denkt komisch. Es ist schwierig.

Gardan war verwundert über diese Unterhaltung. Er konnte Gaminas Antworten in seinem Kopf hören, als lausche er. Als er sich erinnerte, daß das Mädchen sich am Vormittag mehrmals nur mit Rogen verständigt hatte, wurde ihm klar, daß sie sich nach Belieben auch bloß an einzelne zu wenden vermochte.

William drehte sich zu dem Drachen um. »Na *gut!*« Dann wandte er sich an Kulgan. »Ich gehe besser schnell mit ihm in die Küche und sehe zu, daß er was zu fressen kriegt. Darf Gamina hierbleiben?«

Kulgan legte wieder die Arme um das Mädchen, und Gamina kuschelte sich an ihn. »Natürlich.«

William eilte hinaus und Fantus hinter ihm her. Die Aussicht auf Futter veranlaßte ihn zu für ihn ungewöhnlicher Eile. Als beide verschwunden waren, fragte Kulgan das Mädchen: »Gamina, kann William auch mit anderen Tieren sprechen?«

Das weiß ich nicht. Ich werde ihn fragen.

Beeindruckt schauten alle zu, wie die Kleine den Kopf neigte, als lausche sie. Kurz darauf nickte sie. *Er sagte, nur manchmal. Die meisten Tiere sind langweilig. Sie denken fast immer bloß ans Fressen und an andere Tiere.* Kulgan sah aus, als hätte er ein langersehntes Geschenk bekommen.

»Das ist wundervoll! Welch eine Gabe! Wir haben noch nie davon gehört, daß ein Mensch sich direkt mit Tieren verständigen kann. Bestimmte Magier haben früher vermutet, daß es so etwas gab, doch nie auf diese Weise! Wir werden das eingehend erforschen.«

Gaminas Augen wurden noch größer, während sie mit erwartungsvoller Miene zur Tür blickte und sich auf dem Schoß aufsetzte. Einen Moment später traten Pug und Dominic ein. Ihre Gesichter verrieten keineswegs Bedrücktheit, wie die anderen befürchtet hatten.

Noch ehe sie Fragen stellen konnten, sagte Pug: »Er lebt, obgleich er sehr mitgenommen ist.« Er bemerkte Gamina auf Kulgans Schoß, und es schien, als sei diese körperliche Nähe sehr wichtig für sie. »Geht es dir besser?« fragte Pug sie. Sie lächelte und nickte.

Sie schien offenbar zu ihm allein zu sprechen, dann berichtete Pug. »Ich glaube, er wird sich wieder erholen. Katala wird ihn pflegen. Bruder Dominic war uns eine große Hilfe, denn er ist in der Heilkunst bewandert. Aber Rogen ist sehr alt, Gamina, und falls er nicht mehr zu Kräften kommt, mußt du das verstehen und stark sein.«

Tränen glänzten in ihren Augen, aber sie nickte.

Pug und der Mönch setzten sich zu den anderen, da erst bemerkte Pug den Bärtigen, und er begrüßte Meecham herzlich, dann machte er ihn mit Dominic bekannt.

Nach einer Weile wandte Pug sich an das Mädchen: »Gamina, du könntest uns eine große Hilfe sein. Wärst du dazu bereit?«

Was kann ich tun?

»Soviel ich weiß, hat es noch nie zuvor einen Vorfall wie den heute vormittag gegeben. Ich muß wissen, aus welchem Grund du solche Angst um Rogen hattest.« Pugs Benehmen verriet tiefe Besorgnis, obwohl er sich bemühte, es um des Kindes willen zu verbergen.

Gamina wirkte verschreckt. Sie schüttelte den Kopf und sagte offenbar etwas zu ihm. »Was immer es war«, sprach Pug laut, »mehr darüber zu erfahren, könnte für Rogen den Unterschied zwischen Leben und Tod bedeuten. Etwas, was wir nicht verstehen, steckt dahinter, wir müssen aber herausfinden, was es ist.«

Gamina biß sich auf die Unterlippe. Gardan fand, daß sie erstaunlich tapfer war. Nach dem wenigen, was er über ihr bisheriges Los gehört hatte, mußte sie Entsetzliches durchlebt haben. In einer Welt aufzuwachsen, in der die Menschen ihr gegenüber immer mißtrauisch und feindselig gesinnt waren und deren Gedanken sie aufzunehmen vermochte, mußte sie ja geradezu an den Rand des Wahnsinns gebracht haben. Daß sie diesen Männern hier traute, kam einem Wunder nahe. Rogens Liebe und Güte mußten unendlich gewesen sein, um das Leid auszugleichen, das diesem Kind widerfahren war. Gardan dachte, wenn irgend jemand den hin und wieder vergebenen Titel »Heiliger« verdiente – den die Tempel einigen ihrer Helden und Märtyrer verliehen –, dann war es Rogen.

Das lautlose Gespräch zwischen Gamina und Pug wurde fortgesetzt. Schließlich sagte Pug: »Sprich so, daß jeder es hören kann. Alle hier sind deine Freunde, Kind, und sie müssen deine Geschichte erfahren, um zu verhindern, daß Rogen und andere wieder solchem Grauen ausgesetzt werden.«

Gamina nickte. *Ich war bei Rogen.*

»Was meinst du damit?« fragte Pug.

Als er sein Zweites Gesicht benutzte, begleitete ich ihn.

»Wie konntest du das?« erkundigte sich Kulgan eifrig.

Manchmal, wenn jemand Dinge denkt oder sieht, kann ich das gleiche sehen oder hören wie er. Es ist schwer, wenn sie es nicht für mich denken. Am besten gelingt es mir bei Rogen. In meinem Kopf konnte ich sehen, was er sah.

Wieder schob Kulgan das Kind ein bißchen von sich, um in seine Augen sehen zu können. »Heißt das, daß du Rogens Geistbilder zu sehen imstande bist?« Das Mädchen nickte. »Wie ist es bei Träumen?«

Manchmal.

Kulgan drückte Gamina fest an sich. »Was bist du doch für ein erstaunliches Kind! Zwei Wunder an einem Tag! Danke, du großartiges kleines Mädchen!«

Gaminas Lächeln wirkte fast glücklich, als sie Kulgan ansah. Pug warf ihm einen fragenden Blick zu. Der alte Magier erklärte: »Dein Sohn kann mit Tieren sprechen!« Unwillkürlich öffnete Pug den Mund, doch Kulgan fuhr fort: »Das ist im Augenblick nicht so wichtig. Gamina, was hat Rogen gesehen, das ihn so erschreckte?«

Gamina begann zu zittern. Kulgan drückte sie beruhigend an sich. *Es war schlimm. Er sah eine Stadt niederbrennen, und böse Kreaturen fügten Menschen Schmerzen zu.* »Kennst du die Stadt?« fragte Pug.

»Ist es eine, durch die du mit Rogen gekommen bist?« Gamina schüttelte den Kopf, und ihre Augen waren groß und klar. *Nein, es war eben eine Stadt.*

»Was sonst noch?« erkundigte sich Pug sanft.

Das Mädchen erschauderte. *Er sah etwas – einen Mann?* Eine starke Verwirrung ging von ihr aus, als plage sie sich mit Vorstellungen, die sie nicht so recht zu verstehen vermochte. *Der Mann??? sah Rogen.*

Behutsam fragte Kulgan. »Wie kann etwas in einem Geistbild den Seher sehen? In diesem Fall war das Geistbild etwas, was nun vielleicht wahr werden würde. Welche Art von Wesen kann einen magischen Zeugen über die Schranken der Zeit und Wahrscheinlichkeit hinweg spüren?«

Pug nickte. »Gamina, was machte dieser ›Mann‹ mit Rogen?«

Er? es? griff nach ihm und tat ihm weh! Er? sagte ein paar Worte.

Katala trat ein, und das Kind blickte sie erwartungsvoll an. »Er schläft jetzt tief und fest. Ich glaube, er wird sich wieder ganz erholen.« Sie stellte sich hinter Kulgans Stuhl, stützte sich mit einer Hand auf die Rückenlehne und legte die andere unter

Gaminas Kinn. Sie hob ihr Gesicht, daß ihre Augen sich trafen. »Du solltest jetzt ins Bett gehen, Kind.«

»Eine kurze Weile noch«, bat Pug. Katala zweifelte nicht, daß ihr Mann einen triftigen Grund dafür hatte, und nickte. »Kurz bevor Rogen in Ohnmacht fiel, sagte er noch etwas. Es ist wichtig, daß ich weiß, was es war. Ich glaube, er wiederholte das, was er von dem bösen Mann aus seinem Geistbild gehört hatte. Ich muß unbedingt wissen, was Rogen den bösen Mann hat sagen hören. Kannst du dich an die Worte erinnern, Gamina?«

Sie schmiegte den Kopf an Kulgans Brust und nickte schwach, offenbar fürchtete sie sich vor der Erinnerung. Beruhigenden Tones bat Pug: »Würdest du uns diese Worte sagen?«

Nein. Aber ich kann es Euch zeigen.

»Wie?« fragte Pug.

Ich kann Euch zeigen, was Rogen sah, antwortete sie. *Das kann ich.*

»Uns allen?« erkundigte sich Kulgan. Sie nickte. Das kleine Mädchen richtete sich auf seinem Schoß auf und holte tief Luft, als müsse es sich wappnen. Dann schloß es die Augen und nahm alle mit an einen dunklen Ort.

Schwarze Wolken rasten von heftigem Wind getrieben über den Himmel. Ein Unwetter bedrohte die Stadt. Die schweren Stadttore waren in sich zusammengestürzt, denn die Belagerungsmaschinen hatten Holz und Eisen zerschmettert. Überall loderten nicht mehr zu dämmende Feuer, während die Stadt unterging. Menschen und andere Wesen marterten die Bürger, die sie auf den Speichern und in Kellern verkrochen gefunden hatten, und Blut sammelte sich in Lachen auf den Straßen. Auf dem Marktplatz der Stadt hatte man einen fast zwanzig Fuß hohen Berg von Leichen aufgehäuft und darauf ein Podest aus dunklem Holz errichtet. Dieses Podest trug einen Thron, auf dem ein auffallend schöner Moredhel saß. Er betrachtete zufrieden die Verwüstung ringsum, die seinen Dienern zu verdanken war. Neben ihm stand eine ganz in Schwarz gewandete Gestalt. Die tief ins Gesicht gezogene Kapuze und die weiten Ärmel trugen dazu bei, sie völlig zu vermummen.

Doch etwas hinter dem Paar zog die Aufmerksamkeit Pugs und der anderen auf sich: ein Wesen der Finsternis, etwas Unsichtbares, dessen Anwesenheit jedoch spürbar war. Obwohl es sich im Hintergrund hielt, war es zweifellos die wahre Quelle der Macht hinter den beiden auf dem Podest. Der Schwarzvermummte deutete auf etwas, dabei wurde eine grüne Schuppenhand sichtbar. Irgendwie stellte die Wesenheit hinter den zweien eine Verbindung her. Sie wußte, daß sie beobachtet wurde, und tat ihren Ärger und ihre Geringschätzung kund. Sie bediente sich ihrer fremdartigen Kräfte und sprach, und ihre Botschaft trug zu jenen im Gemach gräßliche Verzweiflung.

Alle bemühten sich, das übertragene Bild abzuschütteln. Dominic, Kulgan, Gardan und Meecham erschienen verstört, und die Drohung, die von dem Gezeigten ausging – obgleich sie durch die Wiedergabe an Kraft verloren haben mußte –, jagte ihnen kalte Schauder über den Rücken.

Kasumi, Katala und Pug waren erschüttert. Als das Kind geendet hatte, rannen Tränen über Katalas Wangen, und Kasumis Gesicht, üblicherweise eine Tsuranimaske, war aschgrau und angespannt. Pug schien am stärksten von allen betroffen. Er ließ sich schwer auf den Boden nieder, senkte den Kopf und zog sich in sich selbst zurück.

Kulgan schaute sich erschrocken um. Gamina nahm die Reaktion der anderen offenbar mehr mit als die Wiederherbeibeschwörung des Geistbildes. Katala schien zu spüren, was in dem Kind vorging. Sie nahm es von Kulgans Schoß auf in ihre Arme und drückte es an sich. Dominic fragte: »Was ist es?«

Pug blickte hoch, und mehr denn je wirkte er plötzlich erschöpft, als müsse er erneut die Last zweier Welten tragen. Schließlich sagte er schleppend: »Im Augenblick, da Rogen von seinen Schmerzen befreit wurde, sagte er folgendes: ›Die Finsternis, die Finsternis!‹ Dies war, was er hinter den beiden Gestalten sah. Und die Finsternis, die Rogen bemerkte, sprach diese Worte: ›Eindringling, wer immer du bist, wo immer du sein magst, wisse, daß meine Macht sich ausbreitet. Mein Diener bahnt den Weg. Erzittere, denn ich komme! Wie es früher war, wird es wieder sein, immer und für alle Zeit. Nun koste meine Macht!‹ Er? Es? muß sich dann irgendwie Rogens bemächtigt und ihm diesen grauenvollen Schmerz zugefügt haben.«

»Wie ist das möglich?« fragte Kulgan.

Leise, heiser antwortete Pug: »Ich weiß es nicht, alter Freund. Doch nun ist dem Rätsel, wer nach Aruthas Tod trachtet und wer hinter all der Schwarzen Magie steckt, mit der er und seine Freunde bekämpft werden, eine weitere Größe hinzugefügt.« Er barg sekundenlang das Gesicht in den Händen, dann schaute er sich um. Gamina schmiegte sich an Katala, und aller Augen waren auf ihn gerichtet.

»Da ist noch etwas anderes«, sagte Dominic. Er blickte Kasumi und Katala an. »Was ist das für eine Sprache? Ich hörte sie genau wie ihr, und hörte auch Rogens Ausruf, doch ich verstand die Worte nicht.«

Es war Kasumi, der antwortete: »Die Worte waren – alt, uralt, die der Tempelsprache. Auch ich verstand nur wenig. Doch es war – Tsuranisch.«

Elbenheim

Stille lag über dem Wald.

Mächtige Zweige, älter denn Menschengedenken, vereinten sich hoch über den Köpfen zu einem Laubdach, das nur wenig des Sonnenscheins hindurchließ. Ringsum breitete sich ein sanft leuchtendes Grün aus, ohne unmittelbaren Schatten, doch sich auf kaum erkennbaren Pfaden verlierend, die sich durch die Bäume dahinschlängelten.

Sie waren nun schon zwei Stunden im Elbenwald, seit dem Vormittag, und noch hatten sie keine Spur von Elben entdeckt, dabei hatte Martin angenommen, sie würden gleich nach der Überquerung des Crydees auf irgendwelche stoßen.

Baru trieb sein Pferd an, bis er Martin und Arutha erreichte, die nebeneinander ritten. »Ich glaube, wir werden beobachtet«, wisperte er.

Flüsternd bestätigte Martin: »Bereits seit einigen Minuten. Vor einer kurzen Weile bemerkte ich etwas.«

»Wenn die Elben uns entdeckt haben, warum zeigen sie sich uns dann nicht?« fragte Jimmy.

»Vielleicht, weil die Beobachter keine Elben sind«, gab Martin zu bedenken. »Wir werden nicht sicher sein können, bis wir die Grenzen von Elbenheim erreicht haben. Seid vorsichtig!«

So ritten sie noch einige Minuten dahin, bis selbst das Zwitschern und Trillern der Vögel verstummte. Es war, als hielte der Wald den Atem an. Martin und Arutha drängten ihre Pferde schmale Pfade entlang, die kaum breit genug für einen Fußgänger waren. Plötzlich brach ein lärmendes Heulen, von Kreischen übertönt, die Stille. Ein Stein flog an Barus Kopf vorbei, gefolgt von Zweigen, Knüppeln und Kieseln. Dutzende von kleinen, haarigen Gestalten sprangen hinter Bäumen und aus Büschen hervor, heulten grauenerregend und bewarfen die Reiter mit allerlei Geschossen.

Arutha trieb sein Pferd an, während er es gleichzeitig zu beruhigen suchte, so wie es die anderen mit ihren Tieren taten. Er lenkte es zwischen den Bäumen hindurch und duckte sich unter den tieferen Ästen, dabei trabte er auf vier oder fünf der kleinen Geschöpfe zu, die furchterfüllt aufschrien und in verschiedene Richtungen davonsprangen. Arutha nahm sich eines als Ziel und ritt darauf zu. Das Wesen fand sich einer Barriere aus gefällten Bäumen, Buschwerk und einem Felsblock gegenüber. Verzweifelt drehte es sich um und sah sich dem Fürsten gegenüber.

Arutha hatte seinen Degen zum Streich erhoben und sein Pferd gezügelt. Doch der sich ihm bietende Anblick dämpfte seinen Grimm. Das Geschöpf machte keine Anstalten, ihn anzugreifen, sondern wich so weit wie nur möglich in das Dickicht zurück, und sein Gesicht verriet unendliche Angst.

Es war ein kleines, sehr menschenähnliches Gesicht mit großen sanften, braunen Augen. Eine kurze, doch ebenfalls menschliche Nase ragte über einen breiten Mund. Die gefletschten Lippen entblößten perlweiße Zähne, doch aus den weit aufgerissenen Augen sprach Furcht, und dicke Tränen rollten über die behaarten Wangen. Ansonsten sah es wie ein kleiner Menschenaffe aus.

Lärm brach um Arutha und das weinende Geschöpf aus, als weitere der kleinen menschenähnlichen Wesen sie umringten. Sie brüllten kreischend und stampften heftig auf den Boden, aber Arutha sah, daß ihre ganze Wildheit nur Getue war und sie keine echte Bedrohung darstellten. Einige taten, als wollten sie angreifen, flohen jedoch kreischend, wenn Arutha ihnen auch nur einen Blick zuwandte.

Seine Begleiter kamen hinter ihm herangeritten, und das kleine Geschöpf, das der Fürst in die Enge getrieben hatte, wimmerte erbärmlich. Baru zügelte sein Pferd neben Arutha und sagte: »Kaum seid Ihr diesem Kleinen da nachgejagt, flohen die anderen hinter Euch her.«

Die Reiter sahen, daß die Geschöpfe es aufgaben, Grimm vorzutäuschen, und daß sie nun sehr besorgt wirkten. Sie plapperten aufeinander ein, und es hörte sich tatsächlich an, als bedienten sie sich einer richtigen Sprache.

Arutha steckte seinen Degen ein. »Wir tun euch nichts.«

Als verstünden sie ihn, beruhigten die Wesen sich ein wenig. Das gestellte Kerlchen beobachtete sie wachsam.

»Was sind das für Wesen?« erkundigte sich Jimmy.

»Keine Ahnung«, antwortete Martin. »Fast mein ganzes Leben lang jagte ich in diesen Wäldern, doch nie sah ich ihresgleichen.«

»Es sind Gwali, Martin Langbogen.«

Die Reiter wandten sich in den Sätteln und sahen sich einem Trupp von fünf Elben gegenüber. Eines der kleinen Geschöpfe rannte auf ihn zu. Es deutete auf die Reiter und beklagte sich im Singsangton: »Calin, Menschen kommen. Tun Ralala weh. Mach, ihr nicht mehr weh tun.«

Martin saß ab und ging auf die Elben zu. »Wie schön, Euch zu treffen, Calin.« Er und Calin umarmten sich, und die anderen Elben begrüßten ihn ebenfalls. Dann führte Martin sie zu seinen wartenden Begleitern. »Calin, Ihr erinnert Euch doch an meinen Bruder?«

»Seid gegrüßt, Fürst von Krondor.«

»Seid auch Ihr gegrüßt, Elbenprinz.« Arutha warf einen Blick auf die ihn umzingelnden Gwali. »Ihr habt uns davor bewahrt, überwältigt zu werden.«

Calin lächelte. »Das bezweifle ich. Ihr seht mir ganz so aus, als wüßtet ihr euch sehr wohl selbst zu beschützen.« Er ging auf Arutha zu. »Es ist lange her, seit wir das letzte Mal miteinander sprachen, Arutha. Was führt Euch in unsere Wälder? Und noch dazu mit einem so ungewöhnlichen Gefolge? Wo ist Eure Leibgarde, und wo habt Ihr Eure Banner zurückgelassen?«

»Das ist eine lange Geschichte, Calin, und eine, die ich auch Eurer Mutter und Tomas erzählen möchte.«

Calin nickte. Für einen Elben gehörte Geduld zum Leben.

Als sie glaubte, nichts mehr zu befürchten zu haben, rannte die kleine, von Arutha gestellte Gwali zu ihren Brüdern, die aufmerksam in der Nähe standen. Einige untersuchten sie, strichen ihr über das weiche Fell und tätschelten sie tröstend. Nachdem sie sich vergewissert hatten, daß sie unverletzt war, beruhigten sie sich und betrachteten die Menschen weniger mißtrauisch.

Martin fragte: »Calin, was sind dies für Geschöpfe?«

Calin lachte, daß sich kleine Fältchen an den Winkeln seiner blaßblauen Augen bildeten. Er war so groß wie Arutha, doch noch schlanker als der ohnehin nahezu hagere Fürst. »Wie ich sagte, nennt man sie Gwali. Dieser Racker hier heißt Apalla.« Er strich über den Kopf des Kleinen, der hilfesuchend zu ihm gelaufen war. »Er ist so etwas wie ein Führer unter ihnen, obgleich ich bezweifle, daß sie es so sehen. Möglicherweise ist er lediglich etwas redseliger als die anderen.« Jetzt erst schenkte er Aruthas Begleitern Beachtung.

»Und in wessen Begleitung seid Ihr?«

Arutha übernahm die Vorstellung. Calin grüßte sie: »Seid in Elbenheim willkommen!«

»Was ist ein Gwali?« erkundigte sich Roald.

»Sie sind eben Gwali«, erwiderte Calin. »Und das ist die einzige Antwort, die ich euch geben kann. Sie haben schon früher bei uns gelebt, doch dies ist ihr erster Besuch seit einer Generation. Es sind einfache Leutchen, frei von Bosheit. Sie sind scheu und meiden Fremde. Wenn sie sich fürchten, reißen sie aus, außer sie werden in die Enge getrieben, dann tun sie wild, als wollten sie einen mit Haut und Haaren auffressen. Doch laßt euch von ihren gefährlich aussehenden Zähnen nicht täuschen –

sie brauchen sie, um Nüsse aufzubeißen und Insektenpanzer zu knacken.« Er wandte sich an Apalla. »Weshalb habt ihr versucht, diese Männer zu verscheuchen?«

Der Gwali hüpfte aufgeregt hin und her. »Powula machen klein Gwali.« Er grinste. »Sie nicht bewegen. Wir Angst, Männer tun weh Powula und klein Gwali.«

»Sie sind sehr besorgt um ihre Jungen«, erklärte Calin verständnisvoll. »Hättet ihr tatsächlich versucht, Powula und ihrem Kleinen etwas anzutun, würden sie vermutlich wirklich den Mut aufgebracht haben, euch anzugreifen. Hätte die Geburt nicht stattgefunden, hättet ihr sie nie zu Gesicht bekommen.« Zu Apalla gewandt: »Es ist alles gut. Diese Männer sind Freunde. Sie werden weder Powula noch ihrem Kleinen weh tun.«

Als sie dies hörten, kamen weitere Gwali hinter den schützenden Bäumen und aus dem Dickicht hervor und musterten die Fremden mit unverhohlener Neugier. Sie zupften an der Kleidung der Reiter, die so ganz anders war als die grünen Kittel und braunen Beinkleider der Elben. Arutha duldete diese Untersuchung ein Weilchen. »Wir sollten zusehen, daß wir umgehend an den Hof Eurer Mutter gelangen, Calin. Haben Eure Freunde ihre Neugier nun gestillt?«

»Himmel«, murmelte Jimmy und schob naserümpfend einen Gwali zur Seite, der von einem Ast neben ihm hing. »Baden diese Kerlchen denn nie?«

»Bedauerlicherweise, nein«, antwortete Calin. Er wandte sich an die Gwali. »Genug jetzt, wir müssen weiter.« Offenbar ohne sich gekränkt zu fühlen, verschwanden die Kleinen zwischen den Bäumen. Nur Apalla, der etwas selbstbewußter zu sein schien, ließ sich Zeit. »Sie würden den ganzen Tag damit verbringen, erlaubte man es ihnen, aber sie nehmen es einem nicht übel, wenn man sie verscheucht. Kommt.« Zu Apalla sagte er: »Wir begeben uns nach Elbenheim. Kümmere dich um Powula. Und besuche uns, wenn du Lust hast.«

Der Gwali grinste und nickte eifrig, dann rannte er hinter seinen Brüdern her. Sekunden später gab es nichts mehr, was auf die Anwesenheit von Gwali in näherer oder weiterer Umgebung hinwies.

Calin wartete, bis Martin und Arutha ihre Pferde wieder bestiegen hatten. »Bis Elbenheim brauchen wir höchstens einen halben Tag«, erklärte er. Er und die anderen Elben machten sich auf den Rückweg. Von Martin abgesehen, staunten die Reiter über die Geschwindigkeit der Elben. Sie war erträglich für die Pferde, aber ein menschlicher Läufer hätte sie kaum einen halben Tag durchhalten können.

Nach einer Weile lenkte Arutha sein Pferd neben Calin, dem keine Anstrengung anzumerken war. »Woher kommen diese kleinen Geschöpfe?« erkundigte er sich.

»Das weiß niemand, Arutha«, rief Calin laut, um den Hufschlag zu übertönen. »Sie sind ein rätselhaftes Völkchen und scheinen von irgendwo aus dem Norden zu stammen, vielleicht von jenseits der Großen Nordberge. Sie lassen sich hier ein Vierteljahr oder auch ein halbes Jahr blicken, dann verschwinden sie wieder. Wir nennen sie auch kleine Waldgeister. Selbst unsere Fährtenleser können ihnen nicht folgen, wenn sie sich zurückgezogen haben. Seit dem heutigen und ihrem letzten Besuch sind fünfzig Jahre vergangen, und davor zweihundert.« So schnell er auch lief, atmete Calin ruhig und regelmäßig.

»Wie geht es Tomas?« fragte Martin.

»Der Prinzgemahl hat keinen Grund zur Klage.«

»Und dem Kind?«

»Es geht ihm gut. Es ist ein gesunder, hübscher Junge. Aber es könnte schwierig mit ihm werden. Seine Erbanlagen sind – gemischt.«

»Und der Königin?«

»Die Mutterschaft bekommt ihr«, antwortete ihr älterer Sohn lächelnd.

Schweigen setzte ein, denn Arutha empfand es beschwerlich, ein Gespräch zu führen, während er auf den schmalen Pfad achten mußte, obwohl das Calin keinerlei Mühe zu machen schien.

So durchquerten sie rasch den Wald, und jede Minute brachte sie Elbenheim näher und der Erfüllung oder Enttäuschung ihrer Hoffnung.

Alsbald lag das Ziel ihrer Reise vor ihnen. Kaum hatten sie den dichten Wald hinter sich gelassen, erreichten sie freies Feld. Dies war für alle, außer Martin, der erste Blick auf Elbenheim.

Gigantische Bäume in vielen Farben erhoben sich hoch aus dem Wald ringsum. Bunt schimmerten die obersten Blätter, wo die goldene Nachmittagssonne auf ihnen lag. Einige der gewaltigen Bäumen waren einmalig, ihresgleichen gab es nur hier. Ihr Laub war von glitzerndem Silber, Gold, ja sogar Weiß. Und als die Schatten des allmählich endenden Tages sich vertieften, war zu erkennen, daß es aus sich heraus schwach leuchtete. In Elbenheim wurde es nie völlig dunkel.

Beim Überqueren des freien Feldes hörte Arutha die Ausrufe und Bemerkungen seiner staunenden Begleiter.

»Hätte ich das gewußt...«, seufzte Roald ehrfürchtig. »Ihr hättet mich anbinden müssen, um mich daran zu hindern mitzukommen!«

»Das wiegt all die Wochen im Wald auf!« hauchte Laurie.

»Nicht einmal die Lieder unserer Barden vermögen diese Schönheit zu beschreiben!« schwärmte Baru.

Nun fehlte nur noch eine Bemerkung Jimmys, aber auf sie wartete Arutha vergebens. So drehte er sich um. Er sah, wie Jimmy stumm dahinritt, völlig verzaubert von diesem Anblick, der so ganz anders als alles war, was er in seinem Leben bisher gesehen hatte. Und so hatte es selbst dem sonst so schlagfertigen Jungen die Sprache verschlagen.

Sie erreichten den äußeren Rand von Elbenheim, das wieder

von riesigen Bäumen eingeschlossen war, und nun sahen und hörten sie, daß überall eifrige Betriebsamkeit herrschte. Aus einer anderen Richtung näherte sich ein Jagdtrupp mit einem erlegten kapitalen Hirsch, der zum Ausnehmen und Häuten zu einem extra dafür abgegrenzten Platz gebracht wurde.

Die Reiter saßen ab. Calin wies seine Begleiter an, sich der Pferde anzunehmen. Er selbst führte Aruthas Trupp eine Wendeltreppe hoch, die in den Stamm der größten Eiche gehauen war, die der Fürst und seine Begleiter je gesehen hatten. Die Treppe endete an einer Plattform, auf der Elbenhandwerker Pfeile schnitzten und befiederten. Einer grüßte Martin, der den Gruß erwiderte und fragte, ob er ihre Großzügigkeit beanspruchen dürfe. Der Schnitzer schenkte Martin ein ganzes Bündel der feingearbeiteten Pfeile, die der Herzog in seinen fast leeren Köcher steckte. Er bedankte sich herzlich in der Elbensprache und ging mit seinen Begleitern weiter.

Calin führte sie eine andere steile Treppe zu einer weiteren Plattform hinauf. »Von hier an mag der eine oder andere von euch sich schwertun. Haltet euch in der Mitte der Pfade und Plattformen und blickt nicht in die Tiefe, wenn ihr nicht schwindelfrei seid«, mahnte er. »Manche Menschen leiden unter Höhenangst.« Letzteres fügte er in einem Ton hinzu, als fände er selbst so etwas unvorstellbar.

Sie überquerten auch die zweite Plattform und stiegen eine dritte Treppe hoch, auf der ihnen Elben begegneten, die ihrer Arbeit nachgingen. Viele trugen wie Calin die einfachen Kittel und Beinkleider des Waldläufers, doch andere lange bunte Gewänder aus kostbaren Stoffen oder auch farbige Wämser und Hosen. Die Frauen waren alle liebreizend, doch von einer fremdartigen, unirdischen Schönheit. Die meisten Männer sahen jung aus, etwa so alt wie Calin. Doch Martin wußte, daß der Schein trog. Manche der vorüberkommenden Elben waren tatsächlich erst zwanzig oder dreißig, doch andere, die ebenso jung aussahen, waren bereits mehrere hundert Jahre alt. Calin beispielsweise, der jünger aussah als Martin, zählte über hundert Jahre, und er hatte dem jetzigen Herzog das Jagen beigebracht, als Martin noch ein Junge war.

Sie folgten einem fast zwanzig Fuß breiten Weg entlang mächtiger Äste, bis sie zu einem Kreis aus Stämmen kamen. Inmitten der Bäume war eine gewaltige Plattform errichtet, nahezu sechzig Fuß breit. Laurie fragte sich, ob auch nur ein einziger Regentropfen sich einen Weg durch das dichte Laubdach bahnen konnte. Sie hatten den Hof der Königin erreicht.

Über diese Plattform schritten sie zu einem Podest mit zwei Thronsesseln. Auf dem ein wenig höheren saß eine Elbenfrau, deren heitere Gelassenheit ihre ohnehin makellose Schönheit noch erhöhte. Die blaßblauen Augen beherrschten das Gesicht mit den geschwungenen Brauen und der edel geformten Nase. Ihr Haar war von einem hellen Rotbraun mit goldenen Strähnen – genau wie Calins –, was den Eindruck erweckte, als sei das Sonnenlicht darin eingefangen. Sie trug keine Krone, nur einen einfachen Goldreif, der ihr Haar aus der Stirn hielt. Trotzdem bestand kein Zweifel, daß sie Aglaranna, die Elbenkönigin, war.

Auf dem Thron zu ihrer Linken saß ein Mann. Er war von beeindruckender Gestalt, noch um zwei Zoll größer als Martin. Sein Haar war sandigblond, und sein Gesicht wirkte jung und war doch von einer undeutbaren Alterslosigkeit. Beim Anblick der Besucher lächelte er, was ihn noch jünger erscheinen ließ. Sein Gesicht glich dem der Elben, doch gab es Unterschiede. Seinen Augen schien die Farbe zu fehlen, so daß sie fast grau wirkten, und seine Brauen waren weniger stark geschwungen. Sein Gesicht war nicht so eckig, das Kinn kräftig, die Ohren, von denen das Haar durch einen goldenen Reif zurückgehalten wurde, waren zwar leicht spitz, aber nicht so hochstehend wie die der Elben. Und die Schultern waren breiter als die eines Elben.

Calin verneigte sich. »Mutter und Königin, Prinz und Heerführer, Gäste geben uns die Ehre.«

Beide Herrscher aus Elbenheim erhoben sich und gingen ihrem Besuch entgegen. Voll Zuneigung begrüßten die Königin Aglaranna und der Prinz Tomas Martin und die anderen mit warmer Höflichkeit. Tomas sagte zu Arutha: »Hoheit, seid uns willkommen.«

Arutha antwortete: »Ich danke Ihrer Majestät und Seiner Hoheit.«

Um das Thronpodest saßen weitere Elben. Arutha erkannte den alten Ratgeber Tathar von seinem Besuch in Crydee vor Jahren. Schnell wurden Anwesende und Besucher miteinander bekannt gemacht, dann bat die Königin alle, sie zum Empfangshof zu begleiten, wo man sich formlos setzte. Erfrischungen – Speisen und Wein – wurden aufgetischt, und Aglaranna sagte: »Wir freuen uns, alte Freunde wiederzusehen«, sie nickte Martin und Arutha zu, »und heißen neue willkommen«, sie blickte die anderen an. »Doch es kommt selten vor, daß Menschen uns ohne Grund besuchen. Was führt Euch her, Fürst von Krondor?«

Während sie saßen, erzählte Arutha seine Geschichte, die Elben lauschten ihm stumm. Als er geendet hatte, sagte die Königin: »Tathar?«

Der alte Ratgeber nickte. »Die hoffnungslose Suche.«

Erschrocken fragte Arutha: »Heißt das, daß ihr nichts über Silberdorn wißt?«

»Nein«, beruhigte ihn Aglaranna. »›Die hoffnungslose Suche‹ ist eine Sage unseres Volks. Wir kennen die Pflanze Aelebera, und wir kennen ihre Eigenschaften. Darüber berichtet uns die Sage von der hoffnungslosen Suche. Bitte erzählt sie, Tathar.«

Der alte Elb, der erste, wie Jimmy und die anderen bemerkten, der Spuren von Alter aufwies – kleine Fältchen um die Augen, und das Haar so hell, daß es weiß zu sein schien –, berichtete: »Nach dieser Sage unseres Volkes gab es einst einen Prinzen von

Elbenheim, dem eine Maid versprochen war. Ein Moredhelkrieger machte ihr den Hof, sie aber wies ihn ab. In seinem Zorn vergiftete der Moredhel sie mit einem Trank, den er aus der Aelebera braute, woraufhin sie in einen todesähnlichen Schlaf fiel. Da machte der Prinz sich auf ›die hoffnungslose Suche‹ nach dem, was sie heilen könnte: der Aelebera, dem Silberdorn. Ihre Eigenschaft ist derart, daß sie sowohl heilen als auch töten kann. Doch wächst die Aelebera nur an einem bestimmten Ort, am Moraelin oder in Eurer Sprache dem Schwarzen See. Es ist ein Ort der Macht, ein heiliger Ort für die Moredhel, den kein Elb betreten darf. Die Sage berichtet, daß der Prinz von Elbenheim um Moraelin herumwanderte, bis er eine Schlucht eingetreten hatte, denn an Moraelin kann er nicht heran, und fort von dort will er nicht gehen, ehe er nicht das gefunden hat, was seine Liebste retten kann. Und so soll er immer noch dort umherwandeln.«

»Ich bin kein Elb!« entgegnete Arutha. »Ich werde mich zum Moraelin begeben, wenn Ihr die Güte habt, mir den Weg zu weisen.«

Tomas' Blick wanderte über die Anwesenden. »Das werden wir tun, Arutha, doch nicht, bevor Ihr Euch ausgeruht und wir uns besprochen haben. Wir werden euch nun zeigen, wo ihr bis zum Abendmahl ruhen könnt.«

Die Elben zogen sich zurück und ließen Calin, Tomas und die Königin mit den Gästen allein.

»Dürften wir Euren Sohn sehen?« fragte Martin.

Mit seinem breiten Lächeln lud Tomas sie ein, mitzukommen. Er führte sie durch einen laubdachgeschützten Gang zu einem Gemach in einer riesigen Ulme, wo ein Baby in einer Wiege schlummerte. Dem Anschein nach war es noch kein halbes Jahr alt. Es schien zu träumen, und seine kleinen Finger bewegten sich leicht. Martin betrachtete es und verstand, was Calin mit den gemischten Erbanlagen gemeint hatte. Der Junge sah eher menschlich als elbisch aus. Seine Ohren liefen nur ganz leicht spitz zu und hatten Läppchen, etwas, was unter echten Elben unbekannt war. Sein Gesicht war rund und pausbäckig wie das eines jeden anderen gesunden Babys auch, aber es hatte einen Zug an sich, der Martin verriet, daß er mehr das Kind seines Vaters als das seiner Mutter war. Aglaranna beugte sich über ihn und strich ihm zärtlich über den Kopf.

»Was habt ihr ihm für einen Namen gegeben?« fragte Martin.

Zärtlich antwortete die Königin: »Calis.« Martin nickte. In der Elbensprache bedeutete das »Kind des Grüns«, also soviel wie Leben und Wachstum – ein bedeutungsvoller Name.

Nachdem sie das Baby bewundert hatten, wurden die Besucher zu Gemächern in der Baumstadt Elbenheim geführt, wo sie Wannen voll Wasser und Schlafmatten vorfanden. Bald schliefen alle. Nur Arutha fand keine Ruhe, denn das Bild der kranken Anita wechselte vor seinem inneren Auge mit dem einer silbernen Pflanze ab, die am Ufer eines schwarzen Sees wuchs.

Martin genoß den ersten Abend seines ersten Besuchs in Elbenheim seit einem Jahr. Fast mehr noch als in der Burg Crydee war er hier zu Hause, wo er als Junge gespielt hatte und eins mit den Elbenkindern gewesen war.

Weiche Elbenschritte ließen ihn sich umdrehen. »Galain!« rief er erfreut, als er den jungen Elben, Calins Vetter, kommen sah. Er war Martins ältester Freund. Sie umarmten einander, und Martin gestand: »Ich hatte eigentlich erwartet, dich früher zu sehen.«

»Ich bin soeben erst vom Streifendienst am Nordrand des Waldes zurückgekehrt. Allerhand Seltsames tut sich dort. Ich höre, daß du vielleicht ein bißchen Licht in die Sache bringen kannst.«

»Vermutlich nicht mehr als das eines Kerzenflämmchens«, entgegnete Martin. »Doch daß Böses dort im Spiel ist, daran besteht kein Zweifel.«

Er weihte Galain ein, und der junge Elb sagte: »Schreckliche Geschehnisse, Martin.« Als er Anitas Zustand bedauerte, schien er wirklich ergriffen zu sein. »Dein Bruder?« Auf elbische Weise enthielt diese Frage verschiedene Feinheiten der Betonung, von denen jede eine andere von Aruthas Schwierigkeiten betraf.

»Irgendwie hält er durch. Manchmal verdrängt er alles, doch hin und wieder überwältigt es ihn schier. Ich weiß nicht, wie er es schafft, bei Sinnen zu bleiben. Er liebt sie so sehr.« Martin schüttelte den Kopf.

»Du hast nie geheiratet, Martin. Warum nicht?«

Martin zuckte mit den Schultern. »Ich bin der Richtigen nie begegnet.«

»Du bist bedrückt.«

»Arutha ist manchmal schwierig, aber er ist mein Bruder. Ich erinnere mich, daß er selbst als Kind nicht so leicht jemanden an sich heranließ. Vielleicht lag es daran, daß seine Mutter starb, als er noch sehr klein war. Er zog sich in sich zurück. Und trotz seiner Zähigkeit und seiner Härte sich selbst gegenüber ist er leicht verwundbar.«

»Ihr seid euch sehr ähnlich.«

»Das ist richtig«, bestätigte Martin.

Galain blieb eine Weile ruhig neben Martin stehen. »Wir werden helfen, so gut wir können.«

»Wir müssen zum Moraelin.«

Galain erschauderte, was selbst für einen noch verhältnismäßig unerfahrenen Elben ungewöhnlich war. »Das ist ein schlimmer Ort, Martin. Daß man ihn ›Schwarzer See‹ nennt, hat nichts mit der Farbe des Wassers zu tun. Er ist eine Quelle des Wahnsinns. Die Moredhel suchen ihn auf, um von Macht zu träumen. Er liegt am Finsteren Pfad.«

»War er ein Ort der Valheru?«

Galain nickte.

»Tomas?« Wieder trug die Frage eine vielfältige Bedeutung.

Galain stand Tomas besonders nahe. Er hatte im Spaltkrieg an seiner Seite gekämpft.

»Er wird euch nicht dorthin begleiten. Er hat erst seit kurzem einen Sohn. Calis wird nicht lange so klein bleiben, nur ein paar Jahre. Diese Zeit sollte ein Vater bei seinem Söhnchen bleiben. Ganz abgesehen davon ist die Gefahr für ihn besonders groß.« Mehr bedurfte es nicht, Martin verstand auch so. Er war dabeigewesen in jener Nacht, als Tomas fast dem Wahnsinn des Valheru in sich verfallen wäre. Und damals hatte nicht viel gefehlt, und es hätte Martins Leben gekostet. Es würde noch eine gute Weile dauern, ehe Tomas sich seines Selbst sicher genug war, um zu wagen, dieses schreckliche Wesen in sich wieder zu wecken. Und so würde er einen heiligen Ort der Valheru vernünftigerweise nur dann besuchen, wenn die Umstände keine andere Wahl zuließen.

Martin verzog das Gesicht zu seinem leicht schiefen Lächeln. »Dann werden wir Menschen mit unseren unbedeutenden Fähigkeiten uns allein dorthin begeben.«

Nun lächelte auch Galain. »Ihr mögt alles mögliche sein, aber daß ihr nur über unbedeutende Fähigkeiten verfügt, das nehme ich euch nicht ab.« Doch sein Lächeln schwand schnell. »Trotzdem würdet ihr gut daran tun, euch vor eurem Aufbruch von den Zauberwirkern beraten zu lassen. Finstere Macht ist am Moraelin am Werk, und nicht immer nutzen Mut und Kraft gegen Magie.«

»Das werden wir«, versicherte Martin ihm. Er blickte einem näher kommenden Elben entgegen, dem Arutha und die anderen folgten. »Vielleicht schon jetzt. Kommst du mit?«

»Ich habe keinen Sitz im Kreis der Ältesten. Außerdem habe ich seit einem Tag nichts mehr in den Bauch bekommen, und ausruhen muß ich mich ebenfalls. Komm mich später besuchen, wenn du reden möchtest.«

»Das werde ich.«

Martin schloß sich Aruthas Gruppe an, die der Elb zurück zum Rat führte. Als alle vor Aglaranna und Tomas saßen, forderte die Königin Tathar auf: »Sprecht für die Zauberwirker und sagt, welchen Rat Ihr für Fürst Arutha habt.«

Tathar trat in die Mitte des Hofkreises. »Seltsames tut sich seit einigen Drehungen des Mittelmondes. Wir erwarteten, daß die Moredhel und Kobolde gen Süden in ihre Heimat zurückkehren würden, aus der sie im Spaltkrieg vertrieben worden waren. Doch dem ist nicht so. Unsere Kundschafter im Norden fanden die Fährten vieler Scharen von Kobolden – und sahen sie manchmal auch –, die über die Großen Nordberge in die Nordlande zogen. Und Moredhelspäher kamen unseren Grenzen ungewöhnlich nahe.

Die Gwali suchten uns wieder auf, weil es ihnen dort, wo sie lebten, nicht mehr gefällt. So jedenfalls deuten wir es, denn sie sind schwer zu verstehen. Aber jedenfalls wissen wir, daß sie aus dem Norden stammen.

Was Ihr uns erzählt, Fürst Arutha, weckte tiefe Besorgnis in uns. Erstens, weil wir Euer Leid teilen. Zweitens, weil die Geschehnisse, über die Ihr uns berichtet, auf eine gewaltige Macht der Finsternis deuten, die ihre Helfer überall zu haben scheint. Drittens und hauptsächlich unserer eigenen frühen Geschichte wegen.

Lange ehe wir die Moredhels aus unseren Wäldern vertrieben, da sie sich dem Düsteren Pfad der Macht zugewandt hatten, waren wir vom Elbenvolk eins. Jene von uns, die wir in den Wäldern lebten, waren unseren Herren, den Valheru, ferner und wurden deshalb weniger angezogen von den berauschenden Machtträumen. Die anderen dagegen, die in größerer Nähe unserer Herren lebten, erlagen den Verlockungen der Träume, und sie wurden zu Moredhel.« Er blickte die Königin und Tomas an. Beide nickten. »Wovon kaum je gesprochen wird, ist der Grund unserer Trennung von den Moredhels, die einst unseresgleichen waren. Und nie zuvor wurde je einem Menschen gegenüber davon gesprochen.

Im finsteren Zeitalter der Chaoskriege kam es zu vielen Veränderungen in den Landen. Aus dem Volk der Elben erhoben sich vier Gruppen.« Martin beugte sich vor, denn obwohl er viel über die Elben wußte, vermutlich mehr als jeder andere Mensch seiner Zeit, war ihm dies alles neu. Bis zu diesem Moment hatte er geglaubt, daß es von der Elbenart nur die Elben selbst und die Moredhels gab. »Die weisesten und mächtigsten – und jene mit den größten Zauberwirkern und Gelehrten – waren die Eldar. Sie waren die Hüter all dessen, was ihre Herren von überall im Kosmos zusammengeplündert hatten: Magische Werke, übersinnliches Wissen, Artefakte und Reichtümer. Sie waren es, die mit der Errichtung der Baumstadt begannen, die jetzt Elbenheim ist, und ihr so manches Magische verliehen. Sie verschwanden während der Chaoskriege, denn sie gehörten zu unserer Herren obersten Dienern und waren ihnen vermutlich sehr nahe. Deshalb ist anzunehmen, daß sie mit ihnen untergingen. Von den Elben und der Bruderschaft des Düsteren Pfades – die Eledhel und Moredhel in unserer Sprache –, wißt ihr so einiges. Doch gab es noch weitere unserer Sippe, nämlich die Glamredhel, was soviel wie ›die Chaotischen‹ und ›die Wahnsinnigen‹ bedeutet. Durch die Chaoskriege veränderte sich ihr Wesen, und sie wurden zu einem Volk besessener, wilder Krieger. Eine Zeitlang waren die Elben und die Moredhel eins, und sie wurden von den Wahnsinnigen bekriegt. Selbst nachdem die Moredhel aus Elbenheim vertrieben waren, blieben sie die geschworenen Feinde der Glamredhel. Wir reden nicht gern von jenen Tagen, denn ihr dürft nicht vergessen, auch wenn wir von den einzelnen, den Eledehel, Moredhel und Glamredhel sprechen, sind doch alle Elbenarten bis zum heutigen Tag ein und dieselbe Rasse. Es ist eben nur so, daß einige unseres Volkes sich der Finsternis verschrieben haben.«

Martin war höchst erstaunt. Obwohl er so viel von der

Lebensart der Elben wußte, hatte er, wie andere Menschen auch, angenommen, die Moredhel seien eine eigene, andere Rasse, obgleich mit den Elben verwandt. Nun sah er klar, weshalb die Elben immer zurückhaltend gewesen waren, wenn die Frage ihrer Verwandtschaft mit den Moredhel zur Sprache gekommen war. Sie sahen sich als eins mit ihnen. Und nun verstand Martin. Die Elben betrauerten den Verlust ihrer Brüder an die Verlokkung des Düsteren Pfades.

Tathar fuhr fort: »Unsere Geschichte berichtet von der Zeit der letzten großen Schlacht im Norden, da die Armeen der Moredhel und ihrer Koboldiener die Glamredhel vernichteten. Die Moredhel rotteten unsere wahnsinnigen Vettern in einem schrecklichen Völkermord aus. Selbst die Neugeborenen töteten sie, um jegliche Gefahr zu verhindern, daß sie als Erwachsene die Oberherrschaft der Moredhel mit Waffengewalt in Frage stellen könnten. Es ist die schwärzeste Tat in der Geschichte unserer Rasse, daß ein Teil unseres Volkes einen anderen völlig ausrottete.

Doch was euch betrifft, ist folgendes: Der Kern der Moredhelstreitkräfte war eine Kompanie, die man die Schwarzen Kämpfer nannte. Es handelte sich um Moredhelkrieger, die ihrer Sterblichkeit entsagt hatten, um Ungeheuer zu werden mit nur einem Lebenszweck, für ihren Herrn zu töten. Sobald sie den körperlichen Tod gefunden haben, erheben sie sich als Untote, um die Befehle ihres Herrn auszuführen. Als Untote lassen sie sich nur durch Magie, durch völlige Vernichtung ihrer Leiber aufhalten, oder indem man ihnen das Herz aus der Brust schneidet. Jene, die Euch auf dem Weg nach Sarth überfielen, Fürst Arutha, waren Schwarze Kämpfer. Vor dieser letzten Vernichtungsschlacht waren die Moredhel dem Düsteren Pfad bereits weit gefolgt, doch etwas veranlaßte sie, in neue Tiefen des Grauens abzusinken. Sie waren zum Werkzeug eines wahnsinnigen Ungeheuers geworden, eines Führers, der den verschwundenen

Valheru nacheiferte und die ganze Welt unter seine Gewalt bringen wollte. Er war es, der die Moredhel um sein Banner gesammelt und die Schwarzen Kämpfer hatte entstehen lassen. Doch in jener Schlacht wurde er tödlich verwundet, und mit seinem Dahinscheiden löste das bisher einige Volk der Moredhel sich auf. Seine Hauptleute versuchten einen Nachfolger zu ernennen, konnten sich jedoch nicht einigen. Und so zersplitterten sie bald, ähnlich den Kobolden, zu Stämmen, Clans und Familien, und sie waren nie mehr in der Lage, sich lange unter einem Führer zu sammeln. Die Belagerung von Burg Carse vor fünfzig Jahren war nicht mehr als ein Scharmützel, verglichen mit der Macht, die die vereinten Moredhel unter jenem Führer gehabt hatten. Doch wie gesagt, mit seinem Tod endete die große Zeit der Bruderschaft des Düsteren Pfades. Ohne ihn waren sie nichts. Er war ein einmaliges Wesen mit ungewöhnlichen Kräften gewesen, nur durch sie hatte er die Moredhel zusammenhalten können. Der Name dieses Führers war Murmandamus gewesen.«

»Ist es möglich, daß er irgendwie zurückgekehrt ist?« fragte Arutha.

»Alles ist möglich, Fürst Arutha. So zumindest erscheint es einem, der schon so lange lebt wie ich«, antwortete Tathar. »Es könnte sein, daß einer versucht, die Moredhel wieder zu vereinen, indem er diesen uralten Namen beschwört und sie um ein Banner sammelt.

Dann ist da diese Sache mit dem Schlangenpriester. So sehr verabscheut man die Pantathier, daß selbst die Moredhel sie umbringen, wenn sie auf sie stoßen. Doch daß einer von ihnen ein Diener dieses Murmandamus ist, läßt auf ein finsteres Bündnis schließen – das warnt uns, daß wir mit unerwarteten Kräften rechnen müssen. Wenn sich die Völker des Nordens erheben, steht uns eine Machtprobe bevor, die von nicht geringerer Gefahr sein dürfte als die zwischen uns Midkemiern und den Tsuranis im Spaltkrieg.«

Baru erhob sich auf Hadatiweise und bedeutet so, daß er um das Wort bat. Tathar nickte ihm zu, und Baru sagte: »Von der Geschichte der Moredhel weiß mein Volk wenig. Fest steht nur, daß die düsteren Brüder unsere Todfeinde sind. Ich möchte jedoch hinzufügen, daß Murad als großer Häuptling angesehen wird, einer, der den Befehl über Hunderte von Kriegern führen mag. Daß er mit den Schwarzen Kämpfern reitet, spricht für Murmandamus' Macht. Murad würde nur einem dienen, den er fürchtet. Und einer, der Murad Angst einzuflößen vermag, ist wahrhaftig einer, den man fürchten muß!«

»Ich wies bereits die Ishapier darauf hin«, warf nun Arutha ein, »daß viel von alldem reine Vermutung ist. Meine Hauptsorge ist, Silberdorn zu finden.« Doch selbst während er diese Worte sprach, war Arutha klar, daß es mehr als Vermutung war. Zuviel deutete darauf hin, daß die Bedrohung aus dem Norden Wirklichkeit war. Die Kobolde überfielen die Bauern im Norden nicht auf gut Glück. Sie waren eine Hilfstruppe für eine noch weit gewaltigere Invasion als seinerzeit die der Tsuranis. Angesichts dieser Tatsache erwies sich sein Beharren, alles andere auf seiner Suche nach einem Heilmittel für Anita zu mißachten, als das, was es war: eine Besessenheit!

»Das gehört vermutlich dazu, Hoheit«, meinte Aglaranna. »Es sieht so aus, als trachte ein Wahnsinniger danach, die Oberherrschaft über die Moredhel sowie ihre Diener und Verbündeten zu gewinnen. Damit es ihm gelingt, muß er dafür sorgen, daß sich eine Prophezeiung erfüllt, er muß den Schrecken der Finsternis vernichten. Und was hat er erreicht? Er hat Euch gezwungen, zu dem einen Ort zu kommen, an dem er Euch finden kann.«

Jimmy richtete sich mit weit aufgerissenen Augen auf. »Er wartet auf Euch!« platzte er heraus, ohne das Protokoll zu achten. »Er ist an diesem Schwarzen See!«

Laurie und Roald legten beruhigend die Hände auf seine Schultern. Verlegen setzte Jimmy sich nieder.

Tathar erwiderte: »Von den Lippen der Jugend... Ich und die anderen haben alles in Betracht gezogen, und nach unserer Meinung muß es so sein, Fürst Arutha. Da der ishapische Talisman Euch nun beschützt, muß Murmandamus sich eine andere Möglichkeit einfallen lassen, Euch zu finden, will er nicht die Gefahr eingehen, daß seine Verbündeten sich zurückziehen. Wie andere auch, sind die Moredhel auf ihre Landwirtschaft und Viehzucht angewiesen. Braucht Murmandamus zu lange zur Erfüllung der Prophezeiung, verlassen sie ihn vielleicht, abgesehen von jenen, die den finsteren Schwur geleistet haben, wie die Schwarzen Kämpfer. Von seinen Spitzeln wird er gehört haben, daß Ihr von Sarth aufgebrochen seid, und inzwischen werden auch seine Spione in Krondor erfahren haben, daß Ihr Euch auf der Suche nach einem Heilmittel für Eure Gemahlin befindet. Und er wird wissen, daß es Silberdorn ist, hinter dem Ihr her seid. Und so dürfte wohl kaum ein Zweifel bestehen, daß er oder einer seiner Hauptleute, Murad beispielsweise, Euch am Moraelin auflauern wird.«

Arutha und Martin blickten einander an. Martin zuckte mit den Schultern. »Wir hatten auch nicht damit gerechnet, daß es einfach sein würde.« Arutha wandte sich der Königin, Tomas und Tathar zu. »Ich danke euch für eure hilfreichen Worte. Aber wir werden zum Moraelin reiten.«

Arutha blickte auf, als Martin in seiner Nähe stehenblieb. »Du grübelst?« fragte der ältere Bruder.

»Ich – überlege nur einiges, Martin.«

Martin setzte sich neben Arutha auf den Rand der Plattform außerhalb der ihnen zugeteilten Gemächer. Des Nachts glühte Elbenheim in einem sanften Licht, das die Elbenstadt wie in weiche Magie hüllte. »Und was ist dieses ›einiges‹?«

»Daß ich, indem ich immer nur an Anita dachte, meine Pflicht vernachlässigte.«

»Zweifel?« fragte Martin. »Nun, zumindest sprichst du jetzt offen. Hör zu, Arutha, ich hatte, was diese Reise betrifft, von Anfang an Bedenken, aber wenn man zweifelt, erreicht man nichts. Du mußt tun, was du für richtig hältst.«

»Und wenn es falsch ist, was ich tue?«

»Dann ist es eben falsch.«

Arutha senkte den Kopf. »Das Problem ist das des Einsatzes. Handelte ich als Kind falsch, verlor ich das Spiel. Jetzt könnte es dazu kommen, daß ich mein ganzes Volk verliere.«

»Möglich, aber das ändert nichts an der Tatsache, daß du nach bestem Wissen und Gewissen handeln mußt.«

»Die Dinge geraten außer Kontrolle. Ich frage mich, ob es nicht das beste wäre, nach Yabon zurückzukehren und Vandros' Streitkräfte in die Berge zu schicken.«

»Möglich. Aber andererseits gibt es Orte, wohin sechs Männer sich begeben können, eine Armee jedoch nicht.«

Arutha lächelte. »Nicht sehr viele.«

Martins erwiderndes Lächeln glich wie ein Spiegelbild dem seines Bruders. »Stimmt, aber wohl doch ein paar. Nach dem, was Galain über Moraelin erzählte, sind List und Unauffälligkeit wichtiger als Stärke. Was wäre, wenn Vandros' Armee dorthin marschierte und feststellte, daß Moraelin auf der anderen Seite einer Straße läge, wie die, die zum Ishap-Kloster von Sarth führt? Erinnere dich, Gardan meinte, sie ließe sich von sechs mit Besen bewaffneten Großmüttern bewachen! Ich wette, Murmandamus hat mehr als ›sechs Großmütter‹ dort. Selbst wenn die Soldaten gegen Murmandamus' Horden kämpfen und sie besiegen, könntest du einem Soldaten befehlen, sein Leben zu geben, damit Anita ihres nicht verliere? Nein. Du und dieser Murmandamus spielt ein Spiel, eines um einen sehr hohen Einsatz, aber eben ein Spiel. Solange Murmandamus glaubt, er kann dich zum Moraelin locken, haben wir eine Chance, uns dorthin zu schleichen und Silberdorn zu finden.«

Arutha blickte seinen Bruder an. »Wirklich?« fragte er und kannte bereits die Antwort.

»Natürlich. Solange wir die Falle nicht zuschlagen, bleibt sie offen. Das haben Fallen so an sich. Wenn sie nicht wissen, daß wir bereits da angekommen sind, wohin wir wollten, können wir vielleicht auch wieder zurück.« Martin blickte einen Augenblick still gen Norden, dann sagte er: »Es ist so nahe! Gleich in den Bergen da oben, eine Woche von hier, nicht mehr. So nahe!« Er lachte Arutha an. »Es wäre eine Schande, dem Ziel so nahe zu kommen und dann aufzugeben.«

»Du bist verrückt!« brummte Arutha.

»Vielleicht. Aber vergiß nicht: Das Ziel ist so nahe!«

Arutha gab sich geschlagen. »Also gut. Wir brechen morgen auf.«

Mit dem Segen der Elbenkönigin und Tomas' machten die sechs Reiter sich am nächsten Morgen auf den Weg. Calin, Galain und zwei weitere Elben liefen neben den Reitern her. Ein Stück vom Hof entfernt schwang ein Gwali sich von Baum zu Baum und rief: »Calin!«

Der Elfenprinz bat anzuhalten. Der Gwali ließ sich herabfallen und fragte grinsend: »Wohin Menschen mit Calin gehen?«

»Wir bringen sie bis zur Nordstraße, Apalla. Von dort reiten sie allein weiter zum Moraelin.«

Aufgeregt schüttelte der Kleine seinen pelzigen Kopf. »Nicht gehen, Menschen! Bös Ort. Kleinolnoli von bös Ding fressen.«

»Was für ein böses Ding?« fragte Calin. Doch der Gwali rannte kreischend vor Angst davon, ohne eine Antwort zu geben.

»Es geht nichts über einen fröhlichen Abschied«, sagte Jimmy und blickte hinter Apalla her.

»Lauf ihm nach, Galain«, bat Calin, »und trachte, daß du etwas Verständliches aus ihm herauskriegst.«

»Ich werde es versuchen, dann folge ich euch.« Im Laufen winkte Galain dem kleinen Trupp zu, während Arutha mit den anderen wieder aufbrach.

Drei Tage begleiteten die Elben die Menschen bis an den Rand ihres Waldes und bis zum Vorgebirge der Großen Nordberge. Am Mittag des vierten Tages gelangten sie an einen Bach, an dessen gegenüberliegendem Ufer ein Weg zu sehen war, der durch lichte Waldung zu einer Schlucht führte. »Hier ist die Grenze unseres Landes«, sagte Calin.

»Was ist mit Galain?« fragte Martin.

»Vielleicht hat er nichts von Bedeutung erfahren, oder er hat einen Tag und länger gebraucht, Apalla zu finden. Die Gwali können sich sehr gut verbergen, wenn sie sich nicht aufspüren lassen wollen. Wenn wir auf ihn stoßen und er etwas für euch Wichtiges erfahren hat, schicken wir ihn euch nach. Er wird euch einholen, sofern ihr bis dahin nicht bereits mitten in Moraelin seid.«

»Und wie erkennen wir das?« erkundigte sich Arutha.

»Folgt dem Weg dort drüben zwei Tage lang, bis ihr in ein kleines Tal gelangt. Durchquert es, dann kommt ihr an der Nordwand zu einem Wasserfall. Dort führt ein Weg zu einem Plateau, von dem aus es nicht mehr weit bis zum Überlauf des Wasserfalls ist. Folgt dem Fluß zu seinem Ursprung, einem See, und dem ansteigenden Pfad dort wieder nordwärts. Das ist der einzige Weg nach Moraelin. Ihr werdet auf eine Schlucht stoßen, die rings um den See in einem geschlossenen Kreis führt. Nach der Sage haben die Schritte des trauernden Elbenprinzen, der immer rund um den See wanderte, sie eingetreten. Man nennt sie die Spur des Hoffnungslosen. Es gibt nur einen Weg zum Moraelin, und zwar über eine Brücke der Moredhel. Wenn ihr die Brücke über die Spur des Hoffnungslosen überquert habt, seid ihr in Moraelin. Dort findet ihr den Silberdorn. Es ist eine Pflanze mit hellen silbergrünen, dreilappigen Blättern und roten

Früchten, wie die von Stechpalmen. Ihr werdet sie ohne Mühe erkennen, denn wie schon ihr Name besagt, sind ihre Dornen silbrig. Seht zu, daß ihr zumindest eine Handvoll der Beeren mitnehmen könnt. Ihr werdet die Pflanze nahe am Ufer finden. Nun geht, und mögen die Götter euch beschützen.«

Nach einem kurzen Abschied ritten die Menschen weiter, mit Martin und Baru an der Spitze, Arutha und Laurie hinter ihnen und Jimmy mit Roald am Schluß. Als sie um eine Kurve bogen, blickte Jimmy zurück, bis er die Elben nicht mehr sehen konnte. Da wurde ihm bewußt, daß sie nun auf sich selbst gestellt waren, ohne Verbündete oder Zuflucht. Er schickte ein stummes Gebet zu Banath.

Rückkehr

Pug starrte ins Feuer.

Das kleine Kohlebecken in seinem Arbeitsgemach warf einen tanzenden Schein auf Wände und Decke. Er strich sich über das Gesicht und spürte die Müdigkeit in jeder Faser seines Seins. Seit Rogens Prophezeiung der Zukunft arbeitete er hier und hatte nur geschlafen und gegessen, wenn Katala ihn von seinen Büchern losriß. Soeben schlug er eines von Macros' zahllosen Werken zu. Über eine Woche lang las er nun schon fast ohne Unterbrechung. Er suchte nach allem, was nur zu finden war, das wenigstens ein bißchen Licht in das bringen mochte, was Rogen gesehen hatte. Nur ein einziger anderer Zauberwirker außer ihm hatte etwas über die Welt Kelewan gewußt, das war Macros der Schwarze gewesen. Was auch immer diese finstere Wesenheit sein mochte, sie hatte sich einer Sprache bedient, die weniger als fünftausend Personen auf Midkemia auch nur hätten erkennen können: Pug, Katala, Laurie, Kasumi und seine Tsuranigarnison in LaMut und ein paar hundert ehemalige Kriegsgefangene der Tsuranis, die über die Ferne Küste verstreut waren. Und von ihnen allen war Pug der einzige, der die Worte ganz zu verstehen vermochte, die Gamina von Rogens Zweitem Gesicht wiedergegeben hatte, denn die Sprache war eine sehr alte Vorform des heutigen Tsuranischs. Doch bisher hatte Pug noch nichts in Macros' Bibliothek gefunden, was ihm auch nur einen Hinweis geben konnte, was diese finstere Macht sein könnte.

Von den Hunderten von Werken, die Macros Pug und Kulgan vermacht hatte, war nur ein Drittel katalogisiert. Durch seinen seltsamen, koboldgleichen Diener Gathis hatte Macros ihnen eine Aufstellung der Titel zukommen lassen. In manchen Fällen hatte sich das als sehr hilfreich erwiesen, denn schon allein aus dem Titel ging bei einigen hervor, worum es sich handelte, während in anderen Fällen das Buch erst gelesen werden mußte, um zu erfahren, worum es ging. Es gab allein zweiundsiebzig Werke mit lediglich dem Titel *Magie*, und in Dutzenden anderer Sparten ebenfalls mehrere Bücher, deren Titel völlig gleich lauteten.

Um auf mögliche Hinweise auf die Art ihres Feindes zu stoßen, hatte Pug sich mit den übrigen Werken zurückgezogen und darangemacht, sie durchzublättern. Nun hielt er ein bestimmtes Buch auf seinen Knien, und ihm begann klarzuwerden, was er tun mußte.

Er legte das Werk auf seinen Schreibtisch und verließ das Arbeitsgemach. Er stieg die Treppe hinunter zu dem Gang, der alle bereits benutzten Räume des Akademiegebäudes miteinander verband. Der Weiterbau am oberen Stockwerk neben dem Turm mit seinen Arbeitsgemächern hatte einstweilen des Regens wegen eingestellt werden müssen, der auf Stardock nur so herabschüttete. Ein kalter Luftzug drang durch einen Spalt in der Wand, und Pug zog sein schwarzes Gewand enger um sich, während er den Speisesaal betrat, der gegenwärtig als Aufenthaltsraum benutzt wurde.

Katala blickte von ihrer Stickerei auf. Sie hatte es sich in einem der Sessel am Kamin bequem gemacht, in dem Teil des Saales, der dem gemütlichen Beisammensein diente. Bruder Dominic und Kulgan hatten sich miteinander unterhalten, und der wohlbeleibte Magier sog an seiner Pfeife, von der er sich nie trennte. Kasumi sah William und Gamina zu, die in der Ecke Schach spielten. Ihre Gesichter wirkten angestrengt, während sie ihre sich entwickelnden Fähigkeiten maßen. William hatte es früher eher lustlos gespielt, bis das Mädchen sich dafür zu interessieren begonnen hatte. Von ihr geschlagen zu werden, weckte in ihm den Ehrgeiz, der sich bisher nur auf das Ballspiel beschränkt hatte. Pug dachte, wenn die Zeit es gestattete, würde er ihre

Begabungen eingehender erforschen müssen. Wenn die Zeit es gestattete...

Meecham trat mit einer Kanne Wein ein und bot Pug einen Becher an. Pug bedankte sich und setzte sich zu seiner Frau.

»Das Abendessen ist in einer Stunde«, sagte sie. »Ich hatte erwartet, daß ich dich erst wieder holen müßte.«

»Mit dem, was ich durchsehen wollte, bin ich fertig, so beschloß ich, mich vor dem Abendessen ein wenig zu entspannen.«

»Sehr gut«, lobte Katala. »Du arbeitest ohnehin viel zuviel, Pug. Du unterrichtest andere, beaufsichtigst den Bau dieses Gebäudes und ziehst dich auch noch mit deinen Büchern zurück. Da hast du ja kaum noch Zeit für uns.«

Pug lächelte sie an. »Ah, du beklagst dich?«

»Das steht einer Gattin zu«, antwortete sie ebenfalls lächelnd. Katala war alles andere denn eine nörglerische Frau. Wenn ihr etwas nicht gefiel, sagte sie es frei heraus, und sie war schnell zufriedengestellt, entweder durch einen Kompromiß, oder aber beide fanden sich damit ab, daß der andere nicht nachgab.

Pug schaute sich um. »Wo ist Gardan?«

»Pah, da sieht man es wieder«, antwortete Kulgan. »Wenn du dich nicht die ganze Zeit in deinen Turm eingesperrt hättest, würdest du dich daran erinnert haben, daß er heute nach Shamata aufbrach, um Lyam eine Botschaft durch den militärischen Kurierdienst zu schicken. Er wird in einer Woche zurück sein.«

»Allein?«

Kulgan lehnte sich in seinem Sessel zurück. »Ich habe einen Blick in die Zukunft geworfen. Der Regen wird noch drei Tage dauern. So sind viele Arbeiter auf einen kurzen Besuch zu Hause, um nicht drei Tage in ihren Unterkünften hier herumsitzen zu müssen. Er begleitete sie. Was hast du eigentlich die ganze Zeit in deinem Turm gemacht? Du bist ja fast eine Woche lang nicht mehr zu einem freundlichen Plausch gekommen.«

Pug musterte die Anwesenden. Katala schien wieder ganz in ihre Stickerei vertieft zu sein, aber er wußte, daß sie auf seine Antwort wartete. Die Kinder waren mit ihrem Spiel beschäftigt. Kulgan und Dominic blickten ihn mit unverhohlenem Interesse an. »Ich habe Macros' Bücher durchgesehen, um vielleicht einen Hinweis zu finden, was wir tun könnten. Und du?«

»Dominic und ich haben uns mit anderen in der Siedlung beraten. Wir kamen zu einigen Folgerungen.«

»Die wären?«

»Nun, da Rogen sich erholt, war er imstande, uns in allen Einzelheiten zu beschreiben, was er gesehen hat. Und einige unserer begabteren jüngeren Leute befassen sich nun gemeinsam mit dem Problem.« Pug entnahm des älteren Magiers Worten eine Mischung aus Belustigung und Stolz. »Was immer dort draußen ist und gegen das Königreich oder ganz Midkemia vorgehen will, ihm sind in seiner Macht Grenzen gesetzt. Nehmen wir mal an, es sei, wie du befürchtest, eine Kreatur der Finsternis, die irgendwie während des Krieges durch den Spalt von Kelewan hierhergekommen ist. Es hat jedenfalls seine Schwächen und wagt nicht, sich ganz zu offenbaren.«

»Bitte, erklär das.« Pugs Müdigkeit war plötzlich wie verflogen.

»Setzen wir den Fall, daß diese Kreatur aus Kasumis Heimat ist – und suchen wir keine andere Erklärung dafür, daß sie sich eines uralten Tsuranischs bedient. Doch im Gegensatz zu Kasumis früheren Verbündeten kommt sie nicht offen als Eroberer, sondern bemüht sich, andere als ihr Werkzeug zu benutzen. Nehmen wir also an, sie sei irgendwo durch den Raumspalt gelangt. Der aber ist seit einem Jahr geschlossen. Demnach müßte sie seit mindestens einem Jahr gegenwärtig sein, möglicherweise aber bereits seit elf Jahren, und Diener um sich sammeln wie diese pantathianischen Priester. Dann versucht sie an die Macht zu kommen, indem sie sich eines Moredhels bedient, dieses ›Schönen‹, wie Rogen ihn nennt. Was wir wirklich fürchten müssen, ist die finstere Wesenheit hinter diesem schönen Moredhel und den anderen. Sie ist für das Ganze verantwortlich.

Wenn alles soweit stimmt, steht fest, daß sie sich nicht direkter Gewalt bedient, sondern Machenschaften und List. Warum? Sie ist entweder zu schwach, selbst zu handeln, und muß deshalb andere benutzen, oder sie schindet Zeit, bis sie ihr wahres Wesen offenbaren und selbst eingreifen kann.«

»Und all das bedeutet, daß wir herausfinden müssen, um wen oder was es sich bei dieser Kreatur, dieser Macht, handelt.«

»Stimmt. Wir haben aber auch Überlegungen unter der Voraussetzung angestellt, daß unser Gegner nicht von Kelewan stammt.«

Pug unterbrach ihn. »Vergeudet damit keine Zeit, Kulgan. Wir müssen davon ausgehen, daß er von Kelewan ist, denn das gibt uns zumindest einen Ausgangspunkt. Wenn Murmandamus lediglich irgendein Moredhel-Hexenkönig ist, der sich eines seiner eigenen Rassegenossen bedient, einer, der zufällig eine längst tote Tsuranisprache beherrscht, kommen wir gegen ihn an. Anders ist es bei einer Invasion durch eine finstere Macht von Kelewan – und das müssen wir annehmen.«

Kulgan seufzte laut und zündete sich seine ausgegangene Pfeife wieder an. »Ich wünschte, wir hätten mehr Zeit und eine bessere Vorstellung, wie wir vorgehen könnten. Und ich wünschte, wir könnten einige Aspekte dieses Phänomens gefahrlos erforschen. Ich wünschte hunderterlei Dinge, vor allem aber wünschte ich mir ein Werk über diese Sache von einem zuverlässigen Zeugen.«

»Es gibt einen Ort, wo ein solches Werk vielleicht zu finden wäre.«

»Wo?« fragte Dominic aufgeregt. »Ich würde Euch oder sonst jemanden mit Freuden dorthin begleiten, so gefährlich es auch sein mag.« Kulgan lachte bitter. »Das dürfte kaum möglich sein, guter Bruder. Mein ehemaliger Schüler spricht von einem Ort auf einer anderen Welt.« Kulgan blickte Pug eindringlich an. »Die Bibliothek der Vereinigung.«

»Der Vereinigung?« echote Kasumi.

Pug bemerkte, wie Katala erstarrte. »Dort gibt es möglicherweise Antworten, die uns bei der bevorstehenden Auseinandersetzung von großer Hilfe sein können.«

Katala nahm den Blick nicht von ihrer Stickerei. Leise sagte sie: »Nur gut, daß der Spalt geschlossen ist und sich höchstens durch Zufall wieder öffnen läßt. Wer weiß, ob nicht bereits das Todesurteil über dich verhängt wurde. Vergiß nicht, daß dein Status als Erhabener vor dem Angriff auf den Kaiser bereits in Frage gestellt wurde. Wer kann daran zweifeln, daß du inzwischen zum Gesetzlosen erklärt wurdest? Nein, es ist sehr gut, daß es keine Möglichkeit mehr gibt für dich zurückzugelangen.«

»Es gibt eine«, entgegnete Pug.

Sofort riß Katala die Augen weit auf und blickte ihn durchdringend an. »Nein! Du kannst nicht zurückkehren!«

»Wie könnte es einen Rückweg geben?« fragte Kulgan.

»Als ich für das schwarze Gewand lernte, mußte ich eine Abschlußprüfung absolvieren«, erklärte Pug. »Auf dem Prüfungsturm stehend, sah ich die Zeit ›des Fremden‹, eines Wandersterns, der Kelewan bedrohte. Es war Macros, der Kelewan im letzten Augenblick rettete. Und Macros war an jenem Tag, als ich fast die kaiserliche Arena vernichtete, erneut auf Kelewan. Es war die ganze Zeit offensichtlich, doch erst diese Woche verstand ich es.«

»Macros konnte nach Belieben zwischen den Welten hin und her reisen!« Man sah Kulgan an, daß er zu verstehen begann. »Macros war demnach in der Lage, berechenbare Raumspalten zu öffnen!«

»Und ich weiß, wie. In einem seiner Bücher habe ich die genaue Anleitung gefunden!«

Katala flehte: »Du darfst nicht gehen!«

Er umfaßte ihre Hände, von denen sich plötzlich die Knöchel weiß abhoben. »Ich muß!« Er wandte sich Kulgan und Dominic zu. »Ich habe die Möglichkeit, zur Vereinigung zurückzukehren, und ich muß sie nutzen. Denn, wenn nicht, sind wir hoffnungslos verloren, falls Murmandamus der Diener einer finsteren kelewanesischen Macht oder auch bloß eine Ablenkung für sie ist, bis sie selbst eingreifen kann. Wenn wir eine Möglichkeit finden wollen, gegen sie anzukommen, müssen wir als erstes wissen, was genau sie ist. Und um das zu erfahren, muß ich nach Kelewan.«

Er blickte seine Frau an, dann Kulgan. »Ich werde nach Tsuranuanni zurückkehren.«

Es war Meecham, der als erster das Wort ergriff. »Nun gut. Wann brechen wir auf?«

»Wir?« fragte Pug. »Ich muß allein gehen.«

Der hochgewachsene Bärtige schüttelte den Kopf, als sei allein schon der Gedanke widersinnig. »Ihr könnt nicht allein gehen!«

Pug blickte Meecham an. »Du beherrschst die Sprache nicht, und außerdem bist du zu groß für einen Tsurani.«

»Ihr braucht mich bloß als Euren Sklaven auszugeben. Ihr habt oft genug gesagt, daß es dort Midkemier als Sklaven gibt.« Sein Ton machte deutlich, daß er keinen Widerspruch mehr erwartete. Er blickte Katala und Kulgan an. »Hier gäbe es keinen ruhigen Augenblick mehr, wenn Euch etwas zustieße.«

William kam herbei, mit Gamina hinter sich. »Papa, bitte nimm Meecham mit.«

Bitte!

Pug breitete die Arme aus. »Na gut, dann lassen wir uns etwas einfallen.«

»Das beruhigt mich ein bißchen, was aber noch lange nicht heißt, daß mir die Sache gefällt«, brummte Kulgan.

»Dein Einspruch ist zur Kenntnis genommen.«

»Nun, da dies geklärt ist«, sagte Bruder Dominic, »möchte ich mein Angebot, Euch zu begleiten, wiederholen.«

»Ihr machtet es, ehe Ihr wußtet, wohin die Reise geht. Auf einen Midkemier kann ich gerade noch aufpassen, aber zwei würden sich als zu große Belastung erweisen.«

»Ich könnte Euch auch von Nutzen sein«, versicherte ihm der Mönch. »Ich bin in der Heilkunde bewandert und in meiner Art von Magie. Außerdem habe ich einen kräftigen Arm und kann mit einer Streitkeule umgehen.«

Pug musterte Dominic. »Ihr seid nur ein bißchen größer als ich und könntet Euch als Tsurani ausgeben, wäre da nicht das Sprachproblem.«

»Im Ishap-Orden haben wir eine Möglichkeit, Fremdsprachen durch Magie zu lernen. Während Ihr Eure Spaltzauber vorbereitet, kann ich Tsuranisch lernen und Meecham dabei helfen, es ebenfalls zu erlernen, falls Lady Katala oder Graf Kasumi die Güte hätten, mich zu unterstützen.«

»Ich kann helfen!« rief William. »Ich spreche Tsuranisch.«

Katala schien nicht erfreut zu sein, sagte jedoch zu, genau wie Kasumi, der sehr besorgt wirkte.

»Von allen hier, Kasumi«, sagte Kulgan, »hatte ich erwartet, daß Ihr am meisten eine Rückkehr erstreben würdet, doch sagtet Ihr kein Wort.«

»Als der letzte Spalt sich schloß, endete mein Leben auf Kelewan. Ich bin jetzt Graf von LaMut. Meine Amtszeit im Kaiserreich von Tsuranuanni ist nur noch eine Erinnerung. Selbst wenn es möglich ist zurückzukehren, würde ich es nicht tun, denn ich habe dem König den Treueid geleistet. Aber«, er wandte sich an Pug, »würdet Ihr meinem Vater und meinem Bruder eine Botschaft von mir bringen? Sie können nicht wissen, daß ich noch lebe, geschweige denn, daß es mir hier so gutgeht.«

»Selbstverständlich«, versprach Pug, und Katala fragte er:

»Liebste, könntest du zwei Gewänder nähen, wie die Brüder des Hantukama-Ordens sie tragen?« Sie nickte. Den anderen erklärte er: »Das ist ein missionarischer Orden, dessen Angehörige häufig unterwegs sind und deshalb viel gesehen werden. In dieser Tarnung werden wir wenig Aufsehen erregen. Meecham kann unseren Bettelsklaven abgeben.«

Kulgan blickte düster drein. »Es gefällt mir immer noch nicht, und ich bin gar nicht glücklich darüber.«

Meecham blickte Kulgan an: »Wenn Ihr Euch Sorgen machen könnt, seid Ihr glücklich.«

Darüber mußte Pug lachen. Katala schlang die Arme um ihren Gatten und schmiegte sich an ihn. Auch sie war nicht glücklich.

Katala hielt das Gewand in die Höhe. »Probier es an.«

Es hätte Pug gar nicht besser passen können. Sie hatte sorgfältig solche Stoffe ausgewählt, die den auf Kelewan üblichen noch am ähnlichsten waren.

Pug hatte sich täglich mit anderen der Gemeinschaft zusammengesetzt und ihnen Vollmachten für die einzelnen Bereiche während seiner Abwesenheit erteilt – und, wie jeder es wußte, ohne daß man darüber sprach, für die Möglichkeit, daß er nicht zurückkehrte. Dominic hatte von Kasumi und William Tsuranisch gelernt und Meecham bei der Beherrschung der Sprache geholfen. Kulgan studierte Macros' Werk über Raumspalten, damit er Pug bei der Bildung eines Spalts unterstützen konnte.

Kulgan betrat Pugs Privatgemächer, als Katala gerade den Sitz des Gewandes überprüfte. »Du wirst darin erfrieren, Pug«, brummte er.

»Auf meiner Heimatwelt ist es sehr heiß«, erklärte Katala. »Man trägt dort üblicherweise so leichte Kleidung.«

»Frauen ebenfalls?« Als sie nickte, sagte er: »Wie unfein!« Er rückte sich einen Stuhl zurecht.

William und Gamina kamen hereingestürmt. Das kleine Mädchen war viel munterer und aufgeschlossener, seit es sicher sein konnte, daß Rogen wieder ganz genesen würde. Sie und William waren nun schier unzertrennlich, sie spielten und wetteiferten miteinander und zankten sich wie Geschwister. Katala hatte Gamina bei sich in den Familiengemächern aufgenommen, während der Greis sich in der Kammer neben Williams erholte.

Der Junge rief: »Meecham kommt!« Er überschlug sich fast vor Lachen, während er im Kreis herumhüpfte. Auch Gamina lachte laut und versuchte, wie der Junge zu hopsen. Kulgan und Pug wechselten Blicke, denn das Lachen war der erste Laut überhaupt, den das Kind von sich gegeben hatte. Als Meecham nun den Raum betrat, stimmten die Erwachsenen in das Lachen der Kinder ein. Die kräftigen, behaarten Arme und Beine des Waldmannes ragten aus dem kurzen Kittel, und er stand verlegen mit nackten Zehen in den nachgemachten Tsuranisandalen.

»Was ist da so komisch?« brummte er.

»Ich bin so daran gewöhnt, dich in Jagdkleidung zu sehen, daß ich mir dich ohne gar nicht mehr vorstellen konnte«, erklärte Kulgan.

Pug meinte: »Du siehst ein bißchen anders aus, als ich erwartet hatte.« Er bemühte sich, ein Lachen zu unterdrücken.

Der Bärtige schüttelte angewidert den Kopf. »Habt ihr endlich genug? Wann brechen wir auf?«

»Im Morgengrauen«, antwortete Pug. Sofort verstummte alles Lachen.

Schweigend warteten sie an dem Hügel mit dem großen Baum an der Nordseite der Insel. Es hatte zu regnen aufgehört, aber ein klammer Wind blies und versprach baldigen weiteren Regen. Die meisten der Gemeinschaft waren mitgekommen, um Pug, Dominic und Meecham auf Wiedersehen zu sagen. Katala stand neben Kulgan, die Hände auf Williams Schultern ruhend. Gamina klammerte sich an Katalas Rock und wirkte verängstigt.

Pug stand ein wenig abseits, er studierte seine Schriftrolle. Dominic und Meecham warteten unweit von ihm und fröstelten, während sie Kasumi zuhörten. Er sprach eindringlich von jeder Einzelheit tsuranischer Sitten und Gebräuche, deren er sich erinnerte und die er für wichtig hielt. Und er entsann sich immer neuer Einzelheiten, die er schon fast vergessen geglaubt hatte. Meecham hielt die Reisetasche, die Pug hergerichtet hatte. Sie enthielt die üblichen Dinge eines reisenden Ordensbruders. Doch darunter befand sich auch so einiges, das für einen Priester auf Kelewan ungewöhnlich wäre, wie Waffen und Münzen aus Metall – ein kleines Vermögen nach kelewanesischen Begriffen.

Kulgan trat zu der Stelle, auf die Pug deutete, mit einem Stock, der aus der Werkstatt eines Holzschnitzers der Siedlung stammte. Er stieß ihn fest in den Boden, dann nahm er einen anderen, den man ihm aushändigte, und steckte ihn vier Fuß entfernt in die Erde. Er trat ein paar Schritt zurück, als Pug laut aus seiner Schriftrolle zu lesen begann.

Zwischen den Stöcken leuchtete ein Streifen auf, an dem Regenbogenfarben auf und ab tanzten. Ein Knistern wurde laut, und die Luft roch wie nach einem Blitzschlag, beißend und bitter.

Das Licht begann sich auszudehnen. Die Farbe wechselte, sie bewegte sich immer schneller durch das Spektrum, bis es weißlich schimmerte, und schließlich wurde es zu blendend für das Auge. Immer noch las Pug weiter. Dann krachte es wie ein Donnerknall zwischen den Stöcken, und ein Windstoß brauste darauf zu, als würde er von dem Zwischenraum angezogen.

Pug legte die Schriftrolle beiseite, und alle starrten auf das, was er geschaffen hatte. Ein schimmerndes Rechteck aus grauem »Nichts« erhob sich zwischen den beiden Stöcken. Pug winkte Dominic zu und sagte: »Ich gehe als erster hindurch. Der Spalt müßte sich zu einer Lichtung hinter meinem alten Anwesen öffnen, aber es könnte natürlich sein, daß er anderswo endet.«

Wenn dort Gefahr bestand, würde er um den Stock herumgehen und von derselben Seite wieder eintreten müssen, um auf Midkemia zurückzugelangen, als wäre er durch einen Reifen gestiegen. Wenn er dazu in der Lage war!

Er drehte sich um und lächelte Katala und William zu. Sein Sohn zappelte, aber Katalas besänftigender Druck auf seine Schultern beruhigte ihn. Sie selbst nickte scheinbar gelassen.

Pug trat in den Spalt – und war verschwunden. Alle hielten unwillkürlich den Atem an. Nur ein paar hier wußten wirklich genau, was vorging. Die nächsten Sekunden schienen sich endlos dahinzuziehen, und viele wagten nicht auszuatmen.

Plötzlich erschien Pug von der anderen Seite des Spalts. Deutlich war das Seufzen der Erleichterung der Wartenden zu vernehmen. Er kam auf sie zu und sagte: »Er führt genau dorthin, wo ich erwartet hatte. Macros' Zauberkunst ist unfehlbar!« Er nahm Katalas Hände in seine. »Er ist gleich neben dem Spiegelteich in der Besinnungslichtung.«

Katala kämpfte gegen die Tränen an. Sie hatte Blumen um diesen Teich gepflanzt und gehegt und auf der Bank gesessen, die das stille Wasser überschaute, als sie noch Herrin des großen Besitztums gewesen war. Sie nickte verständnisvoll. Pug umarmte erst sie, dann William. Als er sich vor seinen Sohn kniete, warf Gamina plötzlich die Arme um seinen Hals.

Sei vorsichtig!

Er umarmte auch sie und antwortete: »Das werde ich, Kleines.«

Pug bedeutete Dominic und Meecham, ihm zu folgen und schritt erneut durch den Spalt. Die beiden zögerten nur einen Herzschlag lang, dann stiegen sie wie er in das graue Nichts.

Die anderen warteten noch eine lange Weile, nachdem die drei verschwunden waren. Selbst als es wieder zu regnen begann, wollten sie nicht gehen. Schließlich, nachdem aus den zunächst vereinzelten Tropfen ein wahrer Wolkenbruch wurde, sagte

Kulgan: »Die zur Wache Eingeteilten bleiben! Die anderen zurück an die Arbeit.« Langsam setzten sie sich einzeln in Bewegung. Niemand nahm Kulgan den scharfen Ton übel, denn alle teilten seine Besorgnis.

Der Obergärtner Yagu vom Landsitz Netohas, außerhalb der Stadt Ontoset, drehte sich um und sah drei Fremde den Pfad von der Besinnungslichtung zum Herrenhaus heraufwandern. Zwei waren Priester Hantukamas, des Bringers gesegneter Gesundheit, allerdings erstaunlich groß; der dritte hinter ihnen war ein Bettelsklave, einer der riesenhaften Barbaren, die während des Krieges als Gefangene hierher verschleppt worden waren. Yagu erschauderte bei seinem Anblick, denn es war ein häßlicher Bursche mit einer grauenvollen Narbe quer über die linke Wange. Obgleich auf einer kriegerischen Welt aufgewachsen, war Yagu ein sanftmütiger Mann, der die Gesellschaft seiner Blumen und anderer Pflanzen der von Menschen vorzog, die sich über kaum sonst etwas als Krieg und Ehre unterhielten. Aber er hatte seine Pflicht gegenüber seines Herrn Besitz, und so ging er den drei Fremden entgegen.

Als sie ihn sahen, blieben sie stehen. Yagu verneigte sich als erster, da er ein Gespräch einleiten wollte – so verlangte es die Höflichkeit, bis die Rangfolge feststand. »Seid gegrüßt, ehrenwerte Priester. Es ist Yagu, der Gärtner, der sich erlaubt, euch in eurer Wanderung aufzuhalten.«

Pug und Dominic verbeugten sich. Meecham wartete hinter ihnen unbeachtet, wie es üblich war. Pug entgegnete: »Seid gegrüßt, Yagu. Für zwei demütige Priester Hantukamas ist Eure Anwesenheit keine Störung. Geht es Euch gut?«

»Ja, es geht mir gut«, beendete Yagu die höfliche Begrüßung zwischen Fremden. Dann richtete er sich als der Überlegene hoch auf, überkreuzte die Arme vor der Brust. »Was führt die Priester Hantukamas zum Haus meines Herrn?«

»Wir wandern von Seran zur Stadt der Ebene«, erklärte Pug. »Als wir vorüberkamen, sahen wir dieses Haus und hofften, uns ein Mahl erbitten zu können. Haltet Ihr das für möglich?« Natürlich wußte Pug, daß nicht Yagu das zu bestimmen hatte, aber er schmeichelte dem Gärtner damit.

Yagu strich sich über das Kinn. »Betteln ist euch gestattet, doch weiß ich nicht, ob man euch abweisen oder etwas zu essen geben wird. Kommt mit, ich bringe euch zur Küche.«

Als sie auf das Haus zugingen, erkundigte sich Pug: »Gestattet mir zu fragen, wen dieses bewundernswerte Haus beherbergt.«

Stolz, denn dieses Lob färbte auch auf ihn ab, antwortete Yagu: »Es ist der Landsitz Netohas, ›Er-der-schnell-aufsteigt‹ genannt.«

Pug täuschte Unkenntnis vor, freute sich jedoch insgeheim, daß sein ehemaliger Diener noch den Besitz des Anwesens innehatte. »Vielleicht«, sagte er, »würde es nicht als Kränkung angesehen werden, wenn zwei ärmliche Priester einer so erhabenen Persönlichkeit ihre Aufwartung machen.«

Yagu runzelte die Stirn. Sein Herr war ein vielbeschäftigter Mann, doch nahm er sich gewöhnlich auch Zeit für Besuch wie diesen. Es würde ihm gewiß nicht gefallen zu erfahren, daß sein Gärtner versucht habe, die beiden abzuweisen, obwohl sie kaum mehr als Bettler waren und nicht einem so mächtigen Orden entstammten wie die Diener Chochocans oder Jurans. »Ich werde fragen. Es könnte sein, daß mein Herr Euch einen Augenblick gewähren kann. Wenn nicht, läßt sich vermutlich ein Mahl ermöglichen.«

Der Gärtner führte sie zu einer Tür, von der Pug wußte, daß man durch sie den Küchenteil des Hauses betrat. Die Nachmittagssonne brannte auf sie herab, als der Gärtner sie davor warten ließ, während er selbst ins Innere verschwand. Der Herrensitz war von ungewöhnlicher Bauweise, er bestand aus mehreren miteinander verbundenen Gebäuden. Pug selbst hatte ihn vor zwei Jahren erbauen lassen, und er hatte in seiner Neuheit großes Aufgehen erregt, doch bezweifelte Pug, daß diese Bauweise sich verbreitet hatte, denn die Tsuranis waren zu sehr mit Politik beschäftigt und von ihr abhängig.

Die Tür schwang auf. Eine Frau trat heraus, gefolgt von Yagu. Pug verbeugte sich, ehe sie sein Gesicht sehen konnte. Es war Almorella, eine ehemalige Sklavin, der Pug die Freiheit geschenkt hatte. Sie war Katalas beste Freundin gewesen und jetzt mit Netoha verheiratet.

Yagu sagte: »Meine Herrin ist gnädigst bereit, sich mit den Hantukamapriestern zu unterhalten.«

Ohne sich aus seiner Verbeugung aufzurichten, erwiderte Pug: »Geht es Euch gut, Gebieterin?« Almorella klammerte sich an den Türrahmen und rang unwillkürlich nach Luft. Als Pug sich aufrichtete, zwang sie sich ruhig zu atmen und antwortete: »Es – es geht mir gut.« Ihre Augen weiteten sich, und sie wollte schon seinen tsuranischen Namen nennen, als Pug fast unmerklich den Kopf schüttelte.

»Ich kenne Euren hochgeehrten Gemahl von früher. Ich hatte gehofft, er würde einem alten Bekannten ein paar Minuten seiner kostbaren Zeit schenken.«

Sie hauchte, daß es kaum zu hören war: »Mein Gatte hat immer Zeit für – alte Freunde.«

Sie bat die drei einzutreten und schloß die Tür hinter ihnen. Yagu blieb noch einen Augenblick davor stehen und wunderte sich über das Benehmen seiner Herrin, doch dann zuckte er mit den Schultern und kehrte zu seinen geliebten Pflanzen zurück. Wer war schon imstande, die Reichen zu verstehen?

Almorella führte sie schweigend durch die Küche. Sie war sehr um Haltung bemüht, vermochte jedoch kaum das Zittern ihrer Hände zu verbergen, als sie drei erstaunte Sklavinnen fast streifte. Doch ihnen fiel die Erregung ihrer Herrin überhaupt nicht auf, denn sie hatten nur Augen für Meecham, der der größte barbarische Sklave war, den sie je gesehen hatten, ganz gewiß ein Riese unter Riesen!

Als sie Pugs ehemaliges Arbeitsgemach erreichten, schob sie die Tür auf und flüsterte: »Ich hole meinen Gatten.«

Sie traten ein und setzten sich, Meecham unbeholfen, auf dicke Kissen am Boden. Pug schaute sich um. Wenig war hier verändert worden. Das seltsame Gefühl bemächtigte sich seiner, an zwei Stellen zur selben Zeit zu sein, – denn er konnte sich vorstellen, die Tür zu öffnen und Katala mit William draußen im Garten zu finden. Doch trug er das safrangelbe Gewand eines Hantukamapriesters, nicht das schwarze eines Erhabenen, und eine grauenvolle Gefahr kam möglicherweise herab auf die beiden Welten, mit denen sein Schicksal für immer verknüpft zu sein schien. Seit Beginn seiner Suche nach einer Rückkehrmöglichkeit hierher verspürte er etwas wie ein heimliches Ziehen in seinem Kopf. Er nahm an, daß sein Unterbewußtsein, wie schon oft, am Werk war und sich mit einem Problem beschäftigte, während seine Aufmerksamkeit etwas anderem galt. Etwas von dem, was sich in Midkemia zugetragen hatte, erinnerte auf vage Weise an etwas, dessen er sich jedoch nicht zu entsinnen vermochte. Aber er war sicher, er würde dahinterkommen.

Die Tür ging auf, und ein Mann trat ein, gefolgt von Almorella. Sie schloß die Tür, während er sich tief verbeugte. »Ihr ehrt mein Heim, Erhabener.«

»Ehre deinem Haus, Netoha. Geht es dir gut?«

»Es geht mir gut, Erhabener. Wie kann ich Euch dienen?«

»Setz dich und erzähl mir vom Reich.« Ohne Zögern ließ Netoha sich nieder. »Herrscht Ichindar immer noch in der Heiligen Stadt?«

»Das Licht des Himmels herrscht nach wie vor über das Reich.«

»Was ist mit dem Kriegsherrn?«

»Almecho, den Ihr als Kriegsherrn kanntet, bewies seine Ehre, indem er sich das Leben nahm, nachdem Ihr ihn bei den Reichsspielen beschämt hattet. Nun trägt sein Neffe Axantucar das Weiß-und-Gold. Er ist von der Oaxatuca-Familie, die durch den Tod anderer gewann, als – der Frieden verraten wurde. Alle mit größerem Anspruch auf den Titel Kriegsherr – und viele mit gleichwertigem – fanden den Tod. Die Kriegspartei steht immer noch dem Hohen Rat vor.«

Pug überlegte. Da dies der Fall war, würde er im Rat kaum ein geneigtes Ohr finden, obwohl sich dort vermutlich nicht viel geändert hatte. Doch der ständige Machtkampf dort mochte ihn auf mögliche Verbündete aufmerksam machen.

»Was ist mit der Vereinigung?«

»Ich übermittelte die Pergamente, wie Ihr mich angewiesen habt, Erhabener, so wie ich die anderen ungeöffnet verbrannte. Ich erhielt ein Dankschreiben von dem Erhabenen Hochopepa, das war alles.«

»Was spricht man auf dem Markt?«

»Euren Namen hörte ich dort seit vielen Monaten nicht mehr. Doch kurz nach Eurer Abreise verbreitete sich das Gerücht, daß Ihr versucht hättet, das Licht des Himmels in eine Falle zu locken und so Schande auf Euer Haupt gebracht hättet. Die Vereinigung erklärte Euch zum Ausgestoßenen und Gesetzlosen – Ihr wurdet zum ersten, dem man das Schwarze Gewand absprach. Euer Wort ist nicht mehr Gesetz. Ein jeder, der Euch hilft, muß mit seinem Tod rechnen sowie mit dem seiner Familie und seines gesamten Clans.«

»Dann wollen wir nicht länger hier verweilen, alter Freund. Ich möchte weder dein Leben in Gefahr bringen, noch das deiner Familie und deines Clans.«

Während er zur Tür ging, um sie zu öffnen, sagte Netoha: »Ich kenne Euch besser als die meisten anderen. Ihr würdet nie so etwas tun, dessen sie Euch beschuldigten, Erhabener.«

»Nicht länger Erhabener, nach dem Beschluß der Vereinigung.«

»Dann ehre ich den Mann Milamber«, sagte er, den tsuranischen Namen Pugs benutzend. »Ihr habt uns so viel gegeben! Der Name Netoha von den Chichimecha steht nun im Buch des Hunzan-Clans. Dank Eurer Großzügigkeit werden meine Söhne in Ehre und Reichtum aufwachsen.«

»Söhne?«

Almorella strich zärtlich über ihren gewölbten Leib. »Zur nächsten Pflanzzeit. Der Heilerpriester glaubt, daß es Zwillinge werden.«

»Katala wird sich doppelt freuen, erstens, weil die Schwester ihres Herzens wohlauf ist, und zweitens, weil du bald Mutter sein wirst.«

Almorellas Augen glänzten feucht. »Es geht Katala gut? Und dem Jungen?«

»Es geht beiden gut, und sie lassen herzlich grüßen.«

»Grüßt sie von uns, Milamber, und sagt ihnen, daß wir viel an sie denken. Ich habe gebetet, daß wir uns wiedersehen dürfen.«

»Vielleicht ist es möglich. Nicht so bald, doch eines Tages... Netoha, ist das Muster noch benutzbar?«

»Gewiß, Milamber. Wir haben kaum etwas verändert. Dies ist immer noch Euer Zuhause.« Pug stand auf und gab den anderen ein Zeichen, ihm zu folgen. »Vielleicht ist eine überstürzte Heimkehr auf meine eigene Welt erforderlich. Wenn ja, werde ich den Ankunftsgong zweimal schlagen, dann sorge dafür, daß alle das Haus verlassen, denn möglicherweise folgen mir andere, die euch Leid zufügen könnten. Ich hoffe jedoch, daß nichts dergleichen geschieht.«

»Euer Wunsch ist mir Befehl, Milamber.«

Sie verließen das Arbeitsgemach und begaben sich zur Musterkammer. »In der Lichtung, nahe dem Teich, ist das, wodurch ich auf meine Heimatwelt zurückkehren kann. Ich wäre dir dankbar, Netoha, wenn alles dort unberührt bliebe, bis ich wiederkomme.«

»Ich werde dafür sorgen und die Wächter beauftragen, niemanden auf die Lichtung zu lassen.«

An der Tür fragte Almorella: »Wo wollt Ihr hin, Milamber?«

»Das sage ich euch lieber nicht, denn was ihr nicht wißt, kann euch nicht abgerungen werden. Ihr seid ohnedies allein schon deshalb gefährdet, weil wir uns unter eurem Dach befinden. Ich will die Gefahr nicht vergrößern.«

Ohne ein weiteres Wort führte er Dominic und Meecham in die Musterkammer und schloß die Tür hinter sich. Pug holte eine Schriftrolle aus seinem Gürtelbeutel und legte sie in die Mitte eines großen Musters des Fliesenbodens, das drei Delphine darstellte. Das Schriftstück war mit schwarzem Wachs versiegelt, auf das der Ring des Erhabenen gedrückt war. »Ich schicke einem Freund eine Botschaft. Mit diesem Siegel auf der Rolle wird niemand wagen sie zu berühren außer ihr Empfänger.« Er schloß die Augen, und plötzlich war die Rolle verschwunden.

Nunmehr wies Pug Dominic und Meecham an, sich neben ihn auf das Fliesenmuster zu stellen. »Jeder Erhabene im Reich hat ein Muster in seinem Heim. Jedes gibt es nur einmal, und wenn man es sich genau einprägt, kann ein Magier sich selbst oder irgend etwas dorthin befördern. In einigen wenigen Fällen genügt ein sehr vertrauter Ort als Muster, wie mir beispielsweise die Küche in Crydee, wo ich als Junge aushalf. Üblicherweise schlägt man einen Gong, um seine Ankunft anzukündigen, ich glaube, das werde ich diesmal jedoch unterlassen. Kommt!«

Er faßte jeden am Arm, schloß die Augen und murmelte so etwas wie eine Beschwörung. Plötzlich schien alles zu verschwimmen, und der Raum um sie veränderte sich.

»Wa-as...?« murmelte Dominic, ehe ihm bewußt wurde, daß er sich bereits anderswo befand. Er blickte auf das Muster zu seinen Füßen, ein Blumenschmuck in Rot und Gelb.

Pug erklärte: »Der Bewohner dieses Hauses ist der Bruder eines meiner alten Lehrer, für den das Muster hier angebracht wurde. Dieser Erhabene kam häufig hierher. Ich hoffe, ich habe hier noch Freunde.«

Er ging zur Tür, öffnete sie einen schmalen Spalt und spähte den Korridor entlang. Dominic trat hinter ihn. »Wie weit sind wir befördert worden?«

»Über achthundert Meilen.«

»Erstaunlich!« Der Mönch schüttelte den Kopf.

Pug führte sie rasch zu einem anderen Gemach. Die Nachmittagssonne schien dort durch das Fenster und warf Schatten des Mannes, der sich hier aufhielt, an die Tür. Ohne sich anzumelden, öffnete Pug.

Vor einem Schreibtisch saß ein Greis, der einst von kräftigem Körperbau gewesen sein mußte. Kurzsichtig blickte er auf das Pergament vor sich, und seine Lippen bewegten sich stumm beim Lesen. Sein Gewand war von tiefem Blau, einfach geschnitten, doch fein verarbeitet. Pug erschrak, denn als er ihn das letzte Mal gesehen hatte, war er trotz seines fortgeschrittenen Alters stämmig und kraftstrotzend gewesen. Das vergangene Jahr hatte wahrhaftig seinen Tribut gefordert.

Der Mann blickte auf zu den Eindringlingen. Seine Augen weiteten sich. »Milamber!«

Pug bedeutete seinen Begleitern, durch die Tür zu treten. Er folgte ihnen und schloß sie hinter sich. »Ehre Eurem Haus, Lord der Shinzawai.«

Kamatsu, Herr der Shinzawai, erhob sich nicht zur Begrüßung. Er starrte den ehemaligen Sklaven an, der zum Erhabenen geworden war, und sagte: »Ihr seid zum Verräter erklärt und ehrlos. Euer Leben ist verwirkt, wenn man Euch findet.« Sein Ton war kalt, seine ganze Haltung feindselig.

Pug war bestürzt. Von all seinen Verbündeten in der Verschwörung, um den Spaltkrieg zu beenden, war Kamatsu der wackerste gewesen. Sein Sohn Kasumi hatte des Kaisers Friedensbotschaft König Rodric überbracht.

»Habe ich Euch auf irgendeine Weise beleidigt, Kamatsu?« fragte Pug.

»Ich hatte einen Sohn unter jenen, die nicht mehr wiederkehrten, als Ihr durch Euren Verrat das Licht des Himmels in die Falle zu locken versuchtet.«

»Euer Sohn lebt, Kamatsu. Er ehrt seinen Vater und versichert Euch seine Zuneigung.« Pug händigte Kamatsu Kasumis Brief aus. Der Greis blinzelte und las jedes Wort bedächtig. Als er fertig war, bemühte er sich gar nicht, seine Tränen zu verbergen. »Kann all dies wirklich wahr sein?«

»Es ist wahr. Mein König hatte nichts mit dem Verrat bei den Friedensverhandlungen zu tun, genausowenig wie ich. Der Grund des Verrats bedarf einer längeren Erklärung, doch hört zunächst, was ich Euch über Euren Sohn zu sagen habe. Er lebt nicht nur noch, sondern ist in meinem Land hoch angesehen. Unser König hegte keine Rachegefühle gegenüber unseren früheren Feinden. Er gewährte allen, die in seinen Dienst treten wollten, die Freiheit. Und so sind Kasumi und die anderen freie Krieger in seinen Streitkräften.«

»Alle?« fragte Kamatsu ungläubig.

»Viertausend Tsuranis sind nun Soldaten und Offiziere in meines Königs Armee. Sie zählen zu den getreuesten seiner Untertanen, und sie machen ihren Familien Ehre. Als Gefahr für König Lyams Leben bestand, wurde Eurem Sohn und seinen Männern die Aufgabe übertragen, für seine Sicherheit zu sorgen.« Stolz leuchtete in Kamatsus Augen. »Die Tsuranis wohnen in einer Stadt namens LaMut und kämpfen aufopferungsvoll gegen die Feinde unseres Volkes. Euer Sohn wurde zum Grafen dieser Stadt erhoben, das ist ein so hoher Rang wie hier der des Lords einer Familie oder vielleicht noch eher der eines Clan-Kriegsherrn. Er ist mit Megan verheiratet, der Tochter eines mächtigen Kaufmanns von Rillanon, und eines Tages werdet Ihr Großvater sein.« Der Greis schien sichtlich jünger zu werden. »Erzählt mir von seinem Leben«, bat er. Pug berichtete über Kasumis Leben, seit er nach Midkemia gekommen war, über seinen Aufstieg, davon, wie er kurz vor Lyams Krönung Megan kennengelernt und sie alsbald geheiratet hatte. Fast eine halbe Stunde erzählte er nur von Kasumi trotz der Dringlichkeit seiner Mission.

Als er geendet hatte, erkundigte sich Pug: »Und Hokanu? Wie geht es ihm? Kasumi möchte alles über seinen Bruder wissen.«

»Meinem jüngeren Sohn geht es gut. Er ist an der Nordgrenze eingesetzt, um sie gegen Überfälle durch die Thūn zu schützen.«

»Dann erheben die Shinzawai sich zur Größe zweier Welten«, sagte Pug. »Das können unter allen Tsuranifamilien nur die Shinzawai von sich behaupten.«

»Das ist wahrhaftig etwas, über das nachzudenken sich lohnt.« Kamatsus Stimme wurde ernst. »Doch was führt zu Eurer Rückkehr, Milamber? Gewiß nicht allein der Wunsch, einem alten Mann das Herz leichterzumachen.«

Pug stellte nunmehr seine Begleiter vor und antwortete: »Eine finstere Macht erhebt sich gegen mein Volk, Kamatsu. Wir lernten bisher nur einen Teil ihrer Kraft kennen und möchten uns ihres Wesens klarwerden.«

»Was hat das mit Eurem Kommen zu tun?« wunderte sich Kamatsu.

»In einem Zweiten Gesicht sah sich einer unserer Seher dieser finsteren Macht gegenüber, und sie sprach ihn in der uralten Tempelsprache an.« Er erzählte von Murmandamus und der finsteren Wesenheit hinter dem Moredhel.

»Wie ist das möglich?«

»Ich weiß es nicht; das jedenfalls ist der Grund, daß ich die Rückkehr wagte. Ich hoffe, in der Bibliothek der Vereinigung eine Antwort zu finden.«

Kamatsu schüttelte den Kopf. »Ihr wagt viel! Im Hohen Rat herrscht eine gewissen Spannung, die über die übliche beim Großen Spiel hinausreicht. Ich vermute, daß an einer größeren Umwälzung nicht mehr viel fehlt, denn dieser neue Kriegsherr ist noch versessener darauf als sein Onkel, die Herrschaft über die ganze Nation an sich zu bringen.«

»Meint Ihr damit, daß es zu einer Spaltung zwischen Kriegsherrn und Kaiser kommen wird?« fragte Pug, der die Zurückhaltung der Tsuranis kannte.

Schwer seufzend nickte der alte Mann. »Ich befürchte einen Bruderkrieg. Sollte Ichindar die gleiche Entschlossenheit wie bei der Beendigung des Spaltkrieges beweisen, würde Axantucar wie Spreu im Wind vertrieben werden, denn für die Mehrzahl der Clans und Familien ist der Kaiser nach wie vor der Oberste, und wenige trauen diesem neuen Kriegsherrn. Doch der Kaiser hat an Gesicht verloren. Dadurch, daß er die fünf großen Clans zur Friedensverhandlung zwang und es zum Verrat kam, büßte er seine sittliche Überlegenheit ein. Axantucar kann nun ohne Widerspruch handeln. Und ich glaube, dieser Kriegsherr versucht die beiden Ämter zusammenzulegen. Das Gold auf Weiß genügt ihm nicht, er will meines Erachtens das Gold des Lichts des Himmels.«

»›Im Spiel des Rates ist alles möglich‹«, zitierte Pug. »Doch müßt Ihr wissen, daß bei der Friedensverhandlung alle verraten wurden.« Er erzählte von der letzten Botschaft Macros, des Schwarzen und erinnerte Kamatsu an die Überlieferung von den Angriffen des ›Feindes‹, dann sprach er von Macros, Befürchtung, daß der Spalt diese schreckliche Macht anzöge.

»Das beweist zwar, daß der Kaiser nicht mehr darauf hereinfiel als die anderen, doch genügt es nicht, ihm seinen Fehler zu verzeihen. Davon zu erfahren, könnte ihm jedoch etwas mehr Unterstützung im Hohen Rat einbringen – wenn Unterstützung noch etwas nützt.«

»Ihr meint, der Kriegsherr sei bereit, zum Schlag auszuholen?«

»Jeden Augenblick! Er hat die Vereinigung mattgesetzt, indem er durch die ihm ergebenen Magier ihre Unabhängigkeit in Zweifel stellen ließ. Die Erhabenen setzen sich nun über ihr eigenes Schicksal auseinander. Hochopepa und mein Bruder Fumita wagen es nicht, sich zur Zeit in das Große Spiel einzumischen. Politisch gesehen ist es, als gäbe es die Vereinigung überhaupt nicht.«

»Dann sucht doch Verbündete im Hohen Rat. Berichtet folgendes: Irgendwie sind unsere beiden Welten erneut miteinander verbunden, und zwar gegen eine finstere Macht tsuranischen Ursprungs. Sie richtet sich gegenwärtig gegen das Königreich. Ihre Macht ist von einer Art, die über menschliche Vorstellung hinausreicht, ja vielleicht so groß, die Götter selbst herauszufordern. Ich kann Euch nicht sagen, weshalb ich dieser Meinung bin, aber ich habe das sichere Gefühl, sollte das Königreich untergehen, wird Midkemia zunichte, und sollte Midkemia verloren sein, wird Kelewan ganz gewiß folgen.«

Kamatsu, Lord der Shinzawai, blickte Pug besorgt an. Leise sagte er: »Kann es sein?«

Pugs Miene verriet, daß er es glaubte. »Es könnte dazu kommen, daß ich festgenommen oder getötet werde. Wenn ja, brauche ich Verbündete im Hohen Rat, die dem Licht des Himmels von dieser Sache berichten. Es ist nicht mein Leben, für das ich fürchte, Kamatsu, sondern das von zwei Welten. Falls mir mein Vorhaben nicht glückt, muß der Erhabene Hochopepa – oder auch Shimone – sich auf meine Welt begeben, nachdem er über diese finstere Macht herausgefunden hat, was immer hier zu erfahren ist. Werdet Ihr helfen?«

Kamatsu erhob sich. »Selbstverständlich. Auch wenn Ihr mir nichts über Kasumi hättet sagen können, und selbst wenn unsere Zweifel über Euch der Wahrheit entsprächen, würde nur ein

Dummkopf zaudern, angesichts einer solchen Warnung alten Zwist zu begraben. Ich werde sogleich aufbrechen und mit dem Schnellboot zur Heiligen Stadt fahren. Wo werdet Ihr sein?«

»Ich werde noch andere Hilfe suchen. Habe ich Glück, trage ich meinen Fall der Vereinigung vor. Niemand kann sich das schwarze Gewand erwerben, ohne gelernt zu haben zuzuhören, bevor er handelt. Die Gefahr für mich besteht darin, dem Kriegsherrn in die Hände zu fallen. Hört Ihr nicht innerhalb von drei Tagen von mir, dürfte anzunehmen sein, daß es dazu kam. Dann bin ich entweder gefangen oder tot, und Ihr müßt handeln. Untätigkeit hilft diesem Murmandamus. Ihr dürft nicht versagen.«

»Das werde ich auch nicht, Milamber.«

Pug, einst Milamber genannt und der Größte der Erhabenen von Tsuranuanni, stand auf und verneigte sich. »Wir müssen gehen. Ehre Eurem Haus, Gebieter der Shinzawai.«

Kamatsu verbeugte sich tiefer, als es für einen seines Standes üblich war, und erwiderte: »Ehre Eurem Haus, Erhabener.«

Kaufleute und Händler priesen den Vorübergehenden lautstark ihre Ware an. Auf dem Marktplatz von Ontoset herrschte reger Betrieb. Pug und seine Begleiter standen auf dem Teil des Platzes, der Bettlern mit städtischer Erlaubnis und Priestern zugewiesen war. Schon den dritten Morgen hatten sie sich an der Schutzmauer des Platzes erhoben und den Tag damit zugebracht, jenen zu predigen, die bereit waren, stehenzubleiben und zuzuhören, und Meecham ging mit seiner Bettlerschale durch die Menge. Es gab nur einen Hantukama-Tempel östlich der Heiligen Stadt Kentosani, und zwar in Yankora, fern von Ontoset. Deshalb bestand wenig Gefahr, während der kurzen Zeit, die sie in der Stadt verweilen würden, von anderen Wanderpriestern des Tempels entlarvt zu werden. Außerdem war der Orden weit verstreut, und viele seiner Brüder begegneten jahrlang keinem anderen Priester ihres Glaubens.

Pug beendete die Predigt und kehrte an Dominics Seite zurück, der der Mutter eines verletzten Mädchens Anweisungen in der Pflege ihrer Tochter gab. Dankbarkeit war alles, was die Frau geben konnte, doch Dominics Lächeln verriet, daß ihm das genügte. Meecham schloß sich ihnen an und zeigte auf die paar Edelstein- und Metallsplitter, die im Reich als Währung dienten. »Man könnte hier durch Betteln ganz gut leben«, meinte er.

»Weil du ihnen solche Angst einjagst, daß sie gar nicht wagen, dir nichts zu geben«, meinte Pug lächelnd.

Hufschlag ließ sie aufblicken. Eine ganze Reiterkompanie kam über den Platz. Die Soldaten trugen die grüne Rüstung eines Pug dem Ruf nach bekannten Hauses, dem der Hoxaca. Sie waren Angehörige der Kriegspartei. »Sie haben sich tatsächlich das Reiten angewöhnt!« stellte Meecham fest.

»Wie die Tsuranis in LaMut«, flüsterte Pug zurück. »Es hat ganz den Anschein, als seien die Burschen ganz verrückt nach Pferden, sobald sie die Furcht vor ihnen überwunden haben. Ich erinnere mich, wie es bei Kasumi war, kaum saß er im Sattel, war er kaum noch herunterzukriegen!« Offenbar war die leichte Reiterei auf Kelewan zu einer festen Waffengattung geworden.

Als der Trupp vorübergeritten war, lenkte etwas anderes ihre Aufmerksamkeit auf sich. Vor ihnen stand ein gewichtiger Mann in schwarzem Gewand, dessen kahler Kopf in der Mittagssonne glänzte. An allen Seiten verbeugten die Leute sich und wichen zurück, um nur ja einer so erlauchten Persönlichkeit wie einem Erhabenen des Reiches nicht den Weg zu versperren. Pug und seine Begleiter verneigten sich.

Der Magier befahl: »Ihr drei werdet mit mir kommen!«

Pug täuschte Bestürzung vor. »Euer Wille geschehe, Erhabener.« Sie beeilten sich, dem Schwarzgewandeten zu folgen.

Der Magier schritt geradewegs zum nächsten Haus, dem Geschäft eines Sattlers. »Ich benötige dieses Gebäude«, beschied er dem Besitzer. »Ihr dürft in einer Stunde wiederkehren.«

Ohne Zögern erwiderte der Sattlermeister: »Euer Wille geschehe, Erhabener.« Er winkte seinen Gehilfen zu, das Haus mit ihm zu verlassen, und sogleich waren Pug und seine Freunde allein.

Pug und Hochopepa umarmten sich. »Milamber, du mußt verrückt sein, wieder hierherzukommen!« rügte der wohlbeleibte Magier. »Als ich deine Botschaft erhielt, traute ich meinen Augen kaum. Wieso bist du diese Gefahr eingegangen, sie durch das Muster zu schicken? Und weshalb das Treffen hier mitten in der Stadt?«

»Meecham, sei so gut und paß am Fenster auf«, bat Pug. Er wandte sich wieder Hochopepa zu: »Gibt es ein besseres Versteck als ungeahnt vor aller Augen? Du erhältst häufig Botschaften durch das Muster. Und wer würde sich etwas dabei denken, wenn du zu einem einfachen Priester sprichst?« Er deutete auf seine beiden Begleiter und stellte sie vor.

Hochopepa wischte alle Gerätschaften von einer Bank und setzte sich. »Ich habe tausend Fragen. Wie gelang es dir zurückzukehren? Die Magier, die dem Kriegsherrn dienen, bemühten sich, Eure Heimatwelt wiederzufinden, denn das Licht des Himmels, mögen die Götter ihn beschützen, ist entschlossen, den Verrat der Friedensversammlung zu rächen. Und wie war es dir überhaupt möglich, den Spalt zu schließen? Und am Leben zu bleiben?« Er bemerkte Pugs Lächeln über diese Flut von Fragen und sagte schnell noch: »Doch das Wichtigste: Weshalb bist du zurückgekehrt?«

»Auf meiner Heimatwelt treibt eine finstere Macht tsuranischen Ursprungs ihr Unwesen. Ich suche über sie zu erfahren, was ich kann, und hier deshalb, weil sie von Kelewan ist.« Hochopepa blickte ihn fragend an. »Viel Seltsames tut sich auf meiner Welt, Hocho, und um das Wesen jener finsteren Macht zu ergründen, die hinter alldem steckt – und es ist eine furchterregende Macht –, bin ich zurückgekehrt.« Er erzählte in allen Einzelheiten, was geschehen war, seit sie sich das letzte Mal gesehen hatten, angefangen mit der Erklärung des Grundes für den Verrat, bis zu den Anschlägen auf Fürst Arutha, und dann gab er seine eigene Auslegung von Rogens Gesicht kund.

»Wahrlich seltsam«, sagte Hochopepa, »denn wir wissen von keiner solchen Macht auf Kelewan – zumindest ist mir nichts darüber zu Ohren gekommen. Ein Vorteil unserer Vereinigung ist, daß zweitausend Jahre vereinter Bemühungen der Erhabenen unsere Welt von vielen Bedrohungen dieser Art säuberten. In unseren Sagen und unserer Geschichte gab es Dämonenlords und Hexenkönige, finstere Mächte und Kreaturen des Bösen, doch die Vereinigung war ihrer aller Ende.«

Trocken sagte Meecham vom Fenster: »Hat aber ganz den Anschein, als wäre euch einer entgangen.«

Obgleich im ersten Augenblick entrüstet, von einem Niedrigen derart angesprochen zu werden, mußte Hochopepa schließlich schmunzeln. »Vielleicht, oder es gibt eine andere Erklärung. Ich weiß es nicht. Aber«, wandte er sich an Pug, »du hast dich immer für das Wohl des Reiches und die Gerechtigkeit eingesetzt, deshalb zweifle ich nicht im geringsten, daß jedes deiner Worte der Wahrheit entspricht. Ich werde mich als Vermittler einsetzen und versuchen, dir freien Zugang zur Bibliothek zu verschaffen, und ich werde dir bei deinen Nachforschungen helfen. Doch mußt du verstehen, daß die Vereinigung sich durch ihre Politik selbst in ihrer Entscheidungsfreiheit behindert. Es steht keineswegs fest, daß eine Abstimmung dir das Leben sichert. Ich werde zurückkehren und mich bemühen, so viele wie möglich zu beeinflussen. Es wird Tage dauern, bis ich die Sache zur Sprache bringen kann.

Aber ich glaube, ich werde mich durchsetzen können. Du wirfst zu viele Fragen auf, die man nicht mißachten kann. Ich werde so bald wie möglich eine Versammlung anberaumen und dich holen, nachdem ich mich für dich eingesetzt habe. Nur ein

Dummkopf würde deine Warnungen unbeachtet lassen, selbst wenn es sich herausstellen sollte, daß der Unruhestifter auf deiner Welt nichts mit unserer zu tun hat. Im schlimmsten Fall wird man dir gestatten, die Bibliothek zu benutzen, und dich ungehindert zurückkehren lassen. Im besten erkennt man dich vielleicht als Erhabener an. Du wirst deine Handlungen zu rechtfertigen haben.«

»Das kann und werde ich, Hocho.«

Hochopepa stand von der Bank auf und stellte sich vor seinen alten Freund. »Vielleicht läßt sich doch noch Frieden zwischen unseren Welten ermöglichen, Milamber. Kann die alte Wunde geheilt werden, würden wir beide davon gewinnen. Ich, beispielsweise, würde liebend gern diese Akademie besuchen, die ihr da errichtet, und diesen Seher kennenlernen, der in die Zukunft blickt, und das Kind, das im Kopf spricht.«

»Und ich habe vieles, das hier interessieren würde. Die Öffnung lenkbarer Raumspalten ist nur eines davon. Doch über all dies später. Geh jetzt.«

Pug wollte Hochopepa zur Tür begleiten, als ihm aus den Augenwinkeln etwas an Meechams Haltung auffiel. Sie war zu steif, zu unnatürlich. Dominic hatte die Unterhaltung der beiden Magier verfolgt und so offenbar nicht auf den Bärtigen geachtet. Pug betrachtete Meecham flüchtig, dann brüllte er: »Ein Bannzauber!«

Er eilte zum Fenster und berührte Meecham. Der Riese war unfähig, sich zu bewegen. An ihm vorbei konnte Pug Männer auf das Haus zulaufen sehen. Doch ehe er selbst eines Schutzzaubers fähig war, barst die Tür mit ohrenbetäubendem Krachen und warf alle in dem Werkraum zu Boden.

Benommen bemühte Pug sich auf die Füße zu kommen, doch seine Ohren schmerzten von dem Krach, und vor seinen Augen verschwamm alles. Kaum stand er auf schwankenden Beinen, flog etwas durch die Türöffnung. Es war kugelförmig und von

Faustgröße. Auch jetzt vermochte Pug keinen Schutzzauber zu errichten, denn die Kugel strahlte blendendes Orangelicht aus. So mußte er die Augen schließen, kaum daß er mit dem Zauber begonnen hatte. Er versuchte es erneut, doch nun ging ein hohes Summen von der Kugel aus, das ihm irgendwie die Kraft zu entziehen schien. Er hörte jemanden auf dem Boden aufschlagen, war jedoch nicht imstande zu sagen, ob Hochopepa oder Dominic versucht hatte aufzustehen und dabei wieder gestürzt war oder ob Meecham zu Boden gefallen war.

Pug kämpfte mit all seinen Kräften gegen die Magie der Kugel an, aber er war aus dem Gleichgewicht geworfen und verwirrt. Er taumelte zur Tür, um von dieser magischen Kugel fortzukommen, denn war er erst frei von ihrem hemmenden Einfluß, konnte er die Freunde mühelos retten. Doch ihr Zauber war zu stark, zu rasch. Auf der Schwelle brach er zusammen. Er fiel auf die Knie und blinzelte – er sah alles doppelt, verursacht entweder durch die Kugel oder das vorherige Bersten der Tür. Vom Platz kamen Männer herbei. Sie trugen die Rüstung der Reichsweißen: die Leibgarde des Kriegsherrn. Ehe die Dunkelheit sich seiner bemächtigte, sah Pug noch, daß ein Schwarzgewandeter sie anführte, und er hörte des Magiers Stimme wie aus unendlicher Ferne: »Bindet sie!«

Moraelin

Nebelschwaden trieben durch die Schlucht.

Arutha gab Zeichen anzuhalten. Jimmy spähte durch das feuchte Grau. Ein Wasserfall toste neben dem Pfad, der sie zum Moraelin führen sollte. Nun befanden sie sich in den Großen Nordbergen. Moraelin lag noch höher in diesem Gebirge, in einer kahlen Felsmulde, nur ein Stück unterhalb des Gipfels über ihnen. Sie warteten, während Martin den Paß auskundschaftete. Seit ihre Elbenführer sich von ihnen verabschiedet hatten, waren sie zu einem Spähtrupp in Feindesland geworden. Zwar konnten sie sich darauf verlassen, daß Aruthas ishapischer Talisman sie vor magischer Sicht bewahrte, aber es bestand kein Zweifel daran, daß ihr Gegner wußte, sie würden bald zum Moraelin kommen, und die Frage war auch nicht, ob sie auf seine Leute stoßen würden, sondern lediglich wann.

Martin kehrte zurück und meldete ihnen, daß der Weg frei war, doch dann hob er haltgemahnend die Hand. Er rannte an den anderen vorbei den Weg, den sie gekommen waren, zurück. Baru und Roald wies er mit einer Geste an, ihn zu begleiten. Die beiden sprangen von ihren Pferden, deren Zügel Laurie und Jimmy nahmen. Arutha schaute über die Schulter, um zu sehen, was Martin entdeckt hatte, während Jimmy weiterhin voraus Ausschau hielt.

Martin, Baru und Roald kehrten zurück, und ein vierter hielt mit ihnen Schritt. Arutha entspannte sich, als er den Elben Galain erkannte.

Damit das Echo in den Bergen sie nicht verriet, mußten sie leise sprechen. So begrüßte Arutha den Elben mit einem geflüsterten: »Wir rechneten nicht mehr mit Euch.«

Galain antwortete: »Der Kriegsführer schickte mich nur wenige Stunden nach Eurem Aufbruch mit folgender Nachricht hinter Euch her: Nachdem der Gwali Apalla gefunden wurde, sagte er zweierlei von Wichtigkeit. Erstens, es haust ein wildes, gefährliches Tier am See. Welcher Art es ist, war des Gwalis Beschreibung nicht zu entnehmen. Tomas mahnt jedenfalls zur Vorsicht. Zweitens, es gibt noch einen Zugang zum Moraelin. Tomas fand es wichtig genug, mich hinter euch herzuschicken.« Galain lächelte. »Außerdem hielt ich es für angebracht festzustellen, ob ihr verfolgt würdet.«

»Wurden wir es?«

Galain nickte. »Zwei Moredhelspäher setzten sich keine Meile nördlich unseres Waldes auf eure Fährte. Gewiß wäre einer vorausgeeilt, um den Feind zu warnen, sobald ihr nahe genug am Moraelin heran wart. Ich hätte mich euch schon eher angeschlossen, doch mußte ich dafür sorgen, daß keiner der beiden entkommen konnte. Diese Gefahr besteht nun nicht mehr.«

Martin nickte. Er zweifelte nicht daran, daß der Elbe die beiden so überraschend getötet hatte, daß sie nicht mehr dazu gekommen waren, Alarm zu schlagen.

»Von weiteren Verfolgern gab es keine Spuren«, endete Galain.

»Kehrst du zurück?« fragte Martin.

»Tomas überließ die Entscheidung mir. Nun, da ich so weit gekommen bin, dürfte es kaum noch Sinn haben umzukehren, also kann ich euch genausogut begleiten. Zwar kann ich die Spur des Hoffnungslosen nicht überqueren, aber bis wir den Zugang erreichen, mag ein weiterer Bogen sich als nützlich erweisen.«

»Ihr seid uns mehr als willkommen«, versicherte ihm Arutha.

Martin schwang sich wieder in den Sattel. Galain lief ohne ein weiteres Wort als Späher voraus. Rasch folgten sie ihm den Pfad entlang. Eine Kälte ging von dem Wasserfall aus, daß sie trotz sommerlicher Wärme fröstelten. In dieser Höhe waren Hagelstürme und Schneefall nicht unüblich, außer in den heißesten Sommermonaten, die noch Wochen entfernt waren. Die Nächte waren klamm gewesen, doch nicht so bitterkalt, wie sie befürchtet hatten, da sie ja kein Lagerfeuer machen konnten. Die Elben hatten ihnen Wegzehrung mitgegeben: Dörrfleisch, harte Fladenkuchen aus Nußmehl und Trockenfrüchte. Alles sehr nahrhaft, doch nicht sonderlich schmackhaft.

Der Pfad führte den Hang hinauf, bis er eine Bergwiese mit Blick ins Tal erreichte. Ein silbern schimmernder See spülte in der Spätnachmittagssonne sanft gegen das Ufer, und die einzigen Laute waren das Zwitschern von Vögeln und das Säuseln des Windes in den Bäumen. Jimmy schaute sich um. »Wie kann – wie kann der Tag so schön sein, wo uns doch gewiß nur Unangenehmes erwartet?«

»Wir Söldner sagen uns eines: Wenn man schon dem Tod ins Auge sehen muß, soll man es nicht durchnäßt, frierend und hungrig, außer wenn es sich gar nicht umgehen läßt. Also genieß den Sonnenschein, Junge«, riet Roald. »Er ist ein Geschenk.«

Sie tränkten die Pferde und machten sich nach einer willkommenen Rast wieder auf den Weg. Der Pfad nördlich des Sees, von dem Calin gesprochen hatte, war leichter zu finden, doch steil und schwierig.

Vor Sonnenuntergang kehrte Galain mit der guten Nachricht zurück, daß er eine vielversprechende Höhle gefunden habe, in der sie sogar ohne Sorge Feuer machen könnten. »Sie führt in zwei scharfen Biegungen ins Innere des Hanges und hat hohe Deckenspalten, durch die der Rauch unbemerkt abziehen kann. Martin, wenn wir uns gleich auf den Weg machen, haben wir vielleicht noch Zeit, in Ufernähe zu jagen.«

»Aber bleibt nicht zu lange aus«, mahnte Arutha. »Und gebt uns durch Rabenkrähen, das ihr so gut nachahmen könnt, Bescheid, wenn ihr zurückkehrt, damit nicht Schwertspitzen eure Rückkehr begrüßen.«

Martin nickte und gab Jimmy die Zügel seines Pferdes. »Spätestens zwei Stunden nach Sonnenuntergang sind wir zurück.« Er machte sich mit Galain auf den Weg den Pfad abwärts.

Nun übernahmen Roald und Baru die Führung und fanden nach einem Ritt von fünf Minuten die von Galain entdeckte Höhle. Sie war eben, breit und diente offenbar keinen Tieren als Bau. Jimmy folgte ihrem Verlauf und stellte fest, daß sie nach etwa hundert Fuß schmal wurde, so daß unerwartete Eindringlinge sich erst einen Weg hindurchbahnen müßten. Laurie und Baru sammelten Holz, und das erste Feuer seit Tagen – auch wenn es nur ein kleines war – konnte entzündet werden. Jimmy und Arutha setzten sich zu den anderen und warteten auf Martin und Galain.

Martin und Galain lagen auf der Lauer. Sie hatten einen natürlich aussehenden Sichtschutz aus Buschwerk errichtet, das sie aus einem anderen Waldteil zusammengetragen hatten. Sie waren sicher, daß sie durch ihn hindurch jedes Tier zu beobachten vermochten, das zum Trinken ans Seeufer kam, ohne selbst bemerkt zu werden. Seit über einer halben Stunde lagen sie bereits abwind vom See und verhielten sich völlig ruhig, als Hufschlag auf Stein unterhalb der Felswand zu hören war. Beide legten die Pfeile an die Sehnen und verhielten sich still. Von dem unteren Pfad ritten ein Dutzend Schwarzgerüstete auf die Wiese. Jeder trug den ungewöhnlichen Drachenhelm, wie Martin ihn in Sarth gesehen hatte, und ihre Köpfe wandten sich nach dieser und jener Seite, fast ohne Unterlaß, als suchten sie etwas – oder jemanden. Bald darauf folgte ihnen Murad. Seine Wange wies den zusätzlichen Schnitt auf, den Arutha ihm auf der Straße nach Sarth geschlagen hatte.

Die Schwarzen Kämpfer zügelten ihre Pferde, blieben jedoch in den Sätteln. Murad wirkte entspannt, doch wachsam. Ohne miteinander zu sprechen, tränkten sie eine Zeitlang ihre Pferde.

Anschließend folgten sie dem Pfad, den Arutha und seine Begleiter genommen hatten. Als sie außer Hörweite waren, sagte Martin: »Sie müssen einen Weg zwischen Yabon und Bergenstein genommen haben, um eure Wälder zu meiden. Tathar irrte sich also nicht, als er meinte, daß sie nach Moraelin vorauseilen würden, um uns dort zu erwarten.«

»Weißt du, Martin«, gestand Galain, »es gibt im Leben nur wenig, was mich beunruhigt, doch dazu gehören die Schwarzen Kämpfer.«

»Wird dir das jetzt erst klar?«

»Ihr Menschen neigt zu übereilten Folgerungen, hin und wieder zumindest«, brummte Galain und spähte in die Richtung, in der die Reiter verschwunden waren.

»Sie werden Arutha und die anderen bald eingeholt haben«, vermutete Martin. »Wenn dieser Murad Fährten lesen kann, wird er auch die Höhle finden.«

Galain stand auf. »Wir können bloß hoffen, daß der Hadati auch im Spurenverwischen gut ist. Wenn nicht, sind wenigstens wir es, die von hinten angreifen.«

Martin lächelte grimmig. »Welche Beruhigung für die in der Höhle! Dreizehn gegen fünf, und nur ein Eingang beziehungsweise Ausgang.«

Ohne weitere Worte hängten sie sich die Bogen um und eilten den Pfad entlang hinter den Moredhel her.

»Reiter nähern sich!« meldete Baru. Sofort löschte Jimmy das Feuer mit Erde, die er zu diesem Zweck aufgehäuft hatte, denn auf diese Weise kam es zu keiner größeren Rauchentwicklung. Laurie zupfte Jimmy am Arm und bedeutete ihm, ihn in den hinteren Höhlenteil zu begleiten, um die Pferde zu beruhigen. Roald, Baru und Arutha dagegen schlichen zum Ausgang, um, wie sie hofften, unbemerkt hinausspähen zu können.

Nach dem wärmenden Feuerschein wirkte der Abend bedrohlich dunkel, doch als ihre Augen sich angepaßt hatten, sahen sie

Gerüstete vorüberreiten. Der hinterste zügelte sein Pferd, ehe die anderen auf einen stummen Befehl hin anhielten. Er schaute sich um, als spüre er etwas in der Nähe. Arutha tastete nach seinem Talisman und hoffte, der Moredhel sei lediglich umsichtig und ahne seine Anwesenheit nicht.

Eine Wolke zog sich von dem kleinen Mond zurück, der als erster und bisher einziger aufgegangen war. Dadurch war außerhalb der Höhle etwas mehr zu erkennen. Baru erstarrte beim Anblick Murads, den er nun deutlich sah. Er hatte bereits sein Schwert gezogen, als Aruthas Finger sich um sein Handgelenk schlossen. »Noch nicht!« flüsterte er dem Hadati zu.

Baru zitterte am ganzen Körper, während er gegen sein schier übermächtiges Verlangen ankämpfte, den Tod seiner Familie an Ort und Stelle zu vergelten und die Blutrache zu Ende zu bringen. Es drängte ihn danach, den Moredhel ohne Rücksicht auf seine eigene Sicherheit anzugreifen, aber ihm war auch klar, daß er Rücksicht auf seine Gefährten üben mußte.

Da legte Roald die Hand auf des Hadatis Nacken und drückte seine Wange so an Barus, daß er fast lautlos in sein Ohr wispern konnte: »Wenn die zwölf in Schwarz Euch niedermachen, ehe Ihr Murad erreicht, bringt das der Erinnerung an Euer Dorf keine Ehre.«

Unhörbar glitt Barus Klinge zurück in ihre Hülle. Stumm beobachteten sie Murad, der sich prüfend umsah. Sein Blick fiel auf den Höhleneingang. Er kam heran und spähte hinein. Einen Herzschlag lang konnte Arutha des narbengesichtigen Moredhels Augen auf sich spüren. Dann wandten sie sich von ihm ab – und waren verschwunden.

Arutha kroch bis an den Rand der Höhle und vergewisserte sich, daß die Reiter nicht umkehrten. Plötzlich flüsterte eine Stimme hinter ihm: »Ich dachte schon, ein Bär hätte euch alle aus seinem Bau vertrieben.«

Heftig pochenden Herzens wirbelte Arutha herum, mit dem

blanken Degen in der Hand, und sah Martin und Galain hinter sich stehen. Er schob die Klinge zurück und brummte: »Wie leicht hätte ich euch töten können!«

Die anderen kamen herbei. Galain sagte: »Sie hätten sich in der Höhle umsehen müssen, aber offenbar waren sie in großer Eile, ihr Ziel zu erreichen. Ich werde sie im Auge behalten und Spuren für euch legen.«

»Was ist, wenn eine weitere Schar düsterer Brüder sich nähert? Werden sie nicht Eure Zeichen bemerken?« gab Arutha zu bedenken.

»Nur Martin kann sie als solche erkennen. Es gibt keinen Bergmoredhel, der im Spurenlegen und -lesen so gut wie ein Elbe ist.« Er legte sich den Bogen wieder um die Schulter und eilte lautlos hinter den Reitern her.

Als er in der Dunkelheit verschwunden war, meinte Laurie: »Und wenn die düsteren Brüder Waldbewohner sind?«

Da rief Galain zurück durch die Nacht: »Dann werde ich mir genauso Sorgen machen müssen wie ihr.«

Erst nachdem der Elbe außer Hörweite war, murmelte Martin: »Ich wünschte, er meinte es nicht ernst!«

Galain kam den Weg zurück und deutete auf ein Gehölz links davon. Sie beeilten sich, den Schutz, der Bäume zu erreichen und abzusitzen. Die Pferde führten sie tief in das Wäldchen hinein. Der Elbe flüsterte: »Eine Streife naht.« Er, Martin und Arutha liefen auf leisen Sohlen zum Waldrand zurück, von wo aus sie den Pfad im Auge behalten konnten.

Die paar Minuten vergingen quälend langsam. Dann trabte ein Dutzend Reiter den Bergpfad herab. Es war eine gemischte Schar Moredhel und Menschen. Die ersteren trugen Umhänge und waren unverkennbar Waldbewohner aus dem Süden. In gleichbleibendem Trab ritten sie vorüber. Als sie außer Sicht waren, sagte Martin heftig: »Überläufer, die sich unter Murmandamus'

Banner sammeln. Es gibt gewiß wenige, die mir nicht leid täten, wenn ich sie töten muß, aber den Tod von Menschen, die den Moredhel für Gold dienen, würde ich gewiß nicht bedauern.«

Als sie zu den anderen zurückkehrten, wandte Galain sich an Arutha: »Eine Meile von hier ist ein Lager quer über die Straße aufgeschlagen. Das ist sehr klug gemacht, denn es zu umgehen ist äußerst schwierig und auf Pferden unmöglich. Wir müssen also die Tiere hierlassen oder mitten durch das Lager reiten.«

»Wie weit ist es noch bis zum See?« fragte der Fürst.

»Bloß noch ein paar Meilen. Doch wenn wir erst das Lager hinter uns haben, stoßen wir über die Baumgrenze vor, und dann ist höchstens hinter Felsblöcken Schutz zu finden. Wir werden dort nur langsam vorankommen und am sichersten in der Dunkelheit. Zweifellos sind viele Kundschafter unterwegs und zahllose Wachen auf der Straße zur Brücke.«

»Was ist mit dem zweiten Zugang, von dem der Gwali sprach?«

»Wenn wir ihn richtig verstanden, müßte man zur Spur des Hoffnungslosen hinunterklettern, und dort ist eine Höhle oder ein Spalt, durch die oder den man durch den Felsen zu einem Plateau neben dem See gelangen kann.«

Arutha überlegte. »Lassen wir die Pferde hier«, beschloß er.

»Binden wir sie an die Bäume.« Und mit einem schwachen Lächeln fügte Laurie hinzu: »Wenn wir sterben, brauchen wir sie ohnehin nicht mehr.«

»Mein alter Hauptmann konnte es gar nicht leiden, wenn irgendeiner vor einer Schlacht vom Tod sprach«, brummte Roald.

»Genug!« mahnte Arutha. Er tat einen Schritt, dann drehte er sich um. »Ich habe mir alles wieder und immer wieder durch den Kopf gehen lassen. Nun bin ich so weit gekommen und werde weitermachen, aber – ihr dürft jetzt ruhig umkehren, wenn ihr möchtet, ich werde es euch nicht verdenken.« Er blickte von

Laurie zu Jimmy, dann zu Baru und Roald. Schweigen antwortete ihm.

»Nun gut«, murmelte er, nachdem sein Blick noch einmal alle geprüft hatte. »Bindet die Pferde an und nehmt nur das Nötigste mit. Wir brechen auf.«

Der Moredhel beobachtete den Pfad unterhalb, der von dem großen und dem mittleren Mond beleuchtet wurde, während der kleine Mond höher stieg. Er kauerte hinter einem Felsblock auf einem Wandvorsprung, und zwar so, daß er vom Pfad aus nicht gesehen werden konnte.

Martin und Galain zielten auf des Moredhels Rücken, während Jimmy hinter den Felsbrocken verschwand. Sie würden versuchen vorbeizugelangen, ohne entdeckt zu werden, doch falls der Moredhel ihrer gewahr wurde, hatten Martin und Galain vor, ihn zu erschießen, bevor er auch nur einen Laut herausbrachte. Jimmy schlich allen voran. Ihm folgte Baru, der sich als Bergbewohner nicht weniger lautlos bewegte. Laurie und Roald schienen sich jeden Schritt zu überlegen, so langsam waren sie, und Martin fragte sich, ob er sein Ziel während dieser Ewigkeit, die sie brauchten, halten konnte. Endlich, als letzter, schlich Arutha vorbei. Glücklicherweise rauschte die aufkommende Brise laut genug, das schwache Scharren seines Stiefels auf einem Stein zu übertönen, als er in eine seichte Mulde trat. Er hastete hinter den anderen her, außer Sicht des Wachtpostens. Innerhalb von Sekunden folgten ihm Martin, dann Galain. Der Elb übernahm erneut die Führung.

Baru winkte, und Arutha nickte sein Einverständnis. Hinter ihm huschten Laurie und Roald her. Kurz ehe er sich umdrehte, um ihnen nachzuhasten, brachte Jimmy seinen Kopf dicht an Martins und Aruthas Ohr und wisperte: »Wenn wir zurück sind, werde ich als erstes nichts anderes tun, als losbrüllen, bis ich mich wieder beruhigt habe.«

Mit einem freundlichen Klaps schickte ihn Martin hinter den anderen her. Arutha blickte seinen Bruder an und flüsterte fast unhörbar: »Ich auch.« Und nun machte er sich ebenfalls wieder auf den Weg. Mit einem letzten Blick zurück folgte Martin.

Lautlos lagen sie in einer Mulde nahe der Straße. Ein niedriger Felswall verbarg sie vor vorüberkommenden Moredhelreitern. Sie wagten kaum zu atmen, als der Trupp, der ohnedies nur im Schritt ritt, anzuhalten schien. Einen langen, schrecklichen Augenblick befürchteten Arutha und seine Gefährten, entdeckt zu werden. Als ihre angespannten Nerven zu reißen drohten und jeder Muskel nach Bewegung verlangte, setzte der Trupp seine Streife fort. Mit einem Seufzer der Erleichterung, der mehr einem Schluchzen ähnelte, rollte Arutha herum und vergewisserte sich, daß die Luft rein war. Mit einem Kopfnicken bedeutete er dem Elben, wieder die Führung zu übernehmen. Galain machte sich auf den Weg. Die anderen erhoben sich langsam und folgten ihm.

Der Nachtwind strich kalt an den Bergwänden entlang. Arutha lehnte sich gegen den Felsen, und sein Blick folgte Martins deutendem Finger. Galain drückte sich an die gegenüberliegende Wand des Felsspalts, in dem sie kauerten. Sie waren über einen Kamm östlich des Weges gestiegen, der sie zwar von ihrem Ziel wegführte, aber ein erforderlicher Umweg war, wollten sie der zunehmenden Zahl von Moredhels ausweichen. Nun blickten sie hinab auf eine breite Schlucht, in deren Mitte sich ein hohes Plateau erhob, und in der Mitte dieses Plateaus wiederum befand sich ein kleiner See. Zu ihrer Linken kehrte der Weg am Rand der Schlucht zurück und verschwand über dem Kamm der etwas höheren Berge, ganz deutlich im Licht aller drei Monde zu sehen.

Wo der Weg dem Schluchtrand am nächsten kam, war ein Turmpaar aus Steinen errichtet. Ein zweites Paar erhob sich gegenüber auf dem Plateau. Dazwischen schaukelte eine schmale Hängebrücke im Wind. Auf allen vier Türmen brannten Fakkeln, deren Flammen heftig flackerten. Bewegung auf der Brücke und beiden Türmen verriet ihnen, daß die gesamte Gegend um das Plateau gut bewacht war. »Moraelin!« hauchte Arutha.

»Es sieht so aus, als glaubten sie, Ihr würdet mit einer ganzen Armee anrücken, Fürst«, sagte Galain.

»Wir hatten daran gedacht«, gestand Martin.

»Du hattest recht, als du es mit dem Weg zum Kloster von Sarth verglichst«, wandte Arutha sich an ihn. »Hier wäre es nicht besser gewesen. Wir hätten viele Männer verloren, schon, um bis zu diesem Punkt zu gelangen – wenn wir überhaupt so weit gekommen wären. Im Gänsemarsch über die Brücke – das wäre ein Gemetzel geworden!«

»Siehst du das schwarze Ding über dem See?« fragte Martin.

»Ein Gebäude offenbar«, antwortete Galain. Er wirkte verblüfft. »Es ist merkwürdig, ein Gebäude hier zu sehen, dieses Gebäude, überhaupt eines, obgleich die Valheru zu allem fähig waren. Dies ist ein Ort der Macht. Es muß ein Valherubauwerk sein, obgleich ich nie von dergleichen gehört habe.«

»Wo können wir Silberdorn finden?« fragte Arutha.

»Nach der Sage braucht die Pflanze Wasser«, antwortete Galain, »also dürfte sie in Ufernähe wachsen. Mehr ist nicht bekannt.«

»Und nun müssen wir bloß noch dorthin gelangen«, brummte Martin.

Galain winkte sie fort vom vorderen Spaltende, und sie kehrten zu den anderen zurück. Der Elb kniete sich nieder und begann einen Lageplan in den Boden zu zeichnen. »Wir sind hier und die Brücke da. Irgendwo unten am Fuß befindet sich eine kleine Höhle oder ein größerer Spalt, jedenfalls groß genug für einen Gwali hindurchzugelangen. Also nehme ich an, daß er auch groß genug für euch sein dürfte, um hindurchzukriechen.

Es mag sich um einen Kamin im Felsen handeln, den ihr hochklettern könnt, oder auch um Höhlen. Apalla behauptete jedenfalls glaubhaft, daß er und seine Leute sich eine Weile auf dem Plateau aufgehalten hätten. Sie blieben des ›bös Dings‹ wegen nicht lange, doch erinnerte er sich an genug, um Tomas und Calin zu überzeugen, daß er wirklich hier gewesen war.

Ich habe gesehen, daß auf der anderen Schluchtseite ein Teil der Felswand zerklüftet ist. Wir werden uns also am Brückenzugang vorbeischleichen, bis wir das schwarze Gebäude zwischen uns und den Brückenwachen haben. Dort beginnt ein Pfad nach unten. Auch wenn er nicht weit führt, könnt ihr euch immer noch an einem Seil hinunterlassen. Dann ziehe ich es hoch und verstecke es.«

»Das wird uns von großer Hilfe sein, wenn wir wieder hochklettern wollen!« warf Jimmy ein.

»Morgen bei Sonnenuntergang lasse ich es wieder hinunter, erst kurz vor Sonnenaufgang ziehe ich es erneut hoch. Die Nacht darauf tue ich das gleiche. Ich glaube, im Spalt in der Wand wird man mich nicht sehen. Möglicherweise muß ich mich auch in den Büschen verstecken. Jedenfalls werde ich mich nicht von irgendwelchen Moredhels aufspüren lassen.« Sein Ton klang nicht sehr überzeugend. »Wenn ihr das Seil schon eher braucht«, fügte er mit einem Lächeln hinzu, »dann müßt ihr rufen.«

Martin blickte Arutha an. »Solange sie nicht ahnen, daß wir hier sind, haben wir eine Chance. Sie erwarten uns immer noch aus dem Süden und nehmen offenbar an, daß wir uns irgendwo zwischen Elbenheim und hier befinden. Solange wir nicht selbst auf uns aufmerksam machen …«

»Ein besserer Plan fällt mir auch nicht ein«, unterbrach ihn Arutha. »Also gehen wir es an.«

Rasch, denn sie mußten vor Sonnenaufgang die Schluchtsohle erreicht haben, huschten sie zwischen den Felsblöcken dahin, um zur hinteren Schluchtseite zu gelangen.

Jimmy drückte sich an die Wand des Plateaus im Schatten unter der Brücke. Der Rand des Plateaus befand sich etwa hundertfünfzig Fuß über ihnen, aber immer noch bestand die Gefahr, daß sie gesehen wurden. Ein schmaler, dunkler Spalt bot sich ihnen in der Wand. Jimmy wandte den Kopf Laurie zu und flüsterte: »Natürlich! Er muß ja unmittelbar unter der Brücke sein!«

»Hoffen wir nur, daß niemand auf die Idee kommt, nach unten zu schauen.«

Laurie gab den anderen Bescheid, und Jimmy stieg in den Spalt. Die ersten zehn Fuß war er sehr eng, dann weitete er sich zu einer Höhle. Jimmy drehte sich zu den anderen um und bat: »Werft mir eine Fackel und Feuerstein herein.«

Als er danach griff, hörte er etwas hinter sich. Er zischte eine Warnung und wirbelte herum, bereits den Dolch in der Hand. Das schwache Licht, das hinter ihm einfiel, behinderte ihn mehr, als daß es ihm half, denn dadurch wirkte der größte Teil der Höhle noch dunkler für ihn. Jimmy schloß die Augen und verließ sich auf seine anderen Sinne. Er wich zurück und schickte ein Stoßgebet zum Gott der Diebe.

Vor sich hörte er ein scharrendes Geräusch wie von Krallen auf Stein und ein langsames, schweres Atmen. Da erinnerte er sich, daß der Gwali von einem »bös Ding« gesprochen hatte, dem ein Angehöriger seines Stammes zum Opfer gefallen war.

Wieder das Geräusch, näher diesmal. Jimmy bewegte sich nach rechts, als Laurie fragend seinen Namen flüsterte. Der Junge zischte: »Hier ist irgendein Tier!«

Er hörte, wie Laurie etwas zu den anderen sagte, und das Geräusch, als der Sänger sich vom Höhleneingang entfernte. Dann vernahm er gedämpft, wie jemand, Roald vielleicht, sagte: »Martin kommt!«

Jimmy umklammerte seinen Dolch und dachte: Ja, wenn ein Kampf mit einem wilden Tier droht, würde auch ich Martin schicken! Er erwartete, der Herzog von Crydee würde jeden Augenblick neben ihm auftauchen, und wunderte sich, weshalb er so lange brauchte.

Da bewegte sich plötzlich etwas auf ihn zu. Unwillkürlich sprang der Junge zurück. Etwas schlug gegen seine Wade, und er hörte das Klicken von Zähnen. Er drehte sich in der Luft, zog die Knie an und fiel auf etwas Fleischliches. Ohne Zögern stach er mit dem Dolch darauf ein. Er rollte von dem Rücken der Kreatur, die ein bedrohliches Zischen hervorstieß. Er kam auf die Füße, drehte sich herum und riß seinen Dolch wieder heraus. Das Tier drehte sich ebenfalls. Es war fast so flink wie der Junge, der blindlings zur Seite sprang und sich dabei den Kopf an einem Vorsprung der Wand anstieß.

Benommen prallte er zurück. Die Kreatur griff wieder an. Auch diesmal verfehlte sie ihn nur knapp. Jimmy schlang unbewußt den linken Arm um ihren Hals. Wie der Mann aus der Ballade, der auf dem Tiger ritt, konnte auch Jimmy nicht mehr loslassen, denn solange er die Kreatur festhielt, vermochte sie nicht nach ihm zu schnappen. So zerrte sie ihn durch die Höhle, während der Junge immer wieder in die ledrige Haut stach, doch da er nicht weit ausholen konnte, richtete er damit nicht viel aus. Das Tier peitschte um sich. Jimmy wurde immer wieder gegen die Wand geschleudert und an ihr entlanggezerrt. Panik ergriff den Jungen, denn die Wut der Kreatur schien sich zu steigern, und er hatte das Gefühl, als würden seine Arme ihm aus den Schultergelenken gerissen. Tränen der Furcht rannen über seine Wangen, und er hämmerte auf das Tier ein.

»Martin!« rief er schluchzend. Wo blieb er bloß? Jimmy war plötzlich überzeugt, daß es ein Ende hatte mit seinem Glück, auf das er sich bisher immer hatte verlassen können. Zum ersten Mal, solange er sich zu erinnern vermochte, fühlte er sich hilflos, denn er selbst konnte nichts tun, um sich aus dieser bedrängten Lage zu befreien. Er spürte, wie sein Magen sich verkrampfte und die

Todesangst ihn zu lähmen begann. Es war so ganz anders als bei einer wahrhaft gefährlichen Jagd über die »Straße der Einbrecher«, deren Nervenkitzel er genossen hatte. Jetzt empfand er etwas, was betäubender Schläfrigkeit glich, die ihn dazu verleiten wollte, sich zusammenzurollen und in den Tod hinüberzudämmern.

Die Kreatur wütete weiter, schmetterte Jimmy immer wieder an die Wand, doch plötzlich verhielt sie sich ruhig. Immer wieder stach der Junge auf sie ein, bis eine Stimme sagte: »Es ist tot!«

Benommen öffnete Jimmy die Augen und sah Martin über sich gebeugt. Baru und Roald standen hinter ihm, der Söldner mit einer brennenden Fackel in der Hand. Unter Jimmy lag ein echsenartiges Tier, gut sieben Fuß lang, das wie ein Leguan mit Krokodilsrachen aussah. Martins Jagdmesser ragte aus seinem Nakken. Martin kniete sich neben den Jungen. »Bist du in Ordnung?«

Jimmy wich von dem toten Tier zurück, doch immer noch voll Panik. Als ihm trotzdem allmählich bewußt wurde, daß er keine ernsten Verletzungen davongetragen hatte, schüttelte er heftig den Kopf. »Nein, ich bin gar nicht in Ordnung!« Er trocknete sich die Tränen. »Nein, verdammt!« Und nun brachen die Tränen ungehemmt hervor. »Verdammt, verdammt... Ich dachte, ich...«

Arutha kam als letzter durch den Spalt und wurde sich Jimmys Zustand bewußt. Er trat zu ihm, der sich schluchzend an die Wand drückte, und legte sanft eine Hand auf seinen Arm. »Es ist vorbei! Du hast nichts mehr zu befürchten!«

Jimmys Stimme verriet eine Mischung aus Zorn und Furcht, als er sagte: »Ich dachte, es sei aus mit mir. Verdammt, solche Angst hatte ich noch nie in meinem Leben!«

»Und wenn du schließlich vor etwas Angst hattest, Jimmy, dann war dieses Untier dafür geschaffen. Sieh dir mal diese Kiefer an!«

Jimmy erschauderte. Arutha versicherte ihm: »Wir haben alle dann und wann Angst. Und du bist auf etwas gestoßen, das wahrhaftig jedem Furcht eingejagt hätte!«

Der Junge nickte. »Ich hoffe nur, er hat nicht noch einen großen Bruder in der Nähe!«

»Bist du verletzt?« erkundigte sich Arutha.

Jimmy vergewisserte sich. »Nur Blutergüsse und Schürfwunden.« Er verzog schmerzhaft das Gesicht. »Aber davon eine Menge.«

»Eine Felsechse«, erklärte Baru. »Und eine überaus große. Ihr habt gut daran getan, sie mit dem Messer zu töten, Lord Martin.«

Im Licht sah die Kreatur zwar beeindruckend aus, aber keineswegs so furchterregend, wie Jimmy es sich im Dunkeln vorgestellt hatte. »Ist das das ›bös Ding‹?«

»Wahrscheinlich«, meinte Martin. »Wenn die Echse dir schon schrecklich vorkam, so versuche dir vorzustellen, wie sie auf einen drei Fuß großen Gwali wirken mußte!« Er hielt die Fackel hoch, als Arutha und Laurie näher kamen. »Sehen wir uns hier mal um!«

Sie befanden sich in einer schmalen, aber hohen Höhle, hauptsächlich aus Kalkstein bestehend. Der Boden stieg von dem ins Freie führenden Spalt schräg an.

Obwohl er ganz offensichtlich arg mitgenommen war, nahm Jimmy Martins Fackel und ging voraus. »Ich habe schließlich immer noch die meiste Erfahrung, wenn es darum geht, irgendwo einzusteigen«, erklärte er.

Sie kamen durch eine Reihe von Höhlen, jede etwas größer und höher gelegen als die vorherige, und irgendwie ging etwas Unheimliches von ihnen aus. Eine lange Weile schritten sie dahin, ohne das Gefühl zu haben, viel höher zu gelangen. Jimmy sagte schließlich: »Ich glaube, wir bewegen uns in einer Spirale. Ich könnte schwören, daß wir jetzt über der Höhle sind, in der Martin diese Felsechse getötet hat.«

Sie folgten dieser Höhlenkette, bis es nicht mehr weiterging. Jimmy blickte sich um und deutete nach oben. Etwa drei Fuß über ihren Köpfen befand sich eine Öffnung in der Decke. »Ein Kamin«, erklärte der Junge. »Man klettert ihn hoch, indem man den Rücken an eine und die Füße gegen die andere Seite stemmt.«

»Und wenn er zu breit wird?« gab Laurie zu bedenken.

»Dann ist es üblich, daß man nach unten zurückkehrt. Wie schnell hängt von dem einzelnen ab. Ich würde raten, es langsam zu tun.«

»Wenn die Gwali sich da hochstemmen konnten, müßten wir es auch schaffen«, meinte Martin.

»Verzeiht die Bemerkung, Ihro Gnaden«, warf Roald ein. »Aber glaubt Ihr, Ihr könntet auch wie sie von einem Baum zum andern schwingen?«

Ohne auf diesen Einwurf zu achten, rief Martin: »Jimmy?«

»Ja, ich werde als erster hochsteigen. Ich möchte ja nicht unbedingt umkommen, weil einer von euch den Halt verliert und auf mich stürzt. Bleibt der Öffnung fern, bis ich von oben rufe.«

Mit Martins Hilfe gelangte Jimmy mühelos den Kamin hinauf. Für ihn bot er ausreichend Platz, um sich hochzustemmen. Für die anderen, vor allem für Martin und Baru, würde er etwas eng sein, aber hindurchzwängen konnten sie sich gewiß. Geschwind kletterte Jimmy in die Höhe, gut dreißig Fuß über der Höhle, wo seine Gefährten warteten, und gelangte zu einer weiteren Höhle. Ohne Licht war ihre Größe nicht auszumachen, aber das schwache Echo seiner leisen Rufe verriet ihm, daß sie geräumig war. Er ließ sich gerade wieder so weit hinunter, um die anderen rufen zu können, dann kletterte er über den Rand.

Bis der erste Kopf – Roalds – in Sicht kam, hatte Jimmy eine Fackel angezündet. Schnell folgten die anderen den Kamin hoch. Die Höhle war riesig, mehr als hundert Fuß breit und gewiß fünfundzwanzig hoch. Stalagmiten streckten sich der Decke entgegen, und manche wuchsen mit den von ihr hängenden Stalaktiten zusammen, daß sie phantastische Kalksteinsäulen bildeten. Die Höhle glich einem versteinerten Wald.

Martin schaute sich um. »Wie hoch, glaubst du, Jimmy, sind wir inzwischen geklettert?«

»Bestimmt nicht mehr als siebzig Fuß, also noch nicht einmal die Hälfte.«

»Welchen Weg nehmen wir jetzt?« fragte Arutha.

»Wir werden nicht umhin können, als einen nach dem anderen zu versuchen«, antwortete der Junge. Er wählte aufs Geratewohl einen Ausgang und schritt darauf zu.

Nach Stunden der Suche drehte Jimmy sich zu Laurie um und sagte: »Das Plateau!«

Laurie gab die Nachricht weiter, und Arutha zwängte sich an dem Sänger vorbei, um durch die schmale Öffnung über dem Kopf des Jungen blicken zu können. Sie war kaum mehr als einen Spalt breit, doch das Licht, das hindurchfiel, blendete fast, da die Augen sich der Düsternis der Höhlen angepaßt hatten. Mit einem verstehenden Kopfnicken kletterte Jimmy hoch.

Als er zurückkehrte, berichtete er: »Der Spalt endet zwischen zerklüfteten Felsen, etwa dreihundert Fuß von der Brückenseite des schwarzen Gebäudes entfernt. Es ist groß, zwei Stockwerke hoch!«

»Wächter?«

»Zu sehen waren keine.«

Arutha überlegte, dann sagte er: »Wir warten, bis es dunkel wird. Jimmy, kannst du dich dort oben als Beobachtungsposten halten?«

»Es gibt da einen Sims«, antwortete der Junge und kletterte wieder hoch.

Arutha ließ sich auf den Boden nieder, um das Einbrechen der Dunkelheit abzuwarten. Die anderen taten es ihm gleich.

Jimmy spannte und entspannte die Muskeln abwechselnd, um einen Krampf zu verhindern. Todesstille herrschte auf dem Plateau, nur dann und wann trug der Wind einen Laut herüber, einen Wortfetzen oder schwere Schritte aus der Richtung der Brücke. Einmal vermeinte er, einen seltsamen, leisen Ton aus dem schwarzen Gebäude zu hören, aber sicher war er nicht. Die Sonne war bereits hinter dem Horizont gesunken, doch noch glühte das Abendrot nach. Es war sicher schon zwei Stunden nach der üblichen Zeit, doch so hoch in den Bergen, dem Mittsommer so nahe und so weit im Norden, ging die Sonne viel später unter als in Krondor. Jimmy mußte sich daran erinnern, daß er auch schon früher so manchesmal bei einem Auftrag das Abendessen hatte überspringen müssen, doch hielt das seinen Bauch nicht vom Knurren ab.

Er war glücklich, als es endlich dunkel genug war, und seinen Gefährten erging es offenbar nicht anders. Irgend etwas an diesem Ort löste Unruhe in ihnen aus. Selbst Martin hatte mehrmals Verwünschungen wegen des langen Wartens gemurmelt. Ja, etwas war fremdartig an diesem Ort, und das verfehlte seine Wirkung auf sie nicht. Jimmy war überzeugt, daß er sich erst wieder sicher fühlen würde, wenn das Plateau viele Meilen hinter ihnen lag und nur noch eine Erinnerung war.

Er kletterte nun aus dem Spalt und hielt Wache, bis Martin als nächster kam, gefolgt von den anderen. Wie abgemacht, teilten sie sich in drei Gruppen: Baru und Laurie, Roald und Martin, Jimmy und Arutha. Sie würden den Uferstreifen nach der Pflanze absuchen und sobald sie sie gefunden hatten, zum Spalt zurückkehren und in der Höhle darunter auf die anderen warten.

Es war an Arutha und Jimmy, sich in die Richtung des schwarzen Gebäudes zu begeben, und sie beschlossen, ihre Suche jenseits zu beginnen. Natürlich würden sie Ausschau nach Wachen halten, schließlich kannten sie die Einstellung der Moredhels gegenüber dem Bauwerk der Valheru nicht. Vielleicht empfanden sie die gleiche Scheu davor wie die Elben und betraten es nicht, ja machten gar einen weiten Bogen darum. Möglicherweise aber hielten sie sich auch in großer Zahl darin auf.

Jimmy huschte durch die Dunkelheit zu dem Bauwerk und drückte sich gegen eine Wand. Die Steine fühlten sich ungewohnt glatt an. Er strich mit der Hand darüber und glaubte, Marmor zu berühren. Arutha wartete mit der Klinge in der Hand, während Jimmy rasch um das Gebäude herumschlich. »Niemand zu sehen«, meldete er flüsternd, »außer an den Brükkentürmen.«

»Und im Innern?« flüsterte Arutha.

»Keine Ahnung. Es ist ein gewaltiges Haus, hat jedoch bloß eine Tür. Wollt Ihr hinein?« Er hoffte, der Fürst würde nein sagen.

»Ja.«

Jimmy führte Arutha die Wand entlang zu dem einzigen Eingang. Hinter einem halbkreisförmigen Fenster schimmerte schwaches Licht. Jimmy bedeutete Arutha, ihm zu helfen, und der junge Einbrecher kletterte zu einem Gesims über der Tür hinauf. Von dort spähte er durch das Fenster.

Hinter der Tür unter ihm befand sich eine Art Vorhalle mit Fliesenboden, und an der hinteren Wand eine in der Dunkelheit kaum erkennbare Flügeltür. Jimmy fiel etwas Merkwürdiges an der Wand unter dem Fenster auf! Der äußere Stein war nur Verkleidung!

Der Junge sprang hinunter. »Durchs Fenster ist nichts zu sehen.«

»Nichts?«

»Eine Tür führt in einen dunklen Raum. Das ist alles. Keine Anzeichen von Wachen.«

»Beginnen wir unsere Suche am Ufer, ohne jedoch das Gebäude aus den Augen zu lassen.«

Jimmy nickte, und sie schlichen zum See. Das Gebäude

weckte in ihm wieder einmal dieses bekannte Kribbeln, das ihm sagte, etwas stimmte nicht. Aber er beachtete es nicht, um sich ganz auf die Suche nach der Aelebere konzentrieren zu können.

Stunden verbrachten sie am Ufer. Der Pflanzenwuchs war spärlich, und auch im seichten Wasser standen bloß einige Wasserpflanzen. Das Plateau selbst war so gut wie kahl. Aus der Ferne hörten sie hin und wieder ein leises Rascheln, von dem Arutha annahm, daß die anderen Suchtrupps es verursachten.

Als der Himmel zu grauen begann, machte Jimmy den Fürsten auf den nahenden Morgen aufmerksam. Verärgert gab Arutha die Suche auf und kletterte mit dem Jungen zum Spalt zurück. Laurie und Baru befanden sich bereits in der Höhle, und Martin kam mit Roald nur wenige Minuten nach ihnen an. Keiner von ihnen hatte Silberdorn gefunden.

Arutha wandte sich enttäuscht ab und kehrte den anderen den Rücken zu. Dann ballte er die Fäuste, und die Hoffnungslosigkeit war ihm deutlich anzusehen. Aller Augen ruhten auf ihm, während er in die Dunkelheit starrte. Sein Profil zeichnete sich in dem von oben schwach einfallenden Licht ab, und alle bemerkten die Tränen, die ihm über die Wangen rannen. Heftig drehte er sich zu seinen Gefährten um. »Es *muß* hier sein!« flüsterte er heiser. Er blickte sie der Reihe nach an, und keinem entging, was seine Augen verrieten; ein unendlich tiefes Gefühl, die Furcht, etwas Unersetzliches zu verlieren – die sich auf sie übertrug. Und alle sahen sie sein Leid und das Erlöschen seiner Hoffnung. Wenn sie kein Silberdorn fanden, war Anita verloren.

Martin teilte seines Bruders Schmerz, und er empfand noch mehr, denn in diesem Augenblick sah er ihren Vater vor sich, erinnerte er sich jener Zeit, als Arutha noch nicht alt genug gewesen war, Borrics Verlust seiner geliebten Gemahlin Catherine zu verstehen. Der bei den Elben aufgewachsene Jäger spürte, wie sein Herz sich vor Schmerz verkrampfte. Von den drei Brüdern hatte nur Martin die tiefe Bitterkeit erkannt, die ihren Vater gequält hatte. Wenn Anita starb, würde Aruthas Lebenswille mit ihr sterben. Doch Martin wollte die Hoffnung nicht aufgeben, so flüsterte er: »Es ist ganz sicher hier irgendwo!«

»Es gibt bloß einen Ort, wo wir nicht nachgesehen haben«, sagte Jimmy.

Arutha blickte auf. »In dem Gebäude!«

»Dann bleibt uns nur eines zu tun übrig«, erklärte Martin.

Obwohl er sich dabei unbehaglich fühlte, sagte Jimmy: »Einer von uns muß sich dort umschauen!«

Kriegsherr

In der Zelle hing der Geruch von modrigem Stroh.

Pug versuchte sich zu bewegen und stellte fest, daß seine Hände mit Needrahautketten an der Wand festgemacht waren. Die Haut der schwerfälligen, sechsbeinigen Lasttiere der Tsuranis war so behandelt worden, daß sie dem Stahl an Härte nichts nachstand, und die Kette war fest in der Wand verankert. Pugs Kopf schmerzte von der Einwirkung des eigenartigen, zauberverhindernden Gerätes. Doch da war noch etwas. Er kämpfte gegen seine geistige Sperre an und blickte auf seine Fesseln. Als er begann, den Zauber zu sprechen, der die Ketten auflösen würde, kam es zu einer plötzlichen *Verkehrtheit* – ein anderes Wort dafür fiel ihm nicht ein. Sein Zauber wirkte nicht.

Pug lehnte sich an die Wand zurück. Es bestand kein Zweifel, daß über die Zelle ein Zauber verhängt war, der jede andere Magie verhinderte. Natürlich, dachte er. Wie sollte man auch sonst einen Magier im Gefängnis festhalten können?

Er schaute sich um. Es war ein winziger, dunkler Raum, in den nur von einem vergitterten Fenster über der Tür ein Lichtschimmer fiel. Etwas Kleines machte sich eifrig neben Pugs Fuß im Stroh zu schaffen. Er trat danach, und es huschte davon. Die Wände waren feucht, woraus er schloß, daß seine Gefährten und er sich unter der Erdoberfläche befanden. Er hatte keine Ahnung, wie lange sie bereits hier eingesperrt waren, noch wo sie sich befanden. Kelewan war groß, und diese Zelle mochte irgendwo sein.

Meecham und Dominic waren an die gegenüberliegende Wand gekettet, und Hochopepa an die rechts von Pug, dem sofort klar wurde, daß das Schicksal des Reiches bedroht war, da man es gewagt hatte, sich an Hochopepa zu vergreifen. Einen Gesetzlosen gefangenzunehmen war eine Sache, doch einen Erhabenen des Reiches in den Kerker zu werfen, etwas ganz anderes. Von Rechts wegen hatte der Kriegsherr keinerlei Gerichtsbarkeit über einen Erhabenen. Vom Kaiser abgesehen, konnten nur die Erhabenen eine Entscheidung des Kriegsherrn in Frage stellen. Kamatsu hatte also recht. Der Kriegsherr beabsichtigte einen entscheidenden Zug im Spiel des Hohen Rates. Jedenfalls bewies die Gefangennahme eines Erhabenen Verachtung gegenüber Recht und Gesetz.

Meecham ächzte und sah mühsam auf. »Mein Kopf«, stöhnte er. Als er feststellte, daß er angekettet war, zerrte er an seinen Fesseln. »Verdammt!« brummte er und blickte Pug an. »Was nun?«

Den Kopf schüttelnd erwiderte der Magier seinen Blick und entgegnete: »Wir müssen abwarten.«

Drei oder vier Stunden verstrichen, dann öffnete sich die Tür, und ein Schwarzgewandeter trat ein in Begleitung eines Soldaten in der Reichsuniform. Hochopepa fauchte ihn an: »Ergoran! Seid Ihr wahnsinnig? Laßt mich sofort frei!«

Der Schwarzgewandete wies den Soldaten an, Pug von den Fesseln zu befreien. Zu Hochopepa sagte er: »Was ich tue, geschieht zum Wohl des Reiches. Ihr steckt mit unseren Feinden im Bunde. Ich werde die Vereinigung von Eurem Verrat unterrichten, sobald wir die Bestrafung dieses falschen Magiers vollzogen haben.«

Pug wurde aus der Zelle gezerrt, und der Magier namens Ergoran sagte zu ihm: »Milamber, was du dir vor einem Jahr bei den Reichsspielen geleistet hast, ist Grund genug, auf dich zu achten und dir eine Sonderbehandlung angedeihen zu lassen – eine, die verhindert, daß du wieder um dich wütest.« Zwei Soldaten legten ihm Metallbänder um die Handgelenke. »Der Schutzbann um die Verliese verhindert jeglichen Zauber in ihrem Innern. Und bist du erst außerhalb, wirken diese Armbänder jeglichem Zauberversuch deinerseits entgegen.« Er bedeutete den Wächtern, ihm mit Pug zu folgen, und einer versetzte ihm einen Stoß.

Pug wußte, daß es sinnlos wäre, etwas gegen Ergoran unternehmen zu wollen. Von allen Magierschützlingen des Kriegsherrn war Ergoran der eifrigste. Er gehörte zu den wenigen, die die Ansicht vertraten, die Vereinigung müßte dem Hohen Rat angeschlossen werden. Manche vertraten die Ansicht, es sei Ergorans Ziel, die Vereinigung zum Hohen Rat zu machen. Und das Gerücht war umgegangen, daß der hitzköpfige Almecho zwar nach außen hin geherrscht hatte, doch Ergoran hinter ihm gestanden und er es gewesen war, der gewöhnlich die Politik der Kriegspartei bestimmt hatte.

Über eine lange Treppe brachte man Pug ins Freie. Nach der Düsternis der Zelle blendete die Sonne ihn, doch während man ihn über den Innenhof eines Gebäudes stieß, paßten seine Augen sich an. Nun führte man ihn eine breite Treppe hoch, und er blickte verstohlen über die Schulter. Er erkannte genug von der Umgebung, um zu wissen, wo sie sich befanden. Er sah den Gagajin, der vom Hohen Wall, dem Gebirge im Norden, nach Jamar floß und die bedeutendste Nord-Süd-Verbindung für die mittleren Provinzen des Kaiserreichs darstellte. Also war er in Kentosani, der Heiligen Stadt und Hauptstadt des Reiches von Tsuranuanni. Und nach den zahllosen weißgekleideten und bewaffneten Wächtern zu schließen, war dies hier der Palast des Kriegsherrn.

Pug wurde durch einen langen Gang gestoßen, bis sie zu einer bemalten Tür aus Holz und Leder kamen, die für sie geöffnet wurde. Dahinter befand sich eine Ratskammer, in der der Kriegsherr wichtige Gefangene zu verhören pflegte.

Ein Schwarzgewandeter stand in der Mitte der Kammer vor einem Mann, der in eine Schriftrolle vertieft war. Diesen Magier kannte Pug nur flüchtig, er hieß Elgahar. Aber er wußte, daß er keine Hilfe von ihm zu erwarten hatte, nicht einmal für Hochopepa, denn Elgahar war Ergorans Bruder. Die magische Begabung war in ihrer Familie erblich, doch war es Ergoran, der den Ton angab.

Der Lesende, der auf einem Kissenberg saß, war ein Mann mittleren Alters. Er trug ein weißes Gewand mit einer Goldborte am Hals und an den Ärmeln. Als Pug an den vorherigen Kriegsherrn Almecho dachte, konnte er sich keinen größeren Gegensatz vorstellen. Dieser Mann, Axantucar, war vom Äußeren her das genaue Gegenteil seines Onkels. Während Almecho ein stiernackiger, stämmiger Recke gewesen war, sah sein Neffe wie ein Gelehrter oder Lehrer aus. Seine Hagerkeit ließ an einen Asketen denken, und sein Gesicht wirkte fast zerbrechlich fein. Doch dann hob er den Blick von dem Pergament, in dem er gelesen hatte, und nun bemerkte Pug doch eine Ähnlichkeit: Aus seinen Augen sprach der gleiche Machthunger, derselbe Größenwahn wie seinerzeit aus denen seines Onkels.

Bedächtig die Schriftrolle zur Seite legend, sagte der Kriegsherr: »Milamber, durch deine Rückkehr beweist du zwar Mut, doch keine Klugheit. Du wirst hingerichtet werden, doch ehe wir dich hängen, möchten wir gern eines wissen: Weshalb bist du zurückgekommen?«

»Auf meiner Heimatwelt wächst eine Macht, eine finstere, böse Wesenheit, deren Ziel die Vernichtung meines Heimatlandes ist.«

Der Kriegsherr horchte interessiert auf und bat Pug weiterzusprechen. Pug erzählte ohne Ausschmückung und Übertreibung und ohne etwas auszulassen alles, was er wußte. »Durch magische Hilfe kam ich darauf, daß diese Macht von Kelewan stammt. Irgendwie ist das Schicksal beider Welten wieder miteinander verknüpft.«

Als er geendet hatte, sagte der Kriegsherr: »Ein interessantes Garn, das du da spinnst.« Ergoran schien Pugs Geschichte als unglaubhaft abtun zu wollen, während Elgahar ehrlich besorgt wirkte. Der Kriegsherr fuhr fort: »Es ist wahrhaft bedauerlich, daß du uns während des Verrats genommen wurdest. Wärst du geblieben, hätten wir dich vielleicht als Geschichtenerzähler anstellen können. Eine große Macht der Finsternis aus einem vergessenen Winkel unseres Reiches! Welch herrliche Mär!« Das Lächeln des Hageren schwand. Er beugte sich vor und stützte die Ellbogen auf die Knie, während er Pug durchdringend ansah.

»Und nun die Wahrheit. Diese armselige Schauermär ist ein lächerlicher Versuch, mir Angst einzujagen, damit mir die wahren Gründe deiner Rückkehr entgehen. Die Partei der Blauen Räder und ihre Verbündeten haben im Hohen Rat kaum noch etwas zu sagen. Deshalb bist du zurückgekommen, um denen zu helfen, die dich früher auf ihrer Seite zählten. Sie sind verzweifelt, da sie wissen, daß der uneingeschränkten Herrschaft der Kriegspartei so gut wie nichts mehr im Weg steht. Du und Hochopepa, ihr habt euch wieder mit jenen zusammengetan, die während der Invasion deiner Welt den Kriegsblock verrieten. Ihr fürchtet die neue Ordnung, für die wir stehen. Bereits in einigen Tagen werde ich den Hohen Rat auflösen, und du bist gekommen, das zu verhindern, habe ich recht? Ich weiß nicht, was du vorhast, aber wir werden die Wahrheit aus dir herausbekommen, vielleicht nicht sogleich, aber doch bald. Und du wirst die Namen jener nennen, die sich gegen uns stellen!

Außerdem wirst du uns genau erklären, wie man von einer Welt zur anderen gelangen kann. Wenn das Reich erst fest in meiner Hand ist, werden wir zu deiner Welt zurückkehren und schnell das hinter uns bringen, was schon unter meinem Onkel hätte getan werden müssen.«

Pug blickte von einem zum anderen und erkannte die Wahrheit. Pug hatte Rodric, den vom Irrsinn heimgesuchten König, gesehen und mit ihm gesprochen. Des Kriegsherrn Geist war vielleicht nicht ganz so umnachtet, wie es des Königs gewesen war, aber es bestand auch kein Zweifel, daß der Größenwahn ihm den klaren Verstand geraubt hatte. Und hinter ihm stand einer, dessen Miene wenig verriet, und doch genug für Pug, um zu erkennen, daß er derjenige war, den er wirklich zu fürchten hatte, denn er war der wahre Kopf hinter der Überlegenheit der Kriegspartei. Er würde der heimliche Herrscher von Tsuranuanni sein und eines Tages vielleicht sogar offen regieren.

Ein Bote betrat die Ratskammer, verbeugte sich vor dem Kriegsherrn und händigte ihm ein Pergament aus. Axantucar las es rasch, dann sagte er: »Ich muß zum Rat. Der Foltermeister soll sich bereithalten. Ich brauche seine Dienste in der vierten Nachtstunde. Wachen, bringt diesen Burschen in seine Zelle zurück!«

Als die Wächter Pug in ihre Mitte nahmen, wandte der Kriegsherr sich noch einmal an ihn: »Denk daran, Milamber, du wirst auf jeden Fall sterben, aber es liegt an dir, ob langsam oder schnell. Wie auch immer, wir werden die Wahrheit aus dir herausholen.«

Pug beobachtete, wie Dominic sich in sich selbst zurückzog. Der Magier hatte seinen Gefährten von dem Gespräch mit dem Kriegsherrn berichtet. Hochopepa hatte eine Weile getobt und war danach verstummt. Wie alle anderen Träger des Schwarzen Gewandes fand er die Vorstellung unglaublich, daß jemand seine Wünsche und Stellung unbeachtet ließ. Diese Gefangenschaft war einfach eine Unverschämtheit! Meecham hatte auf den Bericht mit seinem üblichen Schweigen reagiert, während der Mönch ihn offenbar ungerührt entgegennahm. Sie hatten nur ein paar Worte darüber verloren.

Bald darauf hatte Dominic mit seinen geistigen Übungen begonnen, was Pug in hohem Maße beeindruckte, und nun versank er offensichtlich in geistiger Entrückung. Pug dachte über Dominics Vorbild nach. Selbst in dieser Zelle, in ihrer scheinbar hoffnungslosen Lage, bestand kein Grund, sich der Furcht hinzugeben und den Kopf zu verlieren. Pug ließ die Gedanken in die Vergangenheit wandern. Er entsann sich seiner Kindheit in Crydee, seiner Verzweiflung im Unterricht bei Kulgan und Tully, als er vergebens eine Magie zu erlernen suchte, die, wie er Jahre später erfuhr, nicht seine Art von Zauberei war. Auf Stardock hatte er vieles erfahren und beobachtet, dem er die Überzeugung verdankte, daß die Geringere Magie von Midkemia bedeutend weiter entwickelt war als die von Kelewan. Vermutlich lag das daran, daß es auf Midkemia nur diese eine Art der Zauberei gab.

Zur Ablenkung versuchte er einen Zauber, den Kulgan ihm als Lehrling beizubringen versucht, den er jedoch nie vollbracht hatte. Hmm, dachte er, Zauber des Geringeren Pfades sind hier nicht von dem Bann betroffen. Er spürte den inneren Widerstand dagegen und mußte unwillkürlich lächeln. Als Junge hatte er ihn gefürchtet, weil er sein Versagen ankündete. Nun wußte er, daß es ganz einfach sein auf den Erhabenen Pfad eingestellter Geist war, der die Magie des Geringeren ablehnte. Doch die Wirkung des über die Zelle verhängten Schutzbanns ließ ihn das Problem aus neuer Sicht angehen. Er schloß die Augen und stellte sich das eine vor, wie er es so oft und immer vergebens versucht hatte. Sein Gehirnmuster scheute vor dieser Magie zurück, doch während es zu seinem üblichen Zustand überwechselte, prallte es von dem Schutzbann ab und…

Pug setzte sich auf, die Augen weit aufgerissen. Einen flüchtigen Herzschlag lang hatte er fast verstanden!

Er unterdrückte seine Erregung, schloß die Augen wieder, senkte den Kopf und sammelte sich. Wenn er bloß diesen Moment, diesen einen klaren Augenblick wiedergewinnen könnte, in dem er halb verstanden hatte – dieser Moment, der viel zu schnell vergangen war… In dieser modrigen, dunklen Zelle war er nahe daran gewesen, die bedeutendste Entdeckung in der Geschichte tsuranischer Magie zu machen. Wenn er diesen Augenblick nur zurückholen könnte…

Da öffnete sich die Zellentür. Pug blickte auf, Hochopepa und Meecham ebenfalls. Dominic verharrte in seiner Entrückung. Elgahar trat ein. Er wies einen Wächter an, die Tür hinter ihm zu schließen. Pug stand auf, um dem Krampf in seinen Beinen Herr zu werden, der sich eingestellt hatte, während er völlig in seine Gedanken versunken auf dem kalten Stein unter der dünnen Strohschicht gesessen hatte.

»Was Ihr sagt, ist beunruhigend.« Im Gegensatz zu seinem Bruder und dem Kriegsherrn benutzte Elgahar die Höflichkeitsanrede.

»Wie es auch sein soll, denn es stimmt.«

»Vielleicht, vielleicht auch nicht, selbst wenn Ihr es für wahr haltet. Ich möchte alles darüber hören.«

Pug bot dem Magier einen Platz auf dem Boden an, doch der Schwarzgewandete schüttelte den Kopf. Schulterzuckend setzte Pug sich und erzählte seine Geschichte. Als er zu Rogens Zweitem Gesicht kam, unterbrach Elgahar Pug aufgeregt und stellte eine Reihe von Fragen. Pug beantwortete sie und fuhr mit seinem Bericht fort. Als er geendet hatte, erkundigte sich Elgahar: »Sagt mir, Milamber, gibt es auf Eurer Heimatwelt viele, die hätten verstehen können, was zu diesem Seher mittels seines Zweiten Gesichts gesagt wurde?«

»Nein, nur ich und ein oder zwei andere hätten es verstehen können. Und nur die Tsuranis und LaMut hätten dieses Tsuranisch als die uralte Tempelhochsprache erkannt.«

»Es besteht eine erschreckende Möglichkeit. Ich muß wissen, ob Ihr sie in Erwägung gezogen habt.«

»Welche?«

Elgahar beugte sich zu Pug hinüber und flüsterte ihm ein einziges Wort ins Ohr. Pug erbleichte und schloß die Augen. Schon auf Midkemia hatte er seiner Eingebung bei der Überprüfung alles ihm Bekannten freien Lauf gelassen. Unbewußt war ihm die ganze Zeit klar gewesen, wie die Antwort lauten mußte. Mit einem langen Seufzer gestand er: »Ja, doch scheute ich davor zurück, mir diese Möglichkeit einzugestehen, obwohl sie allgegenwärtig war.«

»Wovon sprecht ihr?« warf Hochopepa ein.

Pug schüttelte den Kopf. »Nein, alter Freund. Noch nicht. Ich möchte gern, daß Elgahar über das nachdenkt, was er selbst schloß, ohne deine oder meine Meinung zu kennen. Vielleicht überlegt er sich dann auch, zu welcher Seite er wirklich gehört.«

»Möglich«, gestand der Schwarzgewandete ihm zu. »Doch selbst wenn, verändert das nicht unbedingt unsere gegenwärtige Lage.« Wütend brauste Hochopepa auf. »Wie könnt Ihr so etwas sagen? Welche Umstände können angesichts der Verbrechen des Kriegsherrn denn noch wichtig sein? Seid Ihr schon soweit, daß Ihr jeglichen freien Willen eingebüßt habt und nur noch nach der Pfeife Eures Bruders tanzt?«

»Hochopepa«, entgegnete Elgahar, »Ihr von allen, die das Schwarze Gewand tragen, müßtet es verstehen, denn Ihr wart es und Fumita, die jahrelang in den Großen Spielen mit der Partei der Blauen Räder spieltet.« Er bezog sich dabei auf die Rolle dieser beiden Magier, als sie den Kaiser in seiner Bemühung, den Spaltkrieg zu beenden, unterstützten. »Zum ersten Mal in der Geschichte des Reiches befindet der Kaiser sich in einer bespiellosen Lage. Durch den Verrat der Friedensverhandlungen kam er zur absoluten Befehlsgewalt, während er gleichzeitig sein Gesicht verlor. Er setzt vielleicht seinen Einfluß nicht ein und wird sich nie wieder seiner Befehlsgewalt bedienen. Die Kriegsherrn von fünf Clans starben durch diesen Verrat – die fünf, die am ehesten für den Posten des obersten Kriegsherrn in Frage kamen. Viele Familien verloren durch ihren Tod ihre Vertretung im Hohen Rat. Sollte er erneut versuchen, über die Clans zu bestimmen, könnte es durchaus sein, daß man sich ihm widersetzt.«

»Das kommt dem Kaisermord gleich!« rief Pug erschrocken.

»Es wäre nicht das erste Mal, Milamber. Doch würde es zum Bruderkrieg kommen, da es keinen Thronfolger gibt. Das Licht des Himmels ist jung und hat noch keine Söhne, sondern bisher lediglich drei Töchter. Der Kriegsherr erstrebt ausschließlich die Festigung des Reiches, nicht den Sturz der Dynastie, die über zweitausend Jahre alt ist. Ich empfinde weder Zuneigung noch Abneigung für diesen Kriegsherrn. Aber der Kaiser muß veranlaßt werden einzusehen, daß er lediglich das geistige Oberhaupt ist, die Befehlsgewalt jedoch dem Kriegsherrn zusteht. Dann kann Tsuranuanni einem Zeitalter uneingeschränkter Blüte entgegensehen.«

Hochopepa lachte bitter. »Daß Ihr solch einen Unsinn glauben könnt, beweist schlagend, daß unsere Auswahl für die Vereinigung nicht streng genug ist.«

Ohne der Beleidigung zu achten, fuhr Elgahar fort: »Sobald die innere Ordnung des Reiches unerschütterlich ist, können wir jeder möglichen Bedrohung entgegentreten, auch einer solchen, auf die Ihr hinweist, Milamber. Doch selbst wenn das, was Ihr sagt, wahr ist und meine Vermutung sich als richtig erweisen sollte, mag es noch Jahre dauern, bis wir uns damit auf Kelewan befassen müssen – also ist genügend Zeit, sich dagegen zu wappnen. Ihr dürft nicht vergessen, wir von der Vereinigung haben Höhen der Macht erlangt, von denen sich unsere Vorfahren nichts hätten träumen lassen. Was für sie Schreck und Grauen gewesen sein mochte, mag sich für uns bloß als lästig erweisen.«

»In Eurem Hochmut irrt Ihr Euch gewaltig, Elgahar – Ihr alle. Hocho und ich haben uns schon früher darüber unterhalten. Daß Ihr Euren Vorfahren überlegen seid, ist reines Wunschdenken. Ihr seid ihnen noch nicht einmal ebenbürtig! Unter den Werken von Macros dem Schwarzen fand ich Schriften, die auf die Kräfte und Mächte hinweisen, von denen die Vereinigung in ihren tausend Jahren des Bestehens nicht einmal etwas ahnte.«

Diese Vorstellung machte Elgahar offensichtlich nachdenklich, denn er schwieg eine geraume Weile. Schließlich sagte er bedächtig: »Vielleicht habt Ihr recht.« Er ging zur Tür, wo er sich noch einmal umwandte. »Zumindest habt Ihr eines erreicht, Milamber: Ihr habt mich überzeugt, daß es wichtig ist, Euch länger am Leben zu lassen als es dem Kriegsherrn gefällt. Ihr verfügt über Wissen, das wir erfahren müssen. Was alles andere betrifft – darüber muß ich nachdenken.«

»Ja, Elgahar, tut das«, riet ihm Pug. »Und denkt an das, was Ihr mir ins Ohr geflüstert habt!«

Elgahar schien noch etwas sagen zu wollen, doch dann rief er nach dem Wächter vor der Tür und ließ sie öffnen. Ohne ein weiteres Wort verließ er die Zelle.

Hochopepa blickte ihm nach. »Er ist wahnsinnig!«

»Nein«, widersprach Pug. »Er glaubt lediglich, was sein Bruder ihm sagt. Wer in Axantucars und Ergorans Augen blicken und glauben kann, daß sie auch nur an das Wohl des Reiches denken, ist ein Tor, ein gläubiger Phantast, doch nicht wahnsinnig. Ergoran ist der, den wir wirklich zu fürchten haben!«

Sie schwiegen und hingen wieder ihren eigenen Gedanken nach. Pug dachte über das nach, was Elgahar ihm ins Ohr geflüstert hatte. Allein die Möglichkeit, die damit zusammenhing, war zu erschreckend, um sie sich auszumalen, so wandte er sich wieder dem Augenblick zu, in dem er zum ersten Mal in seinem Leben den Weg zur wahren Beherrschung des Geringeren Pfades, obgleich nur flüchtig, wahrgenommen hatte.

Die Zeit verstrich. Pug schätzte, daß es inzwischen vier Stunden nach Sonnenuntergang war, die Zeit also, die der Kriegsherr zum Verhör angesetzt hatte. Wächter betraten die Zelle und lösten Meecham, Dominic und Pug die Fesseln. Um Hochopepa kümmerten sie sich nicht.

Die drei Gefährten wurden in eine Folterkammer gebracht. Der Kriegsherr, in prächtiger grüner und goldbestickter Gewandung, unterhielt sich mit dem Magier Ergoran. Ein Mann, dessen Kopf unter einer roten Kapuze verborgen war, wartete stumm, während die Gefangenen so an Säulen in der Kammer gekettet wurden, daß sie einander sehen konnten.

»Entgegen meiner ursprünglichen Absicht überzeugten Ergoran und Elgahar mich, daß es vorteilhafter sei, dich am Leben zu lassen, obgleich die Gründe der beiden verschieden sind. Elgahar scheint geneigt zu sein, deine Geschichte zu glauben, zumindest insoweit, um noch mehr darüber wissen zu wollen. Ich und Ergoran sind anderer Ansicht, aber interessiert daran, bestimmte Dinge von dir zu erfahren. Deshalb wollen wir mit dem Verhör beginnen, und wir werden uns vergewissern, daß du nichts als die Wahrheit sprichst!«

Der Kriegsherr winkte dem Foltermeister zu, der Dominic das Hantukamapriestergewand vom Leibe riß und ihm nur das Lendentuch ließ. Danach öffnete der Foltermeister einen versiegelten Tiegel und holte mit einem Spachtel eine weißliche Salbe heraus, von der er etwas auf Dominics Brust strich. Der Mönch zuckte zusammen. Die Tsuranis, die kaum Metalle auf ihrer Heimatwelt kannten, hatten Folterarten entwickelt, die sich zwar von jenen auf Midkemia unterschieden, doch nicht weniger wirkungsvoll waren. Die Salbe war stark ätzend und löste, kaum aufgetragen, die Haut in Fetzen ab. Dominic schloß die Augen und unterdrückte einen Schmerzensschrei.

»Wir glauben, daß du uns die Wahrheit am ehesten sagen würdest, wenn wir uns deine Begleiter als erste vornehmen. Aus dem, was wir von deinen früheren Freunden wissen und nach deinem unverzeihlichen Eingreifen beim Reichsspiel zu schließen, hast du eine mitleidige Seele, Milamber. Willst du uns nun die Wahrheit sagen?«

»Alles, was ich sagte, ist die reine Wahrheit, Kriegsherr! Daran ändert sich nichts, auch wenn Ihr meine Freunde martert!«

»Gebieter!« erklang eine hörbar erstaunte Stimme.

Der Kriegsherr blickte seinen Foltermeister an. »Was gibt es denn?«

»Dieser Mann – seht!« Dominics Gesicht war nicht länger mehr schmerzverzerrt, sondern verriet seligen Frieden.

Ergoran stellte sich vor den Mönch und untersuchte ihn. »Er scheint in einer Art Trance zu sein.«

Sowohl der Kriegsherr als auch der Magier blickten Pug an, und Ergoran fragte: »Welcher Tricks bedient dieser falsche Priester sich, Milamber?«

»Er ist kein Priester Hantukamas, das ist richtig, wohl aber ist er ein Geistlicher meiner Welt. Er vermag seinem Geist Frieden zu schenken, ganz gleich, was mit seinem Körper geschieht.«

Der Kriegsherr gab dem Foltermeister ein Zeichen, der daraufhin ein scharfes Messer von einem Tisch hob. Damit stellte er sich vor den Mönch und brachte ihm mit einer schnellen Bewegung einen tiefen Schnitt in der Schulter bei. Dominic rührte sich nicht im geringsten. Nunmehr holte der Foltermeister mit einer Zange eine glühende Kohle aus einem Becken und drückte sie auf die Schnittwunde. Auch diesmal zuckte Dominic nicht einmal zusammen.

Der Mann legte die Zange zur Seite und wandte sich an den Kriegsherrn: »Es ist sinnlos, Gebieter. Sein Geist ist vom Körper getrennt. Wir hatten schon einmal ein ähnliches Problem mit einem Priester.«

Unwillkürlich zog Pug die Brauen hoch. Zwar wandten die Tempel sich nicht völlig von der Politik ab, waren jedoch äußerst vorsichtig in ihrem Umgang mit dem Hohen Rat. Wenn der Kriegsherr Priester verhört hatte, deutete es zumindest auf eine Unstimmigkeit der Tempel mit einem Verbündeten der Kriegspartei hin. Da Hochopepa offenbar davon nichts wußte, konnte es nur bedeuten, daß der Kriegsherr bereits heimlich intrigierte und so seiner Opposition voraus war. Das bewies Pug nicht weniger als alles andere, in welcher Lage das Reich sich befand und wie erschreckend nah es einem Bürgerkrieg war. Der Angriff auf die Kaisertreuen stand zweifellos dicht bevor.

»Der hier ist sicher kein Priester.« Ergoran trat vor Meecham und blickte ihn an. »Er ist ein einfacher Sklave, sollte sich also als ansprechbar erweisen.«

Meecham spuckte ihm ins Gesicht. Ergoran, der die einem Erhabenen gezollte Ehrfurcht, ja Furcht, gewohnt war, sah wie vom Blitz getroffen aus. Er taumelte rückwärts und wischte sich den Speichel von der Wange. Zutiefst ergrimmt sagte er kalt: »Du hast einen langsamen, qualvollen Tod verdient, Sklave!«

Meecham lächelte, zum ersten Mal, seit Pug sich erinnern konnte, und dieses Lächeln war eher ein höhnisches Grinsen. Durch die Narbe auf seiner Wange wirkte sein Gesicht nahezu dämonisch. »Das war es wert, du geschlechtsloses Maultier!«

In seinem Ärger hatte Meecham in der Königszunge gesprochen, doch dem Magier genügte der Ton, die Worte als Beleidigung zu erkennen. Er langte nach dem scharfen Messer auf dem Tisch und zog es über Meechams Brust. Meecham erstarrte. Sein Gesicht verlor jegliche Farbe, während die Wunde zu bluten begann. Grinsend stand Ergoran vor ihm. Da spuckte Meecham ihn erneut an. Der Foltermeister wandte sich an den Kriegsherrn: »Gebieter, der Erhabene pfuscht mir ins Handwerk!«

Der Magier trat einen Schritt zurück. Er ließ das Messer fallen und wischte sich wieder den Speichel vom Gesicht, als er sich an die Seite des Kriegsherrn begab. Mit haßerfüllter Stimme knurrte er: »Beeile dich nicht zu sehr damit, zu sagen, was du weißt, Milamber. Ich wünsche diesem Hund eine lange Qual!«

Pug kämpfte gegen die magieabwehrenden Kräfte seiner Armbänder an, doch vergebens. Der Foltermeister machte sich daran, Meecham zu martern, doch diesem entrang sich nicht ein einziger Schrei. Eine halbe Stunde lang widmete der Mann in der roten Kapuze sich seinem blutigen Handwerk, bis Meecham in ein würgendes Ächzen ausbrach und halb bewußtlos wurde.

»Warum bist du zurückgekehrt, Milamber?« fragte der Kriegsherr.

Pug, der Meechams Schmerzen fühlte, als wären es seine eigenen, antwortete: »Ich habe Euch die Wahrheit gesagt.« Er blickte Ergoran an. »Ihr wißt, daß das stimmt!« Ihm war klar, daß seine Worte auf taube Ohren stießen, denn der wütende Zauberer wollte schon allein aus Rachsucht, daß Meecham litt, und ihn interessierte im Augenblick überhaupt nicht, was Pug sagte.

Der Kriegsherr bedeutete dem Foltermeister, nun mit Pug zu beginnen. Der Mann in der roten Kapuze riß Pugs Gewand auf, öffnete den Tiegel mit der Ätzsalbe und gab ein wenig davon auf Pugs Brust. Jahre harter Arbeit als Sklave in den Sümpfen hatten Pug zum hageren, aber muskulösen Mann gemacht, und sein Körper spannte sich, als der Schmerz einsetzte. Zunächst schien die Salbe keine Wirkung zu haben, doch dann brannte sie sich ins Fleisch. Des Kriegsherrn Stimme drang durch den Schmerz: »Warum bist du zurückgekehrt? Mit wem hast du Verbindung aufgenommen?«

Pug schloß die Augen. Er suchte Zuflucht in der beruhigenden Übung, die Kulgan ihn als Geselle gelehrt hatte. Pugs Geist lehnte sich gegen die Qualen auf, und er versuchte sich in die Magie zu retten. Immer wieder warf er sich gegen die Barriere, die von den zauberverhindernden Armbändern ausging. In seiner Jugend hatte er seinen Pfad zur Magie nur in größter Bedrängnis gefunden. Seinen ersten Zauber hatte er zu wirken vermocht, als sein Leben durch Trolle gefährdet wurde. Und als er gegen Junker Roland kämpfte, hatte er unbewußt mit Magie zugeschlagen. Die Reichsspiele hatte er vernichtet, als seine Wut und Empörung übermächtig wurden. Nun war sein Geist wie ein gefährliches wildes Tier, das sich gegen die Stäbe eines magischen Käfigs warf, und wie ein Tier handelte er ohne zu überlegen – immer wieder warf er sich gegen die Barriere, entschlossen, entweder freizukommen oder zu sterben.

Glühende Kohlen wurden auf seine Haut gepreßt, und er schrie. Ein tierischer Schrei war es, aus Schmerz und Wut gemischt, und sein Geist schlug zu. Vor seinen Augen verschwamm alles. Ihm war, als befände er sich in einer Gegend mit widerspiegelnder Oberfläche, nein, in einem wirbelnden Spiegelsaal, und jeder Spiegel zeigte ihm ein anderes Ich. In einem sah er sich als der Küchenjunge von Crydee; in einem anderen als Kulgans Schüler; in einem dritten war er der neugebackene Junker; im vierten ein Sklave im Sumpflager der Shinzawai. Doch in den Spiegelungen hinter den Spiegelungen, den Spiegeln in den Spiegeln, in ihnen allen sah er etwas Neues. Hinter dem Küchenjungen sah er einen Mann, einen Diener, doch bestand kein Zweifel, wer dieser Mann war: Pug ohne Magie, ohne Ausbildung, zum Erwachsenen als einfacher Angehöriger des Burggesindes geworden. Hinter dem Bild des Junkers sah er einen Edlen des Königreichs, mit Prinzessin Carline als seine Frau in den Armen. In seinem Kopf drehte es sich. Verzweifelt suchte er etwas. Er betrachtete eindringlich das Bild von Kulgans Schüler. Hinter ihm stand ein erwachsener Jünger des Niedrigeren Pfades. Mit aller Kraft seines Geistes suchte Pug nach dem Ursprung dieses Spiegelbilds eines Spiegelbilds, dem Pug, der zum Meister der Niedrigeren Magie geworden war. Dann entdeckte er diesen Ursprung: Eine mögliche Zukunft, die sich nicht verwirklicht hatte, da eine Laune des Schicksals sein Leben von dieser Möglichkeit abgelenkt hatte. Doch in dieser anderen, nicht eingetroffenen Wahrscheinlichkeit fand er, was er suchte. Er fand einen Ausweg. Plötzlich verstand er. Ein Weg öffnete sich ihm, und sein Geist floh diesen Pfad entlang.

Er öffnete die Augen und blickte am rotvermummten Kopf des Foltermeisters vorbei. Meecham stöhnte, wieder voll bei Bewußtsein, während Dominics Geist noch von seinem Körper getrennt zu sein schien.

Pug benutzte eine besondere Geistesgabe, um die Wunden

nicht mehr zu spüren, die man seinem Körper geschlagen hatte. Mit einem Mal stand er schmerzfrei da und griff mit dem Geist nach dem schwarzgewandeten Ergoran. Der Erhabene des Reiches schwankte, als Pugs Blick sich mit seinem maß. Zum ersten Mal überhaupt benutzte ein Magier des Erhabenen Pfades eine Begabung jener des Niedrigeren Pfades, und Pug zwang Ergoran zum Willenskampf.

Mit geisterschütternder Kraft überwältigte Pug den Magier und betäubte ihn. Der Schwarzgewandete begann zusammenzusacken, bis Pug die Kontrolle über seinen Körper übernahm. Die eigenen Augen schließend, sah Pug nun durch Ergorans. Er paßte seine Sinne an und hatte jetzt absolute Gewalt über den tsuranischen Erhabenen. Ergorans Hand schoß vorwärts. Funken sprangen von seinen Fingern und trafen den Foltermeister am Rücken. Rote und purpurne Kraftlinien tanzten über des Mannes Körper, als er sich krümmte und schrie. Und dann hüpfte der Foltermeister durch die Kammer, wie die Puppe eines wahnsinnigen Puppenspielers, mit ruckhaften Bewegungen, seine Qual hinausbrüllend.

Der Kriegsherr stand wie gelähmt, dann schrie er: »Ergoran! Seid Ihr des Wahnsinns?« Er packte den Magier am Gewand, gerade als der Foltermeister gegen die Wand prallte und auf den Steinboden sackte. In dem Augenblick, da der Kriegsherr den Magier berührte, hörten die schmerzhaften Kräfte auf, den Foltermeister zu quälen, und sprangen statt dessen auf den Kriegsherrn über. Axantucar wand sich unter diesem Angriff und stürzte.

Der Foltermeister kam mühsam auf die Beine, schüttelte die Benommenheit ab und taumelte auf die Gefangenen zu. Er nahm ein schmales Messer vom Tisch und näherte sich Pug, denn er ahnte, daß dieser ehemalige Erhabene hinter diesem Spuk steckte. Doch ehe er ihn erreichte, griff Meecham nach seinen Ketten und zog sich daran hoch, dann schnellte er die Beine vor und legte sie um des Foltermeisters Hals. Mit aller Kraft drückte er zu. Der Foltermeister hieb mit dem Messer nach Meechams Beinen und schlug immer wieder damit zu, doch Meecham preßte die Beine noch fester zusammen. Verzweifelt wehrte der Foltermeister sich mit der Klinge, bis Meechams Beine von seinem eigenen Blut überströmt waren. Glücklicherweise konnte der Foltermeister ihm mit dem kleinen Messer keine tiefen Wunden zufügen. Plötzlich stieß Meecham einen Schrei aus und zerquetschte des Mannes Gurgel. Als der Foltermeister zusammenbrach, war auch Meecham mit seiner Kraft am Ende. Er ließ sich fallen, und nur die Ketten hielten ihn noch aufrecht. Er lächelte Pug schwach zu.

Pug beendete die magische Zauberkraft. Der Kriegsherr löste sich von Ergoran und stürzte rücklings. Pug befahl dem Magier, sich ihm zu nähern. Unter Pugs magischer Kontrolle wurde der Geist des Erhabenen gefügig, und irgendwie brachte Pug es fertig, ihn zu lenken und doch gleichzeitig seinen eigenen Körper zu beherrschen.

Der Magier machte sich daran, Pug von seinen Ketten zu befreien, während der Kriegsherr sich mühte, auf die Füße zu kommen. Eine Hand Pugs war frei. Axantucar schwankte zur Tür. Pug mußte eine Entscheidung treffen. War er von seinen Banden frei, konnte er es mit jeder Zahl Wächtern aufnehmen, die der Kriegsherr rief, aber er konnte nicht zwei Männer lenken, und er glaubte nicht, daß er den Magier lange genug zu leiten vermochte, bis er den Kriegsherrn getötet und ihn selbst befreit hatte. Oder doch? Da erkannte Pug die Gefahr. Diese neue Magie erwies sich als schwierig, und er verlor sein Urteilsvermögen. Weshalb gestattete er dem Kriegsherrn, sich in Sicherheit zu bringen? Der Schmerz der Folterwunden und die ungeheure geistige Anstrengung forderten ihren Tribut. Er spürte, wie seine Kräfte nachließen. Der Kriegsherr riß die Tür auf und rief nach Wärtern. Dann ergriff er einen Speer und stieß ihn Ergoran in den Rücken. Die Wucht warf den Magier auf die Knie, ehe er Pugs andere Hand losgebunden hatte. Der Schock der Tat des anderen traf Pug, er schrie auf, gemeinsam mit dem Sterbenden. Schleier schienen sich um Pugs Verstand zu legen. Dann barst etwas in ihm, und seine Gedanken wurden zu einem Gewirr glitzernder Splitter, als die Spiegel seiner Erinnerung zersprangen. Fetzen vergangener Unterrichtsstunden, Bilder seiner Familie, Gerüche und vertraute Laute überschlugen sich in seinem Bewußtsein.

Lichter tanzten vor seinen Augen; Funken verstreuten Sternenscheins, Spiegelungen, neue Aussichten, das alles formte sich zu einem Muster: einem Kreis, einem Tunnel, dann zu einem Weg. Er stürzte sich darauf und fand sich auf einer neuen Bewußtseinsebene wieder, mit neuen Möglichkeiten, neuen Erkenntnissen. Jenen Pfad, der sich ihm zuvor nur mit Schrecken und Schmerzen eröffnet hatte, vermochte er jetzt nach Belieben zu nehmen. Nun endlich war er imstande, die Kräfte zu nutzen, die sein Erbe waren.

Sein Blick wurde klar. Er sah Soldaten auf der Treppe kämpfen. Doch ehe er sich mit ihnen beschäftigte, nahm er sich die Armfesseln vor, die Ergoran nicht mehr hatte lösen können. Er erinnerte sich an Kulgans Unterricht und machte mit einem Streicheln seiner Gedanken die stahlharte Lederkette weich und geschmeidig. Jetzt konnte er sich mühelos von der Säule befreien.

Nun lenkte er seine Kräfte auf die zauberverhindernden Armbänder – sie brachen auseinander und fielen zu Boden. Er blickte zurück auf die Treppe. Jetzt erst wurde ihm voll bewußt, was sich dort getan hatte. Der Kriegsherr und seine Leibgardisten waren aus der Folterkammer geflohen, als sie Kampfgetümmel auf dem Stockwerk über ihnen gehört hatten. Ein Soldat in der blauen Rüstung des Kanazawai-Clans lag tot neben einem Reichsweißen. Rasch befreite Pug Meecham und half ihm auf die

Beine. Der Bärtige blutete stark aus seinen Wunden. Der Magier sandte Dominic eine Botschaft: *Kehrt zurück!* Sogleich öffneten sich des Mönchs Augen, und seine Ketten fielen ab. »Kümmert Euch um Meecham«, bat Pug ihn. Wortlos wandte Dominic sich dem Verwundeten zu, um ihn zu behandeln.

Pug eilte die Treppe hinauf zu der Zelle, in der Hochopepa noch eingesperrt war. Der verblüffte Erhabene fragte: »Was ist geschehen? Ich hörte Kampflärm.«

Pug beugte sich über ihn und verwandelte die Ketten in weiches Leder. »Ich weiß es nicht. Verbündete, vermutlich. Ich nehme an, die Partei der Blauen Räder versucht uns zu befreien.« Er zog Hochopepas Hände aus den jetzt geschmeidigen Fesseln.

Der Magier fühlte sich geschwächt, und er mußte sich an die Wand stützen. »Wir müssen ihnen beistehen, uns zu helfen«, sagte er entschlossen. Dann erst dachte er über seine Befreiung und die plötzlich weichen Ledergurte nach. »Milamber, wie hast du das vollbracht?«

An der Tür schaute Pug zurück und antwortete: »Ich weiß es nicht, Hocho. Auch das ist etwas, womit wir uns später beschäftigen müssen!«

Er eilte die Treppe hinauf zum oberen Palastgeschoß. Auf der Galerie war es zu einem Handgemenge gekommen. Soldaten in Rüstungen kämpften gegen die weißgerüstete Leibgarde des Kriegsherrn. Pug entdeckte Axantucar, der sich an zwei Kämpfenden vorbeistehlen wollte, während zwei seiner Gardisten ihn deckten. Pug schloß die Augen und schickte seine Kraft aus. Als er die Augen öffnete, konnte er die für andere unsichtbare Hand sehen, die er geschaffen hatte, und er spürte sie wie seine eigenen Hände. Wie ein Kätzchen am Genick packte diese Geisthand den Kriegsherrn, riß ihn hoch und brachte den um sich schlagenden Mann zu Pug. Beim Anblick des Kriegsherrn hielten die Soldaten im Kampf inne. Axantucar schrie gellend vor Entsetzen über die unsichtbare Kraft, die ihn nicht losließ.

Pug zog ihn ganz zu sich und Hochopepa heran. Einige der Leibgardisten erholten sich von ihrem Schrecken und beschlossen, dem Kriegsherrn beizustehen.

Da rief jemand laut: »Hoch lebe Ichindar, unser Kaiser!«

Sofort warf jeder Soldat, gleichgültig, auf welcher Seite er kämpfte, sich auf den Boden und drückte die Stirn auf den Stein, während die Hauptleute tief den Kopf neigten. Nur Hochopepa und Pug blieben aufrecht stehen und beobachteten, wie eine Gruppe Clan-Kriegsherren – in der Rüstung jener, aus denen sich die Partei der Blauen Räder zusammensetzte – auf die Galerie trat. Der vorderste – in einer Rüstung, wie sie seit Jahren nicht mehr gesehen worden war – war Kamatsu, erneut zeitweilig der Kriegsherr des Kanazawei-Clans. Die Gruppe bildete nun eine Ehrengasse für den Kaiser. Ichindar, das Oberhaupt des Reiches, schritt hindurch, prächtig in seiner Rüstung. Er ging auf Pug zu, vor dem der Kriegsherr noch in der Luft hing, und schaute sich um. »Erhabener, es scheint, daß sich immer so allerhand tut, wenn Ihr Euch zeigt.« Er blickte zu dem Kriegsherrn auf. »Wenn Ihr ihn freigebt, können wir der Sache auf den Grund gehen.«

Pug ließ Axantucar auf den Boden sinken.

»Das ist eine wahrhaft erstaunliche Geschichte, Milamber«, sagte Ichindar zu Pug. Der Kaiser hatte es sich auf dem Kissenhaufen bequem gemacht, auf denen früher am Tag der Kriegsherr gesessen hatte, und nippte an einem Becher von Axantucars Chocha. »Es wäre einfach zu sagen, daß ich Euch glaube und vergebe, aber die Schmach, die jene auf mich häuften, die Ihr Elben und Zwerge nennt, ist unmöglich zu vergessen.« Er war umgeben von den Kriegsherren der Clans der Blauen Räder, und der Erhabene Elgahar stand neben ihm.

Hochopepa warf ein: »Wenn das Licht des Himmels gestattet? Habt die Güte, daran zu denken, daß sie nur Werkzeug waren, Soldaten, quasi Spielfiguren in einer Partie Schach. Daß dieser

Macros dadurch das Eindringen des Feindes verhindern wollte, ist etwas, womit wir uns noch beschäftigen müssen. Worum es jetzt geht, ist die Tatsache, daß der Verrat sein Werk war, und das enthebt Euch von der Verantwortung, andere als ihn dafür zu bestrafen. Da Macros aber vermutlich tot ist, erledigt sich die Sache von selbst.«

»Hochopepa, Eure Zunge ist so glatt wie die einer Relli. Natürlich werde ich nicht ohne guten Grund bestrafen, aber andererseits bin ich auch nicht so ohne weiteres bereit, meine frühere versöhnliche Haltung gegenüber dem Königreich wieder einzunehmen.«

»Majestät«, warf Pug ein. »Das wäre im Augenblick auch gar nicht angebracht.« Als Ichindar ihn dieser Bemerkung wegen erstaunt anblickte, fuhr Pug fort: »Sosehr ich hoffe, daß unsere Völker eines Tages Frieden und Freundschaft schließen, verlangen gegenwärtig dringendere Angelegenheiten unsere volle Aufmerksamkeit. In der nächsten Zeit muß es so sein, als gäbe es nie wieder Verbindung zwischen den beiden Welten.«

Der Kaiser richtete sich auf. »Nach dem, was ich davon verstehe, muß ich Euch zustimmen. Wichtigeres hat den Vorrang. Ich habe in Kürze eine Entscheidung zu treffen, die den Lauf der tsuranischen Geschichte vielleicht für immer bestimmen wird.« Er verstummte, und nachdem er eine Weile seinen Gedanken nachgehangen hatte, sagte er: »Als Kamatsu und die anderen zu mir kamen und von Eurer Rückkehr und Eurem Verdacht einer dunklen Macht tsuranischen Ursprungs auf Eurer Welt berichteten, wollte ich mich nicht damit belasten. Mich scherten weder Eure Probleme noch die Eurer Welt. Nicht einmal die Möglichkeit eines neuen Einfalls in Euer Land interessierte mich. Ich hatte Angst, erneut zu handeln, denn ich hatte nach dem Angriff auf Eure Welt viel meines Gesichts vor dem Hohen Rat verloren.« Wieder schien er seinen Gedanken nachzuhängen, bevor er fortfuhr: »Eure Welt ist schön, soviel ich vor der Schlacht davon sah.« Er seufzte, und seine Augen richteten sich fest auf Pug. »Milamber, wäre Elgahar nicht zu mir gekommen und hätte bestätigt, was Eure Verbündeten in der Partei der Blauen Räder berichteten, wärt Ihr jetzt vermutlich tot, und ich wäre Euch bestimmt bald gefolgt, während Axantucar einen blutigen Bürgerkrieg entfacht hätte. Er hatte das Weiß und Gold seiner Macht lediglich der Empörung über den Verrat zu verdanken. Ihr habt meine Ermordung, wenn nicht ein schlimmeres Unheil für das Reich verhindert. Ich würde sagen, das bedarf der Berücksichtigung, allerdings müßt Ihr wissen, daß die Unruhen im Reich nun erst richtig beginnen.«

Pug entgegnete: »Aufgrund meiner Ausbildung und meines Aufenthalts im Reich ist mir durchaus klar, daß die Ränke des Rates nun nur noch heftiger werden.«

Ichindar blickte durchs Fenster. »Ich werde die Geschichtskundigen bemühen, aber ich bin ziemlich sicher, daß Axantucar der erste Kriegsherr ist, der von einem Kaiser gehenkt wurde.« Hängen war die entehrendste Strafe für einen Krieger. »Aber da er zweifellos eben dieses Schicksal für mich bestimmt hatte, glaube ich nicht, daß es noch nicht zum Aufstand kommen wird, jedenfalls nicht diese Woche.«

Die Kriegsherren des Hohen Rats, die an dieser Besprechung teilnahmen, blickten einander an. Schließlich sagte Kamatsu: »Licht des Himmels, gestattet Ihr? Die Kriegspartei zieht sich zurück. Der Hochverrat durch den Kriegsherrn hat sie jeglicher Verhandlungsgrundlage im Hohen Rat beraubt. Schon in diesem Augenblick dürfte sie sich aufgelöst haben, und ihre Clans und Familie werden sich besprechen, um zu entscheiden, welchen Parteien sie sich anschließen sollen, um wenigstens einen Teil ihres Einflusses zurückzugewinnen. Gegenwärtig sind die Gemäßigten an der Macht.«

Der Kaiser schüttelte den Kopf und sagte in erstaunlich scharfem Ton: »Nein, edler Lord, Ihr täuscht Euch. In Tsuranuanni herrsche *ich*!« Er erhob sich, und sein Blick wanderte über die Anwesenden. »Bis die Angelegenheit, deretwegen Milamber zu uns kam, entschieden und das Reich wahrhaft sicher ist oder die Bedrohung sich als Irrtum erwiesen hat, wird der Hohe Rat nicht mehr tagen! Es wird auch keinen neuen Kriegsherrn geben, ehe ich nicht zur Wahl im Rat aufrufe! Und bis ich es anders bestimme, werde ich das Gesetz sein!«

Hochopepa sah ihn an: »Und die Vereinigung, Majestät?«

»Für sie ändert sich nichts. Aber seid gewarnt, Erhabener, achtet auf Eure Brüder! Sollte noch einmal eine Verschwörung aufgedeckt werden, in die ein Schwarzgewandeter verwickelt ist, wird die Vereinigung nicht länger Gesetz sein. Selbst wenn ich mich gezwungen sähe, alle Streitkräfte des Reiches gegen eure magische Macht einzusetzen, und selbst wenn es die völlige Vernichtung des Reiches bedeutete, werde ich nicht mehr zulassen, daß je wieder jemand die Oberherrschaft des Kaisers in Frage stellt! Ist das klar?«

»Selbstverständlich, Eure Majestät«, versicherte ihm Hochopepa. »Elgahars Selbstverleugnung sowie seines Bruders und des Kriegsherrn Absichten, werden den anderen in der Vereinigung zu denken geben. Ihr könnt Euch darauf verlassen, daß ich die Sache zur Sprache bringe.«

Nun wandte der Kaiser sich an Pug: »Erhabener, ich kann der Vereinigung nicht befehlen, Euch wieder aufzunehmen, noch würde ich mich ganz wohl fühlen, Euch auf die Dauer um mich zu haben. Doch bis diese Angelegenheit zu einem Abschluß gebracht ist, steht Euch frei zu kommen und zu gehen, wie Ihr es für erforderlich haltet. Bevor Ihr wieder auf Eure Heimatwelt zurückkehrt, laßt uns wissen, was Ihr herausgefunden habt. Wir sind bereit, Euch entgegenzukommen und Euch, so gut wir es können, behilflich zu sein, die Vernichtung Eurer Welt zu verhindern. Und nun…« Er ging zur Tür. »…muß ich in meinen Palast zurück. Ich habe ein Reich neu aufzubauen.«

Auch die anderen verabschiedeten sich. Ehe er ihnen folgte, sagte Kamatsu zu Pug: »Erhabener, zumindest im Augenblick sieht alles vielversprechend aus.«

»Im Augenblick, ja, alter Freund. Versucht dem Licht des Himmels zu helfen, denn ihm könnte ein kurzes Leben beschieden sein, wenn seine heutigen Erlasse morgen öffentlich verkündet werden.«

Der Lord der Shinzawai verbeugte sich vor Pug. »Euer Wunsch ist mir Befehl, Erhabener.«

Pug wandte sich an Hochopepa: »Wecken wir Dominic und Meecham und begeben uns zur Vereinigung, Hocho. Es gibt viel zu tun!«

»Einen Augenblick, ich möchte erst Elgahar noch eine Frage stellen.« Der Magier wandte sich an des Kriegsherrn ehemaligen Getreuen. »Weshalb die plötzliche Kehrtwendung? Ich hielt Euch immer für Eures Bruders Werkzeug.«

Der andere Magier antwortete: »Milambers Bericht von der Gefahr auf seiner Heimatwelt gab mir zu denken. Ich nahm mir die Zeit, alle Möglichkeiten abzuwägen, und als ich Milamber die offensichtliche Antwort zuflüsterte, bestätigte er sie. Sie zu mißachten, wäre ein zu großes Risiko. Und verglichen damit, ist alles andere unwichtig.«

Hochopepa wandte sich zu Pug um. »Ich verstehe noch immer nicht. Wovon spricht er?«

Pug ließ die Schultern hängen, aber aus seiner Haltung sprach mehr die Erschöpfung. Eine bisher tief verborgene Angst drängte sich ins Bewußtsein. »Ich zögere, davon auch nur zu sprechen«, murmelte er. »Elgahar schloß etwas, was ich selbst vermutete, jedoch mir einzugestehen Angst hatte.«

Einen Augenblick schwieg er, und alle schienen den Atem anzuhalten. Schließlich erklärte er: »Der FEIND ist zurückgekehrt!«

Pug legte das ledergebundene Buch zur Seite. »Wieder nichts.« Er fuhr sich mit der Hand über das Gesicht und schloß müde die Augen. Er hatte so viel zu tun, und es quälte ihn das Gefühl, daß die Zeit knapp wurde, Die Entdeckung seiner Fähigkeiten als Magier des Niedrigeren Pfades behielt er für sich. Das war eine Sache seines Wesens, die er nie vermutet hatte, und er wünschte sich Ruhe, um dieser Entdeckung ungestört nachgehen zu können.

Hochopepa und Elgahar blickten von ihren Büchern auf. Letzterer hatte besonders hart gearbeitet, vielleicht, um seinen Willen zur Wiedergutmachung zu beweisen. »In diesen Unterlagen herrscht ein wirres Durcheinander, Milamber«, sagte er.

Pug pflichtete ihm bei. »Ich erklärte Hocho schon vor zwei Jahren, daß die Vereinigung in ihrem Hochmut nachlässig geworden sei. Diese Unordnung ist nur ein Beispiel.« Pug strich sein schwarzes Gewand glatt. Als die Gründe für seine Rückkehr bekannt geworden waren, hatte man ihm auf Antrag seiner alten Freunde und unterstützt von Elgahar ohne Zögern seine ehemalige Mitgliedschaft wieder zugestanden. Von den Abstimmenden hatten sich nur ein paar der Stimme enthalten, und nicht einer hatte gegen ihn gestimmt. Ein jeder Erhabene hatte einmal auf dem Prüfungsturm gestanden und die finstere Macht des Feindes gesehen.

Shimone, einer von Pugs ältesten Freunden in der Vereinigung und sein ehemaliger Lehrer, trat mit Dominic ein. Seit der Marterung durch des Kriegsherrn Foltermeister am vergangenen Abend hatte der Mönch sich erstaunlich gut erholt. Er hatte seine magischen Heilkräfte an Meecham und Pug angewandt, doch an sich selbst vermochte er es nicht. Glücklicherweise war er jedoch imstande gewesen, die Magier der Vereinigung in der Mischung einer Heilsalbe zu unterweisen, die ein Schwären seiner Schnitt- und Brandwunden verhindert hatte.

»Milamber, dein Priesterfreund ist ein wahres Genie! Er hat

uns erklärt, wie wir auf ganz einfache Weise unsere Bücher katalogisieren können.« Shimone strahlte.

»Ich habe nur erzählt, wie wir es in Sarth handhaben«, wehrte Dominic das Lob ab. »Es ist ja wirklich ein ziemliches Durcheinander hier, doch ist es nicht ganz so schlimm, wie es auf den ersten Blick zu sein scheint.«

Hochopepa reckte sich. »Mich beunruhigt, daß es hier wenig gibt, das wir nicht ohnehin wissen. Es sieht so aus, als wäre, was wir bei der Prüfung auf dem Turm sahen, die früheste Erinnerung an den Feind, und als gäbe es keine anderen Aufzeichnungen.«

»Das könnte schon sein«, meinte Pug. »Die meisten wahrlich großen Magier gingen bei ihrem Einsatz auf der goldenen Brücke zugrunde, nachdem sie ihre Lehrlinge und die Niedrigeren Magier in Sicherheit gebracht hatten. Es können Jahre vergangen sein, bis überhaupt einer daran dachte, das Geschehen niederzuschreiben!«

Meecham trat mit einem riesigen Bündel uralter, in behandelten Häuten gebundener Bände ein. Pug deutete auf den Boden in seiner Nähe, dort setzte Meecham es ab. Pug öffnete das Bündel und verteilte die Werke. Elgahar öffnete ein Buch, dessen Einband regelrecht knarrte. »Ihr Götter von Tsuranuanni!« hauchte er. »Diese Werke sind aber wirklich alt!«

»Sie gehören zu den ältesten im Besitz der Vereinigung«, versicherte ihm Dominic. »Meecham und ich brauchten eine ganze Stunde, bis wir sie entdeckt hatten, und eine weitere, an sie heranzukommen.«

Shimone staunte. »Das ist ja schon eine andere Sprache, so alt ist sie. Es gibt Wortkombinationen und Beugungen, dergleichen ich noch nie hörte.«

Hochopepa blickte von seinem Buch hoch. »Milamber, hör dir das an! *Und als die Brücke verschwand, beharrte Avarie trotzdem auf einer Ratssitzung.*«

»Die goldene Brücke?« dachte Elgahar laut.

Pug und die anderen hielten in ihrer Arbeit inne und hörten zu, als Hochopepa weiterlas. *»Nur dreizehn waren von den Alstwanabi übrig, zu ihnen gehörten Avarie, Marlee, Caron* – dann sind noch weitere Namen aufgezählt«, sagte der Magier und las weiter: *»Und wenig Trost hatten sie, doch dann sprach Marlee ihre Worte der Macht und stillte ihre Furcht. Wir sind auf dieser Welt, die Chakakan* – könnte das die alte Form von ›Chochocan‹ sein? – *für uns erschaffen hat, und wir werden es durchstehen. Jene, die beobachteten, sagen, wir seien sicher vor der Finsternis.* Finsternis? Kann es wahrhaftig sein?«

Pug las diesen Absatz noch einmal stumm. »Es ist dasselbe Wort, das Rogen nach seinem Zweiten Gesicht aussprach. Es kann nicht bloß Zufall sein! Hier haben wir unseren Beweis! Der Feind hat irgendwie etwas mit den Anschlägen auf Fürst Arutha zu tun!«

»Da ist noch etwas«, darauf wies Dominic hin.

»Richtig«, bestätigte Elgahar. »Wer sind *jene, die beobachteten?«*

Pug schob das Buch beiseite. Die Anstrengungen der letzten Tage übermannten auch ihn. Von allen, die den ganzen Tag unzählige Bücher durchgesehen hatten, war nun nur noch Dominic wach geblieben. Der ishapische Mönch schien imstande zu sein, seine Erschöpfung völlig zu verdrängen.

Pug schloß die Augen, um sie eine Weile ausruhen zu lassen. Seine Gedanken hatten sich mit vielem beschäftigt, und vieles hatte er unbeachtet gelassen. Nun huschten Bilder vor seinem inneren Auge vorüber, doch keines wollte konkret Gestalt annehmen.

Es dauerte nicht lange, da hatte der Schlaf sich seiner bemächtigt, und während er schlief, träumte er.

Wieder stand er auf dem Dach des Gebäudes der Vereinigung.

Er trug den grauen Kittel des Schülers, und Shimone deutete auf die Turmtreppe. Er wußte, er mußte sie wieder erklimmen, mußte sich erneut dem Sturm stellen, mußte wieder die Prüfung bestehen, aus der er als Erhabener hervorgehen würde.

In seinem Traum begann er die Treppe hinaufzusteigen, und auf jeder Stufe sah er etwas. Zunächst eine Reihe verschwommener Bilder, dann stieß ein Vogel ins Wasser hinab, seine scharlachroten Schwingen hoben sich leuchtend vom Blau des Himmels und des Wassers ab. Danach wechselten die Bilder in schneller Reihenfolge ab: Heiße Dschungel, in denen Sklaven schufteten; ein Scharmützel, ein sterbender Soldat; Thūn, die über die nördliche Tundra rannten; eine junge Frau, die einen Bediensteten ihres Gatten verführte; ein Kaufmann an seinem Stand. Und nun wanderte sein innerer Blick nordwärts und er sah…

Windgepeitschte, grimmig kalte Eisfelder. Von einem Turm aus Eis und Schnee kamen dickvermummte Wesen. Von menschlicher Gestalt waren sie, doch verriet ihr katzenhafter Gang, daß sie nicht wirklich Menschen waren. Sie waren alt und weise auf eine den Menschen unbekannte Art, und sie suchten nach einem Zeichen am Himmel. Sie blickten hinauf und beobachteten das Firmament. Sie beobachteten! Beobachter!

Pug schlug die Augen auf und schreckte hoch. »Was gibt's?« erkundigte sich Dominic.

»Holt die anderen«, bat Pug. »Jetzt *weiß* ich es!«

Pug stand vor den anderen, und sein schwarzes Gewand flatterte im Morgenwind. »Du willst wirklich niemanden mitnehmen?« fragte Hochopepa erneut.

»Nein, Hocho, aber du könntest dich nützlich machen, wenn du Dominic und Meecham zu meinem Anwesen bringst, damit sie nach Midkemia zurückkehren können. Ich habe alles, was ich erfahren habe, für Kulgan und die anderen niedergeschrieben und Botschaften für alle zusammengestellt, die erfahren müssen, was wir bisher entdeckten. Ich jage vielleicht einem Irrbild nach, indem ich diese Beobachter im Norden suche. Und du kannst wirklich nicht mehr tun, als daß du meine Freunde zurückbringst.«

Elgahar trat näher. »Wenn es gestattet ist, würde ich gern Eure Freunde auf Eure Welt begleiten.«

»Warum?« fragte Pug.

»Die Vereinigung hat kein großes Interesse an einem Mann, der für den Kriegsherrn arbeitete. Und Ihr habt erwähnt, daß an Eurer Akademie Erhabene weilen, die noch ausgebildet werden müssen. Nennt es Buße, wenn Ihr wollt. Ich werde zumindest eine Weile dort bleiben und den Schülern Unterricht erteilen, so gut ich es kann.«

Pug dachte nach. »Nun gut. Kulgan wird Euch erklären, was zu tun ist. Doch bedenket, daß der Rang eines Erhabenen auf Midkemia nichts bedeutet. Ihr werdet lediglich einer unter vielen sein. Das dürfte sich als keine leichte Umstellung erweisen.«

»Ich werde mir Mühe geben«, versicherte ihm Elgahar.

Da sagte Hochopepa: »Das ist eine großartige Idee! Ich habe mich oft gefragt, wie es in diesem barbarischen Land zugeht, von dem du stammst, Milamber. Und ich möchte neue Erfahrungen sammeln. Ich werde ebenfalls mitgehen!«

»Hocho!« Pug warnte. »In der Akademie findest du keine der üblichen Bequemlichkeiten vor!«

»Das macht nichts. Milamber, du brauchst Verbündete auf deiner Welt. Deine Freunde benötigen Hilfe, und zwar schnell, der Feind ist etwas, über den keiner von uns Genaueres weiß. Wir fangen am besten sogleich an, ihn zu bekämpfen. Und was den Mangel an Bequemlichkeiten betrifft, nun, ich werde auch ohne sie auskommen.«

»Außerdem«, meinte Pug, »reizt dich Macros' Bibliothek, seit ich davon sprach.«

Meecham schüttelte den Kopf. »Das kann was werden! Er und Kulgan! Zwei Erbsen in einem Topf.«

»Was ist eine Erbse?« erkundigte sich Hochopepa.

»Das wirst du bald erfahren, alter Freund.« Pug umarmte Hocho und Shimone, schüttelte Meecham und Dominic die Hände und verneigte sich vor den anderen Mitgliedern der Vereinigung. »Folgt bei der Öffnung des Spalts genau meinen Anweisungen, wie ich sie für euch aufgeschrieben habe. Und schließt ihn, sobald ihr ihn durchschritten habt. Der Feind könnte immer noch nach einem Spalt suchen, um unsere Welten zu betreten.

Ich begebe mich zum Shinzawai-Landsitz, dem nördlichsten Punkt, den ich über ein Muster erreichen kann. Dort besorge ich mir ein Pferd und überquere die Thūnische Tundra. Wenn es die Beobachter noch gibt, werde ich sie finden und von ihnen erfahren, was sie über den Feind wissen. Mit diesem Wissen kehre ich nach Midkemia zurück, und dann sehen wir uns wieder. Paßt bis dahin gut aufeinander auf, meine Freunde.«

Pug sprach den erforderlichen Zauber, verschwamm vor den Blicken der anderen und war verschwunden.

Sie verharrten noch eine Weile. Schließlich drängte Hochopepa: »Kommt, wir müssen unsere Vorbereitungen treffen.« Er blickte Dominic, Meecham und Elgahar an. »Gehen wir, meine Freunde.«

Vergeltung

Jimmy zuckte zusammen und erwachte.

Jemand war vorübergegangen. Jimmy hatte wie die anderen tagsüber geschlafen, um die Nacht abzuwarten, bevor er sich in dem schwarzen Gebäude umsah.

Unwillkürlich schauderte er. Den ganzen Tag hatten ihn Träume verfolgt, Träume mit unerklärlichen, beunruhigenden Bildern. Aber es waren keine richtigen Alpträume gewesen, sondern eher Träume, die seltsame Sehnsüchte und Verlangen geweckt hatten. Ihm schien, als habe er die Träume eines anderen geträumt.

Er schüttelte dieses merkwürdige Gefühl ab und warf einen Blick auf die anderen, die schliefen, außer Baru, der zu meditieren schien. Er saß mit verschränkten Beinen aufrecht, die Hände auf den Schenkeln ruhend, die Augen geschlossen, und atmete gleichmäßig.

Aus einiger Entfernung hörte er plötzlich: »...irgendwo hier sein.«

»Wenn er so dumm war, daß er hineingegangen ist, ist es seine eigene Schuld«, sagte eine zweite Stimme mit seltsamem Klang.

»Ich suche nach ihm jedenfalls nicht im Haus«, sagte nun eine weitere Stimme. »Nicht, nachdem man uns warnte, es ja nicht zu betreten!«

»Reitz befahl aber, Jaccon zu suchen. Und du weißt, wie er über Fahnenflucht denkt! Wenn wir Jaccon nicht finden, läßt er seine Wut bestimmt an uns aus!« gab der zu bedenken, den Jimmy als ersten gehört hatte.

»Reitz hat nichts zu sagen!« erklärte der Moredhel. »Murad hat das Betreten des schwarzen Gebäudes verboten. Wollt ihr euch lieber seinen Grimm zuziehen und es mit den Schwarzen Kämpfern zu tun kriegen?«

»Nein«, entgegnete die Stimme des ersten. »Aber laß dir lieber was einfallen, was wir Reitz sagen können. Ich weiß…«

Die Stimmen wurden leiser. Jimmy wartete, bis sie nicht mehr zu hören waren, dann wagte er einen schnellen Blick aus dem Spalt. Zwei Menschen und ein Moredhel gingen auf die Brücke zu, einer der Menschen gestikulierte wild. An der Brücke blieben sie stehen, sprachen dort mit Murad und deuteten auf das Haus. Auf der anderen Seite der Brücke wartete eine ganze Kompanie Reiter auf die vier, die nun die Brücke überquerten.

Jimmy ließ sich in die Höhle hinab. Er weckte Arutha. »Wir haben oben Besuch«, flüsterte er. Dann senkte er seine Stimme noch mehr, damit Baru ihn nicht hören konnte, und fuhr fort: »Euer alter, narbengesichtiger Freund ist dabei.«

»Wie lange noch bis Sonnenuntergang?«

»Nicht ganz eine Stunde, vielleicht noch zwei, bis es völlig dunkel ist.«

Arutha nickte und machte es sich wieder bequem, um weiter zu warten. Jimmy wühlte in seinem Beutel nach Dörrfleisch. Sein knurrender Magen erinnerte ihn, daß er den ganzen Tag noch nichts gegessen hatte, und er sagte sich, wenn er in der Nacht sterben mußte, dann konnte er es genausogut mit vollem Magen.

Die Zeit verging unendlich langsam, und Jimmy fiel auf, daß die düstere Stimmung eines jeden der Gefährten über die Anspannung hinausging, die in ihrer Lage natürlich gewesen wäre. Martin und Laurie saßen in tiefem, grübelndem Schweigen; Aruthas Nerven schienen zum Zerreißen gespannt zu sein; Baru murmelte in sich versunken Gebete; und Roald stierte auf eine Wand. Jimmy selbst glaubte verschwommene Bilder seltsamer, eigenartig gewandeter Menschen zu sehen, die merkwürdigen Geschäften nachgingen. Kopfschüttelnd verdrängte er sie.

Gerade laut und fest genug, um alle auf sich aufmerksam zu machen, sagte er: »He! Ihr seht alle irgendwie – verloren aus!«

Blinzelnd blickte Martin zu ihm hoch. »Ich – ich dachte an Vater.«

»Es muß an diesem Ort hier liegen«, sagte Arutha leise. »Ich hatte alle Hoffnung fast aufgegeben.«

Roald schüttelte sich. »Ich war wieder im Schnitterpaß, nur daß diesmal die Verstärkung von Hohenburg nicht rechtzeitig einschritt.«

»Ich sang – meine Todesklage«, gestand Baru.

Heftig stand Laurie auf und trat neben Jimmy. »Ja, es ist dieser verfluchte Ort. Ich bildete mir ein, Carline hätte sich während meiner Abwesenheit in einen anderen verliebt.« Fragend schaute er den Jungen an. »Und du?«

»Mich traf es auf andere Weise, vielleicht liegt das an meinem Alter. Ich sah fremdartige Leute in verrückter Kleidung. Und irgendwie reizte mich das, weckte Wut in mir.«

Martin erinnerte sich: »Die Elben sagten, die Moredhel kämen hierher, um sich Träumen der Macht hinzugeben.«

»Na ja, ich kann nur sagen, ihr saht alle wie diese wandelnden Toten aus.« Jimmy schüttelte sich und ging zum Spalt. »Es ist dunkel. Ich werde mich mal umschauen, und wenn alles still ist, können wir alle hinausklettern.«

Arutha stand auf. »Ich glaube, ich sollte dich begleiten.«

»Nein«, widersprach der Junge. »Versteht es bitte nicht falsch, aber wenn ich schon mein Leben aufs Spiel setze, indem ich etwas tue, wozu mich lange Erfahrung befähigt, dann möchte ich mich nicht durch einen Neuling in Gefahr bringen.«

»Aber es ist sehr gefährlich!« gab Arutha zu bedenken.

»Eben deshalb«, entgegnete Jimmy. »Diesen Drachenherrenschrein zu knacken, dazu gehört ganz besondere Geschicklichkeit und, wie schon gesagt, Erfahrung. Seid vernünftig und laßt mich allein gehen, sonst seid Ihr am Ende tot, ehe ich auch bloß sagen kann: ›Steigt nicht auf diese Fliese, Hoheit!‹ Dann hätten wir die ganze Mühe nämlich überhaupt nicht auf uns zu nehmen brauchen, sondern in Krondor bleiben und Euch von den Nachtgreifern aufspießen lassen können; und ich hätte viel angenehmere Nächte in Eurer Stadt verbracht.«

»Er hat recht«, warf Martin ein.

Arutha gestand: »Es gefällt mir zwar nicht, aber ich muß auch zugeben, daß du recht hast, Jimmy.« Als der Junge sich zum Gehen wandte, fügte der Fürst hinzu: »Habe ich schon einmal gesagt, daß du mich manchmal an diesen Piraten Amos Trask erinnerst?«

Im Dunkeln ahnten sie des Jungen Grinsen mehr, als daß sie es sahen.

Jimmy kletterte den Spalt hoch und spähte um sich. Niemand war zu sehen, so lief er zu dem Gebäude hinüber. Dicht an die Wand gepreßt, bog er um die Ecke zur Tür. Dort blieb er stehen und überlegte, wie sich das Problem am besten angehen ließ. Wieder betrachtete er die Tür, dann kletterte er neben ihr hoch, wo er in der Wand Halt für Finger und Zehen fand. Auch diesmal schaute er eingehend durch das Fenster auf den Vorraum hinunter. Die Flügeltür stand offen und führte in Dunkelheit, ansonsten war der Raum leer. Jimmy schaute nach oben zur glatten Decke.

Was erwartete ihn im Innern? So sicher, wie ein Hund Flöhe hatte, erwartete ihn eine Falle im Haus. Doch welcher Art war sie? Und wie konnte er ihr entgehen? Wieder verspürte er dieses Kribbeln, das ihm sagte, etwas an diesem Gebäude sei nicht geheuer.

Er ließ sich die Wand wieder hinunter und atmete tief ein. Er hob den Riegel, schob die Tür auf und sprang nach links, damit die aufschwingende Tür, die ihre Angeln rechts hatte, ihn zunächst vor etwas, das hinter ihr sein mochte, schützte. Nichts geschah.

Vorsichtig spähte er ins Haus und strengte die Sinne an, um Unstimmigkeiten im Bodenmuster, der Raumeinteilung oder sonstige Hinweise auf eine mögliche Falle zu entdecken. Er fand nichts. Nun lehnte er sich an die Tür. Was sollte er tun, wenn die Falle magischer Art war? Er hatte keinen Schutz gegen Zauber, der dazu bestimmt war, Menschen zu töten oder Moredhel, oder jemanden, der Grün trug, oder was immer es sein mochte. Er streckte die Hand durch die Türöffnung, bereit, sie sofort wieder zurückzuziehen. Wieder geschah nichts.

Jimmy legte sich auf den Boden nieder, und er hoffte, ihm würde jetzt etwas auffallen. Aber erst, als er wieder aufstand, bemerkte er etwas. Der – Boden bestand aus Marmorfliesen gleicher Größe und Beschaffenheit, durch schmale Fugen voneinander getrennt. Behutsam setzte er einen Fuß auf die Fliese direkt vor der Tür, dann drückte er allmählich fester auf, bis sein ganzes Gewicht auf ihr ruhte. Nichts geschah.

Jetzt erst wagte er einzutreten und wandte sich der Flügeltür am hinteren Ende der Vorhalle zu. Er untersuchte jede Fliese, bevor er darauf trat, studierte die Wände und Decke. Doch da war nichts, was ihm hätte weiterhelfen können. Aber da war dieses alte vertraute Kribbeln, daß etwas hier nicht stimmte.

Seufzend trat er durch die offene Flügeltür und begab sich tiefer in das Gebäude.

In seinem früheren Gewerbe hatte Jimmy schon viele schlimme Burschen erlebt. Jaccon hätte großartig zu ihnen gepaßt! Jimmy kauerte sich auf den Boden und drehte die Leiche auf den Rükken. Als ihr Gewicht sich dabei auf die Fliese vor der Tür verlagerte, war ein leises Schnappen zu hören, und etwas schoß herab. Er untersuchte den Toten und fand einen Bolzen, der in der Brust steckte. Jimmy berührte ihn nicht, er wußte auch so, daß er in ein schnell wirkendes Gift getaucht worden war. Aber da war noch etwas anderes an Jaccon, was ihn interessierte, ein geschmiedeter Dolch mit edelsteinbesetztem Griff. Er zog ihn aus des Mannes Gürtel und schob ihn unter seinen Kittel.

Dann richtete sich Jimmy wieder auf. Er war durch einen langen Gang in ein Untergeschoß gelangt. Er schätzte, daß er sich jetzt knapp dreihundert Fuß von den Höhlen befand, in denen Arutha und die anderen warteten. Auf die Leiche war er an der einzigen Tür am Ende des Korridors gestoßen. Die Fliese unmittelbar dahinter war eine winzige Spur tiefer als die übrigen.

Er ging vorsichtig auf die Fliese neben der Tür zu. Die Falle war so offensichtlich, daß sie nach Vorsicht geradezu schrie. Nur dieser Dummkopf in seiner Gier, hier an sagenhafte Schätze zu gelangen, hatte sie nicht beachtet – und den Preis bezahlt.

Wieder spürte Jimmy dieses Kribbeln. Ja, die Falle war *zu* offensichtlich! Als beabsichtige derjenige, der sie aufgestellt hatte, daß man sich sicher fühlte, nachdem man sie erkannt und umgangen hatte! Jimmy schüttelte den Kopf. Nun war er ganz der erfahrene Einbrecher, der sehr wohl wußte, daß jeder falsche Schritt auch sein letzter sein konnte.

Er wünschte, er hätte etwas mehr Licht als das schwache der Fackel, die er mitgenommen hatte. Er betrachtete den Boden vor Jaccon und entdeckte eine weitere, etwas tiefere Fliese. Vorsichtig tastete er am Türrahmen entlang, fand jedoch keinerlei Auslöser. Nun erst stieg er über die Schwelle, vermied dabei jedoch die Fliesen vor der Tür. An dem Toten vorbei machte er sich weiter auf den Weg ins Innere.

Vor ihm öffnete sich ein runder Raum. In seiner Mitte erhob sich ein schlanker Sockel, und darauf ruhte eine Kristallkugel, die von einer unsichtbaren Lichtquelle beleuchtet wurde. So war ganz deutlich zu erkennen, was sie enthielt: einen Zweig mit silbergrünen Blättern, roten Beeren und silbrigen Dornen!

Wachsam betrat Jimmy den Raum. Er schaute sich überall um, nur auf den Ständer achtete er nicht, und untersuchte jeden Zoll, den er zu erreichen vermochte, ohne dem Licht um die Kugel zu nahe zu kommen. Nirgends fand er etwas, was ein Auslöser für eine weitere Falle sein mochte. Doch noch immer warnte ihn das Kribbeln, für ihn ein sicheres Zeichen dafür, daß irgend etwas nicht stimmte. Seit er auf die Leiche von Jaccon gestoßen war, hatte er drei Fallen ausfindig gemacht, die einem erfahrenen Einbrecher auffallen mußten. Doch hier, wo er die letzte Falle erwartete, fand er keine.

Er ließ sich auf den Boden nieder und überlegte.

Arutha und die anderen blickten ihm entgegen. Jimmy kletterte durch den Spalt zurück und ließ sich vom letzten Absatz in die Höhle fallen. »Was hast du erkundet?« fragte Arutha atemlos.

»Das Gebäude ist riesig und hat eine Menge leere Räume, die alle so angelegt sind, daß man von der Tür aus nur in eine Richtung gehen kann, und zwar zur Mitte des Gebäudes und auf demselben Weg wieder hinaus. Abgesehen von einer Art Schrein in der Mitte gibt es dort überhaupt nichts, wenn man von den paar Fallen absieht – aber ganz einfache, die man mit Leichtigkeit umgehen kann.

Doch das Ganze ist zu auffallend! Etwas stimmt nicht! Das Gebäude ist nicht ›echt‹!«

»Was meinst du damit?« fragte Arutha.

»Angenommen, Ihr wolltet jemanden erwischen, von dem Ihr glaubt, daß er sehr klug ist. Würdet Ihr dann nicht eine letzte, ganz besondere Falle einrichten, falls all die tüchtigen Burschen, die Ihr zum Fangen Eures Opfers ausgeschickt habt, versagen?«

»Du glaubst, das Gebäude ist eine Falle?« fragte Martin.

»Ja, eine ausgeklügelte Falle. Hört zu, gesetzt den Fall, ihr habt diesen mystischen See, und euer ganzer Stamm kommt hierher, um Zauber zu wirken oder Macht von den Toten zu gewinnen, oder was immer es ist, das die düsteren Brüder hier tun. Dann wollt ihr, weil ihr überlegt, wie ein Mensch denken würde, diesen letzten Schutz errichten. Vielleicht bauen Drachenherren keine Häuser, aber Menschen tun es. Also errichtet ihr dieses Gebäude, dieses riesige Gebäude mit nichts in seinem Inneren. Dann stellt ihr einen Zweig Silberdorn irgendwo auf, auf etwas, das wie ein Schrein aussieht, und dann stellt ihr die Falle. Nun, jemand entdeckt die Schutzvorrichtungen, die ihr auf dem Weg dorthin errichtet habt, weicht ihnen aus, hält sich für unheimlich klug, dringt weiter vor und findet das gesuchte Silberdorn, greift danach und...«

»Und die Falle schnappt zu!« unterbrach ihn Laurie mit unüberhörbarer Bewunderung für Jimmys Scharfsinn.

»Und die Falle schnappt zu«, bestätigte der Junge. »Ich weiß nicht wie, aber ich könnte wetten, daß diese letzte Falle magischer Natur ist. Die anderen waren zu leicht zu finden, und dann am Ende – nichts. Vielleicht schlagen alle Türen zu, wenn man die Kugel mit dem Silberdorn berührt, und dann kommen hundert dieser untoten Krieger aus den Wänden, oder das Gebäude bricht einfach über einem zusammen.«

»Ich weiß nicht so recht«, murmelte Arutha zweifelnd.

»Hört zu. Da ist eine habsüchtige Meute Banditen. Die meisten sind nicht sehr klug, denn sonst wären sie keine Gesetzlosen, die in den Bergen hausen müssen, sondern stolze Diebe in einer Stadt. Abgesehen davon, daß sie dumm sind, sind sie scharf auf Reichtum. Also kommen sie hierher, um sich ein bißchen Gold damit zu verdienen, daß sie nach dem Fürsten Ausschau halten. Man sagt ihnen: ›Betretet dieses Gebäude nicht, denn das ist gefährlich.‹ Jetzt glaubt natürlich jeder dieser Burschen, die Moredhel würden lügen, weil er weiß, daß jeder andere so dumm und habsüchtig ist wie er selber. Einer dieser so von sich überzeugten Kerle sieht sich also in dem Gebäude um und bekommt dafür einen Giftbolzen in die Brust.«

Jimmy machte eine Verschnaufpause, ehe er fortfuhr: »Nachdem ich die Kugel auf dem Ständer entdeckt hatte, kehrte ich um und schaute mich eingehend um. Das Gebäude ist neu, die Moredhel müssen es erbaut haben, vor kurzem erst. Es ist hauptsächlich aus Holz errichtet, mit äußerer Steinverkleidung. Ich kenne alte Gebäude, das jedenfalls ist keines. Ich weiß nicht, wie sie es gemacht haben. Vielleicht mit Hilfe von Zauberei. Wie auch immer, älter als ein paar Monate ist es nicht.«

»Aber Galain sagte, dies sei ein Ort der Valheru«, zweifelte Arutha auch jetzt noch.

»Damit hat er wahrscheinlich recht, aber ich glaube, daß auch Jimmy recht hat. Erinnere dich doch, was du mir von Tomas' Rettung aus dem unterirdischen Valherugewölbe durch Dolgan, kurz vor dem Krieg, erzählt hast«, sagte Martin. Arutha versicherte ihm, daß er sich erinnerte. »Das hier könnte so etwas Ähnliches sein«, meinte Martin nun.

»Zündet eine Fackel an«, bat Arutha. Roald tat es, und sie entfernten sich von dem Spalt.

»Ist jemandem aufgefallen, daß der Boden ziemlich glatt ist?« fragte Laurie.

»Und die Wände sind gerade«, warf Roald ein.

Baru schaute sich um. »In unserer Hast haben wir uns hier überhaupt nicht richtig umgesehen. Die Höhlen sind nicht natürlichen Ursprungs. Ich glaube auch, daß der Junge recht hat: Das Gebäude ist eine Falle!«

»Dieses Höhlennetz hatte zweitausend Jahre oder mehr, um zu verwittern. Durch diesen Spalt über uns dringt der Regen ein und Hochwasser vom See. Dadurch ist auch kaum noch etwas von den Wandmustern erkennbar«, erklärte Martin. Er strich mit den Fingerspitzen über etwas, was auf den ersten Blick natürliche Vertiefungen im Gestein zu sein schienen. »Aber ein wenig doch noch.« Er deutete auf ein Relief, das jedoch kaum noch als solches zu erkennen war.

»Und so träumen wir uralte Träume der Hoffnungslosigkeit!« sagte Baru.

»Hier sind auch noch einige Gänge, die wir nicht durchforscht haben«, erinnerte Jimmy. »Sehen wir sie uns doch an!«

Arutha blickte fragend auf seine Gefährten, dann entschied er: »Also gut, Jimmy, du übernimmst die Führung. Wenden wir uns zunächst der Höhle mit den vielen Abzweigungen zu, dann wählst du eine aus, und wir werden sehen, wohin sie führt.«

Im dritten Gang fanden sie eine Treppe in die Tiefe. Ihr folgend, kamen sie zu einem langen, breiten Korridor. Nach den Ablagerungen auf dem Boden zu schließen, sehr alt. Baru prüfte sie und stellte fest: »Hier war seit Ewigkeiten niemand mehr.«

Jimmy führte sie unter gewaltigen Säulengewölben hindurch, von denen staubbeladene Fackelhalter hingen, so verrostet, daß sie keiner Berührung mehr standhielten. Roald begutachtete riesige Eisenangeln, die zu seltsam verdrehten Rostklumpen verformt kaum noch erkennbar waren. Die Tür, die sie gehalten hatten, war nicht mehr da. »Wer immer hier durch die Tür wollte, schien nicht gewartet zu haben, bis man sie öffnete.«

Sie traten durch die Öffnung hindurch. Jimmy blieb stehen und brach in Staunen aus. »Seht euch das an!«

Vor ihnen lag ein großer Saal, dem noch ein Hauch ehemaliger Pracht anhaftete. Entlang den Wänden hingen die verblichenen Reste ehemaliger Teppiche. Als der Fackelschein darauf fiel, war es, als erwachten uralte Erinnerungen aus äonenlangem Schlaf. Die Überreste vieler, in ihrem Urzustand vielleicht bekannter Dinge lagen zerfallen auf dem Boden verstreut. Holzsplitter, Eisenstücke, die fast nur noch Rost waren, eine vergoldete Scherbe, alles wies auf Gewesenes hin, ohne den Ursprung zu verraten. Das einzige noch erhaltene Stück im ganzen Saal war ein steinerner Thron auf einem Steinpodest an der rechten Wand, etwa in der Mitte. Martin strich sanft über den uralten Stein. »Einst saß ein Valheru hier auf seinem Thron.« Plötzlich wurde allen bewußt, wie fremdartig dieser Ort doch war. Obgleich

Jahrtausende vergangen waren, schien die Macht der Drachenherren immer noch wie ein Hauch gegenwärtig zu sein. Es gab kaum einen Zweifel, daß sie hier inmitten des Vermächtnisses einer alten Rasse standen. Dies war die Quelle der Moredhelträume: Einer der Orte der Macht entlang dem Düsteren Pfad.

»Viel ist nicht übriggeblieben«, stellte Roald fest. »Wer ist daran schuld? Plünderer? Die Düstere Bruderschaft?«

Martin schaute sich um, als erkenne er die Zeitalter der Geschichte im Staub an den Wänden. »Das glaube ich nicht. Alten Sagen zufolge könnte alles hier schon während der Chaoskriege vernichtet worden sein. Sie kämpften auf Drachen reitend. Sie forderten die Götter heraus, so zumindest berichten die Sagen. Wenig, was Zeuge des gewaltigen Krieges war, blieb erhalten. Wir werden die Wahrheit vermutlich nie erfahren.«

Jimmy hatte da und dort den Saal genauer untersucht. Schließlich kehrte er zurück. »Hier wächst gar nichts.«

»Wo nur können wir Silberdorn dann finden?« fragte Arutha bitter. »Wir haben überall gesucht.«

Nach einem langen Schweigen sagte Jimmy: »Nicht überall. Um den See herum, ja, und...« Er deutete sich drehend auf den Saal. »...unter dem See. Aber nicht *im* See.«

»Im See?« Martin blickte ihn erstaunt an.

»Ja«, antwortete Jimmy. »Calin und Galain meinten, es wüchse am Ufer. Hat jemand daran gedacht, die Elben zu fragen, ob es in diesem Jahr stark geregnet hat?«

Martins Augen weiteten sich. »Der See ist über seine Ufer getreten!«

»Möchte jemand schwimmen gehen?« lachte Jimmy.

Jimmy zog den Fuß zurück. »Puh, ist das Wasser kalt!«

Kopfschüttelnd wandte Martin sich an Baru. »Verzärtelter Städter! Er ist siebentausend Fuß hoch im Gebirge und wundert sich, daß der See kalt ist.«

Martin watete ins Wasser, vorsichtig, um keinen Wellenschlag zu verursachen. Baru folgte ihm. Jimmy atmete tief, dann tat er es ihnen nach, schüttelte sich jedoch bei jedem Schritt. Als er in ein Wasserloch trat und bis zur Hüfte versank, öffnete er den Mund wie zu einem lautlosen Entsetzensschrei. Arutha und Roald beobachteten die Brücke, um sicherzugehen, daß sie nicht unverhofft entdeckt wurden. Alle drei kauerten hinter einem sanften Hügel, der sich zum Wasser hinabneigte. Die Nacht war ruhig, und die meisten Moredhel und menschlichen Überläufer schliefen auf der anderen Brückenseite. Die Gefährten hatten beschlossen zu warten, bis das Morgengrauen nur noch etwa eine Stunde entfernt war, denn die Wächter, falls sie Menschen waren, würden um diese Zeit halb schlafend ihren Dienst versehen, und selbst die Moredhel würden annehmen, daß so kurz vor Sonnenaufgang nichts mehr zu erwarten war.

Leisen Bewegungen im Wasser folgte ein Japsen, als Jimmy nach einem ersten Untertauchen rasch wieder auftauchte. Er schnappte nach Luft, ehe er erneut tauchte. Wie die anderen tastete er auf gut Glück. Plötzlich stach er sich an etwas zwischen den moosüberwachsenen Steinen. Er streckte den Kopf aus dem Wasser und keuchte tosend laut, wie ihm schien. Doch nichts auf der Brücke deutete an, daß er gehört worden war. Vorsichtig tauchte er an derselben Stelle und tastete über die glitschigen Steine. Die dornige Pflanze fand er, indem er sich erneut an ihr stach. Noch zweimal stach er sich, ehe er die Pflanze fest in der Hand hatte. Er zog an ihr, und sie gab schnell nach. An der Oberfläche angelangt, flüsterte er: »Ich habe etwas!«

Lachend hielt er die Pflanze hoch, die im Licht des kleinen Mondes fast weiß schimmerte. Es sah aus, als wären rote Beeren an einen Rosenzweig mit silbernen Dornen gesteckt. Erfreut bewunderte er die Pflanze.

Baru und Martin wateten zu ihm und betrachteten den dornigen Zweig. »Wird das genügen?« fragte Baru.

Arutha zischte vom Ufer her: »Die Elben sagten nicht, wieviel wir brauchen würden. Holt noch ein paar Stengel, wenn es möglich ist, aber wir können nur noch ein paar Minuten warten.« Behutsam wickelte er die Pflanze in ein Tuch und verstaute sie in seinem Beutel.

Innerhalb weniger Minuten hatten sie drei weitere Pflanzen gefunden. Arutha hoffte, daß das genügen würde und winkte die drei ans Ufer zurück. Triefnaß kehrten Jimmy, Martin und Baru mit den andern zum Spalt und in die Höhle zurück.

Arutha schien ein neuer Mensch zu werden, als er die Pflanzen im Schein eines brennenden Astes betrachtete, den Roald für ihn hielt.

Jimmy klapperten die Zähne, aber er nickte Martin stolz zu. Arutha konnte den Blick nicht vom Silberdorn nehmen. Er war verwundert über das seltsame Gefühl, das ihn durchrann. Während er die Stengel mit ihren silbrigen Dornen, den roten Beeren und grünen Blättern betrachtete, sah er, nur er allein, einen vertrauten Ort, an dem vielleicht schon bald wieder ein fröhliches Lachen zu hören sein würde, während eine sanfte Hand über sein Antlitz strich. Die Frau, die sein ganzes Glück bedeutete, würde ihm hoffentlich bald wiedergegeben werden!

Jimmy schaute Laurie an. »Jetzt glaube ich selbst, daß wir es schaffen!«

Der Sänger warf Jimmy seinen Kittel zu. »Nun müssen wir bloß noch zusehen, daß wir wieder von hier wegkommen.«

Arutha hob den Kopf. »Macht euch bereit. Wir brechen sofort auf.«

Als Aruthas Oberkörper über dem Schluchtrand auftauchte, sagte Galain: »Ich wollte gerade das Seil hochziehen. Ihr habt es genau berechnet, Fürst Arutha.«

»Ich hielt es für besser, so schnell wie möglich den Berg hinter uns zu bringen, statt einen weiteren Tag zu warten.«

»Da möchte ich Euch nicht widersprechen. Gestern abend gab es Streit zwischen dem Führer der Überläufer und den Moredhelführern. Ich konnte dabei nicht nah genug heranschleichen, um etwas zu verstehen, aber da die Düsteren und die Menschen nicht gut miteinander auskommen, dürfte die Verbindung bald enden. Und wenn es soweit ist, könnte Murad es sich überlegen und nicht mehr länger hier warten, sondern wieder nach Euch suchen.«

»Dann wollen wir uns beeilen, um so weit wie möglich zu sein, bevor es hell wird.«

Schon jetzt zeichnete sich das erste Grau des kommenden Morgens über den Bergen ab. Doch das Glück war ihnen hold, denn auf dieser Gebirgsseite würden die Schatten, die sie verbergen konnten, länger anhalten als auf der der Sonne zugewandten. Es war nicht viel Schutz, aber sie begrüßten selbst den geringsten.

Martin, Baru und Roald hangelten das Seil schnell hoch, nur Laurie hatte Schwierigkeiten, denn er besaß keine Erfahrung im Klettern, was er jedoch zuvor nicht erwähnt hatte. Mit Hilfe seiner Kameraden schaffte er es schließlich. Jimmy, der Flinkste und Erfahrenste, machte den Abschluß. Der Himmel wurde allmählich heller, und der Junge befürchtete, von der Brücke aus gesehen werden zu können. In seiner Hast wurde er unvorsichtig. Sein Fuß rutschte von einem Felsvorsprung ab. Seine Hände umklammerten das Seil, während er ein paar Fuß fiel, und er schlug aufstöhnend gegen die Schluchtwand. Da stach etwas mit brennendem Schmerz in seine Seite. Nur mit Mühe konnte er einen Schrei unterdrücken. Lautlos nach Atem keuchend, wandte er den Rücken der Wand zu. Er wickelte hastig das Seil um den linken Arm und hielt es fest. Vorsichtig tastete er unter seinen Umhang und fühlte das Messer, das er dem Toten abgenommen hatte. Beim Anziehen nach der Suche im See hatte er es hastig wieder in den Umhang geschoben, statt es in seinem Beutel zu verstauen, wie er es hätte tun sollen. Nun steckten zwei Zoll der Stahlklinge in seiner Seite. Sich um eine feste Stimme bemühend, flüsterte er: »Zieht mich hoch!«

Fast hätte Jimmy das Seil losgelassen, als ihn beim Hochziehen heftige Schmerzen überfielen. Er rutschte ein Stück ab, biß die Zähne zusammen, dann erreichte er den Rand der Schlucht.

»Was ist passiert?« erkundigte sich der Fürst.

»Ich war unvorsichtig«, antwortete der Junge. »Hebt meinen Kittel hoch.«

Laurie tat es und fluchte unwillkürlich. Martin blickte Jimmy fragend an, und der Junge nickte, doch als der Ältere dann das Messer herauszog, wären ihm fast die Sinne geschwunden. Martin schnitt ein größeres Stück aus seinem Umhang, damit verband er die Wunde. Dann winkte er Laurie und Roald, die Jimmy stützten, als sie eilig den Schluchtrand verließen. Während sie durch die Morgendämmerung hasteten, brummte Laurie: »Was Dümmeres ist dir wohl nicht eingefallen?«

Es war ihnen gelungen, ihrer Entdeckung zu entgehen, während sie Jimmy den größten Teil des Vormittags trugen. Die Moredhel wußten noch immer nicht, daß sie bereits am Moraelin gewesen waren, sondern hielten in die entgegengesetzte Richtung Ausschau nach ihnen, die nun unbemerkt zu entkommen suchten.

Doch nun tauchte ein Moredhelwächter vor ihnen auf. Er kauerte hinter einem Felsblock auf einem Wandvorsprung. Aber sie mußten den Weg unterhalb von ihm nehmen. Es war inzwischen kurz nach Mittag. Sie duckten sich in eine Mulde, die kaum Sichtschutz bot. Martin gab Galain durch Zeichen die Reihenfolge an. Der Elb setzte sich in Bewegung und bedeutete Martin, ihm zu folgen. Es war ein ruhiger Nachmittag, und es bedurfte aller Geschicklichkeit des Elben und Martins, knappe zwanzig Fuß zurückzulegen, ohne den Wächter auf sich aufmerksam zu machen.

Martin legte einen Pfeil an und zielte über Galains Schulter. Der Elb zog sein Jagdmesser, richtete sich neben dem Moredhel auf und tupfte ihn auf die Schulter. Der Wächter wirbelte bei dieser unerwarteten Berührung herum, und Galain zog ihm das Messer über die Kehle. Der Moredhel bäumte sich auf, da traf Martins Pfeil ihn in die Brust. Der Elb faßte ihn um die Knie und setzte ihn wieder auf seinen Platz zurück. Dann drehte er Martins Pfeil und brach ihn ab, statt die Spitze mit dem Widerhaken herauszureißen. In wenigen Augenblicken hatte der düstere Bruder sein Ende gefunden und schien für Beobachter doch noch auf seinem Posten zu sein. Martin und Galain schlichen zu den anderen zurück. »In wenigen Stunden wird sein Tod entdeckt werden. Vermutlich wird man annehmen, daß wir auf dem Herweg sind, und wird zunächst weiter oben mit der Suche nach uns beginnen, doch schließlich werden sie auch auf den unteren Hängen Ausschau halten. Wir müssen uns beeilen. Bis zum Rand der Elbenwälder brauchen wir zwei Tage, selbst wenn wir keine Rast einlegen. Also kommt!«

Sie hasteten den Pfad hinunter. Laurie trug Jimmy mehr als daß er ihn stützte, und die Schmerzen ließen den Jungen immer wieder zusammenzucken. »Ich hoffe, die Pferde sind noch da«, brummte Roald.

»Wenn nicht«, sagte Jimmy schwach, »geht es zumindest die ganze Strecke abwärts.«

Sie machten eine kurze Rast, um den Pferden ein wenig Ruhe zu gönnen. Vermutlich würden sie die Tiere zuschanden reiten, doch daran ließ sich bedauerlicherweise nichts ändern. Arutha trieb sie zur Eile an, nun, da er ein Mittel für Anitas Heilung hatte. Zuvor hatte er sich am Rand der Verzweiflung bewegt, jetzt brannte eine Flamme in ihm, und nichts sollte sie auslöschen. So ritten sie durch die Nacht dahin.

Erschöpfte Reiter lenkten ihre schaumbedeckten Pferde den Waldweg hinab. Sie hatten den dichten Wald erreicht, der sich zwar noch im Vorgebirge befand, jedoch nicht mehr weit von der Grenze der Elbenwälder entfernt. Jimmy war durch den erlittenen Blutverlust, die Erschöpfung und Schmerzen nur halb bei Bewußtsein. Während der Nacht hatte seine Wunde sich wieder geöffnet, und er hatte nicht mehr tun können, als die Hand darauf zu drücken. Plötzlich verdrehte er die Augen, und er fiel mit dem Gesicht voraus auf den Waldboden.

Als er wieder zu sich kam, saß er von Laurie und Baru gehalten aufrecht, während Martin und Roald die Wunde mit einem aus Martins Umhang geschnittenen Stoffstreifen verbanden. »Das dürfte genügen, bis wir Elbenheim erreichen«, meinte Martin.

Rügend sagte Arutha: »Wenn deine Wunde wieder aufgeht, dann mach den Mund auf! Galain, reitet neben ihm und paßt bitte auf, daß er nicht wieder vom Pferd fällt.«

Sie schwangen sich in die Sättel und setzten den Ritt fort.

Gegen Sonnenuntergang des zweiten Tages brach das erste Pferd zusammen, und Martin erlöste es rasch. »Ich werde eine Weile laufen!« erklärte er.

Fast drei Meilen rannte der Herzog neben dem Trupp her. Obgleich die erschöpften Tiere langsamer als üblich galoppierten, war es eine erstaunliche Leistung. Dann löste Baru ihn ab, und danach Galain. Die Pferde wurden immer langsamer, und schließlich trotteten sie nur noch dahin.

Stumm ritten sie so durch die Nacht und zählten die Minuten, die sie der Sicherheit näher brachten. Sie wußten, daß der zungenlose Moredhel sie mit seinen Schwarzen Kämpfern verfolgte, wenn auch nicht, wie weit er noch von ihnen entfernt war. Gegen Morgen überquerten sie einen Pfad. »Hier müssen sie sich aufteilen«, meinte Martin. »Denn sie können nicht wissen, ob wir nicht ostwärts nach Bergenstein abgebogen sind.«

»Alle absteigen!« wies Arutha an, dann bat der Fürst: »Martin, führ die Pferde ein Stück in Richtung von Bergenstein, und dann laß sie laufen. Wir legen den Rest des Weges besser zu Fuß zurück.«

Martin tat wie geheißen, und Baru verwischte die Spuren hinter den anderen. Eine Stunde später holte Martin sie ein. Während er auf einem schmalen Waldpfad auf sie zurannte, rief er gedämpft: »Ich glaube, ich habe etwas hinter uns gehört. Aber sicher bin ich nicht. Der Wind wird stärker, und das Geräusch war schwach.«

»Wir setzen auf jeden Fall unseren Weg nach Elbenheim fort«, bestimmte Arutha, »halten jedoch Ausschau nach einer gut zu verteidigenden Stellung.« Er eilte in schon schwerer werdendem Gang weiter, gefolgt von den anderen. Martin stützte Jimmy.

Etwa eine Stunde liefen sie häufig stolpernd dahin, als sie die Verfolger im Wald hinter sich vernahmen. Die Furcht verlieh ihnen neue Kraft, und ihre Schritte wurden schneller. Da deutete Arutha auf eine halbkreisförmige Felsanordnung, die eine natürliche Brustwehr bildete. Er fragte Galain: »Wie weit ist es noch, bis wir Hilfe erwarten können?«

Der Elb betrachtete die Gegend im frühen Morgenlicht. »Wir sind dem Rand unseres Waldes schon nahe. Meine Leute dürften eine, vielleicht auch zwei Stunden entfernt sein.«

Da gab Arutha dem Elben das Bündel mit Silberdorn und bat: »Nehmt Jimmy mit. Wir halten die Moredhel hier in Schach, bis Ihr mit Verstärkung zurückkehrt.« Alle wußten, er gab das Silberdorn mit, in der Befürchtung, daß nicht rechtzeitig Entsatz kam. So konnte zumindest Anita gerettet werden.

Jimmy ließ sich auf einen Felsblock sinken. »Das ist doch Unsinn! Mit mir würde er doppelt so lange brauchen, bis er Hilfe findet. Ich kann besser verletzt kämpfen als davonlaufen.« Ohne ein weiteres Wort kroch er über die Brustwehr und zog seinen Dolch hoch.

Arutha blickte den Jungen an, dessen Wunde wieder blutete und der vor Erschöpfung und Blutverlust fast wieder zusammenbrach, ihn jedoch angrinste, während er den Dolch mit der Hand umklammert hielt. So nickte der Fürst dem Elben zu, der sich sogleich auf den Weg machte. Die anderen verschanzten sich hinter dem Felswall, zogen ihre Waffen und warteten.

Sie kauerten kampfbereit hinter der natürlichen Brustwehr, und mit jeder Minute, die verging, erhöhte sich ihre Überlebenschance. Mit jedem Atemzug spürten sie geradezu, wie Rettung und Tod gewissermaßen um sie stritten. Ihr Schicksal hing vielleicht vom Zufall ab. Wenn Calin und seine Krieger am Waldrand warteten und Galain sie schnell fand, bestand Hoffnung. Wenn nicht, waren sie verloren.

Aus der Ferne war bereits Hufschlag zu hören und wurde allmählich lauter. Die Zeit verstrich unendlich langsam, und die Qual des Wartens wurde unerträglich. Es erschien ihnen fast als Erleichterung, als sie Lärmen hörten und die Moredhel auftauchten.

Martin richtete sich auf und hatte schon einen Pfeil an der Sehne, als sich ihm ein Ziel bot. Den ersten Moredhel, der sie entdeckte, warf die Wucht des Pfeiles, der in seine Brust drang, aus dem Sattel. Arutha und die anderen waren ebenfalls gerüstet. Ein Dutzend Gegner sahen sich verwirrt dem überraschenden Angriff gegenüber. Bevor sie zur Gegenwehr bereit waren, schwirrte ein Hagel Pfeile auf sie zu. Ein paar wendeten ihre Pferde und ergriffen die Flucht, doch die anderen stürmten herbei.

Der Felswall ragte vor ihnen auf und verhinderte zunächst, daß die Moredhel die Menschen überrannten. Doch sie kamen unaufhaltsam näher, und die Hufe ihrer Pferde donnerten dumpf auf dem morgenfeuchten Boden. Obgleich sie sich an den Hals ihrer Pferde preßten, traf Martin zwei weitere, bevor sie das

Schanzwerk erreichten. Dann waren sie heran. Baru sprang auf den Felswall, und sein Langschwert sauste durch die Luft. Ein Moredhel stürzte enthauptet vom Pferd.

Arutha sprang vom Wall und zerrte einen düsteren Bruder aus dem Sattel. Der Moredhel starb unter seinem Messer. Dann wirbelte der Fürst herum und zog den Degen, als ein weiterer Reiter angriff. Bis zum letzten Augenblick wich Arutha nicht von der Stelle, dann sprang er vor und holte den Reiter mit einem Hieb aus dem Sattel, der den Moredhel tötete.

Roald zog einen anderen vom Pferd, und beide stolperten hinter die Brustwehr. Jimmy wartete, während sie heftig miteinander kämpften, dann, als er sicher war, den Feind nicht verfehlen zu können, stieß er mit seinem Dolch zu, und ein weiterer düsterer Bruder starb.

Zwei weitere Moredhel erkannten, daß Laurie und Martin nur auf sie warteten, und zogen es vor, sich zurückzuziehen. Beide starben, als Martins Pfeile durch das Morgenlicht sirrten und sie trafen. Kaum waren sie aus den Sätteln gestürzt, schwang Martin sich über den Felswall und bemächtigte sich ihrer Pfeile und eines Kurzbogens. »Ich habe kaum noch welche«, keuchte er und deutete auf seinen fast leeren Köcher.

Arutha schaute sich um. »Bald dürften weitere hier sein.«

»Laufen wir los?« fragte Jimmy.

»Nein, wir würden nicht sehr weit kommen und bestimmt keine so günstige Stellung mehr finden. Wir warten ab.«

Minuten vergingen, während aller Augen sich dem Pfad zugewandt hatten, auf dem die Moredhel kommen mußten. Laurie flüsterte: »Lauf, Galain, lauf!«

Eine Ewigkeit, wie es ihnen schien, lag Stille über dem Wald. Dann stieg unter donnernden Hufen Staub auf, und Reiter kamen in Sicht.

Murad, der riesenhafte Stumme, ritt an der Spitze, mit einem Dutzend Schwarzer Kämpfer im Gefolge. Weitere Moredhel und menschliche Überläufer folgten. Murad zügelte sein Pferd und bedeutete seinen Leuten anzuhalten.

Jimmy stöhnte: »Das sind bestimmt hundert!«

»Wohl eher an dreißig«, widersprach Roald.

»Das genügt auch«, brummte Laurie.

Arutha blickte über die Brustwehr. »Vielleicht können wir sie eine Zeitlang aufhalten.« Aber alle wußten, wie wenig Hoffnung bestand. Da sprang Baru auf, noch bevor jemand ihn daran hindern konnte. Er rief in einer Jimmy, dem Fürsten und Martin unbekannten Sprache den Moredhel etwas zu. Laurie und Roald schüttelten verwundert den Kopf.

Arutha wollte den Hadati hinter den deckenden Wall ziehen, doch Laurie hielt ihn zurück. »Er fordert Murad zu einem Zweikampf heraus. Es ist eine Sache der Ehre.«

»Wird der Moredhel annehmen?«

Roald zuckte mit den Schultern. »Sie sind seltsame Wesen. Ich habe schon früher gegen die düsteren Brüder gekämpft. Einige sind Abtrünnige, doch die meisten halten an ihrem Ehrenkodex fest. Kommt darauf an, wo man auf sie trifft. Wenn diese Mooskrieger aus Nordyabon sind, werden sie angreifen. Aber wenn Murad sich an die Sitten gebunden fühlende Tiefwaldbrüder bei sich hat, werden sie es ihm übelnehmen, wenn er den Zweikampf nicht annimmt. Wenn er von sich behauptet, daß magische Mächte ihn unterstützen, kann er nicht ablehnen, ohne den Glauben seiner Leute an ihn zu verlieren. Es hängt also hauptsächlich davon ab, wie Murad über Ehre denkt.«

»Wie immer es auch ausgeht, Baru hat sie zumindest verwirrt«, stellte Martin fest.

Arutha erkannte, daß die Moredhel unschlüssig waren, während der Zungenlose Baru ausdruckslos ansah. Dann deutete Murad auf den Hadati und seine Gefährten. Ein Moredhel in wallendem Umhang ritt vor. Er wandte sein Pferd so, daß er Murad ins Gesicht blicken konnte und sagte etwas in fragendem Ton.

Der Stumme gab Zeichen, und der Moredhel, der vor ihm stand, winkte den, der Murads Befehl ausführen sollte, zur Seite. Die Moredhelreiter, mit Ausnahme jener in schwarzer Rüstung, zogen sich ein Stück zurück. Einer der Menschen ritt heran, und auch er wandte sein Pferd so, daß er Murad gegenüberstand. Er redete gestikulierend auf den Moredhelführer ein, und einige stimmten in seinen Ton ein.

»Martin«, erkundigte sich Arutha, »kannst du irgend etwas verstehen?«

»Nein. Aber was immer es ist, schmeichelhaft für den Anführer ist es bestimmt nicht.«

Plötzlich zog Murad sein Schwert und schlug nach dem Menschen vor sich. Ein anderer Mensch rief etwas und schien vorwärtsreiten zu wollen, doch zwei Moredhel hielten ihn zurück.

Erneut deutete Murad auf den Hadati und dessen Gefährten, und gab seinem Pferd die Sporen.

Baru sprang vom Felswall und nahm eine günstige Position ein.

Entschlossen stand er da, das Schwert kampfbereit gezogen. Als Murads Pferd ihn fast erreicht hatte, schlug er zu, während er gleichzeitig auswich. Das verwundete Tier stürzte zu Boden. Murad rollte sich ab und kam geschmeidig auf die Füße, das Schwert in der Hand. Er machte eine Wendung, um sich Baru zu stellen, und sogleich klirrte Schwert gegen Schwert.

Arutha schaute sich um. Das Dutzend Schwarze Kämpfer wartete unbewegt, doch wie lange, wußte er nicht zu sagen. Da es für Murad um die Ehre ging, würden sie vielleicht abwarten, bis der Kampf entschieden war. Das zumindest hoffte der Fürst.

Alle folgten gebannt dem Kampf. Martin mahnte: »Bleibt wachsam! Sobald der Streit entschieden ist, gleichgültig wer gewinnt, werden sie heranstürmen!«

Zwanzig weitere Moredhel kamen den Pfad heraufgeritten. Baru verschaffte ihnen lediglich etwas Zeit.

Murad schlug zu und wurde seinerseits getroffen. So folgte Hieb auf Stich, Abwehr dem Angriff, und der Kampf tobte weiter. Der Hadati stand dem Moredhel in Größe nicht nach, war jedoch nicht so kräftig. Mit einer Reihe schneller Hiebe begann Murad Baru zurückzudrängen.

Martin hielt seinen Bogen bereit. »Baru ermüdet. Es wird bald vorbei sein.«

Doch wie ein Tänzer wich Baru der Klinge Murads immer wieder aus. Doch plötzlich, als Murad wieder zum Hieb ausholte, wich Baru nicht mehr zurück, sondern tat einen Schritt vor. Seine Schwertspitze traf Murads Brust. Die Wunde war tief, und ein Blutstrom quoll hervor.

»Das ist überraschend!« staunte Martin.

»Verdammt geschickter Zug!« lobte Roald.

Aber Murad ließ sich von dem unerwarteten Hieb nicht unterkriegen. Er drehte sich auf der Stelle und packte des Hadatis Schwertarm. Er verlor zwar das Gleichgewicht, zog jedoch Baru mit sich zu Boden. Sie rangen miteinander und rollten den Hang abwärts auf den Felswall zu, wo Arutha stand. Ihre Waffen entglitten den blutverschmierten Fingern, und so schlugen sie mit den Fäusten aufeinander ein.

Und dann kamen sie wieder auf die Füße, doch Murad hatte die Arme um Barus Hüften geschlungen. Er hob den Hadati in die Luft, legte plötzlich die ineinander verschlungenen Hände um dessen Nacken und versuchte ihm das Rückgrat zu brechen. Baru warf den Kopf zurück, als er vor Schmerzen aufschrie. Dann schlug er die Hände in einem donnernden Klatschen über des Moredhels Ohren zusammen, daß dessen Trommelfell barst.

Ein Gurgeln des Schmerzes entrang sich Murad, und er gab Baru frei, um die Hände an die Ohren zu pressen, einen Moment durch den Schmerz völlig verwirrt. Baru bäumte sich zurück und schlug dem Moredhel die Faust so heftig ins Gesicht, daß Murads Kopf zurückflog, und dann noch einmal. Es sah ganz so aus, als würde der Hadati den Moredhel zu Tode prügeln. Doch Murad gelang es, Barus Handgelenk zu fassen und ihn niederzuziehen. Und wieder wälzten beide sich über den Boden.

Dann lag Murad auf Baru, und jeder hatte die Hände um des anderen Hals. Ächzend vor Schmerzen und Anstrengung würgten sie einander.

Jimmy bückte sich und nahm der Leiche des Moredhels zu seinen Füßen den Dolch ab. »Warte noch«, murmelte Martin.

Murad setzte seine ganze Kraft ein, und sein Gesicht lief allmählich blau an, genau wie Barus. Keiner bekam mehr Luft, es war nur noch eine Frage der Zeit, bis der Kampf beendet war. Der Moredhel war durch die tiefe Wunde in der Seite schwer verletzt, die ihn immer mehr schwächte.

Da sank plötzlich mit einem Aufstöhnen Murads Kopf auf Barus Brust. Ein langes Schweigen setzte ein. Der Hadati erhob sich schleppend. Er nahm ein Messer aus des Moredhels Gürtel und durchschnitt damit Murads Kehle. Dann kauerte er sich schweratmend nieder, ehe er ohne Rücksicht auf die Gefahr für sich den Dolch in des Zungenlosen Brust stieß.

»Was macht er denn?« fragte Roald bestürzt.

»Erinnert Ihr Euch, was Tathar über die Schwarzen Kämpfer sagte?« fragte Martin. »Er schneidet Murads Herz heraus, damit er sich nicht wieder als Untoter erheben kann.« Der Hadati riß mit einem Ruck das Herz aus Murads Brust und hielt es hoch, damit es die versammelten Moredhel und Menschen sehen konnten, daß Murads Herz nicht mehr schlug. Schließlich warf er es von sich und stand schwankend auf.

Taumelnd suchte er den kaum dreißig Fuß entfernten Felswall zu erreichen. Ein Moredhelreiter stürzte heran, um von der Seite nach Baru zu schlagen. Jimmy warf einen Dolch und traf den düsteren Bruder in die Stirn, daß er aufschreiend vom Pferd stürzte. Doch ein weiterer ritt heran, und sein Schwert schnitt dem Hadati in die Seite. Baru stürzte zu Boden.

»Verdammt!« schrie Jimmy den Tränen nahe. »Er hat gewonnen! Ihr hättet ihn wenigstens zu uns zurückkommen lassen müssen!« Er warf einen zweiten, den eigenen Dolch, doch der Reiter wich aus. Plötzlich aber erstarrte er, und als er sich mit dem Pferd umdrehte, sahen Arutha und seine Gefährten, daß ein Pfeil aus seinem Rücken ragte. Ein anderer Moredhel brüllte etwas, während er seinen Bogen wegsteckte. Die wütenden Rufe eines düsteren Bruders und eines Menschen antworteten ihm.

»Was ist eigentlich los?« erkundigte sich Arutha.

Roald erklärte: »Der Moredhel, der Baru getötet hat, ist ein Ehrloser. Der Schütze war derselben Meinung wie Jimmy: Der Hadati hatte gewonnen, und man hätte ihn zu uns zurückkehren lassen müssen. Er wäre mit seinen Kameraden noch früh genug gestorben. Nun geraten der Schütze, ein zweiter Ehrloser und die menschlichen Überläufer miteinander in Streit. Vielleicht gewinnen wir dadurch ein bißchen Zeit, ja möglicherweise ziehen sich sogar einige zurück, nun, da ihr Anführer tot ist.«

Da griffen die Schwarzen Kämpfer an.

Martin richtete sich auf und spannte den Bogen. Seine Flinkheit war bewundernswert, drei Reiter stürzten von den Pferden, bevor sie den steinigen Schutzwall erreichen konnten.

Stahl klirrte auf Stahl, und die Schlacht entbrannte. Roald sprang auf den Felswall, und er hieb mit seinem Schwert nach allem, was in seine Reichweite kam. Kein Moredhel konnte nah genug herankommen, um ihn mit dem Kurzschwert zu treffen, während sein Breitschwert jedem, der sich heranwagte, den Todesstoß versetzte.

Arutha parierte einen Hieb, der Laurie gegolten hatte, und schlug aus seiner Kauerstellung von unten schwingend einen Reiter vom Pferd. Roald sprang vor und zerrte einen aus dem Sattel.

Sieben Moredhel starben, bevor die anderen sich zurückzogen.

»Sie haben gar nicht alle angegriffen«, stellte Arutha fest.

Nun merkten auch die anderen, daß sich einige Moredhel zurückgehalten hatten, und andere, unter ihnen zwei Menschen, sich immer noch stritten. Ein paar Schwarze Kämpfer waren noch beritten. Sie achteten jedoch nicht auf die Auseinandersetzung zwischen ihren Kameraden, sondern machten sich zu einem zweiten Sturm bereit.

Jimmy nahm von einer Leiche am Rand des Walls den Dolch an sich, als er etwas bemerkte. Er zupfte an Martins Ärmel: »Seht Ihr diesen häßlichen Kerl mit dem roten Harnisch und den protzigen Goldringen und -reifen?«

Martin sah einen, auf den die Beschreibung paßte, im Sattel an der Spitze der menschlichen Reiter.

»Könnt Ihr ihn treffen und töten?«

»Das dürfte ein schwieriger Schuß werden. Warum?«

»So sicher wie Elben im Wald sind, ist das Reitz. Er ist der Anführer dieser Bande Gesetzloser. Wenn Ihr ihn erschießt, werden die andern vermutlich flüchten oder zumindest nichts unternehmen, bis ein neuer Anführer gewählt ist.«

Martin richtete sich auf, zielte und schoß. Der Pfeil zischte zwischen den Bäumen hindurch und traf Reitz in den Hals. Sein Kopf schnellte zurück, und er stürzte sich überschlagend aus dem Sattel.

»Unglaublich!« staunte Jimmy.

Laurie dagegen sagte trocken: »Nicht die feine Art, jemanden ohne Warnung zu erschießen.«

»Du kannst ja meine Entschuldigung übermitteln, wenn du möchtest.« Martin grinste. »Ich habe vergessen, daß ihr Minnesänger eure Helden immer so handeln laßt.«

»Wenn wir die Helden wären, würden die Banditen jetzt verschwinden«, meinte Jimmy.

Als hätten sie es gehört, flüsterten die menschlichen Überläufer miteinander und ritten dann plötzlich davon. Ein Moredhel brüllte ihnen wütend nach, dann forderte er durch eine gebieterische Geste zu einem weiteren Sturm auf des Fürsten Trupp auf. Ein anderer düsterer Bruder spuckte vor ihm auf den Boden, wendete sein Pferd und winkte anderen Moredhel zu. Zwanzig setzten sich in Bewegung, in die gleiche Richtung wie die Menschen.

Arutha zählte die Zurückgebliebenen. »Nicht ganz zwanzig und die Schwarzen Kämpfer.«

Die Reiter saßen ab, einschließlich jene, die sich beim ersten Angriff zurückgehalten hatten. Es war ihnen klargeworden, daß sie auf den Pferden nicht nahe genug an den Steinwall herankommen konnten. Die Bäume als Deckung benutzend, schwärmten sie aus, um Aruthas Stellung zu umzingeln.

»Das hätten sie gleich das erste Mal tun müssen«, meinte Roald.

»Sie sind zwar nicht die Klügsten, aber doch nicht völlig unbedarft«, bemerkte Laurie.

»Ich hätte es lieber, sie wären es«, brummte Jimmy. Er umklammerte den Dolch, als die düsteren Brüder angriffen.

Die Moredhel warfen sich von allen Seiten auf sie. Hastig wich Jimmy aus, als ein Schwert auf ihn herabsauste, gleichzeitig stach er mit dem Dolch zu und traf den Angreifer in den Bauch.

Roald und Laurie kämpften Rücken an Rücken, mit düsteren Brüdern ringsum. Martin schoß, bis seine langen Pfeile aufgebraucht waren, dann griff er nach dem Moredhelkurzbogen und den -pfeilen. Seine Zielsicherheit und Schnelligkeit waren unvergleichlich. Ehe er sich seines Schwertes bedienen mußte, hatte er ein Dutzend weitere düstere Brüder tödlich getroffen.

Arutha kämpfte wie ein Besessener. Bei jedem schwungvollen Streich verwundete oder tötete sein Degen. Kein Moredhel blieb ungeschoren, wenn er sich zu nahe an ihn heranwagte. Doch der Fürst wußte sehr wohl, daß letztendlich die Zeit den Ausschlag geben würde. Je größer die Erschöpfung der Verteidiger wurde, desto langsamer würden sie werden und sich schließlich nicht mehr schützen können und sterben.

Bereits jetzt spürte er, wie ihm die Kraft aus den Armen schwand, nun, da er sich dem unausweichlichen Tod gegenübersah. Hoffnung gab es kaum mehr. Ihre Gegner zählten noch über zwanzig, und sie waren lediglich zu fünft.

Martin hieb und stach mit seinem Schwert und tötete, wer ihm zu nahe kam. Roald und Laurie parierten und griffen selbst an, doch auch sie ermüdeten. Ein Moredhel sprang über den Felswall und wirbelte zu Jimmy herum, der ohne Zögern handelte. Er stach zu, traf des Angreifers Hand, daß ihm das Schwert entglitt. Doch der Moredhel riß seinen Dolch aus dem Gürtel und sprang zurück, als der Junge wieder zuschlug. Aber dann warf er sich auf ihn. Jimmy stach wild um sich, verlor das Gleichgewicht und sein Messer, und der Moredhel war über ihm. Eine Messerklinge sauste zu des Jungen Gesicht hinab. Jimmy konnte ihr ausweichen, und die Dolchspitze prallte auf Stein. Er bekam das Handgelenk des düsteren Bruders zu fassen und drückte die Klinge zur Seite. Aber in seinem Zustand reichte Jimmys Kraft nicht mehr für den stärkeren Moredhel, und die Klinge näherte sich wieder seinem Gesicht.

Da sackte des düsteren Bruders Kopf nach hinten, und Jimmy sah, wie ein Messer über dessen Kehle gezogen wurde und eine blutige Spur zurückließ. Dann wurde der Moredhel zurückgerissen, und eine Hand streckte sich Jimmy entgegen.

Galain stand über dem Jungen und half ihm auf die Füße. Benommen schaute Jimmy sich um. Pfeile schwirrten durch die Luft, Jagdhörner schmetterten im Wald, und die Moredhel zogen sich vor den angreifenden Elben zurück.

Martin und Arutha ließen erschöpft ihre Waffen sinken. Roald und Laurie brachen beinahe zusammen. Calin lief auf sie zu, während er gleichzeitig seine Elbenkrieger den fliehenden Moredhel nachschickte.

Arutha blickte auf. Die Erleichterung trieb ihm ungewollt Tränen in die Augen.

Seiner Stimme kaum mächtig, fragte er: »Ist es vorbei?«

»Ja, Arutha«, versicherte ihm Calin. »Für eine Weile zumindest. Sie werden zurückkehren, doch bis dahin sind wir in der Sicherheit unserer eigenen Wälder. Wenn sie nicht gerade eine Invasion planen, werden die düsteren Brüder unsere Grenzen nicht überschreiten. Unser Zauberbann ist dort sehr stark.«

Ein Elb beugte sich über Baru. »Calin! Der Mensch hier lebt noch!«

Martin lehnte sich gegen den Felsen zurück und keuchte: »Dieser Hadati ist zäh!«

Arutha lehnte Galains Hilfe beim Aufstehen ab. »Wie weit ist es noch?«

»Nicht ganz eine Meile. Wir müssen einen Bach überqueren, dann sind wir in unserem Wald.«

Bei Arutha und seinen Gefährten schwand die Verzweiflung, und neue Hoffnung machte sich breit, denn ihre Lage hatte sich gebessert. Mit den Elben als Begleitschutz war es unwahrscheinlich, daß die Moredhel stark genug waren, um sie zu überwältigen, selbst wenn sie einen neuen Angriff wagten. Und da Murad tot war, war es nicht unwahrscheinlich, daß ihre Gemeinschaft sich auflöste. Aus dem Verhalten vieler der düsteren Brüder zu schließen, war er es gewesen, der sie zusammengehalten hatte. Gewiß würde sein Tod Murmandamus einen Strich durch seine Pläne machen und ihn zumindest eine Weile schwächen.

Jimmy verschränkte die Arme vor der Brust. Er fröstelte und fühlte sich plötzlich in die Höhle am Moraelin zurückversetzt. Doch nicht nur dort hatte ihn diese Eiseskälte befallen, auch schon zweimal zuvor, einmal in Aruthas Schloß und einmal im Keller des Weidenhauses. Die Härchen am Nacken stellten sich ihm auf. Da zweifelte er nicht länger, daß etwas Unheimliches im Gange war. Er sprang von dem Felswall und blickte sich auf der

Lichtung um. »Wir sollten zusehen, daß wir hier wegkommen!« schrie er warnend. »Schaut!«

Die Leiche eines Schwarzen Kämpfers begann sich zu rühren.

»Sollen wir ihnen nicht die Herzen aus der Brust schneiden?« fragte Martin.

»Zu spät!« rief Laurie. »Wir hätten sofort daran denken müssen!«

Schwarze Kämpfer erhoben sich langsam und wandten sich, mit Waffen in der Hand, Aruthas Trupp zu. Mit schleppenden Schritten kamen sie näher. Calin erteilte brüllend Befehle, und die Elben kamen den erschöpften und verwundeten Menschen zu Hilfe. Zwei hoben Baru auf, und dann rannten sie alle los.

Die Untoten torkelten ihnen mit noch blutenden Wunden nach, doch schnell wurden ihre Bewegungen sicherer, als gewänne eine unsichtbare Kraft zusehends bessere Kontrolle über sie.

Immer schneller folgten die wandelnden Leichen. Elbenschützen rannten, blieben stehen, drehten sich um, schossen, doch erreichten sie damit nichts. Zwar trafen die Pfeile die Verfolger, warfen einige sogar zu Boden, doch sie standen wieder auf.

Jimmy schaute zurück. Irgendwie war der Anblick dieser Kreaturen, wie sie im strahlenden Morgenlicht durch den Wald rannten, viel schreckenerregender als alles, was er im Schloß oder der Kanalisation von Krondor gesehen hatte. Ihre Bewegungen wurden zusehends sicherer, wie sie nun, die Waffen kampfbereit, hinter ihnen herliefen.

Die Elben, die die verwundeten und erschöpften Menschen trugen, rannten weiter, während Calin den anderen befahl, die Untoten eine Weile aufzuhalten. Die Elbenkrieger zogen ihre Schwerter und stellten die Moredhel. Nach kurzem Kampfgetümmel zogen sich die Elben zurück. Der Nachhut gelang es zwar, das Vorankommen der Untoten zu verzögern, doch nicht, sie aufzuhalten.

Die Elben wendeten ihre erprobte Taktik an. Sie stellten sich dem Gegner, kämpften, zogen sich ein Stück zurück, stellten sich erneut und flohen dann. Doch da die Untoten nicht mehr getötet werden konnten, gewannen sie nur Zeit, ohne der Bedrohung Herr zu werden. Keuchend und nun ebenfalls erschöpft, kämpften die Elben heldenmütig gegen die Übermacht. Schließlich erreichten sie den Grenzbach.

»Wir sind nun in unserem Wald«, erklärte Calin. »Hier erwarten wir die Moredhel.«

Die Elben zogen ihre Schwerter. Arutha, Martin und Laurie folgten ihrem Beispiel. Schon watete der erste Moredhel mit gezogener Klinge durch das Wasser. Ein Elb machte sich zum Kampf gegen ihn bereit, doch in dem Augenblick, da der Untote den Fuß ans Ufer setzte, schien er etwas im Rücken der Verteidiger zu spüren. Der Elb schlug auf ihn ein, ohne ihm etwas anhaben zu können, trotzdem taumelte der Schwarze Kämpfer zurück und hob wie schutzsuchend die Hände.

Plötzlich preschte ein Reiter an den Verteidigern vorüber: eine Gestalt in Weiß und Gold gekleidet. Auf dem Rücken eines Elbenschimmels, einem der sagenumwobenen Rosse von Elbenheim, stürmte Tomas auf den Moredhel zu. Das Elbenpferd bäumte sich auf, da sprang Tomas vom Sattel, und mit seiner blitzenden Klinge hieb er auf den Untoten ein.

Einer züngelnden Flamme gleich kämpfte sich Tomas am Ufer entlang und wütete unter den Schwarzen Kämpfern, die den Bach überqueren wollten. Trotz ihrer zauberwirkenden Wiederbelebung waren sie hilflos gegenüber der vereinten Kraft seines Armes und der Valheru-Magie. Manchen gelang ein Hieb, den er jedoch mühelos abwehrte und mit unbeschreiblicher Gewandtheit erwiderte. Sein goldenes Schwert schlug zu, und schwarze Rüstungen zersplitterten unter seinen Hieben, als wären sie aus morschem Leder. Aber keiner der Untoten versuchte zu fliehen. Unerschrocken kamen sie heran und wurden niedergemacht.

Von allen Gefährten Aruthas hatte nur Martin Tomas einmal im Kampf gesehen, doch damals war er nicht so beeindruckt wie jetzt gewesen. Bald war der Kampf vorüber, und Tomas stand allein am Ufer des Baches.

Da wurde neuer Hufschlag laut. Arutha drehte sich um und sah weitere Elbenpferde herbeigaloppieren, geritten von Tathar und den anderen Zauberwirkern.

»Seid gegrüßt, Fürst von Krondor«, rief Tathar.

Mit einem schwachen Lächeln blickte Arutha zu ihm auf. »Dank euch allen!«

Tomas steckte sein Schwert in die Scheide. »Ich konnte euch nicht früher beistehen, doch zumindest einschreiten, nachdem diese Moredhel es wagten, die Grenze zu unserem Wald zu überschreiten. Es ist meine Aufgabe, Elbenheim zu beschützen und zu erhalten. Jeder, der die Kühnheit hat, einzudringen, bekommt meine Klinge zu spüren.« Er wandte sich an Calin und bat: »Laß einen Scheiterhaufen errichten. Diese schwarzen Dämonen sollen nie wieder auferstehen.« Dann sagte er zu den Menschen: »Wenn sie eingeäschert sind, kehren wir nach Elbenheim zurück.«

Jimmy legte sich am Ende seiner Kräfte ins hohe Gras am Ufer. Nach wenigen Augenblicken übermannte ihn der Schlaf.

Am nächsten Abend gaben Königin Aglaranna und Prinzgemahl Tomas ein Festmahl für Arutha und seine Gefährten. Galain näherte sich Arutha und Martin. »Baru wird genesen«, erklärte er. »Unser Heiler meint, er sei der zäheste Mensch, der ihm je begegnet ist.«

»Wann wird er wieder auf den Beinen sein?« erkundigte sich Arutha.

»So schnell nicht«, entgegnete Galain. »Ihr werdet ihn bei uns zurücklassen müssen. Er hat sehr viel Blut verloren, und einige der Wunden sind ernst. Murad hat ihm das Rückgrat verletzt.«

»Aber ansonsten wird er so gut wie neu sein«, rief Roald über den Tisch. Laurie murmelte: »Wenn ich zu Carline heimkomme, verspreche ich, nie wieder fortzugehen!«

Jimmy saß neben dem Fürsten. »Für einen, der das Unmögliche geschafft hat, seht Ihr mir recht nachdenklich aus. Ich dachte, Ihr wärt jetzt glücklich.« Arutha bemühte sich um ein Lächeln. »Das kann ich erst sein, wenn Anita gesund ist.«

»Wann reiten wir heim?«

»Morgen früh werden die Elben uns nach Crydee begleiten. Von dort nehmen wir ein Schiff nach Krondor. Bis zum Banapisfest müßten wir zu Hause sein. Wenn Murmandamus mich mit seiner Magie nicht finden kann, dürften wir auf einem Schiff sicher sein. Oder möchtest du lieber den Weg nehmen, den wir gekommen sind?«

»Nicht unbedingt«, antwortete der Junge. »Wer weiß, ob sich nicht noch mehr Schwarze Kämpfer herumtreiben. Ich ziehe jedenfalls Ertrinken einem nochmaligen Zusammenstoß mit ihnen vor.«

»Es wird schön sein, Crydee wiederzusehen!« freute sich Martin. »Zweifellos werde ich mich um so manches persönlich kümmern müssen. Der alte Samuel hat bestimmt längst genug mit der Verwaltung, obwohl ich überzeugt bin, daß Baron Bellamy mich während meiner Abwesenheit würdig vertreten hat. Trotzdem gibt es gewiß eine Menge zu tun, ehe wir weiterreisen.«

»Wir? Wohin?« fragte Arutha.

Mit unschuldiger Miene antwortete Martin: »Nach Krondor natürlich.« Aber seine Augen blickten nordwärts, und seine Gedanken ähnelten Aruthas. Dort oben war Murmandamus und eine unausweichliche Schlacht. Sie hatten zwar jetzt eine gewonnen, doch sie war nicht die entscheidende gewesen und nicht viel mehr als ein Scharmützel. Mit dem Tod Murads hatten die Mächte der Finsternis zwar einen Hauptmann verloren, waren zurückgedrängt, ja in die Flucht geschlagen worden, doch vernichtet waren sie nicht. Sie würden wiederkommen, vielleicht nicht morgen, aber eines Tages sicher.

Arutha wandte sich an Jimmy. »Du hast Mut, Klugheit und Geistesgegenwart bewiesen, wie sie über das von einem Junker zu erwartende Maß hinausgehen. Was hättest du gern als Belohnung?«

An einer Elchrippe knabbernd, antwortete der Junge: »Nun, Ihr braucht noch immer einen Herzog von Krondor.«

Fortgang

Die Reiter hielten an und bewunderten die Berggipfel, die die Grenze ihres Landes anzeigten, die mächtigen Gipfel des Hohen Walles. Zwei Wochen lang waren zwölf Reiter einem Weg durchs Gebirge gefolgt, bis sie die übliche Strecke der Tsuranistreifen oberhalb der Baumgrenze überschritten hatten. Nun näherten sie sich allmählich einem Paß, den zu finden sie drei Tage gebraucht hatten – etwas, das seit unendlicher Zeit kein Tsurani mehr gesucht hatte, einen Weg durch den Hohen Wall in die nördliche Tundra.

Es war kalt in den Bergen. Für die meisten der Reiter, abgesehen von jenen, die während des Spaltkriegs auf Midkemia gekämpft hatten, war Kälte ungewohnt. Für die jüngeren Soldaten der Shinzawai-Leibgarde war diese Kälte, allein schon durch ihre Fremdheit, erschreckend. Doch sie ließen sich ihr Unbehagen nicht anmerken, außer vielleicht dadurch, daß sie sich enger in ihre Umhänge hüllten, während sie die seltsamen weißen Kappen der Gipfel, Hunderte Fuß über ihren Köpfen, betrachteten. Sie waren schließlich Tsuranis!

Pug, der auch jetzt das schwarze Gewand des Erhabenen trug, wandte sich an seinen Begleiter. »Es dürfte nicht mehr sehr weit sein, Hokanu.«

Der junge Offizier nickte und winkte seinen Trupp heran. Seit Wochen hatte der jüngere Sohn des Herrn der Shinzawai diesen Begleittrupp weit über die Nordgrenze des Reiches hinausgeführt. Sie waren dem Gagajin bis zu seiner Quelle gefolgt, einem namenlosen See in den Bergen, und über die Pfade hinaus, die die üblichen Streifen der Tsuranis patrouillierten. Hier befanden sie sich in der zerklüfteten Wildnis, den trostlosen Landen zwischen dem Reich und der nördlichen Tundra, dem Zuhause der Thūnnomaden. Selbst in Begleitung eines Erhabenen fühlte Hokanu sich nicht sehr wohl in seiner Haut.

Sie kamen um eine Biegung, und der schmale Paß vor ihnen bot ihnen einen Blick auf die Ebene. Zum ersten Mal konnten sie die unendliche Weite der Tundra sehen. Verschwommen war in der Ferne auch eine lange weiße Kette zu erkennen. »Was ist das?« erkundigte sich Pug.

Hokanu zuckte mit den Schultern, während sein Gesicht eine unbewegte Maske blieb. »Ich weiß es nicht, Erhabener. Ich nehme an, es ist ein weiterer Gebirgszug. Vielleicht ist es aber auch dieser Wall aus Eis, den Ihr beschrieben habt.«

»Ein Gletscher.«

»Was immer auch«, sagte Hokanu, »es liegt im Norden, wo Ihr glaubt, daß die Beobachter sind.«

Pug blickte über die Schulter auf die zehn schweigsamen Reiter, ehe er fragte: »Wie weit ist es?«

Hokanu lachte nun. »Weiter als einen Monat. Wir werden des öfteren auf Jagd gehen müssen.«

»Ich bezweifle, daß es hier viel Wild gibt.«

»Mehr als Ihr denkt, Erhabener. Die Thūn bemühen sich zwar, jeden Winter ihre südlichen Gebirgszüge zu erreichen – das Land, das seit über tausend Jahren in unserer Hand ist –, aber trotzdem überstehen sie auch die Winter hier. Jene von uns, die auf Eurer Welt überwintern mußten, haben gelernt, auch im Schnee nicht zu verhungern. Es wird Wild geben wie Eure Hasen und Rehe, sobald wir unterhalb der Baumgrenze sind. Wir werden überleben.«

Pug ließ sich die Möglichkeiten durch den Kopf gehen, ehe er sagte: »Ich bin mir nicht so sicher, Hokanu. Vielleicht habt Ihr recht, doch wenn das, was ich zu finden hoffe, nur Sage ist, haben wir alle Mühen umsonst auf uns genommen. Ich kann durch meine Magie zu Eures Vaters Landsitz zurückkehren und auch ein paar von euch mitnehmen, etwa drei oder sogar vier. Aber den Rest? Nein, ich glaube, es ist jetzt an der Zeit, daß wir uns trennen.«

Davon wollte Hokanu nichts wissen, denn sein Vater hatte ihm befohlen, Pug zu beschützen. Andererseits war Pug ein Erhabener, dem er sich nicht widersetzen durfte. So sagte er schließlich widerstrebend: »Euer Wunsch ist mir Befehl, Erhabener.« Er winkte seinen Leuten. »Laßt die Hälfte eurer Wegzehrung hier.« Zu Pug gewandt: »Wenn Ihr es Euch einteilt, werdet Ihr für ein paar weitere Tage nicht zu hungern brauchen, Erhabener.« Als der Mundvorrat in zwei großen Reisebeuteln verstaut und hinter Pugs Sattel gehängt war, bedeutete Hokanu seinen Leuten zu warten.

Der Magier und der Offizier ritten ein kurzes Stück gemeinsam weiter, und der Sohn der Shinzawai sagte: »Erhabener, ich habe über die Warnung, die Ihr uns übermittelt habt, und über Euer Unternehmen nachgedacht.« Es schien ihm schwerzufallen, auszudrücken, was er dachte. »Durch Euch hat meine Familie viel erlebt, und nicht nur Gutes. Doch wie mein Vater, war ich immer überzeugt, daß Ihr ein Ehrenmann seid und ohne Falsch. Wenn Ihr glaubt, dieser legendäre Feind stecke hinter all den Schwierigkeiten auf Eurer Heimatwelt, und wenn Ihr annehmt, daß er kurz davorsteht, Eure Welt und unsere zu finden, so muß ich es ebenfalls glauben. Ich gestehe, daß ich Angst habe, Erhabener. Ich schäme mich.«

Pug schüttelte den Kopf. »Es besteht kein Grund, Euch zu schämen, Hokanu. Dieser Feind ist etwas, was über unser Begriffsvermögen hinausgeht. Ich weiß, Ihr haltet alles für eine Schauermär, etwas, worüber gesprochen wurde, als Eure Lehrer Euch als kleinen Jungen in Geschichte zu unterrichten begannen. Selbst ich, der ich ihn durch das mystische Gesicht eines anderen sah, begreife ihn nicht und weiß von ihm nur, daß er die größte, überhaupt denkbare Gefahr für unsere Welten darstellt. Nein,

Hokanu, Ihr braucht Euch wahrhaftig nicht zu schämen. Ich fürchte sein Kommen. Ich fürchte seine Macht und seinen Wahnsinn, denn er ist von vernunftloser Wut und irrem Haß. Ich würde an dem Verstand jener zweifeln, die ihn nicht fürchteten.«

Hokanu senkte den Kopf, dann blickte er dem Magier in die Augen. »Milamber – Pug, ich danke Euch für den Seelenfrieden, den Ihr meinem Vater geschenkt habt.« Er meinte damit die Botschaft, die Pug von Kasumi gebracht hatte. »Mögen die Götter beider Welten Euch beschützen, Erhabener.« Er verneigte sich als Zeichen der Hochachtung, dann wendete er stumm sein Pferd.

Kurz darauf saß Pug allein am Rand des Passes, auf dem seit undenklicher Zeit kein Tsurani mehr gewandelt war. Unter ihm lagen die Wälder des Nordhangs des Hohen Walles, davor das Land der Thūn. Und jenseits der Tundra? Ein Traum oder eine Sage, vielleicht. Die fremdartigen Geschöpfe, die jeder Magier flüchtig als Gesicht bei seiner Abschlußprüfung sah, ehe ihm das Schwarze Gewand zuteil wurde – diese Geschöpfe, die nur als Beobachter bekannt waren. Es war Pugs große Hoffnung, daß sie etwas über den Feind wußten, etwas, was sich im bevorstehenden Kampf als ausschlaggebend erweisen mochte. Denn während Pug auf seinem Pferd am windgepeitschten Paß des gewaltigsten Berges auf Kelewans größter Landmasse verharrte, war er sicher, daß eine große Auseinandersetzung begonnen hatte – eine, die die Vernichtung von zwei Welten bedeuten könnte.

Er trieb sein Pferd an, und es tat vorsichtig Schritt um Schritt hinunter in die Tundra und ins Unbekannte.

Pug zügelte sein Pferd. Seit dem Abschied von Hokanu und seinem Trupp, und während er bergab geritten war, hatte er nichts als Fels und karge Pflanzen gesehen. Nun, einen Tagesritt seit Verlassen der Vorberge galoppierte eine Schar Thūn auf ihn zu.

Die zentaurähnlichen Wesen brüllten ihren Kampfgesang hinaus, und ihre Hufe hämmerten auf die Tundra. Doch im Gegensatz zu den sagenumwobenen Zentauren sah der obere Teil dieser Geschöpfe aus, als wäre eine Echsenart zur Menschengestalt aus dem Rumpf eines schweren Gauls oder Maultiers gewachsen. Wie alle einheimischen Lebensformen auf Kelewan waren sie jedoch sechsbeinig, und wie bei jener anderen von hier stammenden, intelligenten Rasse, den insektoiden Cho-ja, hatten sich die vorderen Gliedmaßen zu Armen entwickelt mit menschenähnlichen, doch sechsfingrigen Händen.

Pug wartete ruhig ab, bis die Thūn ihn fast erreicht hatten, dann errichtete er einen magischen Schutzschirm und beobachtete, wie sie dagegenprallten. Sie waren ausschließlich männlichen Geschlechts – Pug konnte sich allerdings nicht einmal vorstellen, wie die weiblichen Thūn aussahen – und große, kräftige Krieger. Und sie benahmen sich trotz ihres fremdartigen Aussehens so, wie Pug es unter denselben Umständen von jungen menschlichen Kriegern erwartet hätte, verwirrt und wütend. Einige schlugen wirkungslos auf den Schild ein, andere wichen ein Stück zurück, um abzuwarten. Pug nahm den Umhang ab, den der Herr der Shinzawai ihm für die Reise gegeben hatte. Durch die dunstige Trübe des magischen Schirms sah einer der jungen Thūn, daß er das Schwarze Gewand trug. Er rief seinen Begleitern etwas zu. Alle machten kehrt und flohen.

Drei Tage folgten sie ihm in achtungsvollem Abstand. Einige liefen davon, und eine Zeitlang schlossen sich den übrigen andere an. Dieses Weglaufen und Zurückkehren wiederholte sich regelmäßig. Des Nachts errichtete Pug eine magische Kuppel um sich und sein Pferd, und wenn er am Morgen erwachte, beobachteten die Thūn ihn, als hätten sie selbst in der Nacht nicht geschlafen. Dann, am vierten Tag, waren die Thūn endlich zu einer friedlichen Verständigung bereit.

Ein einzelner Thūn trottete auf ihn zu, die Hände unbeholfen über den Kopf haltend – das tsuranische Zeichen, daß eine Unterhandlung gewünscht wurde. Als er näher heran war, erkannte Pug, daß man ihm einen der Älteren geschickt hatte.

»Ehre Eurem Stamm«, sagte Pug in der Hoffnung, das Geschöpf beherrsche Tsuranisch.

Ein beinahe menschliches Schmunzeln antwortete ihm. »Zum ersten Mal geschieht das, Schwarzer. Menschen haben nie Ehre mir gewünscht.« Der Akzent war seltsam, doch verständlich, und die ungewöhnlichen Züge waren erstaunlich ausdrucksvoll. Der Thūn war unbewaffnet, doch deuteten viele alte Narben darauf hin, daß er einst ein mächtiger Krieger gewesen sein mußte. Nun hatte das Alter ihm viel seiner Kraft geraubt.

Pug äußerte eine Vermutung: »Ihr seid das Opfer?«

»Mein Leben Eures ist zu nehmen. Bringt herab Euer Himmelsfeuer, wenn das ist Euer Wunsch. Doch nein, nicht Euer Wunsch, glaube ich.« Wieder das unverkennbare Schmunzeln. »Schwarze, die Thūn standen gegenüber. Und warum einen im Alter nahe dem Scheiden solltet Ihr nehmen, wenn Himmelsfeuer verbrennen kann eine ganze Schar? Nein, Eure eigenen Gründe Euch hierherbrachten, nicht wahr? Jene zu beunruhigen, die bald kämpfen müssen gegen die Eisjäger, die Rudeltöter, das ist Euer Sinn nicht.« Pug musterte den Thūn. Er hatte ein Alter erreicht, daß er bald nicht mehr würde Schritt mit den anderen halten können und sein Stamm ihn den Raubtieren der Tundra überlassen würde.

»Euer Alter hat Euch weise gemacht. Ich will keinen Streit mit den Thūn, sondern lediglich weiter gen Norden ziehen.«

»Thūn ein Tsuraniwort. Lasura sind wir, das Volk. Schwarze habe ich gesehen. Schlimm sind sie. Fast gewonnen hatten wir den Kampf, dann Himmelsfeuer brachten die Schwarzen. Tsuranis tapfer kämpfen, und eine große Trophäe ist ein Tsuranikopf. Aber Schwarze? Lasura in Frieden zu lassen, wollt ihr gewöhnlich nicht. Warum unser Land überqueren möchtet Ihr?«

»Es besteht eine ernste Gefahr aus uralter Zeit. Eine Gefahr für alle auf Kelewan, für die Thūn nicht weniger als für die Tsuranis. Ich glaube, es gibt solche, die wissen, wie man dieser Gefahr begegnen kann, solche, die hoch im Eis leben.« Pug deutete nordwärts.

Der alte Krieger bäumte sich auf wie ein erschrockener Hengst, und Pugs Pferd scheute zurück. »Dann wahnwitziger Schwarzer, nordwärts geht. Tod wartet dort! Das herausfinden werdet Ihr! Jene, die leben im Eis, keinen willkommen heißen, und die Lasura keinen Streit mit Wahnsinnigen suchen. Denn, wer einem Irren etwas tut, den die Götter strafen. Berührt von den Göttern Ihr seid!« Er rannte davon.

Pug verspürte Erleichterung und Furcht gleichermaßen. Denn daß die Thūn ›jene, die leben im Eis‹ kannten, wies darauf hin, daß die Beobachter doch nicht bloß Sagengestalten oder längst ausgestorben waren. Aber die Warnung des Thūn ließ ihn für sein Unternehmen fürchten. Was erwartete ihn hoch oben im Eis des Nordens?

Er machte sich wieder auf den Weg, als die Thūnschar am Horizont verschwand. Der Wind nahte vom Eis her, und Pug zog den Umhang enger um sich. Noch nie hatte er sich so allein gefühlt.

Wochen waren vergangen, und das Pferd hatte die Strapazen nicht überstanden. Nicht zum ersten Mal ernährte sich Pug von Pferdefleisch. Er bediente sich seiner Zauberkräfte, um sich über kürzere Strecken zu versetzen, doch den größten Teil des Weges ging er zu Fuß. Mehr als jede mögliche Gefahr beunruhigte es ihn, daß er nicht wußte, wieviel Zeit verstrich, obwohl er nicht das Gefühl hatte, daß der Angriff des Feindes unmittelbar bevorstand. Es konnten noch Jahre vergehen, bis er Midkemia erreichte. Ganz gewiß verfügte er nicht mehr über die gewaltige Macht wie zur Zeit der goldenen Brücke, denn sonst hätte er sie längst auf Midkemia bewiesen, und nichts auf dieser Welt hätte ihn aufzuhalten vermocht.

Die Zeit verlief eintönig für Pug, während er immer weiter nordwärts zog. Er stapfte dahin, bis er auf eine Anhöhe gelangte. Dort prägte er sich einen fernen Punkt ein und versetzte sich dahin. Doch das war anstrengend und auch nicht ganz ungefährlich. Erschöpfung stumpfte seine Sinne ab, dabei konnte jeder Fehler in seinem Zauber, die nötige Kraft für seine Versetzung zu sammeln, ihm sehr schaden, ja sogar den Tod bringen. Also wanderte er gewöhnlich dahin, bis er sich ausreichend wach fühlte und einen Ort erreichte, der für eine solche Magie geeignet war.

Dann, eines Tages, hatte er etwas Seltsames in der Ferne entdeckt. Von den Eishöhen schien etwas Merkwürdiges aufzuragen, doch war es so weit entfernt, daß er es nur verschwommen sehen konnte. Er setzte sich nieder. Es gab einen Zauber der Fernsicht, dessen sich die Magier des Niedrigeren Pfades bei Bedarf bedienten. Er erinnerte sich daran, als habe er soeben erst darüber nachgelesen. Doch dieser Zauber verhinderte seine eigene Magie, und ihm fehlte jetzt der Anreiz, die Todesfurcht nämlich, die ihm damals gestattet hatte, Niedrigere Magie anzuwenden. So vermochte er es nicht, den Zauber wirksam zu machen. Seufzend stand er auf und schleppte sich weiter nordwärts.

Vor drei Tagen hatte er die Eisspitze gesehen, die sich über dem Rand eines gewaltigen Gletschers erhob. Jetzt kämpfte er sich eine Erhebung hinauf und schätzte die Entfernung ab. Sich an einen unbekannten Ort zu versetzen, ohne ein Hilfsmuster, nach dem er sich richten konnte, war gefährlich, außer er sah sein Ziel. So entschied er sich für eines, das wie ein Sims vor einem Höhleneingang aussah, und sprach seinen Zauber.

Sofort stand er vor einer richtigen Tür in einem Eisturm, der offenbar auf magische Weise errichtet war. Da erschien vor ihm eine vermummte Gestalt. Sie bewegte sich lautlos und anmutig und war hochgewachsen, doch unter der tief ins Gesicht gezogenen Kapuze waren ihre Züge nicht zu erkennen.

Pug wartete schweigend ab. Die Thūn hatten zweifellos Angst vor diesen Geschöpfen. Zwar fürchtete er nicht für sich selbst, doch konnte der geringste Fehler ihm die einzige Hilfsquelle verschließen, die ihm Erkenntnis über den Feind vermitteln mochte. Trotzdem war er bereit, sich zu verteidigen, falls es sich als nötig erwies.

Als ein Windstoß den Schnee um ihn aufwirbelte, bedeutete der Vermummte Pug, ihm in den Turm zu folgen.

Im Innnern waren Stufen in die Wand geschlagen. Der Turm selbst schien aus Eis geformt zu sein, doch seltsamerweise war es hier nicht kalt. Im Gegenteil, es schien nach dem bitteren Wind der Tundra warm zu sein. Die Stufen führten hinunter ins Eis. Der Vermummte verschwand die Treppe abwärts und war bereits fast außer Sicht, als Pug eintrat und ebenfalls hinunterstieg. Immer tiefer kamen sie, als läge ihr Ziel weit unter dem Gletscher. Als sie stehenblieben, war Pug überzeugt, daß sie sich Hunderte von Fuß unterhalb der Oberfläche befanden.

Am Fuß der Treppe gelangten sie zu einer großen Tür aus demselben Eis wie die Wände. Der Vermummte trat hindurch, und wieder folgte Pug ihm. Doch dann blieb er wie angewurzelt stehen und blinzelte ungläubig.

Unter dem gewaltigen Eisgebilde in der Eisöde des kelewanesischen Nordpols erstreckte sich ein Wald, wie es ihn sonst nirgendwo auf Kelewan gab. Pugs Herz schlug schneller, als er die mächtigen alten Eichen und Ulmen, Eschen, Fichten und Tannen sah. Erde, nicht Eis war unter seinen Füßen, und weiches Licht ging von grünen Zweigen und Blättern aus. Pugs Führer deutete auf einen Pfad und ging wieder voraus. Tief im Wald gelangten sie zu einer großen Lichtung. Ein ähnlicher Anblick hatte sich ihm noch nie geboten, doch wußte er, daß es einen Ort, einen sehr fernen Ort gab, der diesem gleichen mußte. In der Mitte der Lichtung erhoben sich gigantische Bäume mit großen Plattformen dazwischen, die miteinander verbunden waren. Silbrige, weiße, goldfarbene und grüne Blätter schienen aus sich heraus in geheimnisvollem Licht zu glühen.

Pugs Führer hob die Hände an die Kapuze und schlug sie zurück. Staunend weiteten sich Pugs Augen, denn vor ihm stand ein Geschöpf, wie es keinem Midkemier fremd war. Ungläubig starrte Pug das Wesen an und brachte keinen Ton hervor. Der Fremde war ein alter Elb, und nun sagte er mit einem Lächeln: »Willkommen in Elvardein, Milamber von der Vereinigung. Oder ist es Euch lieber, wenn wir Euch Pug von Crydee nennen? Wir haben Euch erwartet.«

»Ich ziehe Pug vor«, flüsterte dieser, kaum seiner Stimme mächtig. Er kämpfte um seine Fassung, denn nie hätte er erwartet, Midkemias zweitälteste Rasse in diesem Wald, tief im Eis einer fremden Welt vorzufinden. »Was ist dies hier? Wer seid Ihr? Und woher wußtet Ihr, daß ich kommen würde?«

»Wir wissen vieles, Sohn von Crydee. Ihr seid hier, weil die Zeit für Euch gekommen ist, Euch dem schlimmsten aller Schrecken zu stellen, dem, den Ihr den Feind nennt. Ihr seid hierhergekommen, um zu lernen. Wir sind hier, um zu lehren.«

»Wer seid Ihr?«

Der Elb bedeutete Pug, ihm zu einer riesigen Plattform zu folgen. »Es gibt viel, was Ihr lernen müßt. Ein Jahr werdet Ihr bei uns bleiben, und wenn Ihr uns dann verlaßt, werdet Ihr über Macht und Einsicht verfügen, die Ihr jetzt nur ahnt. Ohne das, was Ihr bei uns lernen werdet, würdet Ihr nicht imstande sein, die kommende Auseinandersetzung zu überleben. Doch mit diesem Wissen seid Ihr vielleicht in der Lage, zwei Welten zu retten.«

Er nickte, als Pug herbeikam, und schritt neben ihm her. »Wir sind eine Elbenrasse, die schon vor langer Zeit von Midkemia verschwand. Wir sind die älteste Rasse jener Welt und waren die Diener der Valheru, die die Menschen Drachenherren nennen. Ja, es ist lange her, daß wir auf diese Welt kamen, und aus Gründen, die Ihr noch erfahren werdet, entschlossen wir uns hierzubleiben. Wir halten Wache und schauen nach jenem aus, was Euch zu uns geführt hat. Wir bereiten uns auf den Tag vor, da der Feind zurückkehrt. Wir sind die Eldar.«

In seinem Staunen brachte Pug kein Wort hervor. So betrat er schweigend die Zwillingsstadt von Elbenheim, diesen Ort hier tief im Eis, den der Eldar Elvardein genannt hatte.

Arutha eilte den Korridor entlang. Lyam schritt an seiner Seite. Dichtauf folgten ihnen Volney, Vater Nathan und Pater Tully, hinter diesen, dicht gedrängt, Fannon, Gardan, Kasumi, Jimmy, Martin, Roald, Dominic, Laurie und Carline. Der Fürst trug noch seine arg mitgenommene Reisekleidung wie auf dem Schiff von Crydee. Diese Schiffsreise war schnell und glücklicherweise ohne unliebsame Zwischenfälle verlaufen.

Zwei Posten hielten noch außerhalb des Gemachs Wache, über das Pug den Zauber gewirkt hatte. Arutha bedeutete ihnen, die Tür zu öffnen, dann winkte er sie zur Seite und zerschmetterte mit dem Degengriff das Siegel, wie Pug es ihm erklärt hatte.

Der Fürst und die beiden Priester eilten an der Prinzessin Bett. Lyam und Volney hielten die anderen auf dem Gang zurück. Nathan öffnete das Fläschchen mit dem Heilmittel, das die Elbenzauberwirker hergestellt hatten. Wie verordnet, träufelte er einen Tropfen auf Anitas Lippen. Einen Moment tat sich gar nichts, dann zuckten die Lippen der jungen Fürstin. Sie öffnete den Mund und leckte den Tropfen von den Lippen. Tully und Arutha setzten sie auf. Nathan legte das Fläschchen an ihren Mund und leerte es auf ihre Zunge. Sie schluckte alles.

Vor ihren Blicken kehrte Farbe in Anitas Wangen zurück. Während Arutha sich an ihre Seite kniete, flatterten ihre Lider, und sie öffnete die Augen. Ganz leicht drehte sie den Kopf und wisperte kaum hörbar: »Arutha.« Sie streckte die Hand aus und strich mit sanften Fingern über seine Wange, als Tränen der Dankbarkeit über sein Gesicht rannen. Er nahm ihre Hand und küßte sie.

Dann kamen Lyam und die anderen ins Gemach. Vater Nathan erhob sich, und Tully keifte: »Aber nur eine Minute! Sie muß sich ausruhen!«

Lyam lachte, und es war wieder sein altes, glückliches Lachen. »Hört ihn euch an! Tully, der König bin immer noch ich!«

»Selbst wenn sie Euch zum Kaiser von Kesh, zum König von Queg und zum Großmeister der Brüder des Dalaschildes machen, bleibt Ihr für mich einer meiner weniger begabten Schüler. Einen Augenblick nur, und dann wieder hinaus mit euch allen!« Er drehte sich um, doch die Tränen, die ihm nun über die Wangen perlten, konnte er nicht mehr verbergen.

Prinzessin Anita blickte auf all die glückstrahlenden und doch tränenfeuchten Gesichter und fragte erstaunt: »Was ist passiert?« Sie setzte sich auf und zuckte zusammen. »Oh, das tut weh.« Verlegen lächelnd fragte sie: »Arutha, was ist eigentlich geschehen? Ich erinnere mich nur, daß ich mich bei der Trauung dir zuwandte...«

»Ich erkläre es dir später. Jetzt ruhst du dich erst einmal aus, dann komme ich wieder.«

Sie lächelte, konnte jedoch ein Gähnen nicht unterdrücken. Schnell legte sie die Hand vor den Mund. »Entschuldige, aber ich bin wirklich müde.« Sie kuschelte sich ins Kissen und schlief rasch ein.

Tully scheuchte alle aus dem Gemach. Als er die Tür hinter sich geschlossen hatte, fragte ihn Lyam: »Pater, wann glaubt Ihr, können wir die Hochzeit zu Ende führen?«

»Schon in ein paar Tagen«, versicherte ihm Tully. »Die Genesungskräfte dieses Elbenmittels sind erstaunlich.«

»Wir machen eine Doppelhochzeit daraus«, warf Carline ein.

»Ich wollte mit deiner Trauung warten, bis wir in Rillanon zurück sind«, sagte Lyam.

»Kommt ja gar nicht in Frage!« begehrte seine Schwester auf. »Ich gehe kein Risiko mehr ein!«

»Nun, Euer Gnaden«, wandte der König sich an Laurie. »Dann ist es wohl beschlossen.«

»Euer Gnaden?« wunderte sich Laurie.

Lachend sagte Lyam: »Natürlich. Hat sie es dir denn nicht gesagt? Ich kann meine Schwester doch keinem Bürgerlichen geben. Also erhebe ich dich zum Herzog von Salador.«

Laurie wirkte erschütterter als zuvor. »Komm doch, Liebster.« Carline nahm ihn an der Hand. »Du wirst es schon überleben.«

Arutha und Martin lachten. Martin sagte: »Ist dir auch schon aufgefallen, daß es mit dem Adel in letzter Zeit abwärts geht?«

Arutha drehte sich zu Roald um. »Ihr habt für Gold mitgefochten. Doch mein Dank geht über Gold hinaus. Ihr sollt mehr haben. Volney, gebt diesem Mann einen Beutel mit hundert Goldkronen, das war unser abgemachter Preis. Als Belohnung bekommt er zusätzlich zehnmal soviel. Und zum Dank noch tausend weitere Goldstücke.«

Roald strahlte. »Ihr seid sehr großzügig, Hoheit.«

»Außerdem seid Ihr hier mein Gast, solange es Euch gefällt. Vielleicht überlegt Ihr es Euch sogar und tretet in meine Leibgarde ein. Ich habe eine Hauptmannstelle frei.«

Roald salutierte. »Vielen Dank, Eure Hoheit, aber lieber nicht. Ich dachte in letzter Zeit häufig daran, mich irgendwo niederzulassen, vor allem nach diesem letzten Abenteuer, doch war ich lange genug Söldner.«

»Dann seid mein Gast, so lange Ihr wollt. Ich werde dem Haushofmeister Bescheid geben, daß er Gemächer für Euch herrichtet.«

»Ich danke Euch, Hoheit.« Roald strahlte noch mehr.

»Bedeutet diese Bemerkung über eine freie Hauptmannstelle, daß ich diesen Dienst hier endlich beenden und mit Seiner Gnade nach Crydee zurückkehren kann?« erkundigte sich Gardan.

Arutha schüttelte den Kopf. »Tut mir leid, Gardan. Sergeant Valid wird Hauptmann meiner Leibgarde werden, doch das heißt nicht, daß Ihr in den Ruhestand treten könnt. Nach den Berichten Pugs, die Ihr von Stardock mitgebracht habt, werde ich Euch ganz bestimmt hier brauchen. Lyam wird Euch in Kürze zum Feldmarschall von Krondor ernennen.«

Kasumi schlug Gardan auf den Rücken. »Meinen Glückwunsch, Marschall.«

Gardan sagte: »Aber...«

Jimmy räusperte sich erwartungsvoll. Arutha drehte sich zu ihm um. »Ja, Junker?«

»Ich dachte...«

»Du wolltest etwas fragen?«

Jimmy blickte von Aruthas Gesicht zu Martins. »Nun, ich dachte, da Ihr gerade beim Belohnen seid...«

»O ja, natürlich.« Arutha schaute sich um und sah einen der Junker. »Locklear!«

Der Gerufene eilte herbei und verbeugte sich vor seinem Fürsten. »Hoheit?«

»Begleite Junker Jimmy zu Meister deLacy und unterrichte den Zeremonienmeister, daß Jimmy jetzt Oberjunker ist.«

Jimmy grinste, als er mit Locklear abtrat. Offenbar wollte er noch etwas sagen, doch dann schien er es sich im letzten Moment anders zu überlegen.

Martin legte die Hand auf Aruthas Schulter. »Achte gut auf den Jungen. Er erstrebt offenbar ernsthaft, eines Tages Herzog von Krondor zu werden.«

»Ich will verdammt sein, wenn er es nicht tatsächlich würde.« Arutha lächelte.

Epilog: Rückzug

Der Moredhel wütete stumm.

Die drei Häuptlinge vor ihm waren die Führer der wichtigsten Tieflandverbündeten. Er wußte, was sie sagen würden, noch ehe sie den Mund öffneten. Er hörte ihnen geduldig zu, und das Licht des großen Feuers warf flackernden Schein auf seine Brust, daß sein Geburtsmal, der Drache, sich zu bewegen schien.

»Gebieter«, sagte der mittlere Häuptling, »meine Krieger werden ungeduldig, sie sind gereizt und murren. Wann werden wir in die Südlande einfallen?«

Der Pantathier zischte, doch eine gebieterische Geste des Führers brachte ihn zum Schweigen. Murmandamus lehnte sich auf seinem Thron zurück und grübelte über seinen Rückschlag nach. Sein tüchtigster General war tot, und nicht einmal seine erstaunlichen Kräfte vermochten ihn ins Leben zurückzurufen. Die störrischen Clans des Nordens verlangten nach Kampf, während sich von den Bergclans, die über Murads Tod bestürzt waren, Tag für Tag mehr zurückzogen. Jene, die aus den südlichen Wäldern gekommen waren, steckten die Köpfe zusammen und flüsterten davon, über die kleineren Pässe in die Lande der Menschen und Zwerge und schließlich in ihre Heimat im Bergland unterhalb des Grünen Herzens zurückzukehren. Nur die Hochlandclans und die Schwarzen Kämpfer standen ihm weiterhin treu zur Seite. Leider waren sie trotz ihrer erstaunlicher Kampfkraft ein zu kleiner Haufen. Nein, es bestand kein Zweifel, die erste Schlacht war verloren. Die Häuptlinge vor ihm verlangten ein Versprechen, ein Zeichen, einen Beweis seiner übernatürlichen Macht, um ihr unsicheres Bündnis zu stärken, damit nicht die alten Fehden wieder ausbrachen. Murmandamus war bewußt, daß er die Armeen höchstens ein paar Wochen vertrösten konnte, wenn er nicht losmarschierte. So weit im Norden hier waren nur noch zwei warme Monate zu erwarten, ehe einem kurzen Herbst der eisige Winter des Nordlands folgen würde. Wenn der Beute bedeutende Krieg nicht bald begann, mußten die Krieger schon deshalb notgedrungen zu ihren Familien zurückkehren. Schließlich sprach Murmandamus.

»O meine Kinder, die Zeichen raten uns zu warten.« Er deutete zu den Sternen, die sich gegen das Feuer in der offenen Halle nur schwach abhoben, und fuhr fort: »Das Kreuz des Feuers kündet lediglich den Beginn an, doch noch haben wir die Zeit nicht erreicht. Cathos meint, daß der vierte Blutstein die richtige Stellung erst einnehmen muß. Das wird er jedoch nicht vor der Sommersonnenwende *im nächsten Jahr*. Wir können nichts tun, die Sterne zu drängen.« Insgeheim verfluchte er den toten Murad, weil er bei einem so unendlich wichtigen Unternehmen versagt hatte. »Wir vertrauten unser Schicksal einem an, der zu voreilig handelte und bei seiner Entscheidung vielleicht unsicher war.« Die Häuptlinge wechselten Blicke. Alle wußten, daß Murad über allen Tadel erhaben gewesen war, wenn es darum ging, die verhaßten Menschen zu vernichten. Als läse er ihre Gedanken, fuhr Murmandamus fort: »Trotz all seiner Macht unterschätzte Murad den Lord des Westens. Deshalb ist dieser Mensch zu fürchten, deshalb muß er getötet werden. Ist er nicht mehr, wird der Weg in den Süden für uns frei, und wir können alle schlagen, die sich uns widersetzen.«

Er stand auf. »Doch diese Zeit ist noch nicht gekommen. Wir werden warten. Schickt eure Krieger nach Hause, damit sie sich auf den Winter vorbereiten können, doch verkündet, daß alle Stämme und Clans sich im nächsten Sommer wieder hier zu versammeln haben, damit die Verbündeten mit der Sonne marschieren, wenn sie ihre Wanderung in den Süden erneut antritt. Denn vor der nächsten Sommersonnenwende wird der Lord des